GOLDMANN

W0203970

Autorin

Mit ihrem ersten Roman *Blumen der Nacht* wurde V. C. Andrews zur Bestsellerautorin. Ihrem Erstling folgten zehn weitere spektakuläre Erfolge, unter anderem *Wie Blüten im Wind*, *Dornen des Glücks*, *Schatten der Vergangenheit*, *Schwarzer Engel*, *Gärten der Nacht*, *Nacht über Eden* und *Dunkle Umarmung*. Nach ihrem Tod brachte ihre Familie zusammen mit einem sorgfältig ausgewählten Autor eine neue V. C. Andrews-Serie auf den Markt, die mit dem Titel *Zerbrechliche Träume* begann und weltweit ein begeistertes Echo hervorrief. Bis heute sind 35 Millionen V. C. Andrews-Bücher verkauft und in sechzehn Sprachen übersetzt worden.

In der Reihe Goldmann-Taschenbücher sind außerdem von V. C. Andrews® erschienen:

DAS ERBE VON FOXWORTH HALL:
Gärten der Nacht. Roman (9163)
Blumen der Nacht. Roman (6617)
Wie Blüten im Wind. Roman (6618)
Dornen des Glücks. Roman (6619)
Schatten der Vergangenheit. Roman (8841)

DIE CASTEEL-SAGA:
Dunkle Wasser. Roman (8655)
Schwarzer Engel. Roman (8964)
Gebrochene Schwingen. Roman (9301)
Dunkle Umarmung. Roman (9882)
Nacht über Eden. Roman (9833)

DIE CUTLER-SAGA:
Zerbrechliche Träume. Roman (92045)
Geheimnis im Morgengrauen. Roman (41222)
Kind der Dämmerung. Roman (41304)
Stimmen aus dem Dunkel. Roman (41305)
Stunden der Nacht. Roman (42404)

DIE LANDRY-SAGA:
Ruby. Roman (42533)

und:
Das Netz im Dunkel. Roman (6764)

V. C. ANDREWS

Dunkle Verheißung

ROMAN

Aus dem Amerikanischen
von Uschi Gnade

GOLDMANN VERLAG

Die amerikanische Originalausgabe erschien unter dem Titel
»Pearl in the Mist« bei Pocket Books, New York

Umwelthinweis:
Alle bedruckten Materialien
dieses Taschenbuches sind chlorfrei
und umweltschonend.

Der Goldmann Verlag
ist ein Unternehmen der Verlagsgruppe Bertelsmann

Deutsche Erstveröffentlichung 1/96
Copyright © der Originalausgabe by the Virginia C. Andrews Trust
This edition published by arrangement with the
original publisher, Pocket Books, New York
V. C. Andrews is a registered trademark of Virginia C. Andrews Trust.
The books in this new series are based on characters, ideas,
and storytelling techniques originated by the late V. C. Andrews
and completed by a specially selected writer working under
the direction of the V. C. Andrews estate.
Copyright © der deutschsprachigen Ausgabe 1995
by Wilhelm Goldmann Verlag, München
Umschlaggestaltung: Design Team München
Druck: Graphischer Großbetrieb Pößneck GmbH
Verlagsnummer: 43202
AB · Herstellung: Stefan Hansen
Made in Germany
ISBN 3-442-43202-3

1 3 5 7 9 10 8 6 4 2

PROLOG

Lieber Paul,
ich habe bis zum letzten Moment gewartet und Dir diesen Brief vor allem deshalb geschrieben, weil ich bis jetzt nicht sicher war, ob ich tun werde, worum mein Vater mich gebeten hat, nämlich, zusammen mit meiner Zwillingsschwester Gisselle eine Privatschule für Mädchen in Baton Rouge zu besuchen. Ich habe es ihm zwar versprochen, aber es bereitet mir Alpträume. Ich habe die Broschüren der Schule gesehen, die sich Greenwood nennt. Alles sieht wunderschön aus, ein imposantes Gebäude, in dem die Klassenzimmer untergebracht sind, eine Aula, eine Turnhalle und sogar ein überdachter Pool, außerdem drei Schülerwohnheime, vor denen üppige Weiden und Eichen stehen. Das Gelände hat einen eigenen Teich, an dessen Ufer lavendelfarbene Hyazinthen stehen, und es ist mit Roteichen und Walnußbäumen bewaldet. Es gibt Tennisplätze und Felder für Ballspiele – kurz und gut, alles, was man sich nur wünschen kann. Ich bin sicher, daß die Einrichtungen, aber auch die Möglichkeiten, die sich dort bieten, weit besser sind als alles, was ich in unserer staatlichen Schule in New Orleans hätte.

Aber es ist eine Schule, die nur von den reichsten jungen Frauen aus den besten kreolischen Familien in ganz Louisiana besucht wird. Ich habe keine Vorurteile gegen reiche Leute und angesehene Familien, aber ich weiß, daß ich dort von Dutzenden und Aberdutzenden von Mädchen umgeben sein werde, die so aufgewachsen sind wie Gisselle. Sie werden so denken wie sie, und sie werden mir das Gefühl geben, eine Außenseiterin zu sein.

Mein Vater ist voller Zuversicht. Er glaubt, ich kann jedes Hindernis überwinden und es mühelos mit jedem einzelnen der snobistischen Mädchen aufnehmen. Er setzt so viel Vertrauen in meine künstlerische Begabung, daß er sicher ist, die Schule wird dieses Talent sofort anerkennen und dafür sorgen, daß es weiter ausgebildet wird – damit ich Erfolg habe und die Schule sich diesen Erfolg zuschreiben kann. Ich weiß, daß er mir nur helfen will, meine Zweifel und Ängste abzuschütteln.

Aber wie unwohl mir auch bei dem Gedanken ist, diese Schule zu besuchen, vermute ich doch, es ist das Beste, was ich im Moment tun kann, denn auf die Art kann ich zumindest meiner Stiefmutter Daphne entkommen.

Als Du bei uns zu Besuch warst und mich gefragt hast, ob die Lage sich gebessert habe, habe ich ja gesagt, aber das war nicht die ganze Wahrheit.

In Wahrheit wäre ich beinahe in der Nervenheilanstalt eingesperrt und vergessen worden, in der mein armer Onkel Jean, der Bruder meines Vaters, sitzt. Meine Stiefmutter hatte sich mit dem Anstaltsleiter verschworen, um mich einweisen zu lassen. Dank der Hilfe eines sehr netten, aber äußerst gestörten jungen Mannes namens Lyle konnte ich fliehen und nach Hause zurückkehren. Als ich meinem Vater berichtete, was vorgefallen war, hatten er und Daphne daraufhin eine fürchterliche Auseinandersetzung. Nachdem alles geklärt war und er mir den Vorschlag unterbreitet hatte, mich und Gisselle nach Greenwood zu schicken, habe ich gesehen, wie wichtig es ihm war, uns von Daphne fernzuhalten, und ich habe auch gesehen, wie glücklich sie darüber war, daß wir fortgehen.

Deshalb bin ich so hin- und hergerissen. Einerseits macht mich der Gedanke an Greenwood sehr nervös, und andererseits bin ich froh, dem zu entkommen, was sich zu einem sehr düsteren und trostlosen Zuhause entwickelt hat. Ich habe ein schlechtes Gefühl dabei, meinen Vater zu verlassen. Er scheint binnen weniger Monate um Jahre gealtert zu sein. Da und dort ziehen sich plötzlich graue Strähnen durch sein kastanienbraunes Haar, er hält sich nicht mehr so aufrecht und bewegt sich auch nicht mehr so energisch wie noch kurz nach meiner Ankunft. Nur sehr ungern lasse ich ihn im Stich, aber er wünscht, daß Gisselle und ich diese Privatschule besuchen, und ich möchte ihn glücklich machen und ihm einen Teil seiner Last und seiner Anspannung nehmen.

Gisselle hat nicht aufgehört zu jammern und zu klagen. Ständig droht sie damit, nicht nach Greenwood zu gehen. Sie ächzt und stöhnt darüber, daß sie im Rollstuhl sitzen muß, und sie hetzt alle im Haus durch die Gegend, ihr dies und jenes zu holen und sich jeder ihrer Launen zu fügen. Ich habe sie nicht ein einziges Mal sagen hören, daß Martin und sie selbst schuld waren an dem Autounfall, weil sie Pott geraucht hatten. Statt dessen will sie der ungerechten Welt die Schuld daran zuschieben. Ich kenne den wahren Grund, aus dem sie sich darüber beklagt, nach Greenwood gehen zu sollen; sie fürchtet, dort nicht alles, was sie will, auf der Stelle zu bekommen. Wenn sie vorher schon schrecklich verzogen war, dann war das gar nichts im Vergleich zu dem, was sie jetzt ist. Das macht es mir schwer, Mitleid mit ihr zu haben.

Ich habe ihr alles erzählt, was ich über unsere Herkunft weiß, obwohl sie immer noch nicht akzeptieren will, daß ihre Mutter eine Cajun war. Natürlich akzeptiert sie bereitwillig alles, was ich ihr über Grandpère Jack erzähle, wie er die Schwangerschaft unserer Mutter ausgenutzt hat, um ein Geschäft mit Grandpère Dumas zu machen und Gisselle an die Dumas zu verkaufen. Er wußte damals nicht, daß unsere Mutter mit Zwillingen schwanger war, und Grandmère Catherine hat ihm diesen Umstand bis zum Tag unserer Geburt vorenthalten, weil sie nicht bereit war, mich auch zu verkaufen. Ich habe Gisselle gesagt, sie hätte ohne weiteres diejenige von uns beiden sein können, die im Bayou geblieben wäre, und ich hätte diejenige sein können, die in New Orleans aufgewachsen wäre. Diese Möglichkeit läßt sie erschauern, und dann klagt sie eine Zeitlang nicht mehr; trotzdem ist das Zusammensein mit ihr schwer zu ertragen, und ich wünschte manchmal, ich wäre nie aus dem Bayou fortgegangen.

Natürlich denke ich oft an das Bayou und die wunderschönen Tage, die wir gemeinsam verbracht haben, als Grandmère Catherine noch am Leben war und wir beide, Du und ich, die Wahrheit über uns nicht wußten. Wer auch immer gesagt haben mag, daß Unwissenheit selig macht, er hat die Wahrheit gesagt, insbesondere, wenn es um Dich und mich geht. Ich weiß, daß es für Dich schwerer war, mit dieser Wahrheit zurechtzukommen; Du mußtest, vielleicht mehr als ich, mit Lug und Trug leben. Aber wenn ich eins gelernt habe, dann, daß wir vergeben und vergessen müssen, wenn wir auch nur an irgend etwas auf Erden noch Freude haben wollen.

Ja, ich wünschte, wir wären nicht Halbbruder und Halbschwester und, ja, ich käme zu Dir nach Hause, und wir würden uns im Bayou ein gemeinsames Leben aufbauen, denn das ist immer noch das, woran mein Herz am meisten hängt; aber das hat uns das Schicksal nicht bestimmt. Ich möchte, daß wir für immer nicht nur Bruder und Schwester, sondern auch Freunde sind, und Gisselle, nachdem sie Dich jetzt kennengelernt hat, wünscht sich dasselbe. Jedesmal, wenn ich einen Brief von Dir bekomme, besteht sie darauf, daß ich ihn ihr vorlese, und jedesmal, wenn Du sie erwähnst oder sie grüßen läßt, strahlt sie. Man weiß bei Gisselle allerdings nie, woran man ist und ob es sich nicht nur um eine vorübergehende Laune handelt.

Ich freue mich schrecklich über Deine Briefe, aber ich kann doch nichts dagegen tun, daß ich jedesmal ein wenig traurig werde. Ich schließe die Augen und höre die Symphonie der Zikaden oder den Ruf der Eule. Manchmal bilde ich mir ein, Grandmère Catherines Gerichte tatsächlich zu riechen.

Gestern hat Nina uns zum Mittagessen geschmorte Langusten zubereitet, genauso, wie Grandmère Catherine sie gekocht hat, mit einer Buttersauce und kleingehackten grünen Zwiebeln. Sowie Gisselle gehört hat, daß es ein Cajun-Gericht ist, fand sie es natürlich widerlich. Nina hat mir zugezwinkert, und wir haben heimlich miteinander gelacht, denn nur wir beide wußten, daß Gisselle vorher herzhaft zugelangt hatte.

So oder so verspreche ich Dir zu schreiben, sowie wir uns in Greenwood eingewöhnt haben, und falls es Dir möglich ist, wirst Du uns vielleicht demnächst dort besuchen. Aber zumindest weißt Du dann, wohin Du mir schreiben kannst.

Ich möchte gern mehr über das Bayou und die Menschen dort hören, vor allem über Grandmère Catherines Freundinnen. Aber mehr als alles andere möchte ich von Dir hören. Ich nehme an, ein Teil von mir möchte auch etwas über Grandpère Jack hören. Es fällt mir zwar schwer, an ihn zu denken, ohne zugleich an die abscheulichen Dinge zu denken, die er getan hat, aber ich stelle mir vor, daß er inzwischen ein schwächlicher alter Mann ist.

Uns ist so früh in unserem Leben so viel zugestoßen. Vielleicht ... vielleicht haben wir genug Unglück und harte Zeiten durchgemacht, vielleicht können wir den Rest unseres Lebens glücklich verbringen und gute Zeiten haben. Bin ich dumm, wenn ich so etwas denke?

Ich kann deutlich sehen, wie Du mich mit Deinen wunderschönen blauen Augen anlächelst, sie funkeln und strahlen.

Wir haben heute eine sehr warme Nacht. Der Abendwind trägt den Duft von grünem Bambus, Gardenien und Kamelien hoch zu mir. Es ist eine jener Nächte, in denen man meilenweit jeden Laut hören kann. Ich sitze an meinem Fenster und höre die Straßenbahn durch die

St. Charles Avenue rattern, und irgendwo spielt jemand Trompete. Es klingt traurig und doch schön.

Jetzt sitzt eine Trauertaube auf dem Geländer der oberen Galerie und stößt ihre Klageschreie aus. Grandmère Catherine hat früher immer gesagt, wenn ich abends zum erstenmal die Taube höre, muß ich jemandem etwas Gutes wünschen, und zwar schnell, sonst wird ihr trauriger Ruf einem Menschen, den ich liebe, Pech bringen. Es ist eine Nacht zum Träumen, eine Nacht für Wünsche. Ich wünsche mir etwas für Dich.

Geh nach draußen, und ruf den Sumpffalken für mich. Und dann wünsch mir etwas.

Wie immer alles Liebe
Ruby

1.
Der erste Tag

Das Pochen eines Spechts weckte mich aus meinem unruhigen Schlaf. Ich hatte den größten Teil der Nacht wachgelegen und mich im Bett herumgewälzt, weil ich mir Sorgen gemacht hatte, was der nächste Tag wohl bringen mochte. Endlich waren meine Augen vor Ermüdung zugefallen, und ich wurde in die Welt wirrer Träume gezogen. Ein vertrauter Alptraum begann. Ich trieb in einer Piragua durch den Sumpf. Das Wasser hatte die Farbe von dunklem Tee. Ich hatte keinen Stab zum Staken; die Strömung trug mich fort in die geheimnisvolle Dunkelheit; das Louisianamoos bewegte sich in der leichten Brise wellenförmig, ein gespenstisches Bild. Auf der Wasseroberfläche glitten grüne Schlangen, die meinem Kanu folgten. Die glänzenden Augen einer Eule schauten mich aus der Dunkelheit voller Argwohn an, während ich tiefer und immer tiefer in den Sumpf hinein trieb.

In diesem Alptraum höre ich gewöhnlich ein Baby weinen. Es ist noch zu klein, um Worte zu bilden, doch sein Schrei klingt sehr nach dem Ruf: »Mommy, Mommy.«

Das lockt mich an, aber normalerweise erwache ich aus diesem entsetzlichen Alptraum, ehe ich weiter in die Dunkelheit hineingezogen werde. Letzte Nacht überschritt ich jedoch den Endpunkt, den ich in diesem Traum bisher stets erreicht hatte, ich setzte meinen Weg in die düstere, schwarze Welt fort.

Die Piragua umrundete eine Biegung und bewegte sich etwas schneller voran, bis ich den schimmernden, knochenweißen Umriß eines Skeletts ausmachte, das mit seinem langen, dünnen Zeigefinger in die Dunkelheit vor mir wies und mich drängte, genauer hinzusehen. Da sah ich schließlich das Baby, das allein in einer Hängematte auf der Veranda vor Grandpère Jacks Hütte zurückgelassen worden war.

Die Piragua wurde langsamer, und dann sah ich, wie Grandpères Hütte im Sumpf zu versinken begann. Die Schreie des Babys wurden lauter. Ich versuchte, meine Hände als Paddel zu benutzen und auf die Art schneller voranzukommen, doch sie blieben zwischen grünen Schlangen stecken. Die Hütte sank immer tiefer.

»NEIN!« schrie ich. Tiefer und immer tiefer sank sie, bis nur noch die Veranda und das Baby in der Hängematte zu sehen waren. Das kleine Mädchen hatte ein winziges Gesicht. Ich streckte die Arme aus, als ich näher kam, aber als ich endlich die Hängematte hätte packen können, versank auch die Veranda.

In dem Moment hörte ich das Pochen des Spechts, und als ich die Augen aufschlug, sah ich, daß die Morgensonne ihre Strahlen in mein Zimmer sandte und ihren Schein auf den perlfarbenen seidenen Himmel über meinem riesigen Bett aus dunkler Kiefer warf. Als blühten sie gerade auf, begannen auch die Farben der Blümchentapete in dem warmen Licht an Leuchtkraft zu gewinnen. Obwohl ich kaum geschlafen hatte, war ich froh, mit soviel Sonnenschein zu erwachen, insbesondere nach meinem Alptraum.

Ich setzte mich auf und rieb mir mit den Handflächen das Gesicht, dann holte ich tief Atem und redete mir gut zu, stark zu sein, bereit für den Tag und voller Hoffnung. Von draußen hörte ich die Stimmen der Gärtner, die sich in alle Richtungen verstreuten, um die Hecken zu schneiden, Unkraut zu jäten und die Bananenblätter aus dem Pool zu fischen und von den Tennisplätzen aufzusammeln. Meine Stiefmutter Daphne bestand darauf, daß das Grundstück und die Gebäude allmorgendlich in einen Zustand versetzt wurden, als sei in der Nacht nichts geschehen, ganz gleich, wie stürmisch der Wind geweht hatte oder wie kräftig der Regen heruntergeprasselt war.

Am Vorabend hatte ich die Kleidungsstücke herausgelegt, die ich auf der Reise zu unserer neuen Schule tragen wollte. Da ich damit rechnete, daß meine Stiefmutter meine Aufmachung mit kritischem Blick begutachten würde, hatte ich mich für einen meiner längeren Röcke und eine passende Bluse entschieden. Gisselle hatte sich nach langem Hin und Her erweichen lassen und mir erlaubt, auch ihre Sachen herauszulegen, obwohl sie vor dem Einschlafen gelobt hatte, nie wieder aufzustehen. Ihre Drohungen und Schwüre hallten noch in meinen Ohren.

»Lieber sterbe ich in diesem Bett«, jammerte sie, »als daß ich morgen diese gräßliche Reise nach Greenwood antrete. Denk daran, die Sachen, die du für mich ausgesucht hast, werden die sein, die ich trage, wenn ich meinen letzten Atemzug mache. Außerdem ist das alles deine Schuld!« erklärte sie und ließ sich theatralisch auf ihr Bett zurückfallen.

Solange ich auch schon mit meiner Zwillingsschwester zusammengelebt haben mag, ich habe mich nie daran gewöhnen können, daß wir einander so unähnlich sind, obwohl unser Gesicht und unsere Figur, unsere Augen und unsere Haarfarbe regelrechte Duplikate sind. Und das liegt nicht nur daran, daß wir so verschieden aufgewachsen sind. Ich bin sicher, daß wir schon im Leib unserer Mutter nicht miteinander ausgekommen sind.

»Meine Schuld? Weshalb sollte es meine Schuld sein?« Sie richtete sich auf und stützte sich auf die Ellbogen.

»Weil du in all das eingewilligt hast, und weil Daddy alles tut, womit du einverstanden bist. Du hättest ihm widersprechen und weinen müssen. Du hättest ihm eine hysterische Szene machen müssen. Hast du denn gar nichts von mir gelernt, seit du aus den Sümpfen fortgelaufen bist?« fragte sie erbost.

Lernen, wie man eine hysterische Szene macht? Was sie

in Wirklichkeit meinte, war, ich hätte lernen müssen, wie man zu einer verzogenen Göre wird, und das war eine Lektion, die ich wahrhaftig nicht gebrauchen konnte. Ich verschluckte mein Lachen, denn ich wußte, daß es sie nur noch mehr in Wut versetzt hätte.

»Ich tue nur das, wovon ich glaube, daß es für alle Beteiligten das beste ist, Gisselle. Ich dachte, das hättest du verstanden. Daddy will uns hier nicht mehr haben. Er glaubt, wenn wir fort sind, wird das Leben für Daphne und ihn leichter – und für uns beide auch. Vor allem, wenn man bedenkt, was alles passiert ist!«

Sie ließ sich auf das Bett zurücksinken und schmollte. »Man dürfte einfach nicht von mir verlangen, daß ich etwas für andere tue. Nicht nach allem, was mir zugestoßen ist. Alle sollten in erster Linie an mich denken und daran, wie sehr ich leide«, stöhnte sie.

»Mir scheint, das tun ohnehin alle.«

»Wer denn? Wer?« fauchte sie und war plötzlich von Energie und Kraft erfüllt. »Nina kocht, was dir schmeckt, und nicht, was mir schmeckt. Daddy fragt dich nach deiner Meinung, ehe er mich fragt. Beau kommt ins Haus, um dich zu besuchen und nicht mich! Also wirklich ... sieh nur ... sogar unser Halbbruder Paul schreibt nur an dich und nie an mich.«

»Er läßt dich immer grüßen.«

»Aber er schreibt nie einen Brief an mich allein«, sagte sie mit Nachdruck.

»Du hast ihm nie geschrieben«, entgegnete ich.

Darüber dachte sie einen Moment lang nach. »Jungen sollten den ersten Brief schreiben.«

»Vielleicht Jungen, mit denen man befreundet ist, aber doch nicht ein Bruder. Bei einem Bruder spielt es keine Rolle, wer zuerst schreibt.«

»Warum schreibt er mir dann nicht?« jammerte sie.

»Ich werde ihm sagen, daß er dir schreiben soll«, versprach ich ihr.

»Nein, das wirst du nicht tun. Wenn er es nicht von sich aus tut … dann … dann … soll er es eben bleiben lassen. Ich werde einfach für immer hier liegen bleiben und nichts anderes zu tun haben, als wie üblich die Decke anzustarren und mich zu fragen, was wohl die anderen tun, woran sie gerade ihren Spaß haben … woran du gerade deinen Spaß hast«, fügte sie in scharfem Ton hinzu.

»Du liegst überhaupt nicht da und stellst dir irgendwelche Fragen, Gisselle«, sagte ich und konnte mir das Lächeln nicht länger verkneifen. »Du gehst, wohin du willst und wann du willst. Du brauchst nur mit dem Finger zu schnippen, und schon springen alle. Hat Daddy den Lieferwagen etwa nicht nur deshalb gekauft, damit man dich in deinem Rollstuhl überall hinbringen kann?«

»Ich hasse diesen Lieferwagen. Und ich hasse es, im Rollstuhl transportiert zu werden. Ich komme mir vor wie etwas, das geliefert wird, wie Brot oder … oder … Bananenkisten. Ich lasse mich nicht darin transportieren«, beharrte sie.

Daddy hatte vorgehabt, uns in Gisselles Lieferwagen nach Greenwood zu bringen, aber sie hatte sich strikt geweigert. Er hatte den Lieferwagen vor allem wegen der vielen Dinge nehmen wollen, auf denen sie bestand, weil sie glaubte, nicht ohne sie auskommen zu können. Sie hatte Wendy Williams, unser Zimmermädchen, endlose Stunden in ihrem Zimmer gehabt und alles einpacken lassen; sie hatte darauf bestanden, die belanglosesten Kleinigkeiten mitzunehmen, und das nur, um alles noch schwerer zu machen. Ich hatte sie darauf hingewiesen, daß wir im Internat nur begrenzten Platz zur Verfügung haben würden und ohnehin Schuluniformen tragen müßten, aber meine Einwände hatten sie von nichts abbringen können.

»Sie werden mir dort schon Platz machen. Daddy hat gesagt, sie würden alles tun, um mir entgegenzukommen. Und was das Tragen von Schuluniformen angeht … das werden wir ja sehen.«

Sie wollte ihre Stofftiere mitnehmen – jedes einzelne, ohne Ausnahme –, ihre Bücher und Zeitschriften, die Fotoalben, fast ihre gesamte Garderobe einschließlich all ihrer Schuhe, und sie hatte Wendy sogar die Kosmetik bis auf die letzte Tube einpacken lassen!

»Das wird dir leid tun, wenn du in den Ferien nach Hause kommst«, hatte ich sie gewarnt. »Dann hast du die Dinge, die du brauchst, nicht hier und …«

»Dann werde ich eben jemanden losschicken, damit er sie mir kauft«, hatte sie selbstgefällig erwidert und plötzlich gelächelt. »Wenn du darauf bestehen würdest, mehr mitzunehmen, dann würde Daddy einsehen, wie furchtbar dieser Transport wird, und es sich vielleicht anders überlegen.«

Gisselles Verschlagenheit überraschte mich immer wieder. Ich hatte ihr geantwortet, wenn sie auch nur halb soviel Energie darauf verwendet hätte, die Dinge zu tun, die sie wirklich tun mußte, statt alles daran zu setzen, sich vor ihren Verantwortlichkeiten zu drücken, dann hätte sie es in jeder Hinsicht zu Erfolgen bringen können.

»Ich bin dann ein Erfolg, wenn ich es sein will, wenn ich es sein muß«, hatte sie erwidert, und ich hatte jedes weitere Gespräch mit ihr aufgegeben.

Jetzt war der Morgen unserer Reise angebrochen, und mir graute davor, in ihr Zimmer zu gehen. Ich brauchte keinen von Ninas Kristallen, um vorauszusagen, was ich zu erwarten hatte. Ich zog mich an und bürstete mein Haar, ehe ich zu ihr ging. Im Korridor begegnete ich Wendy, die aus Gisselles Zimmer geeilt kam; sie war in Tränen aufgelöst und murmelte vor sich hin.

»Was ist los, Wendy?«

»Monsieur Dumas hat mich nach oben geschickt, damit ich ihr helfe, aber sie hört überhaupt nicht auf mich«, klagte sie. »Ich habe sie immer wieder angefleht, sich von der Stelle zu rühren, aber sie liegt nur da wie ein Zombie, kneift die Augen zusammen und stellt sich schlafend. Was soll ich bloß tun?« jammerte sie. »Madame Dumas wird mich anschreien und nicht etwa sie.«

»Niemand wird dich anschreien, Wendy. Ich bringe sie dazu aufzustehen«, sagte ich. »Laß mir nur einen Moment Zeit.«

Sie lächelte und wischte sich die Tränen von den Pausbacken. Wendy war nicht viel älter als Gisselle und ich, aber sie hatte die Schule schon nach der achten Klasse abgebrochen und war Zimmermädchen bei den Dumas geworden. Seit Gisselles Autounfall war Wendy allerdings eher Gisselles Prügelknabe und hatte am meisten unter ihren Wutausbrüchen und hysterischen Anfällen zu leiden. Daddy hatte eine Krankenschwester eingestellt, die sich um Gisselle kümmern sollte, aber sie hatte Gisselles Launen nicht ertragen. Ebensowenig hatten es die zweite und die dritte Krankenschwester bei uns ausgehalten, und daher hatte Wendy das Pech, daß ihr neben ihren übrigen Aufgaben auch noch die übertragen worden war, sich um Gisselle zu kümmern.

»Ich verstehe wirklich nicht, warum du auch nur das Geringste für sie tust«, sagte Wendy; ihre dunklen Augen funkelten wütend.

Ich klopfte an Gisselles Tür, wartete und trat ein, als ich keine Antwort bekam. Es war alles genau so, wie Wendy es mir geschildert hatte: Sie lag noch unter der Decke und hatte die Augen geschlossen. Ich trat ans Fenster und schaute hinaus. Von Gisselles Zimmer aus blickte man auf die Straße. Die Morgensonne glitzerte auf dem Pflaster, und es war kaum Verkehr. An unserem Lattenzaun entlang waren die Azaleen, gelbe und rote Rosen und Hibiskus in einer atemberaubenden Farbenpracht aufgeblüht. Ungeachtet der Zeit, die ich schon in dieser Villa gelebt hatte, auf diesem Anwesen in dem berühmten Garden District von New Orleans, hatte ich doch nie die Ehrfurcht vor den Prachtbauten und der Gartengestaltung verloren.

»Was für ein herrlicher Tag«, sagte ich. »Denk nur an all die schönen Dinge, die wir auf der Fahrt sehen werden.«

»Es ist eine langweilige Fahrt. Ich bin schon in Baton Rouge gewesen. Wir werden nur an häßlichen Ölraffinerien vorbeikommen.«

»Ach du meine Güte, sie ist noch am Leben!« rief ich aus und schlug die Hände zusammen. »Dem Himmel sei Dank. Wir haben alle geglaubt, du seist über Nacht dahingeschieden.«

»Du meinst, das habt ihr euch alle gewünscht«, murrte sie erbost. Sie drehte sich um, ließ den Kopf auf dem großen, weichen Federkissen liegen und schmollte.

»Ich dachte, du hättest dich bereit erklärt, mitzukommen und keinen Aufruhr zu veranstalten, solange du alles mitnehmen darfst, was du mitnehmen willst, Gisselle«, sagte ich und rang um Geduld.

»Ich habe nur gesagt, daß ich aufgebe. Ich habe nicht gesagt, daß ich einverstanden bin.«

»Wir beide haben uns die Broschüren angesehen. Du hast zugegeben, daß es dort schön zu sein scheint«, rief ich ihr ins Gedächtnis zurück. Sie fixierte mich.

»Wie kannst du bloß so ... so ... blauäugig sein? Schließlich mußt du Beau hier zurücklassen, oder hast du das vergessen? Und wenn die Katze aus dem Haus ist, tanzen die Mäuse auf dem Tisch.«

Beau hatte die Mitteilung, daß ich nach Greenwood gehen würde, sehr hart getroffen. Wir hatten es ohnehin schon schwer genug gehabt, einander zu sehen. Seit Daphne meine Zeichnung von Beau entdeckt hatte, hatten wir unsere Romanze geheimhalten müssen. Er hatte mir für einen Akt Modell gestanden, und sie hatte das Bild gefunden und seinen Eltern davon erzählt. Er war hart bestraft worden, und man hatte uns verboten, einander zu sehen. Aber mit der Zeit hatten seine Eltern ihre Vorschriften ein wenig gelockert, vorausgesetzt, daß Beau versprach, auch mit anderen Mädchen auszugehen. In Wirklichkeit tat er das gar nicht, und selbst wenn er zu einem Schulball mit einem anderen Mädchen erschien oder ein anderes Mädchen zu einer Ausfahrt in seinem Sportwagen mitnahm, dann lief es doch immer wieder darauf hinaus, daß wir schließlich zusammenfanden.

»Beau hat versprochen, mich zu besuchen, sooft er kann.«

»Aber er hat dir nicht versprochen, ein Mönch zu werden«, sagte sie prompt, um mir einen Stich zu versetzen. »Ich kenne ein halbes Dutzend Mädchen, die nur darauf warten, ihn in die Krallen zu kriegen, angefangen mit Claudine und Antoinette«, hob sie freudig hervor.

Beau war einer der begehrtesten Jungen in unserer Schule, er sah aus wie der Star einer Fernsehserie. Er brauchte ein Mädchen nur mit seinen blauen Augen anzusehen und zu lächeln, und schon schlug ihr Herz so schnell, daß sie etwas Dummes sagte oder tat. Er war groß und gut gebaut, einer der Footballstars unserer Schule. Ich hatte mich ihm hingegeben, und er hatte mir seine tiefe Liebe geschworen.

Vor meiner Ankunft in New Orleans war er Gisselles Freund gewesen, aber sie hatte ihn mit Begeisterung an der Nase herumgeführt und damit gequält, daß sie auch mit anderen Jungen flirtete und ausging. Sie hatte nie erkannt, wie sensibel und ernsthaft er sein konnte. Für sie waren ohnehin alle Jungen gleich. Sie sah in ihnen Spielzeug, nicht Menschen, denen man trauen konnte und die es verdienten, daß man sich loyal verhielt. Sie konnte sich immer noch nicht in Gesellschaft eines jungen Mannes aufhalten, ohne ihn damit zu quälen, wie sie eine Schulter vielsagend hochzog oder flüsternd versprach, etwas Ungeheuerliches mit ihm zu tun, falls sie jemals miteinander allein sein sollten.

»Ich lege Beau nicht an die Leine«, sagte ich. »Er kann tun, was er will, und er kann es tun, wann er will«, erklärte ich mit einer solchen Gelassenheit, daß sie die Augen weit aufriß. Enttäuschung machte sich auf ihrem Gesicht breit.

»Das ist nicht dein Ernst«, beharrte sie.

»Und ich habe mich von ihm auch nicht an die Leine

legen lassen. Wenn wir eine Zeitlang voneinander getrennt sind und das dazu führt, daß er eine andere Freundin findet, jemanden, den er lieber mag, dann war uns das wahrscheinlich ohnehin bestimmt«, sagte ich.

»Ach, du und deine verdammte Schicksalsgläubigkeit. Ich vermute, mir würdest du erzählen, das Schicksal habe es mir bestimmt, für den Rest meines Lebens verkrüppelt zu sein, stimmt's?«

»Nein.«

»Was denn dann?«

»Ich will nicht schlecht über die Toten sprechen«, sagte ich, »aber wir beide wissen doch, was ihr am Tag des Unfalls getan habt, Martin und du. Dafür kannst du nicht das Schicksal verantwortlich machen.«

Wütend verschränkte sie die Arme.

»Wir haben Daddy versprochen, daß wir der Schule eine Chance geben und einen Versuch unternehmen. Du weißt doch selbst, wie die Dinge hier stehen«, rief ich ihr ins Gedächtnis zurück.

»Daphne haßt mich nicht so sehr, wie sie dich haßt«, gab sie mit glühenden Augen zurück.

»Sei dir dessen nicht so sicher. Sie ist darauf versessen, uns beide aus ihrem Leben zu entfernen. Du weißt, wie sehr sie uns verabscheut: Wir wissen, daß sie nicht unsere Mutter ist und daß Daddy unsere Mutter mehr geliebt hat, als er sie je lieben könnte. Solange wir in ihrer Nähe sind, kann sie nicht vor der Wahrheit fliehen.«

»Mich hat sie jedenfalls nicht verabscheut, ehe du hier aufgetaucht bist«, wütete Gisselle. »Seitdem ist es mit meinem ganzen Leben nur noch bergab gegangen, und jetzt werde ich in irgendeine Mädchenschule abgeschoben. Wer will schon in eine Schule gehen, in der es keine Jungen gibt?«

»In der Broschüre heißt es, daß die Schule von Zeit zu Zeit mit einer Knabenschule gemeinsame Tanzabende organisiert«, sagte ich. In dem Moment, in dem diese Worte über meine Lippen kamen, bereute ich sie auch schon.

»Tanzveranstaltungen! Kann ich etwa tanzen?«

»Ich bin sicher, daß es viele andere Dinge gibt, die du an den Tagen, an denen sie Greenwood besuchen dürfen, mit den Jungen anfangen kannst.«

»Besuchen dürfen? Das klingt einfach gräßlich, wie in einem Gefängnis.« Sie fing an zu weinen. »Ich wünschte, ich wäre tot. Und wie ich das wünschte. Ich wünschte es wirklich.«

»Jetzt hör aber auf, Gisselle«, flehte ich. Ich setzte mich auf ihr Bett und nahm ihre Hand in meine. »Ich habe dir doch versprochen zu tun, was ich kann, um es dir leichter zu machen, dir bei den Hausaufgaben zu helfen und auch sonst für dich zu tun, was nötig ist, oder etwa nicht?«

Sie zog ihre Hand zurück und rieb sich mit ihren kleinen Fäusten die Augen trocken, ehe sie mich ansah.

»Alles, was ich will?«

»Alles, was du brauchst«, verbesserte ich sie.

»Und wenn die Schule einfach gräßlich ist, wirst du dich dann gemeinsam mit mir gegen Daddy stellen und darauf bestehen, daß er uns wieder nach Hause kommen läßt?« Ich nickte. »Versprich es mir.«

»Ich verspreche es dir, aber es muß wirklich furchtbar sein und nicht nur so, daß dir gewisse Vorschriften nicht passen.«

»Versprich es mir bei … bei Pauls Leben.«

»O Gisselle.«

»Tu es, oder ich glaube dir nicht«, beharrte sie.

»Also gut. Ich verspreche es dir bei Pauls Leben. Weißt du, manchmal bist du einfach abscheulich.«

»Ich weiß«, lächelte sie. »Und jetzt geh zu Wendy, und sag ihr, daß ich bereit bin, aufzustehen und mich vor dem Frühstück waschen und anziehen zu lassen.«

»Ich bin schon da«, sagte Wendy, die zur offenen Tür hereinkam.

»Du hast uns wohl nachspioniert«, klagte Gisselle sie an. »Uns belauscht.«

»Nein, das habe ich nicht getan.« Wendy sah mich voller Entsetzen an. »Ich spioniere euch nicht nach.«

»Natürlich spioniert sie uns nicht nach, Gisselle.«

»Du meinst, natürlich tut sie es. Sie findet es ganz toll, zu lauschen und durch uns ein romantisches Leben zu führen«, spottete Gisselle. »Hast du nur uns und deine Frauenzeitschriften, Wendy? Oder triffst du dich jede Nacht mit Eric Daniels hinter den Umkleidekabinen?«

Wendy war außer sich vor Verlegenheit. Ihr Mund sprang auf, und sie schüttelte den Kopf.

»Vielleicht sind wir in einer Privatschule wirklich besser dran, wo man uns nicht ständig im Auge behält und uns nachspioniert«, seufzte Gisselle. »Schon gut, schon gut«, fauchte sie. »Hilf mir beim Waschen, und bürste mir das Haar. Steh nicht rum und schau, als wärst du gerade ohne Höschen ertappt worden.«

Wendy keuchte. Ich wandte mich ab, um mein Lachen zu verbergen, und dann eilte ich nach unten, um Daddy zu sagen, daß alles in Ordnung sei: Gisselle würde angekleidet und abreisebereit zum Frühstück erscheinen.

Seit Daphne versucht hatte, mich in der Heilanstalt einsperren zu lassen, und mir die Flucht gelungen war, war das Leben im Hause Dumas schwierig gewesen. Unsere gemeinsamen Mahlzeiten, zu denen es nur kam, wenn wir ausnahmsweise einmal alle da waren und Zeit hatten, verliefen still und förmlich. Daddy scherzte nicht mehr mit Gisselle und mir, und wenn Daphne überhaupt etwas zu sagen hatte, dann ergriff sie meistens abrupt das Wort und äußerte sich kurz und bündig. Die meiste Zeit wurde damit zugebracht, Gisselle zu bemitleiden oder ihr Dinge zu versprechen.

Zwischen uns war zwar angeblich so etwas wie ein Waffenstillstand geschlossen worden, aber Daphne klagte trotzdem ständig und war unaufhörlich darauf aus, Dinge an mir zu finden, die sie kritisieren konnte. Sie hackte ständig auf meinem Vater herum, und ich glaube, das war es, was ihn schließlich zu der Überzeugung brachte, es sei das klügste, uns aus dem Haus zu schaffen und in eine Privatschule zu schicken. Jetzt tat Daphne so, als sei das ihre Idee gewesen, und sie betonte immer wieder, wie wunderbar das für die ganze Familie sei. Meine Vermutung war, daß sie fürchtete, wir würden uns im letzten Augenblick weigern, diese Schule zu besuchen.

Daddy saß allein im Eßzimmer, las die Morgenzeitung und trank seinen Kaffee, als ich nach unten kam. Ein Croissant mit Butter und Gelee lag auf einem kleinen Teller neben seiner Tasse. Er hatte mein Kommen nicht bemerkt, und einen Moment lang konnte ich ihn unbemerkt beobachten.

Unser Daddy war ein umwerfend gut aussehender Mann. Er hatte die gleichen grünen Augen wie Gisselle und ich, aber sein Gesicht war schmaler, seine Wangenknochen waren markanter. In der letzten Zeit schien er um die Taille herum ein wenig zugenommen zu haben, aber er hatte immer noch einen kräftigen Oberkörper. Er war stolz auf sein volles kastanienbraunes Haar und bürstete es immer noch aus der Stirn zurück, aber mittlerweile hatte er nicht mehr nur an den Schläfen graue Strähnen. In der letzten Zeit erweckte er meistens den Eindruck, als sei er müde oder tief in Gedanken versunken. Er verbrachte weniger Zeit außer Haus, ging kaum noch fischen oder jagen und hatte folglich die tiefe Bräune verloren, die er früher immer gehabt hatte.

»Guten Morgen, Daddy«, sagte ich und setzte mich. Er ließ seine Zeitung sinken und lächelte, aber in seinem Blick war ein Zögern, das mir sagte, daß es bereits so früh am Morgen Ärger zwischen ihm und Daphne gegeben hatte.

»Guten Morgen. Bist du aufgeregt?«

»Ja, und ich fürchte mich«, gestand ich ein.

»Hab keine Angst. Das allerletzte, was ich will, ist, euch an einen Ort zu schicken, an dem ihr nicht glücklich seid. Glaub mir.«

»Ja, ich glaube es dir«, sagte ich. Edgar erschien mit einem silbernen Tablett in der Tür, er brachte mir meinen Orangensaft.

»Ich nehme heute morgen auch nur Kaffee und ein Croissant, Edgar.«

»Das wird Nina gar nicht gefallen, Mademoiselle«, warnte er mich. Seine dunklen Augen wirkten noch dunkler als sonst, sein Gesicht niedergeschlagen. Ich sah ihm nach, als er das Eßzimmer verließ, und dann wandte ich mich zu Daddy um, der lächelte.

»Edgar hat dich sehr gern, und es tut ihm leid, daß du fortgehst. Er weiß, ebenso wie ich, daß wir deine Fröhlichkeit und den heiteren Klang deiner Stimme sehr vermissen werden.«

»Dann sollten wir vielleicht doch nicht gehen. Vielleicht ist es ein Fehler«, sagte ich behutsam. »Gisselle klagt immer noch darüber.«

»Gisselle wird immer klagen, fürchte ich«, entgegnete er seufzend. »Nein, nein, wenn es auch bedauerlich ist, so halte ich es doch für das beste für dich. Und für Gisselle«, fügte er eilig hinzu. »Sie verbringt zuviel Zeit allein und ergeht sich in Selbstmitleid. Ich bin sicher, du wirst dafür sorgen, daß ihr das in Greenwood nicht möglich ist.«

»Ich werde mich um sie kümmern, Daddy.«

Er lächelte. »Ich weiß. Sie hat keine Ahnung, wie glücklich sie sich schätzen kann, eine Schwester wie dich zu haben«, sagte er, und um seine müden Augen spielte ein liebevolles Lächeln.

»Kommt Daphne nicht zum Frühstück nach unten?« fragte ich.

»Nein, sie nimmt ihr Frühstück heute im Schlafzimmer ein«, erwiderte er eilig. »Nina hat es ihr gerade nach oben gebracht.«

Es überraschte mich nicht, daß Daphne uns am Tag unserer Abreise soweit wie möglich ignorieren wollte, aber ich hatte fast damit gerechnet, daß sie ihre Schadenfreude zeigen würde. Schließlich bekam sie, was sie wollte: Sie wurde mich los.

»Ich werde am Mittwoch Jean besuchen«, sagte Daddy. »Ich bin sicher, er wird nach dir fragen. Und natürlich nach Gisselle.«

»Sag ihm, daß ich ihm schreiben werde«, erwiderte ich. »Ich tue es auch ganz bestimmt. Ich werde lange Briefe schreiben und ihm alles schildern. Wirst du ihm das von mir ausrichten?«

»Selbstverständlich. Und ich werde euch auch besuchen«, versprach Daddy. Ich wußte, daß er sich schuldig fühlte, weil er Gisselle und mich in eine Privatschule schickte; er hatte im Lauf der letzten Woche mindestens ein dutzendmal versprochen, uns zu besuchen.

Edgar kam mit meinem Croissant und dem Kaffee, Daddy wandte sich wieder seiner Zeitung zu. Ich trank den ersten Schluck Kaffee und knabberte an meinem Croissant, aber ich fühlte mich, als hätte ich einen Fisch im Magen, der beim Schwimmen mit seinem Schwanz meine Eingeweide kitzelte. Wenig später hörten wir das Surren des elektrischen Rollstuhls. Gisselle kam nach unten; wie üblich ächzte und stöhnte sie dabei.

»Dieser Rollstuhl bewegt sich so langsam. Warum kommt Edgar nicht nach oben und trägt mich ins Eßzimmer? Oder Daddy? Jemand sollte ausschließlich zu diesem Zweck eingestellt werden. Ich komme mir so blöde vor. Wendy, hast du gehört, was ich gesagt habe? Tu nicht ständig so, als hättest du mich nicht gehört.«

Daddy ließ seine Zeitung sinken und sah mich kopfschüttelnd an. »Ich sollte besser hingehen und ihr helfen«, sagte er, stand auf und half Wendy, Gisselle ins Eßzimmer zu bringen.

Nina kam aus der Küche gestürzt, stemmte die Arme in die Hüften, blieb in der Tür stehen und funkelte mich finster an.

»Guten Morgen, Nina«, sagte ich.

»Was ist denn das für eine Begrüßung? Du ißt nicht, was Nina für dich zubereitet hat. Du hast die Fahrt nach Baton Rouge vor dir, und du brauchst deine Kraft, hast du gehört? Ich habe heißen Haferbrei gekocht. Ich habe die Eier so gebraten, wie du sie am liebsten magst.«

»Ich vermute, ich bin einfach zu nervös, Nina. Sei mir bitte nicht böse«, sagte ich.

Sie nahm die Hände von den Hüften, kniff die Lippen zusammen und schüttelte den Kopf. »Nina ist dir nicht böse.« Sie dachte einen Moment lang nach, dann kam sie auf mich zu und zog etwas aus ihrer Tasche. »Das gebe ich dir jetzt, ehe ich es vergesse«, sagte sie und reichte mir ein Zehncentstück mit einem Loch darin, durch das eine Schnur gefädelt war.

»Was ist das?«

»Trag es um den linken Knöchel, hörst du, und keine bösen Geister werden dich verfolgen. Mach schon, bind es dir um den Knöchel«, befahl sie mir. Ich warf einen Blick auf die Tür, um sicherzugehen, daß niemand mir zusah, und dann tat ich eilig, was sie mir gesagt hatte. Sie schien erleichtert zu sein.

»Danke, Nina.«

»In diesem Haus sind überall böse Geister. Man muß auf der Hut sein«, warnte sie und ging zurück in die Küche. Ich gehöre nicht zu den Menschen, die Amuletten und Talismanen mißtrauen, die Aberglauben und Rituale ablehnen. Meine Grandmère Catherine war eine der angesehensten Heilerinnen im Bayou gewesen, sie hatte böse Geister vertreiben und Menschen von allen möglichen Leiden heilen können. Sie hatte sogar Frauen, die nicht schwanger werden konnten, dazu verholfen, schwanger zu werden. Alle im Bayou, unser Geistlicher inbegriffen, hatten tiefe Hochachtung vor Grandmère gehabt. In der Cajun-Welt, der ich entstamme, vereinen sich Voodoo-Rituale und andere religiöse Haltungen häufig, um eine Weltsicht zu erschaffen, die tröstlicher ist.

»Ich kann diesen Rock nicht leiden«, hörte ich Gisselle klagen, als Daddy sie ins Eßzimmer schob. »Er ist zu lang, und ich komme mir darin vor, als hätte man mir eine Decke über die Beine gebreitet. Du hast ihn nur ausgesucht, weil du meine Beine häßlich findest, stimmt's?« beschuldigte sie mich.

»Als wir gestern abend deine Kleider herausgelegt haben, warst du damit einverstanden, ihn zu tragen«, erinnerte ich sie.

»Gestern abend wollte ich es einfach hinter mich bringen, damit ich dich nicht länger zu sehen brauchte.«

»Was hättest du gern zum Frühstück, Schätzchen?« fragte Daddy sie.

»Ein Glas Arsen.«

Er verzog das Gesicht. »Gisselle, warum mußt du es uns schwerer machen, als es ohnehin schon ist.«

»Weil ich es hasse, ein Krüppel zu sein, und weil mir die Vorstellung verhaßt ist, in diese Schule abgeschoben zu werden, in der ich keine Menschenseele kenne«, wetterte sie.

Daddy seufzte und sah mich an.

»Gisselle, iß jetzt etwas, damit wir aufbrechen können. Bitte«, flehte ich.

»Ich habe keinen Hunger.« Sie schmollte einen Moment lang und rollte sich dann an den Tisch.

»Was ißt du denn da? Ich nehme dasselbe«, sagte sie zu Edgar. Er verdrehte die Augen und verschwand in die Küche.

Sowie wir gefrühstückt hatten, ging Daddy, um sich um unser Gepäck zu kümmern. Edgar und einer der Gärtner mußten viermal laufen, um alles nach unten zu tragen. Gisselle hatte drei Truhen, zwei Kisten, drei Taschen und ihren Plattenspieler. Ich hatte nur einen einzigen Koffer. Da Gisselle darauf bestand, so viel mitzunehmen, hatte Daddy jemanden engagieren müssen, der uns in dem Lieferwagen folgte.

Als ich Gisselle auf die Veranda schob, von der aus wir beobachten konnten, wie das Gepäck in die Wagen geladen wurde, tauchte Daphne auf dem oberen Treppenabsatz auf. Sie rief uns und kam ein paar Stufen herunter. Sie hatte ihr rotblondes Haar aufgesteckt und trug einen roten chinesischen Morgenmantel und Pantoffeln.

»Ehe ihr aufbrecht«, sagte sie, »möchte ich euch beiden raten, euch ausgezeichnet zu benehmen. Der Umstand, daß ihr beträchtlich weit von hier entfernt sein werdet, heißt noch lange nicht, daß ihr euch aufführen könnt, wie ihr wollt. Ihr müßt immer daran denken, daß ihr Dumas seid und daß alles, was ihr tut, auf den Namen und den Ruf der Familie zurückfällt.«

»Was sollten wir schon anstellen?« ächzte Gisselle. »Es ist ja doch nur eine blöde Mädchenschule.«

»Sei nicht unverschämt, Gisselle. Ihr beide könntet diese Familie in Verruf bringen, ganz gleich, wohin ihr geht. Denkt daran, daß wir Freunde haben, deren Kinder auch dort sind; daher bin ich sicher, daß wir über euer Betragen unterrichtet werden«, drohte sie.

»Wenn du solche Angst davor hast, wie wir uns woanders benehmen könnten, dann schick uns nicht fort«, gab Gisselle zurück. Manchmal hatte ich meinen Spaß an meiner verzogenen Zwillingsschwester – vor allem dann, wenn sie unsere Stiefmutter ärgerte.

Daphne richtete sich abrupt auf und funkelte uns mit ihren blauen, zu Eis gefrorenen Augen an.

»Wenn bei euch beiden überhaupt noch irgend etwas hilft«, sagte sie bedächtig, »dann ist es diese Schule, denn euch fehlt es an Disziplin. Ihr seid von eurem Vater fürchterlich verzogen worden. Das Beste, was euch passieren kann, ist, ihn nicht mehr um euch zu haben.«

»Nein«, entgegnete ich. »Das Beste, was uns passieren kann, ist, dich nicht mehr um uns zu haben, Mutter.« Ich wandte mich ab und schob Gisselle zur Tür.

»Denkt an meine Warnung!« schrie sie, aber ich drehte

mich nicht um. Mein Herz pochte, und Tränen der Wut brannten unter meinen Lidern.

»Hast du gehört, was sie gesagt hat?« murmelte Gisselle. »*Disziplin*. Sie schicken uns in eine Besserungsanstalt. Wahrscheinlich gibt es dort Gitter vor den Fenstern und häßliche alte Matronen, die uns mit dem Lineal auf die Finger schlagen.«

»O Gisselle, jetzt hör aber auf«, bat ich. Sie redete unermüdlich weiter, malte aus, wie furchtbar das alles werden würde, aber ich hörte ihr nicht zu. Statt dessen glitten meine Blicke immer wieder auf die Straße, und ich lauschte, ob nicht doch der Motor eines Sportwagens zu vernehmen war. Beau hatte versprochen herzukommen, ehe wir aufbrachen. Er wußte, daß wir vorhatten, uns gegen zehn auf den Weg zu machen; es war bereits zehn vor zehn, und er war immer noch nicht aufgetaucht.

»Wahrscheinlich kommt er nicht«, spottete Gisselle, als sie mich dabei ertappte, wie ich auf meine Armbanduhr sah. »Ich bin sicher, er hat beschlossen, seine Zeit nicht zu vergeuden. Wahrscheinlich hat er sich für heute schon mit einem anderen Mädchen verabredet. Du weißt ja selbst, daß seine Eltern genau das von ihm erwarten.«

Trotz der tapferen Fassade, die ich aufrechterhielt, fürchtete ich mich wider Willen, sie könnte recht haben. Ich nahm an, daß seine Eltern ihn daran hinderten, sich von mir zu verabschieden.

Aber plötzlich bog sein Sportwagen in die Straße ein. Der Motor dröhnte, und die Bremsen quietschten, als er vor unserem Haus anhielt und aus dem Wagen sprang. Er kam auf die Veranda gelaufen. Gisselle schien tief enttäuscht zu sein. Ich ließ sie allein und eilte ihm entgegen. Wir trafen uns auf halber Höhe der Treppe und umarmten einander.

»Hallo, Gisselle«, sagte er und winkte ihr zu, und dann gingen wir ein paar Schritte, um einen Moment lang allein zu sein. Er sah sich nach dem Gepäck um, das in den Lieferwagen geladen wurde, und schüttelte den Kopf.

»Ihr geht also wirklich fort«, sagte er betrübt.

»Ja.«

»Für mich wird es hier jetzt unerträglich werden. Wenn du gehst, bleibt ein klaffendes Loch in meinem Leben zurück. Die Korridore in der Schule werden mir menschenleer erscheinen. Wenn ich mir vorstelle, auf dem Footballplatz zu sein und dich nicht als Zuschauerin in den Rängen stehen zu sehen ... Geh nicht fort«, flehte er mich an. »Weigere dich einfach.«

»Ich muß, Beau. Mein Vater will es so. Ich werde dir schreiben und dich anrufen und ...«

»Und ich werde kommen und dich besuchen, sooft ich kann«, versprach er. »Aber für mich wird es nicht dasselbe sein wie jetzt, wo ich jeden Morgen beim Aufstehen weiß, daß ich dich bald sehen werde.«

»Mach es mir bitte nicht noch schwerer, als es ohnehin schon ist, Beau.«

Er nickte, und wir liefen weiter durch den Garten. Zwei graue Eichhörnchen huschten rechts neben uns her und beobachteten uns interessiert. Kolibris flatterten um die purpurne Günselranke, während ein Häher, der sich auf einem der unteren Zweige eines Magnolienstrauchs niederließ, nervös mit den Flügeln schlug. In der Ferne trieb eine Schar Wolken auf einer Brise vom Meer her nach Osten, zur Golfküste von Florida. Ansonsten war der Himmel von einem zarten, hellen Blau.

»Es tut mir leid, daß ich es dir so schwermache. Ich bin egoistisch, aber ich kann nichts dafür«, sagte er. Dann seufzte er resigniert und strich sich Strähnen seines goldblonden Haars aus der Stirn. »Dann wirst du jetzt also in eine stinkvornehme Schule gehen. Ich wette, dort lernst du eine Menge reicher junger Männer kennen, Söhne von Ölmagnaten, die dich umgarnen werden.«

Ich lachte.

»Was ist daran so komisch?«

»Gisselle hat mir heute morgen angedroht, daß du dich

hier in ein anderes Mädchen verlieben wirst, und jetzt erzählst du mir, daß ich diejenige bin, die sich in einen anderen verlieben wird.«

»In meinem Herzen ist kein Platz für eine andere«, sagte Beau. »Du nimmst zuviel Platz darin ein.«

Wir blieben vor dem alten Stall stehen. Daddy hatte mir erzählt, daß seit mehr als zwanzig Jahren kein Pferd mehr dort untergebracht gewesen sei. Weiter rechts stutzte ein Gärtner einen Bananenbaum, die Wedel stapelten sich bereits neben ihm. Beaus Worte hingen zwischen uns in der Luft. Mir tat das Herz weh, und Tränen des Glücks und der Traurigkeit traten in meine Augen.

»Es ist mein Ernst«, sagte Beau leise. »Ich glaube nicht, daß auch nur eine Nacht vergeht, in der ich nicht an uns beide in deinem Atelier denke.«

»Sag das nicht, Beau«, erwiderte ich und legte einen Finger auf seine Lippen. Er küßte ihn schnell und schmiegte seine Wange an meine Hand.

»Sie können tun, was sie wollen. Sie können sagen, was sie wollen. Sie können dich fortschicken, mich fortschicken, sie können alle erdenklichen Drohungen ausstoßen, aber sie können dich nicht von hier entfernen«, sagte er und preßte meine Hand gegen seine Schläfe. »Und auch von hier nicht«, fügte er hinzu und legte meine Hand auf sein Herz. Ich fühlte seinen beschleunigten Herzschlag und sah mich um, weil ich sichergehen wollte, daß niemand uns beobachtete, als er mich an sich zog und seinen Mund auf meine Lippen preßte.

Es war ein langer, aber zarter Kuß, einer von der Sorte, die meinen Nacken prickeln ließ und meinen Busen wärmte. Seine Küsse waren kleine, elektrisierende Erinnerungen an die Leidenschaft, die uns jetzt miteinander verband. Sie weckten die Erinnerung an seine Berührungen, seine Hände auf meinen Armen, meinen Schultern und schließlich auch auf meinen Brüsten. Sein warmer Atem auf meinen Augen ließ das Bild seines nackten Körpers an jenem Tag wieder vor mir erstehen, an dem er mich gezwungen hatte, ihn zu zeichnen. Wie sehr meine Finger gezittert hatten; und wie sehr sie jetzt zitterten! Meine Regungen waren so enorm, daß sie mir Angst einjagten, denn mir war zumute, als könnte ich dem Haus einfach den Rücken kehren und mit ihm fortlaufen; wir würden rennen, rennen, rennen, bis wir an einem dunklen, weichen Platz ankämen, an dem wir allein wären und einander näher denn je sein würden. Beau weckte Gefühle in mir, von denen ich nicht gewußt hatte, daß sie existierten, Gefühle, die stärker waren, als jede Warnung, jede vernünftige Überlegung jemals hätte sein können. Wenn diese Gefühle freigesetzt worden wären, wäre es unmöglich gewesen, sie jemals wieder im Zaum zu halten.

Ich wich zurück und sagte: »Ich muß jetzt gehen.«

Er nickte, aber als ich mich auf den Rückweg machen wollte, zog er an meiner Hand.

»Warte«, bat er. »Ich möchte dir etwas geben, ohne von einem halben Dutzend von Augenpaaren beobachtet zu werden.« Er steckte die Hand tief in die Tasche und zog ein kleines weißes Schächtelchen heraus, das mit einer winzigen rosa Schleife verschnürt war.

»Was ist das?«

»Pack es aus«, sagte er und drückte es mir in die Hand.

Ich öffnete langsam das Schächtelchen und zog eine Goldkette mit einem Medaillon heraus. Ein winziger, von Diamantsplittern eingefaßter Rubin zierte das Medaillon.

»O Beau, es ist wunderschön! Aber es muß sehr teuer gewesen sein.«

Er zuckte die Achseln, doch sein Lächeln sprach Bände.

»Und jetzt öffne das Medaillon«, sagte er, und ich tat es.

Darin befand sich ein Bild von ihm und daneben eines von mir. Ich lachte und drückte ihm einen Kuß auf die Wange.

»Danke, Beau. Das ist ein wunderschönes Geschenk. Ich möchte es gleich tragen. Hilf mir mit dem Verschluß.«

Ich reichte ihm die Kette und drehte mich um. Er drapierte das Medaillon zwischen meinen Brüsten und ließ den Verschluß der Kette einschnappen. Dann küßte er mich auf den Nacken.

»Wenn irgendein anderer Junge dir nahekommt, muß er jetzt durch mich hindurchgehen, um zu deinem Herzen zu gelangen«, flüsterte er.

»Niemand wird mir so nahe kommen, Beau«, versprach ich.

»Ruby«, hörten wir Daddy rufen. »Es ist an der Zeit, Schätzchen.«

»Ich komme schon, Daddy.«

Wir machten uns auf den Rückweg. Daddy und Edgar holten Gisselle von der Veranda und bugsierten sie auf den Rücksitz des Rolls-Royce. Der Rollstuhl wurde zusammengeklappt und im Lieferwagen verstaut.

»Guten Morgen, Beau«, grüßte Daddy.

»Guten Morgen, Monsieur.«

»Wie geht es deiner Familie?«

»Gut«, sagte er. Obwohl viel Zeit vergangen war und die Wunden verheilt waren, fiel es Daddy und Beau immer noch schwer, miteinander zu reden. Daphne hatte alles daran gesetzt, die Situation zu überspitzen und ihn unmöglich zu machen.

»Bist du fertig, Ruby?« fragte Daddy und schaute von Beau zu mir. Er wußte, was es bedeutete, einen geliebten Menschen zurückzulassen. Seine Augen waren voller Mitgefühl.

»Ja, Daddy.«

Daddy stieg in seinen Wagen, und ich drehte mich zu einem Abschiedskuß zu Beau um. Gisselle hatte den Kopf aus dem Fenster gestreckt.

»Jetzt komm endlich. Ich kann es nicht ausstehen, im Wagen zu sitzen und dann doch nicht loszufahren.«

Beau lächelte sie an und küßte mich.

»Ich rufe an, sowie es geht«, flüsterte ich.

»Und ich komme zu Besuch, sowie es geht. Ich liebe dich.«

»Ich dich auch«, sagte ich eilig und lief um den Wagen herum, um einzusteigen.

»Du könntest mir ruhig auch einen Abschiedskuß geben, Beau Andreas. So lange ist es nun auch noch nicht her, daß du es nicht erwarten konntest, mich zu küssen, sowie es sich nur irgend ergeben hat«, maulte Gisselle.

»Ich werde diese Küsse nie vergessen«, spottete Beau und beugte sich in den Wagen, um ihr einen flüchtigen Kuß zu geben.

»Das war kein Kuß«, sagte sie. »Vielleicht hast du vergessen, wie das geht. Vielleicht brauchst du eine Expertin, die es dir wieder beibringt.« Sie warf einen Blick auf mich und fügte dann hinzu: »Vielleicht wirst du ja üben, solange wir fort sind.« Sie lachte und lehnte sich zurück.

Daddy sprach sich mit dem Fahrer des Lieferwagens ab und ging für den Fall, daß wir voneinander getrennt wurden, die Route nach Baton Rouge noch einmal mit ihm durch.

»Was ist denn das?« fragte Gisselle, als sie das Medaillon sah.

»Ein Geschenk von Beau.«

»Zeig mal her.« Sie beugte sich vor, um das Medaillon in die Hand zu nehmen. Ich mußte mich nach hinten lehnen, damit sie mir die Kette nicht vom Hals zog.

»Sei vorsichtig«, sagte ich.

Sie öffnete das Medaillon und sah unsere Bilder. Ihr Mund sprang auf, und sie warf einen Blick auf Beau, der dastand und sich mit Edgar unterhielt.

»So ein Geschenk hat er mir nie gemacht. Genaugenommen«, schnaubte sie erbost, »hat er mir nie etwas geschenkt.«

»Vielleicht hat er geglaubt, du hättest alles, was du willst.«

Sie ließ das Medaillon los, sank auf dem Sitz zurück und schmollte. Daddy stieg in den Wagen und sah uns an.

»Seid ihr bereit?« fragte er.

»Nein«, erwiderte Gisselle. »Ich werde nie dazu bereit sein.«

»Wir sind bereit zum Aufbruch, Daddy«, sagte ich. Ich blickte Beau an, und meine Lippen bildeten stumm die Worte: »Auf Wiedersehen. Ich liebe dich.« Er nickte. Daddy ließ den Motor an, und wir setzten uns in Bewegung.

Als ich durch die Heckscheibe schaute, sah ich Nina und Wendy auf der Veranda stehen und winken. Ich winkte ihnen, Edgar und Beau zu. Gisselle weigerte sich, sich umzudrehen und Abschied zu nehmen. Sie saß da und schaute haßerfüllt vor sich hin.

Als wir das Tor erreichten, ließ ich meinen Blick langsam über die Fassade des großen Hauses gleiten, bis zu einem Fenster, von dem die Vorhänge zurückgezogen waren. Ich schaute genauer hin und erkannte Daphne, die dort stand und auf uns herunterblickte.

Auf ihrem Gesicht lag ein Lächeln, das tiefe Zufriedenheit ausdrückte.

2.

Noch weiter fort vom Bayou

Als wir aus dem Garden District hinausfuhren und den Weg zum Highway nach Baton Rouge einschlugen, wurde Gisselle unerwartet ruhig. Sie preßte das Gesicht an die Fensterscheibe und schaute auf die olivgrüne Straßenbahn hinaus, die klappernd durch die Esplanade fuhr, und mit hungrigen Blicken beobachtete sie die Leute, die in den Straßencafés saßen, als könnte sie den Kaffee und das frisch gebackene Brot riechen. In New Orleans schien es immer von Touristen zu wimmeln, von Männern und Frauen mit Kameras um den Hals und Reiseführern in der Hand, die von den Villen oder den Statuen angezogen wurden. In manchen Stadtteilen herrschte ein ruhiger, träger Rhythmus, in anderen ging es hektisch und geschäftig zu. Aber die Stadt hatte Charakter und ihre Eigenart, und es war unmöglich, hier zu leben und nicht Teil dieser Stadt zu sein oder sie daran zu hindern, daß sie ein Teil von einem selbst wurde.

Als wir unter dem langen Baldachin von dichtbelaubten Eichen durchfuhren und an den grandiosen Villen und Gärten vorbeikamen, in denen Massen von Kamelien und Magnolien blühten, befiel mich Melancholie. Dieses Gefühl überraschte mich. Mir war nicht klar gewesen, daß ich mich inzwischen hier zu Hause fühlte. Vielleicht lag es an Daddy, vielleicht an Nina, Edgar und Wendy, aber ganz bestimmt lag es an Beau. Ich hatte plötzlich das Gefühl zu wissen, wo ich hingehörte. Ich begriff, daß ich diesen Teil der Welt, den ich vor knapp einem Jahr für mich beansprucht hatte, vermissen würde.

Ich würde Ninas leckere Gerichte vermissen, ihren Aberglauben und ihre Rituale gegen das Böse. Ich würde es vermissen zu hören, wie sie mit Edgar plauderte oder über die Macht eines Krautes oder des bösen Auges stritt. Ich würde vermissen, wie Wendy bei der Arbeit vor sich hin sang, und ich würde Daddys strahlendes und liebevolles Lächeln vermissen, mit dem er mich jeden Morgen begrüßt hatte.

Trotz der Spannung, die Daphne vom Augenblick meiner Ankunft in New Orleans an über unseren Köpfen hatte schweben lassen, wußte ich, daß ich die prächtige Villa mit ihrer riesigen Eingangshallc, den beeindruckenden Gemälden und Statuen und den wertvollen antiken Möbeln vermissen würde. Wie berauschend es für mich in der ersten Zeit gewesen war, mein Zimmer zu verlassen und wie eine Prinzessin in einem Schloß die gewundene Treppe hinunter zu steigen. Würde ich je diesen ersten Abend vergessen, als Daddy mich in das Zimmer geführt hatte, das von da an meins sein sollte? Wie er die Tür geöffnet hatte und mein Blick auf dieses riesige Bett mit den flauschigen Kissen und den Chintzbezügen gefallen war? Ich würde das Gemälde über meinem Bett vermissen, das Bild der wunderschönen jungen Frau, die vor dem Hintergrund eines Gartens einen Papageien fütterte. Ich würde meine großen Kleiderschränke und mein enormes Badezimmer mit der Wanne vermissen, in der ich stundenlang genüßlich liegen konnte.

Ich hatte mich in unserem Haus so wohl gefühlt, und, ja, ich mußte eingestehen, daß ich jetzt verwöhnter war als vorher. Nachdem ich in einem Pfahlbau der Cajun aufgewachsen war, einer Hütte aus dem Holz der Sumpfzypresse mit einem Blechdach, einem Haus, in dem die Zimmer nicht größer gewesen waren als manche der Abstellkammern im Haus der Dumas, hatte ich zwangsläufig vor Ehrfurcht erstarren müssen, als ich mit dem konfrontiert wurde, was von Rechts wegen auch *mein* Zuhause war. Mit

Sicherheit würde ich die Abende vermissen, an denen ich im Garten auf der Terrasse gesessen und gelesen hatte, während die Häher und Spottdrosseln um mich herum flatterten und sich auf den Geländern der Laube niederließen, um neugierig zu schauen. Ich würde es vermissen, die Seeluft zu riechen und gelegentlich in der Ferne ein Nebelhorn zu hören.

Und doch hatte ich kein Recht darauf, unglücklich zu sein. Daddy gab eine Menge Geld dafür aus, uns in diese Privatschule zu schicken, und er tat es, um uns freudlose, triste Tage zu ersparen. Er wollte, daß wir unsere Jahre als Teenager unbeschwert von der finsteren Last früherer Sünden verbringen konnten, Sünden, die wir erst noch verstehen lernen, vielleicht sogar erst noch entdecken mußten. Vielleicht würde mit der Zeit wieder ein wenig Freude in Daddys Leben einkehren. Vielleicht konnten wir dann wieder alle zusammen sein.

Da saß ich nun und glaubte an den blauen Himmel, obwohl sich nur Wolken am Horizont abzeichneten, und ich glaubte an Vergebung, wo nur Zorn und Neid und Selbstsucht waren. Hätte Nina doch wirklich ein magisches Ritual zur Verfügung gehabt, eine Litanei, ein Kraut oder einen alten Knochen, den wir über dem Haus und seinen Bewohnern hätten schwenken können, um die dunklen Schatten zu vertreiben, die in unseren Herzen lebten!

Wir bogen ab und mußten anhalten, um einen Leichenzug passieren zu lassen, und dieser Anblick bestärkte mich in meiner plötzlich aufkeimenden Verzweiflung.

»Na, das ist ja toll«, beschwerte sich Gisselle.

»Es wird nur einen Moment dauern«, sagte Daddy.

Ein halbes Dutzend Farbiger in schwarzen Anzügen spielten Blasinstrumente und wiegten sich zu der Musik. Die Trauergäste, die ihnen folgten, taten es ihnen gleich. Ich wußte, daß Nina darin ein böses Omen gesehen und eines ihrer magischen Pulver in die Luft geworfen hätte.

Später hätte sie eine blaue Kerze angezündet, nur um ganz sicherzugehen. Instinktiv bückte ich mich und berührte das magische Zehncentstück, das sie mir geschenkt hatte.

»Was ist das?« fragte Gisselle.

»Nichts weiter, nur ein Talisman, den Nina mir gegeben hat.«

Gisselle verzog höhnisch das Gesicht. »Du glaubst immer noch an dieses dumme Zeug? Das ist mir wirklich peinlich. Leg das Ding ab. Ich will nicht, daß meine neuen Freundinnen wissen, wie rückständig meine Schwester ist«, befahl sie mir.

»Du glaubst an das, woran du glauben willst, Gisselle, und ich glaube an das, woran ich glauben will.«

»Daddy, würdest du ihr bitte sagen, daß sie dieses alberne Amulett und dieses Zeug nicht nach Greenwood mitnehmen kann? Das ist peinlich für die ganze Familie.« Sie wandte sich wieder an mich. »Es wird schon schwer genug sein, deine Herkunft geheimzuhalten«, behauptete sie.

»Ich habe dich nicht gebeten, irgend etwas davon geheimzuhalten, Gisselle. Ich schäme mich meiner Vergangenheit nicht.«

»Das solltest du aber«, sagte sie mürrisch und schaute finster den Trauerzug an, als ärgerte es sie, daß jemand die Unverschämtheit besaß, genau dann zu sterben und beerdigt zu werden, wenn sie eine Straße passieren wollte.

Sowie der Leichenzug vorübergezogen war, fuhr Daddy weiter. In diesem Augenblick ging Gisselle schlagartig wieder auf, daß all das wirklich geschah.

»Ich lasse all meine Freunde zurück. Es dauert Jahre, enge Freundschaften zu schließen, und jetzt habe ich sie alle verloren.«

»Wenn es so gute Freunde waren, wie kommt es dann, daß sie nicht erschienen sind, um sich von dir zu verabschieden?« fragte ich.

»Sie sind eben wütend, weil ich weggehe.«

»Zu wütend, um sich von dir zu verabschieden?«

»Ja«, fauchte sie. »Außerdem habe ich gestern abend mit allen telefoniert.«

»Seit deinem Unfall, Gisselle, wollen die meisten nichts mehr mit dir zu tun haben. Es ist zwecklos, sich etwas vorzumachen. Sie sind das, was man Freunde für gutes Wetter nennt.«

»Ruby hat recht, Schätzchen«, sagte Daddy.

»Ruby hat recht«, ahmte Gisselle ihn nach. »Ruby hat immer recht«, murmelte sie tonlos.

Als der Lake Pontchartrain in Sicht kam, schaute ich hinaus auf die Segelboote, die auf das Wasser gemalt zu sein schienen, und ich dachte an Onkel Jean und an Daddys Geständnis, daß das, was als ein gräßlicher Bootsunfall angesehen wurde, in Wirklichkeit etwas gewesen war, das Daddy in einem Anflug von rasender Eifersucht absichtlich getan hatte. Seitdem hatte er jeden einzelnen Tag seines Lebens damit zugebracht, es zu bereuen, und er würde es auch weiterhin Tag für Tag bereuen. Aber nachdem ich monatelang mit Daddy und Daphne zusammengelebt hatte, beherrschte mich das sichere Gefühl, daß das, was sich zwischen ihm und Onkel Jean abgespielt hatte, in erster Linie Daphnes Schuld und nicht seine war. Vielleicht war das ein weiterer Grund dafür, daß sie mich nicht mehr sehen wollte. Sie wußte, daß ich in ihr jedesmal, wenn ich sie ansah, das sah, was sie in Wirklichkeit war: eine hinterhältige und verschlagene Person.

»Ihr werdet euren Spaß daran haben, die Schule in Baton Rouge zu besuchen«, meinte Daddy und warf im Rückspiegel einen Blick auf uns.

»Ich hasse Baton Rouge«, erwiderte Gisselle eilig.

»Du bist doch nur einmal dort gewesen, Schätzchen«, sagte Daddy, »als ich mich mit den Regierungsbeamten dort getroffen und dich und Daphne mitgenommen habe. Es überrascht mich, daß du dich überhaupt noch daran erinnerst. Du warst damals erst sechs oder sieben Jahre alt.«

»Ich erinnere mich. Ich erinnere mich noch ganz genau

daran, daß ich es nicht erwarten konnte, wieder nach Hause zu fahren.«

»Aber jetzt wirst du mehr über unsere Hauptstadt erfahren und zu schätzen wissen, was es dort für dich zu entdecken gibt. Ich bin sicher, daß ihr von der Schule aus Ausflüge in die Regierungsgebäude, die Museen und den Zoo unternehmen werdet. Ihr wißt doch, was der Name ›Baton Rouge‹ bedeutet, oder nicht?« fragte er.

»Auf französisch bedeutet es ›roter Stock‹«, sagte ich.

Gisselle funkelte mich wütend an. »Das habe ich auch gewußt. Ich habe es nur nicht so schnell gesagt wie sie«, erklärte sie.

»*Oui*, aber wißt ihr auch, warum es so genannt wird?« Ich wußte es nicht, und Gisselle hatte schon gar keine Ahnung; und es interessierte sie auch nicht. »Der Name kommt von einer großen Zypresse, deren Rinde man abgeschält hat, um dann frisch getötete Tiere an den Stamm zu hängen; diese Zypresse markierte die Grenze zwischen den Jagdgründen zweier früherer Indianerstämme«, erklärte er.

»Wie eklig«, rief Gisselle. »Frisch getötete Tiere, igitt.«

»Es ist unsere zweitgrößte Stadt und einer der größten Häfen des Landes.«

»Total verräuchert«, nörgelte Gisselle.

»Nun, die rund hundert Meilen lange Küste von Baton Rouge bis New Orleans ist als die Petrochemische Goldküste bekannt, aber es gibt hier nicht nur Öl. Es gibt auch die großen Zuckerplantagen, die Gegend wird auch die Zuckerschale Amerikas genannt.«

»Jetzt brauchen wir nicht mehr in den Geschichtsunterricht zu gehen«, sagte Gisselle.

Daddys Miene verfinsterte sich. Offensichtlich konnte er sie mit nichts aufheitern. Er sah mich an, und ich zwinkerte ihm zu. Daraufhin lächelte er.

»Wie bist du überhaupt auf diese Schule gekommen?« erkundigte sie sich plötzlich. »Konntest du nicht eine Schule in der Nähe von New Orleans für uns finden?«

»Genaugenommen hat Daphne diese Schule gefunden. Sie ist in solchen Dingen auf dem laufenden. Es ist eine hochangesehene Schule, es gibt sie schon sehr lange, und sie hat auch eine weitreichende Tradition von vorzüglichen Leistungen. Sie wird durch Spenden und Lehrmittelstiftungen von reichen Leuten aus Louisiana finanziert, aber vorwiegend durch eine Stiftung, die ihr die Familie Clairborne durch das einzige noch lebende Familienmitglied übertragen hat, Edith Dilliard Clairborne.«

»Ich wette, sie ist ein eingetrocknetes Skelett von hundert Jahren«, sagte Gisselle.

»Sie ist etwa siebzig. Ihre Nichte Martha Ironwood ist das Verwaltungsoberhaupt. Das, was man als Rektorin bezeichnen würde. Ihr seht also, daß ihr genau in das hineingeratet, was wir die reiche Tradition des alten Südens nennen«, meinte Daddy voller Stolz.

»Es ist eine reine Mädchenschule, ohne Jungen«, versetzte Gisselle. »Wir könnten ebensogut in ein Nonnenkloster eintreten.«

Daddy lachte schallend. »Ich bin sicher, daß du dir völlig falsche Vorstellungen machst, Schätzchen. Ihr werdet es ja sehen.«

»Ich kann es kaum erwarten. Die Fahrt ist so langweilig, stell wenigstens das Radio an«, forderte Gisselle. »Und nicht einen dieser Sender, die Cajun-Musik spielen. Such die Hitparade.«

Daddy tat, was sie verlangte, doch statt ihre Stimmung zu verbessern, lullte die Musik sie ein, und während der restlichen Fahrt unterhielten Daddy und ich uns leise miteinander. Ich war immer wieder begeistert, wenn er ausnahmsweise bereit war, mir von seinen Ausflügen ins Bayou und von seiner Romanze mit meiner Mutter zu erzählen.

»Ich habe ihr viele Versprechen gegeben, die ich nicht halten konnte«, sagte er reumütig, »aber ein Versprechen werde ich halten: Ich werde dafür sorgen, daß ihr beide, du und Gisselle, immer nur das Beste bekommt. Natürlich«, fügte er lächelnd hinzu, »wußte ich nichts von deiner Existenz. Ich habe dein Erscheinen in New Orleans immer als ein Wunder angesehen, das ich nicht verdient habe. Ganz gleich, was seitdem alles passiert ist.«

Wie sehr ich ihn doch lieben gelernt hatte! Freudentränen traten in meine Augen. Das war etwas, das Gisselle nicht verstehen konnte. Mehr als einmal hatte sie versucht, mich dazu zu bringen, unseren Vater zu hassen. Ich nahm an, daß sie eifersüchtig auf die gute Beziehung war, die sich so schnell zwischen uns beiden entwickelt hatte.

Aber sie rief mir immer wieder ins Gedächtnis zurück, daß er meine Mutter im Bayou im Stich gelassen hatte; sie war schwanger geworden, als er schon mit Daphne verheiratet war. Und dann hatte er seine Sünden noch verschlimmert, indem er eingewilligt hatte, daß sein Vater das Baby kaufte.

»Was ist das für ein Mann, der so etwas tut?« fragte sie mich bei solchen Gelegenheiten und setzte mir mit ihren Fragen und Vorwürfen erbarmungslos zu.

»Menschen machen Fehler, wenn sie jung sind, Gisselle.«

»Das glaube ich nicht. Männer wissen genau, was sie tun und was sie von uns wollen«, pflegte sie zu sagen, ihre Augen wurden klein, ihr Ausdruck zynisch.

»Es tut ihm heute noch leid«, erklärte ich. »Und er bemüht sich zu tun, was er kann, um es wiedergutzumachen. Wenn du ihn liebst, dann wirst du tun, was du kannst, um sein Leiden zu verringern.«

»Das tue ich doch«, sagte sie fröhlich. »Ich helfe ihm, indem ich ihn dazu bringe, mir alles zu kaufen, was ich mir in den Kopf gesetzt habe.«

Sie ist unverbesserlich, dachte ich. Noch nicht einmal Nina und ihre Voodoo-Königinnen wußten eine Litanei oder ein Pulver, die sie verändern könnten. Aber eines Tages würde ich sie ändern. Ich hatte das sichere Gefühl; ich wußte nur nicht, wodurch oder wann.

»Vor uns liegt Baton Rouge«, kündigte Daddy eine Weile später an. Die Turmspitzen des Kapitols im Innenstadtbereich ragten über den Bäumen auf. Ich sah riesige Ölraffinerien und Aluminiumfabriken am Ostufer des Mississippi. »Die Schule liegt weiter oben, ihr werdet von dort einen großartigen Ausblick haben.«

Gisselle wachte auf, als er vom Highway abbog und durch kleine Seitenstraßen weiterfuhr, vorbei an einer ganzen Reihe von imposanten Villen aus der Vorkriegszeit, die restauriert worden waren, zweistöckige Häuser mit Säulen davor. Wir fuhren an einem wunderschönen Wohnhaus mit Tiffany-Fenstern und einer Wippe auf der unteren Galerie vorbei. Zwei kleine Mädchen saßen darauf, beide mit goldbraunen Pferdeschwänzen; sie trugen identische rosafarbene Kleider und schwarze Lederschuhe mit Schnallen. Ich malte mir aus, daß sie Schwestern waren, und in meiner Phantasie sah ich mich und Gisselle gemeinsam in einem solchen Haus mit Daddy und unserer richtigen Mutter aufwachsen. Wie anders hätte alles sein können!

»Jetzt ist es nicht mehr weit«, sagte Daddy und wies mit einer Kopfbewegung auf einen Hügel. Als er um die nächste Kurve fuhr, kam die Schule in Sicht. Als erstes sahen wir in großen eisernen Buchstaben über dem Haupteingang, den zwei eckige Steinsäulen bildeten, den Namen GREENWOOD. Ein schmiedeeiserner Zaun schien sich meilenweit nach rechts und links zu ziehen. Ich sah blühende Knopfblumensträucher, deren dunkelgrünes Laub um die kleinen weißen Kugeln herum schimmerte. Über einen großen Teil des Zaunes rankten sich Klettertrompeten mit ihren orangefarbenen Blüten.

Zu beiden Seiten erstreckten sich sanft hügelige Rasenflächen, standen hohe Roteichen, Walnußbäume und Magnolien. Eichhörnchen sprangen von Ast zu Ast, als könnten sie fliegen. Ich sah einen roten Specht auf einem Zweig landen und zu uns herüber äugen. Überall gab es Gehwege aus Steinfliesen zwischen niedrigen Hecken und Brunnen, von denen manche mit kleinen steinernen Statuen von Eichhörnchen, Hasen und Vögeln versehen waren.

Ein riesiger Garten lag vor dem Hauptgebäude – ein Blumenbeet neben dem anderen: Tulpen, Geranien, Iris, goldgelbe Rosen und überwältigende Mengen von weißem, rosafarbenem und rotem Springkraut. Alles wirkte überaus gepflegt. Das Gras war so perfekt, als würde es von einer Armee mit Scheren bewaffneter Gärtner geschnitten. Nicht ein Zweig, nicht ein Blatt, nichts schien unordentlich zu sein. Es war, als seien wir in ein Gemälde geraten.

Vor uns ragte das Hauptgebäude auf. Es war ein zweistöckiges Haus aus alten Ziegeln und graugestrichenem Holz. Dunkelgrüne Efeuranken krochen an den Backsteinen hinauf und umrahmten die großen Sprossenfenster. Eine breite Steintreppe führte zu dem großen Säulengang vor dem Hauptportal. Rechts daneben war ein Parkplatz mit Schildern, auf denen RESERVIERT FÜR DEN LEHRKÖRPER und RESERVIERT FÜR BESUCHER stand. Im Moment war der Parkplatz so gut wie voll. Eltern und junge Mädchen trafen und begrüßten sich dort, alte Freunde erneuerten offensichtlich ihre Freundschaft. Es herrschte helle Aufregung. Gelächter erfüllte die Luft, und es waren nur strahlende Gesichter zu sehen. Mädchen umarmten und küßten einander, und alle redeten gleichzeitig.

Daddy fand eine Parklücke für uns und den Lieferwagen, aber Gisselle hatte bereits ihre nächste Beschwerde anzumelden.

»Wir sind viel zu weit vom Eingang entfernt, und wie soll ich überhaupt jeden Tag diese Treppe hinaufkommen? Das ist ja furchtbar.«

»Warte erst mal ab«, beschwichtigte sie Daddy. »Man hat mir gesagt, daß es einen eigens für Rollstuhlfahrer gebauten Eingang gibt.«

»Das ist ja toll. Wahrscheinlich bin ich die einzige. Alle werden zusehen, wie ich morgens ins Haus geschoben werde.«

»Es muß hier noch andere behinderte Mädchen geben, Gisselle. Nur für dich würden sie keinen eigenen Eingang bauen«, versicherte ich ihr, aber sie schaute nur finster auf den Trubel hinaus.

»Sieh dir das an. Jeder kennt jeden. Wir sind wahrscheinlich die einzigen Fremden in dieser ganzen Schule.«

»Unsinn«, sagte Daddy. »Schließlich gibt es hier einen ganzen Jahrgang von Erstsemestern, oder etwa nicht?«

»Wir sind keine Erstsemester. Wir sind im letzten Studienjahr«, erinnerte sie ihn barsch.

»Ich werde mich mal erkundigen, was wir als nächstes tun sollten«, sagte Daddy und öffnete seine Wagentür.

»Als nächstes sollten wir nach Hause fahren, wenn du mich fragst«, bemerkte Gisselle spitz. Daddy winkte unserem Lieferwagenführer zu, dann wandte er sich an eine Frau in einem grünen Kostüm, die einen Schreibblock in der Hand hielt.

»Also, gut«, sagte Daddy, als er zurückkam. »Es scheint alles ganz einfach zu sein. Gleich dort rechts ist der Eingang mit der Schräge, ohne Stufen. Zuerst geht ihr zur Anmeldung in der Eingangshalle, und dann begleite ich euch ins Studentenwohnheim.«

»Warum gehen wir nicht gleich ins Studentenwohnheim?« fragte Gisselle. »Ich bin müde.«

»Man hat mir gesagt, ich soll euch vorher dorthin bringen, damit ihr eure Unterlagen holen könnt, eine Mappe mit Informationen über eure Kurse, einen Lageplan des Geländes und dergleichen.«

»Ich brauche keinen Lageplan, ich werde mich sowieso immer nur in meinem Zimmer aufhalten«, sagte Gisselle.

»Oh, ganz bestimmt nicht, da bin ich sicher«, erwiderte Daddy. »Ich hole jetzt deinen Stuhl aus dem Lieferwagen, Gisselle.«

Sie kniff die Lippen zusammen, verschränkte die Arme und lehnte sich zurück. Ich stieg aus. Der Himmel war kristallblau, die Wolken waren flauschig und prall und sahen aus wie Zuckerwatte. Man hatte einen prächtigen Ausblick auf die Stadt hinunter und weit darüber hinaus, bis zum Mississippi, auf dem Boote und Schiffe flußaufwärts und flußabwärts fuhren. Ich kam mir vor wie auf dem Dach der Welt.

Daddy half Gisselle in ihren Rollstuhl. Sie war steif und unkooperativ und zwang ihn, sie buchstäblich auf den Stuhl zu heben. Als sie endlich saß, schob er sie langsam zur Eingangsrampe. Gisselle sah starr vor sich hin, und ihr Gesicht verzog sich zu einem Ausdruck hämischer Mißbilligung. Mädchen lächelten uns an, und einige von ihnen begrüßten uns, aber Gisselle tat so, als höre und sähe sie nichts.

Die Rampe führte uns durch einen Seiteneingang in die geräumige Eingangshalle mit Marmorfußboden, hoher Decke, enormen Kronleuchtern und einem großen Wandteppich hinten rechts, auf dem eine Zuckerplantage abgebildet war. Die Halle war so riesig, daß die Stimmen der Mädchen darin hallten. Sie hatten sich in drei langen Schlangen angestellt, und wer in welcher Schlange stand, hing ausschließlich vom Anfangsbuchstaben des Nachnamens ab. In dem Moment, in dem ihr Blick auf die Menschenmenge fiel, begann Gisselle zu stöhnen.

»Ich kann nicht so hier sitzen und warten«, klagte sie laut genug, daß etliche Mädchen, die in der Nähe standen, sie hören konnten. »In unserer Schule in New Orleans brauchen wir das nicht zu tun! Ich dachte, du hättest gesagt, man wüßte hier Bescheid über mich und würde auf meine Probleme Rücksicht nehmen.«

»Einen Moment«, sagte Daddy leise. Dann wandte er sich an einen großen, dünnen Mann mit Anzug und Krawatte, der die Mädchen in die Schlangen einwies und einigen von ihnen half, die Formulare auszufüllen. Nachdem Daddy mit ihm gesprochen hatte, schaute der Mann in unsere Richtung, und im nächsten Moment gingen er und Daddy an den Schalter, auf dem das Schild A-H stand.

Daddy sprach mit der Lehrerin hinter unserem Schalter, und kurz darauf reichte sie ihm zwei Materialmappen. Er bedankte sich bei ihr und dem Mann, und dann kehrte er eilig zu uns zurück.

»Alles in Ordnung. Ich habe eure Unterlagen. Man hat euch beide im Louella-Clairborne-Haus untergebracht.«

»Was ist denn das für ein Name für ein Wohnheim?« sagte Gisselle.

»Es ist nach Mr. Clairbornes Mutter benannt worden. Es gibt drei Wohnheime, und Daphne hat mir versichert, daß ihr im besten von den dreien untergebracht seid.«

»Na, toll.«

»Danke, Daddy«, sagte ich und nahm ihm meine Unterlagen ab. Ich fühlte mich schuldbewußt, weil Gisselle und ich bevorzugt behandelt wurden, und ich wich den neidischen Blicken der anderen Mädchen, die noch in der Schlange warteten, aus.

»Hier ist deine Materialmappe«, sagte Daddy. Als sie sie ihm nicht abnahm, legte er sie Gisselle auf den Schoß. Dann wendete er ihren Rollstuhl und schob sie aus dem Gebäude.

»Man hat mir gesagt, im Hauptgebäude gebe es einen Aufzug. Sämtliche Toiletten sind mit Einrichtungen für Behinderte versehen, und zwischen den Kursen braucht ihr normalerweise das Stockwerk nicht zu wechseln, daher wird es euch keine großen Schwierigkeiten bereiten, rechtzeitig von einem Kurs zum anderen zu gelangen«, sagte Daddy.

Widerstrebend schlug Gisselle ihre Mappe auf. Die erste Seite war ein Willkommensgruß von Mrs. Ironwood, in dem uns wärmstens empfohlen wurde, das Einführungsmaterial Blatt für Blatt gründlich durchzulesen und uns insbesondere mit der Hausordnung vertraut zu machen.

Zwei der Wohnheime befanden sich rechts hinter dem Haus, und das dritte, unser Wohnheim, lag links hinter dem Hauptgebäude. Als wir langsam um das Hauptgebäude herum zu unserem Haus fuhren, schaute ich den Hang hinunter und sah das Bootshaus und den See. Ein breiter Streifen von tropischer Wasserpest zog sich von einem Ufer zum anderen, die von grünen Blättern umgebenen lavendelfarbenen Blüten waren bleich, die innersten Blütenblätter gelb gesprenkelt. Das Wasser blinkte wie eine polierte Münze. Zu unserer Linken, direkt hinter dem Hauptgebäude, befanden sich die Sportplätze.

»Was für ein wunderschönes Gelände«, sagte Daddy, »und so gepflegt.«

»Hier fühlt man sich wie in einem Gefängnis«, gab Gisselle zurück. »Man muß Meilen zurücklegen, ehe man auf Zivilisation stößt. Wir sitzen in der Falle.«

»Ach, Unsinn. Ihr werdet jede Menge zu tun haben. Ihr werdet euch nicht langweilen, das versichere ich euch«, beharrte Daddy.

Gisselle schmollte wieder einmal, als unser Wohnheim in Sicht kam. Das Louella-Clairborne-Haus, das wie das Wohnhaus einer alten Plantage konstruiert war, wurde durch hohe Eichen und Weiden, deren Zweige sich ungehindert ausbreiteten, fast gänzlich abgeschirmt. Das aus Zypressenholz errichtete Gebäude hatte eine untere und eine obere Galerie mit Balustraden und eckigen Säulen, die bis zum Giebeldach reichten. Als wir näher kamen, sahen wir die Rampe, die seitlich neben der vorderen Galerie angelegt worden war. Ich wollte es nicht sagen, aber diese Rampe erweckte ganz den Anschein, als sei sie eigens für Gisselle gebaut worden.

»Okay«, sagte Daddy. »Dann wollen wir euch mal unterbringen. Ich sage der Heimleiterin nur kurz Bescheid, daß wir da sind. Sie heißt Mrs. Penny.«

»Mehr ist sie wahrscheinlich auch nicht wert«, bemerkte Gisselle und lachte über ihren eigenen Sarkasmus.

Daddy stieg eilig die Stufen vor dem Haus hinauf und verschwand im Innern.

»Dir ist doch klar, daß du mich jeden Tag den weiten Weg

von diesem Wohnheim zum Unterricht schieben mußt«, drohte Gisselle.

»Du kannst deinen Rollstuhl mühelos selbst hinrollen, Gisselle. Der Gehweg scheint absolut eben zu sein.«

»Das ist zu weit!« schrie sie. »Ich wäre schon erschöpft, wenn ich dort ankomme.«

»Wenn du geschoben werden mußt, dann werde ich dich eben schieben«, versicherte ich ihr seufzend.

»So ein Blödsinn.« Sie verschränkte die Arme und schaute finster auf die Fassade des Wohnheims. Wenig später tauchte Daddy mit Mrs. Penny auf, einer kleinen, rundlichen Frau mit grauem Haar, das sie sich zu dicken Zöpfen geflochten und um den Kopf geschlungen hatte. Ihr untersetzter Körper steckte in einem blau-weißen Kleid. Als sie näher kam, sah ich, daß sie unschuldige blaue Augen hatte, fröhlich und strahlend lächelte und Pausbacken hatte, die so aufgeblasen waren, daß ihre kleine Nase fast darin unterging. Sie klatschte in die Hände, als ich aus dem Wagen stieg.

»Willkommen, meine Liebe. Willkommen in Greenwood. Ich bin Mrs. Penny.« Sie hielt mir ihre kleine Hand mit den dicken Stummelfingern hin, und ich schüttelte sie.

»Danke«, sagte ich.

»Du bist Gisselle?«

»Nein, ich bin Ruby. Das ist meine Schwester Gisselle.«

»Ist ja toll; sie weiß noch nicht einmal, wer von uns beiden wer ist«, murrte Gisselle, die noch im Wagen saß. Falls Mrs. Penny sie gehört hatte, ließ sie es sich nicht anmerken.

»Das ist einfach wunderbar. Ihr seid meine beiden ersten Zwillinge, und ich bin schon seit mehr als zwanzig Jahren Heimleiterin im Louella-Clairborne-Haus. Hallo, meine Liebe«, sagte sie und beugte sich vor, um den Kopf in den Wagen zu strecken.

»Ich hoffe, wir haben ein Zimmer im Erdgeschoß«, fauchte Gisselle.

»Aber selbstverständlich, meine Liebe. Ihr seid im ersten Quadranten untergebracht, im Quadranten A.«

»Quadranten?«

»Unsere Zimmer sind um einen zentralen Studienbereich herum angeordnet. Jeweils vier Schlafzimmer teilen sich zwei Bäder und das Wohnzimmer«, erklärte Mrs. Penny. »Alle anderen Mädchen bis auf einen Neuzugang«, fügte sie hinzu, und ihr Lächeln erlosch und erstrahlte dann wieder, »sind bereits da. Sie sind alle im letzten Studienjahr, wie ihr beide. Sie können es kaum erwarten, euch kennenzulernen.«

»Und wir sterben auch schon vor Neugier«, gurrte Gisselle sarkastisch, als Daddy wieder mit ihrem Rollstuhl ankam. Er half ihr hinein, und wir begaben uns ins Haus.

Das Wohnheim hatte einen großen Aufenthaltsraum mit zwei breiten Sofas und vier hochlehnigen Polsterstühlen, die an zwei langen dunklen Holztischen standen. Neben den Sofas und Stühlen standen Stehlampen, und in den Ecken des Raumes noch kleinere Tische. In einer Ecke befanden sich ein kleines Zweiersofa und ein weiterer hochlehniger Stuhl vor einem Fernsehgerät. Vor den Fenstern hingen weiße Baumwollgardinen und hellblaue Vorhänge, und auf dem Hartholzboden lag ein großer, ovaler blauer Teppich. Die Rückwand zierte ein enormes Porträt von einer elegant aussehenden älteren Frau. Es war das einzige Gemälde im ganzen Raum.

»Das ist ein Bild von Mrs. Edith Dilliard Clairborne«, sagte Mrs. Penny mit ehrerbietiger Stimme und nickte. »Natürlich war sie damals noch wesentlich jünger«, fügte sie hinzu.

»Sie sieht da schon alt aus«, sagte Gisselle. »Wie mag sie dann erst heute aussehen?«

Mrs. Penny ging nicht darauf ein. Statt dessen setzte sie ihre Beschreibung des Hauses fort.

»Die Küche ist hinten im Haus«, erklärte sie. »Wir haben feste Zeiten für Frühstück und Abendessen, aber ihr könnt euch jederzeit zwischendurch eine Kleinigkeit holen, wenn ihr wollt. Ich bemühe mich, das Haus so zu führen, als seien wir alle eine große glückliche Familie«, sagte sie zu Daddy. Dann sah sie auf Gisselle herunter. »Ich fahre dich herum und zeige dir alles, sowie ihr euch eingerichtet habt. Euer Quadrant liegt gleich dort drüben«, fügte sie hinzu und wies auf den Korridor zu unserer Rechten. »Ich zeige euch zuerst einmal, wo ihr untergebracht seid, und dann holen wir eure Sachen. Wie war die Fahrt?«

»Angenehm«, sagte Daddy.

»Langweilig«, fügte Gisselle hinzu, aber Mrs. Penny ging nicht auf sie ein und lächelte unermüdlich weiter. Es war, als könnte sie unangenehme Dinge weder sehen noch hören.

An den Wänden des kurzen Korridors hingen Ölgemälde, die Straßenszenen in New Orleans darstellten, und dazwischen Porträts, von denen ich mir ausmalte, daß es sich um Angehörige der Familie Clairborne handelte. Zwei Kronleuchter an der Decke sorgten für Licht. Am Ende des Flurs lag das Wohnzimmer, das Mrs. Penny uns beschrieben hatte. Es war ein kleiner Raum, in dem vier Polsterstühle von derselben Sorte wie im Aufenthaltsraum standen, ein ovaler Tisch aus dunklem Kiefernholz, vier Schreibtische an der Rückwand und Stehlampen. Gelächter lenkte unsere Aufmerksamkeit auf die erste Tür rechts.

»Nun, warum fangen wir eigentlich nicht gleich damit an, euch den anderen vorzustellen?« sagte Mrs. Penny. »Jacqueline ... Kathleen.«

Ein Mädchen von mindestens einem Meter achtzig trat als erste aus dem Zimmer. An ihrer gebeugten Haltung sah ich deutlich, daß sie wegen ihrer Größe gehemmt war. Sie hatte ein schmales Gesicht mit einer langen spitzen Nase über einem kleinen Mund mit dünnen Lippen, die zu bleichen Gummibändern wurden, wenn sie sie hämisch verzog. Ich sollte schon bald dahinterkommen, daß ein hämisches Grinsen ihre liebste Miene war. Ihre Bitterkeit drückte sich in den mißbilligenden braunen Augen, die kaum mehr als Schlitze waren, noch stärker aus. Sie wirkte wie ein ungeladener Gast, der eine Party besucht, die für weitaus glücklichere Menschen veranstaltet wird.

»Das ist Jacqueline Gidot. Jacqueline, ich möchte dir Gisselle und Ruby Dumas und ihren Vater vorstellen.«

»Hallo«, sagte Jacqueline und sah schnell von mir zu Gisselle. Ich nahm an, daß man die Mädchen in unserem Quadranten vorgewarnt hatte, Gisselle sitze in einem Rollstuhl, aber natürlich war es wesentlich beeindruckender, ihr tatsächlich gegenüberzustehen.

»Hallo«, erwiderte ich. Gisselle nickte nur, doch sie blickte interessiert auf, als Jacquelines Zimmergenossin auftauchte.

»Und das ist Kathleen Norton.«

Kathleen hatte ein wärmeres Lächeln. Sie war aschblond und hatte etwa unsere Größe, aber wesentlich breitere Hüften und Schultern.

»Alle nennen mich Kate«, teilte sie uns eilig mit und kicherte.

»Oder Chubs«, warf Jacqueline trocken ein. Kate lachte nur. Mir schien es, als lachte sie nach fast allem, was sie sagte, und auch als Reaktion auf fast alles, was irgend jemand je über sie sagte. Es war wohl eher eine nervöse Reaktion. Ihre blauen Augen wurden groß, und sie wirkte nahezu ehrfürchtig, als sie Gisselle ansah, und ich wußte, daß das Gisselle gar nicht gefallen würde.

»Chubs?« schnaubte Gisselle.

»Sie ißt alles, was ihr in die Finger kommt, und sie hortet in unserem Zimmer Süßigkeiten wie ein Eichhörnchen«, erklärte Jacqueline abfällig.

Kate lachte. Sie sog Jacquelines Sarkasmus in sich auf wie ein Schwamm, lächelte und tat so, als habe sie nichts gehört.

»Willkommen in Greenwood.«

»Danke«, sagte ich.

»Welches ist unser Zimmer?« erkundigte sich Gisselle ungeduldig.

»Hier entlang«, zeigte Mrs. Penny. Als wir uns umdrehten, standen wir einer entzückenden Rotblonden gegenüber, die in der Tür des Zimmers lehnte, das an unseres grenzte.

»Das ist Samantha«, sagte Mrs. Penny.

»Hallo«, begrüßte uns Samantha. Sie wirkte um Jahre jünger als wir.

»Du bist im letzten Studienjahr?« fragte Gisselle. Die winzige Samantha nickte.

»Samantha kommt eigentlich aus Mississippi«, erklärte Mrs. Penny, als sei Mississippi nicht lediglich der benachbarte Staat, sondern ein ganz anderes Land. »Samantha, das sind Gisselle und Ruby Dumas und ihr Vater.«

»Hallo«, wiederholte sie.

Als wir jemanden durch die Eingangshalle nahen hörten, wandten wir unsere Aufmerksamkeit wieder dem Korridor zu. Ein Mädchen, das fleißig und eifrig wirkte, kam eilig in unseren Quadranten gelaufen. Ihr dunkelbraunes Haar war kinnlang geschnitten, und sie trug eine Brille mit schwarzem Gestell und dicken Gläsern, die ihre braunen Augen stark vergrößerten. Sie hatte grobgeschnittene, harte Gesichtszüge und war so blaß, daß sie schon krank wirkte, aber sie hatte einen großen Busen, fast so groß wie der von Mrs. Penny, und eine Figur, von der Jacqueline uns später sagen sollte, sie sei bei diesem Pferdegesicht die reinste Vergeudung.

»Victoria. Du kommst gerade rechtzeitig, um unsere neuen Mitbewohnerinnen kennenzulernen, Ruby und Gisselle Dumas«, sagte Mrs. Penny. »Das ist Samanthas Zimmergenossin«, erklärte sie uns.

»Hallo«, sagte ich. »Ich bin Ruby.«

Victoria setzte die Brille ab, ehe sie mir ihre schmale Hand entgegenstreckte. Ich schüttelte sie.

»Ich komme gerade aus der Bibliothek«, bemerkte sie

atemlos. »Mr. Warden hat bereits einen Aushang mit seiner Literaturliste für europäische Geschichte gemacht.«

»Vicki ist wild entschlossen, nach diesem Schuljahr die Abschlußrede zu halten«, erklärte Jacqueline, die noch in ihrer Tür stand. »Andernfalls wird sie Selbstmord begehen.«

»Werde ich nicht«, gab Vicki zurück. »Es ist nur einfach klug, sich einen Vorsprung zu verschaffen«, sagte sie zu mir. Und dann schaute sie auf Gisselle herunter, auf deren Gesicht ein hämisches Grinsen stand. »Willkommen.«

»Danke.«

»Welches Zimmer haben wir denn nun?« stöhnte Gisselle.

»Hier entlang, meine Liebe.« Mrs. Penny führte uns zu der offenstehenden Tür. In dem Moment, in dem Daddy sie in das Zimmer schob, begann Gisselle zu jammern.

Zwei Einzelbetten standen nebeneinander, durch einen Nachttisch getrennt. An der rechten und der linken Wand war jeweils ein Kleiderschrank. Neben den Betten standen Kommoden aus dunklem Holz, so angeordnet, daß genügend Platz für Gisselles Rollstuhl zwischen Bett und Kommode blieb. Rechts neben der Tür stand eine kleine Frisierkommode mit einem Spiegel. Er hatte ein Viertel der Größe, die die Spiegel in unseren Zimmern in New Orleans hatten. Vor den Fenstern, über den Kopfenden der Betten, hingen schlichte Baumwollgardinen. Die Wände waren mit einer geblümten Tapete tapeziert und ansonsten völlig schmucklos. Der Fußboden war aus Hartholz.

»Das Zimmer ist viel zu klein! Hier ist schon für meine Sachen nicht genug Platz, von Rubys Zeug ganz zu schweigen.«

»Es freut mich, daß jemand anderes das auch so sieht«, rief Jacqueline.

»Mach dir deshalb bloß keine Sorgen, meine Liebe«, beschwichtigte Mrs. Penny. »Ich habe Lagerraum, den ich dir zur Verfügung stellen kann.«

»Ich habe meine Sachen doch nicht mitgebracht, um sie hier einzulagern. Ich habe sie dabei, um sie zu benutzen.«

»Ach, du meine Güte«, sagte Mrs. Penny und blickte Daddy an.

»Das wird schon in Ordnung gehen«, versicherte er ihr. »Wir bringen zuerst das Allernotwendigste ins Haus und dann ...«

»Es ist alles absolut notwendig«, erklärte Gisselle erbarmungslos.

»Vielleicht kann sie auch in Abbys Zimmer noch ein paar Sachen unterbringen«, schlug Mrs. Penny vor. »Abby hat ein Zimmer für sich allein«, fügte sie hinzu.

»Wer ist Abby? Wo steckt sie?« erkundigte sich Gisselle unfreundlich.

»Sie ist noch nicht hier eingetroffen. Sie ist das andere neue Mädchen hier«, sagte Mrs. Penny und wandte sich direkt an Daddy, der nickte. »Wie dem auch sei, dein kleines Herzchen braucht sich nicht zu sorgen, denn die gute Mrs. Penny ist da, damit alles reibungslos abläuft und ihre Mädchen glücklich sind. Ich mache das schon seit langem«, sagte sie lächelnd.

Gisselle schmollte.

»Ich werde jetzt die Sachen reinbringen«, sagte Daddy.

»Soll ich dir helfen, Daddy?« fragte ich.

»Nein. Bleib du bei deiner Schwester«, antwortete er und zog die Augenbrauen hoch. Ich nickte, und er ging mit Mrs. Penny hinaus.

Jacqueline, Kate, Samantha und Vicki versammelten sich in unserer Tür.

»Warum hast du soviel mitgebracht?« fragte Vicki. »Hast du denn nicht gewußt, daß du keine große Garderobe brauchst? Wir tragen hier Schuluniformen.«

»Ich denke gar nicht daran, eine Schuluniform zu tragen!« schrie Gisselle.

»Das mußt du aber«, lachte Kate.

»Muß ich nicht. Ich kann es nicht. Ich habe meine speziellen Probleme«, erklärte Gisselle. »Ich bin sicher, mein Vater wird dafür sorgen, daß ich meine eigene Kleidung tragen darf, und in diesen Schränken ist einfach nicht genug Platz für all meine Sachen. Ich muß sie in den Koffern lassen, und die nehmen uns in dem kleinen Zimmer noch mehr Platz weg.«

Vicki zuckte die Achseln. »Allzuviel Zeit verbringt ihr ohnehin nicht in eurem Zimmer«, verkündete sie. »Meistens werdet ihr hier draußen sein und eure Arbeiten machen.«

»*Du* arbeitest die meiste Zeit«, sagte Jacqueline. »Wir nicht. Also, aus welchem Teil von Louisiana kommt ihr beiden?«

»Aus New Orleans«, sagte ich. »Aus dem Garden District.«

»Da ist es wunderschön«, warf die puppenhafte Samantha ein. »Mein Daddy ist letztes Jahr mit mir dort gewesen. Vielleicht bin ich sogar an eurem Haus vorbeigelaufen.«

Gisselle drehte ihren Rollstuhl um, damit sie die Mädchen genauer ansehen konnte.

»Und woher stammt ihr alle?«

»Ich komme aus Shreveport«, antwortete Jacqueline. »Chubs ist aus Pineville, und Vicki kommt aus Lafayette.«

»Mein Vater und ich leben in Natchez«, meinte Samantha.

»Was ist mit deiner Mutter?« fragte Gisselle.

»Sie ist vor zwei Jahren bei einem Autounfall umgekommen.« Sie biß sich auf die Unterlippe.

»Auf die Art bin ich zum Krüppel geworden«, sagte Gisselle zornig. Es war, als glaubte sie, an allen Unfällen seien nur die Autos und nie die Menschen schuld. »Wenn du aus Mississippi stammst, wie kommt es dann, daß du hier zur Schule gehst?« fragte sie.

»Mein Vater kommt aus Baton Rouge.«

»Sind eure Zimmer auch so klein?« fragte Gisselle und sah sich um.

»Ja«, bestätigte Jacqueline.

»Wie kommt es, daß diese Abby ein Zimmer für sich allein hat?« erkundigte sich Gisselle.

»Es hat sich eben so ergeben«, sagte Kate und lachte. »Vielleicht haben sie es ausgelost.«

»Vielleicht will sich aber auch niemand mit ihr ein Zimmer teilen. Wir kennen sie auch noch nicht«, fügte Jacqueline hinzu.

»Du glaubst doch nicht, daß sie ...« setzte Kate an.

»Nein«, sagte Jacqueline. »Die werden in Greenwood nicht aufgenommen, ganz gleich, wer dagegen protestiert. Das hier ist eine Privatschule«, fügte sie nicht ohne Stolz hinzu.

»Sie sollte langsam mal kommen«, sagte Vicki. »In einer Stunde beginnt die Einführungsversammlung.«

»Was für eine Einführungsversammlung?« fragte Gisselle eilig.

»Hast du die erste Seite deiner Mappe denn noch nicht gelesen? Die Eiserne Jungfrau hält immer eine Versammlung ab, damit sie uns kennenlernt und wir sie.«

»Und auf dieser Versammlung liest sie uns die Leviten«, fügte Jacqueline hinzu. »Und spuckt Feuer und Schwefel.«

»Die Eiserne Jungfrau?« fragte ich.

»Wenn du sie erst einmal gehört und gesehen hast, wirst du wissen, warum wir sie so nennen«, erwiderte Jacqueline.

»All diese blöden Vorschriften, die hier aufgelistet sind, werden doch nicht etwa ernst genommen?« fragte Gisselle und hob ihre Mappe hoch.

»O doch, und du solltest dir genau durchlesen, wofür du einen Tadel bekommst. Chubs kann euch eine ganze Menge darüber erzählen«, sagte Jacqueline und wies mit einer Kopfbewegung auf Kate.

»Wieso?« fragte ich.

»Ich habe letztes Jahr zehn bekommen und mußte einen ganzen Monat lang das Bad und die Toiletten schrubben«, klagte sie. »Und laßt euch bloß von niemandem erzählen, Mädchen seien sauberer und ordentlicher als Jungen. Sie hinterlassen Bäder und Toiletten in einem ekelhaften Zustand.«

»Mich werdet ihr niemals Bäder und Toiletten schrubben sehen«, verkündete Gisselle.

»Ich bezweifle, daß sie dir diese Strafen auferlegen würde«, sagte Vicki.

»Warum?« fragte Gisselle mit scharfer Stimme. »Weil ich im Rollstuhl sitze?«

»Ja, natürlich«, sagte Vicki unerschrocken. Gisselle dachte einen Moment lang darüber nach, und dann lächelte sie. »Vielleicht ist das gar nicht einmal so schlecht. Vielleicht wird man mir viel mehr durchgehen lassen als euch.«

»Darauf würde ich mich nicht verlassen«, riet Jacqueline.

»Und warum nicht?«

»Wenn du der Eisernen Jungfrau erst einmal begegnet bist, wirst du wissen, warum.«

»So schlimm ist es nun auch wieder nicht«, sagte Samantha. »Das hier ist eben eine gute Schule. Und wir haben auch unseren Spaß.«

»Was ist mit Jungen?« erkundigte sich Gisselle. Samantha errötete. Sie schien auf der Grenze, die Kindheit und Pubertät voneinander trennt, stehengeblieben zu sein, jemand, der sich von der eigenen Sexualität schockieren und verwirren ließ. Später sollte ich dahinterkommen, daß sie von ihrem Vater in übertriebenem Maß beschützt und verwöhnt wurde.

»Was soll mit denen sein?« fragte Vicki.

»Trefft ihr jemals irgendwelche Jungen?« fragte Gisselle rundheraus.

»Ja, natürlich. Bei allen Veranstaltungen. Jungen aus einer reinen Jungenschule werden dazu eingeladen. Und einmal im Monat findet ein Tanzabend statt.«

»Das ist ja toll! Einmal im Monat, wie die Periode«, witzelte Gisselle.

»Wie was?« fragte Samantha. Kate kicherte, und Jacqueline grinste hämisch.

»Die Periode«, wiederholte Gisselle. »Du weißt doch, was das ist, oder hast du deine etwa noch nicht?«

»Gisselle«, rief ich aus, aber da war Samanthas Gesicht schon leuchtend rot angelaufen, und die anderen Mädchen lachten.

»Oh, das ist aber schön«, sagte Mrs. Penny. Sie folgte Daddy und unserem Fahrer, die mit ein paar von unseren Sachen kamen. »Die Mädchen kommen schon gut miteinander aus. Ich habe Ihnen ja gesagt, daß es keine Probleme geben wird.«

3.

Wir müssen miteinander auskommen

Eine halbe Stunde ehe wir uns alle auf den Weg zum Hauptgebäude machen mußten, um Mrs. Ironwoods Versammlung zu besuchen, traf Abby Tyler in Begleitung ihrer Eltern ein. Ich fand, sie sei die Hübscheste von uns allen. Sie hatte etwa meine Größe, aber sie war schlank und hatte ein zart geschnittenes Gesicht wie Audrey Hepburn, türkisfarbene Augen und dichtes Haar, so schwarz wie Ebenholz, das ihr bis auf die Schultern fiel. Ihr gesunder dunkler Teint war nahezu mokkafarben und schien darauf hinzuweisen, daß sie weit mehr Zeit am Strand verbracht hatte als wir übrigen.

Sie redete mit einer melodischen Stimme, verschluckte Silben und sprach doch deutlich und mit einem leicht französischen Tonfall, den sie von ihrer Mutter haben mußte. Sie lächelte mich an, und ihre Freundlichkeit schien mir aufrichtig zu sein. Wie wir war sie unsicher und gehemmt, da sie neu in Greenwood war.

Nachdem sie allen Mädchen vorgestellt worden war, fragte Mrs. Penny sie, ob es sie stören würde, wenn Gisselle einige Sachen in ihrem Zimmer unterbrächte. Ich wußte, daß Gisselle nicht den Anschein erwecken wollte, jemanden um etwas zu bitten, aber Abby erwies sich als sehr entgegenkommend.

»Nein, natürlich habe ich nichts dagegen«, sagte sie und lächelte Gisselle an. »Komm einfach rein, und bring bei mir unter, soviel du willst.«

»Ich finde die Vorstellung abscheulich, daß ich mich von einem Zimmer ins andere begeben muß, um an meine eigenen Sachen zu kommen«, jammerte Gisselle.

»Du sagst mir einfach, was du willst, und ich hole es dir«, sagte ich.

»Ich bringe dir deine Sachen aber auch gern«, erbot sich Abby. Sie sah mich an, und ich fühlte mich augenblicklich mit diesem freundlichen dunkelhaarigen Mädchen verbunden.

»Dann muß ich also ständig darum betteln, daß andere Leute mir meine eigenen Sachen holen oder bringen«, fuhr Gisselle mit schriller Stimme fort. Ich sah sie schon einen ihrer Anfälle bekommen und Daddy in Verlegenheit bringen.

»Du brauchst nicht zu betteln. Wie kannst du nur so albernes Zeug reden. Wenn man jemanden um eine Gefälligkeit bittet, dann hat das noch lange nichts mit Betteln zu tun«, sagte ich.

»Mir macht es nichts aus, dir etwas zu bringen«, meinte Abby. »Wirklich nicht.«

»Und warum nicht?« fauchte Gisselle sie an, statt ihr dankbar zu sein. »Übst du etwa schon, weil du später einmal bei anderen Leuten Hausmädchen werden willst?«

Das Blut wich aus Abbys Gesicht.

»Gisselle! Warum kannst du nicht so gnädig sein, die Freundlichkeit anderer dankbar hinzunehmen?«

»Weil ich nicht von der Freundlichkeit anderer abhängig sein will«, schrie sie mich an. »Ich will mich auf meine eigenen Beine verlassen können.«

»Ach du meine Güte«, stöhnte Mrs. Penny und preßte sich die Handflächen auf die Pausbacken. »Ich will doch nur, daß alle glücklich sind.«

»Es ist schon gut, Mrs. Penny. Wenn Abby bereit ist, meiner Schwester in ihrem Zimmer Platz zur Verfügung zu stellen, dann wird sie wirklich froh darüber sein«, sagte ich und funkelte Gisselle wütend an.

Frustriert fiel sie über Daddy her, sobald unsere Dinge ins Haus gebracht worden waren; sie beklagte sich bei ihm darüber, daß sie eine Schuluniform tragen sollte, vor allem, nachdem sie sie gesehen hatte: ein graubrauner Rock, eine graubraune Hose und schwarze Schuhe mit plumpen Absätzen. Die Kleidungsvorschriften auf dem zweiten Blatt unserer Mappe besagten außerdem ausdrücklich, daß Schminke verboten war, sogar Lippenstift, ebenso wie allzu auffälliger Schmuck.

»Ich bin den ganzen Tag an diesen gräßlichen Rollstuhl gefesselt«, protestierte Gisselle, »und jetzt muß ich auch noch diese furchtbaren, unbequemen Kleider tragen. Ich habe den Stoff angefaßt. Er ist zu rauh für meine Haut. Und in diesen häßlichen Schuhen werden mir die Füße weh tun. Sie sind zu schwer für mich.«

»Ich werde jemanden finden, mit dem ich darüber reden kann«, sagte Daddy und verließ eilig unser Zimmer. Fünfzehn Minuten später kam er zurück, um Gisselle zu berichten, daß es ihr unter den gegebenen Umständen gestattet war, alles zu tragen, worin sie sich wohl fühlte.

Gisselle sank auf ihren Rollstuhl zurück und schmollte. Trotz all ihrer Bemühungen, die Dinge zu verkomplizieren und uns die Ankunft in Greenwood zu erschweren, fand immer wieder jemand eine Möglichkeit, sie zu beschwichtigen und für einen reibungslosen Ablauf zu sorgen.

Daddy wollte sich jetzt von uns verabschieden und aufbrechen.

»Ich weiß, daß ihr beide hier gut zurechtkommen werdet. Alles, worum ich euch bitte«, sagte er und schaute auf Gisselle herunter, »ist, daß ihr dieser Schule eine echte Chance gebt.«

»Ich hasse diese Schule jetzt schon«, schleuderte sie ihm entgegen. »Das Zimmer ist zu klein. Der Weg zum Unterricht ist zu weit. Was tue ich denn, wenn es regnet?«

»Was alle anderen auch tun, Gisselle. Du wirst einen Regenschirm aufspannen«, erwiderte er. »Du bist kein zerbrechliches Porzellanpüppchen, und du wirst nicht aufweichen.«

»Wir werden schon zurechtkommen, Daddy«, versprach ich ihm.

»*Du* vielleicht«, fauchte Gisselle. »Ich nicht.«

»Wir werden beide zurechtkommen«, beharrte ich.

»Ich muß jetzt gehen, und ihr beide habt auch zu tun«, sagte Daddy. Er beugte sich vor, um Gisselle einen Kuß zu geben und sie zu umarmen. Sie wandte sich ab. Ich sah, wie unglücklich das Daddy machte, und daher umarmte und küßte ich ihn liebevoller als sonst.

»Mach dir keine Sorgen«, flüsterte ich, während meine Arme noch um seinen Hals geschlungen waren. »Ich werde auf sie aufpassen und dafür sorgen, daß sie die Kartoffel nicht zu schnell fallen läßt«, fügte ich hinzu. Daddy wußte, daß das ein alter Ausdruck der Cajun für »aufgeben« war. Er lachte.

»Ich rufe euch in ein oder zwei Tagen an«, versprach er. Er verabschiedete sich von den anderen Mädchen und ging gemeinsam mit Abbys Eltern. Sowie sie weg waren, erklärte Vicki, wir müßten jetzt zur Versammlung im Hauptgebäude aufbrechen. Das löste bei Gisselle eine Schimpftirade über die große Entfernung aus, die sie vom Wohnheim zum Hauptgebäude zurücklegen mußte.

»Man müßte mir einen Wagen zur Verfügung stellen und mich zur Schule und wieder zurück fahren«, erklärte sie.

»So weit ist es nun auch wieder nicht, Gisselle.«

»Das kannst du leicht sagen«, entgegnete sie. »Du kannst rennen, wenn du willst.«

»Ich schiebe dich gern«, erbot sich Samantha.

Gisselle blitzte sie wütend an. »Ruby wird mich schieben«, sagte sie mit scharfer Stimme.

»Aber wenn es mal vorkommen sollte, daß Ruby dich nicht schieben kann, dann tue ich es eben«, erwiderte Samantha fröhlich.

»Und warum? Belustigt es dich?« schleuderte ihr Gisselle ins Gesicht.

»Nein«, sagte Samantha bestürzt. Sie sah schnell von einer zur anderen. »Ich meinte doch nur ...«

»Wir sollten jetzt gehen«, sagte Vicki und schaute nervös auf ihre Armbanduhr. »Zu einer von Mrs. Ironwoods Versammlungen kommt man nicht zu spät. Und wer es doch tut, den schreit sie vor der versammelten Schule an; das gibt einen doppelten Tadel.«

Wir machten uns auf den Weg; Abby lief neben mir und hinter Gisselle her.

»Weshalb bist du für dein letztes Schuljahr nach Greenwood gekommen?« fragte ich sie.

»Meine Eltern sind umgezogen, und die Schule, die ich ursprünglich hätte besuchen sollen, hat ihnen nicht gefallen«, erklärte sie, doch dabei wandte sie den Blick ab, und ich nahm zum erstenmal wahr, daß sie nicht durch und durch aufrichtig war. Ich dachte mir, daß ihre wahren Gründe, wie auch immer sie aussehen mochten, wahrscheinlich so schmerzlich waren wie unsere, und daher verfolgte ich das Thema nicht weiter.

»Das ist ein sehr hübsches Medaillon«, sagte sie, als sie sich wieder zu mir umwandte.

»Danke. Mein Freund hat es mir heute morgen geschenkt. Es ist ein Bild von ihm und eins von mir drin. Sieh es dir ruhig an«, sagte ich. Ich blieb stehen und beugte mich vor.

»Warum bleibt ihr stehen?« fragte Gisselle, obwohl sie unser Gespräch belauscht hatte und genau wußte, warum wir stehengeblieben waren.

»Nur für einen Moment. Ich möchte Abby das Bild von Beau zeigen.«

»Und weshalb das?«

Ich ließ das Medaillon aufschnappen, und Abby warf einen schnellen Blick auf die Bilder.

»Er sieht sehr gut aus«, bemerkte sie.

»Und genau deshalb ist er wahrscheinlich jetzt schon mit einem anderen Mädchen zusammen«, sagte Gisselle. »Ich habe ihr gleich gesagt, daß sie damit rechnen muß.«

»Hast du auch einen Freund zu Hause zurückgelassen?« fragte ich. Ich ignorierte Gisselle.

»Ja«, sagte Abby betrübt.

»Vielleicht kommt er ja her und besucht dich, vielleicht schreibt er oder ruft dich sogar an«, versuchte ich sie zu trösten.

Sie schüttelte den Kopf. »Nein, das wird er ganz bestimmt nicht tun.«

»Warum nicht?«

»Er wird es eben nicht tun«, antwortete sie. Ich blieb stehen, aber sie beschleunigte ihre Schritte, um die anderen Mädchen einzuholen.

»Was hat sie bloß?« fragte Gisselle.

»Ich nehme an, sie hat Heimweh«, sagte ich.

»Das kann ich ihr nicht verdenken. Hier könnte sogar ein Waisenkind Heimweh bekommen«, fügte sie hinzu und lachte über ihre eigene Übertreibung. Ich lachte nicht. Ich war in dem Glauben hierhergekommen, ich sei diejenige mit der mysteriösesten Vorgeschichte und den meisten Geheimnissen, aber binnen weniger als einer Stunde hatte ich entdeckt, daß dem nicht so sein würde. Es schien, als könnten in Abbys Vergangenheit noch mehr Türen verschlossen sein als in meiner. Ich fragte mich, ob es mir je gestattet sein würde, das herauszufinden.

»Sieh zu, daß wir die anderen einholen«, ordnete Gisselle an. »Du schiebst mich wie eine alte Dame.«

Wir holten die anderen ein, und während wir unseren Weg zum Hauptgebäude fortsetzten, wandte sich unser Gespräch den Dingen zu, die wir in den Ferien taten, den Filmen, die wir gesehen hatten, den Städten, in denen wir gewesen waren, und den Sängern und Schauspielern, für die wir schwärmten.

Gisselle dominierte bei jedem dieser Themen das Gespräch und verlieh ihren Meinungen deutlichen Nachdruck, Meinungen, denen sich vor allem Samantha anschloß; sie hing an Gisselles Lippen, starrte sie verzückt an, kostete alles, was Gisselle sagte, genüßlich aus und öffnete sich wie eine kleine Blüte, die begierig auf die Wärme und das Licht der Sonne ist. Mir fiel auf, daß Abby sehr still war und daß ein sanftes Lächeln um ihre Lippen spielte, während sie den anderen zuhörte.

Als wir das Hauptgebäude erreicht hatten, beschlossen alle, Gisselle auf der Rampe in das Gebäude zu begleiten, und ich sah ihr an, daß ihr das gut gefiel. Sie wurde behandelt, als sei sie jemand ganz Besonderes.

Zwei Lehrer, Mr. Foster und Mr. Norman, standen an den beiden Eingängen zum Hörsaal und sorgten dafür, daß alles zügig ablief.

»Wir nehmen den linken Eingang«, bestimmte Vicki.

»Warum?« fragte Gisselle. Da sie sich jetzt mit der Tatsache abfinden mußte, hier in Greenwood zu sein, würde sie sich darauf verlegen zu fragen, warum etwas, das schwarz war, nicht weiß sein konnte.

»Dort sind die Plätze, die uns zugewiesen worden sind«, erwiderte Vicki. »Das wird alles in deiner Mappe erklärt. Hast du denn noch gar nicht darin gelesen?«

»Nein, ich habe noch gar nicht darin gelesen«, ahmte Gisselle Vickis herablassenden Tonfall nach. »Und überhaupt kann mir kein Sitzplatz zugewiesen worden sein. Ich sitze im Rollstuhl, oder ist dir das noch nicht aufgefallen?«

»Natürlich ist es mir aufgefallen. Trotzdem solltest du bei uns bleiben«, fuhr Vicki geduldig fort. »So organisiert Mrs. Ironwood nun einmal ihre Versammlungen. Die Plätze werden uns nach Wohnheimen und Quadranten zugewiesen.«

»Und was steht sonst noch in dieser tollen Mappe? Wann wir auf die Toilette gehen sollen?«

Vicki wurde bleich und ging voran. Wir begaben uns eine nach der anderen zu unseren Plätzen. Gisselle blieb im Gang auf ihrem Rollstuhl sitzen, und ich nahm den äußersten Sitzplatz, um an ihrer Seite bleiben zu können. Abby setzte sich neben mich. Um uns herum lachten die Mädchen und plauderten, und viele sahen interessiert in unsere Richtung. Aber ganz gleich, wer Gisselle anlächelte, sie weigerte sich zurückzulächeln. Als das Mädchen, das an der anderen Seite des Ganges saß, sich mehrfach nach ihr umsah, riß Gisselle ihr fast den Kopf ab.

»Was starrst du denn so? Hast du noch nie jemanden in einem Rollstuhl sitzen sehen?«

»Ich habe nicht gestarrt.«

»Gisselle«, sagte ich leise und legte eine Hand auf ihren Arm. »Mach keine Szene.«

»Und warum nicht? Was ändert das schon?« gab sie zurück.

Jacqueline winkte Freundinnen zu, und auch Vicki, Kate und Samantha machten anderen Zeichen. Dann begann Jacqueline uns auf einzelne Mädchen hinzuweisen und uns in Kurzform ihre Meinung mitzuteilen.

»Das ist Deborah Stewart. Sie ist so hochnäsig, daß sie jeden Tag Nasenbluten bekommt. Und das ist Susan Peck. Ihr Bruder ist in Rosedown; er sieht so gut aus, daß alle sich bei ihr einschmeicheln wollen, weil sie hoffen, daß sie sie ihrem Bruder vorstellen wird, wenn seine Schule zu einer unserer Veranstaltungen eingeladen wird. Oh, und da ist Camille Ripley. Es sieht ganz so aus, als hätte sie ihre Eltern dazu gebracht, ihr die Nasenoperation zu bezahlen, stimmt's, Vicki?«

»Ich habe ganz vergessen, wie sie vorher ausgesehen hat«, sagte Vicki trocken.

Plötzlich senkte sich Schweigen über die Versammlung. Es setzte hinten ein und bahnte sich von einer Reihe zur nächsten seinen Weg nach vorn. Mrs. Ironwood stolzierte durch den Gang.

»Da ist die Eiserne Jungfrau«, flüsterte Jacqueline vernehmlich und wies mit einer Kopfbewegung in ihre Richtung. Wir sahen sie die wenigen Stufen zur Bühne vorn in der Aula hochsteigen.

Mrs. Ironwood schien nicht viel größer als eins fünfundsechzig zu sein. Sie war stämmig und hatte graues Haar, das sie streng zurückgebürstet und zu einem dicken Knoten aufgesteckt hatte. Um ihren Hals hing an einer silbernen Kette eine Brille mit Perlmuttgestell. Sie trug eine dunkelblaue Weste, eine weiße Bluse, einen knöchellangen Rock und schwarze Schuhe mit plumpen Absätzen. Mit zurückgezogenen Schultern und hocherhobenem Kopf ging sie energisch weiter, bis sie das Podium auf der Mitte der Bühne erreicht hatte. Als sie sich zu der Versammlung umdrehte, war kein Laut zu vernehmen.

»Wie kommt es, daß sie nicht auch diese häßliche Schuluniform tragen muß?« murrte Gisselle.

»Psst«, zischte Vicki.

»Guten Tag, Mädchen. Ich heiße euch in Greenwood zu einem Schuljahr willkommen, von dem ich erwarte, daß es für euch alle wieder einmal ein erfolgreiches sein wird.« Sie unterbrach sich, setzte die Brille auf und schlug ihren Ordner auf. Dann blickte sie auf, wandte sich in unsere Richtung und sah uns direkt an. Sogar auf diese Entfernung konnte ich sehen, daß ihre Augen kalt wie Stahl waren. Sie hatte dichte Augenbrauen, einen harten Mund und Kiefer, die aus Granit gemeißelt zu sein schienen.

»Zu Beginn möchte ich die Mädchen willkommen heißen, die neu bei uns sind. Ich weiß, daß ihr übrigen tun werdet, was ihr könnt, um ihnen die Ankunft zu erleichtern, daß ihr ihnen helfen werdet, sich mit unserer Schule vertraut zu machen und sich reibungslos hier einzuleben. Denkt immer daran: Ihr alle wart einmal neu hier. Als nächstes möchte ich drei neue Mitglieder des Lehrkörpers vorstellen. Mr. Rissel unterrichtet Englisch für Erstsemester«, sagte sie und sah nach rechts, wo ein Teil des Kollegiums saß.

Ein großer, schlanker, blonder Mann von etwa vierzig Jahren erhob sich und nickte der Versammlung zu.

»Monsieur Marabeau unterrichtet Französisch für Fortgeschrittene«, fuhr sie mit einem perfekten französischen Akzent fort. Ein kleingewachsener, stämmiger, dunkelhaariger Mann mit einem Schnurrbart stand auf und verbeugte sich vor der Versammlung.

»Und schließlich Miss Stevens, unsere neue Kunstlehrerin«, sagte sie, und aus ihrer Stimme war etwas mehr Strenge herauszuhören.

Eine attraktive Brünette, die nicht älter als achtundzwanzig oder neunundzwanzig sein konnte, stand auf. Sie hatte ein warmes, freundliches Lächeln, aber sie schien sich in ihrem Tweedkostüm und den hochhackigen Schuhen unwohl zu fühlen.

»Warte nur, bis sie von deinen Gemälden hört und dahinterkommt, wie begabt du bist«, spottete Gisselle. Sämtliche Mädchen in unserer Reihe drehten sich zu ihr um, aber Mrs. Ironwood wandte den Blick ebenfalls in unsere Richtung. Ich spürte den Stachel ihres stummen Vorwurfs.

»Psst«, warnte Vicki.

»Und jetzt wollen wir uns noch einmal unseren Vorschriften für das Betragen zuwenden«, fuhr Mrs. Ironwood fort und blickte weiterhin zu uns. Mein Herz pochte heftig, aber Gisselle sah Mrs. Ironwood nur finster an.

»Wie ihr wißt, erwarten wir von allen, daß sie ihre Arbeit ernst nehmen. Folglich ist ein Notendurchschnitt unter drei minus indiskutabel. Falls eine von euch unter diese Akzeptanzschwelle sinken sollte, verliert ihr all eure sozialen Privilegien, bis ihr euren Notendurchschnitt verbessert habt.«

»Was für soziale Privilegien?« fragte Gisselle, wieder ein wenig zu laut. Mrs. Ironwood blickte von ihrem Ordner auf und sah in unsere Richtung. »Ich erwarte, daß ihr still seid, solange ich rede. In Greenwood wird Respekt vor den Lehrern und den anderen Mitarbeitern verlangt. Wir haben keine Zeit für Gehorsamsverweigerung im Unterricht oder in unterrichtsähnlichen Situationen, und wir werden sie nicht dulden. Habe ich mich deutlich genug ausgedrückt?«

Ihre Worte hallten in der Totenstille des Saales wider. Mrs. Ironwood senkte zwar ihre Stimme, als sie fortfuhr, aber ihre Konsonanten blieben schneidend.

»Ich rate euch allen, euch Seite zehn in euren Einführungsmappen anzusehen und euch die Vorschriften einzuprägen, die dort aufgeführt sind. Wenn ihr diese Liste lest, werdet ihr feststellen, daß der Besitz von alkoholischen Getränken jeder Art und von Drogen eine sofortige Verweisung von der Schule nach sich zieht. Eure Eltern wissen, daß das eine Einbuße des Schulgeldes bedeutet, das sie für euch bezahlt haben. Laute Musik, Rauchen und jeder Akt von Vandalismus werden schwer bestraft. Letztes Jahr war ich, was die Kleidungsvorschriften angeht, etwas nachsichtiger, als ich es hätte sein sollen. Falls ihr nicht im voraus eine Sondergenehmigung eingeholt habt, werdet ihr eure Schuluniformen tragen und dafür sorgen, daß sie immer sauber und frisch gebügelt sind, und von Kosmetik ist abzusehen. Unter attraktivem Aussehen verstehen wir in Greenwood Reinlichkeit und ordentliche Kleidung und nicht etwa, daß ihr euch das Gesicht anmalt.«

Sie unterbrach sich und lächelte kalt.

»Es freut mich, euch mitteilen zu können, daß wir in diesem Jahr so viele Tanzveranstaltungen abhalten können wie im letzten Jahr. Es ist nur zu ein oder zwei Fällen von unangemessenem Benehmen gekommen, und dieser Missetäter konnten wir uns schnell annehmen, ehe sie allen anderen den Abend verdorben haben. Von euch wird erwartet, daß ihr euch anständig benehmt, wenn ihr an den Besuchstagen Gäste habt. Solange eure Gäste sich auf diesem Schulgelände aufhalten, haben sie sich an unsere Regeln und Vorschriften zu halten, als seien sie hier Schüler. Das gilt nicht nur für weibliche, sondern auch für männliche Besucher«, betonte sie. »Ich erinnere euch noch einmal daran«, fuhr sie bedächtig fort und zog die Schultern zurück, ehe sie zur Decke blickte, »daß ihr jetzt alle Greenwood-Schülerinnen seid, und Greenwood-Schülerinnen sind etwas ganz Besonderes. Den Neuankömmlingen empfehle ich, sich unseren Wahlspruch einzuprägen: Ein Greenwood-Mädchen sieht seinen Körper und seinen Geist als heilig an und weiß, daß alles, was es tut, auf uns alle zurückfällt. Seid stolz darauf, Greenwood-Mädchen zu sein, und laßt uns stolz darauf sein, euch zu uns zählen zu dürfen. Diejenigen, an die noch Schuluniformen und Schuhe ausgegeben werden müssen, begeben sich von hier aus direkt zur Ausgabestelle im Untergeschoß. Macht euch genauestens mit eurem Stundenplan vertraut und notiert euch die Zeiten, zu denen ihr zum Unterricht erscheinen müßt. Denkt immer daran: Eine einmalige Verspätung bringt euch in Punkten nur einen Tadel ein. Die zweite Verspätung wird mit vier Punkten bestraft, die dritte mit sechs.«

»Mich kann man nicht dafür tadeln, daß ich zu spät komme«, murrte Gisselle. »Nicht, wenn ich mich in diesem Rollstuhl durch die Gegend bewegen muß.«

Ein paar Mädchen schauten in ihre Richtung und sahen dann schnell wieder Mrs. Ironwood an, die wieder einmal den Blick auf uns gerichtet zu haben schien wie ein Würgervogel im Bayou. Die lange Pause, die sie einlegte, bewirkte, daß sichtliches Unbehagen sich unter den versammelten Mädchen ausbreitete. Ich kam mir vor, als säße ich auf einem Ameisenhügel, und ich konnte es kaum erwarten, daß Mrs. Ironwood in eine andere Richtung schaute. Endlich tat sie es.

»Die Gesamtzahl der bei uns Immatrikulierten ist gestiegen, aber unsere Klassen sind immer noch so klein, daß ihr alle die individuelle Betreuung und Unterweisung bekommt, die ihr braucht, wenn ihr erfolgreich sein wollt – vorausgesetzt, ihr schöpft eure Arbeitskapazität voll aus. Ich wünsche euch allen viel Glück«, schloß sie, und dann setzte sie die Brille ab und schlug den Ordner zu. Sie warf noch einen letzten finsteren Blick in unsere Richtung und stolzierte dann von der Bühne.

Niemand rührte sich vom Fleck, bis sie die Aula verlassen hatte. Dann begannen die Mädchen, von denen viele den Atem angehalten hatten, laut durcheinander zu reden. Nach und nach standen sie auf, um zu gehen.

»Vielen Dank«, sagte Gisselle, deren Augen Funken sprühten.

»Wofür?«

»Dafür, daß du mich in diese höllische Umgebung gebracht hast.« Sie kehrte ihren Stuhl selbst um und stieß andere Mädchen aus dem Weg. Dann sah sie sich um. »Samantha«, rief sie.

»Was ist?«

»Schieb mich zum Wohnheim zurück, während meine Schwester sich ihre hübschen neuen Kleider abholt«, befahl sie und lachte.

Samantha sprang auf, um ihrem Gebot Folge zu leisten; wir anderen folgten Gisselle, als sei sie soeben zur Königin ernannt worden.

Nachdem Abby und ich uns die Schuluniformen und die Schuhe abgeholt hatten, kehrten wir ins Wohnheim zurück. Auf dem Weg erzählte ich ihr die Geschichte von Gisselles Autounfall und der daher rührenden Lähmung. Sie hörte aufmerksam zu, und ihre dunklen Augen wurden feucht, als ich ihr Martins Begräbnis und Daddys tiefe Depression in den darauffolgenden Tagen schilderte.

»Dann kann man also nicht sagen, daß erst der Unfall sie so hat werden lassen«, sagte Abby.

»Nein. Leider war Gisselle schon lange vorher Gisselle, und ich fürchte, sie wird es noch lange bleiben.«

Abby lachte.

»Hast du keine Geschwister?« fragte ich sie.

»Nein.« Nach einer langen Pause fügte sie hinzu: »Ich hätte auch nicht geboren werden sollen.«

»Wie meinst du das?«

»Es war ein Unfall. Meine Eltern wollten überhaupt keine Kinder haben«, sagte sie.

»Und warum nicht?«

»Sie wollten eben keine«, erwiderte sie, aber ich ahnte, daß es tiefere und ernstere Gründe dafür gab, die sie kannte, aber nicht aussprechen konnte. Sie hatte jetzt schon mehr über sich erzählt, als sie vorgehabt hatte, was ich darauf zurückführte, daß wir so schnell so gut miteinander auskamen. Es lag auf der Hand, daß Abby und ich einander näherkommen wollten. Abgesehen von Gisselle waren wir die beiden einzigen Mädchen in unserem Teil des Wohnheims, die neu in Greenwood waren. Ich hatte das Gefühl, ihr irgendwann, später einmal, meine Geschichte erzählen zu können; sie wirkte auf mich wie jemand, bei der ich mich darauf verlassen konnte, daß sie mein Geheimnis für sich behielt.

Zurück im Wohnheim, probierten wir unsere Schuluniformen an. Trotz der Größenangaben auf dem Etikett waren sie viel zu weit. Ich war sicher, daß diese Kleidungsstücke dazu gedacht waren, unsere Weiblichkeit als Staatsgeheimnis zu bewahren. In unförmigen Blusen und Röcken, die uns bis auf die Knöchel reichten, trafen wir uns im Wohnzimmer wieder und brachen beide in hysterisches Gelächter aus. Gisselle schien erfreut zu sein. Unser Gelächter lockte die anderen Mädchen aus ihren Zimmern, wo sie ihre Sachen sortiert und Vorbereitungen für den Schulalltag getroffen hatten.

»Was ist denn hier so komisch?« fragte Samantha.

»Was hier so komisch ist? Sieh uns doch an«, sagte ich.

»Die Eiserne Jungfrau hat diese Schuluniformen persönlich entworfen«, erklärte Vicki. »Beschwert euch also nicht zu laut darüber.«

»Oder sie wird euch auf dem Scheiterhaufen verbrennen«, fügte Jacqueline hinzu.

»Zumindest können wir am Wochenende, bei Veranstaltungen und wenn wir bei Mrs. Clairborne zum Tee eingeladen sind, unsere eigenen Kleider tragen«, sagte Kate.

»Zum Tee bei Mrs. Clairborne?« bemerkte Gisselle. »Ich kann es kaum erwarten.«

»Oh, sie hat immer die allerbesten Kuchen für uns da«, sagte Kate. »Und Pralinen!«

»Und Chubs bringt es immer wieder fertig, ein paar Dutzend davon in ihre Handtasche zu stopfen und sie irgendwo in unserem Zimmer zu verstecken. Ich weiß nicht, warum wir noch keine Ratten haben«, sagte Jacqueline.

»Was genauer hat es mit diesem Tee auf sich?« fragte ich.

»Es ist nicht eine einmalige Einladung zum Tee. Diese Tees werden häufig veranstaltet, und es dürfen nur diejenigen hingehen, die persönlich eingeladen worden sind. Jeder weiß, wer eingeladen worden ist und wer nicht, und man genießt ein höheres Ansehen bei den Lehrern, wenn man mehr als einmal von Mrs. Clairborne eingeladen wird.«

»Nach dem dritten Mal ist man Teekönigin«, erklärte Jacqueline.

»Teekönigin?« Abby sah mich an, und ich zuckte die Achseln.

»Bei jeder Einladung behält man seinen Teebeutel und hängt ihn wie einen Preis oder eine Empfehlung in seinem Zimmer an die Wand«, erklärte Vicki. »Das ist in Greenwood Tradition, und es ist eine Ehre. Jacki hat recht. Diejenigen, die eingeladen werden, werden oft besser behandelt.«

»Das sagt sie, weil sie Teekönigin ist«, spottete Jacqueline. »Letztes Jahr wurde sie viermal eingeladen.«

»Und was ist mit euch?« fragte Gisselle.

»Ich nur einmal. Kate war zweimal da, Samantha auch zweimal.«

»Alle neuen Mädchen werden zum ersten Tee des Jahres eingeladen, aber das zählt nicht«, fuhr Vicki fort.

»Und wo finden diese Teenachmittage statt?« fragte Abby.

»In der Clairborne-Villa. Mrs. Penny wird euch hinbringen und euch die Geschichte des Hauses erzählen. Die Kenntnis dieser Geschichte ist hier fast so wichtig wie die Kenntnis von Fakten aus der Geschichte Amerikas und Europas«, sagte Jacqueline.

Vicki nickte.

»Ich kann es kaum erwarten«, sagte Gisselle. »Ich bin nur nicht sicher, ob ich diese Spannung aushalte.« Kate lachte, und Samantha lächelte, aber Vicki schien schockiert zu sein über das, was in Greenwood als Blasphemie galt.

»Und wann«, fuhr Gisselle fort, »findet die erste Veranstaltung statt, zu der die Jungen kommen?«

»Oh, erst in fast einem Monat. Hast du den Veranstaltungskalender in deiner Mappe denn noch nicht durchgelesen?« sagte Jacqueline.

»Erst in einem Monat? Ich habe Daddy doch gleich gesagt, daß es hier wie in einem Nonnenkloster zugeht«, jammerte sie. »Und was ist mit Ausflügen in die Stadt?« Die Mädchen sahen einander an.

»Wie meinst du das?« fragte Vicki.

»Ausflüge in die Stadt. Was ist daran so schwer zu verstehen. Du willst doch schließlich die Abschlußrede halten.«

Vicki wurde bleich.

»Ich ... äh ...«

»Niemand von uns hat je allein das Schulgelände verlassen«, erklärte Jacqueline.

»Und warum nicht?« erkundigte sich Gisselle. »Es muß doch Lokale in der Stadt geben, in denen man Jungen treffen kann.«

»Zuerst einmal mußt du ein Formular ausfüllen, damit du eine Genehmigung bekommst, das Schulgelände unbeaufsichtigt zu verlassen«, erklärte Vicki.

»Was? Soll das heißen, daß ich hier eine Gefangene bin?«

»Ruf doch einfach deine Eltern an, und laß sie das Formular ausfüllen«, sagte Vicki achselzuckend.

»Und was ist mit euch? Wollt ihr mir etwa sagen, daß keine von euch es je versucht hat?« Niemand sagte etwas. »Was seid ihr denn alle ... Jungfrauen?« rief Gisselle frustriert aus. Ihr Gesicht war rot wie eine gekochte Hummerschere.

Samanthas Mund stand offen. Kate starrte Gisselle mit einem Lächeln an, das belustigt und verwundert zugleich war. Vicki war weiterhin völlig ratlos, und Jacqueline wirkte beschämt. Abby und ich tauschten schnell einen Blick aus.

»Erzählt mir bloß nicht, daß ihr euch an all diese dämlichen Vorschriften gehalten habt«, fuhr Gisselle fort und schüttelte ungläubig den Kopf.

»Tadel können ...« setzte Vicki an.

»Sie können einem die Chance ruinieren, Teekönigin zu werden. Ich kapiere«, sagte Gisselle. »Es gibt wichtigere Dinge, die man sich an die Wand hängen kann, als benutzte Teebeutel«, fauchte sie und fuhr mit ihrem Rollstuhl auf Vicki zu, die einen Schritt zurücktrat. »Wie zum Beispiel Liebesbriefe. Hast du je einen bekommen?«

Vicki schaute sich um und sah, daß alle Augen auf sie gerichtet waren. Sie stammelte: »Ich ... ich muß jetzt ... anfangen, meine Texte über europäische Geschichte zu lesen. Wir sehen uns später.« Dann machte sie kehrt und ging schnell in ihr Zimmer.

Gisselle drehte sich um und richtete den Blick auf Jacqueline.

»Letztes Jahr wollten sich zwei Jungen aus Rosedown an einem Wochenende nachts heimlich in unser Zimmer schleichen«, enthüllte diese.

»Und?«

»Wir hatten nicht den Mut dazu«, gestand Jacqueline.

»Aber jetzt ist *dieses* Jahr, und dieses Jahr werden wir den Mut haben«, sagte Gisselle. Sie sah mich an. »Wir werden diesen Mädchen mal zeigen, wie Mädchen aus New Orleans eine Party feiern. Stimmt's, Ruby?«

»Laß das sein, Gisselle. Bitte.«

»Was soll ich sein lassen? Das Leben? Du hättest wohl gern, daß ich ein gehorsames kleines Greenwood-Mädchen werde, stumm in meinem Rollstuhl umherfahre, den Mund halte, einen Haufen trockener alter Teebeutel auf dem Schoß habe und mir die Knie zusammenbinden lasse, was?«

»Gisselle, bitte ...«

»Wer hat eine Zigarette für mich?« erkundigte sie sich prompt. Kate riß die Augen auf. Sie schüttelte den Kopf. »Samantha?«

»Nein, ich rauche nicht.«

»Ihr raucht nicht. Ihr trefft euch nicht mit Jungen. Was tut ihr eigentlich? Lest ihr Fanzeitschriften und masturbiert dabei?«

Es war, als hätte ein Blitz in das Wohnheim eingeschlagen. Mir war dieser Ausbruch meiner Schwester derart peinlich, daß ich die Augen niederschlug und auf den Fußboden blickte.

»Schon gut«, fuhr Gisselle fort, »macht euch keine Sorgen. Jetzt bin ich ja hier. Jetzt werden sich die Dinge ändern, das verspreche ich euch. Rein zufällig«, lächelte sie, »habe ich selbst ein paar Zigaretten in die Schule geschmuggelt.«

»Gisselle, du wirst uns alle in Schwierigkeiten bringen, und das am ersten Schultag«, protestierte ich.

»Ihr kneift doch nicht etwa auch?« fragte sie Jacqueline, Kate und Samantha. »Gut«, sagte sie, als sie nichts erwiderten. »Kommt in mein Zimmer. Ihr könnt mir helfen, meine Platten zu sortieren, und dann rauchen wir zusammen eine Zigarette. Vielleicht besorge ich uns bald etwas Besseres«, fügte sie lächelnd hinzu. Sie wendete ihren Stuhl und fuhr zu unserem Zimmer. Niemand rührte sich vom Fleck. »Was ist?« fauchte sie. »Macht schon.«

Jacqueline setzte sich als erste in Bewegung, und dann folgten ihr Kate und Samantha.

»Macht die Tür zu«, befahl Gisselle, als alle in unserem Zimmer waren.

»Ich hätte nie geglaubt, daß Zwillingsschwestern derart verschieden sein können«, bemerkte Abby und begriff dann, was sie gesagt hatte. »Oh, es tut mir leid, ich wollte damit nicht ...«

»Schon gut. Ich hätte es auch nie geglaubt – bis ich ihr

begegnet bin«, sagte ich und biß mir auf die Zunge. Aber es war zu spät.

»Bis du ihr begegnet bist?«

»Das ist eine lange Geschichte«, sagte ich. »Ich dürfte sie eigentlich niemandem hier erzählen.«

»Ja, das verstehe ich«, sagte Abby. Aus ihrem Gesichtsausdruck konnte ich schließen, daß sie mich wohl wirklich verstand.

»Aber es macht mir nichts aus, sie dir zu erzählen«, fügte ich hinzu.

Sie lächelte. »Warum gehen wir nicht in mein Zimmer«, schlug sie vor. Ich warf noch einen Blick auf die geschlossene Tür, hinter der Gisselle mit ihren neuen Günstlingen Hof hielt. Das war eine Szene, mit der ich im Moment nichts zu tun haben wollte.

»Eine gute Idee«, sagte ich. »Während wir miteinander reden, räume ich den Kram von Gisselle auf, den du bei dir unterbringen mußtest. Außerdem sollte ich mir einige ihrer Sachen genauer ansehen.« Ich warf noch einen Blick zurück auf unser Zimmer. »Man kann nicht wissen, was sie sonst noch auf das Schulgelände geschmuggelt hat.«

Nach einer guten Stunde kam Mrs. Penny in unseren Quadranten, um nachzusehen, ob wir zurechtkamen. Falls sie in unserem Zimmer Rauch gerochen hatte, ließ sie es sich nicht anmerken. Es konnte ihr nicht entgangen sein; der Gestank haftete an der Kleidung der Mädchen und hing in der Luft, obwohl sie die Fenster geöffnet hatten.

»Ich bin auch hier, um Mrs. Clairbornes Einladung an Abby, Gisselle und Ruby zum Tee offiziell zu überbringen, in ihrem Haus am Samstagnachmittag um zwei«, sagte sie. »Ihr könnt anziehen, was ihr wollt, aber ihr solltet euch angemessen herrichten«, fügte sie mit einem Zwinkern hinzu. »Schließlich handelt es sich um eine förmliche Einladung.«

»Oh, nein, und ich habe mein kleines Schwarzes zu Hause gelassen«, sagte Gisselle.

»Wie bitte, meine Liebe?«

»Schon gut«, sagte Gisselle lächelnd. Ich sah, wie Samantha und Kate hinter Mrs. Pennys Rücken grinsten. Jacki hatte das gewohnte hämische Grinsen im Gesicht, aber ihnen war deutlich anzusehen, daß alle drei noch in Ehrfurcht vor meiner Schwester erstarrt waren.

»Gut. Also dann, in einer Viertelstunde ist es Zeit für das Abendessen«, flötete Mrs. Penny. »Mädchen, die neu bei uns sind, sind bis zur zweiten Woche von den Haushaltspflichten befreit«, fügte sie hinzu und entfernte sich dann.

»Was soll denn das schon wieder heißen?« erkundigte sich Gisselle und fuhr ihren Rollstuhl mitten ins Wohnzimmer. »Was für Haushaltspflichten?«

»Wir helfen alle im Eßzimmer mit. Wir bekommen unseren Dienst zugeteilt und können einem Aushang am Schwarzen Brett entnehmen, wann wir dran sind«, erklärte Jacqueline. »Diese Woche müssen Vicki, Samantha, Chubs und ich die Tische abräumen. Wir tragen das schmutzige Geschirr und Besteck in die Küche, nachdem alle gegessen haben. Die Mädchen von B und C servieren das Essen, und die Mädchen von D decken den Tisch.«

»Was?« Gisselle drehte ihren Rollstuhl zu mir um. »Davon hast du mir nichts gesagt.«

»Ich wußte es bis eben selbst nicht, Gisselle. Was ist schon dabei?«

»Was schon dabei ist? Ich erledige doch nicht die Arbeiten einer Hausangestellten.«

»Ich bin sicher, von dir wird niemand etwas erwarten, weil ...«, setzte Vicki an, unterbrach sich aber mitten im Satz.

Gisselle sah sie wütend an. »Weil ich verkrüppelt bin? Das wolltest du doch sagen, oder nicht?«

»Ich wollte sagen: ›Weil du im Rollstuhl sitzt.‹ Man kann nicht von dir erwarten, daß du Geschirr in die Küche trägst.«

»Sie kann den Tisch decken«, sagte ich und lächelte meine Schwester an. Sie erdolchte mich mit Blicken.

»Was ich tun kann und was ich tun werde, das sind zwei ganz verschiedene Dinge. Wenn all diese Idioten einen Haufen Geld dafür bezahlen wollen, daß sie in eine Privatschule gehen und gleichzeitig als Hausmädchen arbeiten, dann sollen sie es von mir aus ruhig tun«, sagte sie.

»Alle Mädchen in allen Wohnheimen helfen bei diesen Arbeiten mit, vor allem in den beiden großen Wohnheimen«, sagte Samantha. Gisselle bedachte sie mit einem Blick, der die Wirkung einer Ohrfeige hatte. Samantha biß sich auf die Unterlippe und wich einen Schritt zurück. »Es ist aber wirklich so«, murmelte sie mir und Abby zu.

»Weshalb sollten wir uns vor ein wenig Hausarbeit fürchten?« sagte ich.

»Das ist mal wieder typisch für dich. Du ...« Gisselle unterbrach sich gerade noch rechtzeitig, um nicht meine Cajun-Abstammung zu verraten. Sie sah zwischen den anderen hin und her. »Ich habe Hunger. Laßt uns gehen. Samantha«, schrie sie, und Samantha sprang vor, um Gisselles Rollstuhl zu schieben.

Im Speisesaal trafen wir die anderen Mädchen aus unserem Wohnheim. Mit denen aus dem oberen Stockwerk waren wir insgesamt vierundfünfzig. Drei lange Tische standen in dem großen Raum, der von vier enormen Kronleuchtern in helles Licht getaucht wurde. Sämtliche Wände waren mit dunklem Holz getäfelt und in regelmäßigen Abständen mit gerahmten Drucken geschmückt, auf denen Szenen auf Plantagen und im Bayou abgebildet waren. Alle plapperten aufgeregt durcheinander, als wir kamen, doch Gisselles Anblick ließ manche Mädchen verstummen. Sie erwiderte die Blicke mit einem Ausdruck glühender Mißbilligung, was bewirkte, daß eine nach der anderen sich abwandte. Vicki führte uns zu unseren Plätzen. Aufgrund ihres Rollstuhls bekam Gisselle den Platz an der Stirnseite unseres Tisches zugewiesen, was sie genoß und schnell zu ihrem Vorteil nutzte. Es dauerte nicht lange, und sie bestimmte die Gesprächsthemen, und ordnete an, dies oder jenes weiterzureichen.. Dazu erging sie sich in ausführlichen Schilderungen ihres Lebenswandels zu Hause in New Orleans.

Die Mädchen schienen fasziniert von ihr. Manche, die mir besonders snobistisch erschienen, schauten sie an, als sei sie ein vom Friedhof der schlechten Manieren auferstandener Geist, doch Gisselle war nicht zu bremsen. Sie drohte den Mädchen, die uns das Essen servierten, als seien sie bezahltes Personal; sie stellte Forderungen und beschwerte sich und sagte nicht ein einziges Mal danke.

Das Essen war gut, wenn auch nicht annähernd so köstlich wie die Gerichte, die Nina uns zu Hause zubereitete. Als wir die Mahlzeit beendet hatten und die Mädchen aus unserem Quadranten begannen, die Tische abzuräumen, befahl mir Gisselle, sie in unser Zimmer zurückzubringen. »Ich denke gar nicht daran, auf die anderen zu warten«, sagte sie. »Das sind absolute Vollidioten.«

»Nein, das sind sie nicht, Gisselle«, entgegnete ich. »Sie tragen lediglich ihren Teil zu unserer Gemeinschaft bei. Das macht Spaß. Es gibt einem das Gefühl, wirklich hier zu wohnen, fern der Heimat ein Zuhause gefunden zu haben.«

»Ich fühle mich hier nicht zu Hause. Für mich ist das der reinste Alptraum«, sagte sie. »Bring mich ins Zimmer. Ich will Platten hören und Briefe an meine Freundinnen schreiben, die bestimmt alles über diese erbärmliche Institution erfahren wollen«, sagte sie so laut, daß alle in unserer Nähe es hören konnten. »O Jacki«, rief sie dann. »Wenn ihr mit euren Hausarbeiten fertig seid, könnt ihr in mein Zimmer kommen und euch meine Platten anhören, damit ihr euch ein Bild davon machen könnt, was man heute so hört.«

Ich schob sie aus dem Raum, so schnell ich konnte. Sie schrie, wenn ich so weitermache, würde ich sie noch gegen eine Wand fahren, und genau das war es, was ich mir in diesem Moment erhoffte. Abby folgte uns. Wir hatten bereits beschlossen, daß sie und ich nach dem Abendessen einen Spaziergang zum See machen würden. Ursprünglich hatte ich Gisselle fragen wollen, ob sie mitkommen wollte, aber da sie bereits andere Pläne hatte, sprach ich das Thema gar nicht erst an.

»Wohin geht ihr beiden?« fragte sie, nachdem ich sie in unser Zimmer gebracht hatte.

»Wir gehen raus und machen einen Spaziergang. Möchtest du mitkommen?«

»Ich kann nicht laufen, oder hast du das vergessen?« sagte sie barsch und schloß die Tür.

»Es tut mir leid«, sagte ich zu Abby. »Ich fürchte, ich werde mich mein Leben lang für meine Schwester entschuldigen müssen.«

Sie lächelte und schüttelte den Kopf.

»Ich habe geglaubt, ich hätte ein Kreuz zu tragen und allen Grund, mich selbst zu bemitleiden, aber nachdem ich gesehen habe, womit du fertig werden mußt ...«, sagte sie, als wir das Wohnheim verließen.

»Was meinst du, wenn du sagst, du dachtest, du hättest ein Kreuz zu tragen? Was für ein Kreuz könntest du zu tragen haben? Deine Eltern schienen sehr nett zu sein.«

»Ja, das sind sie. Ich habe sie sehr lieb.«

»Was hast du dann gemeint? Leidest du vielleicht an einer Krankheit oder dergleichen? Du wirkst gesund wie ein junger Alligator.«

Abby lachte. »Nein, ich bin Gott sei Dank gesund und munter.«

»Und noch dazu hübsch.«

»Danke. Das bist du aber auch.«

»Also? Welches Kreuz hast du zu tragen?« hakte ich nach. »Ich habe dir meine Geschichte anvertraut.«

Sie blieb stumm. Wir schlugen den Weg zum See ein. Sie hielt den Kopf gesenkt. Ich sah zu der Mondsichel auf, die über einer Wolke herausschaute. Die silbrigen Strahlen warfen ihr kühles Licht in die warme Nacht und ließen unsere neue Welt ätherisch erscheinen wie die Kulisse eines Traumes, den wir alle träumten. In den beiden anderen Wohnheimen brannten alle Lichter, und hier und da sahen wir andere Mädchen, die spazierengingen oder einfach nur in kleinen Gruppen zusammenstanden und redeten.

Als wir uns dem Wasser näherten, konnten wir die Ochsenfrösche, die Zikaden und andere Tiere hören, die mit ihrer ritualisierten Nachtmusik zum Leben erwachten, einer Symphonie des Krächzens und Schnalzens, des Zirpens, Klapperns und der leisen Pfiffe.

Da wir so weit von jeder Autobahn entfernt waren, drang der Lärm des Verkehrs nicht zu uns herüber, aber in der Ferne sah ich die roten und grünen Positionslampen der Öltanker auf dem Mississippi und malte mir den Klang von Nebelhörnern und die Stimmen der Passagiere auf Flußdampfern aus. Manchmal wurden in Nächten wie dieser menschliche Stimmen mehr als eine Meile weit über das Wasser getragen, und wenn man die Augen schloß und lauschte, konnte man entweder die eigene Bewegung oder die der anderen wahrnehmen, wenn sich die Schiffe langsam entfernten.

Der See hatte einen metallischen Schimmer angenommen. Er lag so still, daß an den Ruderbooten, die an dem kleinen Landesteg neben dem Bootshaus vertäut waren, kaum ein Auf und Ab wahrzunehmen war. In der Mitte des relativ großen Sees befand sich eine kleine Insel. Wir hatten den Bootssteg fast erreicht, als Abby wieder das Wort ergriff.

»Ich will nicht geheimnistuerisch erscheinen«, sagte sie. »Ich mag dich, und ich rechne es dir hoch an, daß du mir deine Geschichte anvertraut hast. Ich zweifle nicht im geringsten daran«, fügte sie mit Bitterkeit hinzu, »daß die meisten dieser Mädchen auf dich herunterschauen würden, wenn sie wüßten, daß du von einer armen Cajun-Familie abstammst, aber das ist noch gar nichts im Vergleich zu mir.«

»Was? Wieso denn das?« sagte ich. »Was ist an deiner Herkunft auszusetzen?«

Wir standen jetzt auf dem Bootssteg und schauten auf den See hinaus.

»Du hast mich heute morgen gefragt, ob ich einen Freund hätte, und ich habe ja gesagt, und du wolltest mich trösten, als du sagtest, er würde mir bestimmt schreiben oder mich anrufen. Ich habe dir gesagt, daß er das ganz bestimmt nicht tun wird, und du hast dich bestimmt gefragt, warum ich mir da so sicher bin.«

»Ja«, sagte ich. »Das habe ich mich allerdings gefragt.«

»Er heißt William. William Huntington Cambridge. Er ist nach seinem Ururgroßvater benannt worden«, sagte sie mit derselben Bitterkeit, die ich schon vorher aus ihrer Stimme herausgehört hatte. »Und der war zufällig ein Held der Konföderation, worauf die Cambridges sehr stolz sind«, fügte sie hinzu.

»Ich vermute, wenn man alle hier näher unter die Lupe nimmt, wird man feststellen, daß die meisten Vorfahren haben, die für den Süden gekämpft haben«, sagte ich behutsam.

»Ja, ich bin sicher. Das ist ein weiterer Grund dafür, daß ich ...« Sie drehte sich abrupt zu mir um, und in ihren Augen standen Tränen. »Ich habe meine Großeltern väterlicherseits nie kennengelernt. Meine Familie hat ihre Identität geheimgehalten, und deshalb wollten meine Eltern mich auch nicht haben«, erklärte sie. Sie unterbrach sich, als erwartete sie von mir, daß ich alles verstand, aber ich konnte ihr nicht folgen und schüttelte den Kopf.

»Mein Großvater hat eine Schwarze geheiratet, eine Frau von Haiti; mein Vater ist also ein Mulatte, der aber doch weiß genug ist, um als Weißer durchzugehen.«

»Und deshalb wollten deine Eltern niemals Kinder haben? Sie hatten Angst, sie ...«

»Angst, daß ich, der Nachwuchs eines Mulatten und einer Weißen, dunkelhäutiger geboren werden könnte«, sagte sie und nickte. »Dann haben sie mich doch bekommen, und ich bin, wie du bestimmt weißt, eine Terzeronin. Wir sind oft umgezogen, in erster Linie, weil überall, wo wir lange genug gelebt haben, irgendwer irgendeinen Verdacht geschöpft hat.«

»Und dein Freund William ...«

»Seine Familie hat es herausgefunden. Sie betrachten sich als blaublütig, und sein Vater achtet sorgsam darauf, soviel wie möglich über jeden in Erfahrung zu bringen, mit dem eines seiner Kinder sich einläßt.«

»Das tut mir leid«, sagte ich. »Es ist ungerecht und dumm.«

»Ja, das macht es noch nicht leichter, damit zu leben. Meine Eltern haben mich in der Hoffnung hierher geschickt, daß es auf mich abfärben wird, von der Crème de la crème umgeben zu sein, und daß ich, ganz gleich, wohin ich von hier aus gehe, in allererster Linie als ein Greenwood-Mädchen angesehen werde, das von einer guten Familie aus der Oberschicht abstammt und etwas ganz Besonderes ist und daher niemals in den Verdacht gerät, eine Terzeronin zu sein. Ich wollte nicht herkommen, aber sie wünschen sich so sehr, daß ich von Vorurteilen verschont bleibe, und sie fühlen sich so schuldig, weil sie mich überhaupt bekommen haben, daß ich es ihnen zuliebe getan habe. Verstehst du das?«

»Ja«, sagte ich. »Und ich danke dir.«

»Wofür?« fragte sie lächelnd.

»Für dein Vertrauen.«

»Du hast mir auch vertraut«, erwiderte sie. Wir wollten einander gerade umarmen, als hinter uns die laute Stimme eines Mannes ertönte.

»He«, rief er. Eine Tür des Bootshauses fiel hinter ihm ins Schloß. Als wir uns umdrehten, sahen wir einen großen dunkelhaarigen Mann näher kommen, der nicht älter als vierundzwanzig oder fünfundzwanzig war. Er trug kein Hemd, und sein muskulöser Oberkörper schimmerte im

Mondschein. Er trug enge Jeans und war barfuß. Sein Haar reichte ihm bis über die Ohren und bedeckte fast gänzlich seinen Nacken.

»Was habt ihr hier unten zu suchen?« fragte er. Er näherte sich uns so weit, daß wir seine dunklen Augen und seine hohen indianischen Backenknochen erkennen konnten. Seine Gesichtszüge waren markant, er hatte ein festes Kinn und einen schmalen Mund. Während er uns musterte, wischte er sich die Hände an einem Lappen ab.

»Wir wollten nur einen Spaziergang machen«, setzte ich an, »und …«

»Wißt ihr denn nicht, daß ihr nach Einbruch der Dunkelheit nicht mehr hier sein dürft? Wollt ihr mich in Schwierigkeiten bringen? Es gibt immer einige unter euch, die sich hierher vorwagen, um mich in die Enge zu treiben, und das tut ihr nur zu eurer eigenen Unterhaltung«, sagte er grob. »Jetzt nehmt die Beine in die Hand und lauft, oder ich setze Mrs. Ironwood auf euch an, kapiert?«

»Es tut mir leid«, sagte ich.

»Wir sind nicht hergekommen, um irgend jemandem Schwierigkeiten zu machen«, fügte Abby hinzu. Sie trat aus der Dunkelheit heraus. Als er sie ansah, wurde er augenblicklich freundlicher.

»Ihr zwei seid neu hier, was?«

»Ja«, sagte sie.

»Habt ihr denn diese Vorschriften nicht gelesen?«

»Noch nicht vollständig«, erwiderte sie.

»Seht mal«, sagte er. »Ich will keine Scherereien haben. Mrs. Ironwood hat mir klare Anweisungen erteilt. Nach Anbruch der Dunkelheit darf ich noch nicht einmal mit einer von euch reden, wenn kein Mitglied des Lehrkörpers anwesend ist, versteht ihr? Und schon gar nicht hier unten!« fügte er hinzu und sah sich um, weil er sich vergewissern wollte, daß niemand lauschte.

»Wer sind Sie?« fragte ich.

Er zögerte einen Moment lang, ehe er antwortete: »Ich

heiße Buck Dardar, aber jetzt verschwindet, und zwar pronto, weil ich sonst großen Ärger kriege.«

»In Ordnung«, sagte Abby.

»Los«, befahl er uns und wies auf den Hügel.

Wir faßten einander bei den Händen und rannten los, unser Gelächter hallte über den See. Als wir oben auf dem Hügel angekommen waren, blieben wir stehen, schnappten nach Luft und sahen uns nach dem Bootshaus um. Er war fort, aber er löste immer noch prickelnde Phantasien in uns aus, wie etwas Verbotenes es kann.

Wir waren aufgeregt, und unsere Herzen pochten, als wir zum Wohnheim zurückeilten; neue Freundinnen, durch die Geheimnisse ihrer Vergangenheit und durch geheime Hoffnungen, die jede für sich, aber auch für die andere hegte, miteinander verbunden.

4.
Die Hüterin meiner Schwester

Am ersten Schultag schien sich das Leben in Greenwood nicht allzusehr von dem in anderen Schulen zu unterscheiden, natürlich abgesehen davon, daß in den Korridoren und Klassenzimmern keine Jungen zu sehen waren. Ich war allerdings beeindruckt davon, wie sauber und neu alles wirkte. Die Marmorböden in den Korridoren schimmerten, unsere Schreibtischplatten hatten so gut wie keine Kratzer, und im Gegensatz zu den meisten anderen Schulen waren in die Möbel weder kryptische Graffiti noch Ausbrüche von Wut oder Enttäuschung geritzt.

Unsere Lehrer stellten den Grund dafür sogleich deutlich klar. Jeder einzelne begann mit einem kurzen Vortrag darüber, wie wichtig es sei, daß unsere Schule weiterhin einen sauberen und neuen Eindruck erweckte. Ihre Stimmen dröhnten, als wollten sie sich vergewissern, daß Mrs. Ironwood ihre Ermahnungen auch ganz bestimmt hörte. Fast jeder Lehrer betonte, daß er für den Zustand seines Klassenzimmers persönlich verantwortlich sei und diese Verantwortung zu übernehmen gedenke.

»Wenn sie es nicht schaffen«, flüsterte Jacki mir zu, »läßt die Eiserne Jungfrau sie auspeitschen.«

Die Vorträge langweilten Gisselle, doch selbst sie war beeindruckt zu sehen, wie gehorsam die gesamte Schülerschaft war, wenn es darum ging, das Gebäude in einem makellosen Zustand zu erhalten. Jedesmal, wenn eine Schülerin ein Stück Papier auf dem Boden liegen sah, blieb sie stehen, bückte sich und hob es auf. Und in der Cafeteria wurde ebensosehr auf Sauberkeit geachtet. Es war zwar noch zu früh, um sich ein Urteil darüber zu bilden, doch es schien, als hafteten dem schulischen Leben in Greenwood in einem Maß Anstand und Ordnung an, daß unsere Schule in New Orleans – auch wenn es eine der besseren war – wie ein potentielles Tollhaus anmutete.

Mein Stundenplan sah vor, daß ich nach den beiden ersten Unterrichtsstunden eine Stunde Zeit zum Lernen hatte. Gisselle, die im letzten Jahr in Algebra durchgefallen war, mußte dieses Fach in Greenwood wiederholen. Als wir am Morgen im Hauptgebäude eingetroffen waren, hatte ich sie von unserem Klassenzimmer zu den Kursen geschoben, aber nach der zweiten Stunde tauchte fast wie auf eine Absprache hin Samantha auf und erbot sich, sich um sie zu kümmern.

»Nach dieser Pause haben wir die nächsten drei Kurse gemeinsam«, sagte Samantha. Gisselle freute sich offensichtlich über ihr Angebot.

»In Ordnung«, sagte ich. »Aber paß auf, daß du nicht wegen meiner Schwester zu spät zum Unterricht kommst.«

»Wenn ich zu spät komme, weil ich für alles, was ich tun muß, länger brauche, dann werden sie das eben verstehen müssen«, meinte Gisselle. Ich sah, daß sie fest entschlossen war, in den Toiletten herumzutrödeln, vielleicht sogar eine Zigarette zu rauchen.

»Sie wird dich in Schwierigkeiten bringen, Samantha«, warnte ich, aber ich hätte meine Worte ebensogut an eine Wand richten können. Irgendwie hatte meine Schwester dieses naive Mädchen schnell zu ihrer zuverlässigen Dienerin gemacht. Mir tat Samantha leid; sie machte sich keine Vorstellung von dem, was ihr bevorstand. Und eines Tages würde Gisselle ihrer überdrüssig sein.

Ich ließ die beiden stehen und eilte in mein Studierzimmer. Aber als ich mich daran machte, mein neues Arbeitsmaterial durchzusehen, teilte mir der Lehrer, der die Aufsicht führte, mit, daß Mrs. Ironwood mich zu sprechen wünsche.

»Wenn du durch den Korridor zu deiner Rechten läufst und dann ein paar Stufen hinaufsteigst, kommst du direkt in ihr Büro«, erklärte er mir. »Schau nicht so besorgt«, fügte er mit einem Lächeln hinzu. »Sie bestellt oft Schülerinnen zu sich, die neu in Greenwood sind.«

Dennoch war ich wider Willen nervös. Mein Herz pochte heftig, als ich durch den leisen Gang eilte und die Treppe hinaufstieg. Eine kleine, rundliche Frau mit Binokularbrille in einem grauen Gestell stand vor einem Aktenschrank und drehte sich zu mir um, als ich das Vorzimmer betrat. Auf dem Namensschild auf ihrem Schreibtisch stand MRS. RANDLE. Sie sah mich einen Moment lang an und ging dann zu ihrem Schreibtisch und nahm ein Blatt Papier in die Hand.

»Du bist Ruby Dumas?«

»Ja, Ma'am.«

Sie nickte, und ihr Gesicht behielt seinen förmlichen ernsten Ausdruck bei, als sie zur Tür des Büros ging. Nachdem sie leise angeklopft hatte, öffnete sie die Tür und meldete mich an.

»Führen Sie sie herein«, hörte ich Mrs. Ironwood anordnen.

»Hier entlang, Ruby.« Sie trat zur Seite, und ich ging in Mrs. Ironwoods Büro.

Es war ein relativ großer, aber sehr karger Raum mit dunkelgrauen Vorhängen, einem hellgrauen Teppich, einem großen dunkelbraunen Schreibtisch, zwei Holzstühlen, die unbequem aussahen, und einem kleinen Sofa, das an der rechten Wand stand und den Eindruck erweckte, als seien die Polster hart. Darüber hing das einzige Bild im ganzen Raum, ein weiteres Porträt von Edith Dilliard Clairborne, und wie auf allen anderen trug sie auch auf diesem ein hochgeschlossenes Kleid für offizielle Anlässe; auf sämtlichen Porträts saß sie entweder in einem Garten oder auf einem hochlehnigen Stuhl in einem Arbeitszimmer. Über die anderen Wände waren Gedenktafeln und Urkunden verteilt, Preise, die Greenwood-Schülerinnen für alles Erdenkliche verliehen worden waren, von Debattierkursen bis Rhetorikwettbewerben.

Auf dem Schreibtisch stand zwar eine große Vase mit roten und rosa Rosen, doch das Zimmer roch wie eine Arztpraxis, in der große Mengen von Desinfektionsmitteln versprüht worden sind. Das Büro wirkte peinlich sauber, sogar die Fenster waren so blank, daß man hätte meinen können, sie stünden weit offen.

Mrs. Ironwood saß aufrecht hinter ihrem Schreibtisch. Sie setzte die Brille ab und sah mich lange an, sog mich in sich auf, als wolle sie sich mein Gesicht und meine Figur bis in alle Einzelheiten einprägen. Falls irgend etwas ihre Zustimmung fand, dann zeigte sie es nicht. Ihre Augen blieben kalt und analytisch, ihre Lippen fest zusammengekniffen.

»Setz dich, bitte«, wies sie mit einer Kopfbewegung auf einen der harten Holzstühle. Ich ging eilig darauf zu, setzte mich und legte meine Bücher auf meinen Schoß.

»Ich habe dich zu mir bestellt«, begann sie, »damit wir möglichst schnell zu einer Einigung gelangen.«

»Zu einer Einigung?«

Ihr rechter Mundwinkel senkte sich. »Das hier ist deine Akte«, erklärte sie. »Darunter liegt die Akte deiner Schwester. Ich habe mir beide sorgsam durchgelesen. Außer deinen Schulzeugnissen enthält die Akte wesentliche persönliche Informationen. Ich sollte dir wohl sagen«, fuhr sie fort und lehnte sich zurück, »daß ich mit deiner Stiefmutter ein langes informatives Gespräch über dich geführt habe.«

»Oh«, sagte ich.

Sie zog die dichten dunklen Augenbrauen zusammen. Da sie Daphne als meine Stiefmutter und nicht als meine Mutter bezeichnet hatte, stand fest, daß Daphne ihr von meinem Leben als Cajun erzählt hatte.

»Sie hat mir von den … von den unseligen Umständen berichtet und ihre Frustration darüber zum Ausdruck gebracht, daß es ihr mißlungen ist, bei dir jene Veränderungen zu bewirken, die erforderlich wären, damit du dich nach einem reichlich rückständigen Leben zivilisierteren Gegebenheiten anpassen kannst.«

»Mein Leben ist nie rückständig gewesen, und es gibt einiges in meiner heutigen Situation, was ziemlich unzivilisiert ist«, sagte ich mit fester Stimme.

Ihre Augen wurden klein und die Lippen ein wenig blasser, als sie sie fester zusammenkniff. »Nun, ich kann dir versichern, daß das Leben in Greenwood in keinster Weise unzivilisiert ist. Wir haben eine stolze Tradition; wir dienen den besten Familien unserer Gesellschaft, und ich gedenke, diese Tradition fortzusetzen«, sagte sie mit scharfer Stimme. »Die meisten unserer Mädchen haben eine entsprechende Herkunft und wissen bereits, wie man sich in Gesellschaft benimmt und bewegt. Also dann«, sie setzte die Brille auf und öffnete meine Akte, »deinen Schularbeiten kann ich entnehmen, daß du eine ausgezeichnete Schülerin bist. Das ist vielversprechend für dich. Ich stelle außerdem fest, daß du mit Talent gesegnet bist. Ich freue mich schon darauf mitanzusehen, wie du es hier weiterentwickeln wirst. Dennoch nutzt dir all das überhaupt nichts, wenn dein gesellschaftliches Auftreten und deine persönlichen Angewohnheiten zu wünschen übrig lassen.«

»Sie lassen nichts zu wünschen übrig«, sagte ich eilig. »Ganz gleich, was Sie über die Welt denken mögen, in der ich aufgewachsen bin, und ganz gleich, was meine Stiefmutter Ihnen alles erzählt haben mag.«

Sie schüttelte den Kopf und feuerte Worte wie Kanonenkugeln auf mich ab: »Was deine Stiefmutter mir erzählt hat, bleibt innerhalb dieser vier Wände. Ich habe dich zu mir bestellt, damit du dir darüber klar wirst. Es liegt bei dir, diese Dinge unter Verschluß zu halten. Ungeachtet der näheren Umstände deiner Geburt und deiner Kindheit stammst du jetzt aus einer achtbaren Familie und bist dem Namen dieser Familie verpflichtet. Was du vor deinem Leben in New Orleans auch an Gewohnheiten gehabt haben, wie du dich benommen haben magst – nichts von alledem darf hier in Greenwood aus dir ausbrechen und durchscheinen. Ich habe deiner Stiefmutter versprochen, dich genauer im Auge zu behalten als die anderen Mädchen. Ich wollte, daß du dir darüber im klaren bist.«

»Das ist nicht fair. Ich habe nichts getan, wofür ich es verdient hätte, anders behandelt zu werden als die anderen«, beklagte ich mich.

»Ich bin entschlossen, es dabei zu belassen. Wenn ich einem Elternteil einer meiner Schülerinnen ein Versprechen abgebe, dann werde ich alles tun, um dieses Versprechen zu halten. Was mich auf deine Schwester zu sprechen bringt«, sagte sie und schlug Gisselles Akte auf. »Ihre schulischen Leistungen sind enttäuschend, um es milde auszudrücken, wie des öfteren auch ihr früheres Benehmen. Mir ist klar, daß sie jetzt mit einer ernstlichen Behinderung zu kämpfen hat, und ich habe mich zu einem gewissen Entgegenkommen bereit erklärt, um ihr das Leben hier so bequem wie möglich zu machen und ihr eine Erfolgschance zu geben, aber ich will, daß du weißt, daß ich dich für ihre Erfolge und ihr Benehmen zur Verantwortung ziehen werde.«

»Und warum?«

Sie ließ ihren steinernen Blick kurz über mich gleiten. »Weil du deine Gliedmaßen uneingeschränkt benutzen kannst, und weil dein Vater so fest an dich glaubt«, erwiderte sie. »Und weil du deiner Schwester nahestehst und mehr Einfluß auf sie hast als jeder andere, wenn es darum geht, ihr Ratschläge zu erteilen.«

»Gisselle nimmt keine Ratschläge von mir an und hört äußerst selten auf mich. Sie hat ihren eigenen Kopf, und was ihre Behinderung angeht, so zieht sie den größtmöglichen Nutzen daraus«, sagte ich. »Sie braucht keine Vorzugsbehandlung, sondern strenge Disziplin.«

»Ich denke, solche Entscheidungen liegen bei mir«, erwiderte Mrs. Ironwood. Sie unterbrach sich, starrte mich einen Moment lang an und nickte dabei vor sich hin. »Ich sehe, was deine Stiefmutter gemeint hat: Du hast einen Hang zur Unabhängigkeit, diese Sturheit der Cajuns, eine Wildheit, die es im Zaum zu halten gilt. Nun – hier wird sie bestimmt im Zaum gehalten«, drohte sie und beugte sich vor. »Ich will, daß du deine guten schulischen Leistungen weiterhin erbringst; ich will, daß die Leistungen deiner Schwester sich verbessern; ich will, daß ihr beide euch benehmt und unsere Vorschriften buchstabengetreu befolgt. Ich möchte, daß eure Mutter zum Jahresende beeindruckt feststellt, welche Veränderungen sich an deinem Charakter vollzogen haben.«

Sie unterbrach sich und wartete meine Reaktion ab, doch meine Lippen blieben vor Furcht versiegelt; ich wollte mir nicht einmal ausmalen, was heraussprudeln könnte, wenn ich den Mund aufmachte.

»Das Benehmen deiner Schwester während der Einführungsversammlung war abscheulich. Ich habe mich nur deshalb entschlossen, darüber hinwegzusehen, weil wir dieses erste kurze Gespräch noch nicht miteinander geführt hatten. Wenn sie sich das nächstemal schlecht benimmt, werde ich euch beide zusammenstauchen, hast du mich verstanden?«

»Sie meinen, ich werde auch für Dinge bestraft, die meine Schwester anstellt?«

»Du bist jetzt für deine Schwester verantwortlich, bist ihre Hüterin, ob es dir paßt oder nicht.«

Tränen brannten hinter meinen Lidern. Eine Art Lähmung befiel mich, als ich daran dachte, wie sehr Daphne es genießen mußte zu wissen, was sie hier in Greenwood für mich vorbereitet hatte. Es schien, als sei sie entschlossen, mir mein Leben lang Hindernisse in den Weg zu stellen, ganz gleich, wo oder wie. Obwohl ich eingewilligt hatte, diese Schule zu besuchen, damit sie mich und Gisselle nicht mehr zu sehen brauchte, gab sie sich nicht zufrieden.

Sie wollte sichergehen, daß sie mir das Leben zur Qual machte.

»Hast du noch irgendwelche Fragen?« unterbrach Mrs. Ironwood meine Gedanken.

»Ja«, sagte ich. »Wenn ich aus einer rückständigen Welt komme, warum bin ich dann diejenige, die zur Verantwortung gezogen wird?«

Die Frage schien sie für einen Moment aus der Fassung zu bringen. Ich sah sogar für den Bruchteil einer Sekunde Bewunderung für meine Geistesgegenwart in ihren Augen aufblitzen.

»Trotz deiner Herkunft«, erwiderte sie bedächtig, »scheinst du aus besserem Rohmaterial gemacht zu sein und über ein größeres Potential zu verfügen. An diesen Aspekt deiner Person wende ich mich. Im Moment leidet deine Schwester noch unter den Folgen des Unfalls und unter der Beeinträchtigung. Sie ist noch nicht reif für Gespräche dieser Art.«

»Gisselle wird nie reif für Gespräche dieser Art sein. Vor ihrem Unfall war sie es auch nicht«, sagte ich.

»Dann wird es eben ein Teil deiner Last sein, sie dahin zu bringen, daß sie reif dafür ist, meinst du nicht auch?« entgegnete Mrs. Ironwood mit einem kühlen Lächeln und stand auf. »Du darfst jetzt wieder in dein Studierzimmer gehen.«

Ich erhob mich und verließ das Büro. Mrs. Randle blickte kurz zu mir auf, als ich an ihrem Schreibtisch vorbeikam. Trotz meiner tapferen Fassade zitterte ich innerlich so sehr, daß ich kaum laufen konnte. Ich war sicher, daß Daddy nichts von dem Fundament wußte, daß Daphne hier in Greenwood gelegt hatte. Hätte er davon gewußt, hätte er uns wahrscheinlich nicht hierhergebracht. Ich war versucht, ihn anzurufen und ihm davon zu erzählen, aber ich konnte mir ausrechnen, daß Daphne eine Möglichkeit finden würde, mir die Schuld zuzuschieben und mir Undankbarkeit vorzuwerfen, weil ich diese Gelegenheit nicht ergriff; außerdem würde sie mich bezichtigen, Gisselle diese Chance einer Besserung verpatzt zu haben.

Frustriert und im Schatten einer schwarzen Wolke der Verzweiflung ließ ich mich an meinem Schreibtisch nieder. Obwohl alles sehr aufregend war und die meisten meiner neuen Lehrer mir Freundlichkeit entgegenbrachten, blieb ich für den Rest des Morgens und den größten Teil des Nachmittags in der finsteren Stimmung, in die mich die Eiserne Jungfrau versetzt hatte, und meine Laune besserte sich erst, als ich zur letzten Unterrichtsstunde in Rachel Stevens' Klasse kam.

Mein Verdacht, daß Miss Stevens sich in dem förmlichen Tweedkostüm und den hochhackigen Schuhen bei der Versammlung unwohl gefühlt hatte, erwies sich als richtig. Jetzt, im Kunstunterricht, erweckte sie eher den Eindruck einer Künstlerin und schien sich bei weitem wohler zu fühlen; sie hatte ihr Haar gelöst und trug es offen, und über ihrem kürzeren Rock und einer grellrosafarbenen Bluse trug sie einen Malerkittel. Dieser Kunstunterricht war ein reines Wahlfach und wurde folglich von weniger Schülerinnen besucht als die Pflichtkurse. Wir waren nur zu sechst, und darüber freute sich Miss Stevens.

Ich hatte keine Ahnung, daß Daddy – wie Daphne mit der Schule und Mrs. Ironwood Kontakt aufgenommen hatte, um meine Vergangenheit zu enthüllen – dafür gesorgt hatte, daß die Schule und meine Kunsterzieherin von meinen kleinen Erfolgen wußten. Miss Stevens war so freundlich, mich damit nicht vor den anderen Schülerinnen in Verlegenheit zu bringen, aber nachdem sie uns erklärt hatte, was sie in diesem Schuljahr mit uns vorhatte, und alle Mädchen mit Lehrbüchern versorgt waren, in denen sie herumstöbern konnten, kam sie auf mich zu und erzählte mir, was sie bereits wußte.

»Ich finde es wirklich aufregend, daß jetzt schon einige von deinen Bildern in einer Galerie hängen«, sagte sie. »Was zeichnest und malst du am liebsten? Tiere? Die Natur?«

»Ich weiß es nicht. Vermutlich ja«, sagte ich.

»Ich auch. Weißt du, was ich gern mit dir machen würde, falls du magst? Wir könnten an einem Samstag zum Fluß hinuntergehen und nach Motiven Ausschau halten. Was hältst du davon?«

»Das täte ich liebend gern.« Ich spürte, wie der Vorhang der Depression sich hob. Miss Stevens war außer sich vor Aufregung. Ihre Begeisterungsfähigkeit steckte mich an und ließ mein Verlangen, mich durch Zeichnungen und Gemälde auszudrücken, wieder aufleben. In der letzten Zeit hatte sich in meinem Leben so vieles getan, was meine Aufmerksamkeit von der Kunst abgelenkt hatte. Vielleicht konnte ich jetzt mit mehr Energie und zielstrebiger als früher zur Kunst zurückkehren.

Während die anderen weiterhin in den Schulbüchern blätterten, ließ Miss Stevens sich Zeit, mit mir zu reden; schnell wurde sie diejenige unter all meinen Lehrerinnen, zu der ich am ehesten einen persönlichen Kontakt fand.

»In welchem Wohnheim bist du untergebracht?« fragte sie. Ich sagte es ihr, und ich erzählte ihr auch, daß Gisselle im Rollstuhl saß. »Zeichnet und malt sie auch?«

»Nein.«

»Ich wette, sie ist stolz auf dich. Ich wette, deine ganze Familie ist stolz auf dich. Dein Vater ist es ganz bestimmt, soviel weiß ich«, sagte sie lächelnd. Sie hatte unglaublich warme, freundliche blaue Augen und auf beiden Wangen helle, kleine Sommersprossen. Ihre Lippen waren fast orange, und im Kinn hatte sie ein winziges Grübchen.

Statt etwas Unerfreuliches über Gisselle oder Daphne zu sagen, nickte ich nur.

»Ich habe genauso angefangen«, erzählte sie. »Ich bin in Biloxi aufgewachsen, und daher habe ich eine Menge Seebilder gezeichnet und gemalt. Eins davon habe ich über eine Galerie verkauft, als ich noch im College war«, berichtete sie stolz, »aber seitdem habe ich nichts mehr verkauft.« Sie lachte. »Das hat mir klar gemacht, daß ich mich besser dem Lehrberuf zuwende, wenn ich etwas essen und ein Dach über dem Kopf haben will.«

Ich fragte mich, warum eine Frau, die so hübsch, so reizend und talentiert war, nicht eine Heirat als eine weitere Alternative ins Auge faßte.

»Wie lange sind Sie schon Kunsterzieherin?« fragte ich. Das Hüsteln der anderen Schülerinnen zeigte mir, daß sie neidisch darauf waren, wieviel Zeit unsere neue Lehrerin mir widmete.

»Erst seit zwei Jahren. Ich habe an einer staatlichen Schule unterrichtet. Aber das hier ist ein wunderbarer Job. Hier kann ich meinen Schülerinnen viel mehr individuelle Betreuung zukommen lassen.«

Sie wandte sich den anderen zu. »Wir werden viel Spaß miteinander haben«, erklärte sie. »Ich habe nichts dagegen, wenn ihr Musik mitbringen wollt, die wir bei der Arbeit hören können; wir dürfen sie nur nicht zu laut spielen und andere Klassen damit stören.«

Sie lächelte mich noch einmal herzlich an und schilderte dann ihre Ziele für unseren Kurs, erklärte, daß sie uns erst das Zeichnen beibringen und dann zur Aquarell- und zur Ölmalerei übergehen wolle. Sie beschrieb das Arbeiten mit Ton, den Gebrauch der Brennöfen und die Kunstwerke, von denen sie hoffte, daß wir sie hervorbringen würden. Sie war so begeistert und mitreißend, daß ich enttäuscht war, als die Glocke zum Ende des Schultags läutete, aber ich wußte, daß ich nicht trödeln durfte. Gisselle würde mich schon in ihrem Klassenzimmer erwarten, damit ich sie zum Wohnheim zurückfuhr. Wir hatten keine anderen Abmachungen getroffen.

Als ich ankam, war sie jedoch bereits fort. Abby winkte mir vom Ende des Korridors zu und kam mir eilig entgegen. »Suchst du Gisselle?«

»Ja.«

»Ich habe gesehen, wie Samantha sie geschoben hat, und Kate und Jacki sind den beiden gefolgt. Wie war dein Tag?«

»Prima, wenn man von einem Gespräch absieht, das ich mit der Eisernen Jungfrau hatte.« Auf dem Weg zum Wohnheim berichtete ich ihr mehr.

»Wenn ich in ihr Büro bestellt würde, hätte ich fürchterliche Angst und würde damit rechnen, daß das nur eins bedeuten kann: Sie hat etwas über meine familiären Hintergründe in Erfahrung gebracht.«

»Selbst wenn es so wäre, würde sie es nicht wagen ...«

»Das ist mir schon passiert«, sagte Abby wissend, »und bestimmt wird es mir noch öfter passieren.«

Ich hätte ihr gern etwas Optimistisches gesagt und sie getröstet, aber die Eiserne Jungfrau hatte auch mich in eine düstere Stimmung versetzt. Auf unserem weiteren Weg zum Wohnheim waren wir beide stumm, bis wir das Geräusch eines Traktors hörten, uns umwandten und Buck Dardar sahen. Er sah uns auch und drosselte das Tempo, um in unsere Richtung zu schauen.

»Erinnerst du dich noch an den Abend?« fragte Abby. Wir mußten lächeln, und wir bewegten uns beschwingter und mit mehr Energie voran. Obwohl wir wußten, daß wir damit einen Verweis riskierten, winkten wir ihm zu. Er nickte, und selbst auf diese Entfernung sahen wir das Weiß seiner Zähne, als er lächelte. Lachend faßten wir einander bei den Händen und legten den Rest des Weges zum Wohnheim im Dauerlauf zurück.

Wir trafen nur etwa zehn Minuten nach Gisselle und den anderen dort ein, doch Gisselle tat so, als sei ich eine Stunde nach ihr gekommen.

»Wo warst du?« beklagte sie sich, sowie ich unser Zimmer betrat.

»Wo ich war? Warum bist du nach der letzten Stunde so schnell verschwunden? Ich habe dir doch gesagt, daß ich dich abhole.«

»Du hast mich ewig warten lassen. Was glaubst du denn, wie ich mich fühle, wenn ich in diesem blöden Rollstuhl sitze, während alle anderen verschwinden? Man kann mich doch nicht einfach abstellen und stehen lassen wie ein Möbelstück.«

»Ich bin direkt nach dem Läuten gekommen. Ich habe nur noch einen Moment mit meiner Lehrerin geredet.«

»Erzähl mir bloß nicht, es sei nur eine Minute gewesen. Und ich mußte dringend zur Toilette! Du kannst jederzeit einfach aufstehen und hingehen, wenn du willst. Du weißt doch, welche Schwierigkeiten ich jetzt mit den einfachsten Dingen habe. Du weißt es, und trotzdem trödelst du mit deiner Kunsterzieherin herum«, sagte sie und schüttelte mißbilligend den Kopf.

»Schon gut, Gisselle«, sagte ich, denn ich hatte ihr ständiges Meckern satt. »Es tut mir leid.«

»Was für ein Glück, daß ich jetzt andere Freundinnen habe, die sich um mich kümmern. Was für ein Glück.«

»Okay, schon gut.«

Die Wahrheit war, daß ich nie begriffen hatte, wie glücklich ich in New Orleans dran gewesen war, denn dort hatte ich mein eigenes Zimmer gehabt, mit Wänden, die uns voneinander trennten. »Wie waren deine Kurse?« fragte ich, um das Thema zu wechseln.

»Gräßlich. Die Klassen hier sind so klein, daß die Lehrer ständig hinter einem stehen und einen bei der kleinsten Kleinigkeit beobachten. Hier kann man sich einfach vor nichts drücken!«

Ich lachte.

»Was ist daran so komisch, Ruby?«

»Wahrscheinlich werden sich deine schulischen Leistungen hier gegen deinen eigenen Willen stark verbessern«, sagte ich.

»Ach, vergiß es. Es ist zwecklos, mit dir zu reden«, erwiderte sie. »Jetzt setzt du dich wahrscheinlich auch noch hin und machst dich gleich an deine Hausaufgaben, stimmt's?«

»Abby und ich machen jetzt gleich unsere Hausaufgaben, damit wir es hinter uns haben.«

»Na, toll. Ihr werdet bestimmt bald zu den besten Schülerinnen von Greenwood zählen und Dutzende von Teegesellschaften besuchen«, höhnte sie und rollte zur Tür hinaus, um Jacki und Kate zu besuchen.

Mrs. Ironwood hatte gesagt, sie würde mich für Gisselle und ihr Benehmen zur Verantwortung ziehen? Ebensogut könnte ich versuchen, die Gewohnheiten einer Bisamratte zu ändern oder einen Alligator zu zähmen, dachte ich.

Unsere erste Woche in Greenwood verging wie im Fluge. Am Dienstagabend schrieb ich Briefe an Paul und Onkel Jean und schilderte ihnen alles genauestens. Am Mittwochabend rief Beau an. Das Telefon im Korridor direkt vor unserem Quadranten stand uns zur Verfügung. Jacki kam in unser Zimmer, um mir zu sagen, daß jemand mich sprechen wollte.

»Wenn es Daddy ist, dann will ich ihn auch sprechen«, verlangte Gisselle, die darauf versessen war, ihren Strom von Klagen nicht versiegen zu lassen.

»Es ist nicht euer Vater«, sagte Jackie. »Es ist ein gewisser Beau.«

»Danke«, sagte ich und eilte zum Telefon, ehe Gisselle in Jackis Gegenwart eine ihrer abscheulichen Bemerkungen machen konnte.

»Beau!« rief ich in die Sprechmuschel.

»Ich dachte, ich lasse dir erst mal einen Tag Zeit, damit du dich dort eingewöhnen kannst«, sagte er.

»Es ist so schön, deine Stimme zu hören.«

»Und ich finde es schön, dich zu hören. Wie läuft es?«

»Es ist ziemlich hart. Seit dem Augenblick unserer Ankunft hier macht mir Gisselle das Leben schwer.«

»Ich könnte nicht gerade behaupten, daß mir das nicht gelegen käme«, sagte Beau lachend. »Wenn sie es fertigbringt, daß ihr beide rausgeschmissen werdet, dann bist du wenigstens wieder hier.«

»Verlaß dich bloß nicht darauf. Wenn sie uns nicht hier

behalten, dann findet meine Stiefmutter bestimmt eine andere Schule, in die sie uns schicken kann, und die ist dann vielleicht doppelt so weit weg von New Orleans. Wie läuft es bei dir mit der Schule?«

»Ohne dich ist es langweilig, aber ich suche mir Beschäftigung – mit dem Footballteam und dergleichen. Wie ist es dort, wo ihr jetzt seid?«

»Es ist eine schöne Schule, und die meisten Lehrer sind nett. Die Rektorin kann ich nicht leiden. Sie ist eine Tyrannin, kalt wie Stein, und Daphne hat sie bereits mit Geschichten über meine Cajun-Herkunft versorgt. Sie hält mich für ein Ungeheuer.«

»Wer?«

»Diese flachbrüstige Mädchenschinderin.« Ich lachte. »Sie glaubt eben, ich könnte einen schlechten Einfluß auf ihre ach so vollkommenen jungen kreolischen Damen haben.«

»Oh.«

»Aber der Unterricht macht mir Spaß, vor allem der Kunstunterricht.«

»Und was ist mit ... Jungen?«

»Hier gibt es keine, Beau, hast du das vergessen? Wann kommst du? Ich vermisse dich.«

»Ich versuche, es so hinzukriegen, daß ich am übernächsten Wochenende kommen kann. Mit diesem Training an den Wochenenden ist das ziemlich schwierig.«

»Oh, bitte, versuch es, Beau. Wenn du nicht kommst, werde ich vor Einsamkeit durchdrehen.«

»Ich komme ... irgendwie läßt es sich schon einrichten«, sagte er. »Natürlich muß ich es heimlich tun, sag also niemandem etwas ... am allerwenigsten Gisselle. Es sähe ihr wirklich ähnlich, dafür zu sorgen, daß meine Eltern davon erfahren.«

»Ich weiß. Seit dem Unfall hat sich ihre gemeine Ader nur noch verstärkt. Ach ja, ich habe mich mit einem der Mädchen in meinem Wohnheim angefreundet, aber ich bin nicht sicher, ob ich möchte, daß du sie kennenlernst.«

»Was? Warum denn das?«

»Sie ist sehr hübsch.«

»Ich habe nur Augen für dich, Ruby«, sagte er. »Begehrliche Blicke«, fügte er leise hinzu.

Ich lehnte mich an die Wand und schmiegte den Hörer an mein Ohr, als preßte ich ein süßes kleines Baby an die Wange. »Ich vermisse dich, Beau. Du fehlst mir wirklich.«

»Ich vermisse dich, Beau. Du fehlst mir wirklich«, hörte ich Gisselle, die mich nachäffte, und als ich mich umdrehte, sah ich sie mit Samantha und Kate direkt hinter mir im Korridor stehen. Sie grinsten.

»Verschwindet!« schrie ich. »Das ist ein Privatgespräch.«

»Es verstößt gegen die Vorschriften, in unseren Wohnheimen am Telefon anzügliche Dinge zu sagen«, höhnte Gisselle. »Lies Seite vierzehn, Paragraph drei, die zweite Zeile in unserer Informationsmappe.«

Kate und Samantha lachten.

»Was geht da vor?« fragte Beau.

»Es ist nur Gisselle, sie führt sich auf wie immer«, sagte ich. »Ich kann jetzt nicht weiterreden. Sie ist wild entschlossen, mir dieses Gespräch zu verderben.«

»Es ist ohnehin qualvoll, mit dir zu reden und dich nicht sehen zu können. Ich rufe dich sobald wie möglich wieder an«, sagte er.

»Versuch herzukommen, Beau. Bitte.«

»Ich werde mein Bestes tun«, versprach er. »Ich liebe und vermisse dich.«

»Mir geht es genauso«, sagte ich und warf einen wütenden Blick auf Gisselle und die Mädchen. »Tschüs.«

Ich knallte den Hörer auf die Gabel und drehte mich zu ihnen um.

»Warte nur ab. Warte nur ab, bis du einmal ungestört sein willst«, sagte ich zu ihr und stolzierte an den dreien vorbei.

Es nützte wenig, auf Gisselle wütend zu sein. Wenn es

überhaupt etwas bewirkte, dann, daß sie es genoß, wenn ich mich ärgerte. Es war besser, sie schlichtweg zu ignorieren. Das störte sie nicht; sie hatte die Mädchen aus unserem Quadranten, die in den Zeiten vor dem Unterricht, zwischen den Schulstunden und in der Cafeteria anscheinend nur zu gern ihre Zeit in ihrer Gegenwart verbrachten. Von Samantha geschoben und Kate und Jacki neben sich, entwickelte sich Gisselle mit ihrem Gefolge schnell zu einer separaten Einheit, einer Clique, die so eng aufeinander klebte, daß es ganz den Eindruck erweckte, als würden sie von unsichtbaren Drähten zusammengehalten, die von Gisselles Rollstuhl ausgingen.

Der Rollstuhl machte eine Metamorphose durch und wurde zu einem rollenden Thron, von dem aus Gisselle ihre Wünsche und Befehle äußerte und ihr Urteil über andere Schülerinnen, Lehrer und Aktivitäten verhängte. Nach der Schule folgten die drei Mädchen Gisselle gehorsam zum Wohnheim, wo sie weiter hofhielt; sie unterrichtete sie in schlechtem Benehmen, schilderte ihnen ihre Eroberungen und animierte sie, Zigaretten zu rauchen und ihre Hausaufgaben zu vernachlässigen.

Nach und nach brachte Gisselle die anderen Mädchen gegen Vicki auf. Sogar die arme kleine Samantha verbrachte immer weniger Zeit mit ihrer Zimmergenossin und begann, Gisselles Verachtung nachzuahmen, vor Vickis Augen. Am Donnerstagabend brachte Gisselle Samantha dazu, Vicki ihren ersten Forschungsbericht zur europäischen Geschichte zu stehlen, einen Bericht, auf den sie sehr stolz war, da sie sich gleich an die Arbeit gemacht hatte und eine Woche vor dem Termin fertig geworden war. Das arme Mädchen war außer sich.

»Ich weiß, daß er bei meinen Büchern im Schrank gelegen hat«, beharrte sie; sie zog sich an den Haaren und biß sich auf die Lippen. Gisselle und die Mädchen saßen im Wohnzimmer und hörten sich ihre aufgewühlten, fassungslosen Klagen an. Immer wieder versuchte sie nachzuvollziehen, was sie damit getan haben, wo sie den Bericht versehentlich verlegt haben könnte. Ein Blick in Samanthas Gesicht genügte, und mir wurde klar, wozu sie sich von Gisselle hatte überreden lassen.

»Ich hatte nur diese eine Ausfertigung. Ich habe stundenlang daran gesessen, stundenlang!«

»Wie ich dich kenne, hast du wahrscheinlich ohnehin alles auswendig gelernt«, sagte Gisselle. »Schreib ihn doch einfach noch mal.«

»Aber ... meine Quellen ... meine Zitate ...«

»Ach, die Zitate habe ich ganz vergessen«, sagte Gisselle. »Hat jemand irgendwelche Zitate?«

Ich zog Samantha zur Seite, indem ich sie grob in den Oberarm kniff.

»Hast du Vicky den Bericht weggenommen?« fragte ich.

»Es ist doch nur ein kleiner Scherz. Wir geben ihn ihr bald wieder zurück.«

»Es ist überhaupt nicht komisch, jemanden solche Qualen ausstehen zu lassen und sich darüber lustig zu machen. Gib ihn ihr sofort zurück«, befahl ich.

»Mein Arm! Du tust mir weh.«

»Tu es, oder ich hole Mrs. Penny, die Mrs. Ironwood benachrichtigen müssen wird.«

»In Ordnung.« In ihren Augen standen Tränen des Schmerzes, aber das war mir gleich. Wenn sie Gisselles kleine Sklavin sein wollte, dann würde sie auch dafür büßen.

Vicki ging wieder in ihr Zimmer, um noch einmal alles zu durchwühlen.

»Das war überhaupt nicht komisch, Gisselle«, sagte ich.

Sie sah Samantha an und dann mich. »Was war nicht komisch?«

»Samantha anzustacheln, daß sie Vicki den Bericht wegnimmt.«

»Ich habe sie zu nichts angestachelt. Sie ist von allein auf die Idee gekommen. Stimmt's, Samantha?«

Gisselles fester Blick genügte. Samantha nickte.

»Gib ihn ihr augenblicklich zurück«, sagte ich. Samantha griff unter das Sofa, um den Bericht hervorzuziehen. Auf ihrem Gesicht malte sich Entsetzen. Sie kniete sich hin und suchte.

»Er ist nicht da«, sagte sie erstaunt. »Aber dort habe ich ihn doch hingetan.«

»Gisselle.«

»Ich weiß von nichts«, sagte meine Schwester selbstgefällig.

Plötzlich drang ein Schrei aus dem Zimmer von Vicki und Samantha. Wir eilten hin und sahen Vicki auf dem Bett sitzen. Auf dem Schoß hielt sie ihren Bericht, er war klatschnaß.

»Was ist passiert?«

»Ich habe ihn so unter der Kommode gefunden«, schrie sie. »Jetzt muß ich alles noch einmal abschreiben.« Sie sah Samantha haßerfüllt an.

»Das war ich nicht«, sagte Samantha. »Wirklich nicht.«

»Jemand muß es doch gewesen sein.«

»Vielleicht warst du es selbst, und jetzt versuchst du, einer von uns die Schuld zuzuschieben«, warf Gisselle ihr vor.

»Was? Weshalb sollte ich so etwas tun?«

»Einfach nur, um anderen Schwierigkeiten zu machen.«

»Das ist lachhaft. Vor allem, wenn man bedenkt, daß ich jetzt alles noch einmal abschreiben muß!«

»Dann solltest du anfangen, ehe die Tinte ganz verlaufen ist«, schlug Gisselle vor. Sie machte kehrt, und die Mädchen folgten ihr aus dem Zimmer.

»Abby und ich werden dir helfen, Vicki«, sagte ich.

»Danke, aber ich mache es lieber selbst.« Sie wischte sich die Tränen von den Wangen.

»Manchmal bringt man ja doch noch Korrekturen an, wenn man etwas noch einmal abschreibt«, sagte Abby.

Vicki nickte. Dann richtete sie den Blick kühl auf mich. »Solche Dinge sind hier früher nie vorgekommen«, sagte sie.

»Es tut mir leid«, sagte ich. »Ich werde mit Gisselle reden.«

Am späteren Abend hatten wir eine Auseinandersetzung. Gisselle beharrte darauf, daß sie den Bericht nicht in die Toilette getunkt habe, und sie gab sich sogar verletzt, weil ich ihr etwas Derartiges unterstellte. Aber ich glaubte ihr nicht.

Am nächsten Tag überraschte Gisselle mich mit einem Vorschlag.

»Vielleicht sollten wir doch nicht in einem Zimmer wohnen«, sagte sie. »So gut kommen wir nun auch wieder nicht miteinander aus, und wir können nicht wirklich andere Leute kennenlernen, wenn wir die meiste Zeit nur zusammen sind.«

»Wir sind doch kaum zusammen. Ich habe dich die ganze Woche über so gut wie nie zu sehen bekommen«, sagte ich. »Aber das ist nicht meine Schuld.«

»Das habe ich auch nicht behauptet. Ich denke mir nur, es könnte besser sein, wenn du dir ein Zimmer mit Abby teilst, mit der du dich angefreundet hast, und wenn ich mir das Zimmer mit jemand anderem teile.«

»Mit wem?«

»Mit Samantha«, sagte sie.

»Du meinst, Vicki will sich das Zimmer nicht mehr mit ihr teilen, seit ihr ihr diesen Streich gespielt habt, stimmt's?«

»Nein. Samantha hält es einfach nicht mehr mit Vicki aus; die ist derart in ihre Schularbeiten vertieft, daß sie sogar die Körperhygiene vernachlässigt.«

»Was soll denn das schon wieder heißen?«

»Samantha sagt, Vicki hat vor zwei Tagen ihre Periode bekommen, hat sich aber immer noch nicht die Zeit genommen, sich Binden zu besorgen. Sie stopft sich Toilettenpapier in die Unterhose«, erwiderte Gisselle und schnitt eine Grimasse.

»Das glaube ich nicht.«

»Weshalb sollte ich lügen? Frag sie doch selbst. Geh doch hin, und frag sie, was sie in der Unterhose hat. Geh schon!« kreischte sie.

»Gisselle. Schon gut, beruhige dich. Ich glaube dir ja.«

»Schieb bloß nicht Samantha die Schuld an allem zu«, sagte sie. »Also, was ist?«

»Womit?«

»Willst du bei Abby einziehen und Samantha hier wohnen lassen oder nicht?«

»Aber was ist mit der Sonderbehandlung, die du brauchst?«

»Samantha ist bereit, alles für mich zu tun«, sagte Gisselle.

»Ich weiß nicht recht. Daddy paßt das vielleicht ganz und gar nicht.«

»Natürlich paßt es ihm. Solange es mich glücklich macht«, fügte sie lächelnd hinzu.

»Ich weiß nicht, wie Abby dazu steht«, sagte ich leise und begeisterte mich insgeheim für diese Idee.

»Sie wird sich freuen. Ihr beide seid wie ... wie Schwestern«, sagte Gisselle und sah mich scharf an. War das, was ich in ihren Augen sah, Eifersucht oder Neid, oder war es nur blanker Haß?

»Ich werde mit Abby darüber reden«, antwortete ich. »Ich nehme an, ich könnte immer noch hierher zurückziehen, wenn es sich nicht bewährt. Aber was ist mit all deinen Sachen, die du unbedingt mitnehmen wolltest? Im Moment dürfte in Abbys Zimmer nicht genug Platz für meine Sachen sein.«

»Ich werde einiges von Mrs. Penny einlagern lassen«, erwiderte Gisselle eilig. Offensichtlich war sie bereit, jedes Hindernis zu überwinden, um zu bekommen, was sie wollte. »Und du hast ohnehin nicht viel mitgenommen.«

»Ich weiß, warum du mich loswerden willst«, sagte ich streng. »Du willst nicht, daß ich dich dränge, deine Hausaufgaben zu machen. Aber daß ich in ein anderes Zimmer ziehe, heißt noch lange nicht, daß ich nicht versuchen werde, dafür zu sorgen, daß du deine Sache gut machst, Gisselle.«

Sie stieß einen tiefen Seufzer aus.

»Also, gut. Ich verspreche dir, daß ich mich anstrengen werde. Samantha ist nun einmal zufällig eine gute Schülerin, verstehst du. Sie hat mir jetzt schon viel in Mathe geholfen.«

»Was du damit sagen willst, ist, daß sie die Hausaufgaben für dich gemacht hat. Das hilft dir auch nicht, den Stoff zu lernen.«

Gisselle verdrehte die Augen.

Ich hatte ihr nichts von meinem Gespräch mit Mrs. Ironwood erzählt. Ich dachte, wenn sie wüßte, was bei diesem Anlaß gesagt worden war und daß man mir die Verantwortung für sie übertragen hatte, würde sie einen Wutausbruch bekommen und darauf bestehen, nach Hause zurückzugehen. Aber jetzt war ich versucht, ihr davon zu berichten.

»Wenn du schlechte Noten schreibst, bekomme ich irgendwie auch die Schuld daran zugeschoben«, sagte ich.

»Warum? Du wirst deine Sache schon gut machen. Du hast schon immer gute Noten bekommen«, murrte sie.

»Von mir wird das erwartet«, sagte ich und kam damit einer Schilderung meines Gesprächs mit Mrs. Ironwood noch näher. Natürlich verstand Gisselle kein Wort.

»Also, ich erwarte es nicht von dir! Siehst du, wie du ständig an mir herumnörgelst? Ich brauche meine Ruhe. Ich muß auch mit anderen Menschen zusammensein.«

»In Ordnung, Gisselle. Beruhige dich. Die anderen Mädchen werden dich hier besuchen.«

»Wirst du mit Abby reden?«

»Ja«, sagte ich. Vielleicht hätte ich nicht so leicht nachgeben sollen, aber die Aussicht, ihr zu entkommen, war einfach zu verlockend. Ich sprach mit Abby über Gisselles Vorschlag, und sie war sehr erfreut.

Am selben Abend zogen wir um. Vicki war keineswegs beleidigt, sondern offensichtlich froh, ein Zimmer für sich allein zu haben. Sie half Samantha sogar, ihre Sachen rüberzutragen. Natürlich mußten wir Mrs. Penny Bescheid geben; sie wirkte anfangs besorgt, änderte ihre Haltung aber schnell, als sie sah, wie froh Gisselle war.

»Solange ihr alle miteinander auskommt, nehme ich an, spielt es keine Rolle, wie ihr die Dinge regelt«, schloß sie. »Aber vergiß eins nicht, Gisselle: Du, deine Schwester und Abby, ihr drei geht morgen zum Tee zu Mrs. Clairborne. Wir werden pünktlich um zehn vor zwei das Wohnheim verlassen. Mrs. Clairborne legt Wert auf Pünktlichkeit.«

»Ich kann es kaum erwarten«, sagte Gisselle. Sie klapperte mit den Lidern und zog eine Schulter vor. »Ich habe schon mein bestes Nachmittagskleid und passende Schuhe herausgelegt. Ist Hellblau eine akzeptable Farbe?«

»Ja, da bin ich ganz sicher«, sagte Mrs. Penny. »Ist es nicht wunderbar? Ach, ich wünschte, ich wäre noch einmal ein junges Mädchen, für das alles gerade erst anfängt und das so viele neue Erfahrungen sammelt. Ich vermute, deshalb liebe ich meine Arbeit. Sie gibt mir Gelegenheit, auf dem Umweg über euch immer wieder eine junge Frau zu sein.«

Sowie sie außer Hörweite war, klatschte Gisselle in die Hände und begann, sie nachzuahmen.

»Ach, ich wünschte, wieder Jungfrau zu sein«, rief sie, »damit ich die Liebe immer wieder neu erleben kann.«

Gisselles Fanclub, wie ich ihn schon bald zu nennen begonnen hatte, lachte und spornte sie an. Dann schleppte sie alle in das Zimmer, das bisher unser gemeinsames gewesen war, um vor ihrem getreuen Publikum eine weitere Geschichte über Promiskuität auszuspinnen. Ich war froh, daß ich die Tür schließen und mich in die Stille von Abbys Zimmer zurückziehen konnte, das jetzt auch meines geworden war.

In jener Nacht lagen wir stundenlang wach und erzählten einander Geschichten aus unserer Kindheit. Sie begeisterte sich für alles, was ich ihr über Grandmère Catherine und ihre Arbeit als Heilerin erzählte. Ich erklärte ihr, welchen Rang eine Heilerin bei den Cajun einnahm und welchen Zauber Grandmère hatte wirken können, um Leute von ihren kleinen Leiden zu heilen und von ihren Ängsten zu befreien.

»Du hast das große Glück gehabt, eine Großmutter zu haben«, sagte Abby. »Ich habe meine Großeltern nie kennengelernt. Da wir so schrecklich oft umgezogen sind, habe ich zu niemandem in meiner Familie viel Kontakt gehabt. Gisselle weiß gar nicht, wie glücklich sie dran ist«, fügte sie nach einem Moment hinzu. »Ich wünschte, ich hätte eine Schwester.«

»Jetzt hast du eine«, sagte ich.

Sie schwieg lange und schluckte die Tränen herunter – ebenso wie ich meine Tränen zurückhielt.

»Gute Nacht, Ruby. Ich bin froh, daß wir jetzt Zimmergenossinnen sind.«

»Gute Nacht. Ich auch.«

Ich war froh, sehr froh. Ich fürchtete nur, Daddy würde außer sich sein und alle würden mir vorwerfen, ich sei zu egoistisch. Aber irgendwie rechnete ich damit, daß Samantha Gisselle ohnehin bald nicht mehr gewachsen sein würde, und dann würde sie darum bitten, wieder in ihr früheres Zimmer ziehen zu dürfen. Das Beste wird sein, ich genieße die Situation, solange es geht, dachte ich mir, und zum erstenmal seit unserer Ankunft schlief ich zufrieden ein.

5.
Traurige Lieder

Am nächsten Morgen rief Daddy an, und ich erzählte ihm sofort, daß Gisselle und ich uns neue Zimmergenossinnen gesucht hatten. Gisselle war eingeschnappt, weil er mich zuerst am Telefon verlangt hatte; sie saß auf ihrem Rollstuhl im Korridor und schmollte, und während ich mit ihm redete, drohte sie die ganze Zeit über damit, gar nicht mit ihm zu sprechen.

»Klappt das denn?« fragte er erstaunt. »Ich meine, daß jemand sich mit Gisselle ein Zimmer teilt?«

»Samantha ist jetzt zu ihr gezogen. Du erinnerst dich noch, welches der Mädchen sie war?« Er sagte, ja, er erinnere sich. »Sie hat Gisselle schnell ins Herz geschlossen«, erklärte ich.

»Ich kann für mich selbst reden«, tobte Gisselle. »Gib mir das Telefon.« Sie rollte heran, und ich reichte ihr den Hörer.

»Daddy«, fauchte sie. »Ich hasse alles hier, aber wenigstens habe ich jetzt eine Mitbewohnerin, die nicht endlos und ewig an mir herumnörgelt.« Während sie das sagte, sah sie mich an. »Ja«, fuhr sie fort und wurde plötzlich zuckersüß. »Ich hatte einen guten Start. Gestern erst habe ich eine Eins plus für meine Hausaufgaben in Mathe bekommen und eine Eins für meine Englischhausaufgaben. Ohne Rubys Hilfe«, fügte sie hinzu. »Aber das heißt noch lange nicht, daß es mir hier gefällt. Das kannst du Daphne ausrichten«, schloß sie und drückte mir den Hörer wieder in die Hand.

»Hallo, Daddy.«

»Soll ich euch besuchen?« fragte er. Er wirkte matt, seine Stimme war dünn und schwach.

»Nein. Wir kriegen das schon hin. Heute sind wir übrigens bei Mrs. Clairborne zum Tee eingeladen.«

»Oh, das klingt doch gut. Ich möchte dir keine zu große Last aufbürden, Ruby«, sagte er, »aber …«

»Es ist schon in Ordnung, Daddy. Gisselle wird es nach einer Weile hier gefallen«, sagte ich und funkelte sie erbost an. »Ich bin ganz sicher.«

»Gibt es irgend etwas, das ihr braucht?«

»Nein. Es fehlt uns an nichts. Geht es dir gut?«

»Ich habe eine Erkältung mit Brustschmerzen, aber nichts Ernstes. Es könnte sein, daß ich etwa eine Woche fort bin, aber ich werde versuchen, euch von unterwegs aus anzurufen«, versprach er. »Und falls ihr mich brauchen solltet …, dann ruf im Büro an«, fügte er eilig hinzu. Ich wußte, daß das hieß, wir sollten es bei Daphne gar nicht erst versuchen.

»Ist zu Hause alles in Ordnung, Daddy?«

»Es geht so«, sagte er.

»Wie geht es Nina, Edgar und Wendy?«

Er zögerte einen Moment. »Wir haben einen Ersatz für Wendy gefunden«, berichtete er.

»Einen Ersatz? Aber weshalb denn das?«

»Daphne war mit ihrer Arbeit nicht zufrieden. Ich habe dafür gesorgt, daß sie gute Empfehlungsschreiben und ein paar gute Tips bekommt. Wir haben jetzt eine ältere Frau eingestellt. Daphne hat sie bei der Agentur persönlich ausgesucht. Sie heißt Martha Woods.«

»Das tut mir leid für Wendy.«

»Sie wird gut zurechtkommen«, sagte er eilig. »Viel Spaß am Wochenende. Ich habe euch lieb«, sagte er.

»Und wir haben dich lieb, Daddy.«

Gisselle grinste hämisch. »Was ist mit Wendy?« fragte sie.

»Daphne hat sie durch eine andere Haushaltshilfe ersetzen lassen.«

»Gut. Sie war ohnehin zu anmaßend«, sagte Gisselle.

»Das ist gelogen. Sie hat viel von dir einstecken müssen, Gisselle. Ich bin sicher, daß sich das neue Hausmädchen das nicht gefallen lassen wird.«

»Oh, doch, das wird sie, oder sie muß gehen«, versicherte mir Gisselle lächelnd. Dann rollte sie zu ihrem Zimmer zurück. Ich war sicher, daß sie alles daran setzen würde, uns bei Mrs. Clairbornes Tee in Verlegenheit zu bringen, vielleicht würde sie einfach aus Trotz etwas Unangemessenes anziehen. Doch sie überraschte mich damit, daß sie ein hübsches hellblaues Kleid und passende Schuhe trug. Sie ließ sich von Samantha das Haar bürsten und seitlich zurückstecken. Mrs. Penny hatte uns gesagt, daß Mrs. Clairborne es nicht mochte, wenn Mädchen sich schminkten, aber ein Hauch Lippenstift sei zulässig. Ich glaubte, Gisselle würde sich die Augen und die Wangen schminken, doch sie ging auch mit dem Make-up sehr zurückhaltend um.

Kurz vor zwei Uhr schob Samantha sie aus der Haupteingangshalle, und Abby und ich schlossen uns den beiden an.

»Chubs hat mich gebeten, ein paar Pralinen für sie zu stehlen«, teilte sie uns mit. »Wenn eine von euch eine Chance sieht, dann steckt mir ein paar in die Handtasche.«

»Kate braucht keine zusätzlichen Kalorien«, sagte ich.

»Wenn es sie nicht stört, warum sollte es dich dann stören?«

»Gute Freundinnen versuchen, einander zu helfen, statt die Schwächen der anderen auch noch zu unterstützen«, erwiderte ich.

»Wer sagt denn, daß ich gut mit ihr befreundet bin?« Sie lachte gehässig. Abby und ich schauten einander an und schüttelten den Kopf. Im nächsten Moment tauchte Mrs. Penny in einem geblümten Baumwollkleid mit einer breiten rosa Schärpe auf. Sie trug ein Ansteckbukett über der rechten Brust, einen Strohhut und hatte eine passende

Handtasche aus Stroh bei sich, die mit einer Rose bestickt war.

»Also, ich muß schon sagen«, sagte Gisselle. »Scarlet O'Hara.« Samantha lachte und lief los, um den anderen zu berichten, was Gisselle gesagt hatte, dessen war ich mir sicher.

Mrs. Penny errötete. »Ihr seht alle so hübsch aus«, sagte sie. »Mrs. Clairborne wird ihre Freude daran haben. Hier entlang, Mädchen. Buck hat den Kombi vorgefahren.«

»Buck?« sagte Abby und drehte sich zu mir um. Wir begannen zu lachen.

»Wer ist Buck?« fragte Gisselle.

»Das ist der junge Mann, der hier für so ziemlich alles zuständig ist«, antwortete Mrs. Penny, aber Gisselle musterte Abby und mich argwöhnisch, während ich sie aus dem Haus und die Rampe hinunter zum Wagen schob.

Aus der Nähe und bei Tageslicht wirkte Buck noch jünger, als er vor dem Bootshaus oder auf dem Traktor erschienen war. Sein Haar war fast so schwarz wie das von Abby, seine Augen waren dunkelbraun. Als Indianer hatte er einen dunklen Teint. Sogar in seinem karierten Hemd kam seine kräftige Statur zur Geltung. Er wirkte größer und schlanker als an jenem Abend, und er hatte eine schmale Taille und lange Beine. Als sein Blick auf uns fiel, lächelte er freundlich, was Gisselle natürlich nicht entging.

»Hallo«, sagte Abby. Er strahlte und wirkte überrascht und sehr interessiert, als er sah, daß Gisselle meine Zwillingsschwester war.

»Erzähl mir nicht, hier gibt es zwei von deiner Sorte«, scherzte er. Ich lächelte nur.

»Woher kennt ihr ihn?« erkundigte sich Gisselle. Weder Abby noch ich antworteten.

»Komm, ich helfe dir«, bot er Gisselle an. Er legte den linken Arm um ihre Taille und den rechten unter ihre Beine und hob sie so sanft aus dem Stuhl, daß man hätte meinen können, sie wöge nicht mehr als fünf Kilo. Sie lächelte, und ihr Gesicht war so dicht an seinem, daß ihre Lippen seine Wange hätten streifen können. Er setzte sie so in den Wagen, daß sie es bequem hatte, und dann klappte er mit so großem Geschick ihren Rollstuhl zusammen, daß ich sicher war, er tat es nicht zum erstenmal.

Wir stiegen alle in den Wagen, und Mrs. Penny setzte sich vorn neben ihn.

»Wer riecht hier so stark nach Jasmin?« erkundigte sich Gisselle, sowie wir alle in dem Kombi Platz genommen hatten.

»Oh, das bin ich, meine Liebe«, sagte Mrs. Penny. »Es ist Mrs. Clairbornes Lieblingsduft.«

»Also, meiner ist es nicht«, bemerkte Gisselle. »Außerdem sollten Sie das Parfum benutzen, das Sie gern mögen, und nicht das, was irgendeiner reichen alten Frau gefällt.«

»Gisselle!« sagte ich streng. Besaß sie denn gar kein Taktgefühl?

»So ist es doch!«

»Ich mag den Duft selbst sehr gern«, sagte Mrs. Penny. »Macht euch bitte keine Sorgen. Und jetzt laßt euch während der Fahrt etwas über die Clairborne-Villa erzählen. Mrs. Clairborne freut sich, wenn die Mädchen die Geschichte des Hauses kennen. Im Grunde genommen erwartet sie es sogar«, erklärte sie mit gesenkter Stimme.

»Werden wir nachher auf die Probe gestellt?« spottete Gisselle.

»Auf die Probe gestellt? Ach du meine Güte, nein«, sagte Mrs. Penny lachend, dann schwieg sie und dachte eine Weile nach. »Seid einfach respektvoll, und denkt daran, daß Greenwood nur dank ihrer Großzügigkeit erhalten bleibt.«

»Und ihrer Nichte eine Stellung verschafft«, murmelte Gisselle. Darüber mußte sogar ich lächeln, aber Mrs. Penny ignorierte wie üblich alles Unerfreuliche und begann mit ihrem Vortrag.

»Noch vor kurzem, vor zehn Jahren, gehörte das Haus zu einer bedeutenden Zuckerrohrplantage.«

»Und das nennen Sie ›vor kurzem‹?« fragte Gisselle.

Mrs. Penny lächelte, als hätte Gisselle etwas sehr Albernes gesagt, etwas, worauf man keine Antwort zu geben braucht.

»Das ursprüngliche Haus mit seinen vier Zimmern ist in den neunziger Jahren des achtzehnten Jahrhunderts erbaut worden, jetzt ist es durch eine überdachte Zufahrt, die bei schlechtem Wetter als Haupteingang dient, mit dem Haupthaus verbunden. In der Blütezeit der Zuckerrohrplantage standen auf dem Anwesen vier Zuckerhäuser, von denen jedes separate Anbaugebiete und ein eigenes Team von Sklaven besessen hatte.«

»Mein Vater sagt, der Bürgerkrieg hat der Sklaverei kein Ende bereitet, er hat nur die Kosten für Arbeitskräfte von nichts auf den Minimallohn ansteigen lassen«, scherzte Gisselle.

Ich sah, wie sich auf Bucks Lippen ein Lächeln breitmachte.

»Das darf doch nicht wahr sein«, sagte Mrs. Penny. »Bitte, sag so etwas nicht zu Mrs. Clairborne. Und ganz gleich, was ihr sonst tut, erwähnt bloß den Bürgerkrieg nicht.«

»Wir werden es ja sehen«, erwiderte Gisselle und kostete es aus, die besorgte Heimleiterin in der Hand zu haben.

»Jedenfalls«, fuhr Mrs. Penny fort und schnappte nach Luft, »gehen viele Einrichtungsgegenstände wie die Kleiderschränke auf Zeiten vor dem Bürgerkrieg zurück. Die Gärten sind, wie ihr gleich sehen werdet, dem französischen Stil des siebzehnten Jahrhunderts nachempfunden, die Krönung sind Marmorstatuen, die aus Italien importiert worden sind.«

Ein paar Minuten später erreichten wir die Zufahrt zum Clairborne-Anwesen, und Mrs. Penny griff ihre Rolle als Fremdenführerin wieder auf.

»Seht euch nur die Magnolien und die alten Eichen an«, hob sie hervor. »Dort drüben, hinter dieser Scheune, liegt der private Friedhof der Familie, achtet auf den schmiedeeisernen Zaun. Sämtliche Bücherregale im Haus sind in Frankreich handgefertigt worden. Ihr werdet sehen, daß vor den meisten Fenstern Brokatdraperien über Gardinen aus Rosalinenspitze und handbemalten Stoffjalousien hängen. Wir werden in einem der hübschen Wohnzimmer den Tee zu uns nehmen. Vielleicht bekommt ihr eine Gelegenheit, den Ballsaal zu bewundern.«

»Wird er je benutzt?« fragte Gisselle.

»Nicht mehr, meine Liebe, nein, heute nicht mehr.«

»Was für eine Vergeudung«, sagte Gisselle, aber selbst sie war von der Größe des Hauses beeindruckt.

Das enorme zweistöckige Gebäude hatte prächtige dorische Säulen und eine Galerie im oberen Stockwerk, die sich um das ganze Haus zog. Über dem ersten Stock befand sich eine verglaste Aussichtskuppel. Die Westseite des Hauses wirkte dunkler, wahrscheinlich wegen der hohen Weiden, deren Zweige herunterhingen, als hätte man Gewichte daran gebunden, und die lange Schatten über die verputzten Backsteinwände und die Dachfenster warfen.

Sowie wir vorfuhren, öffnete sich die Eingangstür, und ein großer, schlanker Schwarzer mit schneeweißem Haar tauchte auf. Seine Haltung war gebeugt, sein Kopf stand seltsam vor, so als ginge er bergauf.

»Das ist Otis, Mrs. Clairbornes Butler«, sagte Mrs. Penny eilig. »Er ist schon seit mehr als fünfzig Jahren bei den Clairbornes.«

»Er sieht aus, als sei er schon seit hundert Jahren hier«, spottete Gisselle.

Wir stiegen aus, und Buck lief eilig um den Wagen herum und holte Gisselles Rollstuhl heraus. Voller Vorfreude wartete sie darauf, daß er sie aus dem Wagen hob und sie sanft auf den Stuhl setzte. Zum Glück führten nur wenige Stufen zum Säulengang hinauf, die Buck mühelos mit dem Rollstuhl bewältigen konnte. Nachdem er Gisselle vor die Haustür gebracht hatte, kehrte er zum Wagen zurück.

»Warum kann Buck nicht mit reinkommen?« fragte Gisselle.

»Aber nicht doch, meine Liebe«, sagte Mrs. Penny. Sie schüttelte den Kopf und lächelte, als hätte Gisselle den komischsten aller Vorschläge gemacht. »Dieser Tee heute findet nur für die Neuzugänge unter den Mädchen statt. Mrs. Clairborne empfängt euch den ganzen Monat über in kleinen Gruppen.«

»Dieser Buck«, murmelte Gisselle in mein Ohr. »Ich rate dir, mir zu erzählen, woher ihr ihn kennt.«

Ich tat so, als hätte ich sie nicht gehört, während ich ihren Stuhl durch die Tür schob. Otis nickte und begrüßte Mrs. Penny. Kaum im Haus, senkte Mrs. Penny ihre Stimme zu einem Flüstern, als hätten wir eine Kirche oder ein berühmtes Museum betreten.

»Sämtliche Zimmer sind mit französischen Antiquitäten eingerichtet, und wie ihr sehen werdet, stehen überall purpurne Diwane aus verziertem Walnußholz.«

Die marmornen Böden waren gewachst und spiegelten wie Glas. Tatsächlich blinkte alles in diesem Haus, von den antiken Tischen und Stühlen bis hin zu den Statuen und den Wänden. Falls es hier überhaupt Staub gab, dann war er unter den Teppichen verborgen, aber mir fiel auf, daß derjenige, der dafür zuständig war, die Standuhr aus Walnußholz in der Eingangshalle aufzuziehen, seine Pflicht versäumt hatte, denn sie war um fünf nach zwei stehengeblieben.

Die geräumigen, luftigen Zimmer im Erdgeschoß gingen alle von der Eingangshalle ab. Mrs. Penny erklärte uns, die Küche sei ganz hinten im Haus untergebracht. Ziemlich genau in der Mitte der Eingangshalle befand sich die anmutig geschwungene Treppe mit ihrem polierten Mahagonigeländer und den Marmorstufen. Über uns brannten prächtige Kronleuchter, die wie Eiszapfen funkelten. Von der Villa ging jedoch trotz der Wandbehänge, der Gemälde, der phantastischen Vorhänge und der Möbel mit den

Samtpolstern eine gewisse Kälte aus. Obwohl die Clairbornes lange Zeit hier gelebt hatten, fehlte dem Haus jede Wärme und Persönlichkeit. Ja, man kam sich vor wie in einem Museum. Sämtliche Einrichtungsgegenstände wirkten wie Dinge, die nur um ihres Wertes willen gesammelt worden waren, und der makellose Zustand, in dem sich alles befand, vermittelte mir den Eindruck, daß keiner dieser Gegenstände benutzt wurde, daß vielmehr alles nur da war, um vorgezeigt zu werden; ein prunkvolles Haus, das zum Herzeigen diente, aber kein Zuhause, in dem Menschen wirklich lebten und liebten.

Wir wurden in ein Wohnzimmer rechts von der Eingangshalle geführt, wo wir ein breites Samtsofa und ein dazu passendes kleineres Zweiersofa vorfanden, die so aufgestellt waren, daß sie einem hochlehnigen Stuhl mit tiefblauen, mit Gold bestickten Samtpolstern gegenüber standen; die Armlehnen und die Stuhlbeine aus dunklem Walnußholz waren mit handgeschnitzten Mustern verziert. Auf dem großen Perserteppich, auf dem er stand, wirkte der Stuhl wie ein Thron. Dort, wo der Fußboden unbedeckt war, sah ich helles Parkett. Zwischen dem Stuhl und den Sofas stand ein passender länglicher Tisch aus Walnußholz.

Nachdem Abby und ich unsere Plätze auf dem Sofa eingenommen hatten und Gisselles Stuhl neben uns abgestellt worden war, schaute ich mir die ausgefallene Tapete und die gerahmten Ölgemälde an, die verschiedene Szenen auf der Zuckerrohrplantage darstellten. Auf dem Kaminsims stand eine Uhr, deren Zeiger ebenfalls auf fünf nach zwei stehengeblieben waren. Darüber hing das Porträt eines distinguiert wirkenden Mannes, der in einer leicht abgewandten Haltung herablassend auf uns sah und einen majestätischen Eindruck vermittelte.

Plötzlich hörten wir das unverkennbare Pochen eines Stocks auf dem Marmorboden der Eingangshalle. Mrs. Penny, die dicht neben der Tür gestanden hatte, fiel im letzten Moment noch etwas ein, und sie eilte auf uns zu.

»Ich habe ganz vergessen, es euch zu sagen, Mädchen. Steht doch bitte bei Mrs. Clairbornes Eintreten auf«, sagte sie.

»Und wie soll ich das anstellen?« fauchte Gisselle.

»Oh, du bist natürlich entschuldigt, meine Liebe«, sagte sie. Ehe Gisselle noch etwas erwidern konnte, wandten sich alle Augen der Tür zu. Mrs. Clairborne betrat den Raum, und Abby und ich standen auf.

Sie blieb in der Tür stehen, als wartete sie darauf, fotografiert zu werden, und ihr Blick glitt langsam über uns, von Abby über mich auf Gisselle. Mrs. Clairborne schien größer und stämmiger zu sein, als sie auf den Porträts wirkte, die in der Schule hingen. Außerdem war sie auf keinem der Bilder mit dem Blauton in ihrem grauen Haar abgebildet, das in natura dünner und kürzer war. Sie trug ein dunkelblaues Seidenkleid mit einem breiten Kragen und Kragenknöpfen direkt unter dem Hals. An ihrer Kette hing eine silberne Taschenuhr, deren kleine Zeiger auf fünf nach zwei standen.

Ich hob den Blick und sah auf die großen tropfenförmigen Diamantohrringe, die von ihren Ohrläppchen baumelten. Die Ärmel ihres Kleides hatten gekrauste Spitzenmanschetten, die ihr bis auf die Handrücken fielen. Am linken Handgelenk trug sie über dem Ärmel des Kleides ein goldenes Armband mit Diamanten. An ihren langen, knochigen Fingern prangten Ringe mit kostbaren Edelsteinen, manche in Platin gefaßt, manche in Gold und andere in Silber.

Sogar auf den Porträts hatte Mrs. Clairborne ein schmales Gesicht, das auf ihrem stämmigen Körper unpassend wirkte; wenn man ihr jedoch gegenüberstand, verstärkte sich dieser Eindruck noch. Da ihre lange, dünne Nase weit vorstand, wirkten ihre dunklen Augen noch tiefliegender, als sie es in Wirklichkeit waren. Sie hatte einen breiten Mund mit so dünnen Lippen, daß sie aussahen wie ein Bleistiftstrich, wenn sie sie zusammenpreßte. Ihr Teint, dem nicht mit der leisesten Spur von Kosmetik nachgeholfen wurde, war teigig weiß und auf der Stirn und den Wangen mit Altersflecken gesprenkelt.

Ich kam schnell zu der Erkenntnis, daß die Künstler, die sie porträtiert hatten, mindestens ebensosehr auf ihre Phantasie zurückgegriffen haben mußten wie auf ihr Modell.

Sie trat vor und stützte sich dabei auf ihren Stock.

»Willkommen, Mädchen«, sagte sie. »Nehmt doch bitte Platz.«

Abby und ich setzten uns, und Mrs. Clairborne ging direkt auf ihren Stuhl zu, wobei sie nach jedem Schritt wie zur Bestätigung mit ihrem Stock auf den Boden pochte. Sie nickte Mrs. Penny zu, die auf dem anderen Sofa saß, setzte sich und hängte ihren Stock über die rechte Armlehne des Stuhls. Dann sah sie einen Moment lang erst Gisselle, dann Abby und dann mich an.

»Ich habe gern persönlichen Kontakt zu allen meinen Greenwood-Mädchen«, begann sie. »Unsere Schule ist insofern etwas Besonderes, als wir die Schülerinnen, im Gegensatz zu den meisten staatlichen Schulen, nicht wie bloße Nummern behandeln, wie eine statistische Erhebung. Und daher möchte ich, daß ihr euch einzeln vorstellt und mir ein wenig über euch erzählt. Dann werde ich euch erzählen, warum ich vor langer Zeit beschlossen habe, dafür zu sorgen, daß Greenwood bestehen bleibt, und was ich jetzt und in den kommenden Jahren hier zu erreichen hoffe.« Sie hatte eine feste Stimme, die hart klang und zeitweise tief wie die eines Mannes. »Anschließend«, fuhr sie fort, »wird der Tee serviert.«

Jetzt wurden ihre Züge endlich weicher, obwohl es mir eher wie eine Grimasse und weniger wie ein wirklich warmes Lächeln vorkam.

»Wer möchte den Anfang machen?« fragte sie. Niemand meldete sich zu Wort. Dann richtete sie den Blick auf mich. »Wenn ihr alle so schüchtern seid, dann wollen wir doch einfach mit den Zwillingen anfangen, damit uns keine Verwechslungen unterlaufen, wer von beiden wer ist.«

»Ich bin die Verkrüppelte«, erklärte Gisselle mit einem hämischen Grinsen. Es war, als schnappten alle lautlos nach Luft, als sei plötzlich jeglicher Sauerstoff aus dem Raum gesogen worden. Mrs. Clairborne drehte sich langsam zu Gisselle um.

»Ich hoffe, nur körperlich«, sagte sie.

Das Blut stieg Gisselle ins Gesicht, und ihr Mund sprang auf. Ich sah Mrs. Penny an und nahm einen Ausdruck der Zufriedenheit auf ihrem Gesicht wahr. In ihren Augen war Mrs. Clairborne heldenhaft, und sie ließ sich durch nichts aus der Fassung bringen. Ich konnte mir vorstellen, daß auch Mädchen, die wesentlich klüger und gewandter waren als Gisselle, hier in die Lage kamen, in der sie sich gerade befand: Sie erstickte an ihren eigenen Worten.

»Ich bin Ruby Dumas, und das ist meine Schwester Gisselle«, setzte ich eilig an, um das peinliche Schweigen zu überbrücken. »Wir sind siebzehn Jahre alt, und wir kommen aus New Orleans. Wir leben in dem Stadtteil, der unter der Bezeichnung Garden District bekannt ist. Unser Vater investiert in Immobilien.«

Mrs. Clairbornes Augen wurden klein. Sie nickte bedächtig, musterte mich aber so eindringlich, daß ich das Gefühl hatte, auf einem Brocken Schlamm in einem Sumpf zu sitzen und langsam zu versinken.

»Ich kenne den Garden District recht gut, eine der schönsten Gegenden der Stadt. Es hat Zeiten gegeben«, sagte sie nicht ohne einen Anflug von Wehmut, »in denen ich ziemlich oft nach New Orleans gefahren bin.« Sie seufzte und wandte sich dann an Abby, die ihr berichtete, wo ihre Familie jetzt lebte und daß ihr Vater als Buchhalter arbeitete.

»Dann hast du keine Geschwister?«

»Nein, Madame.«

»Ich verstehe.« Wieder seufzte sie tief. »Fühlt ihr euch alle wohl in euren Zimmern?«

»Sie sind zu klein«, klagte Gisselle.

»Du findest sie nicht gemütlich?«

»Nein, nur klein«, beharrte Gisselle.

»Vielleicht liegt das an deiner bedauernswerten Verfassung. Ich bin sicher, daß Mrs. Penny tun wird, was sie kann, damit du dich so wohl wie möglich fühlst«, sagte Mrs. Clairborne und warf einen Blick auf Mrs. Penny, die nickte. »Und ich bin sicher, du wirst feststellen, daß Greenwood ein ausgezeichneter Ort für die Erziehung und die Weiterbildung ist. Ich sage immer, daß unsere Schülerinnen als kleine Mädchen zu uns kommen und uns als junge Frauen verlassen, die nicht nur sehr gebildet sind, sondern auch moralisch gefestigt. Ich habe das Gefühl«, fuhr sie fort, und ihr Gesicht war immer noch nachdenklich, »daß Greenwood eine der letzten Bastionen der moralischen Stärke ist, die den Süden einst zum wahren Sitz von Vornehmheit und Anstand gemacht hat. Hier werdet ihr Mädchen ein Gespür für eure Tradition bekommen, für euer Erbe. In anderen Gegenden, vor allem im Nordosten und im Westen, dringen Radikale in alle Bereiche unserer Kultur vor; sie verwässern, was einst reine Sahne war, zu Magermilch.« Sie seufzte. »Es herrscht soviel Unmoral, ein solcher Mangel an Respekt vor dem, was uns einst heilig war. Dazu kommt es nur, wenn wir vergessen, wer und was wir sind und von woher wir kommen. Habt ihr mich verstanden?«

Keine von uns sagte etwas. Gisselle wirkte erschlagen. Ich schaute Abby an, die mir einen vielsagenden Blick zuwarf.

»Nun, jetzt ist es genug. Genug von diesen tiefen philosophischen Einsichten«, sagte Mrs. Clairborne und nickte dann in Richtung Tür, wo zwei Dienstmädchen standen und auf ihr Signal warteten, um den Tee, den Kuchen und die Pralinen zu servieren.

Das Gespräch wurde unbeschwerter. Nachdem sie sich eine Zeitlang hatte bitten lassen, erzählte Gisselle die Geschichte ihres Unfalls und schob die Schuld ausschließlich auf versagende Bremsen. Ich sprach über meine Liebe zur Kunst, und Mrs. Clairborne schlug vor, ich sollte mir einige der Gemälde in den Korridoren ansehen. Abby war schweigsam und unterließ es weitgehend, über persönliche Dinge zu reden; ich sah, daß Mrs. Clairborne es durchaus bemerkte, sie aber nicht drängte, aus sich herauszugehen.

Nach einiger Zeit bat ich, mich entschuldigen zu dürfen, um zur Toilette zu gehen. Otis führte mich zum nächsten Badezimmer an der Westseite des Hauses. Als ich aus dem Bad kam, hörte ich Klaviermusik aus einem Raum weiter hinten dringen. Sie war so schön, daß ich mich davon angelockt fühlte, und ich schaute durch eine Tür; sie führte in ein wunderschönes Wohnzimmer, hinter dem eine Terrasse zu den Gärten führte. Rechts neben der Gartentür stand ein Konzertflügel mit aufgeklapptem Deckel, daher konnte ich zunächst nicht viel von dem jungen Mann sehen, der spielte. Ich trat etwas weiter vor und nach rechts, um mehr sehen zu können, während ich lauschte.

Ein junger Mann mit dünnem dunkelbraunem Haar, das ihm in Strähnen seitlich ins Gesicht, in die Stirn und über die Augen fiel, saß in einem weißen Baumwollhemd und einer dunkelblauen Hose da. Er schien sich nicht daran zu stören, daß ihm das Haar ins Gesicht fiel – er schien es nicht einmal wahrzunehmen. Er war absolut in seine Musik vertieft, seine Finger schwebten über die Tasten, als seien seine Hände selbständige Geschöpfe und er, ebenso wie ich, ein reiner Beobachter und Zuhörer.

Plötzlich unterbrach er sein Spiel und drehte sich zu mir um. Seine Augen richteten sich jedoch nicht auf mich, sondern auf einen Punkt rechts neben mir, als sähe er nicht etwa mich an, sondern jemanden, der hinter mir stand. Ich mußte mich umdrehen, um mich zu vergewissern, daß mir niemand gefolgt war.

»Wer ist da?« fragte er, und ich erkannte, daß er blind war.

»Oh, es tut mir leid. Ich wollte Sie nicht stören.«

»Wer ist da?« wiederholte er.

»Mein Name ist Ruby. Ich bin von Mrs. Clairborne zum Tee eingeladen.«

»Oh, einer der Grünschnäbel«, sagte er verächtlich und zog die Mundwinkel herunter. Er hatte einen kräftigen, sinnlichen Mund, eine vollkommen gerade Nase und eine glatte Stirn, auf der sich selbst dann kaum Falten bildeten, wenn er hämisch das Gesicht verzog.

»Ich bin kein Grünschnabel«, gab ich zurück. »Ich bin Ruby Dumas, eine neue Schülerin.«

Er lachte, verschränkte die Arme vor seinem schmalen Oberkörper und lehnte sich zurück.

»Ich verstehe. Du bist ein Individuum.«

»Ganz genau.«

»Nun, meine Großmutter und meine Cousine Margaret, die dir als Mrs. Ironwood bekannt ist, werden dafür sorgen, daß du dieses Unabhängigkeitsstreben sehr schnell ablegst und eine anständige Tochter des Südens wirst, nur dahin trittst, wohin du treten darfst, nur das sagst, was du sagen solltest – es so sagst, wie es sich gehört –, und«, fügte er mit einem Lachen hinzu, »daß du nur das denkst, was du denken darfst.«

»Niemand wird mir je vorschreiben, was ich zu sagen und zu denken habe«, erwiderte ich trotzig. Diesmal lachte er nicht, sondern lächelte noch einen Moment, ehe er wieder ernst wurde.

»Deine Stimme klingt anders, und ich höre einen leichten Akzent heraus. Woher kommst du?«

»Aus New Orleans«, sagte ich, aber er schüttelte den Kopf.

»Nein, ich meine, wo du vorher warst. Komm schon, ich kann Dinge deutlicher und klarer hören als andere Leute. Diese Konsonanten … laß mich nachdenken … du kommst aus dem Bayou, stimmt's?«

Die Präzision seines Gehörs verschlug mir den Atem.

Er hob die Hand. »Warte ... ich bin ein Experte für Dialekte ...«

»Ich komme aus Houma«, gestand ich.

Er nickte. »Eine Cajun. Weiß meine Großmutter über deine wahre Herkunft Bescheid?«

»Es könnte sein. Mrs. Ironwood ist informiert.«

»Und sie hat dich als Schülerin aufgenommen?« fragte er mit aufrichtigem Erstaunen.

»Ja. Weshalb hätte sie das nicht tun sollen?«

»Das hier ist eine Schule für die Töchter hochangesehener, alteingesessener Familien. Im allgemeinen, wenn du nicht eine Kreolin aus einer der besten kreolischen Familien bist ...«

»Aber das bin ich«, sagte ich.

»Ach? Das ist ja interessant. Du heißt also Ruby Dumas, was?«

»Ja. Und wer sind Sie?« Er zögerte. »Sie spielen wunderschön Klavier«, sagte ich eilig.

»Danke, aber ich spiele nicht. Ich weine. Ich schreie. Ich lache durch meine Finger. Es ist nun einmal zufällig so, daß meine Worte sich in Musik ausdrücken, meine Briefe in Noten.« Er schüttelte den Kopf. »Das könnte ja doch nur ein anderer Musiker, ein Dichter oder ein Künstler verstehen.«

»Ich verstehe es. Ich bin Künstlerin«, sagte ich.

»Ach?«

»Ja. Ich habe sogar schon über eine Galerie im französischen Viertel Bilder verkauft«, fügte ich hinzu und ertappte mich dabei, daß ich damit prahlte. Das sah mir gar nicht ähnlich, aber von dem herablassenden und skeptischen Auftreten dieses jungen Mannes ging etwas aus, das mein Rückgrat stählte und mich die Flagge des Stolzes hissen ließ. Ich mag zwar in Mrs. Clairbornes Augen und in denen ihres Enkels nicht blaublütig genug sein, aber ich bin Catherine Landrys Enkelin, dachte ich.

»Ach, wirklich?« Er lächelte und entblößte dabei Zähne,

die fast so weiß waren wie die Tasten seines Flügels. »Was malst du?«

»Die meisten meiner Gemälde stellen Szenen aus dem Bayou dar. Ich habe sie gemalt, als ich noch dort gelebt habe.«

Er nickte, und sein Gesicht nahm einen nachdenklicheren Ausdruck an.

»Du solltest den See im Zwielicht malen«, sagte er leise. »Das war früher mein Lieblingsplatz ... wenn die erlöschende Sonne die Farben der Hyazinthen verändert und sie in Farbtönen von Lavendel bis zu einem dunklen Purpur schimmern läßt.« Er sprach über Farben, als seien sie seine längst verlorenen toten Freunde.

»Dann waren Sie also nicht immer blind?«

»Nein«, sagte er traurig. Nach einer kurzen Pause wandte er sich wieder seinem Flügel zu. »Du solltest besser zu meiner Großmutter zurückkehren, ehe man dich dort vermißt.«

»Sie haben mir Ihren Namen nicht gesagt«, insistierte ich.

»Louis«, erwiderte er und fing sofort wieder an zu spielen, diesmal jedoch härter und zorniger. Ich beobachtete ihn noch einen Moment lang und war sehr melancholisch, als ich mich auf den Rückweg zu der Teegesellschaft machte. Abby bemerkte es augenblicklich, doch ehe sie mich danach fragen konnte, erklärte Mrs. Clairborne unseren Besuch für beendet.

»Es freut mich, daß ihr mich besuchen konntet«, sagte sie und stand dann auf. Sie stützte sich auf ihren Stock und fuhr fort: »Es tut mir leid, daß ihr jetzt gehen müßt, aber ich weiß, daß ihr viel zu tun habt. Ich werde euch bald wieder einladen, ganz bestimmt. Bis dahin solltet ihr hart arbeiten und immer daran denken, daß ihr anständige Greenwood-Mädchen seid.« Sie ging zur Tür, ihr Stock klapperte über den Marmorboden, und die stehengebliebene Uhr baumelte an der Kette um ihren Hals wie eine kleine, aber schwere Last, die mit sich herumzutragen sie für den Rest ihres Lebens verurteilt war.

»Kommt, Mädchen«, sagte Mrs. Penny. Sie machte einen sehr zufriedenen Eindruck. »Das war doch ein schöner Nachmittag, findet ihr nicht auch?«

»Ich hätte vor Aufregung fast einen Herzanfall bekommen«, sagte Gisselle. Sie sah mich argwöhnisch an und war neugierig, wo ich gewesen war und warum meine Stimmung sich so gewandelt hatte. Ich schob sie aus dem Haus, und Buck kam die Stufen heraufgeeilt, um mir zu helfen, sie durch den Säulengang zu transportieren. Wieder hob er sie von ihrem Stuhl, und diesmal richtete sie es so ein, daß ihre Lippen seine Wange streiften. Sein Blick streifte Abby und mich und verharrte bei Mrs. Penny; er wollte wissen, ob wir gesehen hatten, was Gisselle getan hatte. Wir taten, als hätten wir nichts bemerkt, und Mrs. Penny war so blind für ihre Umgebung, daß sie ohnehin nichts wahrgenommen hätte. Er schien erleichtert zu sein.

Als wir alle im Wagen saßen, fragte mich Abby, wo ich so lange gesteckt hätte.

»Ich habe einen sehr interessanten, aber auch sehr traurigen jungen Mann kennengelernt«, sagte ich.

Mrs. Penny schnappte nach Luft. »Du bist im Westteil des Hauses gewesen?«

»Ja, warum?«

»Dort lasse ich die Mädchen niemals hingehen. Ach du meine Güte, wenn Mrs. Clairborne das herausfindet! Ich habe ganz vergessen, euch zu sagen, daß ihr nicht einfach im Haus herumlaufen dürft.«

»Warum dürfen wir den Westflügel nicht betreten?« fragte Abby.

»Das ist der privateste Bereich des Hauses, dort wohnen sie und ihr Enkel«, erwiderte Mrs. Penny.

»Ihr Enkel?« Gisselle sah mich an. »Und dem bist du begegnet?«

»Ja.«

»Wie alt ist er? Wie sieht er aus? Wie heißt er?« sprudelte es aus ihr heraus. »Warum ist er nicht zum Tee eingeladen worden? Dann wäre der Nachmittag wenigstens interessanter gewesen. Es sei denn, er ist so häßlich wie sie.«

»Er hat mir gesagt, daß er Louis heißt. Er ist blind, aber das war er nicht immer. Was ist ihm zugestoßen, Mrs. Penny?«

»Ach du meine Güte«, sagte sie anstelle einer Antwort. »Meine Güte, meine Güte.«

»Jetzt hören Sie schon auf, erzählen Sie uns, was passiert ist«, ordnete Gisselle an.

»Er ist nach dem Tod seiner Eltern erblindet«, sagte sie. »Er ist nicht nur blind, er leidet außerdem unter Melancholie. Normalerweise redet er mit niemandem. Nach dem Tod seiner Eltern ist er so geworden. Er war damals erst vierzehn Jahre alt. Eine Tragödie.«

»War Mrs. Clairbornes Tochter Louis' Mutter?« fragte Gisselle.

»Ja«, erwiderte Mrs. Penny eilig.

»Was ist Melancholie?« bohrte Gisselle. Mrs. Penny antwortete nicht. »Eine Krankheit oder was?«

»Es ist eine tiefe seelische Depression, eine Traurigkeit, die auf den Körper übergreift. Menschen können schmachten, vor Gram vergehen«, sagte Abby leise.

Gisselle starrte sie einen Moment lang an. »Du meinst ... sie sterben an gebrochenem Herzen?«

»Ja.«

»So was Blödes. Geht dieser Junge je aus dem Haus?« fragte Gisselle Mrs. Penny.

»Er ist kein Junge, meine Liebe. Er ist jetzt etwa dreißig. Aber um deine Frage zu beantworten, nein, er geht kaum aus dem Haus. Mrs. Clairborne sorgt für ihn und besteht darauf, daß er nicht gestört wird. Aber bitte, bitte«, flehte sie, »laßt uns nicht länger darüber reden. Mrs. Clairborne mag nicht, daß darüber gesprochen wird.«

»Vielleicht ist sie der Grund dafür, daß er so traurig ist«, überlegte Gisselle. »Weil er mit ihr zusammenleben muß.« Mrs. Penny schnappte nach Luft.

»Hör auf, Gisselle«, sagte ich. »Mach dich nicht über sie lustig.«

»Ich mache mich nicht über sie lustig«, beharrte sie, aber ich sah das winzige selbstzufriedene Lächeln, das ihre Mundwinkel verzog. »Hat er dir erzählt, wie seine Eltern ums Leben gekommen sind?« fragte sie mich.

»Nein. Ich wußte gar nicht, daß sie tot sind. Wir haben nicht sehr lange miteinander geredet.«

Gisselle wandte sich wieder an Mrs. Penny. »Wie sind seine Eltern ums Leben gekommen?« verfolgte sie das Thema weiter. Auch als Mrs. Penny nichts darauf erwiderte, gab sie keine Ruhe. »Können Sie uns nicht sagen, wie sie gestorben sind?«

»Dieses Thema ist unangebracht«, fauchte Mrs. Penny mit strenger Miene. Es war das erstemal, daß wir sie so unerbittlich erlebten. Es war eindeutig, daß wir von ihr keine Antwort bekommen würden.

»Warum haben Sie dann überhaupt von der ganzen Geschichte angefangen?« sagte Gisselle. »Es ist nicht fair, eine Geschichte zu beginnen und sie dann nicht zu Ende zu erzählen.«

»Ich habe mit gar nichts angefangen. Du wolltest unbedingt wissen, warum er blind ist. Meine Güte. Das ist das erstemal, daß Mädchen aus meinem Haus in den Westflügel geschlendert sind.«

»Er schien nicht allzuviel dagegen zu haben, Mrs. Penny«, sagte ich.

»Das ist bemerkenswert«, sagte sie. »Er hat noch nie mit einem der Mädchen von Greenwood geredet.«

»Er kann wunderbar Klavier spielen.«

»Was auch geschieht, ich bitte dich, erzähl bloß den anderen Mädchen nichts von ihm. Bitte«, fügte sie hinzu.

»Ich plaudere nichts aus, Mrs. Penny. Ich täte niemals etwas, das Sie in Schwierigkeiten bringen könnte.«

»Gut. Und jetzt laßt uns nicht mehr darüber reden. Bitte. Haben euch die kleinen Kuchen geschmeckt?«

»Oh, verflucht«, sagte Gisselle. »Ich habe ganz vergessen, welche für Chubs mitzunehmen.« Sie blickte mich einen Moment lang an, dann Abby und nickte. »Ich will mit euch beiden reden, sowie wir allein sind«, ordnete sie an. Den Rest der Rückfahrt starrte sie Buck an.

Sowie Mrs. Penny uns ins Haus gelassen hatte, drehte sich Gisselle in ihrem Rollstuhl um und verlangte eine Antwort darauf, woher wir Buck kannten. Ich erzählte ihr von unserem Spaziergang zum Bootshaus am allerersten Abend.

»Er lebt dort?«

»Anscheinend.«

»Und das ist alles? Das war das einzige Mal, daß ihr ihn gesehen habt?« fragte sie und war sichtlich enttäuscht.

»Und einmal beim Rasenmähen«, sagte ich.

Sie dachte einen Moment lang nach. »Er ist süß, aber er ist nur ein kleiner Angestellter hier. Trotzdem«, sagte sie nachdenklich, »ist er im Moment das einzige, was sich in dieser Stadt erbeuten läßt.«

»Gisselle. Du wirst dich von ihm fernhalten und ihn nicht in Schwierigkeiten bringen.«

»Ja, meine geliebte Schwester. Und jetzt erzählst du uns von diesem blinden Enkel und berichtest, was sich wirklich zwischen euch abgespielt hat, oder ich werde diejenige sein, die Gerüchte in Umlauf setzt und Mrs. Penny in Schwierigkeiten bringt«, drohte sie.

Ich schüttelte seufzend den Kopf. »Du bist unmöglich, Gisselle. Ich habe dir alles erzählt. Daß ich die Musik gehört, in das Zimmer geschaut und ein paar Minuten mit ihm geredet habe. Das war alles.«

»Hat er dir erzählt, wie seine Eltern ums Leben gekommen sind?«

»Nein.«

»Was glaubst du, was passiert ist?« fragte sie.

»Ich weiß es nicht, aber es muß etwas Fürchterliches passiert sein.«

Abby stimmte mir zu.

»Tja«, sagte Gisselle und strahlte von einem Ohr zum anderen, »jetzt gibt es wenigstens etwas herauszufinden, und dann haben wir etwas gegen Mrs. Penny in der Hand, für den Fall, daß sie uns je auch nur mit einer Verwarnung drohen sollte.«

»Hör auf damit, Gisselle. Und halte vor allem deinen Fanclub aus dieser Geschichte heraus«, sagte ich, aber ich hätte ebensogut mit mir selbst reden können. Kaum waren wir zurück bei den anderen Mädchen, packte Gisselle alles über Buck und Mrs. Clairbornes Enkel aus.

Als wir allein in unserem Zimmer waren und unsere Kleider gegen Jeans und Sweatshirts ausgetauscht hatten, berichtete ich Abby mehr über Louis. Wir lagen bäuchlings nebeneinander auf meinem Bett.

»Er hält nicht gerade viel von Greenwood-Mädchen«, erklärte ich. »Er ist der Meinung, daß Mrs. Ironwood und seine Großmutter uns alle zu Marionetten machen.«

»Es kann gut sein, daß er damit nicht allzuweit daneben liegt. Du hast ja Mrs. Clairbornes Rede über die Traditionen gehört, die wir bewahren sollen, und darüber, wie wir uns zu benehmen haben.«

»Ist dir aufgefallen, daß alle Uhren im Haus stehengeblieben waren, sogar die, die sie um den Hals getragen hat?«

»Nein«, sagte Abby. »Wirklich?«

»Alle auf die Minute zur selben Zeit, um fünf nach zwei.«

»Wie merkwürdig.«

»Ich wollte Mrs. Penny schon danach fragen, aber als sie sich derart über meinen kleinen Abstecher und meine Begegnung mit Louis aufgeregt hat, habe ich beschlossen, nicht noch mehr Pfeffer in das Gumbo zu schütten.«

Abby lachte.

»Was ist?«

»Ab und zu schleicht sich deine Cajun-Herkunft in deine Ausdrucksweise ein«, sagte sie.

»Ich weiß. Louis hat meinen Akzent herausgehört und hat erkannt, daß ich aus dem Bayou komme. Es hat ihn erstaunt, daß ich in der Schule aufgenommen worden bin – wenn man bedenkt, daß ich nicht wirklich blaublütig bin.«

»Was meinst du wohl, was passieren würde, wenn sie die Wahrheit über meine Vergangenheit herausfänden?« sagte Abby.

»Und wie sieht diese Wahrheit aus?« erkundigte sich Gisselle.

Wir drehten uns um und schnappten nach Luft, als wir sie auf ihrem Rollstuhl in unserer Tür sitzen sahen. Wir waren derart in unser Gespräch vertieft gewesen, daß wir nicht gehört hatten, wie sie die Tür geöffnet hatte – aber da ich sie kannte, unterstellte ich ihr ohnehin, daß sie die Tür so leise wie möglich geöffnet hatte, um uns nachzuspionieren. Sie kam ins Zimmer gerollt, und ich setzte mich auf.

»Schüttet ihr einander das Herz aus?« spottete sie.

»Du solltest anklopfen, ehe du reinkommst, Gisselle. Ich bin sicher, daß auch du manchmal ungestört sein möchtest.«

»Ich dachte, ihr freut euch, wenn ich vorbeischaue. Ich habe nämlich zufällig die Geschichte des armen Louis herausgefunden«, sagte sie und lächelte ihr verschlagenes Lächeln. Manchmal erinnerte sie mich an eine der Bisamratten, die Grandpère Jack in seinen Fallen gefangen hatte.

»Und wie hast du das angestellt?«

»Jacki wußte Bescheid. Es scheint doch kein so großes Geheimnis zu sein, obwohl Mrs. Penny versucht hat, es so hinzustellen. Mrs. Clairborne hat Leichen im Keller«, flötete sie schadenfroh.

»Was für Leichen?« fragte Abby.

»Vorher erzählst du mir dein Geheimnis.«

»Geheimnis?«

»Das, wovon du nicht willst, daß Mrs. Ironwood es über dich herausfindet. Komm schon, ich habe genau gehört, was du gesagt hast.«

»Es ist nichts weiter«, sagte Abby und lief rot an.

»Wenn es nichts weiter ist, dann kannst du es mir ja erzählen. Erzähl es mir, oder ich … ich erfinde selbst etwas.«

»Gisselle!«

»Das ist doch nur ein fairer Handel. Ich erzähle euch, was ich in Erfahrung gebracht habe, und dafür müßt ihr mir auch etwas erzählen. Ich habe doch gleich gewußt, daß du sie in deine Geheimnisse einweihen wirst und nicht etwa deine Zwillingsschwester. Wahrscheinlich hast du ihr auch Dinge über uns erzählt.«

»Das habe ich nicht getan.« Ich sah Abby an, auf deren Gesicht tiefe Traurigkeit lag. Sie litt meinetwegen und um ihrer selbst willen. »Also gut, wir werden es ihr erzählen«, sagte ich. Abbys Augen wurden groß. »Gisselle kann ein Geheimnis für sich behalten. Das stimmt doch?«

»Natürlich. Ich kenne mehr Geheimnisse, als ihr je erfahren werdet, vor allem über die Schüler in unserer früheren Schule, auch über Beau«, verkündete sie fröhlich.

Ich dachte kurz nach, und dann platzte ich mit etwas heraus, wovon ich wußte, daß Gisselle es akzeptieren würde.

»Abby ist einmal von der Schule suspendiert worden, weil man sie mit einem Jungen im Keller ertappt hat«, sagte ich. Abbys Erstaunen unterstützte meine Glaubwürdigkeit, denn es sah ganz so aus, als hätte ich sie verraten. Gisselle ließ ihren Blick einen Moment lang zwischen ihr und mir schweifen und lachte dann.

»Da ist doch nichts weiter dabei«, sagte sie. »Es sei denn«, fügte sie hinzu, »du warst nackt, als du erwischt worden bist. Warst du nackt?«

Abby sah mich an und schüttelte dann den Kopf. »Nein, nicht vollständig.«

»Nicht vollständig? Hatte er dir die Bluse ausgezogen?« Abby nickte. »Den BH?« Abby nickte wieder. Gisselle schien beeindruckt zu sein. »Was noch?«

»Das war alles«, sagte Abby eilig.

»Soso, dann bist du also doch nicht ganz so tugendhaft und rein.«

»Gisselle, denk an dein Versprechen!«

»Ach, wen interessiert das schon? Das interessiert doch ohnehin niemanden«, sagte sie. Sie dachte einen Augenblick nach und lächelte dann. »Ich nehme an, jetzt wollt ihr, daß ich euch erzähle, warum Louis blind ist und was mit seinen Eltern passiert ist.«

»Du hast gesagt, du würdest es uns verraten«, erwiderte ich.

Sie zögerte und kostete es genüßlich aus, uns zappeln zu lassen. »Vielleicht später, falls ich dann Lust darauf haben sollte«, sagte sie. Sie drehte ihren Stuhl um und rollte aus unserem Zimmer.

»Gisselle!« rief Abby.

»Ach, laß sie gehen, Abby«, sagte ich. »Sie würde uns ja doch nur hinhalten.«

Aber ich fragte mich immer wieder, was diesen gutaussehenden jungen Mann zu einem melancholischen Blinden hatte werden lassen, der seinen Gefühlen und Gedanken nur über die Tasten eines Flügels Ausdruck verlieh.

6.
Eine überraschende Einladung

Obwohl ich schrecklich neugierig war, gönnte ich Gisselle nicht die Genugtuung, sie anzuflehen, daß sie uns erzählen sollte, was sie herausgefunden hatte, und zu Jacki ging ich erst recht nicht. Doch es sollte sich herausstellen, daß ich niemanden in Gisselles Fanclub um etwas zu bitten brauchte.

Am nächsten Morgen, gleich nach dem Frühstück, wurde ich ans Telefon gerufen, weil meine Kunsterzieherin, Miss Stevens, mich sprechen wollte.

»Ich wollte heute rausgehen und ein bißchen arbeiten, da habe ich an dich gedacht«, sagte sie. »Ich kenne einen Platz gleich neben der Autobahn, von dem aus man einen wunderbaren Ausblick auf den Fluß hat. Hast du Lust mitzukommen?«

»Oh, ja. Sehr gern.«

»Gut. Es ist leicht bewölkt, aber der Wetterbericht verspricht, daß wir in Kürze mit einem klaren Himmel rechnen können und die Temperaturen um zehn Grad ansteigen werden. Ich habe nur ein Sweatshirt und Jeans an«, sagte sie.

»Ich auch.«

»Dann bist du ja bereit zum Aufbruch. Ich komme in zehn Minuten vorbei und hole dich ab. Mach dir keine Sorgen wegen des Materials: Ich habe alles, was wir brauchen.«

»Danke.«

Ich fand die Aussicht, wieder einmal in der freien Natur zu zeichnen und zu malen, so aufregend, daß ich Vicki im

Korridor fast umgerannt hätte. Sie trug einen Stapel Bücher, die sie gerade aus der Bibliothek geholt hatte.

»Weshalb hast du es denn so eilig?« fragte sie.

»Ich gehe malen ... mit meiner Lehrerin ... entschuldige.«

Ich eilte in unser Zimmer und erzählte es Abby, die auf ihrem Bett hockte und ihre Texte für Gesellschaftskunde las.

»Das ist ja prima«, sagte sie. Ich zog mir schnell andere Schuhe an. »Weißt du, mir ist neulich schon mal diese Schnur aufgefallen, die du um den Knöchel trägst«, bemerkte Abby. »Was ist das eigentlich?«

»Ein Zehncentstück«, erwiderte ich und erzählte ihr, warum Nina es mir gegeben hatte. »Ich weiß, daß es dir sicher albern vorkommt, aber ...«

»Nein«, sagte sie mit finsterer Miene. »Keineswegs. Mein Vater praktiziert insgeheim Voodoo. Du erinnerst dich doch, meine Großmutter stammte von Haiti. Ich kenne einige Rituale und ...« – sie stand auf und ging zum Schrank – »... ich habe das hier.« Sie zog ein Kleidungsstück aus ihrem Koffer und faltete es auseinander, damit ich es genauer ansehen konnte. Es war ein dunkelblauer Rock. Im ersten Moment fand ich nichts Bemerkenswertes an diesem Rock, doch dann ließ sie ihn durch ihre Finger gleiten, bis ich das winzige Nest aus Roßhaar mit den beiden sich überkreuzenden Wurzeln sah, das in den Saum eingenäht war.

»Was ist das?« fragte ich.

»Es soll das Böse abwehren. Ich hebe es mir für einen besonderen Anlaß auf. Ich werde den Rock tragen, wenn ich fürchte, daß ich irgendwie in Gefahr bin«, sagte sie.

»So etwas habe ich noch nie gesehen, und ich dachte, Nina hätte mir so ziemlich alles gezeigt, was es im Voodoo-Kult gibt.«

»Oh, nein«, erwiderte Abby lachend. »Eine Momma kann jederzeit etwas Neues erfinden.« Sie lachte. »Ich habe diesen Rock vor dir versteckt, weil ich nicht wollte, daß du mich für seltsam hältst, und dabei trägst du selbst ein Gris-Gris, ein Zehncentstück, als Glücksbringer um den Knöchel.« Wir lachten und umarmten einander gerade, als Samantha, Jacki und Kate Gisselle in unser Zimmer folgten.

»Seht euch die beiden an!« deutete meine Zwillingsschwester auf uns. »Seht euch an, was passiert, wenn man in eine Schule geht, in der es keine Jungen gibt.«

Das Gelächter der Mädchen trieb uns beiden das Blut in die Wangen.

»Deine Schwester«, schnaubte Abby aufgebracht. »Eines Tages werde ich sie mitsamt ihrem Rollstuhl von einer hohen Klippe stoßen.«

»Wenn du das vorhast, wirst du dich in einer langen Schlange anstellen müssen«, sagte ich zu ihr, und wir lachten wieder. Dann ging ich nach draußen, um auf Miss Stevens zu warten.

Wenige Minuten später fuhr sie in einem braunen Jeep mit zurückgeschlagener Plane vor, und ich sprang in den Wagen.

»Es freut mich wirklich sehr, daß du mitkommen kannst«, sagte sie.

»Mich freut, daß Sie an mich gedacht haben und mich mitnehmen.«

Sie hatte ihr Haar zu einem Pferdeschwanz zurückgebunden und die Ärmel ihres Sweatshirts bis auf die Ellbogen hochgezogen. Das Sweatshirt sah aus, als hätte es schon viele Stunden Malen überstanden; es gab so gut wie keine Farbe, die unter den Farbflecken und Spritzern nicht vertreten war. In ihren abgetragenen Jeans wirkte sie kaum ein oder zwei Jahre älter als ich.

»Wie gefällt dir das Leben im Louella-Clairborne-Haus? Mrs. Penny ist ganz reizend, findest du nicht auch?«

»Doch. Sie ist immer fröhlich und nett.« Nach einer kurzen Pause sagte ich: »Ich bin in ein anderes Zimmer umgezogen.«

»Ach?«

»Zuerst habe ich mit meiner Zwillingsschwester Gisselle in einem Zimmer gewohnt.«

»Ihr kommt nicht gut miteinander aus?« fragte sie und lächelte dann. »Wenn du findest, daß ich zu persönlich werde ...«

»Oh, nein«, sagte ich, und das war mein Ernst. Ich erinnerte mich wieder daran, daß Grandmère Catherine oft zu mir gesagt hatte, der erste Eindruck, den man von Menschen hat, erweise sich gewöhnlich als wahr, weil zuallererst nur das Herz reagiere. In Miss Stevens' Gegenwart hatte ich mich von Anfang an wohl gefühlt; ich glaubte, ihr vertrauen zu können, und sei es nur wegen unserer gemeinsamen Liebe zur Kunst.

»Nein, ich komme nicht gut mit ihr aus«, gestand ich. »Und es liegt nicht etwa daran, daß ich es nicht wollen oder mich nicht bemühen würde. Vielleicht wäre alles anders, wenn wir gemeinsam aufgewachsen wären.«

»Wie?« Miss Stevens lächelte verwirrt.

»Wir kennen einander erst seit etwa einem Jahr«, begann ich und erzählte ihr meine Geschichte. Ich redete immer noch, als wir den Platz mit dem Ausblick auf den Fluß erreichten. Sie hatte die ganze Zeit über kein einziges Wort gesagt; sie hatte nur stumm zugehört.

»Und deshalb habe ich mich einverstanden erklärt, mit Gisselle nach Greenwood zu gehen«, schloß ich.

»Bemerkenswert«, sagte sie. »Und ich dachte immer, mein Leben sei kompliziert, weil ich in St. Mary's, einem Waisenhaus in Biloxi, von Nonnen aufgezogen worden bin.«

»Oh? Was ist Ihren Eltern zugestoßen?«

»Das habe ich nie wirklich in Erfahrung bringen können. Das einzige, was die Nonnen mir freiwillig erzählt haben, war, daß meine Mutter mich ihnen kurz nach meiner Geburt übergeben hat. Ich habe versucht, mehr über meine Geschichte herauszufinden, aber sie haben sich strikt daran gehalten, vertrauliche Mitteilungen für sich zu behalten.«

Ich half ihr, die Staffelei aufzubauen und Papier und Zeichenutensilien auszubreiten. Der Himmel hatte begonnen, sich aufzuhellen, wie es der Wetterbericht versprochen hatte. Hier am Fluß wehte eine kräftigere Brise. Hinter uns wogten die Zweige von Roteichen und Walnußbäumen, eine Schar zwitschernder Spatzen flog über das Flußufer in ein ruhigeres Pappelwäldchen.

Ein Ölkahn und ein Frachter bewegten sich schnell flußabwärts, während in der Ferne die Nachbildung eines alten Raddampfers mit ausgelassenen Touristen an Bord träge in Richtung St. Francisville stampfte.

»Glauben Sie, daß Sie jemals mehr über Ihre Eltern herausfinden werden?« fragte ich.

»Ich weiß es nicht. Ich habe mich gewissermaßen damit abgefunden, daß ich nichts erfahren werde.« Sie lächelte. »Aber das macht nichts. Ich habe eine große Familie: all die anderen Waisenkinder und einige der Nonnen.« Sie sah sich um. »Es ist schön hier, findest du nicht auch?«

»Doch.«

»Was springt dir zuerst ins Auge?«

Ich schaute den Fluß an, die Schiffe und das Ufer. Stromabwärts sah ich, wie die Rauchfahnen auf den Schornsteinen der Ölraffinerie vom Wind fortgetragen wurden und in den Wolken verschwanden, aber was meine Aufmerksamkeit wirklich fesselte, waren zwei braune Pelikane, die auf dem Wasser auf und ab hüpften. Ich sagte es ihr, und sie lachte.

»Du bist wie ich. Du hast gern Tiere auf deinen Bildern. Laß uns jetzt anfangen. Wir wollen an der Perspektive arbeiten und versuchen, die Bewegung des Wassers einzufangen.«

Wir begannen zu zeichnen, aber während der Arbeit setzten wir unsere Unterhaltung fort.

»Wie war der Tee bei Mrs. Clairborne?« erkundigte sie sich. Ich schilderte ihr den Nachmittag und sagte ihr, wie sehr ich von dem Haus beeindruckt war. Dann erzählte ich ihr von Louis.

»Du hast tatsächlich mit ihm geredet?« fragte sie und unterbrach ihre Arbeit.

»Ja.«

»Ich habe von den anderen Lehrern eine Menge über Mrs. Clairborne und ihren Enkel gehört, aber es gibt Kollegen, die schon seit Jahren hier sind und ihn noch nie zu Gesicht bekommen haben. Wie sieht er aus?«

Ich beschrieb ihn ihr und schwärmte von seinem Klavierspiel.

»Als ich ihm sagte, daß ich Künstlerin bin, empfahl er mir, in der Dämmerstunde zum See hinunterzugehen und zu versuchen, diese Stimmung in einem Bild festzuhalten. Er war nicht immer blind, und er hat eine sehr lebhafte Erinnerung an das, was er gesehen hat«, berichtete ich ihr.

»Ja. Was für eine tragische Geschichte.«

»Ich kenne die Geschichte nicht.«

»Du kennst sie nicht? Ja, ich verstehe, warum. Es ist eine dieser totgeschwiegenen Geschichten, eines dieser Geheimnisse, die jeder kennt, und doch tun alle so, als wüßten sie nichts darüber«, sagte sie. »Mir ist bei mehr als einer Gelegenheit von den alteingesessenen Lehrern hier klargemacht worden, daß ich mich nicht dabei erwischen lassen soll, über die Clairbornes zu reden.«

Ich nickte.

»Aber dir kann ich die Geschichte erzählen«, lächelte sie. »Auch wenn es den Anschein von Klatsch hat. Wir sind Künstler, uns sind kleine Taktlosigkeiten gestattet.« Sie wurde ernst und richtete den Blick auf den Fluß hinaus. Dann begann sie. »Es scheint, als hätte Mrs. Clairbornes Tochter, Louis' Mutter, eine Affäre mit einem jüngeren Mann gehabt.« Sie unterbrach sich und sah mich an. »Mit einem viel jüngeren Mann. Irgendwann ist ihr Mann dahintergekommen; er war so tief verletzt und beschämt, daß er einen Mord begangen und sich anschließend selbst umgebracht hat. Er hat seine Frau im Geiste Othellos erstickt, ihr im Schlafzimmer ein Kissen aufs Gesicht gepreßt, und dann hat er sich eine Kugel in den Kopf geschossen. Der arme Louis hat all das irgendwie mit angesehen, und das traumatische Erlebnis hat ihn in ein Koma versetzt, aus dem er blind erwacht ist. Nach allem, was ich gehört habe, sind große Anstrengungen unternommen worden, um das alles zu vertuschen, aber die Geschichte ist mit der Zeit eben doch durchgesickert. Bis zum heutigen Tage weigert Mrs. Clairborne sich, die Tatsachen zu akzeptieren; sie zieht es vor zu glauben, ihre Tochter sei an Herzversagen gestorben und ihr Schwiegersohn, der den Tod seiner Frau einfach nicht akzeptieren konnte, habe sich das Leben genommen.« Sie unterbrach sich, und dann wurden ihre Augen groß, als sie mich ansah. »Nach einem Einführungsgespräch für die neuen Fakultätsmitglieder waren wir alle zum Tee in die Clairborne-Villa eingeladen. Ist dir, als ihr dort wart, etwas Ungewöhnliches an den Uhren in diesem Haus aufgefallen?«

»Ja. Sie sind alle um fünf nach zwei stehengeblieben.«

»Das ist die Tageszeit, um die Mrs. Clairbornes Tochter angeblich gestorben ist. Als ich einen der älteren Lehrer danach fragte, erzählte er mir, Mrs. Clairborne glaube, damals sei für sie die Zeit stehengeblieben, und in dieser Form drücke sie das in ihrem Haus symbolisch aus. Es ist wirklich eine traurige Geschichte.«

»Dann fehlt Louis körperlich gar nichts, und seinen Augen fehlt eigentlich auch nichts?«

»Nach allem, was ich gehört habe, nein. Er kommt selten aus diesem dunklen Teil des Hauses heraus. All die Jahre hindurch ist er dort behandelt und unterrichtet worden, und soweit ich weiß, gibt es nur eine Handvoll Menschen, mit denen er sich seitdem überhaupt je unterhalten hat. Du bist in die Geschichte eingegangen«, sagte sie und lächelte. »Aber obwohl ich dich erst seit kurzer Zeit kenne, fällt es mir nicht schwer zu verstehen, warum jemand, dem es widerstrebt, mit anderen zu reden, bei dir eine Ausnahme macht.«

»Danke«, sagte ich errötend.

»Wir alle haben Schwierigkeiten, miteinander zu kommunizieren. Ich weiß, daß das auf mich auch zutrifft. Ich würde mich lieber durch meine Kunstwerke mitteilen. Besonders schüchtern bin ich Männern gegenüber«, gestand sie. »Vielleicht hat es damit zu tun, wie ich aufgewachsen bin.« Sie lachte. »Ich nehme an, deshalb fühle ich mich in Greenwood so wohl und deshalb wollte ich an einer reinen Mädchenschule unterrichten.« Sie lächelte mich wieder an. »So. Jetzt haben wir also unsere Geheimnisse ausgetauscht, wie es sich für Menschen gehört, die die Kunst zu Schwestern macht. Eigentlich«, fuhr sie fort, »habe ich mich immer nach einer Schwester gesehnt, nach jemandem, dem ich mich anvertrauen kann und der sich mir anvertraut. Deine Zwillingsschwester weiß nicht, was sie sich entgehen läßt, wenn sie dich so behandelt, wie sie es tut. Ich beneide sie.«

»Gisselle würde niemals glauben, daß jemand sie beneidet. Sie will ohnehin keinen Neid; sie will Mitleid.«

»Die Arme. Eine solche Behinderung muß für jemanden, der vorher sehr aktiv war, verheerend sein. Ich vermute, ihr beide müßt damit fertig werden. Aber wenn ich je etwas tun kann, um zu helfen ...«

»Danke, Miss Stevens.«

»Oh, bitte, Ruby. Nenn mich Rachel, wenn wir nicht im Unterricht sind. Ich hätte wirklich gern das Gefühl, daß wir nicht nur Lehrerin und Schülerin sind, sondern auch Freundinnen. Einverstanden?«

»Einverstanden«, sagte ich und war freudig überrascht.

»Oh, sieh nur. Wir haben so lange miteinander geredet, daß wir kaum etwas getan haben. Komm, laß uns noch ein wenig arbeiten«, sagte sie. Ihr leises, fröhliches Lachen zog die Aufmerksamkeit der Pelikane auf sich; sie blickten mit einem Gesichtsausdruck zu uns auf, der mir verärgert zu sein schien. Schließlich waren sie hier, um zu fischen und Nahrung zu erbeuten.

»Tiere wissen, wann man sie wirklich respektiert«, hatte Grandmère Catherine einmal zu mir gesagt. »Es ist ein Jammer, daß die Menschen es nicht wissen.«

Wir arbeiteten zweieinhalb Stunden lang, dann fand Miss Stevens, wir sollten zu Mittag essen. Sie führte mich in ein kleines Restaurant am Rand der Stadt. Schon vor dem Betreten des Lokals konnten wir den köstlichen Duft der Gerichte schnuppern: gekochtes Krebsfleisch, sautierte Langusten, Salami, gebratene Austern, Tomaten und Zwiebeln. Wir machten uns einen Spaß daraus zu vergleichen, was wir mochten und was nicht, ob es nun um Stilrichtungen und Modeströmungen oder um Essen und um Bücher ging. Ich hatte tatsächlich das Gefühl, mit einer älteren Schwester zusammenzusein.

Als sie mich zum Wohnheim zurückbrachte, war es schon später Nachmittag. Sie behielt meine Arbeiten und versprach mir, sie ins Atelier mitzubringen, damit ich sie in der Schule beenden konnte.

»Es hat mir großen Spaß gemacht«, sagte sie. »Wenn du magst, machen wir das öfter.«

»Oh, ja, aber es geht nicht an, daß du jedesmal das Mittagessen für mich bezahlst.«

Sie lachte. »Das muß ich tun, weil man es andernfalls als Bestechung auslegen könnte«, scherzte sie.

Ich verabschiedete mich von ihr und rannte ins Wohnheim. Dort fand ich Mrs. Penny vor, die mich händeringend erwartete. Ihr Haar war zerzaust, und sie biß sich auf die Unterlippe.

»Oh, Gott sei Dank, daß du zurück bist! Gott sei Dank.«

»Was ist passiert, Mrs. Penny?« fragte ich.

Sie holte tief Atem und preßte sich die rechte Hand aufs Herz, als sie sich auf das Sofa setzte.

»Mrs. Clairborne hat angerufen. Sie hat persönlich angerufen. Ich habe mit ihr gesprochen.« Mrs. Penny keuchte, als habe sie einen Anruf vom Präsidenten der Vereinigten

Staaten erhalten. »Sie wollte dich sprechen, deshalb habe ich mich auf die Suche nach dir gemacht; deine Zimmergenossin Abby hat mir gesagt, daß du mit deiner Kunsterzieherin an den Fluß gefahren bist, um dort mit ihr zu malen. Sie hätte es doch wissen müssen. Sie hätte es wahrhaftig wissen müssen.«

»Was soll das heißen, sie hätte es wissen müssen?« fragte ich und lächelte wißbegierig. »Was hätte sie wissen müssen?«

»Wenn ihr das Gelände verlaßt, müßt ihr dafür eine Genehmigung einholen, und erst recht an den Wochenenden. Ich brauche etwas für die Akten.«

»Aber wir sind doch nur am Fluß gewesen, um zu malen«, erklärte ich.

»Das ändert nichts. Sie müßte es doch wissen. Ich mußte Mrs. Clairborne sagen, daß du nicht hier bist. Sie war sehr enttäuscht.«

»Was wollte sie?«

»Es ist etwas Bemerkenswertes passiert«, sagte Mrs. Penny. Sie beugte sich zu mir vor und sah sich um, weil sie sich vergewissern wollte, daß keines der anderen Mädchen in Hörweite war.

»Etwas Bemerkenswertes?«

»Ihr Enkel ... Louis ... er hat sie darum gebeten, dich zum Abendessen in die Villa einzuladen ... heute!« flüsterte sie.

»Oh!« sagte ich überrascht.

»Kein Mädchen aus Greenwood ist je zum Abendessen in die Clairborne-Villa eingeladen worden«, sagte Mrs. Penny. Ich saß nur da und starrte sie wortlos an. Meine mangelnde Begeisterung schockierte sie. »Verstehst du das denn nicht? Mrs. Clairborne hat angerufen, um dich zum Abendessen einzuladen. Du wirst um zwanzig nach sechs hier abgeholt. Punkt halb sieben wird das Abendessen serviert.«

»Sie haben ihr gesagt, ich käme?«

»Natürlich. Wie könntest du auf den Gedanken kommen, nicht hinzugehen?« fragte sie. Sie musterte mich einen Moment lang, und ihr Gesicht bebte. »Du wirst doch hingehen, oder nicht?«

»Die Vorstellung macht mich ein wenig nervös«, gestand ich.

»Ach, das ist doch nur normal«, sagte sie erleichtert. »Welch eine Ehre. Und noch dazu eines meiner Mädchen!« rief sie aus und schlug die Hände zusammen. Ihr Lächeln verflüchtigte sich jedoch schnell wieder. »Aber ich muß deine Kunsterzieherin schelten. Sie hätte es wirklich wissen müssen.«

»Nein, das dürfen Sie nicht tun, Mrs. Penny. Wenn Sie das tun, gehe ich nicht zu Mrs. Clairborne«, drohte ich.

»Was?«

»Ich werde sie darüber informieren, daß es diese Vorschrift gibt, und ich werde dafür sorgen, daß mein Vater die notwendige Genehmigung für mich einholt, aber ich will nicht, daß Miss Stevens meinetwegen Schwierigkeiten bekommt«, sagte ich mit fester Stimme.

»Nun ... ich ..., aber wenn Mrs. Ironwood dahinterkommt?«

»Sie wird nichts davon erfahren.«

»Also ... dann vergiß aber nicht, es deiner Lehrerin zu sagen und dir eine Genehmigung zu besorgen«, sagte sie. Sie legte eine Pause ein, und ihr Gesicht verzog sich wieder zu einem glücklichen Lächeln. »Und jetzt leg dir etwas Hübsches zum Anziehen heraus. Ich werde dafür sorgen, daß der Wagen um zwanzig nach sechs hier ist. Ich gratuliere dir, meine Liebe. Eines meiner Mädchen ... meiner Mädchen«, murmelte sie vor sich hin, als sie ging.

Ich holte tief Atem. Ich zitterte wider Willen und war machtlos dagegen. So was Albernes, dachte ich. Es war schließlich nur ein Abendessen.

Aber da ich inzwischen die schaurige Vorgeschichte der Clairbornes kannte und wußte, warum Louis war, wie er war, schluckte ich unwillkürlich schwer. Warum war ich bloß dem Klang der süßen, traurigen Musik gefolgt und in dieses Zimmer gegangen?

Natürlich wäre es unmöglich gewesen, meine Einladung geheimzuhalten, selbst dann, wenn ich es gewollt hätte. Mrs. Penny war wild entschlossen, damit zu prahlen, und im Handumdrehen hatten sämtliche Mädchen im Wohnheim von Mrs. Clairbornes Anruf gehört. Gisselle ärgerte sich, weil sie annahm, ich hätte schon seit unserer Einladung zum Tee davon gewußt und es ihr vorenthalten.

»Wenn ich etwas über meine Schwester erfahren will, dann muß ich es auf dem Umweg über Fremde herausfinden«, schimpfte sie, nachdem sie in unser Zimmer gerollt war. Wie üblich war Samantha an ihrer Seite, um jederzeit nach ihrer Pfeife zu tanzen.

»Ich bin gerade erst zurückgekommen. Ich war den ganzen Tag mit Miss Stevens am Fluß, um zu malen; ich habe es selbst eben erst gehört, Gisselle.«

»Du warst den ganzen Tag mit Miss Stevens malen. Na, toll.«

Sie schaute die Kleider an, die ich auf meinem Bett ausgebreitet hatte; ich wollte Abbys Rat, was ich anziehen sollte.

»Es sieht ganz danach aus, als hättest du das schon länger geplant. Du mußt davon gewußt haben.«

»Ich habe nichts davon gewußt. Ich habe meine Kleider eben aus dem Schrank geholt, in diesem Moment. Stimmt's, Abby?«

»Ja«, sagte sie und musterte Gisselle, die immer noch vor Wut kochte.

»Und warum hat sie nur dich eingeladen?« erkundigte sie sich barsch.

»Ich weiß es nicht«, antwortete ich.

»Nur, weil ihr Enkel es so will, stimmt's?« insistierte

Gisselle. Man konnte einfach nichts vor ihr verbergen. Ihr Geist wanderte so oft durch die Labyrinthe der Täuschung und der Intrigen, daß sie diese Pfade besser kannte als jeder professionelle Spion.

»Vermutlich«, sagte ich.

»Er kann dich noch nicht einmal sehen und will trotzdem, daß du wieder ins Haus kommst? Was habt ihr beide miteinander angestellt?«

»Gisselle!« Ich schaute von Abby zu Samantha und sah dann wieder meine Schwester an. »Wir haben überhaupt nichts angestellt. Ich habe ein paar Minuten mit ihm geredet, ihm beim Klavier spielen zugehört und bin dann wieder gegangen. Mach es mir bitte nicht noch schwerer, ich bin schon nervös genug. Ehrlich gesagt, ich wollte gar nicht hingehen, aber Mrs. Penny hat diese Einladung als das Ereignis des Jahrhunderts dargestellt.«

»Mir gefällt das hellblaue Kleid«, sagte Abby. »Es ist elegant und doch nicht zu förmlich.«

»Oh, ja, das ist genau das Richtige für ein intimes Abendessen mit einem blinden Jungen«, höhnte Gisselle und sah mich finster an. »Du wirst da oben ein Festmahl serviert bekommen, während wir hier den üblichen Dreck vorgesetzt kriegen.«

»Wir kriegen hier keinen Dreck vorgesetzt«, brauste Abby auf.

»Du bist offensichtlich nichts Besseres gewohnt«, gab Gisselle zurück. »Schieb mich hier raus, Samantha. Schon allein die Luft in diesem Raum ist zu schade dafür, daß wir armen Schlucker sie einatmen. Wir haben hier nichts zu suchen.«

Abby wurde weiß und wollte Gisselle mit einer beißenden Bemerkung antworten, aber ich sah sie an und schüttelte den Kopf. »Reg dich nicht auf, Abby«, riet ich ihr. »Genau das will sie doch nur.«

»Du hast recht«, sagte Abby, und wir wandten uns wieder meiner Garderobe zu.

Das blaue Kleid war elegant. Es hatte einen herzförmigen Ausschnitt, der gut zwei Zentimeter von dem Spalt zwischen meinen Brüsten zeigte, doch wir fanden, daß es mit meinem Medaillon und der Goldkette immer noch dezent wirkte. Abby lieh mir ein Paar vergoldete Ohrringe und ein goldenes Armband mit goldenen Anhängern. Wir beschlossen, daß ich mir das Haar bürsten und hochstecken sollte. Ich trug einen Hauch Lippenstift auf und sprühte mich mit dem Jasminparfüm ein, das Mrs. Penny mir geliehen hatte, und dann gingen wir vor die Tür, um auf den Wagen zu warten. Mrs. Penny musterte mich noch ein letztes Mal von Kopf bis Fuß und segnete meine äußere Erscheinung wohlwollend ab.

»Das ist ein historischer Augenblick«, verkündete sie. »Präg dir alle Einzelheiten ganz genau ein, damit du bloß nichts vergißt. Ich kann es kaum erwarten, deinen Bericht zu hören. Ich werde dich hier erwarten, einverstanden?«

»Ja, Mrs. Penny«, sagte ich.

Abby lächelte mich an. »Ich wünsche dir viel Spaß«, sagte sie.

»Danke, aber ich bin schrecklich nervös.«

»Du hast keinen Grund zur Sorge«, sagte Abby und zwinkerte mir zu. »Schließlich hast du deinen Talisman.«

Ich lachte. Ich hatte das Zehncentstück in meinem Schuh versteckt.

»Der Kombi ist vorgefahren«, kündigte Mrs. Penny an.

Buck erwartete mich neben dem Wagen und hielt mir die Tür auf. Als er sich zu mir umdrehte, bekam er große Augen, in die ein Hauch von Bewunderung trat, doch er sagte nichts. Ich stieg ein, und er eilte um den Wagen herum zum Fahrersitz. Mrs. Penny stand auf der Treppe und winkte. Als der Wagen sich in Bewegung gesetzt hatte, drehte Buck sich zu mir um.

»Du siehst sehr hübsch aus«, sagte er.

»Danke.«

»Ich bin seit drei Jahren hier«, sagte er, »aber das ist das erstemal, daß ich ein Mädchen aus der Greenwood-Schule zu einem Abendessen in die Villa fahre. Bist du mit den Clairbornes verwandt?«

»Nein«, sagte ich lachend.

Als wir vor der Villa vorgefahren waren, stieg er eilig aus, um mir die Tür aufzuhalten.

»Danke«, sagte ich.

»Viel Spaß!«

Ich lächelte ihn an und eilte die Stufen hinauf. Die Tür wurde geöffnet, noch ehe ich oben war. Otis nickte mir zu.

»Guten Abend, Mademoiselle«, sagte er und verbeugte sich tief.

»Guten Abend.«

Ich trat ein, und er schloß die Tür hinter mir.

»Hier entlang, Mademoiselle.«

Er führte mich durch den Korridor und durch einen weiteren Gang nach rechts, tiefer in den Westflügel hinein, zum Eßzimmer. Im Gegensatz zu den anderen Bereichen des Hauses wirkte der Westflügel düster. Die Wände waren mit dunkleren Tapeten bedeckt, vor den Fenstern hingen dunklere Vorhänge, und auf den Böden lagen dunklere Teppiche. Die Bilder, die hier aufgehängt waren, stellten die gespenstischsten Szenen am Fluß und im Bayou dar; Sümpfe mit verwunschenem Louisianamoos, das im Zwielicht in einer Brise schwankte; der Mississippi an einer seiner wildesten Stellen, mit rostfarbenem Wasser; die Boote wirkten wie treibende Schatten ihrer selbst. Alles, was ich an Porträts entdeckte, waren Bildnisse strenger Vorfahren, in deren Gesichtern Mißbilligung und Tadel geschrieben standen.

Der lange dunkle Eichentisch war an einem Ende für drei Personen gedeckt. In zwei silbernen Kerzenhaltern steckten lange, knochenweiße Kerzen, deren winzige Flammen flackerten. Der Kronleuchter über dem Tisch warf nur ein schwaches Licht herab. Otis trat hinter den Stuhl zu meiner Rechten und zog ihn zurück, um mir zu bedeuten, daß ich dort Platz nehmen sollte.

»Danke«, sagte ich.

»Madame Clairborne und Monsieur Clairborne werden in Kürze erscheinen«, teilte er mir mit, und dann ließ er mich in dem düsteren Raum allein. Einen Moment lang herrschte Totenstille, und dann hörte ich das mir inzwischen vertraute Pochen von Mrs. Clairbornes Stock; sie kam durch den Korridor und betrat schließlich das Eßzimmer.

Sie trug ein schwarzes Kleid, das ihr fast bis auf die Knöchel reichte. Die Ebenholzfarbe des Kleidungsstücks ließ die stehengebliebene Uhr, die an einer Kette in dem Spalt zwischen ihren Brüsten hing, noch auffälliger erscheinen. Ihre Frisur war unverändert, aber sie hatte die Diamantohrringe gegen Perlohrringe ausgetauscht und trug ein Perlenarmband. An den Fingern trug sie genauso viele Ringe wie beim letztenmal.

»Guten Abend«, sagte sie und ging auf ihren Stuhl am Kopfende des Tisches zu.

»Guten Abend.« Nachdem Otis ihr den Stuhl zurechtgerückt und sie sich hingesetzt hatte, fügte ich hinzu: »Vielen Dank für die Einladung!«

»Ich habe dich nicht eingeladen«, sagte sie. Als ich jetzt so dicht neben ihr saß, erschien mir ihre Nase noch spitzer. Ihre bleiche Haut war dünn, fast durchscheinend. Ich konnte die winzigen blauen Äderchen auf ihren Wangen und Schläfen sehen, und die Härchen über ihrer Oberlippe fielen mehr ins Auge als neulich. Sie roch so stark nach Jasmin, daß ich mein eigenes Parfüm gar nicht mehr wahrnahm.

»Das verstehe ich nicht«, sagte ich.

»Mein Enkel hat darauf beharrt. Ich lade grundsätzlich keine Schulmädchen zum Abendessen ein. Es gibt einfach zu viele, die es sich verdient hätten«, sagte sie. »Ich habe gar nicht mitbekommen, daß du durchs Haus gelaufen bist und ihn getroffen hast, als du zum Tee hier warst.«

»Ich habe gehört, wie er Klavier gespielt hat, als ich zum Badezimmer gegangen bin, und …«

»Mrs. Penny hätte euch ausdrücklich darauf hinweisen müssen, daß ich ...«

»Großmutter, du benimmst dich doch nicht etwa schlecht?«

Ich fuhr herum und sah Louis in der Tür stehen. Im Gegensatz zu Mrs. Clairborne hatte er keinen Stock, mit dem er sich durch die Korridore und Zimmer hätte vorantasten können, und soweit ich sehen konnte, hatte ihn niemand zum Eßzimmer begleitet. In seinem Smoking mit der schwarzen Frackschleife und mit dem ordentlich zurückgekämmten Haar sah er sehr gut aus.

»Ich benehme mich nicht schlecht«, murmelte Mrs. Clairborne. Louis lächelte und steuerte zielsicher auf seinen Platz zu.

»Laß dich davon bloß nicht beeindrucken, Ruby«, erklärte er, während er darauf wartete, daß Otis ihm den Stuhl zurechtrückte. »Ich bin die Wege durch dieses Haus so oft gegangen, daß ich schon Spuren im Fußboden hinterlassen habe, und alle wissen, daß sie in keinem der Zimmer etwas umstellen dürfen.«

»Und das ist der Grund dafür, daß ich in diesem Bereich des Hauses keine Besucher dulde«, sagte Mrs. Clairborne eilig. »Wenn jemand einen Stuhl verrückt oder einen Tisch näher zu sich zieht ...«

»Warum sollte irgend jemand das tun, Großmutter? Und weshalb ausgerechnet Ruby?« fragte Louis.

Mrs. Clairborne seufzte. Sie nickte Otis zu, und er schenkte uns aus einer Flasche Wasser ein.

»Trinken wir denn heute abend keinen Wein?« erkundigte er sich.

»Ich setze Greenwood-Mädchen keinen Wein vor«, erwiderte Mrs. Clairborne streng.

Louis lächelte noch immer. »Aber dafür gibt es heute doch wenigstens unser Leibgericht, nicht wahr, Großmutter?«

»Leider ja«, sagte sie und wandte sich an mich. »Louis

hat auch darauf bestanden, daß ausschließlich Cajun-Gerichte serviert werden.«

»Laßt mich ihr sagen, was es gibt«, sagte Louis eifrig. »Wir beginnen mit Langusten in Teig, und dann gibt es ein Entengumbo. Zum Nachtisch habe ich flambierte Orangencrème bestellt, ein beliebtes Dessert aus New Orleans.«

»Das klingt ja wunderbar«, sagte ich.

Mrs. Clairborne stöhnte. Dann nickte sie widerwillig, und die Mahlzeit wurde serviert. Während des Essens redete Mrs. Clairborne sehr wenig. Louis wollte mehr über meine Gemälde hören und forderte mich auf, ihm die zu beschreiben, die ich über die Galerie im französischen Viertel verkauft hatte. Er war nie im Bayou gewesen und wollte mehr über das Leben in den Sümpfen hören. Mrs. Clairborne schnalzte mit der Zunge und bedachte mich mit mißbilligenden Blicken, insbesondere, als ich von Grandmère Catherine und ihren Taten als Heilerin berichtete.

»Ich wüßte gar zu gern, ob eine Cajun-Heilerin mir dazu verhelfen könnte, wieder zu sehen«, sagte Louis. Das löste bei Mrs. Clairborne eine Tirade von Beschimpfungen aus.

»Ich werde solche Scharlatane nicht in dieses Haus holen. Auf dem Land gibt es eine Schwemme von angeblichen Wunderheilern, die Gegend ist von Schwindlern überflutet. Zu meinem tiefen Bedauern hat der Fluß dieses Gesindel angelockt, seit die Kolonisten hier eingetroffen sind. Du hast die besten Ärzte.«

»Die nicht das geringste für mich tun konnten«, bemerkte Louis erbittert.

»Sie werden dir helfen. Wir müssen …«

Louis drehte sich langsam um und lächelte. »Daran glauben, Großmutter? War es das, was du sagen wolltest?«

»Nein. Doch. Wir müssen an erwiesene wissenschaftliche Erkenntnisse glauben, an die Medizin und nicht an irgendeinen faulen Zauber, an Hokuspokus. Ehe ich mich versehe, werden wir jemanden zum Abendessen bei uns haben, der an Voodoo glaubt«, sagte sie, und ich hielt den Atem an. Einen Moment lang herrschte Stille, und dann lachte Louis.

»Wie du siehst, hat meine Großmutter zu allem eine klare Meinung. Das macht die Dinge leichter.« Betrübt fügte er hinzu: »Ich brauche mir keine eigenen Gedanken mehr zu machen.«

»Niemand hat je behauptet, du könntest keine eigene Meinung haben, Louis. Habe ich etwa nicht eingewilligt, diese junge Dame heute zum Abendessen einzuladen?«

»Doch. Danke, Großmutter.« Er wandte sich an mich. »Hat dir das Essen geschmeckt?«

»Es war einfach köstlich.«

»Das sollte es auch sein. Ich habe den besten Koch von Baton Rouge«, sagte Mrs. Clairborne.

»Soll ich ein wenig Klavier spielen?« fragte Louis.

»Ja, das wäre wunderbar.«

»Gut. Dürfen wir uns jetzt zurückziehen, Großmutter?«

»Ich habe den Fahrer der Schule angewiesen, sie um Punkt neun hier abzuholen. Die Greenwood-Mädchen haben Hausaufgaben zu machen, und sie dürfen abends nicht zu lange ausgehen.«

»Ich habe alle Hausaufgaben gemacht«, sagte ich.

»Trotzdem solltest du früh in dein Wohnheim zurückkehren«, beharrte Mrs. Clairborne.

»Wie spät ist es jetzt, Großmutter?« fragte Louis. »Wieviel Uhr ist es?« wiederholte er schroff.

Ich hielt den Atem an. Würde sie sagen: fünf nach zwei?

»Otis, wie spät ist es?« fragte sie den Butler, der in der Tür stand.

»Es ist zwanzig vor acht, Madame.«

»Oh, dann haben wir ja noch jede Menge Zeit«, sagte Louis. »Gehen wir doch ins Musikzimmer.« Er stand auf.

Ich sah Mrs. Clairborne an, die einen sehr unglücklichen Eindruck machte, und dann erhob ich mich ebenfalls.

»Ich danke Ihnen für das wunderbare Abendessen, Mrs. Clairborne.«

Ihre Lippen verzogen sich zur grotesken Imitation eines Lächelns. »Bitte, gern geschehen«, sagte sie.

Louis reichte mir den Arm, und ich hängte mich bei ihm ein.

»Du hast Großmutters Lieblingsduft aufgetragen«, sagte er lächelnd. »Dazu hat dich wohl jemand angespornt, was?«

»Mrs. Penny, unsere Heimleiterin«, gestand ich.

Er lachte und führte mich aus dem Eßzimmer in den Raum, in dem der Flügel stand. Er bewegte sich so sicher durch dieses Haus wie ein Mensch, der sehen kann, und als wir im Musikzimmer waren, begab er sich ohne jedes Zögern direkt ans Klavier.

»Setz dich neben mich«, schlug er vor und machte mir auf der Klavierbank Platz. Nachdem ich mich gesetzt hatte, begann er eine zarte und süße Melodie zu spielen. Sie schien direkt aus seinen Fingern in das Klavier zu fließen. Sein Oberkörper wiegte sich ein wenig, und seine Schulter streifte meine. Ich beobachtete sein Gesicht, während er spielte, und ich sah die kaum wahrnehmbaren Bewegungen seiner Lippen und Lider. Als er das Stück beendet hatte, ließ er die Finger auf den Tasten liegen, als fließe weiterhin Musik aus ihm heraus.

»Das war sehr schön«, sagte ich leise.

»Mein Klavierlehrer ... der normalerweise ein eingebildeter Fatzke ist ... glaubt, daß meine Blindheit meinem Klavierspiel mehr Präzision verleiht. Manchmal kommt es mir fast so vor, als sei er neidisch. Er hat mir gestanden, daß er sich angewöhnt hat, sich die Augen zu verbinden und blind zu spielen, wenn er allein ist. Kannst du dir das vorstellen?«

»Ja«, sagte ich.

Seine Finger lagen immer noch auf den Tasten, und seine Körperhaltung vermittelte den Eindruck, als würde er gleich das nächsten Stück spielen, doch statt dessen redete er weiter.

»Ich habe noch nie ein Mädchen ... eine junge Frau ... neben mir sitzen gehabt«, gestand er. »Ich bin nie jemandem so nahe gewesen.«

»Und warum nicht?«

Er lachte. »Warum nicht?« Sein Lächeln verflog. »Ich weiß es nicht. Ich vermute, ich hatte Angst davor.«

»Angst?«

»Angst davor, gewaltig im Nachteil zu sein. Mehr um Großmutters willen als um meiner selbst willen tue ich so, als sei alles in Ordnung mit mir. Natürlich sieht sie mich nicht, wenn ich hilflos herumtaste. Dafür sorge ich schon. Sie hört mein Stöhnen nicht. Ich kann mich nicht erinnern, wann sie mich das letztemal hat weinen sehen. In diesem Haus macht man einander viel vor. Ich bin sicher, daß dir das bereits aufgefallen ist. Wir tun so, als sei alles in Ordnung. Wir tun so, als sei nichts passiert. Aber ich habe diese Heuchelei satt«, sagte er und drehte sich um. »Ich will ... ich will auch ein gewisses Maß an Realität haben. Ist das so schlimm?«

»Oh, nein.«

»Als du das erstemal hier warst, habe ich etwas in deiner Stimme gehört, etwas Aufrichtiges und Wahres, etwas, das mich beruhigt und mir Hoffnung gegeben hat. Es war fast so, als ... als könnte ich dich sehen«, sagte er. »Ich weiß, daß du wunderschön bist.«

»Oh, nein, das bin ich nicht. Ich bin ...«

»Oh, doch, du bist es. Ich merke es an der Art, wie Großmutter mit dir redet. Meine Mutter war sehr schön«, fügte er eilig hinzu. Ich hielt den Atem an. Mein Herz begann schneller zu schlagen. Würde er mir die tragische Geschichte erzählen? »Würde es dir etwas ausmachen, wenn ich dein Gesicht und dein Haar berühre?«

»Nein«, sagte ich, und er legte seine Finger auf meine Schläfen, fuhr langsam und sachte die Konturen meines

Gesichtes nach, ließ die Fingerspitzen über meine Lippen und mein Kinn gleiten.

»Wunderschön«, flüsterte er. Seine Zungenspitze glitt über seine Unterlippe, während seine Hände über meinen Hals strichen und das Schlüsselbein fanden. »Deine Haut ist so zart. Darf ich weitermachen?«

Meine Kehle schnürte sich zu. Mein Herz pochte heftig. Ich war verwirrt, fürchtete mich jedoch davor, ihm diese Bitte abzuschlagen. Er schien sich so verzweifelt danach zu sehnen.

»Ja«, sagte ich. Seine Finger glitten über meinen Kragen bis zu dem Spalt zwischen meinen Brüsten. Ich sah, daß sein Atem sich beschleunigte. Er ließ die Hände über meine Brüste gleiten und preßte sie zart, als sei er ein Bildhauer, der modelliert. Seine Hände bewegten sich über meine Rippen zu meiner Taille und dann wieder nach oben; seine Handflächen glitten über meine Brüste.

Dann zog er die Hände plötzlich zurück, als habe er ein unverkleidetes Stromkabel berührt. Er senkte den Kopf.

»Es ist schon gut«, sagte ich. Statt etwas darauf zu erwidern, legte er die Finger wieder auf die Tasten und begann zu spielen, doch diesmal war seine Musik laut und hart. Feine Schweißperlen traten auf seine Stirn. Sein Atem ging schneller. Er schien entschlossen zu sein, sich zu verausgaben. Als das Stück schließlich endete, hieb er mit den Handflächen beider Hände auf die Tasten.

»Es tut mir leid«, sagte er. »Ich hätte Großmutter nicht veranlassen sollen, dich zu uns einzuladen.«

»Warum nicht?«

Er wandte langsam den Kopf.

»Weil es eine Folter ist, deshalb nicht«, sagte er. »Ich bin fast einunddreißig Jahre alt, und du bist die erste Frau, die ich je berührt habe. Meine Großmutter und meine Cousine haben mich eingemottet«, fügte er erbittert hinzu. »Wenn ich nicht einen Ausbruch von Jähzorn bekommen hätte, hätte Großmutter dich heute nicht angerufen.«

»Das ist ja furchtbar. Du solltest in deinem eigenen Haus nicht wie ein Gefangener eingesperrt sein.«

»Ja, ich bin gewissermaßen ein Gefangener, aber mein Gefängnis ist nicht dieses Haus. Es sind meine eigenen Gedanken, die mich einsperren!« rief er aus und schlug sich die Hände vors Gesicht. Er stöhnte. Ich legte ihm eine Hand auf die Schulter. Er nahm die Hände vom Gesicht und fragte: »Du fürchtest dich nicht vor mir? Ich stoße dich nicht ab?«

»Oh, nein, keineswegs.«

»Du hast Mitleid mit mir, ist es das?« fragte er erbittert.

»Ja, irgendwie schon, aber ich bewundere auch dein Talent«, fügte ich hinzu.

Sein Ausdruck wurde gelöster, und er holte tief Atem. »Ich will wieder sehen«, sagte er. »Meine Ärzte sagen, ich hätte Angst davor, wieder zu sehen. Hältst du so etwas für möglich?«

»Ich denke schon.«

»Bist du je vor etwas davongelaufen, weil du den Dingen nicht gewachsen warst?«

»Oh, ja«, sagte ich.

»Wirst du mir irgendwann mehr darüber erzählen? Wirst du wiederkommen?«

»Wenn du es möchtest, ja.«

Er lächelte. »Ich habe mir eine Melodie für dich ausgedacht«, sagte er. »Möchtest du sie hören?«

»Wirklich? Ja, gern.«

Er begann zu spielen. Es war ein wunderschönes getragenes Stück, das mich merkwürdigerweise an das Bayou denken ließ, an Wasser und an wunderschöne Vögel und Blumen.

»Es ist sehr schön«, sagte ich, als er das Stück beendet hatte. »Ich liebe diese Melodie.«

»Ich nenne das Stück ›Ruby‹. Ich werde mir von meinem Lehrer die Noten aufschreiben lassen, und wenn du das nächstemal kommst, gebe ich dir eine Kopie davon, wenn du magst.«

»Ja, sehr gern. Danke.«

»Ich wüßte gern mehr über dich ... insbesondere, wie es kommt, daß du in der Cajun-Welt aufgewachsen, aber dann in einer wohlhabenden kreolischen Familie im Garden District gelandet bist.«

»Das ist eine lange Geschichte.«

»Gut«, sagte er. »Ich fände es schön, wenn es so wäre wie mit Scheherazade in Tausendundeine Nacht ... Eine Geschichte, zu der es immer eine Fortsetzung gibt – damit du immer wieder herkommst.«

Ich lachte, und er legte erneut die Hände auf mein Gesicht, fuhr wieder die Konturen nach, bis seine Finger meine Lippen erreicht hatten, nur ließ er sie diesmal länger dort liegen.

»Darf ich dich küssen?« fragte er. »Ich habe noch nie ein Mädchen geküßt.«

»Ja«, sagte ich, ohne wirklich sicher zu sein, warum ich ihm solche Intimitäten gestattete. Er beugte sich zu mir vor, und ich zog seinen Kopf näher. Es war nur ein kurzer Kuß, doch sein Atem ging schneller. Er ließ die Hände auf meine Brüste sinken und beugte sich vor, um mich noch einmal zu küssen, und diesmal ließ er seine Lippen länger auf meinen liegen, während seine Finger federleicht meine Brüste berührten. Er versuchte, den Stoff meines Kleides zur Seite zu ziehen, um mehr von meinen Brüsten zu spüren, und es frustrierte ihn, daß es ihm nicht gelang.

»Louis, wir sollten nicht ...«

Es war, als hätte ich ihn geohrfeigt. Er wich nicht nur zurück, sondern stand abrupt auf.

»Nein, das sollten wir nicht tun. Du hast recht. Und jetzt solltest du besser gehen«, sagte er erbost.

»Ich wollte dich nicht ...«

»Was wolltest du nicht?« schrie er. »Mich wie einen Idioten hinstellen? Ich fühle mich aber wie ein Idiot, so erregt, wie ich vor dir stehe«, brachte er heraus.

Ein einziger Blick genügte, um mir das zu bestätigen.

»Louis.«

»Sag meiner Großmutter einfach, ich sei müde«, sagte er. Seine Arme hingen steif herunter, als er auf die Tür zuging.

»Louis, warte«, rief ich, doch er blieb nicht stehen. Er eilte davon.

Mitleid durchflutete mich. Ich folgte ihm zur Tür und schaute ihm nach. Er schien von eben der Dunkelheit geschluckt zu werden, in der er hauste; wenig später war er verschwunden. Ich lauschte auf seine Schritte, doch es herrschte nur noch Stille. Da ich neugierig geworden war, lief ich weiter in den Westflügel des Hauses hinein, kam an einem weiteren kleinen Wohnzimmer vorbei, bog um eine Ecke und blieb vor der ersten Tür stehen. Ich klopfte leise an. »Louis?«

Ich bekam keine Antwort, versuchte aber dennoch die Tür zu öffnen. Sie sprang auf, und ich sah in ein wunderschönes geräumiges Schlafzimmer mit einem prächtigen Himmelbett, um das herum die Moskitonetze vorgezogen waren. Ein Geruch von Feuchtigkeit und Verwesung hing in dem Raum, und ich sah, daß die Blumen in den Vasen längst verwelkt und verfault waren. Zwei kleine Lampen, die wie antike Öllampen wirkten, brannten. Sie standen auf den kleinen Nachttischen, und der schwache Lichtschein fiel auf etwas, das aussah wie ein Mensch. Bei näherem Hinsehen stellte ich jedoch fest, daß es nur das Nachthemd einer Frau war, das jemand bereitgelegt hatte.

Ich wollte die Tür gerade schließen, als plötzlich eine Verbindungstür in der rechten Wand aufgerissen wurde und Louis in der Türöffnung erschien. Ich wollte ihn bei seinem Namen rufen, doch er stöhnte entsetzlich, schlug sich die Fäuste auf die Augen und ließ sich auf die Knie fallen. Dieser Anblick verschlug mir den Atem. Zitternd stand ich in der Tür. Er schlang die Arme um sich und schwankte einen Moment lang, und dann klammerte er sich an den Türrahmen und zog sich langsam hoch. Mit gesenktem Kopf wandte er sich ab und schloß die Tür. Ich wartete noch einen Moment, sah mich noch einmal um, trat dann zurück und schloß leise die Tür.

Mehr oder weniger auf Zehenspitzen schlich ich mich zurück und gelangte schließlich in das Wohnzimmer, in dem wir zum Tee eingeladen gewesen waren. Mrs. Clairborne saß auf ihrem Stuhl und blickte starr zu dem Porträt ihres Mannes auf.

»Entschuldigen Sie, bitte«, sagte ich. Sie drehte sich langsam zu mir um. Ich glaubte Tränen zu sehen, die über ihre bleichen Wangen rannen. »Louis hat gesagt, er sei müde; er ist in sein Zimmer gegangen.«

»Oh. Gut«, sagte sie und erhob sich. »Dein Fahrer wartet schon draußen.«

»Noch einmal vielen Dank für die Einladung«, sagte ich.

Otis erschien an der Tür, er tauchte regelrecht aus dem Nichts auf. »Gute Nacht, Mademoiselle«, sagte er, hielt mir die Tür auf und verbeugte sich.

»Gute Nacht.«

Ich eilte die Stufen hinunter zum Wagen. Buck sprang vom Fahrersitz und hielt mir die Tür auf.

»Hast du einen schönen Abend verbracht?« fragte er.

Ich antwortete nicht, sondern stieg ein, und er schloß die Tür. Als wir losfuhren, warf ich noch einen Blick zurück auf das Haus. Louis und seine Großmutter waren reicher und mächtiger als alle Familien, die ich je kennengelernt hatte oder kennenlernen würde. Aber, dachte ich, das heißt noch lange nicht, daß das Unglück vor ihrer Schwelle haltmacht.

Wie sehr ich doch wünschte, Grandmère Catherine wäre noch am Leben. Dann hätte ich sie eines Nachts heimlich hierhergebracht, und sie hätte Louis berührt; dann hätte er wieder sehen und all seine Traurigkeit abwerfen können. Einige Jahre später würde ich in einem prächtigen Konzertsaal sitzen, um ihn dort spielen zu hören. Vor dem Ende des Konzertes würde er sich erheben und ankündigen, daß er nun ein Stück spielen werde, das er für einen ganz bestimmten Menschen geschrieben habe.

»Es heißt ›Ruby‹«, würde er sagen, und dann würde er das Stück spielen. Und ich würde mir wie jemand vorkommen, der im Rampenlicht steht.

Grandmère hätte gesagt, das sei alles nur Wunschdenken, Träume, die platzen wie Seifenblasen. Aber dann hätte sie betrübt den Kopf geschüttelt und gesagt: »Du kannst wenigstens Träume haben. Dieser arme Junge ... er lebt in einem Haus, in dem es keine Träume gibt. Er lebt wahrhaftig in der Dunkelheit.«

7.

So viele Vorschriften

Wie versprochen, erwartete Mrs. Penny mich in der Eingangshalle des Wohnheims. Sie sprang von ihrem Stuhl auf, und in ihren Augen standen Spannung und freudige Erwartung, als sie mir entgegenlief, um mich zu begrüßen.

»Wie war das Abendessen?« rief sie aus.

»Es war sehr schön, Mrs. Penny«, sagte ich und sah über ihre Schulter hinweg die Mädchen aus den Quadranten A und B an, die dasaßen und fernsahen. Die meisten von ihnen hatten sich neugierig zu mir umgedreht.

»Nur schön?« fragte sie enttäuscht. Sie sah aus wie ein kleines Mädchen, dem man gerade gesagt hat, es bekomme kein Eis gekauft. Ich wußte, daß sie eine Aufzählung von Superlativen von mir erwartete, eine Flut von Adjektiven, aber ich war nicht dazu aufgelegt. Sie strahlte wieder, als sie mir eine weitere Frage stellte. »Was hat Mrs. Clairborne servieren lassen?«

»Ein Langustengericht«, erwiderte ich, ohne zu erwähnen, daß es nach einem Cajun-Rezept zubereitet worden war. »Ach, ja, und zum Nachtisch flambierte Orangencrème«, fügte ich hinzu.

Das gefiel ihr. »Ich hatte gehofft, daß es etwas Besonderes gibt. Was habt ihr hinterher getan? Habt ihr in demselben Wohnzimmer gesessen und miteinander geredet, in dem wir zum Tee eingeladen waren, oder habt ihr euch in einen der Innenhöfe mit den Glaskuppeln gesetzt?«

»Louis hat mir auf dem Klavier vorgespielt, und ich habe ihm zugehört. Dann ist er müde geworden, und ich bin zurückgekommen«, sagte ich zusammenfassend.

Sie nickte. »Das war eine Ehre«, sagte sie und nickte immer noch, »eine sehr große Ehre sogar. Du kannst sehr stolz auf dich sein.«

Weil ich zu einem Abendessen eingeladen worden war? Warum war es nicht eine größere Ehre, ein schönes Bild gemalt zu haben oder in einer Prüfung gute Noten zu bekommen? Das hätte ich sie gern gefragt, aber statt dessen lächelte ich sie nur an und entschuldigte mich.

Umgeben von Samantha, Kate und Jacki hielt Gisselle in unserem Wohnzimmer hof. Aus den geröteten Gesichtern sämtlicher Mädchen konnte ich schließen, daß Gisselle ihnen von einer ihrer Eroberungen zu Hause in New Orleans berichtet hatte. Sie drehten sich alle nach mir um und waren einigermaßen enttäuscht angesichts dieser Unterbrechung, aber ich hatte keineswegs die Absicht, mich ihnen anzuschließen.

»Seht mal, wer wieder da ist«, spottete Gisselle. »Die Prinzessin von Greenwood.«

Alle lachten.

»Wie war dein Abend, Prinzessin?«

»Warum mußt du dich eigentlich immer und ewig blamieren, Gisselle?« gab ich zurück.

»Oh. Es tut mir ja so leid, Prinzessin. Ich hatte nicht vor, das Herz in deiner königlichen Brust zu verletzen«, fuhr sie fort, und das Gelächter ihres Fanclubs ließ nicht lange auf sich warten. »Wir armen Untergebenen haben ein reichlich ereignisloses Abendessen hinter uns gebracht, wenn man einmal davon absieht, daß ich Patti Denning versehentlich meine heiße Suppe auf den Schoß geschüttet habe.« Wieder lachten alle. »Wie war Louis? Erzähl uns das wenigstens.«

»Sehr nett«, sagte ich.

»Habt ihr im Dunkeln aneinander rumgefummelt?« fragte sie. Ich konnte nichts dagegen tun, daß mir das Blut in beide Wangen schoß. Gisselles Augen wurden groß. »Habt ihr es wirklich getan?« insistierte sie.

»Sei still!« schrie ich und lief in mein Zimmer. Als ich die Tür hinter mir zuknallte, hörte ich ihr Gelächter. Abby schaute von ihrem Lehrbuch auf und war verwundert.

»Was ist passiert?«

»Gisselle«, sagte ich lediglich, und sie verzog verständnisvoll den Mund.

»Wie war der Abend?«

»O Abby«, rief ich aus. »Es war ... ganz seltsam. Mrs. Clairborne wollte mich eigentlich gar nicht bei sich haben.«

Sie nickte, als hätte sie das von Anfang an gewußt. »Und Louis?«

»Er leidet unter enormen emotionalen Qualen ... ein sehr talentierter und sensibler Mensch, der innerlich verknotet und verworren ist wie Sumpfgras im Propeller eines Motorboots«, sagte ich. Und dann setzte ich mich und schilderte ihr alles, was vorgefallen war. Wir wurden beide melancholisch, und nachdem wir uns ausgezogen und in unsere Betten gelegt hatten, redeten wir noch stundenlang über unsere Vergangenheit. Ich erzählte ihr mehr über Paul und den entsetzlichen Kummer, den ich verspürt hatte, als ich erfahren mußte, daß der Junge, den ich so gern hatte, mein Stiefbruder war. Sie verglich diesen gräßlichen Streich, den das Schicksal mir gespielt hatte, mit den Entdeckungen, die sie über sich selbst und den Stammbaum ihrer Familie hatte machen müssen.

»Es scheint, als hätten wir beide von Vorfällen Wunden davongetragen, auf die wir keinen Einfluß hatten ... als hätte man uns gezwungen, für die Sünden unserer Eltern und Großeltern zu büßen. Es ist so ungerecht. Wir sollten alle von vorn anfangen können.«

»Auch Louis«, bemerkte ich.

»Ja«, sagte sie nachdenklich, »auch Louis.«

Ich schloß die Augen und hörte beim Einschlafen die Klänge seiner Komposition mit dem Titel »Ruby«.

Die darauffolgende Woche begann ereignislos und versprach reiner Alltag zu werden. Sogar Gisselle schien sich zu beruhigen und tatsächlich ein bißchen für die Schule zu lernen. In den beiden Kursen, die wir gemeinsam belegt hatten, verhielt sie sich still und aufmerksam. Sie überraschte mich sogar damit, daß sie nach dem Englischunterricht ihr Gefolge im Korridor anhalten ließ, damit Samantha ein paar Kaugummipapiere aufhob, die jemand am Brunnen hatte fallen lassen. Natürlich hielt sie in der Cafeteria weiterhin hof wie eine Großherzogin, deren Worte mit majestätischem Respekt aufgenommen werden mußten. Sie äußerte sich zu diesem und jenem im allgemeinen auf eine höhnische Art, die dem ständig wachsenden Publikum, das sie um sich versammelte, Chöre von Gelächter entlockte.

Aber der Sarkasmus, der für ihre Erwiderungen auf Fragen im Unterricht typisch gewesen war, war ihrer Ausdrucksweise und ihrem Benehmen abhanden gekommen, und sie machte sich auch nicht mehr über unsere Lehrer und die Hausaufgaben lustig. Zweimal forderte Gisselle Samantha auf stehenzubleiben, damit sie die Eiserne Jungfrau begrüßen konnte, wenn Mrs. Ironwood in einem der Korridore stand und die Schülerinnen beobachtete, die zwischen zwei Schulstunden das Klassenzimmer wechselten. Die Eiserne Jungfrau nickte beifällig dazu.

Aber das ungewöhnlich gute Benehmen meiner Schwester zu beobachten war, als sähe ich zu, wie ein Topf Milch heiß gemacht wird. Irgendwann mußte sie überkochen, den Deckel anheben und schäumend in die Flammen laufen. Ich hatte lange genug mit ihr zusammengelebt, um zu lernen, ihren Versprechungen nicht zu trauen, ebensowenig ihrem Lächeln und ihren freundlichen Worten – in den seltenen Fällen, in denen sie über ihre heimtückisch verzogenen Lippen kamen.

Was als nächstes passierte, schien zunächst in keinerlei Zusammenhang zu stehen. Später mußte ich die verschlungenen Pfade zurückverfolgen, die hinterhältigen Haken nachvollziehen, die meine teuflische Zwillingsschwester schlug, um hinter alledem ihre wahren Absichten zu erkennen. Letztendlich entsprang alles ihrer ursprünglichen Wut darüber, daß man sie nach Greenwood geschickt hatte. Obwohl sie sich anscheinend gut einfügte, war sie immer noch erbost darüber und, wie ich mit der Zeit erfahren sollte, wild entschlossen, zu ihren alten Freunden und zu ihrer früheren Lebensweise zurückzukehren.

Am Mittwochmorgen erhielt ich im Kurs für Gesellschaftskunde die Nachricht, daß ich mich in Mrs. Ironwoods Büro melden sollte. Immer, wenn jemand aus dem Unterricht geholt wurde, weil die Eiserne Jungfrau die Betreffende zu sich zitierte, schauten die anderen Schülerinnen das Mädchen voller Mitleid an und waren zugleich erleichtert, daß es nicht sie getroffen hatte. Nachdem ich ein Gespräch mit unserer Rektorin erlebt hatte, verstand ich diese Furcht. Dennoch ließ ich mir keine Nervosität anmerken, als ich aufstand und das Klassenzimmer verließ. Natürlich klopfte mein Herz heftig, als ich das Büro erreicht hatte. Ein einziger Blick in Mrs. Randles Gesicht reichte aus, um mir klarzumachen, daß ich Ärger bekommen würde.

»Einen Moment«, fauchte sie, als sei sie ein emotionales Aushängeschild von Mrs. Ironwood, das deren Launen und Gedanken kundtat, deren Ärgernisse und Freuden. Sie klopfte an die Tür, und diesmal flüsterte sie meinen Namen. Dann schloß sie die Tür, kehrte an ihren Schreibtisch zurück und ließ mich mit meinen bangen Erwartungen stehen. Ohne ein weiteres Wort vertiefte sie sich in Büroarbeiten. Ich trat von einem Fuß auf den anderen und seufzte. Es dauerte fast eine Minute, bis Mrs. Ironwood ihre Tür öffnete.

»Komm rein«, befahl sie mir und trat zurück. Ich warf einen Blick auf Mrs. Randle, die kurz aufblickte und dann sofort wieder die Augen niederschlug, als sei mein Anblick so todbringend, wie für Lots Frau der Blick zurück nach Sodom.

Ich betrat das Büro. Mrs. Ironwood schloß die Tür hinter mir und stolzierte zu ihrem Stuhl.

»Setz dich«, ordnete sie an. Ich nahm Platz und wartete. Sie bedachte mich mit einem strengen Blick und sagte: »Es ist doch wohl keine unbillige Zumutung, wenn ich erwarte, daß meine neuen Schülerinnen inzwischen die Informationsmappe der Greenwood-Schule durchgelesen haben, schon gar nicht, wenn es sich um eine neue Schülerin handelt, die herausragende schulische Leistungen erzielt. Habe ich recht?«

»Ich vermute schon«, sagte ich.

»Du hast das Material gelesen?«

»Ja, allerdings habe ich es noch nicht auswendig gelernt«, fügte ich in einem vielleicht etwas zu scharfen Tonfall hinzu. Ihre Augen verengten sich zu schmalen Schlitzen, und ihr Gesicht wurde weiß, vor allem um die Mundwinkel herum. Ihre Miene verfinsterte sich, ehe sie fortfuhr.

»Ich verlange nicht, daß die Hausordnung auswendig gelernt wird, damit sie wortwörtlich wiedergegeben werden kann. Ich verlange, daß sie gelesen, verstanden und befolgt wird.« Sie lehnte sich zurück und schlug ein Handbuch auf. »Abschnitt siebzehn, Paragraph zwei, betreffend das Verlassen des Schulgeländes von Greenwood. Ehe eine hier eingeschriebene Schülerin das Schulgelände verlassen darf, muß sie eine ausdrückliche schriftliche Genehmigung der Eltern vorlegen, die von der Verwaltung in den Akten abgelegt wird. Diese Genehmigung muß mit einem Datum und einer Unterschrift versehen sein. Für diese Regelung gibt es ganz simple Gründe«, fuhr sie fort und blickte von ihren Unterlagen auf. »Wir gehen eine gewisse Verantwortung ein, wenn wir eine Schülerin aufnehmen. Falls dir außerhalb der Schule irgend etwas Furchtbares zustoßen sollte, träfe uns die Hauptlast der Schuld daran, wenn wir dir gestattet hätten, dich nach Lust und Laune herumzutreiben. Normalerweise halte ich es nicht für nötig, unsere

Gründe zu erklären, aber im Hinblick auf deine ungewöhnliche Vorgeschichte tue ich das, damit du verstehst, daß ich nicht – wie ein Mädchen von deiner Sorte vermutlich behaupten würde – auf dir herumhacke. Deine Lehrerin hätte wissen müssen, daß sie dich nicht in ihrem Wagen mitnehmen darf. Sie hat bereits einen Verweis bekommen, und ihre Unbedachtheit ist in ihrer Akte festgehalten worden. Wenn es darum geht, ihren Vertrag zu verlängern, wird dieser Vorfall berücksichtigt werden.«

Ich starrte sie an. Mir fiel das Atmen schwer, und die Ereignisse drohten mir über den Kopf zu wachsen. Offensichtlich hatte Mrs. Penny gepetzt, und das, nachdem sie mir versprochen hatte, es nicht zu tun. Jetzt hatte sie nicht nur mir, sondern auch Miss Stevens Schwierigkeiten gemacht.

»Das ist ungerecht. Sie wollte mir doch nur Gelegenheit zum Malen geben. Wir haben nichts Schlimmes angestellt. Wir ...«

»Sie hat dich zum Mittagessen eingeladen, oder nicht?« fragte sie schroff, und ihre unerbittlichen Augen musterten mich.

»Ja«, sagte ich. Ich spürte etwas Hartes und Schweres in meiner Brust wachsen und schmerzen.

»Was, wenn dir das Essen nicht bekommen wäre? Was glaubst du wohl, wem man die Schuld daran gegeben hätte? Uns hätte die Schuld getroffen«, erwiderte sie und beantwortete damit ihre eigene Frage. »Deine Eltern könnten uns sogar verklagen!«

»Es war kein schmuddeliges Restaurant. Es war ...«

»Darum geht es nicht.« Sie lehnte sich wieder zurück. »Deine Sorte kenne ich«, sagte sie geringschätzig.

Ihre Herablassung provozierte mich, und ich warf ihr an den Kopf: »Warum sagen Sie immer wieder solche Dinge? Ich bin nicht eine von ›dieser Sorte‹. Ich bin ein Mensch, ein Individuum wie alle anderen, die diese Schule besuchen.«

Sie lachte. »Wohl kaum«, sagte sie. »Du bist das einzige Mädchen von äußerst fragwürdiger Herkunft. Die familiären Hintergründe all meiner anderen Mädchen sind einwandfrei. Mehr als achtzig Prozent der Mädchen in dieser Schule stammen aus Familien, die ihre Ahnen bis zu einer der hundert *Filles à la cassette* zurückverfolgen können, die der Ursprung unserer Kultur in Louisiana waren.«

»Mein Vater kann seine Vorfahren auch bis zu diesen Frauen zurückverfolgen«, sagte ich, obwohl ich diesen Dingen keinerlei Wert beimaß.

»Aber deine Mutter war eine Cajun. Wahrscheinlich war sie sogar ein fragwürdiges Mischblut. Nein«, fuhr sie kopfschüttelnd fort, »ich kenne deine Sorte, diesen Typus. Dein schlechtes Benehmen ist heimtückischer, subtiler. Du lernst schnell, wer am verletzbarsten ist und wer gewisse Schwächen hat, und diese Schwächen nutzt du aus wie ein Sumpfparasit«, fügte sie hinzu.

Mein Gesicht wurde so heiß, daß ich glaubte, mir würde die Schädeldecke wegfliegen. Aber ehe ich auf ihre Bemerkung reagieren konnte, kam sie auf das zu sprechen, was, wie ich schnell begriff, der eigentliche Grund dafür war, daß sie mich zu sich bestellt hatte.

»Genauso, wie es dir irgendwie gelungen ist, meinen armen Cousin Louis auszunutzen und dir eine Einladung in das Haus meiner Tante zu erschleichen.«

Das Blut wich aus meinem Gesicht. »Das ist nicht wahr«, sagte ich.

»Nicht wahr?« Sie lächelte affektiert. »Schon viele junge Frauen haben davon geträumt, Louis' Herz für sich zu gewinnen und diejenige zu werden, die dieses enorme Vermögen erbt, die Schule, den riesigen Grundbesitz. Ein blinder junger Mann ist ansonsten wohl kaum ein guter Fang, stimmt's? Aber er ist hilflos und verletzbar. Deshalb haben wir bisher so sorgsam darauf geachtet, mit wem er Umgang hat. Leider ist es dir gelungen, ohne das Wissen meiner

Tante Eindruck auf ihn zu machen, aber glaub nicht, daß daraus etwas wird«, warnte sie mich.

»Das war auch nie meine Absicht. Ich wollte eigentlich gar nicht zu dem Abendessen in die Villa gehen«, erklärte ich. Ihre Augen wurden vor Erstaunen groß, und ihre Lippen verzogen sich zu einem skeptischen Lächeln. »Ich wollte nicht hingehen, aber Louis hat mir leid getan und ...«

»Louis hat dir leid getan? Ausgerechnet du hast Mitleid mit Louis gehabt?« Sie stieß ein kaltes Lachen aus. »Mach dir um Louis keine Sorgen«, sagte sie. »Ihm geht es gut, er hat alles, was er braucht.«

»Nein, eben nicht. Es ist unrecht, ihn in diesem Haus einzusperren wie eine Raupe in einem Kokon. Er braucht den Umgang mit Menschen ... insbesondere mit jungen Frauen, und ...«

»Wie kannst du es wagen, mir zu erzählen, was für meinen Cousin gut ist und was nicht! Ich dulde aus deinem Mund keine Silbe mehr über ihn, ist das klar?« schrie sie mit schriller Stimme.

Ich wandte den Blick ab, und in meinen Augen brannten Tränen der Wut und der Enttäuschung.

»Also«, fuhr sie fort, »da es sich in dieser Schule herumgesprochen hat und allgemein bekannt ist, daß du gegen Absatz sieben unserer Hausordnung verstoßen hast, ist es nur angemessen, daß du bestraft wirst. Ein solcher Verstoß trägt dir zwanzig Punkte ein, was automatisch nach sich zieht, daß dir zwei Wochen lang jegliche privaten Unternehmungen untersagt sind. Da das jedoch dein erster ernstlicher Verstoß gegen die Schulordnung ist und da deine Lehrerin ein Teil der Schuld trifft, werde ich deine Strafe auf eine Woche beschränken. Von heute an wirst du dich bis zum Ablauf dieser Frist direkt nach dem Unterricht in deinem Wohnheim zurückmelden und auch das Wochenende dort verbringen. Falls du gegen diese Auflagen auch nur eine Minute lang verstoßen solltest, habe ich keine Alternative und muß dich von Greenwood verweisen; und ich bin sicher, daß dein Ausschluß von der Schule auch für deine arme verkrüppelte Schwester Folgen hätte«, sagte sie.

Eisige Tränen strömten über meine Wangen. Meine Lippen bebten, und meine Kehle war wie zugeschnürt.

»Du kannst jetzt wieder in den Unterricht gehen«, schloß sie und schlug ihr Handbuch zu.

Ich stand mit weichen Knien auf. Am liebsten hätte ich sie angeschrien, mich gegen sie aufgelehnt und ihr gesagt, was ich in Wirklichkeit von ihr hielt, doch ich sah Daddys enttäuschtes Gesicht vor mir und hörte die tiefe Traurigkeit in seiner Stimme. Daphne hätte ihre Freude daran, dachte ich. Das würde sie in den Vorwürfen bestätigen, die sie gegen mich erhoben hat; und Daddy würde es das Leben noch schwerer machen. Also schluckte ich meinen Schmerz und meine Entrüstung und verließ das Büro.

Für den Rest des Tages fühlte ich mich wie betäubt. Es war, als sei mein Herz zu kaltem Stein geworden. Ich tat teilnahmslos, was von mir verlangt wurde, ich erledigte meine Arbeiten, machte mir Notizen und lief von einem Kurs zum anderen, ohne nach rechts oder links zu sehen, weil ich keinerlei Interesse daran hatte, mich mit irgend jemandem zu unterhalten.

Beim Mittagessen erzählte ich Abby, was passiert war. »Ich bin so enttäuscht von Mrs. Penny«, schloß ich.

»Sie muß es aus Angst getan haben, weil ihr gedroht worden ist«, sagte Abby.

»Ich nehme an, das kann ich ihr nicht verdenken. Die Eiserne Jungfrau könnte einem Alligator so viel Angst einjagen, daß er den Schwanz verliert.«

Abby lachte. »Ich habe am Wochenende auch nichts vor«, sagte sie.

»Das brauchst du dir nicht anzutun. Es ist Unsinn, daß du dich selbst bestrafst, nur weil ich ungerechterweise bestraft worden bin.«

»Ich will es aber so haben. Ich wette, du tätest dasselbe für mich«, fügte sie geschickt hinzu. Ich versuchte es abzustreiten, aber sie lachte nur, als redete ich dummes Zeug. »Und außerdem sehe ich es nicht als Strafe an, meine Zeit mit dir zu verbringen«, erklärte sie. Ich lächelte, und mir strömte das Herz über vor Freude, weil ich innerhalb von so kurzer Zeit eine so gute Freundin gewonnen hatte.

Als ich jedoch vor der letzten Unterrichtsstunde das Atelier betrat, kam ich mir vor, als hätte ich einen Becher voller Kaulquappen geschluckt. Miss Stevens kam eilig an meinen Tisch.

»Mach dir keine Sorgen«, flüsterte sie. »Ich kriege das schon wieder hin. Im Grunde genommen tut mir viel mehr leid, daß ich dich in Schwierigkeiten gebracht habe, und nicht, daß ich selbst Ärger habe.«

»Mir geht es umgekehrt genauso.«

Sie lachte. »Ich vermute, wir sollten den Ratschlag von Louis befolgen und den See malen; der befindet sich auf dem Schulgelände. Das heißt, bis du von deinen Eltern die Genehmigung bekommen hast, das Schulgelände zu verlassen.«

»Aber erst in einer Woche«, sagte ich betrübt.

»Bis dahin kannst du in aller Ruhe das Bild fertigstellen, das du am Fluß begonnen hast.« Sie drückte meine Hand. »Von Künstlern wird sowieso nicht erwartet, daß sie sich benehmen und sich an Vorschriften halten. Künstler sind impulsiv und unberechenbar. Das müssen wir sein, wenn wir kreativ sein wollen.«

Daraufhin war ich nicht mehr ganz so sehr bedrückt, und ich dachte auch nicht mehr an meine Strafe und das Gespräch mit Mrs. Ironwood, bis ich ins Wohnheim zurückkehrte und Mrs. Penny sah, die in der Eingangshalle des Wohnheims die Möbel zurechtrückte. Ich fiel über sie her.

»Ich dachte, wir hätten einen Handel miteinander geschlossen«, fauchte ich sie an. »Ich dachte, wir seien uns einig gewesen.«

»Einen Handel?« Sie lächelte verwirrt. »Wovon redest du, meine liebe Ruby?«

»Ich dachte, Sie würden nicht weitersagen, daß Miss Stevens und ich am Fluß gewesen sind, um zu malen, und jetzt haben Sie doch gepetzt«, sagte ich.

Sie schüttelte den Kopf. »Ich habe es nicht weitergesagt. Ich war beunruhigt deswegen, aber ich habe es nicht ausgeplaudert. Wieso?« Sie preßte sich die Handflächen auf den Busen. »Ist Mrs. Ironwood dahintergekommen?«

»Ja. Ich darf eine Woche lang das Wohnheim nur zum Unterricht verlassen. Keine Unternehmungen in der Freizeit. Ich bin sicher, daß Sie schon bald Bescheid bekommen werden.«

»Ach du meine Güte. Du meine Güte«, sagte sie, und ihre Hände hoben sich flatternd von ihrem Busen auf ihre Pausbacken, als seien sie Vögel, die einen Ort suchen, an dem sie sich niederlassen können. »Das heißt, daß sie mich zu sich bestellen wird, um herauszufinden, warum ich nichts davon gewußt habe und warum ich ihr nicht Bescheid gegeben habe, als ich dahintergekommen bin. Ach du meine Güte.«

»Sagen Sie einfach, ich hätte mich heimlich aus dem Haus geschlichen«, sagte ich eilig. »Sagen Sie einfach, Sie hätten nichts davon gewußt. Wenn sie mich danach fragt, werde ich es bestätigen.«

»Ich lüge nicht gern. Du siehst es ja selbst: Eine Unwahrheit zieht die nächste und diese wiederum die nächste nach sich.«

»Sie haben nicht gelogen.«

»Ich habe nicht getan, was von mir erwartet wird. Meine Güte.« Bestürzt entfernte sie sich.

Erst am späteren Abend, als ich eine Gelegenheit fand, unter vier Augen mit Gisselle zu reden, begriff ich, was wirklich passiert war.

»Jetzt ist es dir verhaßt, hier zu sein, stimmt's?« fragte sie mich, nachdem ich ihr von meinem Treffen mit Mrs.

Ironwood erzählt hatte. »Vielleicht wirst du Daddy jetzt sagen, daß wir nicht hier bleiben, sondern lieber wieder unsere alte Schule besuchen wollen.« Ihr Lächeln wurde schleimig und fies. »Ich will immer noch von hier weg, obwohl die Eiserne Jungfrau mich besser leiden kann als dich. Wir verstehen uns wirklich blendend«, fügte sie mit einem Lachen hinzu.

Und dann ging es mir auf – warum sie so getan hatte, als sei sie eine gute Schülerin, warum sie sich gut benommen hatte. Sie hatte sich bei Mrs. Ironwood eingeschmeichelt, und dann hatte sie mich und Miss Stevens verpetzt.

»Du bist diejenige, die uns verpetzt hat, stimmt's, Giselle? Du hast dafür gesorgt, daß Miss Stevens und ich Ärger bekommen.«

»Weshalb sollte ich das tun?« fragte sie und wandte den Blick ab.

»Nur damit ich bestraft werde und unglücklich bin, damit du mich drängen kannst, Daddy zu bitten, daß er uns hier rausholt. Und weil du ständig neidisch auf mich bist«, sagte ich.

»Ich? Neidisch auf dich?« Sie lachte. »Wohl kaum. Obwohl ich in diesem Rollstuhl sitze, bin ich dir immer noch haushoch überlegen. Du mußt noch lange Jahre überwinden, in denen du im Sumpf gelebt hast. Du und deine Cajun-Familie«, meinte sie verächtlich. »Was ist jetzt – rufst du Daddy an oder nicht?«

»Nein«, erwiderte ich. »Ich denke gar nicht daran, ihm das Herz zu brechen und Daphne einen weiteren Sieg über uns zuzugestehen.«

»Ach, du und deine dumme Rivalität mit Daphne. Warum willst du nicht wieder in unsere alte Schule gehen, in der es keine Eiserne Jungfrau und keine von diesen blöden Vorschriften gibt und in der wir Jungen und unseren Spaß haben?« jammerte sie.

Da ich mich beim besten Willen nicht zurückhalten konnte, brauste ich auf: »Nach allem, was ich sehe, hast du hier jede Menge Spaß – und zwar auf meine Kosten oder auf die anderer.«

Samantha kam ins Zimmer, zögerte aber, als sie mein Gesicht sah und meine laute Stimme hörte. »Oh, es tut mir leid. Wolltet ihr beide allein sein?«

»Ganz und gar nicht«, sagte ich mit erhitztem Gesicht. »Und wenn ich du oder eine deiner Freundinnen wäre, dann wäre ich vorsichtig und würde mir von jetzt an genau überlegen, was ich hier tue und sage.«

»Was? Wieso?« fragte Samantha.

Ich sah meine Zwillingsschwester wütend an. »Weil auf merkwürdige Art alles Mrs. Ironwood zu Ohren kommt.« Ich machte auf dem Absatz kehrt und verließ das Zimmer.

Aber Gisselle kam ihrem gewünschten Sieg sehr nahe, als am Abend Beau anrief. Er war schon ganz aufgeregt, weil er am Samstag nach Greenwood kommen und mich besuchen wollte. Aufgrund meiner Sorgen hatte ich das ganz vergessen. Es brach mir das Herz; Tränen strömten mir über das Gesicht, als ich ihm erzählte, was passiert war.

»O Beau, du kannst an diesem Wochenende nicht kommen. Ich kann dich nicht sehen. Ich bin bestraft worden und darf mein Wohnheim nicht verlassen.«

»Was? Wie kommt das?«

Unter Weinen und Keuchen berichtete ich ihm mit bebender Stimme, was vorgefallen war.

»Oh, nein«, sagte er. »Am Wochenende darauf haben wir ein Auswärtsspiel. Dann kann ich frühestens zwei Wochen später kommen.«

»Es tut mir leid, Beau. Es ist dein volles Recht, mich zu vergessen und dir eine andere zu suchen«, sagte ich.

»Das werde ich nicht tun, Ruby«, versprach er mir. »Ich trage dein Bild jeden Tag in der Brusttasche meines Hemds herum, dicht bei meinem Herzen. Ab und zu hole ich es heraus und sehe es an. Manchmal«, gestand er mir, »rede ich sogar mit deinem Bild und hoffe, daß du mich hörst.«

»O Beau, du fehlst mir so sehr.«

»Vielleicht kannst du dich aus dem Haus schleichen, wenn ich doch komme, und dann …«

»Nein, genau das wünscht sie sich, Beau. Und außerdem würde Gisselle mich mit Begeisterung verraten, selbst dann, wenn es niemand außer ihr wüßte, und das nur, damit ich von der Schule fliege.«

»In dem Punkt wünsche ich mir dasselbe wie Gisselle.«

»Ich weiß, aber es würde meinem Vater das Herz brechen und zu Hause alle möglichen neuen Probleme auslösen. Irgendwie würde es Daphne gelingen, Gisselle und mich in eine noch üblere Lage zu bringen. Und das wäre furchtbar – obwohl Gisselle es verdient hätte«, fügte ich wütend hinzu.

Beau lachte. »Also, gut«, sagte er. »Dann werde ich dich eben wieder anrufen und mir ansonsten wünschen, daß die Zeit schnell vorübergeht.«

Nachdem ich aufgelegt hatte, stand ich schluchzend da. Mrs. Penny sah mich und kam durch den Korridor geeilt.

»Was ist denn jetzt schon wieder passiert, meine liebe Ruby?«

»Alles, was passieren kann, Mrs. Penny.« Ich rieb mir die Tränen aus den Augen und seufzte. »Das Schlimmste ist, daß mein Freund am Wochenende zu Besuch kommen wollte und ich ihm gerade sagen mußte, daß ich ihn nicht sehen kann.«

»Oh, oh!« wiederholte sie mit weit aufgerissenen Augen. »Du hast am Telefon mit ihm gesprochen?«

»Ja. Wieso?«

Sie sah sich nach allen Richtungen um und schüttelte den Kopf. »Das darfst du nicht, Ruby. Es ist dir eine Woche lang nicht erlaubt, das Telefon für Privatgespräche zu benutzen. Mrs. Ironwood hat das überdeutlich klargestellt.«

»Was? Ich darf noch nicht einmal das Telefon benutzen?«

»Nicht für Privatgespräche. Es tut mir leid. Aber wenn ich etwas im Moment gar nicht gebrauchen kann, dann ist das, daß noch irgend etwas vorfällt, das Mrs. Ironwood erzürnt, denn dann muß ich mit meiner Entlassung rechnen«, sagte sie betrübt. »Ich werde dieses Verbot am Schwarzen Brett aushängen, damit die anderen Mädchen alle wissen, daß sie dich nicht ans Telefon rufen dürfen. Es tut mir leid. Falls du Privatgespräche bekommen solltest, muß ich mit den betreffenden Personen reden und es ihnen erklären. Aber ich werde dir alles ausrichten.«

Ich schüttelte den Kopf und ließ ihn dann hängen. Vielleicht hatte Gisselle recht. Vielleicht wären wir besser dran, wenn wir von Greenwood flöhen und Daphnes Zorn riskierten. Mein Herz war in zwei Hälften gespalten: Die eine weinte um Daddy und beklagte, was passieren würde, und die andere weinte um Beau und beklagte, was bereits passiert war.

Ich kehrte in mein Zimmer zurück, um in mein Kissen zu schluchzen und das zu tun, was Beau auch vorhatte: Ich würde darum beten, daß die Minuten, die Stunden, die Tage schnell vergingen.

Ich quälte mich durch den Rest der Woche und bereitete mich auf ein Wochenende vor, das praktisch auf Hausarrest hinauslief, als sich der zweite unerwartete Vorfall ereignete. Am Freitag nach dem Abendessen, als die meisten anderen Mädchen aus dem Wohnheim sich in die Aula begeben hatten, um sich dort einen Film anzusehen, kam Mrs. Penny in mein Zimmer. Abby und ich vertrieben uns die Zeit damit, Scrabble zu spielen und Musik zu hören. Es klopfte leise an der Tür, und als ich aufblickte, sah ich unsere Heimleiterin dastehen, die reichlich verwirrt und besorgt wirkte.

»Du hast einen Anruf bekommen«, teilte sie mir mit. Ich nahm an, daß es noch einmal Beau gewesen war. Als Mrs. Penny nicht weiterredete, sondern statt dessen die Hände rang und sich nervös auf die Unterlippe biß, schaute ich Abby verwundert an und wandte mich dann wieder zu Mrs. Penny um.

»Ja?«

»Es war Mrs. Clairbornes Enkel Louis.«

»Louis! Was wollte er von mir?«

»Er wollte dich sprechen. Ich habe ihm gesagt, warum du nicht ans Telefon kommen kannst, und er ist sehr ...«

»Was sehr, Mrs. Penny?«

»Er ist sehr unangenehm geworden«, sagte sie mit sichtlicher Verwunderung. »Ich habe versucht, ihm zu erklären, daß ich keinen Einfluß auf die Situation habe und daß es nicht in meiner Macht steht, etwas daran zu ändern, aber er ...«

»Was aber er?«

»Er hat angefangen, mich anzuschreien und mich zu beschuldigen, ich gehörte einer Verschwörung an, die Mrs. Ironwood angezettelt habe. Offen gesagt«, erklärte sie und schüttelte den Kopf, »habe ich solche üblen Beschimpfungen noch nie gehört. Dann hat er einfach den Hörer auf die Gabel geknallt. Ich war so erschüttert, daß ich von Kopf bis Fuß gezittert habe«, sagte sie.

»Darüber würde ich mir an Ihrer Stelle keine Sorgen machen, Mrs. Penny. Wie Sie bereits sagten, Sie haben mit dieser Angelegenheit nichts zu tun.«

»Natürlich habe ich ihn vorher noch nie reden hören. Ich ...«

»Vergessen Sie es einfach, Mrs. Penny. Wenn meine Strafe abgelaufen ist, werde ich versuchen, ihn zu erreichen und herauszufinden, was er von mir wollte.«

»Ja«, sagte sie und nickte. »Ja. Eine solche Wut. Ich bin ganz ... erschüttert«, schloß sie und ging.

Ich schüttelte den Kopf. »Ich kann verstehen, warum er das Gefühl hat, hier hätten sich alle miteinander verschworen. Seine Großmutter und die Eiserne Jungfrau bestimmen über jeden einzelnen Augenblick seines Lebens, vor allem, wenn es darum geht, mit wem er zusammenkommt. Mrs. Ironwood hat mir gegenüber deutlich klargestellt, wie wenig es ihr paßt, daß ich zum Abendessen dort war«, sagte ich.

Aber ganz gleich, wieviel Einfluß Mrs. Clairborne und Mrs. Ironwood auch auf Louis gehabt haben mochten – ihre Macht schien zu verblassen; am frühen Morgen des kommenden Tages erschien Mrs. Penny wieder in meinem Zimmer, um mich über eine neue Wendung der Ereignisse zu informieren. Sie war sichtlich tief beeindruckt und sehr aufgeregt. Abby und ich kleideten uns gerade für das Frühstück an, als sie an unsere Tür kam.

»Guten Morgen«, sagte sie. »Ich bin gleich hergekommen, um es dir zu sagen.«

»Mir was zu sagen, Mrs. Penny?«

»Mrs. Ironwood hat mich persönlich angerufen, um mir zu sagen, daß es dir gestattet wird, heute morgen für zwei Stunden auszugehen.«

»Auszugehen? Wohin sollte ich denn gehen?« fragte ich.

»Zu den Clairbornes, auf die Plantage. In die Villa«, sagte sie mit weit aufgerissenen Augen.

»Sie erlaubt mir auszugehen, und sie gestattet mir, die Plantage aufzusuchen?« Ich sah Abby an, die ebenso überrascht zu sein schien wie ich. »Aber warum?«

»Louis«, erwiderte Mrs. Penny. »Ich kann mir vorstellen, daß er darauf bestanden hat, dich heute zu treffen.«

»Aber vielleicht will ich ihn nicht sehen«, sagte ich, und Mrs. Penny sprang der Mund auf. »Ich hätte niemals die Erlaubnis bekommen, meinen Freund zu sehen, der jetzt frühestens in zwei Wochen zu Besuch kommen kann und der eine stundenlange Fahrt zurückgelegt hätte, aber man erlaubt mir, die Plantage zu besuchen. Diese Clairbornes treiben reichlich Schindluder mit den Gefühlen anderer Menschen – sie schnappen sich Leute und stellen sie dann wieder ab, als seien wir nichts weiter als Figuren auf ihrem persönlichen Schachbrett«, klagte ich und setzte mich wieder auf mein Bett.

Mrs. Penny rang die Hände und schüttelte den Kopf. »Aber ... aber es muß wirklich sehr wichtig sein, wenn Mrs. Ironwood bereit ist, die Strafe zeitweilig aufzuheben. Das kannst du nicht ablehnen. Dann wären alle nur noch viel wütender auf dich, da bin ich mir ganz sicher«, drohte sie. »Sie könnten sogar mir die Schuld daran zuschieben.«

»O Mrs. Penny, Ihnen kann niemand die Schuld an irgend etwas zuschieben.«

»Doch, das können sie sehr wohl. Schließlich bin ich diejenige, die niemanden davon unterrichtet hat, daß du das Schulgelände verlassen hast, oder hast du das schon vergessen?« rief sie mir ins Gedächtnis zurück. »Damit hat doch alles angefangen«, jammerte sie.

Die Wolke der Furcht, die über allen schwebte, die in Greenwood lebten, widerte mich an. »Also, gut«, erbarmte ich mich. »Wann soll ich aus dem Haus gehen?«

»Gleich nach dem Frühstück«, sagte sie erleichtert. »Buck wird den Wagen vorfahren.«

Ich war immer noch unglücklich und verärgert, als ich mir etwas Angemesseneres anzog und mit Abby frühstücken ging. Als Gisselle hörte, wohin ich nach dem Frühstück gehen würde, bekam sie einen ihrer Wutanfälle, und damit bereitete sie jedem anderen Gespräch ein Ende und lenkte die Aufmerksamkeit aller auf uns.

»Ganz gleich, wohin du gehst oder was du tust, du bist immer gleich etwas Besonderes. Sogar die Eiserne Jungfrau stellt für dich und für keinen anderen besondere Regeln auf«, klagte sie.

»Ich glaube nicht, daß Mrs. Ironwood etwas für mich tut, und ich glaube, ihr paßt ohnehin nicht, daß ich diese Einladung erhalten habe«, erwiderte ich, aber Gisselle sah nur eins, nämlich, daß es mir gestattet wurde, aus meiner Inhaftierung auszubrechen.

»Wenn jemals eine von uns anderen bestraft wird, werden wir sie daran erinnern«, drohte sie und warf den anderen am Tisch verschwörerische Blicke zu.

Nach dem Frühstück verließ ich das Wohnheim und stieg in den Wagen. Buck war einsilbig, er murrte nur darüber, daß er bei seinen Reparaturarbeiten ständig unterbrochen wurde. Anscheinend freute sich niemand darüber, daß ich den Befehl erhalten hatte, auf der Clairborne-Plantage zu erscheinen. Mrs. Clairborne erschien noch nicht einmal, um mich zu begrüßen. Otis führte mich durch den langen Korridor ins Musikzimmer, in dem Louis mich am Flügel erwartete.

»Mademoiselle Dumas«, kündigte der Butler mich an und ließ uns allein.

Louis, der eine Smokingjacke aus grauer Seide, ein weißes Baumwollhemd und eine dunkelgraue Flanellhose trug, hob den Kopf. »Bitte, komm rein«, sagte er, als er merkte, daß ich immer noch in der Tür stand.

»Was ist, Louis?« fragte ich mit unverhohlenem Ärger in der Stimme. »Warum hast du verlangt, daß ich wieder hierhergebracht werde?«

»Ich weiß, daß du wütend auf mich bist«, sagte er. »Ich habe dich ziemlich schäbig behandelt, und es ist dein volles Recht, verärgert zu sein. Ich habe dich in Verlegenheit gebracht und dich dann stehen lassen. Ich wollte, daß du herkommst, damit ich mich persönlich bei dir entschuldigen kann. Obwohl ich dich nicht sehen kann«, fügte er mit einem winzigen Lächeln hinzu.

»Es ist schon in Ordnung. Ich war nicht wütend auf dich.«

»Ich weiß. Du hast Mitleid mit mir gehabt, und ich schätze, das habe ich sogar verdient. Ich bin ein Bild des Jammers. Nein«, sagte er, als ich Einwände erheben wollte. »Es ist schon in Ordnung. Ich kann es verstehen und akzeptieren. Mich muß man bemitleiden. Ich bleibe immer nur hier und suhle mich in meinem Selbstmitleid, warum also sollten andere mich nicht als ein Bild des Jammers ansehen und sich von mir abwenden? Es ist nur einfach so, daß ich ... daß ich an dir etwas wahrgenommen habe, das mich zu dir hingezogen hat, das mich weniger als sonst hat fürchten lassen, ich könnte ausgelacht oder verspottet werden – was, das weiß ich, die meisten Mädchen in deinem Alter täten, insbesondere Großmutters hochgeschätzte Greenwood-Mädchen.«

»Sie würden dich nicht auslachen, Louis. Nicht mal die Crème de la crème, die direkten Abkömmlinge der *Filles à la cassette*«, sagte ich höhnisch. Sein Lächeln wurde strahlender.

»Genau das meine ich«, sagte er. »Du denkst wie ich. Du bist anders. Ich spüre, daß ich dir vertrauen kann. Es tut mir leid, daß ich dir das Gefühl vermittelt habe, du müßtest vor Gericht erscheinen«, fügte er hinzu.

»Darum geht es gar nicht so sehr, aber diese Bestrafung ...«

»Ja. Warum bist du bestraft worden? Ich hoffe, du hast etwas sehr Ungezogenes angestellt«, fragte er.

»Nein, ich fürchte, nicht.« Ich erzählte ihm von meinem Ausflug mit meiner Zeichenlehrerin, und er verzog hämisch das Gesicht.

»Das war alles?«

Ich hätte ihm gern mehr erzählt – wie sehr seine Cousine, Mrs. Ironwood, es auf mich abgesehen hatte, weil ich mich mit ihm traf – aber ich beschloß, nicht auch noch Öl in die Flammen zu schütten. Er schien erleichtert zu sein.

»Dann habe ich also meinen Einfluß ein wenig spielen lassen, na und? Meine Cousine wird schon darüber hinwegkommen. Ich habe sie noch nie um etwas gebeten. Großmutter war natürlich nicht gerade übermäßig erfreut.«

»Ich wette, daß du mehr getan hast, als nur deinen Einfluß ein wenig spielen zu lassen«, sagte ich und trat näher an den Flügel. »Ich wette, du hast einen kleinen Ausbruch von Jähzorn hingelegt.«

Er lachte. »Nur einen kleinen.« Einen Moment lang schwieg er, und dann reichte er mir ein paar Notenblätter. »Hier«, sagte er. »Das ist dein Stück.«

Ganz oben auf der ersten Seite stand der Titel »Ruby«.

»Oh. Ich danke dir.« Ich steckte die Blätter in meine Handtasche.

»Hast du Lust, einen Spaziergang zu machen?« fragte er. »Oder sollte ich lieber sagen: Hast du Lust, mich durch den Garten zu führen?«

»Ja, gern.«

Er stand auf und reichte mir die Hand.

»Geh einfach durch die Tür auf die Terrasse, und halte dich dann nach rechts«, wies er mich an. Er hängte sich bei mir ein, und ich führte ihn. Es war ein warmer, leicht bewölkter Morgen mit einer leichten Brise. Mit erstaunlicher Genauigkeit schilderte er mir die Brunnen, die hängenden Farnkräuter, die Philodendrons, die Eichen, den Bambus und die Spaliere, auf denen purpurne Glyzinien üppig wucherten. Er identifizierte alle Pflanzen anhand ihres Geruchs. Er hatte sich die Umgebung nach ihren Düften eingeprägt und wußte ganz genau, wann wir vor der Gartentür im Westflügel des Hauses angekommen waren, die, wie er sagte, zu seinem Zimmer führte.

»Niemand außer den Zimmermädchen, Otis und meiner Großmutter ist seit dem Tod meiner Eltern je in meinem Zimmer gewesen«, sagte er. »Es würde mich freuen, wenn du die erste wärst, die nicht im Haus lebt und mein Zimmer betritt.«

»Gern«, sagte ich. Er öffnete die Terrassentür, und wir betraten ein ziemlich großes Schlafzimmer, das mit einer Kommode, einem Kleiderschrank und einem Bett aus Mahagoni eingerichtet war. Alles war sehr sauber und ordentlich und so frisch poliert, als sei das Zimmermädchen gerade erst gegangen. Das Porträt einer hübschen blonden Frau hing über der Kommode.

»Ist das deine Mutter?« fragte ich.

»Ja.«

»Sie war sehr schön.«

»Ja, das war sie«, sagte er wehmütig.

Er hatte weder ein Bild von seinem Vater hängen noch eines, auf dem seine Eltern gemeinsam zu sehen gewesen wären. Und es stand keine einzige gerahmte Fotografie auf der Kommode. Hatte er sämtliche Bilder von seinem Vater entfernen lassen?

Ich sah die Tür, die sein Zimmer mit dem Raum verband, von dem ich wußte, daß er das Schlafzimmer seiner Eltern gewesen war, das Zimmer, in dem ich an jenem Abend gesehen hatte, wie er sich in seelischer Qual gewunden hatte.

»Was hältst du von der Zelle, in der ich meine selbstauferlegte Haftstrafe verbüße?« fragte er.

»Es ist ein schönes Zimmer. Die Möbel sehen brandneu aus. Du bist sehr ordentlich.« Er lachte.

Und dann wurde er ernst, ließ meinen Arm los und ging zu seinem Bett. Er ließ die Hand über das Fußende und den Pfosten gleiten. »Ich habe in diesem Bett geschlafen, seit ich drei Jahre alt war. Diese Tür«, sagte er und drehte sich um, »führt zum Schlafzimmer meiner Eltern. Meine Großmutter achtet darauf, daß das Zimmer ebenso sauber und aufgeräumt ist wie alle im Haus.«

»Es muß schön gewesen sein, hier aufzuwachsen«, sagte ich. Mein Herz hatte begonnen, heftig zu klopfen, als nähme ich etwas wahr, das meinen Augen entgangen war.

»Einerseits ja, aber andererseits auch nicht«, sagte er. Seine Lippen verzogen sich, als er mit den Erinnerungen rang. Er ging zur Tür und preßte eine Handfläche dagegen. »Viele Jahre lang war diese Tür niemals abgeschlossen«, sagte er. »Meine Mutter und ich ... wir haben immer ein sehr enges Verhältnis gehabt.« Noch immer der Tür zugewandt, redete er, als könnte er durch diese Tür in die Vergangenheit schauen. »Oft ist sie morgens, nachdem mein Vater zur Arbeit gegangen war, in mein Zimmer gekommen, hat sich neben mir in meinem Bett zusammengerollt und mich eng an sich gezogen, damit ich in ihren Armen aufwachen konnte. Und wenn mir jemals etwas angst gemacht hat, dann ist sie zu mir gekommen oder ich durfte zu ihr ins Bett kommen, ganz gleich, wie spät oder wie früh es war.« Er drehte sich langsam wieder um. »Sie war die einzige Frau, neben der ich je im Bett gelegen habe. Ist das nicht traurig?«

»Du bist noch nicht besonders alt, Louis. Du wirst jemanden finden, den du lieben kannst«, sagte ich.

Er lachte, ein seltsames, dünnes Lachen.

»Wer könnte mich schon lieben? Ich bin nicht nur blind ... ich bin innerlich verkrüppelt, verkrüppelt und häßlich wie der Glöckner von Notre-Dame.«

»Oh, nein, das bist du nicht. Du siehst sehr gut aus, und du bist sehr begabt.«

»Und reich, vergiß das nicht.«

Er trat wieder an das Bett und hielt sich an einem der Pfosten fest. Dann ließ er die Hand zart über die Decke gleiten.

»Ich habe oft hier gelegen und gehofft, sie würde zu mir kommen, und wenn sie nicht von sich aus gekommen ist, habe ich so getan, als hätte mir ein böser Traum Angst eingejagt, damit sie herkommt«, gestand er. »Ist das sehr schlimm?«

»Nein, natürlich nicht.«

»Mein Vater fand es furchtbar«, sagte er wütend. »Er hat ihr immer vorgeworfen, sie verwöhne mich und überschütte mich mit zuviel Aufmerksamkeit.«

Als jemand, der seine Mutter nie gekannt hat, konnte ich mir nicht vorstellen, von einer Mutter übermäßig verwöhnt zu werden, aber es klang so, als seien diese Vorwürfe tatsächlich übertrieben gewesen.

»Er war eifersüchtig«, fuhr Louis fort.

»Auf eine Mutter und ihr Kind? Wirklich?«

Er wandte sich dem Porträt zu, als könne er es sehen.

»Er fand, ich sei zu alt für soviel mütterliche Zuwendung. Sie ist noch zu mir ins Bett gekommen – und ich bin noch zu ihr gegangen –, als ich acht Jahre alt war ... neun ... zehn. Sogar noch nach meinem dreizehnten Geburtstag«, fügte er hinzu. »Was ist?« fragte er und drehte sich abrupt zu mir um. Mein Zögern ließ einen schmerzlichen Ausdruck auf sein Gesicht treten. »Du bist also auch der Meinung meines Vaters, stimmt's?«

»Nein«, sagte ich behutsam.

»Oh, doch, das bist du.« Er setzte sich auf das Bett. »Ich dachte, dir könnte ich das erzählen. Ich dachte, du würdest es verstehen.«

»Ich verstehe es, Louis. Ich denke nichts Schlechtes über dich. Ich bedaure nur, daß dein Vater es so gesehen hat«, erklärte ich.

Er hob hoffnungsvoll den Kopf. »Du denkst nichts Schlechtes über mich?«

»Nein, natürlich nicht. Weshalb sollten eine Mutter und ihr Sohn einander nicht trösten und lieben?«

»Selbst dann, wenn ich ... nur so getan habe, als bräuchte ich ihren Trost, damit sie zu mir kommt?«

»Ich denke, das ist schon in Ordnung«, sagte ich und verstand nicht ganz, wovon er sprach.

»Ich habe die Tür einen kleinen Spalt weit geöffnet«, sagte er, »und dann bin ich wieder in mein Bett gegangen und habe mich darauf zusammengerollt.« Er legte sich auf das Bett und rollte sich zusammen wie ein Embryo. »Und dann habe ich angefangen zu wimmern.« Er stieß klagende Laute aus, um es mir zu demonstrieren. »Geh rüber zur Tür«, sagte er. »Geh hin, und bleib dort stehen. Bitte.«

Ich tat, was er wollte, aber mein Herz klopfte immer heftiger, je verwirrender sein Verhalten wurde.

»Mach die Tür auf«, sagte er. »Ich will das Quietschen der Angeln hören.«

»Warum?«

»Bitte«, flehte er, also tat ich es. Es schien ihn sehr glücklich zu machen. »Und dann habe ich gehört, wie sie gesagt hat: ›Louis? Liebling? Weinst du etwa, mein Schatz?‹ – ›Ja, Mommy‹, habe ich dann geantwortet. ›Weine nicht‹, hat sie dann gesagt.« Er zögerte und wandte den

Kopf in meine Richtung. »Würdest du das zu mir sagen? Bitte!«

Ich blieb stumm.

»Bitte«, flehte er.

Da ich mir dumm vorkam und mich auch ein wenig fürchtete, tat ich es. »Weine nicht, mein Schatz.«

»Ich kann nichts dafür, Mommy.« Er streckte die Hand aus. »Nimm meine Hand«, flehte er. »Halte einfach nur meine Hand.«

»Louis, was ...«

»Ich will es dir nur zeigen. Ich will, daß du es weißt und mir sagst, wie du darüber denkst.«

Ich nahm seine Hand, und er zog mich zu sich herunter.

»Leg dich einen Moment lang neben mich. Nur für einen Augenblick. Tu so, als seist du meine Mutter. Ich bin dein kleiner Louis. Tu einfach so.«

»Aber warum, Louis?«

»Bitte«, sagte er und hielt meine Hand noch fester. Ich setzte mich auf das Bett, und er zog mich näher zu sich heran.

»Genauso hat sie bei mir gesessen, und ich habe ihre Schulter gestreichelt, während sie mir das Haar gestreichelt und mein Gesicht geküßt hat; und dann hat sie meine Hand auf ihre Brüste gelegt«, sagte er und legte seine Hand auf meine Brüste, »damit ich ihren beruhigenden Herzschlag fühlen konnte. Genau das wollte sie. Ich habe nur getan, was sie gewollt hat. War das schlimm? Habe ich etwas Schlimmes getan?«

»Louis, hör auf damit«, flehte ich. »Du quälst dich nur mit diesen Erinnerungen.«

»Und dann hat sie ihre Hand dorthin gelegt«, sagte er und nahm meine rechte Hand, um sie zwischen seine Beine zu ziehen. Er begann steif zu werden. Ich zog meine Hand zurück, als hätte ich mich verbrannt.

Tränen strömten über seine Wangen.

»Und mein Vater ... eines Tages ist er zu uns reingekommen, und er ist sehr wütend auf uns beide gewesen. Von da an hat er die Tür abgeschlossen, und wenn ich geweint oder gejammert habe, dann ist er zu mir gekommen und hat mich mit einem Lederriemen gepeitscht. Einmal hat er so fest zugeschlagen, daß ich Striemen auf den Beinen und auf dem Rücken hatte; meine Mutter mußte meinen Körper hinterher mit Salbe einreiben, und dabei hat sie versucht, alles wiedergutzumachen. Aber es ging nicht mehr, ich konnte es nicht, und das hat auch sie sehr unglücklich gemacht. Sie hat geglaubt, daß ich sie nicht mehr liebe«, sagte er, und sein Gesicht nahm einen wütenden Ausdruck an. Dann begannen seine Lippen zu zittern. Er rang mit den Worten, die ihn quälten und nicht über seine Lippen kommen wollten. Schließlich sprudelte er heraus: »Und deshalb hat sie versucht, einen anderen Jungen zu ihrem Sohn zu machen, und mein Vater ist dahintergekommen.«

Er packte meine Hand, führte sie an seine Lippen und schmiegte seine Wange an meinen Handrücken.

»Das habe ich nie jemandem erzählt, noch nicht einmal meinem Arzt, aber ich ertrage es nicht länger, all das für mich zu behalten. Es tut mir leid, daß ich dich hierher geholt habe und daß du mir zuhören mußtest. Es tut mir leid.«

»Das ist schon in Ordnung, Louis«, sagte ich und strich ihm mit der anderen Hand über das Haar. »Es ist schon gut.«

Sein Schluchzen wurde lauter und heftiger. Ich schlang die Arme um ihn und hielt ihn, solange er weinte. Schließlich wurde er ruhiger und verstummte. Ich ließ seinen Kopf auf das Kissen sinken, aber als ich seine Hand loslassen wollte, sträubte er sich dagegen.

»Ich fürchte, ich habe auch diesmal alles falsch gemacht. Bleib trotzdem noch ein kleines Weilchen«, sagte er, »bitte.«

»In Ordnung. Ich bleibe noch ein bißchen.«

Er entspannte sich. Sein Atem ging gleichmäßiger und ruhiger. Sowie er eingeschlafen war, glitt ich vom Bett und schlich mich auf Zehenspitzen zur Gartentür hinaus. Ich lief durch den Garten ins Musikzimmer. Auf meinem Weg durch den Korridor zur Haustür warf ich einen Blick nach rechts und sah einen Schatten, der sich bewegte. Es war Mrs. Clairborne, die den Kopf aus einer Tür streckte. Ich blieb stehen und wollte schon auf sie zugehen, doch sie schloß die Tür. Ich zögerte kurz, doch dann floh ich von der Plantage, auf der der Schmerz und die Schatten lauerten.

8.
Argwohn

Als ich ins Wohnheim zurückkehrte, war mir schwer ums Herz, und ich war dankbar dafür, daß Gisselle und ihre Clique ausnahmsweise nicht im Wohnzimmer saßen und nur darauf warteten, sich auf mich zu stürzen. Nachdem ich mir Louis' Enthüllungen über sich, seine Mutter und seinen Vater angehört hatte, kam ich mir vor, als sei ich unbefugt in ein Territorium eingedrungen, in dem ich nichts zu suchen hatte; als sei ich Zeuge einer Beichte geworden. Abby warf nur einen einzigen Blick auf mein Gesicht und wußte sofort, daß ich etwas Furchtbares durchgemacht hatte.

»Ist alles in Ordnung?« fragte sie behutsam.

»Ja«, sagte ich.

»Was ist passiert?«

Ich schüttelte den Kopf. Ich konnte mich nicht dazu durchringen, darüber zu reden, und das verstand sie. Statt dessen stürzte ich mich auf meine Hausaufgaben und begann für bevorstehende Prüfungen in Mathematik und in den Naturwissenschaften zu lernen. Mir graute davor, im späteren Verlauf des Tages mit Gisselles giftigen Fragen und Bemerkungen konfrontiert zu werden. Ich war nicht sicher, ob sie nur versuchte, mir zu zeigen, daß sie sich nicht für die Dinge interessierte, die ich tat, oder ob es ihr wirklich gleichgültig war, aber weder beim Mittagessen noch beim Abendessen erkundigte sie sich nach meinem Besuch auf der Plantage. Sie erweckte den Eindruck, als sei sie immer noch gekränkt wegen der Strafmilderung, die mir zugestanden worden war.

Wir verbrachten einen ruhigen Samstagabend. Jacki, Kate und Victoria verließen das Wohnheim, um sich in die Schulbibliothek zu begeben, die bis neun Uhr geöffnet war, und Gisselle und Samantha hielten sich die meiste Zeit in ihrem Zimmer oder in unserem gemeinsamen Wohnzimmer auf, sahen fern und redeten mit Mädchen aus den anderen Quadranten.

Ich nahm ein langes, heißes Bad und ging früh ins Bett. Ehe ich einschlief, fragte Abby mich noch einmal, was Louis von mir gewollt habe. Ich atmete tief durch, ehe ich antwortete.

»In erster Linie wollte er sich dafür entschuldigen, wie er sich bei seinem letzten Besuch benommen hat«, sagte ich. Ich wußte nicht einmal, wo ich hätte anfangen sollen, wenn ich ihr die Dinge berichten wollte, die er mir über seine Beziehung zu seiner Mutter und zu seinem Vater erzählt hatte.

»Wirst du wieder hingehen und ihn besuchen?«

»Ich will nicht«, gestand ich ein. »Er tut mir leid – er tut mir wirklich leid –, aber in diesem Haus auf der Plantage gibt es mehr dunkle Winkel und Sumpflöcher als im Bayou. Wenn man reich ist und von einer angesehenen Familie abstammt, dann garantiert einem das noch lange kein Glück, Abby. Vielleicht hat man es sogar noch schwerer, das Glück zu finden, weil man all diesen Erwartungen gerecht werden muß.«

Abby stimmte mir zu, und dann wünschte sie sich etwas.

»Ich wünschte, meine Eltern würden aufhören, die Wahrheit zu vertuschen. Ich bin Terzeronin, und es ist zwecklos, so zu tun, als sei ich keine. Ich glaube, wir wären alle glücklicher, wenn wir sein dürften, wer wir in Wirklichkeit sind.«

»Ja, ganz bestimmt«, sagte ich.

Louis rief am nächsten Tag nicht an und nahm auch sonst keinen Kontakt auf, aber am Dienstag brachte Mrs.

Penny mir einen Brief, den er im Wohnheim hatte abgeben lassen. Sie blieb ein Weilchen in der Tür meines Zimmers stehen, vermutlich weil sie hoffte, ich würde den Brief in ihrer Gegenwart öffnen, doch ich bedankte mich nur und legte ihn zur Seite. Als ich den Umschlag später öffnete, zitterten meine Finger.

Liebe Ruby,
ich wollte Dir nur kurz schreiben und mich bei Dir dafür bedanken, daß Du mich noch einmal besucht hast, nachdem ich mich beim erstenmal Dir gegenüber so schlecht benommen habe. Ich war erstaunt, als ich, anscheinend Stunden nachdem Du gegangen warst, allein in meinem Zimmer aufgewacht bin. Ich erinnere mich noch nicht einmal mehr an das, was ich gesagt oder getan habe, ehe Du gegangen bist, aber ich hoffe, es war nichts, was Dich verärgert hat. Selbstverständlich hoffe ich, daß Du mich wieder besuchen wirst.
Und jetzt zu einer aufregenden Neuigkeit. Gestern bin ich aufgewacht und habe zum erstenmal ein verschwommenes Licht wahrgenommen. Ich kann nicht wirklich etwas sehen, aber ich kann plötzlich zwischen Licht und Schatten unterscheiden. Für jemanden, der sehen kann, klingt das vielleicht nicht gerade großartig, aber für mich ist es nahezu ein Wunder. Auch Großmutter ist ganz aufgeregt, ebenso wie mein Arzt, der will, daß ich eine gewisse Zeit in einem Blindenheim verbringe, um dort gezielt behandelt zu werden. Noch bin ich nicht dazu bereit, deshalb wird der Arzt mich weiterhin zu Hause aufsuchen. Falls Du also beschließen solltest, mich sehen zu wollen: Ich bin hier und habe nahezu immer Zeit für Dich. Ich würde mich sehr darüber freuen.
Ich hoffe, das Stück, das ich für Dich geschrieben habe, gefällt Dir.
Mit den liebsten Grüßen und größter Hochachtung
Louis

Ich packte das Schreiben in die Kiste, in der ich die Briefe aufbewahrte, die ich von Paul und von Beau erhalten hatte. Dann setzte ich mich hin und faßte eine kurze Nachricht ab, in der ich zum Ausdruck brachte, wie sehr ich mich für Louis freute und hoffte, daß sein Sehvermögen ganz zurückkehren möge. Ich legte mich nicht ausdrücklich darauf fest, ihn wieder zu besuchen, sondern versprach nur, ihn bald wiederzusehen. Mrs. Penny sagte, sie würde dafür sorgen, daß mein Brief prompt überbracht werde.

Etwa um die Wochenmitte stieg die Spannung, denn unsere erste Veranstaltung stand bevor, der Ball zu Halloween. Das war mehr oder weniger das einzige Thema, über das die Mädchen beim Abendessen reden wollten. Zu meinem Erstaunen erfuhr ich, daß keine Kostüme erlaubt waren. Abby und ich fragten Vicki, die im Wohnzimmer saß und eine Biographie über Andrew Jackson las, wie es zu diesem Verbot gekommen sei. Sie war verärgert über diese Unterbrechung, sah unwirsch auf und rückte ihre Brille zurecht.

»Die Kostüme, die manche Mädchen bei früheren Halloween-Partys getragen haben, sind als unschicklich angesehen worden, und deshalb hat man beschlossen, keine Kostümbälle mehr zu veranstalten«, erklärte sie.

»Das ist wirklich ein Jammer«, sagte ich, denn ich konnte mir nur zu gut vorstellen, was für Kostüme Miss Stevens und ich entworfen hätten. Ich war die ganze Woche nach dem Unterricht länger in der Schule geblieben, um Miss Stevens zu helfen, die den Auftrag erhalten hatte, die Turnhalle festlich auszuschmücken. Wir zeichneten auf Kürbisse Hexen, Kobolde und Geister und schnitten sie aus. Am Samstag würden wir, zusammen mit einigen Mitgliedern des Ausschusses, der Veranstaltungen plante, all das in der Turnhalle aufhängen, dazu bunte Luftschlangen und Papiergirlanden, japanische Lampions und Tonnen von Lametta.

»Und was sollen wir dann anziehen?« fragte Abby.

»Ihr könnt anziehen, was ihr wollt, aber ich warne euch: Jede, die sich zu sexy zurechtmacht oder ein figurbetontes Kleid mit einem tiefen Ausschnitt trägt, wird an der Tür der Turnhalle aufgehalten und zurückgeschickt.«

»Wirklich?«

»Ja. Mrs. Ironwood steht neben der Tür, wenn wir erscheinen. Sie wird entweder nicken oder den Kopf schütteln, und dann wird einem von der diensttuenden Lehrerin, im allgemeinen Mrs. Brennan oder Miss Weller, der Bibliothekarin, der Einlaß gewährt oder verweigert. Wenn einem der Einlaß verweigert wird, muß man ins Wohnheim zurückgehen und sich etwas anziehen, das als schicklicher gilt. Als unschicklich gilt jedes Kleidungsstück, das den Spalt zwischen den Brüsten auch nur ahnen läßt, jeder Rock, der nicht über die Knie reicht, und jede Bluse, die um den Busen herum spannt. Letztes Jahr ist ein Mädchen zurückgeschickt worden, weil sie eine zu dünne Bluse getragen hat. Die Konturen ihres BHs waren vage zu erkennen.«

»Warum ziehen wir nicht gleich unsere Schuluniformen an und vergessen alles übrige«, schlug Abby entrüstet vor. »Oder gelten die als Kostüme?«

»Manche Mädchen erscheinen tatsächlich in ihrer Schuluniform.«

»Das soll wohl ein Witz sein?« sagte ich. »Zu einem Ball?«

Vicki zuckte die Achseln, und ich dachte darüber nach, daß es ihr ähnlich gesehen hätte, in der Schuluniform zu einer Party zu erscheinen.

»Wie geht es auf diesen Partys zu?« fragte Abby.

»Die Jungen stellen sich auf einer Seite der Turnhalle auf und wir auf der anderen. Kurz bevor oder nachdem die Musik zu spielen beginnt, kommen die Jungen auf uns zu und fordern uns zum Tanzen auf. Das muß natürlich formvollendet geschehen.«

»Natürlich«, sagte ich. Sie verzog das Gesicht zu einem hämischen Grinsen.

»Habt ihr denn nicht die Paragraphen in eurer Informationsmappe gelesen, in denen es um anständiges Benehmen bei schulischen Veranstaltungen geht?« fragte sie. »Selbstverständlich sind das Rauchen und das Konsumieren alkoholhaltiger Getränke strikt verboten, aber es gibt auch akzeptable und indiskutable Formen des Tanzens. Dort steht ganz ausdrücklich, daß beim Tanzen mindestens drei bis fünf Zentimeter zwischen uns und dem jeweiligen Jungen zu sein haben.«

»Das habe ich nicht gelesen«, sagte Abby.

»Es steht in den Unterlagen. Seht euch die Fußnoten an.«

»Fußnoten!« Ich stöhnte, lachte dann aber. »Was fürchten sie wohl, was auf einer Tanzfläche passieren könnte?«

»Ich weiß es nicht«, sagte Vicki, »aber so lauten die Vorschriften. Es ist auch nicht erlaubt, die Turnhalle in Begleitung eines Jungen zu verlassen, aber viele Mädchen umgehen diese Vorschrift, indem sie die Turnhalle allein verlassen und sich dann draußen irgendwo mit einem Jungen treffen. Und überhaupt dauert die ganze Party nur genau zweieinhalb Stunden; nach Ablauf dieser Frist kündigt Mrs. Ironwood an, die Veranstaltung sei jetzt geschlossen, und dann wird keine Musik mehr gespielt. Den Jungen wird gesagt, daß sie in ihren Bus steigen sollen, und die Mädchen werden in ihre Wohnheime geschickt. Manche Mädchen begleiten die Jungen, die sie auf der Party kennengelernt haben, zum Bus, aber Mrs. Ironwood steht daneben und beobachtet ganz genau, wie sie sich voneinander verabschieden. Leidenschaftliche Küsse sind streng verboten, und sollte sie ein Mädchen dabei ertappen, daß sie einem Jungen erlaubt, sie anzufassen, dann wird dieses Mädchen einen Tadel erhalten, dessen Punktzahl es ihr verbieten könnte, die nächste Tanzveranstaltung zu besuchen.« Vicki schaute uns finster an. »Jedenfalls«, schloß sie, »sind die Erfrischungen im allgemeinen sehr lecker.«

»Hört sich ganz so an, als würde es … riesigen Spaß machen«, sagte Abby, und wir kicherten so unbändig, daß Vicki sich wieder ihrer Lektüre zuwandte.

Doch trotz der Vorschriften und Einschränkungen und der Beteuerung, daß Mrs. Ironwoods Adleraugen und die Augen anderer Lehrer, die Dienst taten, uns auf Schritt und Tritt verfolgen würden, steigerte sich die Spannung, mit der das Ereignis erwartet wurde, immer mehr.

Gisselle, die normalerweise verbittert war, weil sie nicht aufstehen und tanzen konnte, begeisterte sich dennoch für die Partyvorbereitungen. Ihre Getreuen versammelten sich immer häufiger und immer enger um sie, um ihren erfahrenen Ratschlägen zu lauschen, was die Beziehungen zwischen Jungen und Mädchen anging. Offenkundig genoß sie es, die anderen über kokettes Benehmen zu belehren, und sie schilderte ihnen in aller Deutlichkeit, was sie unternahm, um einen Jungen zu necken, zu quälen und seine Aufmerksamkeit auf sich zu ziehen. Am Donnerstag und am Freitag saß sie abends tatsächlich im Wohnzimmer und wies Jacki, Samantha und Kate an, wie sie zu laufen hatten, wie sie ihre Schultern vorzuziehen hatten, wie sie mit den Lidern klappern mußten und wie sie es hinkriegten, die Arme oder die Brust des Jungen, der ihnen gefiel, mit ihrem Busen zu streifen. Vicki stand mit finsterer Miene in der Tür, schaute aber doch zu und lauschte wie jemand, der sich wünschte, Zugang zu einer verbotenen Welt zu erlangen; Abby und ich hielten uns dagegen ganz heraus, wir saßen abseits und lächelten, sagten aber nichts, was einen von Gisselles schrecklichen Wutanfällen hätte auslösen können.

Am Samstagvormittag, als ich gerade aus dem Haus gehen wollte, um beim Ausschmücken des Saals zu helfen, überraschte mich Gisselle damit, daß sie in unser Zimmer gerollt kam, um mit Abby zu reden. Samantha wich nicht von ihrer Seite.

»Ich weiß, daß es mich nichts angeht, aber du solltest

dein Haar wirklich offen tragen und es seitlich hochstecken, damit mehr von deiner Stirn und von deinem Gesicht zu sehen ist. Wir haben abgestimmt und einhellig beschlossen, daß du die Hübscheste bist, Abby«, sagte sie. »Du hast die besten Chancen, heute abend zur Ballkönigin gekürt zu werden, und darauf wären wir alle sehr stolz.«

Einen Moment lang war Abby sprachlos. Sie sah mich an, und ich erwiderte lächelnd und kopfschüttelnd ihren Blick. Was hat meine Schwester jetzt schon wieder ausgeheckt? fragte ich mich.

»Hier«, sagte sie und hielt Abby eine Haarschleife aus weißer Seide hin. »Zu deinem ebenholzschwarzen Haar müßte sich das wunderbar machen.«

Zögernd nahm Abby die Schleife entgegen. Sie betrachtete sie einen Moment lang, als rechnete sie damit, daß sie zwischen ihren Fingern explodieren würde, aber es war wirklich nichts weiter als eine hübsche seidene Haarschleife.

»Wirst du Blau oder Rosa tragen?« verfolgte Gisselle das Thema weiter.

»Ich hatte an mein dunkelblaues Kleid gedacht. Mit dem bekomme ich entschieden keinen Ärger, was die Rocklänge angeht«, erklärte Abby lachend.

»Eine gute Wahl«, sagte Gisselle. »Was ist mit dir, Ruby?«

»Ich dachte mir, ich ziehe das Grüne an.«

»Dann werde ich auch mein grünes Kleid tragen. An diesem Samstagabend werden wir echte Zwillinge sein«, fügte sie hinzu. »Laßt uns doch alle gemeinsam zur Turnhalle rübergehen und als geschlossene Gruppe auftreten!«

Abby und ich schauten einander an, wir waren beide erstaunt und zugleich argwöhnisch.

»Einverstanden«, sagte ich.

»Ach, ja, und noch etwas«, sagte Gisselle, als sie schon halb mit ihrem Rollstuhl kehrtgemacht hatte. »Fast hätte ich es vergessen. Susan Peck hat ihrem Bruder von Abby erzählt. Er kann es kaum erwarten, ihr zu begegnen und sie kennenzulernen«, erklärte sie. »Ihr erinnert euch doch sicher, daß alle über Jonathan Peck reden, wie alle für ihn schwärmen und sich um ihn reißen, wenn die Jungen von Rosedown zu einer Tanzveranstaltung nach Greenwood kommen.«

»Susan?« sagte Abby. »Ich glaube nicht, daß sie auch nur ein Wort mit mir geredet hat, seit ich hier zur Schule gehe.«

»Sie ist schüchtern«, erklärte Gisselle. »Ganz im Gegensatz zu Jonathan«, fügte sie zwinkernd hinzu. Wir beobachteten, wie sie ihren Stuhl zur Tür umdrehte und wartete, daß Samantha sie in den Korridor schob.

»Was sollte das alles heißen?« fragte Abby.

»Frag mich nicht. Meine Schwester ist geheimnisvoller als eine Eule, die im Sumpf hinter Louisianamoos hervorlugt. Man weiß nie, was man zu erwarten hat, ehe man ganz dicht an sie herangekommen ist, und dann ist es im allgemeinen zu spät.«

Abby lachte. »Die Schleife ist allerdings wirklich hübsch«, sagte sie, und dann band sie sie in ihr Haar und betrachtete sich im Spiegel. »Ich glaube, ich werde sie tragen.«

Im Lauf des Tages wurde die aufgeregte Stimmung ansteckend. Mädchen aus allen Quadranten suchten einander auf und führten sich gegenseitig neue Kleider vor, ein Paar Schuhe, ein Armband, eine Kette oder redeten über Frisuren und Schminke. Bei Tanzveranstaltungen war es den Greenwood-Mädchen gestattet, sich zu schminken, solange sie es nicht übertrieben und, wie es in der Informationsmappe hieß, »clownesk« wirkten.

Das Zimmer von Gisselle und Samantha gewann immer mehr an Bedeutung; die Mädchen aus den anderen Quadranten machten dort ihre Aufwartung, als wollten sie jemandem ihren Tribut zollen, der inzwischen von allen als die Erfahrenste akzeptiert wurde. Selbstbewußt und arrogant saß Gisselle in ihrem Rollstuhl und spendete Kleidungsstücken, Frisuren und sogar Make-up ihren Beifall oder mißbilligte sie, als sei sie ihr Leben lang in einem Filmstudio in Hollywood für die Kostüme und die Maske zuständig gewesen.

»In dieser Schule wimmelt es von zurückgebliebenen Idioten«, flüsterte sie mir später zu, als wir einander im Korridor begegneten. »Eines der Mädchen hat tatsächlich geglaubt, ein Orgasmus hätte etwas mit Sauerstoff, Wasserstoff und Stickstoff zu tun. Kapierst du? *Gase.*«

Ich mußte lachen. Irgendwie freute ich mich darüber, daß Gisselle ihren Spaß hatte. Ich hatte gefürchtet, daß sie, je näher das Treffen der Jungen von Rosedown mit den Mädchen von Greenwood rückte, immer niedergeschlagener und verbitterter werden würde, aber das genaue Gegenteil war eingetroffen, und ich verspürte Erleichterung. Ich persönlich war nicht darauf aus, einen neuen Freund oder dergleichen zu finden, aber ich war auf die Ablenkung und die Zerstreuung versessen, die diese Party mit sich bringen würde. Worauf ich mich wirklich freute, das war natürlich Beaus Besuch am darauffolgenden Wochenende. Ich war fest entschlossen, nichts zu tun, was diesen Besuch gefährden könnte. Ich freute mich schon so lange darauf.

Am späten Nachmittag, nachdem ich beim Ausschmücken des Saals geholfen hatte und gerade ins Wohnheim zurückgekehrt war, rief Daddy an. Gisselle sprach als erste mit ihm und redete so lange und soviel über die Party, daß er über sie lachen mußte, als ich den Hörer entgegennahm.

»Ich werde euch am Mittwoch besuchen kommen«, versprach er. Trotz seiner Freude darüber, daß Gisselle sich offensichtlich in Greenwood eingelebt hatte, hörte ich etwas aus seiner Stimme heraus, das meine Brust schwer werden und mein Herz heftig pochen ließ.

»Wie geht es dir, Daddy?« fragte ich.

»Mir geht es gut. Ein wenig ermattet vielleicht. Ich bin zuviel durch die Gegend gerast. Wir hatten ein paar geschäftliche Probleme, die ich regeln mußte.«

»Vielleicht solltest du dann doch nicht die weite Reise unternehmen, nur um uns zu besuchen? Vielleicht solltest du dich einfach nur ausruhen, Daddy.«

»Oh, nein. Ich habe meine Mädchen schon so lange nicht mehr gesehen. Ich kann sie nicht vernachlässigen«, sagte er lachend, doch auf das Lachen folgte ein Hustenanfall. »Nur eine hartnäckige Erkältung, sonst nichts«, sagte er eilig. »Nun, dann wünsche ich euch viel Spaß. Wir sehen uns ja bald«, schloß er, ehe ich mich eingehender nach ihm und seiner gesundheitlichen Verfassung erkundigen konnte.

Unser Gespräch machte mir Sorgen, aber ich hatte keine Zeit, in Ruhe darüber nachzudenken. Die Stunden zerrannen. Wir duschten, zogen uns an, frisierten uns. In Greenwood hatte man so selten Spaß, daß alle ihn horten, wie einen Schatz hüten und mehr daraus machen wollten, als es in Wirklichkeit war. Das konnte ich niemandem vorwerfen. Mir ging es genauso.

Wir taten das, wozu Gisselle uns unerwartet aufgefordert hatte; sämtliche Mädchen aus unserem Quadranten verließen gemeinsam das Wohnheim, um sich auf den Weg zur Turnhalle zu machen. Um halb acht war Gisselle fertig. Samantha schob sie vor uns her, als wir zum Hauptgebäude liefen. Alle, sogar Vicki, die ihre Kleidung und ihr Haar im allgemeinen vernachlässigte, hatten sich hübsch gemacht. Da wir einander tagaus, tagein in den Schuluniformen sahen, waren wir begeistert von den drastischen Veränderungen, die der Schnitt, die Stoffe und die Farben unserer Kleider mit sich brachten. Es war, als hätten wir uns als farblose Raupen in unsere jeweiligen Schlafzimmer zurückgezogen, und wären als bunte Schmetterlinge wieder aufgetaucht, von denen jeder in seiner Schönheit einzigartig war.

Miss Stevens und unserem Ausschuß hatten wir zu verdanken, daß sich dasselbe über unsere Turnhalle sagen ließ. Die Dekorationen und die Lichter, die Girlanden und das Lametta hatten sie in einen schillernden Ballsaal verwandelt. Die sechsköpfige Kapelle hatte hinten links Platz genommen, und sämtliche Musiker trugen Smokings und schwarze Frackschleifen. Am Kopfende des Saales stand ein kleines Pult auf einem Podium, darauf ein Mikrofon, durch das Mrs. Ironwood ihre Ansagen machen konnte. Dort würde auch die Ballkönigin gekürt und gekrönt werden. Die Trophäe, ein goldenes Greenwood-Mädchen, das auf einem Sockel tanzte, stand funkelnd mitten auf dem Pult.

Weiter rechts waren lange Tische für das Büfett aufgebaut, das von sämtlichen Chefköchen aller Wohnheime zubereitet worden war. Ein Tisch war ausschließlich den Nachspeisen vorbehalten, darauf türmten sich alle erdenklichen Süßigkeiten und Backwaren, von Mandelkuchen über Schokoladengebäck mit Karamelüberzug bis hin zu dem traditionellen Kürbisbrot und den Orangenplätzchen. Es gab Crèpes und Doughnuts vom französischen Markt, kistenweise Pralinen und knusprige Pekannüsse.

»Da wird Chubs ihr Lager aufschlagen, stimmt's, Chubs?« scherzte Gisselle.

Kate errötete. »Ich werde heute abend ein braves Mädchen sein und es nicht übertreiben.«

»Wie langweilig«, erwiderte Gisselle.

Am Eingang musterten uns die diensttuenden Lehrerinnen von Kopf bis Fuß, während Mrs. Ironwood weiter links stand und jede der ihr anvertrauten Schülerinnen genauestens unter die Lupe nahm, um sich zu vergewissern, daß alle anständig gekleidet waren. Die Mitglieder des Lehrkörpers scharten sich um das ihnen vorbehaltene Büfett.

Für die Greenwood-Mädchen waren auf der linken Seite der Turnhalle Stühle aufgestellt worden, für die Rosedown-Jungen auf der rechten Seite. Ebenso wie die anderen Mädchen begaben wir uns zuallererst zur Punschschale, füllten unsere Becher und suchten uns dann Plätze, um das Eintreffen der Jungen von Rosedown zu erwarten. Kurz vor acht kam Suzzette Huppe, ein Mädchen auf Quadrant A unseres Wohnheims, hereingestürmt, um zu berichten, die Busse aus Rosedown seien gerade vorgefahren. Wir alle senkten erwartungsvoll die Stimmen, als die Jungen von Rosedown einer nach dem anderen gesittet den Ballsaal betraten.

Sie trugen ihre dunkelblauen Blazer und die passenden Hosen. Auf der Brusttasche ihrer Blazer glänzte das Abzeichen von Rosedown, ein gestickter goldener Schild mit lateinischen Worten, von denen Vicki uns berichtete, sie bedeuteten: »Vortrefflichkeit ist bei uns Tradition.« Es handelte sich bei dem Wappen angeblich um das ursprüngliche Familienwappen der Rosedowns, die aus England stammten.

Die Jungen machten alle einen ordentlichen und gepflegten Eindruck, und ihre Haarschnitte waren nahezu identisch. Wie wir versammelten sich auch die Jungen in kleinen Grüppchen. Nervös schauten sie zu uns herüber. Manche, die Mädchen wiedererkannten, die sie bei früheren Tanzveranstaltungen kennengelernt hatten, winkten. Dann drängten sie sich um die Punschschale, wie wir es auch getan hatten, und füllten ihre Becher. Das Gelächter und die Gespräche wurden lauter, als die letzte Gruppe der Jungen von Rosedown in den Ballsaal strömte.

»Da ist Jonathan.« Jacki wies mit einer Kopfbewegung auf ihn. Wir starrten einen großen, dunkelhaarigen, gutaussehenden Jungen an, der im Mittelpunkt seiner Gruppe zu stehen schien. Er war braungebrannt, breitschultrig und sah aus wie ein umschwärmter Filmstar. Es fiel nicht schwer zu verstehen, warum er bei den Mädchen von Greenwood so beliebt war. Allerdings stand er da, redete und bewegte sich, als wüßte er das ganz genau. Sogar über diese Entfernung hinweg ahnte ich die Arroganz des Südens, die manche der aristokratischen jungen Männer geerbt hatten. Er ließ seinen Blick über uns Mädchen gleiten, lächelte verächtlich, murmelte seinen Kumpels etwas zu, das sie alle zum Lachen brachte, und trat dann erwartungsvoll zurück, als werde diese ganze Party nur ihm zu Ehren veranstaltet.

Alle verstummten, als Mrs. Ironwood auf das Podium stieg, um die Jungen aus Rosedown willkommen zu heißen.

»Ich sehe keinerlei Gründe dafür, euch noch einmal daran zu erinnern, daß ihr junge Frauen und Männer aus angesehenen Familien seid, die die beiden Schulen mit dem besten Ruf im ganzen Staat besuchen, wenn nicht gar im ganzen Land. Ich bin sicher, daß ihr euch anständig benehmen und so von hier fortgehen werdet, wie ihr gekommen seid: als stolze Menschen, die die Ehre und den Respekt verdienen, die euren Familien erwiesen werden. In genau einer Stunde werden wir eine Pause einlegen, damit ihr die köstlichen Speisen genießen könnt, die unsere Küchenchefs eigens für diesen Anlaß zubereitet haben.«

Sie nickte dem Kapellmeister zu, und dieser wandte sich zu seinen Musikern um; das erste Stück erklang. Die Jungen, die ein oder zwei Mädchen aus Greenwood kannten, liefen über die Tanzfläche, um sie zum Tanzen aufzufordern. Allmählich faßten auch andere Jungen Mut. Als Jonathan Peck auf uns zukam, vermuteten wir alle, er würde Abby ansprechen, wie Gisselle es bereits angedeutet hatte; doch er überraschte uns damit, daß er vor mir stehenblieb und mich zum Tanzen aufforderte. Ich warf einen Blick auf Abby, die lächelte, und dann sah ich Gisselle an, auf deren Gesicht Schadenfreude stand. Ich nahm Jonathans Hand, und er führte mich mitten auf die Tanzfläche, legte seine rechte Hand auf meine Hüfte und hob meine Linke in die klassische Position, auf eine Höhe mit meinem Kinn. Mit der Perfektion eines geübten Tänzers begann er, mich im Takt herumzuwirbeln; noch immer stand der selbstsichere Ausdruck auf seinem Gesicht, während er mir fest in die Augen sah.

»Ich bin Jonathan Peck«, sagte er.

»Ruby Dumas.«

»Ich weiß. Meine Schwester hat mir alles über dich und deine Zwillingsschwester Gisselle erzählt.«

»Wirklich? Was hat sie denn erzählt?«

»Nur Gutes«, sagte er und zwinkerte mir zu. »Wie du inzwischen wahrscheinlich weißt, sind Rosedown und Greenwood ohnehin eng miteinander verbunden. Wir Rosedown-Jungen bekommen gewöhnlich alles über die Mädchen von Greenwood zu hören. Vor uns könnt ihr nichts geheimhalten«, fügte er selbstgefällig hinzu und warf einen Blick auf Gisselle, die, wie ich feststellte, bereits das Interesse von einem halben Dutzend Jungen auf sich gezogen hatte. Aber was mich noch mehr überraschte, war Abby. Sie stand etwas abseits. Keiner hatte sie zum Tanzen aufgefordert; und keiner der Jungen, die sich um Gisselle scharten, lachten und scherzten, zeigte auch nur das geringste Interesse an ihr. Sogar Kate war zum Tanzen aufgefordert worden.

»Ich weiß zum Beispiel«, fuhr er fort, »daß du dir einbildest, eine Künstlerin zu sein, stimmt's?«

»Ich bilde mir nichts ein. Ich *bin* Künstlerin«, gab ich erhitzt zurück.

Sein Lächeln wurde breiter, und er warf den Kopf zurück; seine Art zu lachen schien mir gekünstelt. »Natürlich. Du bist Künstlerin. Was für eine grobe Unhöflichkeit von mir, etwas anderes zu unterstellen.«

»Und was bist du, abgesehen davon, daß du eine wandelnde Enzyklopädie über die Privatangelegenheiten der Mädchen von Greenwood zu sein scheinst?« fauchte ich ihn an. »Oder ist das dein einziger Ehrgeiz?«

»O Mann! Susan hat recht gehabt. Ihr spuckt wirklich Feuer, du und deine Schwester.«

»Dann hüte dich«, warnte ich ihn. »Du könntest dich verbrennen.«

Das entlockte ihm erneut schallendes Gelächter. Er zwinkerte seinen Gefährten zu, lächelte und wirbelte mich ein wenig heftiger im Kreis herum, aber damit konnte ich mühelos umgehen. Nachdem ich mehr als ein dutzendmal in meinem Leben den Fais Dodo der Cajuns getanzt hatte, bereitete es mir keine Schwierigkeiten, das Gleichgewicht zu bewahren und in Jonathan Pecks Armen anmutig zu wirken.

»Das wird noch ein sehr interessanter Abend werden«, sagte er voraus, als die erste Nummer endete. »Ich werde dich wieder auffordern«, versprach er, »aber vorher muß ich ein paar Fans eine Freude machen.«

»Überanstreng dich bloß nicht«, sagte ich. Meine finstere Erwiderung verblüffte ihn. Ich wandte mich ab, ließ ihn stehen und eilte wieder an Abbys Seite.

»Was ist passiert?« fragte sie, als sie meine geröteten Wangen sah.

»Er ist widerlich; arroganter als eine Wassermokassinschlange und wahrscheinlich genauso giftig. Ich wette, daß er in seinem Zimmer an jeder Wand einen Spiegel hängen hat.«

Abby lachte. Die nächste Nummer begann, und ein anderer Junge kam auf mich zu, einer von der eher schüchternen Sorte, was ich als eine willkommene Abwechslung empfand. Die Jungen, die um Gisselle herumstanden, blieben dort, nur einer von ihnen ging los, ihr ein Glas Punsch zu besorgen. Als ich mich von der Tanzfläche aus umsah, stellte ich fest, daß wieder einmal außer Abby alle Mädchen aus unserem Quadranten zum Tanzen aufgefordert worden waren. Da sie jetzt das zweitemal allein zurückgeblieben war, schien sie sich unwohl zu fühlen, doch sie bemühte sich, einen fröhlichen Anschein zu wahren, sie lächelte und nickte mir zu.

»Es tut mir leid«, sagte ich zu dem Jungen, mit dem ich tanzte, »aber mein Knöchel fängt an weh zu tun. Ich habe ihn mir vor ein paar Tagen verstaucht. Warum fragst du nicht meine Freundin, ob sie mit dir tanzt?« Ich wies mit einer Kopfbewegung in Abbys Richtung.

Der Junge, ein Rotschopf mit Sommersprossen auf beiden Wangen, schaute hin und schüttelte dann eilig den Kopf. »Es ist schon gut«, sagte er. »Danke für den Tanz.« Er ließ mich los und eilte zu seinen Gefährten zurück.

»Ich muß mir vorhin den Knöchel verknackst haben. Jetzt hat er angefangen weh zu tun, deshalb habe ich erst mal aufgehört.« Ich erzählte ihr nichts von der Weigerung des Jungen, sie zum Tanzen aufzufordern.

»Die Musik ist sehr schön«, sagte sie und wiegte sich zu dem Rhythmus.

Warum kam keiner dieser Jungen auf sie zu? So viele von ihnen standen auf der anderen Seite der Turnhalle und machten den Eindruck, als seien sie versessen darauf, ein Mädchen zum Tanzen aufzufordern. Ich warf einen Blick auf Gisselle, die gerade über etwas lachte, das ihr einer der Jungen erzählt hatte. Sie nahm ihn an der Hand und zog ihn zu sich herunter, damit sie ihm etwas ins Ohr flüstern konnte. Seine Augen strahlten wie ein Weihnachtsbaum, sein Gesicht lief dunkelrot an, und dann grinste er nervös seine Freunde an. Gisselle schaute zu uns herüber und lächelte selbstzufrieden.

Als die dritte Nummer angestimmt wurde, war ich zuversichtlich, daß Abby zum Tanzen aufgefordert werden würde, vor allem, als zwei Jungen direkt auf uns zukamen. Aber einer von ihnen schwenkte im letzten Moment ab, um Jacki aufzufordern, und der andere sprach mich an.

»Nein, danke«, sagte ich. »Ich muß meinen verstauchten Knöchel schonen. Aber meine Freundin ist frei«, fügte ich hinzu und wies mit einer Kopfbewegung auf Abby. Er sah sie an, wandte sich wortlos ab und eilte weiter, um ein anderes Mädchen aufzufordern.

»Habe ich das falsche Parfüm benutzt, oder ist sonst etwas mit mir nicht in Ordnung?« fragte Abby.

Mein Herz begann zu flattern, und eine leise Panik kletterte mir aus dem Bauch in die Brust. Hier geht etwas ganz

Seltsames vor, dachte ich und sah wieder meine Schwester an. Sie wirkte selbstgefällig und zufrieden. Tanz für Tanz kamen Jungen auf mich zu, und wenn ich ablehnte und ihnen vorschlug, Abby aufzufordern, verschwanden sie eilig, murmelten Entschuldigungen vor sich hin und sprachen ein anderes Mädchen an. Es erstaunte mich nicht nur, es ärgerte mich maßlos, daß dieses Mädchen, das zweifellos eines der hübschesten, wenn nicht sogar die Hübscheste in der ganzen Schule war, so lange nicht zum Tanzen aufgefordert wurde. Kurz vor der Pause schob ich Gisselles Rollstuhl ein wenig zur Seite.

»Hier geht etwas vor, Gisselle«, sagte ich zu ihr. »Nicht ein einziger Junge hat Abby zum Tanzen aufgefordert, und keiner, dem ich es vorschlage, ist bereit, es zu tun.«

»Ach, wirklich? Wie seltsam«, sagte sie.

»Was geht hier vor, Gisselle? Steckt da vielleicht ein Streich dahinter? Wenn das nämlich so ist …«

»Ich weiß nichts von irgendwelchen Streichen. Mich hat auch niemand zum Tanzen aufgefordert, falls dir das entgangen sein sollte, aber wie ich sehe, bereiten dir meine Gefühle keine Sorgen«, fauchte sie mich an.

»Aber du machst den Eindruck, als hättest du deinen Spaß. All diese Jungen …«

»Ich necke sie, ich mache mir einen Spaß mit ihnen. Glaubst du etwa, mir gefällt es, in diesem Stuhl festzusitzen, während alle anderen tanzen und durch den Ballsaal wirbeln. Die arme Abby … die arme, arme Abby«, sagte sie und zog die Mundwinkel herunter. »Du hast sie zu deiner Schwester erklärt, weil sie ein gesunder Mensch ist und keine Behinderungen hat.«

»Das ist unfair. Du weißt, daß das nicht wahr ist. Du bist diejenige, die wollte, daß wir die Zimmer tauschen und …«

Die Musik brach ab, und Mrs. Ironwood kündigte an, daß jetzt Erfrischungen serviert würden. Großer Jubel brach los, und alle begaben sich an die Tische.

»Ich bin hungrig, und ich habe diesen Jungen versprochen, daß ich mich zu ihnen setze und mich von ihnen füttern lasse«, sagte Gisselle. »Du kannst dich ja zu der armen Abby setzen.« Sie rollte fort und in die Schar von Jungen aus Rosedown hinein, die schon wie Kletten an ihr hingen. Sie stritten sich darum, wer von ihnen Samanthas Aufgabe übernehmen und Gisselle über die Tanzfläche schieben würde. Sie drehte sich um, warf mir einen Blick zu, in dem tiefe Zufriedenheit lag, lachte dann schrill und griff nach der Hand eines anderen Jungen, während seine Mitschüler sich um sie drängten.

»Meine Schwester ist mal wieder ganz in ihrem Element«, berichtete ich Abby. Einige Jungen waren vollkommene Gentlemen und holten einem Mädchen etwas zu essen, ehe sie sich selbst bedienten, aber niemand erbot sich, Abby oder mir etwas zu bringen. Am Büfett rückten die Jungen auseinander, um mir Platz zu machen, aber Abby gaben sie keine Chance. Nachdem wir hatten, was wir wollten, fanden wir einen Tisch ganz am Rand. Niemand schloß sich uns an, noch nicht einmal die Mädchen aus unserem Wohnheim.

Mrs. Ironwood lief mit Miss Weller zwischen den Tischen hin und her, begrüßte einige der Jungen und redete mit manchen der Mädchen. Auf halbem Weg zu unserem Tisch blieb Mrs. Ironwood einen Moment lang stehen, schaute finster in unsere Richtung und bog dann in einen anderen Gang ab.

»Ich habe doch nicht plötzlich die Masern bekommen und Flecken im ganzen Gesicht oder so was?« fragte Abby.

»Nein. Du siehst ... sehr hübsch aus.«

Sie lächelte matt. Keine von uns beiden hatte großen Appetit, wir aßen nur etwas, um die Zeit zu überbrücken. Rechts von uns, ein gutes Stück weit entfernt, saß Gisselle an einem Tisch zwischen lauter Jungen. Was immer sie ihnen auch erzählen mochte, sie lachten sich halb tot. Sie überschlugen sich bei ihren Versuchen, alles für sie zu tun. Sie brauchte sich nur nach etwas umzusehen, und schon stürzten zwei oder drei von ihnen los, um es ihr zu besorgen.

»War deine Schwester schon immer so beliebt bei den Jungen?« fragte Abby.

»Seit ich sie kenne, ja. Ihre Art, sie anzusprechen, stachelt die Jungen auf. Wer weiß, was sie ihnen schon alles versprochen hat«, sagte ich erbost.

Mitglieder des Ausschusses schwärmten aus und verteilten die Unterlagen für die Wahl der Ballkönigin unter den Mädchen. Zwei Mädchen gingen mit Kisten herum, in die wir Zettel mit dem Namen unserer Wahl warfen.

»Ich wette, Gisselle läßt alle für sich stimmen«, murrte ich.

»Ich stimme für dich«, sagte Abby.

»Und ich für dich.«

Wir lachten, füllten unsere Zettel aus und gaben sie ab. Nachdem wir noch eine Süßigkeit gegessen hatten, gingen Abby und ich zur Toilette, um uns frischzumachen. Dort war es brechend voll, und alle plauderten und lachten, doch in dem Moment, da wir eintraten, rissen die meisten Gespräche abrupt ab. Es war, als seien wir Aussätzige und als graute den anderen davor, von uns berührt oder angesteckt zu werden. Wir sahen einander hilflos an.

Die zweite Hälfte des Abends sollte sich nicht von der ersten unterscheiden, nur wurde ich, je länger ich neben Abby stand, auch immer seltener angesprochen. Als das vorletzte Stück gespielt wurde, waren Abby und ich die einzigen, die nicht tanzten. Vor dem letzten Tanz des Abends trat Mrs. Ironwood noch einmal ans Mikrofon.

»Hier in Greenwood ist es, wie die meisten von euch wissen, Tradition, daß zum Ende eines gesellschaftlichen Ereignisses, insbesondere jedoch nach einem offiziellen Ball, die Mädchen ihre Ballkönigin wählen. Der Ausschuß hat die Stimmen ausgezählt und mich gebeten, Gisselle Dumas aufs Podium zu rufen, damit sie die Ergebnisse vorliest.«

Abby und ich sahen einander erstaunt an. Wann hatte

Gisselle das eingefädelt? Sie löste sich aus der Schar ihrer männlichen Bewunderer und wurde mit Beifall überschüttet, als sie ihren Stuhl über die Tanzfläche rollte. Dann drehte sie sich zu den Feiernden um, und auf ihrem Gesicht stand ein glückliches Lächeln. Eines der Mitglieder des Ausschusses brachte Gisselle die Abstimmungsergebnisse, und das Mikrofon wurde heruntergeboben, damit sie hineinsprechen konnte.

»Ich bedanke mich für diese Ehre«, sagte sie. »Es ist ein tolles Gefühl.« Sie wandte sich an das Mädchen mit den Resultaten. »Den Umschlag, bitte«, sagte sie, als ginge es um die Academy Awards. Alle lachten. Sogar Mrs. Ironwood verzog die Lippen zu einer Art Lächeln. Gisselle faltete das Blatt Papier auseinander und überflog es. Dann räusperte sie sich.

»Wir haben ein recht überraschendes Ergebnis vorliegen«, erklärte sie. »Nach allem, was der Ausschuß hier geschrieben hat, ist das in Greenwood bisher noch nicht vorgekommen.« Sie warf einen Blick auf Mrs. Ironwood, die jetzt interessierter wirkte. »Ich werde den Namen der Siegerin bekanntgeben und wörtlich vorlesen, was der Ausschuß dazu geschrieben hat.« Sie sah in unsere Richtung. »Die Mädchen von Greenwood haben Abby Tyler gewählt«, verkündete sie.

Abbys Augen wurden vor Erstaunen groß. Ich schüttelte verwundert den Kopf; mir war, als würde gleich eine Bombe hochgehen. Es wurde still im Raum. Abby wollte sich erheben. Mein Herz begann heftig zu pochen, als ich mich unter den anderen Mädchen umsah. Sie schienen alle den Atem anzuhalten.

Gisselle schaute auf die Karte, brachte dann ihren Mund dicht an das Mikrofon und erklärte: »Und sie ist die erste Terzeronin, die in dieser Schule je zur Ballkönigin gewählt worden ist.«

Es war, als befänden wir uns im windstillen Zentrum eines Wirbelsturms. Kein Kichern, noch nicht einmal ein

Hüsteln war zu hören. Abby erstarrte. Sie schaute auf mich herunter, und in ihren Augen stand der Schock geschrieben. Das war also der Grund dafür, daß kein Junge sie zum Tanzen hatte auffordern wollen. Jemand hatte ihnen gesagt, daß sie eine Terzeronin war. Und deshalb war Gisselle so liebenswürdig gewesen, Abby die Haarschleife aus weißer Seide zu geben: damit alle Jungen vom ersten Moment an wußten, wer sie war.

»Wer hat ihr das gesagt?« flüsterte Abby.

Ich schüttelte den Kopf, um meine Unschuld zu bekunden. »Ich hätte niemals ...«

»Komm, hol dir deine Trophäe«, schrie Gisselle ins Mikrofon.

Abby stand vor mir und wirkte noch aufrechter und größer als sonst, sie sah aus wie eine wunderschöne Prinzessin. »Mach dir keine Sorgen, Ruby«, sagte sie. »Es ist schon in Ordnung. Ich hatte ohnehin beschlossen, meinen Eltern zu sagen, daß sie aufhören müssen, diese Lüge zu leben. Mir ist meine Abstammung ganz und gar recht, und ich werde sie nie wieder verleugnen.« Sie lief durch den Saal und zur Tür hinaus.

»Ich vermute, unsere Trophäe ist nicht nach ihrem Geschmack«, scherzte Gisselle. Schallendes Gelächter ertönte, und ich hörte es immer noch, als ich Abby nach draußen gefolgt war. Meine Freundin schritt hoch erhobenen Hauptes über das Schulgelände in die Dunkelheit.

»Abby! Warte!« rief ich, aber sie blieb nicht stehen. Inzwischen hatte sie den Weg zu der Auffahrt eingeschlagen, die zur Straße und fort von der Schule führte. Ich lief ebenfalls in diese Richtung, als ich hörte, wie mein Name gerufen wurde.

»Ruby Dumas.«

Als ich mich umdrehte, sah ich Mrs. Ironwood im Schein der Lichter am Eingang der Schule stehen.

»Wage es nicht, dieses Schulgelände zu verlassen«, warnte sie mich.

»Aber, Mrs. Ironwood, meine Freundin … Abby …«

»Wage es nicht.«

Ich schaute mich um und sah in Abbys Richtung, doch das einzige, was ich noch sehen konnte, war Dunkelheit; tiefe Schatten reichten zurück, weit genug, um sich über mein gebrochenes Herz zu senken.

9.
Eine Freundin in Nöten

»Ich würde dir raten, dich augenblicklich wieder in den Saal zu begeben«, warnte mich Mrs. Ironwood. Sie war ins Freie getreten und lauerte hinter mir wie ein Habicht, der nur darauf wartet, sich auf seine Beute zu stürzen. Am Himmel war in der Ferne ein Sturm aufgezogen, der Regen ankündigte und Böses ahnen ließ. Einen Moment lang starrte ich noch in die Dunkelheit auf die Straße hinaus und hoffte, Abby wieder auftauchen zu sehen, doch ich sah keine Spur von ihr. Ich stand da wie eine Insel, um die das Meer schäumt, und ich fühlte mich unglücklich und elend. »Hast du gehört, was ich gesagt habe?« fauchte sie mich an.

Mit gesenktem Kopf wandte ich mich dem Gebäude wieder zu und lief an Mrs. Ironwood vorbei, ohne sie auch nur eines Blickes zu würdigen.

»Ein solches Betragen habe ich noch nie erlebt«, fuhr sie fort und folgte mir. »Noch nie. Überhaupt noch nie. Noch nie hat eines meiner Mädchen die Schule so offenkundig in Verlegenheit gebracht.«

»Wie könnte es für eine Schule peinlich sein, eine so intelligente, schöne und liebenswürdige Schülerin wie Abby zu haben? Ich hoffe, sie wird eines Tages stolz auf ihr Erbe sein, ebenso wie ich es auf meine Vergangenheit bei den Cajuns bin«, warf ich ihr an den Kopf. Sie straffte sich und schaute finster auf mich herunter. Als sie sich jetzt als Silhouette gegen den zunehmend bedrohlicheren Himmel absetzte, wirkte sie so unheilvoll und finster wie einer von Ninas Voodoo-Geistern.

»Wenn Menschen an einen Ort gehen, an dem sie nichts

zu suchen haben, dann machen sie damit nur sich selbst Probleme«, erklärte sie in ihrem pompösen autoritären Ton.

»Abby hat hier weit mehr zu suchen als jede andere«, rief ich aus. »Sie ist die klügste, netteste ...«

»Das ist jetzt weder die rechte Zeit noch der rechte Ort, über solche Dinge zu diskutieren, und ohnehin geht dich das nichts an«, zischte sie; ihre Worte waren wie winzige Messer, die meine Klagen zerhacken sollten. »Du solltest lieber um dich selbst und um dein eigenes Benehmen besorgt sein. Ich dachte, das hätte ich deutlich klargestellt, als wir uns das letztemal unterhalten haben.«

Ich starrte sie an, und eine entsetzliche Wut wogte über mich hinweg. Grandmère Catherine hatte mir beigebracht, älteren Menschen Respekt zu erweisen, aber sie hatte bestimmt niemals vorhergesehen, daß ich je einer Frau wie Mrs. Ironwood Respekt erweisen sollte. Ihr Alter und ihre Position sollten sie nicht gegen gerechtfertigte Kritik schützen, dachte ich mir, selbst dann nicht, wenn sie von jemandem kommt, der so jung ist wie ich; aber ich biß mir auf die Unterlippe, damit die hitzigen Worte nicht über meine Lippen kamen.

Die Eiserne Jungfrau schien mein inneres Ringen um Selbstbeherrschung zu genießen. Sie schaute sich noch einmal nach mir um, wartete und hoffte, ich würde mich als aufsässig erweisen und mich ihr widersetzen, damit sie eine härtere Strafe rechtfertigen konnte, mich vielleicht sogar von der Schule ausschließen und unterbinden konnte, daß ich Louis jemals wiedersah, was längst ihr eigentliches Motiv war. Das war jedenfalls mein Verdacht.

Ich schluckte die Tränen und die Wut, wandte mich abrupt von ihr ab und kehrte in den Ballsaal zurück. Dort stellte ich fest, daß der letzte Tanz bereits im Gange war. Die meisten Mädchen warfen interessierte Blicke in meine Richtung, und viele lächelten dabei. Was sie ihren männlichen Partnern auch zuflüstern mochten, es löste Gelächter aus. Es machte mich krank, nach allem, was Abby gerade angetan worden war, eine solche Fröhlichkeit zu sehen.

Gisselle hielt hof und war jetzt von noch mehr Anhängern und Bewunderern umgeben, darunter auch Jonathan Peck. Ihr Gelächter war so schrill, daß es die Musik übertönte.

»Ich wette, das ist das erstemal, daß ein Mädchen die Trophäe als Ballkönigin von Greenwood abgelehnt hat«, sagte sie, als ich näherkam, und sie sagte es in erster Linie meinetwegen und weniger für die Ohren der anderen. »Ach, da kommt ja meine Schwester. Gib uns deinen Bericht ab, Ruby. Wo ist die Terzeronin hingegangen?«

»Sie heißt Abby«, warf ich ihr an den Kopf. »Und deinetwegen ist sie gegangen.«

»Was soll das heißen, meinetwegen? Ich habe lediglich das Abstimmungsergebnis vorgelesen, und warum sollte jemand fortlaufen, wenn er gewonnen hat?« fragte Gisselle mit einem Ausdruck größter Unschuld. Die anderen nickten, grinsten und warteten voller Schadenfreude auf meine Antwort.

»Du weißt sehr gut, warum, Gisselle. Du hast heute abend eine ganz große Gemeinheit begangen.«

»Erzähl mir bloß nicht, daß du die Anwesenheit von Mischlingen in Greenwood gutheißt«, ließ Jonathan sich vernehmen. Er zog die Schultern zurück und strich sich mit den Handflächen das Haar seitlich aus dem Gesicht, als stünde er vor einem Spiegel und nicht vor einem Dutzend bewundernder Frauen. Ich fiel über ihn her.

»Was ich nicht gutheiße, ist die Anwesenheit von grausamen und gemeinen Menschen in Greenwood, und ebensowenig heiße ich die Anwesenheit von Snobs und arroganten jungen Männern gut, die glauben, so etwas wie ein Geschenk Gottes zu sein, obwohl sie mehr in sich selbst verliebt sind, als sie es je in einen anderen Menschen sein könnten«, sagte ich.

Jonathans Gesicht lief rot an. »Jetzt weiß ich wenigstens,

wo du stehst, wenn es darum geht, sich mit Menschen aus den unteren Gesellschaftsschichten einzulassen. Vielleicht bist du hier auch fehl am Platz«, sagte er und sah die Jungen und Mädchen an, die sich um uns versammelt hatten, weil er sich von ihnen Unterstützung erhoffte. Fast alle nickten zustimmend.

»Ja, das kann gut sein«, sagte ich, und heiße Tränen brannten unter meinen Lidern. »Ich wäre lieber in einem Sumpf und von Alligatoren umgeben als hier unter Menschen, die aufgrund ihrer familiären Herkunft auf andere herabsehen.«

»Oh, hör bloß auf, so tugendhaft zu sein«, klagte Gisselle. »Sie wird schon darüber hinwegkommen.«

Ich trat auf sie zu, und ich muß so wutentbrannt ausgesehen haben, daß die Mädchen um sie herum zurückwichen und mir Platz machten. Ich baute mich neben ihrem Stuhl auf, verschränkte die Arme und feuerte meine Fragen auf sie ab: »Was hast du getan, Gisselle? Das Ohr an unsere Tür gepreßt und gelauscht?«

»Glaubst du im Ernst, ich hätte soviel Interesse an euren Privatgesprächen? Glaubst du wirklich, du hättest jemals irgend etwas getan, worüber ich nicht schon gelesen oder was ich nicht schon selbst gesehen hätte?« erwiderte sie, aber meine Anschuldigungen ließen sie rot anlaufen. »Ich brauche mein Ohr nicht an die Tür zu pressen, um zu wissen, was sich zwischen dir und deiner Freundin, dieser Terzeronin, abspielt. Aber«, sagte sie lächelnd und lehnte sich zurück, »wenn du vielleicht Lust hättest, es zu beichten und uns zu schildern, wie es war, neben ihr zu schlafen ...«

»Halt den Mund!« schrie ich, da ich die Flut meiner Emotionen beim besten Willen nicht länger zurückhalten konnte. »Halt deinen dreckigen Mund, oder ich ...«

»Seht euch nur an, wie sie ihrer verkrüppelten Schwester droht«, rief Gisselle aus und wand sich dramatisch. »Ihr seht ja, wie hilflos ich bin. Jetzt wißt ihr, was es heißt, eine verkrüppelte Zwillingsschwester zu sein und tagaus, tagein zuschauen zu müssen, wie die eigene Schwester ihren Spaß hat, geht, wohin sie will, und tut, was sie will.«

Gisselle schlug sich die Hände vor das Gesicht und begann zu schluchzen. Die anderen sahen mich vorwurfsvoll an.

»Ach, was soll das überhaupt?« stöhnte ich und wandte mich ab. In diesem Augenblick klang die Musik aus.

Mrs. Ironwood ließ sich über das Mikrofon vernehmen: »Es sieht ganz so aus, als braute sich ein Sturm zusammen«, warnte sie. »Die Jungen sollten sich sofort zu den bereitstehenden Bussen begeben, und die Mädchen sollten sich auf den Weg zu ihren Wohnheimen machen.«

Alle liefen auf die Ausgänge zu, doch Miss Stevens eilte an meine Seite.

»Die arme Abby. Was sie ihr angetan haben, war einfach furchtbar. Wohin ist sie gegangen?« fragte sie mich.

»Ich weiß es nicht, Miss Stevens. Sie ist die Auffahrt hinuntergerannt und auf die Straße gelaufen. Ich mache mir Sorgen um sie, aber Mrs. Ironwood hat mir nicht erlaubt, ihr nachzulaufen.«

»Ich setze mich in meinen Jeep und suche sie«, versprach Miss Stevens. »Du gehst in dein Wohnheim zurück und wartest dort auf mich.«

»Danke. Es braut sich wirklich ein übles Gewitter zusammen, und sie könnte hineingeraten. Bitte, wenn Sie sie finden, sagen Sie ihr, daß ich nichts mit dem zu tun hatte, was Gisselle heute abend angerichtet hat. Bitte, sagen Sie es ihr.«

»Ich bin sicher, daß sie das ohnehin nicht glaubt«, sagte Miss Stevens mit einem freundlichen Lächeln. Wir sahen, daß Mrs. Ironwood uns beobachtete, als wir der Menschenmenge aus dem Ballsaal folgten.

Ein Blitz zerschnitt den dunklen, unheilverkündenden Himmel. Einige Mädchen kreischten vor Aufregung. Manche der Jungen raubten sich schnell einen Kuß zum Abschied, ehe sie in ihre Busse stiegen. Jonathan Peck hatte eine Schar von mindestens einem halben Dutzend schwärmenden Greenwood-Mädchen um sich versammelt, die warteten und hofften, er würde seine angebeteten Lippen auf ihren Mund oder wenigstens auf ihre Wangen pressen.

Ein Donnerschlag löste noch mehr Geschrei und größere Hast aus. Ich sah, wie Miss Stevens eilig loslief, um ihren Jeep zu holen, und ich schaute noch einmal voller Hoffnung zur Auffahrt, ob nicht doch ein Zeichen von Abby zu sehen war, ehe ich zu unserem Wohnheim lief. Vielleicht ist sie im Kreis gelaufen und allein zurückgekommen, sagte ich mir hoffnungsfroh, aber ich fand unser Zimmer leer. Ich ging wieder in die Eingangshalle, um dort auf Miss Stevens zu warten. Nach und nach kamen die anderen Mädchen zurück, sie sprudelten vor Aufregung über, plauderten über den Ball und die Jungen, die sie kennengelernt hatten. Ich ignorierte sie, und größtenteils ignorierten sie mich auch.

Das Gewitter zog schnell herauf, es wurde vom Fluß her über das Gelände geweht. Bald drehte sich der Wind und bog und schüttelte die Äste der großen Eichen. Die Welt draußen wurde finsterer und immer finsterer, der Regen ging in Strömen nieder und spritzte von den Gehwegen auf. Von den Geländern der Galerie troff Wasser; Blitze zuckten durch die Dunkelheit und tauchten die Schule und das Gelände für Sekundenbruchteile in weißes Licht, ehe alles wieder im Dunkel versank. Was war, wenn Miss Stevens Abby noch nicht gefunden hatte? Ich malte mir aus, daß sie irgendwo neben der Straße, die nach Greenwood führte, verängstigt unter einem Baum saß. Vielleicht hatte sie es geschafft, eines der hübschen Häuser am Straßenrand zu erreichen, und die Bewohner waren so freundlich gewesen, sie ins Haus zu bitten, bis das Gewitter weitergezogen war.

Fast eine Stunde war vergangen, als ich die Scheinwerfer eines Wagens sah. Der Jeep hielt vor unserem Wohnheim, und Miss Stevens sprang heraus, zog sich den Regenmantel über den Kopf und rannte auf die Tür zu. Ich lief ihr entgegen.

»Ist sie zurückgekommen?« fragte sie, und mir sank das Herz.

»Nein.«

»Nein?« Sie schüttelte Wassertropfen aus ihrem Haar. »Ich bin in beide Richtungen gefahren, und selbst wenn sie ununterbrochen gerannt wäre, hätte sie nicht so weit kommen können, wie ich gefahren bin. Aber ich habe nirgends etwas von ihr zu sehen bekommen. Ich hatte gehofft, daß sie aus eigenem Antrieb umgekehrt ist.«

»Was könnte ihr zugestoßen sein?«

»Vielleicht hat ein Wagen angehalten und sie mitgenommen.«

»Aber wohin sollte sie gehen, Miss Stevens? Sie kennt niemanden in Baton Rouge.«

Sie schüttelte den Kopf, und in ihrem Gesicht stand Sorge. Wir dachten beide an dieselben schrecklichen Dinge, die einem hübschen jungen Mädchen zustoßen können, das während eines Gewitters auf einer kaum befahrenen Schnellstraße allein durch die Nacht läuft.

»Vielleicht hat sie irgendwo einen Unterschlupf gefunden und wartet dort das Ende des Gewitters ab«, versuchte Miss Stevens mich zu trösten.

Mrs. Penny tauchte händeringend auf, und auch ihr Gesicht drückte tiefe Besorgnis aus. »Ich habe gerade einen Anruf von Mrs. Ironwood bekommen, die wissen wollte, ob Abby zurückgekehrt ist. Wohin ist sie gegangen, Ruby?«

»Ich weiß es nicht, Mrs. Penny.«

»Sie hat das Schulgelände verlassen, und das bei Nacht … Und draußen tobt ein Gewitter!«

»Sie hat es keineswegs zum Spaß getan, Mrs. Penny.«

»Meine Güte«, stöhnte sie. »Meine Güte. Solche Probleme haben wir in Greenwood früher nie gehabt. Meine Stellung hat mir immer soviel Freude bereitet, soviel Freude.«

»Ich bin sicher, daß alles wieder in Ordnung kommt«, beruhigte sie Miss Stevens. »Lassen Sie einfach die Haustür unverschlossen, damit sie rein kann.«

»Aber ich schließe die Tür abends immer ab. Schließlich muß ich auch an die anderen Mädchen denken. Was soll ich bloß tun?«

»Machen Sie sich wegen der Tür keine Sorgen, Mrs. Penny. Ich bleibe hier sitzen und warte auf Abbys Rückkehr«, sagte ich und machte es mir auf dem Sofa in der Eingangshalle bequem.

»Ach du meine Güte«, seufzte sie. »Tanzveranstaltungen haben doch immer besonders viel Spaß gemacht.«

»Wenn du mich brauchst, dann ruf mich an«, sagte Miss Stevens leise zu mir. »Und gib mir auf jeden Fall Bescheid, wenn sie zurückkommt. Ich wüßte gern, daß ihr nichts zugestoßen ist.«

»Danke, Miss Stevens«, sagte ich, nachdem sie mir ihre Telefonnummer gegeben hatte. Ich begleitete sie zur Tür. Sie drückte meine Hände.

»Es wird alles gut ausgehen, du wirst sehen.« Ich rang mir mühsam ein Lächeln ab und beobachtete, wie sie sich den Mantel über den Kopf zog und zu ihrem Jeep rannte. Ich wartete an der Tür, bis sie weggefahren war. Wenig später tauchte Mrs. Penny hinter mir auf und schloß die Türen.

»Ich muß Mrs. Ironwood anrufen. Sie wird sehr wütend sein. Gib mir Bescheid, falls Abby zurückkommt, ja, meine Liebe?«

Ich nickte, ehe ich zum Sofa zurückkehrte, mich hinsetzte, die Tür anstarrte und dem Prasseln der Regentropfen lauschte, die ebenso hart auf mein Herz zu treffen schienen wie auf die Wände und das Dach des Wohnheims. Mehrfach schlief ich ein und wurde abrupt aus dem Schlaf gerissen, wenn ich glaubte, jemanden an der Tür zu hören, doch es war jedesmal nur der Wind. Erschöpft vor Sorge und Müdigkeit, begab ich mich schließlich nach oben in unser Zimmer. Ich brach schluchzend auf meinem Bett zusammen und dachte an Abby, und dann fiel ich in einen tiefen Schlaf, aus dem ich erst erwachte, als ich hörte, wie die Mädchen draußen herumliefen und sich zum Frühstück bereitmachten. Ich warf einen Blick auf Abbys Bett, und mir sank das Herz, als ich es unberührt fand.

Ich rieb mir den Schlaf aus den Augen, setzte mich auf und dachte einen Moment lang nach. Dann ging ich ins Bad und spritzte mir eiskaltes Wasser ins Gesicht. Ich hörte Gisselles perlendes Gelächter und riß die Tür auf, als sie gerade vorbeigefahren wurde.

»Guten Morgen, liebste Schwester«, sagte sie und blickte lächelnd zu mir auf. Sie machte einen frischen, selbstzufriedenen Eindruck. »Du siehst aus, als hättest du eine lange Nacht hinter dir. Ist deine ... Freundin zurückgekommen?«

»Nein, Gisselle. Sie ist immer noch nicht da.«

»Das darf doch nicht wahr sein! Was fangen wir jetzt bloß mit der Trophäe an?« fragte sie und sah Jacki, Kate und Samantha an, die sie anstrahlten, doch ihnen verging das Lächeln, als ihr Blick auf mich fiel. Sie wiesen zumindest gewisse Anzeichen von Reue auf; Samantha wirkte besonders traurig.

»Ich finde das überhaupt nicht mehr komisch, Gisselle. Es könnte ihr letzte Nacht etwas Furchtbares zugestoßen sein. Wohin hätte sie schon gehen können? Was hätte sie tun können?«

»Vielleicht hat sie in der Hütte eines Kleinbauern Unterschlupf gefunden. Wer weiß?« sagte sie achselzuckend. »Wenn er sein Land nur gepachtet hat, könnte es sogar einer ihrer längst verloren geglaubten Verwandten sein.« Sie lachte hysterisch. »Laßt uns gehen«, kommandierte sie. »Ich habe einen Bärenhunger.«

Da mir der Umstand, daß das meine Schwester war, peinlich und widerlich war, senkte ich den Kopf und kehrte in mein Zimmer zurück. Ich hatte kaum Appetit, und mir war wahrhaftig nicht danach zumute, mich mit den anderen an den Frühstückstisch zu setzen. Trotzdem zog ich mich um. Als ich mich gerade in den Speisesaal begeben wollte, erschien Mrs. Penny. Ein einziger Blick in ihr Gesicht genügte, und ich wußte, daß sie Informationen über Abby hatte. Sie hielt ihre Hände verschränkt, als könnte sie sich nur vor dem Untergehen retten, wenn sie sich an sich selbst festhielt.

»Guten Morgen, meine Liebe«, sagte sie.

»Was ist passiert, Mrs. Penny? Wo ist Abby?«

»Mrs. Ironwood hat mich gerade angerufen, um mich zu verständigen, daß ihre Eltern im Lauf des Tages kommen, um ihre Sachen abzuholen«, sagte sie keuchend und seufzte dann.

»Dann ist ihr also nichts zugestoßen? Man hat sie gefunden?«

»Anscheinend ist sie gestern nacht in die Stadt gelaufen und hat von dort aus ihre Eltern angerufen. Jetzt wird sie die Schule verlassen. Sie wäre ohnehin von der Schule verwiesen worden, weil sie mitten in der Nacht das Schulgelände verlassen hat«, fügte sie hinzu.

»Oh, ja, sie wäre von der Schule verwiesen worden, Mrs. Penny, aber nicht etwa, weil sie fortgelaufen ist«, sagte ich kopfschüttelnd und sah unsere Heimleiterin zornig an. »Das wäre nicht Mrs. Ironwoods wahrer Grund gewesen.«

Mrs. Penny schlug die Augen nieder und schüttelte betrübt den Kopf. »Früher haben wir nie solche Probleme gehabt«, murmelte sie. »Es ist so besorgniserregend.« Sie blickte auf und sah sich schnell im Zimmer um. »Ich weiß, wie ihr Mädchen eure Dinge immer zusammenwerft. Ich wollte dir sagen, daß du auseinandersortieren sollst, was dir gehört und was ihr, damit ihre Eltern so schnell wie möglich wieder verschwinden können. Ihr Besuch hier wird für niemanden angenehm werden, am allerwenigsten für die beiden«, fügte sie hinzu.

»Ja, das kann ich mir vorstellen. Also gut, ich werde

mich darum kümmern«, versprach ich und begann unsere Habe zu sortieren und Abbys Sachen in ihre Koffer und Kisten zu packen, damit ihre Eltern es möglichst leicht hatten, und während ich damit beschäftigt war, tropften mir die Tränen von den Wangen.

Als die Mädchen vom Frühstück zurückkamen, war ich fast fertig; ich saß trübsinnig auf meiner Bettkante und starrte den Boden an. Gisselle machte vor der Tür halt. Samantha stand direkt hinter ihr.

»Was geht hier vor?« fragte sie und sah die gepackten Koffer und Kisten an. »Aus Mrs. Penny war kein Wort herauszuholen.«

Ich hob den Kopf. Meine Augen brannten. »Abbys Eltern kommen, um ihre Sachen abzuholen. Sie verläßt Greenwood. Seid ihr jetzt zufrieden?« erkundigte ich mich mit scharfer Stimme.

Samantha biß sich auf die Unterlippe und sah zu Boden.

»Es ist für alle Beteiligten das Beste«, sagte Gisselle. »Früher oder später wäre es ohnehin dazu gekommen.«

»Wenn sie die Schule wirklich eines Tages verlassen hätte, dann hätte sie gehen sollen, weil sie es so wollte und nicht, weil sie von dir und deiner Anhängerschar vor der gesamten Schülerschaft und all diesen Jungen in die größte Verlegenheit gebracht worden ist.«

»Wenn jemand von der Sorte versucht, eine von uns zu sein, dann ist das von vornherein ein Risiko«, erwiderte Gisselle, nicht im entferntesten zerknirscht. Sie war zufrieden mit sich, daß mir übel wurde.

»Ich will nicht mehr darüber reden«, sagte ich und wandte mich von ihr ab.

»Das soll mir nur recht sein«, erwiderte sie und ließ sich von Samantha fortschieben.

Am frühen Nachmittag, kurz bevor Abbys Eltern eintrafen, erschien Samantha allein in meinem Zimmer. Sie hatte Gisselle mit den anderen in der Eingangshalle zurückgelassen und war gekommen, um etwas für Gisselle zu holen.

»Was willst du?« fragte ich mit scharfer Stimme.

»Gisselle wollte, daß ich ihr eine Platte aus der Kiste hole, die unten in Abbys Kleiderschrank verstaut ist«, sagte sie kläglich. »Sie verleiht sie an ein Mädchen aus dem Quadranten B.«

Ich kehrte ihr den Rücken zu, während sie sich hin kniete, um in den Kisten zu wühlen, die auf dem Boden des Kleiderschranks standen. Sie fand schnell, was sie gesucht hatte, und wollte sofort wieder gehen. Doch dann blieb sie in der Tür stehen und wandte sich noch einmal an mich.

»Das mit Abby tut mir leid«, sagte sie. »Ich habe nicht damit gerechnet, daß etwas Derartiges passiert.«

»Was dachtest du denn, was passiert, wenn jemand vor all den Leuten auf diese Weise bloßgestellt wird? Und weshalb das Ganze? Was hat sie dir oder einem der anderen Mädchen je angetan?«

Samantha schlug die Augen nieder.

»Wie ist meine Schwester überhaupt dahintergekommen?« fragte ich nach einem kurzen Schweigen. »Hat sie unsere Gespräche durch die geschlossene Tür belauscht?« Samantha schüttelte den Kopf. »Woher weiß sie es dann?«

Samantha warf einen Blick nach rechts, ehe sie sich wieder zu mir umdrehte, um meine Frage zu beantworten.

»Sie ist hier gewesen, um etwas zu holen, das sie in Abbys Kleiderschrank untergebracht hatte, und dabei hat sie sich die Briefe von ihren Eltern angesehen«, berichtete Samantha. »Aber sag ihr bitte nicht, daß ich dir das erzählt habe«, flehte sie mich an, und in ihren Augen stand echte Furcht.

»Wieso? Was könnte sie denn über dich enthüllen?« fragte ich mit scharfer Stimme. Samantha bekam vor Angst große Augen, und ihre sonst so roten Wangen wurden weiß.

»Du hättest ihr niemals etwas von dir erzählen dürfen, wenn es etwas ist, von dem du nicht willst, daß alle Welt es erfährt«, schalt ich sie aus.

Samantha nickte, doch mein Rat kam zu spät. »So oder so«, sagte sie, »tut mir das mit Abby leid.«

Ich war nicht gerade versöhnlich gestimmt, aber da ich sah, daß es ihr ernst war, nickte ich. Sie blieb noch einen Moment lang stehen und lief dann eilig fort.

Kurz darauf trafen Abbys Eltern ein.

»Mrs. Tyler«, rief ich aus und sprang auf, als sie und ihr Mann in der Tür auftauchten. »Wie geht es Abby?«

»Ihr geht es gut«, sagte Mrs. Tyler mit harter Miene und zusammengekniffenen Lippen. »Meine Tochter besitzt mehr Rückgrat als jedes andere Mädchen in dieser feinen Schule«, fügte sie erbittert hinzu. Abbys Vater würdigte mich keines Blickes.

»Ich muß mit ihr reden, Mrs. Tyler. Sie muß wissen, daß ich nichts mit diesem abscheulichen Vorfall zu tun hatte.«

Mrs. Tyler zog die Augenbrauen hoch. »Wenn ich es recht verstanden habe, war deine Zwillingsschwester diejenige, die die Dreckarbeit geleistet hat«, sagte sie.

»Ja, aber wir sind zwei vollkommen verschiedene Menschen, auch wenn wir Zwillinge sind, Mrs. Tyler. Abby weiß das.«

Dem Blick, den sie ihrem Mann zuwarf, konnte ich entnehmen, daß Abby auch das berichtet hatte.

»Wo sind ihre Sachen?« erkundigte sich Mrs. Tyler.

»Es ist alles sortiert. All das gehört ihr.« Ich deutete auf die Koffer und Kisten, die ich gepackt hatte. Ihr Vater sah mich plötzlich dankbar an. »Wie kann ich mit ihr reden? Wann kann ich sie sehen?«

»Sie sitzt draußen im Wagen«, eröffnete mir Mrs. Tyler.

»Abby ist hier?«

»Sie wollte nicht mit ins Haus kommen«, sagte ihre Mutter.

»Das kann ich ihr nicht verdenken«, sagte ich und eilte an den beiden vorbei aus dem Zimmer. In der Eingangshalle unterhielten sich die Mädchen im Flüsterton, sogar Giselle sprach mit gedämpfter Stimme. Ich nahm mir nicht die Zeit, sie anzusehen. Statt dessen lief ich nach draußen. Ich sah Abby im Wagen ihrer Eltern sitzen und sprang die Treppenstufen hinunter. Sie kurbelte das Fenster herunter, als ich auf den Wagen zulief.

»Hallo«, sagte ich.

»Hallo. Es tut mir leid, daß ich gestern nacht vor dir fortgelaufen bin, aber als ich einmal losgelaufen war, konnte ich nicht mehr stehenbleiben. Ich wollte nur noch fort von hier, das war das einzige, was mich interessiert hat.«

»Ich weiß, aber ich habe mir große Sorgen um dich gemacht. Miss Stevens ist losgefahren, um dich zu suchen, weil Mrs. Ironwood mir nicht erlauben wollte, das Schulgelände zu verlassen.«

Sie verzog hämisch das Gesicht und murmelte: »Die Eiserne Jungfrau.«

»Wo warst du?«

»Ich habe mich eine Zeitlang versteckt, bis der Regen nachgelassen hat, und dann hat mich ein Wagen in die Stadt mitgenommen. Von dort aus habe ich meine Eltern angerufen.«

»Oh, Abby. Es tut mir so leid. Es ist schrecklich ungerecht. Meine Schwester ist noch viel abscheulicher, als ich es mir je ausgemalt hätte. Ich habe herausgefunden, daß sie in deinen Sachen herumgeschnüffelt und Briefe von deinen Eltern gelesen hat.«

»Das überrascht mich gar nicht. Und es war ohnehin nicht allein ihr Werk, da bin ich sicher«, sagte Abby. »Obwohl sie ihre Rolle wirklich auszukosten schien, hattest du nicht auch den Eindruck?« fügte sie hinzu. Ich nickte. Sie lächelte mich an und stieg aus dem Wagen. »Laß uns einen kurzen Spaziergang machen«, schlug sie vor.

»Was wirst du jetzt tun?« fragte ich.

»Mich in der staatlichen Schule einschreiben. In gewisser Weise ist es gut, daß das passiert ist. Meine Eltern haben beschlossen, daß sie nicht mehr versuchen werden, so zu tun, als sei ich nicht, wer ich bin, und als seien sie nicht, wer sie sind. Das heißt, es ist Schluß damit, ständig durch das Land zu ziehen, und ich brauche nicht mehr so zu tun, als sei ich jemand, der ich in Wirklichkeit gar nicht bin.« Sie sah sich auf dem Schulgelände um. »Keine feinen Schulen mehr.«

»Ich habe auch die Nase voll von feinen Schulen.«

»Oh, nein, du bist hier gut aufgehoben, Ruby. Alle unsere Lehrer mögen dich, und du hast ein wunderbares Verhältnis zu Miss Stevens. Mit deiner Kunst wirst du noch Großes erreichen. Nutz die Chancen, die sich dir hier bieten, und übersieh den Rest.«

»Ich bin nicht gern in einer Umgebung, in der soviel Scheinheiligkeit herrscht. Grandmère Catherine würde nicht wollen, daß ich hier bin.«

Abby lachte. »So, wie du sie mir geschildert hast, glaube ich, sie würde dir sagen, du sollst dich eingraben wie eine Miesmuschel, dich gegen die Heuchler verschließen wie eine Auster und dich in das, was du willst, verbeißen wie ein Alligator. Und außerdem«, flüsterte Abby, »weißt du ja, wie du dich von einem bösen Gris-Gris befreien kannst. Mein Fehler war gestern abend, daß ich nicht den blauen Rock getragen habe, in den das gute Gris-Gris eingenäht ist.« Sie zwinkerte mir zu, und wir lachten. Das tat gut, aber gleichzeitig wurde mir klar, daß ich ihr Lachen nicht mehr hören würde; unsere Gespräche würden mir fehlen, und wir würden auch unsere Träume und Ängste nicht mehr miteinander teilen. Gisselle war zu Recht eifersüchtig gewesen: Abby war die Schwester gewesen, die ich nie gehabt hatte, die Schwester, die Gisselle mir trotz unserer identischen Gesichter niemals sein würde.

»Ich wünschte, ich könnte mehr für dich tun«, stöhnte ich.

»Du hast schon viel für mich getan. Du bist mir eine gute Freundin gewesen, und wir können weiterhin gute Freundinnen sein. Wir werden einander schreiben. Es sei denn, Mrs. Ironwood kontrolliert deine Post«, sagte sie.

»Das würde mich nicht wundern.«

»Ich werde dir sagen, was du für mich tun kannst«, meinte Abby, die plötzlich lebhaft wirkte. »Wenn du das nächstemal aus irgendeinem Grund in Mrs. Ironwoods Büro zitiert wirst, dann sieh dich um, ob du auf dem Schreibtisch oder auf dem Fußboden ein Haar von ihr finden kannst. Steck es in einen Umschlag, und schick es mir; ich werde es Momma geben, damit sie es in eine Puppe einarbeitet, in die ich Nadeln stecken kann.«

Wir lachten, aber Abby meinte es nicht nur im Scherz. Hinter uns luden ihre Eltern gerade den Rest ihrer Sachen in den Wagen. Wir blieben stehen und beobachteten sie einen Moment lang.

»Ich sollte jetzt besser gehen.«

»Ich bin froh, daß ich die Gelegenheit hatte, dich noch einmal zu sehen.«

»Das ist der eigentliche Grund, aus dem ich mitgekommen bin«, erklärte sie. »Auf Wiedersehen, Ruby.«

»Oh, Abby.«

»Bloß keine Tränen, sonst könnte auch ich anfangen zu weinen, und dann hätten Gisselle und ihre Freundinnen genau das, was sie sich wünschen«, sagte sie trotzig. »Wahrscheinlich drücken sie sich jetzt, in diesem Augenblick, die Nasen an den Fensterscheiben platt und beobachten uns.«

Ich warf einen Blick auf das Wohnheim. Eilig schluckte ich die Tränen hinunter und nickte. »Du hast wahrscheinlich recht.«

»Laß dich nicht zu eng mit Louis ein«, warnte sie mich, und ihre Augen waren klein und versonnen. »Ich weiß, daß er dir leid tut, aber durch die Träume der Familie Clairborne spuken eine Menge Gespenster.«

»Das weiß ich. Ich werde mich vorsehen.«

»Tja, also …«

Wir umarmten einander, und sie ging auf den Wagen zu.

»He«, rief sie lächelnd zurück. »Vergiß nicht, Buck von mir zu grüßen.«

Ich lachte. »Wird gemacht.«

»Ich schreibe dir, sobald ich kann«, versprach sie mir.

Ihr Vater klappte die Haube des Kofferraums zu, und dann stiegen sie alle in den Wagen. Als sie an mir vorbeifuhren, drehte Abby sich um und winkte. Ich winkte dem Wagen nach, bis er verschwunden war, und kehrte dann, die Brust wie mit Zement gefüllt, in das Wohnheim und mein ausgeräumtes Zimmer zurück.

Der Rest des Tages erschien mir wie eine Trauerzeit. Der Sturm der letzten Nacht war weitergezogen, aber er hatte große, dichte Wolken zurückgelassen, die bis in den späten Abend hinein bedrohlich über Baton Rouge und der Umgebung hingen. Ich ging eigentlich nur deshalb zum Abendessen, weil ich den ganzen Tag über keinen Bissen zu mir genommen hatte. Die Mädchen waren laut und ausgelassen. Einige diskutierten immer noch über Abby, aber die meisten redeten über andere Dinge, als hätte es Abby nie gegeben. Gisselle redete ohne Punkt und Komma über Jungen, die sie kennengelernt hatte und die so gut aussahen, daß Jonathan Peck sich neben ihnen wie Frankensteins Monster ausgenommen hätte. Wenn man sich anhörte, was sie erzählte, hätte man meinen können, sie sei mit so ziemlich jedem umschwärmten Jungen in ganz Amerika ausgegangen.

Angewidert und emotional ausgelaugt zog ich mich nach dem Abendessen so schnell wie möglich zurück. Ich beschloß, einen Brief an Paul zu schreiben. Ich füllte eine Seite nach der anderen und schilderte ihm alles, was passiert war, alles, was Gisselle angerichtet hatte.

> »Ich will Dir nicht all mein Elend aufbürden, Paul«, schrieb ich gegen Ende. »Aber bis zum heutigen Tage fällst Du mir ein, wenn ich mich frage, wem ich meine tiefsten Gefühle anvertrauen könnte. Ich nehme an, ich sollte dann an Beau denken, aber es gibt Dinge, die ein

Mädchen lieber einem Bruder als ihrem Freund erzählt, vermute ich. Ich weiß es nicht. Ich bin im Augenblick einfach zu verwirrt. Gisselle hat wohl erreicht, was sie wollte. Jetzt ist es mir verhaßt, hier zu sein, und ich stehe kurz davor, Daddy anzurufen und ihn um genau das zu bitten, was sie von Anfang an von mir wollte – daß er uns aus Greenwood rausholt. Der einzige Mensch, den ich vermissen werde, wird Miss Stevens sein.

Andererseits bin ich versucht hierzubleiben und all das zu ertragen, nur damit Gisselle ihren Willen nicht bekommt. Ich weiß nicht, was ich tun soll. Ich weiß nicht mehr, was richtig und was falsch ist. Die Guten leiden ständig, und die Bösen leiden seltener, und ich frage mich, ob es auf dieser Welt mehr böse Gris-Gris als gute gibt. Grandmère Catherine fehlt mir so sehr; ich vermisse ihre Weisheit und ihre Stärke.

Jedenfalls freue ich mich jetzt schon darauf, daß Du uns in den Weihnachtsferien in New Orleans besuchen wirst, wie Du es versprochen hast. Ich habe es Daddy bereits erzählt, und er freut sich auch auf Deinen Besuch. Ich glaube, alles und jeder, der ihn an unsere Mutter erinnert, verleiht ihm inneres Glück und einen Frieden, den er uns nur durch sein Lächeln zeigt.

Schreib bald.

Alles Liebe

Ruby«

Erst als ich den Brief zusammenfalten wollte, um ihn in einen Umschlag zu stecken, sah ich, daß meine Tränen die Schrift verwischt hatten.

Am nächsten Morgen stand ich auf, zog mich an und frühstückte stumm; ich sah kaum jemanden an und sprach auch mit niemandem außer Vicki, die mich fragte, ob ich mich schon auf unsere Prüfung in Gesellschaftskunde vorbereitet hätte. Auf dem Weg zum Hauptgebäude redeten wir darüber. Den ganzen Tag über spürte ich gegen meinen

Willen, daß die Augen aller auf mich gerichtet waren. Die Neuigkeiten über Abby hatten sich schnell herumgesprochen, und es war nur normal, daß die anderen Mädchen neugierig waren und mich im Auge behielten, weil sie wissen wollten, wie ich reagierte und mich verhielt. Ich beschloß, keiner von ihnen die Genugtuung zu gönnen, mein Unglück zu sehen, was mir gleich wesentlich leichter fiel, sowie Miss Stevens' Kunstunterricht begonnen hatte.

Sie unterwies uns, und wir machten uns alle an die Arbeit. Erst als die Glocke zum Ende der Schulstunde läutete, kam sie zu mir, um mit mir über Abby zu reden. Ich berichtete ihr, daß Abby erleichtert und sogar froh zu sein schien, weil jetzt mit der Heuchelei Schluß war.

Sie nickte. »Was uns nicht umbringt, macht uns stärker. Es ist dem Elend eigen, daß es uns zäh macht, wenn es uns nicht zerstört«, sagte sie lächelnd. »Sieh dir nur dich an und was du schon alles durchmachen mußtest.«

»Ich bin nicht zäh, Miss Stevens.«

»Du bist zäher, als du glaubst.«

Ich schaute auf meinen Schreibtisch hinunter. »Ich habe mit dem Gedanken gespielt, meinen Vater zu bitten, daß er Gisselle und mich von hier wegholt«, sagte ich.

»Oh, nein. Es wäre mir schrecklich, dich zu verlieren. Du bist die begabteste Schülerin, die ich habe, und wahrscheinlich auch die begabteste, die ich je haben werde. Die Dinge werden sich für dich bessern. Es muß einfach so kommen«, versprach sie mir. »Versuch, nicht an die schlimmen Dinge zu denken. Geh in deiner Kunst auf. Laß die Kunst alles für dich sein.«

Ich nickte. »Ich versuche es.«

»Gut, und vergiß nicht, ich bin immer für dich da, wenn du mich brauchst.«

»Danke, Miss Stevens.«

Unser kurzes Gespräch hatte mich mit neuem Mut erfüllt; ich wandte mich innerlich von den traurigen und schlimmen Vorfällen ab und freute mich statt dessen auf

Daddys Besuch am Mittwoch und auf Beaus Besuch am Samstag. Wenigstens würden bald zwei der Menschen, die ich am meisten auf Erden liebte, bei mir sein und wieder Sonnenschein in die Welt bringen, die grau und trostlos geworden war.

Und als ich ins Wohnheim zurückkehrte, stellte ich fest, daß ein Brief von Paul an mich gekommen war, und das, ehe mein Brief an ihn aufgegeben worden war. Seine Zeilen waren voller Optimismus und guter Nachrichten – wie gut alles in der Schule lief, wie gut sich die Geschäfte seiner Familie entwickelten und daß sein Vater ihm immer mehr Verantwortung übertrug.

Trotzdem finde ich immer noch die Zeit, mit meiner Piragua ins Bayou zu staken und an meinen geheimen Stellen zu fischen. Gestern habe ich mich einfach im Boot auf den Rücken gelegt und zugesehen, wie die Sonne sich rot färbte und langsam zwischen die Zweige der Platanen sank. Als die Lichtsprenkel darauf fielen, sah das Louisianamoos aus wie große Bahnen Seide. Dann wurden die Nutrias kühner und kamen aus ihren Schlupfwinkeln gekrochen. Die Libellen führten über dem Wasser ihre ritualisierten Tänze auf, und die Brassen und weißen Barsche sprangen aus dem Wasser, als sei ich, mitsamt meiner Angel und allem Drum und Dran, überhaupt nicht da. Ein schneeweißer Silberreiher stieß so tief herab, daß ich schon dachte, er würde auf meiner Schulter landen, doch dann schwang er sich wieder auf und flog flußabwärts.

Als ich mich umdrehte, sah ich, wie ein Reh mit weißem Spiegel den Kopf durch das Geäst einer Pappel am Ufer streckte und mich beobachtete, wie ich auf dem Wasser vorbeitrieb. Dann verschwand es hinter den Büschen.

All das hat mich an Dich und unsere wunderschönen gemeinsamen Spätnachmittage erinnert, und ich habe mich gefragt, wie es für Dich wohl sein muß, jetzt woanders zu leben, fern vom Bayou. Das hat mich traurig gemacht, doch dann fiel mir wieder ein, wie vollständig Du all das in Dich eingesogen hast, um es dann mit Deiner phantastischen künstlerischen Begabung wieder aus Dir herausfließen zu lassen und es für immer auf einer Leinwand festzuhalten. Wie glücklich diejenigen doch sein werden, die Deine Gemälde kaufen.

Ich freue mich schon darauf, Dich zu sehen.

Paul

Sein Brief erfüllte mich mit einem köstlichen Glücksgefühl, einem Glück von der Sorte, bei der sich Melancholie mit Freude vermischt und Erinnerungen sich mit Hoffnung verbinden. All meine Probleme traten in den Hintergrund, und ich fühlte mich über meine Umgebung erhaben. An jenem Abend muß beim Essen ein Ausdruck tiefer Zufriedenheit auf meinem Gesicht gestanden haben. Ich bemerkte, daß Gisselle mich immer wieder frustriert anstarrte.

»Was fehlt dir?« fragte sie schließlich. Sämtliche Mädchen um uns herum, die sich angeregt unterhalten hatten, unterbrachen ihr Gespräch, um zuzuhören.

»Nichts. Wieso?«

»Du siehst reichlich dämlich aus mit diesem Grinsen im Gesicht, als wüßtest du etwas, das wir nicht wissen.«

Ich zuckte die Achseln. »Ich weiß nichts, das ihr nicht wißt.« Dann dachte ich einen Moment lang nach, legte meine Gabel hin, faltete die Hände vor mir und richtete den Blick auf alle. »Abgesehen von meinem Wissen, daß viele der Dinge, die ihr alle für so wichtig haltet, zum Beispiel der Stammbaum einer Familie und großer Reichtum, einem noch lange kein Glück garantieren.«

»Ach, nein?« stichelte Gisselle. »Was denn dann?«

»Daß man sich selbst mag. Und zwar so, wie man wirklich ist, und nicht das, was andere aus einem machen wollen.« Dann stand ich auf und ging in mein Zimmer.

Ich las Pauls Brief noch einmal, stellte eine Liste der Dinge auf, die ich erledigen wollte, ehe Daddy und Beau zu Besuch kamen, erledigte meine Hausaufgaben und ging schlafen. Zur dunklen Decke aufblickend, stellte ich mir vor, mit Paul auf der Piragua durch das Bayou zu treiben. Ich glaubte sogar einen Stern am Himmel sehen zu können.

Ich erwachte mit allen möglichen Ideen für Bilder, die ich unter Miss Stevens' Anleitung malen wollte. Ihre Liebe zur Natur war ebenso ausgeprägt wie meine, und ich wußte, daß sie meine Vorstellungen gutheißen würde. Ich wusch mich, zog mich eilig an und saß als eine der ersten am Frühstückstisch, und selbst das schien Gisselle zu ärgern. Samantha gegenüber schien sie immer intoleranter und ungeduldiger zu werden. Sie fauchte sie an, weil sie irgend etwas für ihren Geschmack nicht schnell genug erledigte.

Unser Quadrant war wieder zum Abräumen der Tische eingeteilt. Gisselle war natürlich von diesen Aufgaben befreit, aber sie erschwerte sie mir und den anderen auch noch, indem sie am Tisch blieb und uns im Weg war. Das hätte fast dazu geführt, daß wir alle zu spät zum Unterricht erschienen wären, und ich mußte eine Englischarbeit schreiben.

Ich hatte mich gut auf die Arbeit vorbereitet und freute mich regelrecht darauf, doch während wir sie schrieben, platzte jemand mit einer Nachricht mitten in die Unterrichtsstunde hinein. Die junge Frau ging direkt auf Mr. Rissel zu und flüsterte ihm etwas ins Ohr. Er nickte, schaute dann auf und teilte mit, ich würde in Mrs. Ironwoods Büro erwartet.

»Aber meine Arbeit ...« murmelte ich.

»Bring mir einfach, was du bis jetzt geschrieben hast«, sagte er.

»Aber ...«

»Du solltest dich beeilen«, sagte er nachdrücklich.

Was konnte sie jetzt schon wieder von mir wollen? Was konnte sie mir diesmal vorzuwerfen haben?

Wutentbrannt stapfte ich durch den Korridor und betrat das Vorzimmer der Rektorin. Mrs. Randle blickte von ihrem Schreibtisch auf, aber diesmal erweckte sie nicht den Eindruck, als sei sie verärgert oder wütend auf mich. Sie schaute mich mitfühlend an.

»Du kannst gleich reingehen«, sagte sie. Meine Finger verharrten einen Moment lang zitternd auf dem Türknopf. Dann drehte ich ihn, und als ich eintraf, stellte ich zu meinem Erstaunen fest, daß Gisselle in ihrem Rollstuhl dasaß, ihr Taschentuch zerknüllt in einer Hand hielt und rote, blutunterlaufene Augen hatte.

»Was ist passiert?« rief ich aus und sah von ihr zu Mrs. Ironwood, die am Fenster stand.

»Es geht um euren Vater«, erwiderte sie. »Eure Stiefmutter hat mich eben angerufen.«

»Was ist passiert?«

»Daddy ist tot!« schrie Gisselle. »Er hat einen Herzanfall gehabt!«

Irgendwo tief in meinem Innern ertönte ein Schrei. Ein Schrei, der weit über das Wasser hallt, sich um Bäume und Sträucher windet, den Tag zur Nacht werden läßt, sonnige Himmel grau färbt und Regentropfen in Tränen verwandelt.

Hinter meinen Lidern, die ich fest zusammenkniff, um die Gesichter und den Raum um mich herum auszusperren, erkannte ich einen Alptraum wieder, den ich als Kind oft gehabt hatte. Ich rannte durch den Morast, hinter einer Piragua her, die immer schneller wurde, im Bayou um eine Kurve des Flußlaufs bog und den geheimnisvollen Mann forttrug, den ich Daddy nennen wollte. Das Wort blieb mir in der Kehle stecken, und im nächsten Moment war er verschwunden. Ich war wieder einmal allein.

10.

Wahrhaft eine Waise

Für mich begann Daddys Begräbnis mit unserer Rückkehr nach New Orleans. Sogar Gisselle wurde kurz vor unserem Aufbruch trübsinnig und still, und ihr üblicher Schwall von Klagen versiegte; was blieb, waren vereinzelte Beschwerden über die Hast, mit der sie ihre Sachen zusammenpacken mußte, und über die Art, wie sie von ihrem Rollstuhl in die Limousine verfrachtet wurde, die Daphne geschickt hatte. Man hatte dem Fahrer nicht mitgeteilt, daß einer seiner Fahrgäste behindert war, er war schlicht nicht vorbereitet auf das, was ihn erwartete. Er wußte nicht, wie der Rollstuhl zusammenzuklappen und gemeinsam mit unserem Gepäck im Kofferraum zu verstauen war. Zum Glück kam Buck Dardar zu Hilfe, was meine Schwester augenblicklich aufheiterte und einen Moment lang Koketterie in ihren Augen spielen ließ.

»Gott sei Dank, daß er zufällig vorbeigekommen ist«, sagte sie so laut, daß Buck es hören konnte. »Andernfalls wäre unser armer Daddy schon eine Woche unter der Erde, ehe wir überhaupt hier aufbrechen.«

Ich bedachte sie mit einem wütenden Blick, den sie jedoch mit einem kleinen Lachen abtat, und dann streckte sie den Kopf zum Fenster heraus, um sich überschwenglich bei Buck zu bedanken und mit den Wimpern zu klimpern.

»Im Moment kann ich mich nicht angemessen bei Ihnen bedanken«, sagte sie zu ihm. »Wir müssen augenblicklich losfahren, aber wenn wir zurückkommen ...«

Buck warf mir noch einen letzten Blick zu und eilte dann zurück zu seinem Traktor, um seine Arbeit auf dem

Schulgelände wieder aufzunehmen. Der Chauffeur stieg ein, und wir fuhren los. Alle anderen Schülerinnen waren im Unterricht. Gisselle war es gelungen, ihrer Clique von Daddy zu erzählen und die Beileidsbekundungen und das Mitgefühl wie ein Schwamm in sich aufzusaugen. Miss Stevens war der einzige Mensch, dem ich die tragischen Neuigkeiten berichtet hatte. Sie war außer sich gewesen, und ihr waren tatsächlich Tränen in die Augen getreten, als sie in mein erschüttertes Gesicht sah.

»Jetzt bin ich wahrhaft eine Waise, genau wie Sie«, hatte ich zu ihr gesagt.

»Aber du hast noch deine Stiefmutter und deine Schwester.«

»Das läuft auf dasselbe hinaus, wie verwaist zu sein.«

Sie hatte sich auf die Unterlippe gebissen und genickt, ohne meine Behauptung in Zweifel zu ziehen. »Hier wirst du immer eine Familie haben«, hatte sie gesagt und mich gedrückt. »Du mußt jetzt stark sein.«

Ich hatte mich bei ihr bedankt und war ins Wohnheim zurückgekehrt, um meine Sachen zu packen.

Jetzt trat die Limousine mit uns eine Reise an, die mir eher wie ein Alptraum vorkam, eine Fahrt durch etwas, das zumindest mir wie ein endlos langer dunkler Tunnel erschien, dessen Wände aus dem Stoff meiner gräßlichsten Ängste gesponnen waren, und meine größte Furcht war die vor dem Alleinsein. Von dem Moment an, da ich alt genug gewesen war, um zu verstehen, daß meine Mutter gestorben war und mein Vater, wie man mir damals sagte, mich im Stich gelassen hatte, fühlte ich diese tiefe Grube in meinem Herzen, dieses lähmende Gefühl, nur mit einer dünnen Schnur aus geflochtenem Hanf am Ufer festgebunden zu sein. Mehr als einmal war ich nachts von der alptraumhaften Vision geweckt worden, daß ich herumgeschleudert wurde, während ich auf meiner Piragua lag und schlief. Der Sturm, der im Bayou tobte, peitschte die dünne Hanfschnur, bis sie zerriß und ich in rasender Geschwindigkeit stromabwärts in die Nacht und in das Unbekannte hinein trieb.

Natürlich hatten mich Grandmère Catherines tröstliche Umarmungen und ihre beschwichtigenden Worte beruhigt. Sie war meine dünne Hanfschnur gewesen, der einzige Mensch, der mir ein Gefühl von Geborgenheit gab; und als sie gestorben war, hätte ich mich entsetzlich verloren und den gräßlichen Launen des Schicksals ausgeliefert gefühlt, wenn sie mir nicht direkt vor ihrem Hinscheiden neue Hoffnung gegeben hätte, indem sie mir den Namen meines Vaters genannt und mich ermutigt hatte, zu ihm zu gehen. Wie ein Landstreicher, der sich Liebe als ein Almosen erhofft, hatte ich an seine Tür geklopft, und es hatte meinem Herzen neuen Mut gegeben, daß er mich so überschwenglich aufgenommen und in seinem Haus und in seinem Herzen willkommen geheißen hatte. Wieder einmal hatte ich mich geborgen gefühlt, und meine Träume, in denen ich hilflos einem tobenden Sturm ausgesetzt war, waren so gut wie verschwunden gewesen.

Jetzt war auch Daddy von mir gegangen. Die prophetischen Bilder, die ich als junges Mädchen gemalt hatte, Gemälde, auf denen ich meinen geheimnisvollen Vater abbildete, wie er mir entschwand, waren leider alle wahr geworden. Die dunklen Schatten kamen zu mir zurück, der Wind begann wieder zu heulen. Ich fühlte mich taub bis ins Innerste meiner Seele, als ich in der Limousine saß und auf die Gegend hinausschaute, die langsam und grau vorbeifloß. Es schien, als würde die trostlose Welt hinter uns versinken und uns bald in der Leere des Alls schweben lassen.

Da sie nicht in der Lage war, auch nur noch einen Moment lang den Mund zu halten, sprudelte Gisselle schließlich einen neuerlichen Schwall von Klagen heraus.

»Jetzt wird sie sich uns gegenüber wirklich aufspielen«, stöhnte sie. »Alles, was wir geerbt haben, wird von Treuhändern verwaltet werden. Wir werden alles tun müssen, was sie uns befiehlt, und wir werden ihr jeden Wunsch erfüllen müssen.« Sie wartete darauf, daß ich mich ihr mit der Aufzählung meiner eigenen Sorgen anschloß, doch ich blieb stumm und schaute zum Fenster hinaus. »Hast du nicht gehört, was ich gesagt habe?«

»Das interessiert mich im Moment nicht, Gisselle. Es ist zu belanglos.«

»Zu belanglos?« Sie lachte. »Warte nur ab, bis wir zu Hause ankommen und du feststellst, daß ich vollkommen richtig liege. Dann werden wir ja sehen, wie belanglos diese Dinge sind. Wie konnte er bloß sterben?« schrie sie mit schriller Stimme, aber nicht etwa, weil Daddys Tod sie betrübte, sondern weil sie wütend auf ihn war – er hatte sich einfach dem Tod überlassen. »Warum hat er nicht gemerkt, daß es ihm nicht gut geht? Warum ist er nicht zum Arzt gegangen? Warum ist er überhaupt krank geworden? Er war doch noch nicht alt.«

»Er hat mehr Leid durchmachen müssen als die meisten Männer, die doppelt so alt werden wie er«, sagte ich barsch.

»Ach, und was soll das heißen, Ruby? Sag schon! Was genau willst du in all deiner Tugendhaftigkeit damit sagen?«

»Nichts«, erwiderte ich seufzend. »Laß uns heute nicht miteinander streiten. Bitte, Gisselle.«

»Ich streite mich doch gar nicht mit dir. Ich wüßte nur gern, wie du das meinst, das ist alles. Hast du etwa gemeint, es sei alles meine Schuld? Wenn das der Fall ist …«

»Nein, so habe ich es nicht gemeint. Daddy hatte außer der Sorge um uns beide noch viele andere Probleme. Er mußte sich mit dem armen Onkel Jean arrangieren und mit Daphne, und er hatte geschäftliche Sorgen …«

»Ja, richtig«, sagte sie, meine Erklärung sagte ihr offenbar zu. »Das kann man wohl sagen. Trotzdem hätte er besser auf sich aufpassen sollen. Bedenk doch nur unsere jetzige Lage! Ich bin verkrüppelt und habe keinen Vater. Glaubst du etwa, Daphne wird dafür sorgen, daß ich bekomme, was ich will? Niemals. Du hast ja selbst gehört, was sie gesagt hat, als wir fortgegangen sind. Sie ist der Meinung, Daddy habe uns verwöhnt, er habe mich verwöhnt!«

»Laß uns keine voreiligen Schlüsse ziehen«, sagte ich matt. »Daphne muß auch am Boden zerstört sein. Vielleicht ... vielleicht wird sie sich ändern. Vielleicht wird sie uns jetzt mehr brauchen und lieben.«

Gisselle kniff die Augen zusammen, während sie über das nachdachte, was ich gesagt hatte. Ich wußte, daß sie lediglich versuchte, sich auszurechnen, wie sie die Situation für sich nutzen konnte, falls das, was ich vermutete, zutraf; wie sie sich Daphnes Kummer zunutze machen konnte, um sie zu manipulieren und das zu bekommen, was sie wollte. Sie lehnte sich zurück, um genauer darüber nachzudenken, und der Rest der Fahrt verging schweigend, obgleich die Strecke doppelt so lang zu sein schien wie auf dem Hinweg. Ich schlief zwischendurch ein, und als ich aufwachte, sah ich den Lake Pontchartrain vor uns liegen. Bald darauf kam die Silhouette von New Orleans in Sicht, und wir erreichten die Stadt.

In meinen Augen sah alles anders aus. Es war, als hätte Daddys Tod die ganze Welt verändert. Die malerischen engen Gassen, die Gebäude mit den verschnörkelten schmiedeeisernen Balkonen, die kleinen Gärten hinter den Häusern, die Cafés, der Verkehr und die Menschen – all das erschien mir fremd. Es war, als hätte die Stadt in einem Atemzug mit Daddy ihre Seele ausgehaucht.

Gisselle reagierte völlig anders. Kaum hatten wir den Garden District erreicht, begann sie zu spekulieren, ob sie ihre alten Freunde wohl bald wiedersehen würde.

»Ich bin sicher, daß sie alle von Daddy gehört haben. Bestimmt kommen sie bald zu Besuch. Ich kann es kaum erwarten«, sagte sie. »Ich freue mich jetzt schon auf den Klatsch und auf die zahllosen Gerüchte.« Und sie lächelte fröhlich.

Wie konnte sie bloß derart selbstsüchtig sein? Wie konnte es sein, daß ihr Herz und ihre Seele nicht mit Trübseligkeit geschlagen waren? Wie kam es, daß sie nicht an Daddys Lächeln dachte, an seine Stimme und seine Umarmungen? Wäre das aus mir geworden, wenn ich das erstgeborene Baby gewesen und der Familie Dumas überlassen worden wäre? Hatte sich die Verruchtheit dieser Tat in ihrem Herzen eingenistet und vergiftete jeden ihrer Gedanken und jedes ihrer Gefühle? Hätte das auch mir zustoßen können?

Als wir vorfuhren, war Edgar schon da; er machte den Eindruck, als habe er endlose Stunden an der Tür gestanden. Mit seinen hängenden Schultern und seinem blassen Gesicht sah er um Jahre gealtert aus. Eilig kam er die Stufen herunter, um uns beim Ausladen unserer Sachen zu helfen.

»Guten Tag, Edgar«, sagte ich.

Seine Lippen zitterten bei dem Versuch, mich zu begrüßen, doch allein schon meinen Namen auszusprechen, einen Namen, den Daddy allzugern benutzt hatte, ließ seine Augen feucht und seine Zunge lahm werden.

»Holt mich endlich hier raus!« schrie Gisselle. Der Chauffeur lief zum Kofferraum, und Edgar schloß sich ihm an, um ihm mit Gisselles Rollstuhl zu helfen. »Edgar!«

»Oui, Mademoiselle, ich komme schon«, erwiderte er und humpelte um den Wagen herum.

»Ja, hoffentlich noch vor Weihnachten!«

Sie klappten den Rollstuhl auseinander und setzten Gisselle hinein. Wir gingen ins Haus, und sofort umfing mich kalte Düsternis. Sämtliche Lichter waren gedämpft, die Jalousien heruntergelassen. Ein großer, dünner Mann mit schwarzem Anzug und schwarzer Krawatte kam aus dem Wohnzimmer. Er hatte ein schmales Gesicht mit einer spitzen Nase und einem spitzen Kinn, und irgendwie erinnerte er mich an einen Pelikan. Sein kahler Schädel glänzte, nur über den Ohren wuchsen zwei hellbraune Haarbüschel.

Nahezu lautlos schlich er umher und schien dabei kaum den Boden zu berühren.

»Es war Madames Wunsch, daß die Totenwache hier abgehalten wird«, warnte uns Edgar. »Das ist Monsieur Boche, der Bestattungsunternehmer.«

Monsieur Boches Lächeln war ekelerregend schleimig. Seine Lippen zogen sich von den grauen Zähnen zurück, als sei sein Mund ein an den Mundwinkeln befestigter Vorhang. Er preßte die langen Hände zusammen und fuhr sich dann mit der Handfläche der rechten Hand über den Rücken der linken, was mir den Eindruck vermittelte, daß er sich die Hand trocken wischen mußte, ehe er sie ausstreckte, um uns zu begrüßen.

»Mesdemoiselles«, sagte er. »Mein tiefstes Beileid. Ich bin Monsieur Boche, und ich bin hier, um dafür zu sorgen, daß alles, was mit diesem Trauerfall zu tun hat, in Ihrem Sinne erledigt wird. Wenn Sie etwas Bestimmtes wünschen, brauchen Sie mich nur zu ...«

»Wo ist mein Daddy?« fragte ich herrischer, als ich es beabsichtigt hatte. Sogar Gisselle bekam große Augen.

»Hier entlang, Mademoiselle«, sagte er, und dann verbeugte er sich und machte mit einer flüssigen Bewegung kehrt.

»Igitt«, sagte Gisselle. »Ich will ihn so nicht sehen.«

Ich fiel über sie her: »Er war dein Vater. Du wirst ihn nie mehr zu sehen bekommen.«

»Er ist tot«, jammerte Gisselle. »Wie kannst du bloß in einen Sarg schauen wollen?«

»Willst du dich denn nicht von ihm verabschieden?«

»Ich habe mich von ihm verabschiedet. Edgar, bringen Sie mich in mein Zimmer«, ordnete sie schroff an.

»Selbstverständlich, Mademoiselle.« Er schaute zu mir auf und schob Gisselle dann zur Treppe. Ich folgte Monsieur Boche ins Wohnzimmer, in dem Daddy aufgebahrt war. Dutzende und Aberdutzende von Rosen in allen Farben waren um den Sarg herum aufgestellt. Ihr intensiver

Duft erfüllte den Raum. Neben dem Sarg flackerten lange Kerzen. Meine Kehle schnürte sich zu. Es war also die Wahrheit; ich hatte es nicht nur geträumt.

Ich drehte mich um, weil ich Daphnes Blicke auf mir spürte. Sie saß auf einem hochlehnigen Stuhl. Schwarzgekleidet und mit einem Schleier vor dem Gesicht, saß sie da wie eine Königinwitwe, die von mir erwartete, daß ich vor ihren Füßen auf die Knie fiel und ihre Hand küßte. Sie wirkte nicht so bleich und krank vor Kummer, wie ich es erwartet hatte. Sie hatte zwar kein Rouge aufgelegt, aber doch einen Hauch von ihrem liebsten Lippenstift und Eyeliner. Ihr Haar war mit Perlmuttkämmen zurückgesteckt, und sie strahlte eine Eleganz aus, die wahrhaft einschüchternd war.

»Wo ist Gisselle?« erkundigte sie sich schroff.

»Sie wollte in ihr Zimmer gehen.«

»Unsinn«, sagte sie und stand auf. »Sie hat augenblicklich hier zu erscheinen.« Sie verließ das Wohnzimmer, und ich trat an den Sarg. Ich hörte, wie Daphne Edgar ihre Anweisungen zurief und verlangte, er solle Gisselle wieder nach unten bringen.

Mein Herz pochte heftig, und meine Knie waren weich. Ich schaute auf Daddy hinunter. Er trug seinen schwarzen Smoking und erweckte, von seinem bleichen Teint abgesehen, ganz den Eindruck, als hielte er nur ein Nickerchen.

Monsieur Boche tauchte so lautlos neben mir auf, daß ich zusammenzuckte, als er mir ins Ohr flüsterte: »Er sieht phantastisch aus, meinen Sie nicht auch? Eine meiner besten Arbeiten«, brüstete er sich.

Ich funkelte ihn derart wütend an, daß er sich kurz verbeugte, sich schleunigst zurückzog und auf seinen öligen Füßen entschwebte. Dann griff ich in den Sarg und nahm Daddys rechte Hand. Sie fühlte sich nicht mehr wie eine Hand an, aber ich verbannte mit reiner Willenskraft das Gefühl von Kälte und Starre und zwang mich, ihn mir lächelnd, liebevoll und voller Wärme vorzustellen.

»Auf Wiedersehen, Daddy«, sagte ich. »Es tut mir leid, daß ich nicht hier war, als du mich mehr denn je gebraucht hättest. Es tut mir leid, daß ich dich nicht an meiner Seite hatte, als ich aufgewachsen bin. Es tut mir leid, daß wir nur eine so kurze Zeit miteinander verbracht haben. Ich weiß, daß meine Mutter dich sehr geliebt hat, und ich weiß, daß du sie geliebt hast. Ich glaube, ein großer Teil dieser Liebe ist auf mich übergegangen. Ich werde dich bis in alle Ewigkeit vermissen. Ich hoffe, daß du bei Mommy bist und deinen Frieden geschlossen hast und daß ihr beide glücklich irgendwo im Bayou des Himmels auf einer Piragua dahintreibt.«

Ich beugte mich vor und küßte ihn auf die Wangen, und dabei versuchte ich verzweifelt, das Gefühl zu ignorieren, ein kaltes Gesicht zu küssen. Dann kniete ich mich hin und sprach ein kurzes Gebet für ihn. Ich entfernte mich gerade von dem Sarg, als Gisselle ins Zimmer gerollt wurde und dabei vernehmlich klagte.

»Ich bin müde. Es war eine sehr langweilige Fahrt, die sich ewig hingezogen hat. Warum muß ich jetzt hier erscheinen?«

»Sei still«, befahl Daphne. Sie nickte Edgar zu, was hieß, daß er sich zurückziehen sollte, und dann nahm sie wieder auf ihrem hochlehnigen Stuhl Platz. Gisselle funkelte erst mich und dann sie erbost an und schmollte. »Bring sie näher«, befahl mir Daphne in einem eisigen Tonfall. Ich ging zu Gisselles Rollstuhl und schob sie näher zu Daphne. »Setz dich«, sagte sie und wies mit einer Kopfbewegung auf den Stuhl, der ihr gegenüberstand. Ich kam ihrer Aufforderung nach.

»Warum können wir uns nicht erst einmal ausruhen?« jammerte Gisselle.

»Halt den Mund«, fauchte Daphne. Mit ihrer Schärfe erschreckte und beeindruckte sie sogar Gisselle, die sich mit offenem Mund zurücklehnte. Daphne starrte sie durchdringend an. »Ich mußte mir dein Jammern, dein Ächzen und Meckern lange genug gefallen lassen. Nun, damit ist jetzt Schluß, hast du verstanden? Sieh dorthin«, sagte sie und wies mit einer Kopfbewegung auf Daddy. »Das kommt dabei heraus, wenn man sich mit den Problemen aller anderen belastet, mit den Bedürfnissen aller anderen, mit den Vorlieben und Abneigungen aller anderen. Siehst du, wohin das führt? Daß man jung stirbt. Das ist die Belohnung. Mir wird das nicht passieren. Es wird hier zu einigen drastischen Veränderungen kommen, und es ist das beste, wenn ihr beide das augenblicklich begreift. Ich bin noch eine junge Frau, und ich habe nicht die Absicht, an diesen Ereignissen zu altern und mich davon krank machen zu lassen; genau dazu käme es aber, wenn wir so weitermachen würden wie bisher.«

»Ereignisse?« fragte ich.

»Ja, Ereignisse. Alles, was geschieht, ist ein Ereignis.« Ihre Lippen verzogen sich zu einem verkrampften Lächeln. »Komm mir jetzt bloß nicht mit deinem theatralischen Getue, Ruby. Ich kenne dich besser, als du glaubst.« Ihr Lächeln verblaßte und wurde von einem Ausdruck heftiger Wut abgelöst. »Du bist aus den Sümpfen zu uns gekommen und hast dir einen Platz im Herzen deines Vaters erobert; du warst gerissen genug, ihn an seine tolle Romanze im Bayou zu erinnern, und das nur, um dir deinen Anteil des Erbes zu sichern. Ich bin sicher, daß deine Großmutter dich dazu aufgehetzt hat.«

Ich spürte, wie das Blut in meine Wangen strömte, doch ehe ich etwas darauf erwidern konnte, fuhr sie fort.

»Keine Sorge, ich mache dir daraus keinen Vorwurf«, sagte sie. »Ich hätte wahrscheinlich dasselbe getan, wenn ich in deiner Haut gesteckt hätte. Nun, was geschehen ist, ist geschehen. Du bist im Testament deines Vaters genannt, und du wirst deinen Anteil bekommen. Ihr beide werdet euren Anteil bekommen«, fügte sie hinzu und wandte sich an Gisselle. »Und zwar von dem Zeitpunkt an, da ihr beide einundzwanzig werdet. Bis dahin wird alles, was ihr geerbt habt, zu treuen Händen verwaltet, und zwar durch mich. Ich werde von jetzt an diejenige sein, die darüber bestimmt, was ihr bekommt und was nicht. Ich werde darüber bestimmen, wohin ihr zu gehen und was ihr zu tun habt.«

Gisselle verzog das Gesicht. »Du wolltest schon immer der Boß sein, Mutter«, sagte sie und nickte.

»Ich bin es immer gewesen, du kleiner Dummkopf. Hast du wirklich geglaubt, dein Vater hätte die Geschäfte geführt? Er hat keinen echten Geschäftssinn besessen. Es hat ihm nicht gelegen. Er konnte nie eine Entscheidung fällen, die nach sich gezogen hätte, daß man jemand anderem etwas wegnimmt oder einen anderen zu kurz kommen läßt. Er war zu weich, um ein guter Geschäftsmann zu sein. Wenn ich nicht gewesen wäre, hätten wir heute nicht die Hälfte dessen, was wir haben; und ihr beide werdet einen großen Anteil davon erben. Einen viel zu großen Anteil, wenn ihr mich fragt, aber so ist es nun einmal. Ich erwarte keine Dankbarkeit von euch, aber ich erwarte, daß ihr Gehorsam leistet und euch als kooperativ erweist«, fuhr sie fort. »In zwei Tagen haben wir die Beerdigung hinter uns«, sagte sie und nahm eine noch aufrechtere Haltung ein. »Danach fahrt ihr nach Greenwood zurück.«

»Oh, nein, nur das nicht, Mutter«, stöhnte Gisselle.

»Oh, doch, das werdet ihr«, hämmerte Daphne auf sie ein. »Ich habe im Moment weder die Kraft noch die Geduld, mich im Alltag mit euch beiden und euren Problemen zu befassen. Ich will, daß ihr nach Greenwood zurückkehrt, dort gute Leistungen erbringt, sämtliche Vorschriften befolgt und euch nicht in die geringsten Schwierigkeiten bringt, habt ihr gehört? Ich warne euch: Wenn ihr mir das Leben auch nur eine Spur erschwert, dann schicke ich euch in eine noch strengere Schule. Wenn ihr mir ernsten Ärger macht, sorge ich dafür, daß eure Erbschaft für ungültig erklärt wird, verstanden? Dann wird man dich in ein Heim für Krüppel schicken, und das würdest du bitter bereuen. Und du«, sagte sie und blitzte mich an, »du wirst ins Bayou zurückgeschickt und kannst dort bei irgendwelchen Cajun-Verwandten unterkriechen, die noch am Leben sind.«

Gisselle senkte den Kopf und schnitt eine Grimasse. Ich schaute Daphne nur wutentbrannt an. Sie war zur Eiskönigin geworden. In ihren Adern floß eiskaltes Wasser. Ich war sicher, wenn ich sie berührt hätte, hätte sie sich kälter angefühlt, als Daddy sich jetzt anfühlte. Mir hätte klar sein müssen, daß sie so reagieren würde. Gisselle hatte recht gehabt: Daphne war unser beider Anblick derart zuwider, daß dieser Abscheu gegen ihre Liebe zu Daddy siegte.

»Bring deine Schwester jetzt nach oben, und dann werdet ihr euch zurechtmachen, um die zahlreichen Trauergäste zu empfangen, die in Kürze eintreffen werden, um ihr Beileid zu bekunden. Kleidet euch entsprechend, und seht zu, daß ihr euch angemessen benehmt.«

»Ist Onkel Jean schon von Daddys Tod unterrichtet worden?« fragte ich.

»Natürlich nicht«, erwiderte sie. »Wozu sollte das gut sein?«

»Er hat ein Recht darauf, es zu erfahren. Er ist sein Bruder.«

»Ich bitte dich, der Mann weiß nicht einmal mehr, welchen Wochentag wir haben und woran er ist; er erinnert sich noch nicht einmal an seinen eigenen Namen.«

»Aber …«

Sie erhob sich. Ihre Schönheit war derart erstarrt, daß sie wie eine Statue wirkte, wie eine ausgefüllte Gußform.

»Ihr werdet das tun, was ich euch gesagt habe, und ansonsten solltet ihr euch lieber mit euren eigenen Angelegenheiten befassen. Mir scheint«, fügte sie hinzu und sah erst Gisselle und dann wieder mich an, »daß ihr wahrhaft genug Grund zur Sorge habt.« Sie bedachte uns mit ihrem eisigen Lächeln, ehe sie sich abwandte, um zu gehen.

Gisselle wackelte mit dem Kopf und stöhnte. »Ich habe

es dir doch gleich gesagt, oder etwa nicht?« jammerte sie. »Jetzt schickt sie uns wieder nach Greenwood. Ich hatte noch nicht einmal die Gelegenheit, ihr zu sagen, warum sie es nicht tun soll. Vielleicht kannst du später mit ihr reden. Auf dich hört sie eher als auf mich. Das weiß ich genau.«

»Ich will nicht hierbleiben«, sagte ich wutentbrannt. »Wenn es in Greenwood auch noch so übel zugeht, dann bin ich doch lieber dort als hier bei ihr.«

»Ach, der Teufel soll dich für deine verdammte Blödheit holen. Nach einer Weile wird sie uns in Ruhe lassen. Sie wird sich um ihre eigenen Dinge kümmern und uns keine Schwierigkeiten machen. Hier sind wir besser dran, und hier kannst du mit Beau zusammensein.«

»Darüber möchte ich mir im Moment keine Gedanken machen. Ich will im Moment ausschließlich an Daddy denken«, sagte ich und schob sie zur Tür.

»Daddy ist tot. Er kann uns nicht mehr helfen. Er kann sich selbst nicht helfen!«

Edgar erwartete uns am Fuß der Treppe, um mir mit Gisselle zu helfen.

»Wo ist Nina?« fragte ich ihn.

»Sie ist in ihrem Zimmer. Sie verbringt jetzt die meiste Zeit dort«, sagte er und verdrehte die Augen, damit ich verstand, daß Nina sich ihrem Voodoo zugewandt hatte, um darin Trost und Schutz zu finden. Wir hörten jemanden auf der Treppe, und als wir aufblickten, sahen wir Martha Woods, das neue Dienstmädchen, eine stämmige ältere Frau mit kurzgeschnittenem grauem Haar, dunkelbraunen Augen und einem ziemlich großen Mund mit einer dicken Unterlippe. Sie hatte versäumt, sich die Haare auszuzupfen, die auf ihrem Kinn wuchsen.

»Oh, da sind ja Mademoiselle Gisselle und Mademoiselle Ruby«, sagte sie und schlug die Hände zusammen. »Es tut mir leid, daß ich euch nicht schon eher begrüßt habe, aber ich war dabei, eure Zimmer fertigzumachen. Alles ist pieksauber, blitzblank und aufgeräumt«, verkündete sie.

»Und Madame besteht darauf, daß es dabei zu bleiben hat.«

»Oh, nein«, stöhnte Gisselle. »Bringen Sie mich bloß endlich in mein Zimmer, Edgar.«

»Ich helfe Ihnen«, sagte Martha.

»Edgar kann das allein«, fauchte Gisselle. »Sie können so lange irgendwo eine Toilette reinigen.«

Martha schnappte nach Luft und sah mich an.

»Ich werde nach Nina sehen«, murmelte ich und entfernte mich eilig. Ich fand sie auf ihrem weich gepolsterten Sessel, von brennenden blauen Kerzen umgeben. Sie trug ihr rotes Tuch mit den sieben Knoten im Haar; die Zipfel wiesen steil nach oben. Als sie mich sah, leuchteten ihre Augen kurz auf, und sie lächelte. Dann stand sie auf, um mich zu umarmen.

»Nina hat den ganzen Tag an dich gedacht«, sagte sie. Sie schaute sich furchtsam um. »In diesem Haus wimmelt es seit Monsieur Dumas' Tod von bösen Geistern. Nina hat das für dich vorbereitet.« Sie griff nach einem Schenkelknochen, der auf dem kleinen Tisch lag. »Das ist Mojo, der Schenkelknochen einer schwarzen Katze, die um Punkt Mitternacht getötet worden ist. Ein starkes Gris-Gris. Nimm es mit in dein Zimmer.«

»Danke, Nina«, sagte ich und nahm den Knochen entgegen.

»Jemand muß eine Kerze gegen den armen Monsieur Dumas angezündet haben. Die bösen Geister haben sich eines Nachts ins Haus geschlichen, während Nina geschlafen hat, sie sind gekommen und haben ihre Zähne in ihn geschlagen.« Sie wirkte schuldbewußt.

»O Nina, es war nicht deine Schuld. Mein Vater hatte zuviel um die Ohren und hat nicht auf seine Gesundheit geachtet. Er wäre der allerletzte, der dir die Schuld daran zuschieben würde, Nina.«

»Nina hat es versucht. Ich bete zur Jungfrau Maria. Ich gehe auf den Friedhof und laufe das Viereck. Ich bleibe an jeder Ecke stehen, um mir zu wünschen, daß Monsieur Dumas wieder gesund wird. Ich sage meine Gebete vor der Statue des heiligen Expeditus, aber das böse Gris-Gris findet seinen Weg«, sagte sie und kniff die Augen zusammen, daß sie ganz klein wurden. Sie nickte. »Die Tür stand ihm offen.«

»Daphne«, sagte ich.

»Nina spricht nicht schlecht über Madame.«

Ich lächelte. »Du hast mir gefehlt, Nina. In Greenwood hätte ich ein paar von deinen Kerzen und Pulvern gebrauchen können.«

Sie lächelte mich an. »Ich koche den ganzen Tag für die Totenwache. Tu Nina den Gefallen, und iß etwas. Du wirst deine Kräfte noch brauchen«, sagte sie.

»Danke, Nina.« Wir umarmten einander noch einmal, und dann ging ich nach oben in mein Zimmer, um Beau anzurufen und ihm Bescheid zu geben, daß ich zu Hause war und dringend seinen Beistand brauchte.

»Es tut mir leid, daß das der Grund ist, der dich nach Hause geführt hat«, sagte Beau, »aber ich kann es trotzdem kaum erwarten, dich zu sehen.«

»Ich kann es auch kaum erwarten, dich zu sehen«, ertönte mein Echo.

»Meine Eltern und ich werden kommen, um unser Beileid zu bekunden. Ich werde bald da sein.«

Nachdem wir miteinander geredet hatten, zog ich mir etwas Angemessenes für die Totenwache an und begab mich ins Nebenzimmer, um nachzusehen, ob Gisselle sich ebenfalls umgezogen hatte. Sie hatte noch nicht einmal damit begonnen; sie hing immer noch am Telefon und tauschte mit ihren alten Freunden Neuigkeiten aus.

»Daphne will, daß wir nach unten kommen, um die Trauergäste zu begrüßen«, sagte ich zu ihr. Sie schnitt eine Grimasse und plauderte weiter, als sei ich gar nicht da. »Gisselle!«

»Warte einen Moment, Collette.« Sie preßte eine Hand auf die Sprechmuschel und wandte sich schroff an mich. »Was willst du?«

»Du mußt dich anziehen und nach unten kommen. Die Leute können jederzeit eintreffen.«

»Na und? Ich weiß nicht, warum ich mich abhetzen sollte. Das ist ja schlimmer als ... als in Greenwood«, sagte sie und nahm ihr Telefongespräch wieder auf. Der letzte Rest Geduld, den ich gehabt hatte, löste sich in Nichts auf. Ich machte auf dem Absatz kehrt und marschierte aus ihrem Zimmer. Gisselle ist Daphnes Problem, sagte ich mir. Sie ist diejenige, die sie aufgezogen hat, die ihr diese Wertvorstellungen vermittelt und ihr beigebracht hat, selbstsüchtig zu sein. Die beiden haben einander verdient.

Es waren schon etliche Leute eingetroffen: Nachbarn, Geschäftspartner, Angestellte und natürlich Daphnes gesellschaftlicher Umgang. Die meisten begaben sich an Daddys Sarg, knieten nieder und sprachen ein Gebet, ehe sie sich Daphne anschlossen. Sie begrüßte die Leute mit einer stillen Vornehmheit, die sie tatsächlich wie jemanden von königlichem Blut erscheinen ließ. Mir fiel auf, daß Bruce Bristow, der Direktor, der Daddys Unternehmen vorstand, ständig an Daphnes Seite war und ihr jeden Wunsch von den Augen ablas. Gelegentlich sah ich, daß sie sich vorbeugte und ihm etwas zuflüsterte. Manchmal lächelte er daraufhin, und bei anderen Gelegenheiten nickte er und entfernte sich oder ging auf einen der vornehmen Trauergäste zu, drückte ihm die Hand und führte ihn zu Daphne.

Bruce war nicht viel älter als mein Daddy, falls er überhaupt älter war. Er war größer und ein wenig stämmiger und hatte dunkelbraunes Haar und Koteletten. Ich war ihm bisher nur zwei- oder dreimal begegnet, und mir war nie so ganz wohl dabei gewesen, wie er affektiert lächelte und mich mit diesen grüngesprenkelten Augen in sich aufsog, wenn sein Blick auf meine Brüste herunterglitt, dort einen Moment lang ruhte und sich tiefer und immer tiefer senkte, um dann unsäglich langsam wieder über meinen Körper zu meinem Gesicht zu gleiten. Mir war in seiner Gegenwart stets unbehaglich gewesen, ich hatte mich von seinen Blicken ausgezogen gefühlt.

Außerdem hatte er von unserer ersten Begegnung an einen Spitznamen für mich gehabt. Er nannte mich La Ruby, als sei ich der Edelstein, an den mein Name erinnerte. Wenn er meine Hand nahm, um sie zu küssen, verweilten seine Lippen etwas länger dort, als es sich gehörte, und das sandte immer wieder ein nervöses Prickeln durch meinen Arm.

Als sie einen Moment lang mit keinem der Gäste reden mußte, kam Daphne quer durch das Wohnzimmer auf mich zu.

»Wo steckt deine Schwester? Warum ist sie nicht längst hier?« erkundigte sie sich schroff und stemmte die Arme in die Hüften.

»Ich weiß es nicht, Mutter«, sagte ich. »Ich habe ihr gesagt, daß sie sich umziehen soll, aber sie läßt sich einfach nicht vom Telefon loseisen.«

»Geh rauf zu ihr, und hol sie augenblicklich nach unten«, befahl sie mir.

»Aber …«

»Ich weiß«, sagte sie mit einem verschlagenen Lächeln, »daß du nur dasitzt und darauf wartest, daß dein hochgeschätzter Freund Beau mit seinen Eltern eintrifft.« Ihr Lächeln verblaßte. »Wenn du Gisselle nicht sofort holst, werde ich dafür sorgen, daß du keine Sekunde mit ihm allein bist. Und du wirst ihn nicht nur heute nicht allein zu sehen bekommen, sondern überhaupt nicht mehr.«

»Weshalb sollte ich für Gisselle verantwortlich sein? Sie …«

»Weil du ihre reizende Zwillingsschwester bist, kerngesund und ohne Behinderung«, erwiderte sie und lächelte erneut. »Für dich ist das nur eine Gelegenheit, ein gutes Werk zu tun, ihr eine Wohltat zu erweisen. Ich möchte, daß all die Leute hier sehen, wie sehr du dich um deine

Schwester kümmerst, die nicht so glücklich dran ist wie du. Jetzt verschwinde schon!« In dem Moment, in dem sie das sagte, betrat Beau mit seinen Eltern das Wohnzimmer. Sein Anblick ließ die Eiskruste auf meinem Herzen schmelzen. »Alles der Reihe nach«, sagte Daphne und warf einen Blick in Beaus Richtung. »Du wirst jetzt Gisselle holen.«

»Wie du wünschst, Mutter«, sagte ich und stand auf.

Beau warf einen Blick auf seine Eltern und eilte dann auf mich zu. »Ruby«, rief er und nahm meine Hand. Er sprach laut genug in formellem Tonfall mit mir, um seinen Eltern und den Umstehenden eine Freude zu bereiten. »Das mit Pierre tut mir sehr leid. Ich möchte dir mein tiefstes Beileid aussprechen.«

»Danke, Beau. Ich muß jetzt gehen und Gisselle helfen. Entschuldige mich, bitte.«

»Selbstverständlich«, sagte er und wich zurück.

»Ich bin gleich wieder da.« Diese Worte bildeten meine Lippen tonlos, ehe ich nach oben eilte und meine sture Schwester antraf, wie sie sich Pralinen aus einer Schachtel auf ihrem Nachttisch angelte und in den Mund steckte, während sie mit einem ihrer alten Freunde sprach.

»Gisselle!« rief ich. Sie drehte sich überrascht um. »Dein Fernbleiben ist für Mutter und mich sehr peinlich, und es ist eine Schande, daß du Daddys Andenken so etwas antust.« Ich stürzte auf sie zu und riß ihr den Hörer aus der Hand. Sie protestierte schreiend, als ich ihn auf die Gabel schmetterte. »Du wirst dir jetzt sofort dein schwarzes Kleid anziehen und mit mir nach unten kommen.«

»Wie kannst du das wagen!«

»Und zwar augenblicklich!« schrie ich sie an, ehe ich ihren Stuhl grob umdrehte und sie in ihr Bad schob. »Wasch dir diese Schminke ab, während ich dein Kleid hole, oder ich schwöre dir«, sagte ich, »daß ich dich die Treppe runterstoßen werde.«

Ein Blick in mein wutentbranntes Gesicht machte sie

gefügig. Natürlich verhielt sie sich so unkooperativ wie möglich und zwang mich, die gesamte Arbeit zu übernehmen. Sie half mir nicht im entferntesten, als ich sie auszog und ihr das angemessene Kleid und die passenden Schuhe überstreifte, aber irgendwann war ich soweit und konnte sie zum oberen Treppenabsatz schieben.

»Solche Momente sind mir verhaßt«, jammerte sie. »Was soll ich denn tun, dasitzen und schluchzen?«

»Laß dir einfach von den Leuten ihr Beileid aussprechen, und bleib still sitzen. Wenn du Hunger hast, kannst du etwas essen.«

»Ich habe tatsächlich Hunger«, sagte sie. »Das ist ein guter Grund, nach unten zu gehen.«

Edgar half mir, Gisselle nach unten zu bringen. Unten angekommen, setzten wir sie in einen anderen Rollstuhl und schoben sie ins Wohnzimmer. Zahlreiche weitere Trauergäste waren inzwischen eingetroffen. Alle drehten sich nach uns um, und einige Frauen lächelten freundlich und betrübt. Diejenigen, die ihre Kinder mitgebracht hatten, schickten sie zu uns, damit sie uns ihr Beileid aussprechen konnten. Endlich schloß Beau sich uns an und beugte sich herunter, um Gisselle einen Kuß zu geben.

»Das war aber auch an der Zeit«, sagte sie. »Und du brauchst mich wahrhaftig nicht so zu küssen, als sei ich die Großmutter von irgend jemandem, den du kennst.«

»Ich habe dich so geküßt, wie es sich für uns gehört«, erwiderte er, und in seinen Augen stand ein strahlendes Lachen, als er sich mir zuwandte.

»Ich wette, Ruby wirst du später richtig küssen«, sagte sie.

Ich sah, daß Daphne uns beobachtete und selbstzufrieden nickte.

Nach einer Weile kam Gisselle mit ein paar anderen jungen Leuten ins Gespräch, und Beau und ich konnten uns aus dem Haus schleichen. Wir gingen zu der Laube im Garten.

»Es ist so lange her, daß ich mit dir allein war«, sagte er. »Ich bin direkt ein bißchen nervös.«

»Ich auch«, gestand ich.

»Es fällt mir schwer zu glauben, daß Pierre tot ist. Ich bin in der letzten Zeit nicht hier gewesen, und daher habe ich nicht mit eigenen Augen gesehen, wie sich sein Zustand verschlechtert hat, aber mein Vater sagte, er habe geahnt, daß Pierre etwas Übles zustoßen würde. Er hatte ständig diesen müden und besorgten Gesichtsausdruck, und er hatte seine Heiterkeit verloren. Er hat sich nicht mehr mit seinen Freunden zum Kartenspielen getroffen, und er ist auch nicht mehr ins Theater gegangen. Meine Eltern haben ihn und Daphne kaum noch in einem der eleganten Restaurants gesehen.«

»Hätten sie uns doch bloß nicht in diese Schule geschickt, so weit weg von hier«, stöhnte ich. »Vielleicht hätte ich etwas tun können. Als er mich das letztemal angerufen hat, klang seine Stimme sehr müde, aber er hat behauptet, daß nichts weiter sei.«

Beau nickte. »Werdet ihr nach Greenwood zurückgehen?«

»Daphne besteht darauf.«

»Das dachte ich mir schon. Mach dir keine Sorgen. Ich werde dich jetzt oft besuchen kommen. Die Footballsaison neigt sich ihrem Ende zu.«

»Das wird es mir wenigstens ein bißchen erträglicher machen«, sagte ich dankbar. Und in ein paar Wochen beginnen die Ferien, und wir werden wieder nach Hause kommen.«

Er nickte und nahm meine Hand. Wir saßen auf der Bank und schauten in den teilweise bedeckten Nachthimmel, der nur wenigen Sternen erlaubte, ihren strahlenden Glanz zu zeigen. »Ehe ich von hier fortgehe, muß ich meinen Onkel Jean aufsuchen, Beau. Er muß erfahren, was Daddy zugestoßen ist. Wahrscheinlich fragt er sich, warum Daddy ihn nicht mehr besucht. Das ist nicht fair. Daphne denkt gar nicht daran, ihn zu verständigen; sie sagt, er versteht es ja doch nicht, aber ich habe ihn selbst gesehen. Ich weiß, daß er es verstehen wird.«

»Ich bringe dich hin«, versprach mir Beau.

»Wirklich?«

»Ja. Du brauchst mir nur zu sagen, wann«, sagte er mit fester Stimme.

»Was ist mit deinen Eltern? Werden sie nicht wütend reagieren?«

»Sie brauchen nichts davon zu erfahren. Wann?«

»Morgen. Wir fahren los, sobald du kannst.«

»Ich werde das Training ausfallen lassen. Der Trainer wird das schon verstehen. Ich komme gegen drei zu dir«, sagte er.

»Daphne wird mich nicht weglassen wollen, da bin ich mir ganz sicher. Ich treffe dich vor dem Tor. Es ist mir verhaßt, mich heimlich aus dem Haus zu schleichen, aber sie zwingt mich dazu.«

»Das ist schon in Ordnung«, beruhigte mich Beau und ließ seinen Arm um meine Schultern gleiten. Wie wohl mir seine Nähe tat. »Es ist in Ordnung, manchmal heimlich vorzugehen, wenn etwas Gutes dabei herauskommt.«

»O Beau, jetzt bin ich ganz allein. Jetzt bin ich wirklich ganz und gar allein«, rief ich verzweifelt aus.

Seine Augen wurden traurig. »Nein, das bist du nicht. Du hast mich, Ruby. Und du wirst mich immer haben«, gelobte er.

»Mach mir keine Versprechungen, Beau«, sagte ich und preßte meinen Zeigefinger auf seine Lippen. »Besser, man verspricht nichts, was man nicht halten kann.«

»Aber dieses Versprechen kann ich halten, Ruby«, schwor er. »Und ich werde es mit einem Kuß besiegeln.«

Seine Lippen legten sich auf meine. Es tat so gut, und doch fühlte ich mich schuldig, weil ich seinen Kuß genoß, während Daddy im Wohnzimmer aufgebahrt lag. Ich hätte mit Herz und Seele ausschließlich bei ihm weilen sollen, dachte ich und zog mich zurück.

»Wir sollten jetzt besser zurückgehen, ehe man uns dort vermißt, Beau.«

»In Ordnung. Morgen um drei«, wiederholte er.

Obwohl die Trauergäste relativ früh gingen, schien der Abend ewig gedauert zu haben. Mir war nicht klar gewesen, wie sehr große Traurigkeit einen Menschen ermüden kann. Beau und seine Eltern waren unter den letzten Gästen. Er zwinkerte mir verschwörerisch zu und verabschiedete sich so förmlich von mir, wie es von ihm erwartet wurde.

Nachdem alle gegangen waren, begaben sich Bruce Bristow und Daphne in Daddys Büro, um die notwendigen geschäftlichen Angelegenheiten zu klären, und Gisselle und ich gingen nach oben in unsere Zimmer. Ich hörte sie bis in den späten Abend hinein mit alten Freunden telefonieren, und das Summen ihrer Stimme und ihr albernes Gelächter lullten mich sogar in einen willkommenen Schlaf.

Daphne kam zum Frühstück nicht nach unten, aber um die Mittagessenszeit erschien der Pfarrer, um die endgültigen Arrangements für die Beerdigung noch einmal zu besprechen. Ein paar von Gisselles Freunden kamen zu Besuch, wenn auch mehr aus Neugier denn aus Anhänglichkeit; jedenfalls war das mein Eindruck. Ich ließ sie mit ihnen allein und zog mich in den Raum zurück, der früher mein Atelier gewesen war. Ich erinnerte mich daran, wie glücklich und aufgeregt Daddy gewesen war, als er mich zum erstenmal in diesen Raum geführt hatte, um ihn mir zu zeigen. Und dann flatterte mein Herz, und prickelnde Erregung durchströmte mich, als ich an den Tag dachte, an dem ich begonnen hatte, einen Akt von Beau zu zeichnen. Die Erinnerung war so intensiv und überwältigend, daß ich selbst jetzt noch die köstliche Ekstase erneut durchleben konnte, die ich in den Tiefen meiner Sexualität verspürt hatte, als ich ihn umarmt und geküßt und mich seinem glühenden Verlangen hingegeben hatte. Ich war derart in diese

Erinnerungen vertieft, daß ich fast unser Rendezvous vor dem Haus verpaßt hätte.

Ich schlich mich gegen drei aus einer Seitentür und lief über die Auffahrt zum Bürgersteig, um ihn dort zu erwarten. Er kam pünktlich auf die Minute. Ich stieg eilig in seinen Wagen, und wenige Augenblicke später waren wir mit hoher Geschwindigkeit auf dem Weg zu der Anstalt, in der der arme jüngere Bruder meines Vaters in einer Welt der Verwirrung und der Seelenqualen weilte. Wider Willen war ich nervös und besorgt. Beau wußte, daß Daphne versucht hatte, mich in derselben Anstalt einsperren zu lassen, um mich aus ihrem Leben zu entfernen.

»Ich weiß, wie furchteinflößend dieser Ort für dich sein muß. Bist du sicher, daß du es schaffst?« fragte er.

»Nein«, sagte ich. »Aber ich habe das Gefühl, daß ich das für Daddy tun muß. Er hätte es so gewollt.«

Eine gute halbe Stunde später fuhren wir vor dem vierstöckigen, grau gestrichenen Gebäude mit den vergitterten Fenstern vor. Ich stieg langsam aus und betrat, Beau an meiner Seite, die Anstalt. Die Krankenschwester, die am Empfang in einem Glaskasten saß, blickte erst auf, als wir vor ihrem Schalter angelangt waren.

»Ich bin Ruby Dumas«, sagte ich. »Ich möchte meinen Onkel Jean besuchen.«

»Jean Dumas?« sagte sie. »Ach, ja. Wir haben ihn gerade erst heute vormittag in andere Räumlichkeiten verlegt.«

»Andere Räumlichkeiten? Er ist doch noch hier, oder etwa nicht?«

»Er ist noch hier, aber er ist nicht mehr in einem privaten Einzelzimmer untergebracht. Er liegt jetzt auf einer Station.«

»Aber … warum?« fragte ich.

Sie verzog hämisch das Gesicht. »Weil derjenige, der für ihn bezahlt, wer auch immer das sein mag, die Zusatzzahlungen eingestellt hat und er jetzt auf die Versicherung angewiesen ist, die nur den Mindestsatz zahlt.«

Ich sah Beau an. »Sie hat wirklich nicht eine Minute vergeudet«, sagte ich zu ihm. »Bitte, könnten wir meinen Onkel sehen?« fragte ich die Krankenschwester.

»Ja. Einen Moment.« Sie drückte auf einen Knopf, und wenig später erschien ein Krankenpfleger. »Bringen Sie die beiden auf Station C. Sie wollen Jean Dumas besuchen.«

»Lord Dumas«, sagte er lächelnd. »Alles klar. Hier entlang«, und wir folgten ihm durch eine Tür in einen Korridor.

»Warum nennen Sie ihn Lord Dumas?« fragte Beau.

»Oh, das ist nur ein kleiner Scherz des Pflegepersonals. Trotz seiner Probleme liegt Jean viel an seiner Kleidung, und er achtet sehr auf sein Äußeres. Zumindest war es bisher so.«

»Was soll das heißen, es war bisher so?« fragte ich.

»Seit er verlegt worden ist, eigentlich schon in der letzten Zeit vor seiner Verlegung, hat er aufgehört, auf ein gepflegtes Äußeres zu achten. Die Ärzte sind besorgt. Normalerweise bringen wir ihn nach dem Mittagessen ins Spielzimmer, aber in der letzten Zeit scheint er ziemlich deprimiert zu sein und geht gleich wieder zurück auf die Station.«

Ich warf einen Blick auf Beau. »Wie sieht es auf dieser Station aus?« fragte ich.

Der Krankenpfleger blieb stehen. »Das Ritz ist es nicht gerade.«

Das war eine krasse Untertreibung. Die Männerstation bestand aus nichts als einem Dutzend Betten, die in einer Reihe dastanden, zu jedem gehörte ein Metallspind. Mit großen Abständen dazwischen gab es in der einen Wand drei Fenster, in der anderen zwei, und alle waren vergittert. Der Fußboden war zementiert, und die Wände waren in einem stumpfen Braunton gestrichen. Die Beleuchtung war schwach, dennoch konnten wir Onkel Jean am hinteren Ende des Raums auf seiner Bettkante sitzen sehen. Eine Krankenschwester hatte ihm gerade etwas verabreicht und kam jetzt auf uns zu.

»Ich habe zwei Besucher für Jean«, teilte ihr der Krankenpfleger mit.

»Heute ist er sehr niedergeschlagen, noch mehr als sonst. Er wollte sogar beim Mittagessen kaum etwas zu sich nehmen. Ich mußte ihm Medizin geben. Sind Sie mit ihm verwandt?« fragte sie uns.

»Ich bin seine Nichte Ruby.«

»Oh«, sagte sie lächelnd. »Die Ruby, die ihm von Zeit zu Zeit Briefe schickt?«

»Ja«, erwiderte ich und war froh zu hören, daß er sie bekam.

»Er hütet diese Briefe wie einen Schatz, obwohl ich mich manchmal frage, ob er tatsächlich die Worte liest. Manchmal sitzt er stundenlang mit einem dieser Briefe da und starrt ihn einfach nur an. Als er noch ein eigenes Zimmer hatte, habe ich ihm gelegentlich einen der Briefe vorgelesen. Sie waren sehr nett.«

»Danke. Verschlechtert sich sein Zustand?«

»Ich fürchte, ja. Der Umzug und all das hat ihm auch nicht gerade gutgetan. Früher war er immer sehr stolz darauf, daß er sein Zimmer so gut in Ordnung gehalten hat.«

»Ich weiß«, sagte ich. »Ich kann mich daran erinnern.«

»Ach, Sie haben ihn dort besucht?«

»Nicht direkt«, sagte ich. Diese Krankenschwester hatte noch nicht hier gearbeitet, als ich damals zu meinem Aufenthalt hier gezwungen worden war, daher konnte sie sich nicht an mich erinnern. Ich sah jedoch keinen Sinn darin, all das noch einmal zu berichten.

Beau blieb an meiner Seite, als ich auf Onkel Jean zuging, der dasaß und seine Hände anstarrte. Sein goldblondes Haar war zerzaust, und er trug eine zerdrückte Hose und ein zerknittertes weißes Hemd mit Flecken auf der Brust, wahrscheinlich vom Essen.

»Guten Tag, Onkel Jean«, sagte ich und setzte mich neben ihn. Ich nahm seine Hände in meine, er drehte sich um, blickte erst zu Beau auf und schaute dann mich an. Ich sah in seinen blaugrünen Augen, daß er mich wiedererkannte; ein kleines Lächeln begann um seine Mundwinkel zu spielen.

»Erinnerst du dich noch an mich? Ich bin Ruby. Ich bin Pierres andere Tochter. Ich bin diejenige, die dir all diese Briefe geschickt hat.« Sein Lächeln wurde strahlender. »Ich bin von der Schule nach Hause gekommen, weil ... weil sich eine Tragödie abgespielt hat, Onkel Jean, und jetzt bin ich hier, um es dir zu erzählen, weil ich finde, du hast ein Recht darauf, es zu erfahren. Ich finde, du solltest es wissen.« Ich schaute zu Beau auf, weil ich wissen wollte, ob er fand, daß ich weiterreden sollte. Er nickte. Onkel Jean sah mich immer noch an, und seine Augen flackerten, während sein Blick forschend über mein Gesicht glitt.

»Es geht um Daddy, Onkel Jean ... er ist ... sein Herz hat versagt, und er ist ... er ist tot«, sagte ich. »Deshalb war er nicht hier, um dich zu besuchen, und deshalb bist du in diese Station verlegt worden. Aber ich werde mich bei Daphne darüber beklagen, und ich werde dafür sorgen, daß du dein Zimmer wiederbekommst. Zumindest werde ich es versuchen«, versprach ich.

Allmählich schwand das matte Lächeln, und seine Lippen begannen, kaum wahrnehmbar, zu beben. Ich legte ihm eine Hand auf die Schulter und streichelte sie sacht.

»Es wäre Daddys Wunsch gewesen, daß ich zu dir komme, Onkel Jean. Da bin ich mir ganz sicher. Er war sehr unglücklich über das, was euch beiden damals passiert ist, und deine Krankheit hat ihn sehr traurig gemacht. Er hat sich so sehr gewünscht, daß es dir wieder bessergehen möge. Er hat dich sehr geliebt. Wirklich, ich bin ganz sicher.«

Onkel Jeans Lippen zitterten jetzt stärker. Er blinzelte ein paarmal, und dann spürte ich, wie ein Schauer seine Hände erbeben ließ. Plötzlich schüttelte er den Kopf, erst langsam und bedächtig und dann immer heftiger.

»Onkel Jean ...«

Er machte den Mund auf, schloß ihn wieder und schüttelte noch heftiger den Kopf. Die Krankenschwester und der Krankenpfleger kamen näher. Ich blickte zu ihnen auf, als Onkel Jean einen unverständlichen Laut auszustoßen begann.

»Aaaaaaa ...«

»Jean«, sagte die Krankenschwester und eilte zu ihm. »Was hast du ihm erzählt?« fragte sie mich schroff.

»Ich mußte ihm sagen, daß sein Bruder – mein Vater – gestorben ist.«

»Ach du meine Güte. Ganz ruhig, Jean«, sagte sie.

Seine Schultern begannen zu beben, und er öffnete und schloß den Mund und stieß immer wieder den gräßlichen Laut aus.

»Ihr beide solltet jetzt besser gehen«, sagte die Krankenschwester.

»Es tut mir leid. Ich wollte keine Schwierigkeiten machen, aber ich fand, er müßte es wissen.«

»Das ist schon in Ordnung. Er wird sich schon wieder erholen«, versicherte sie, doch sie hatte es eilig, uns fortzuschicken.

Ich erhob mich, und Onkel Jean blickte voller Verzweiflung zu mir auf. Einen Moment lang blieb er stumm, und ich beschloß, ihn schnell zu umarmen.

»Ich werde dich ein andermal wieder besuchen, Onkel Jean«, versprach ich ihm durch meine Tränen, und dann wandte ich mich ab. Beau folgte mir zur Tür. Wir waren schon fast draußen, als Onkel Jean einen Schrei ausstieß.

»P-P-Pierre!«

Als ich mich umdrehte, sah ich, daß er sich die Hände vor das Gesicht schlug. Die Krankenschwester preßte seinen Rücken auf das Bett und hob seine Beine, und endlich lag er still.

»O Beau«, sagte ich. »Ich hätte nicht herkommen sollen. Daphne hat recht gehabt. Ich hätte es ihm nicht sagen sollen.«

»Natürlich war es richtig, daß du hergekommen bist. Er

hätte sich im Stich gelassen gefühlt, wenn Pierre nie mehr hier aufgetaucht wäre. Jetzt versteht er zumindest, warum sein Bruder nicht mehr kommt, und er weiß, daß er immer noch dich hat«, sagte Beau und legte einen Arm um mich.

Ich legte den Kopf an seine Schulter und ließ mich von ihm aus dem Haus führen und nach Hause fahren, wo Daddy aufgebahrt lag, ehe er zu seiner letzten Ruhestätte gebracht wurde.

11.
Das Ende der Schonzeit

Ich sagte Beau, er solle eine Kreuzung vor unserem Haus anhalten.

»Ich komme mir vor wie Gisselle, wenn ich mich derart heimlich herumtreibe«, sagte ich, »aber es ist mir einfach lieber, wenn Daphne nicht sieht, daß du mich absetzt.«

Er lachte. »Das ist schon in Ordnung. Manchmal kommt es einem eben doch gelegen, Ränke zu schmieden wie Gisselle. Es ist nur ein Jammer, daß sie nicht auch etwas von dir lernen kann.« Er beugte sich herüber, um mir einen Kuß auf die Lippen zu drücken, ehe ich aus seinem Wagen stieg.

»Ich werde heute abend hier sein«, rief er mir nach. Ich winkte und lief den Weg hinauf, um mich durch den Seiteneingang wieder ins Haus zu schleichen.

Es war sehr still, als ich eintrat. Ich begab mich leise zur Treppe und begann die Stufen hinaufzusteigen, die besonders laut zu quietschen schienen, nur weil ich bemüht war, keine Aufmerksamkeit auf mich zu ziehen. Ich war fast oben angekommen, als Daphne nach mir rief. Ich drehte mich um und schaute auf sie herunter. Bruce Bristow stand neben ihr.

»Wo warst du?« fragte sie und stemmte die Arme in die Hüften. Sie trug das nüchterne Kostüm für geschäftliche Anlässe, Rouge, Lippenstift und Eyeliner, doch ihr Haar war nicht aufgesteckt.

»Bei Onkel Jean«, gestand ich. Ich hatte mich entschlossen, nicht zu lügen, falls sie mich ertappte, und außerdem wollte ich sie ohnehin fragen, warum sie die Zuschüsse für

Onkel Jeans Unterbringung im Heim gestrichen und ihn hatte verlegen lassen.

»Was hast du getan? Komm augenblicklich her«, befahl sie und stach mit ihrem rechten Zeigefinger durch die Luft. Sie machte auf der Stelle kehrt und marschierte in das Wohnzimmer. Bruce schaute zu mir auf, und das bekannte freche Lächeln machte sich genüßlich in seinen Mundwinkeln breit. Dann wandte er sich ab, um Daphne zu folgen. Ich kehrte um, und als ich auf halber Höhe der Treppe angelangt war, rief mich Gisselle vom oberen Treppenabsatz aus, wo sie in ihrem Rollstuhl Posten bezogen hatte, um sich meine Auseinandersetzung mit unserer Stiefmutter nicht entgehen zu lassen.

»Ich hätte dich ja gedeckt«, sagte sie, »aber du hast mir noch nicht einmal gesagt, wohin du gehst.« Sie wiegte scheinheilig den Kopf. »Als sie gekommen ist und dich gesucht hat, konnte ich noch nicht einmal etwas erfinden.«

»Das ist schon in Ordnung. Mir macht es ohnehin keinen Spaß, zu lügen und mich heimlich aus dem Haus zu schleichen.«

»Das ist wirklich ein Jammer«, sagte sie. »Jetzt bekommst du Ärger.« Sie lächelte mich an, schmierig und schadenfroh, dann machte sie kehrt und rollte wieder in ihr Zimmer. Ich lief eilig die letzten Stufen hinunter und betrat das Wohnzimmer. Daphne saß auf dem Sofa, Bruce stand neben ihr und hatte die Hände vor dem Bauch gefaltet.

Er schaute finster, doch diese Miene hatte er um ihretwillen aufgesetzt.

»Komm rein«, sagte Daphne. Mein Herz pochte heftig, als ich auf sie zuging. »Ich dachte, ich hätte dir ausdrücklich gesagt, daß du Jean nicht besuchen sollst. Ich dachte, ich hätte dich ausdrücklich gebeten, daß du ihm nichts davon erzählen sollst«, sagte sie hastig.

»Daddy hätte gewollt, daß er es erfährt«, erwiderte ich. »Und außerdem hätte er immerzu auf Daddy gewartet und sich gefragt, warum er nie mehr kommt.«

Sie verzog hämisch das Gesicht. »Ich bin sicher, daß er sich absolut keine Gedanken gemacht hätte.« Ihre Augen wurden schmale Schlitze, und sie preßte die Lippen aufeinander. »Wer hat dich hingebracht? Beau?« Ich schwieg, und sie nickte mit ihrem kalten Lächeln. »Es wird seine Eltern gar nicht freuen zu hören, daß er dich in deinem Ungehorsam unterstützt hat. Solange du in Greenwood warst, hat er keinerlei Ärger gehabt, aber sowie du zurückkehrst ...«

»Mach ihm bitte keine Schwierigkeiten. Er hat damit überhaupt nichts zu tun. Er war lediglich so nett, mich hinzufahren.«

Sie schüttelte den Kopf und sah Bruce an, in dessen Gesicht sich ihre Geringschätzung widerspiegelte.

»Jedenfalls« fuhr ich fort und raffte meinen Mut zusammen, »weiß ich jetzt, warum du nicht wolltest, daß ich ihn besuche.« Ich sprach in so scharfem Ton, daß Bruce seine Augenbrauen hochzog. »Du hast Onkel Jean insgeheim von seinem privaten Einzelzimmer in eine Station verlegen lassen.«

Sie lehnte sich zurück und verschränkte die Arme.

»Insgeheim?« Sie lachte ein hohles, dünnes Lachen, ehe sie Bruce ansah und sich dann mit finsterer Miene an mich wandte. »Ich habe es nicht nötig, etwas insgeheim zu tun. Ich brauche weder deine Genehmigung noch die deiner Schwester oder irgendeines anderen Menschen, um irgendwelche Entscheidungen zur treffen, die diese Familie angehen.«

»Warum hast du das getan?« rief ich aus. »Wir können es uns schließlich leisten, ihm ein Einzelzimmer zu bezahlen.«

»Ein Einzelzimmer war die reinste Geldverschwendung. Der Meinung war ich schon immer«, sagte sie. »Was nicht heißt, daß ich dir oder deiner Schwester auch nur irgendeine Erklärung schuldig wäre.«

»Aber jetzt verschlechtert sich sein Zustand. Das Pflegepersonal bestätigt es. Er achtet nicht mehr so auf sich wie früher und ...«

»Er hat so oder so nie wirkliche Fortschritte gemacht. Pierre hat das viele Geld nur für Jean ausgegeben, um sein Gewissen zu beschwichtigen. Diese Unkosten waren lachhaft.«

»Nein, eben nicht«, beharrte ich. »Ich habe den Unterschied selbst gesehen, du nicht.«

»Seit wann hast du ein Diplom, das es dir erlaubt, Geisteskrankheiten zu beurteilen?« warf sie mir an den Kopf. Dann lächelte sie wieder kalt, ein Lächeln, das ein Frösteln über meinen Rücken laufen ließ. »Oder hast du von deiner Grandmère, dieser Wunderheilerin, irgendwelche magischen Kräfte geerbt?«

Glut stieg in mein Gesicht. Daphne ließ keine Gelegenheit aus, das Andenken meiner Großmutter zu verspotten. Sie liebte es, die Cajun-Welt ins Lächerliche zu ziehen. Ich holte tief Atem und ließ mir nicht den Boden unter den Füßen wegziehen.

»Nein, ich habe schlicht und einfach Mitgefühl und menschliche Güte geerbt«, sagte ich.

Sie zuckte zusammen. Bruce war das Lächeln vergangen. Er trat von einem Fuß auf den anderen und schaute besorgt auf Daphne herunter.

»Das genügt jetzt«, sagte sie bedächtig, und ihr Blick war so finster wie Schatten im Sumpf. »Du warst ungehorsam. Ich will, daß du dir von Anfang an darüber im klaren bist, was es heißt, dich gegen mich aufzulehnen. Dein Vater kann dich nicht mehr in Schutz nehmen.« Sie zog die Schultern zurück und nahm eine steife Haltung ein, ehe sie ihr Urteil über mich verhängte. »Du wirst nach oben gehen und bis zum Begräbnis deines Vaters in deinem Zimmer bleiben. Ich werde dir die Mahlzeiten von Martha nach oben bringen lassen, und du wirst niemanden zu sehen bekommen.«

»Aber die Totenwache ... die Trauergäste ...«

»Wir werden den Leuten sagen, daß du dich nicht gut fühlst; auf die Art werden wir verhindern, daß sich dein schlechtes Benehmen herumspricht«, sagte sie schroff.

»Aber ich habe mich nicht schlecht benommen«, beharrte ich. »Es ist mein Recht, Onkel Jean zu besuchen; man hätte ihn über Daddys Tod unterrichten sollen, und du hättest ihn nicht in diese Station verlegen lassen dürfen.«

Einen Moment lang war sie sprachlos angesichts meines hartnäckigen Widerstandes. Dann raffte sie all ihre Bitterkeit zusammen und beugte sich vor.

»Wenn du einundzwanzig bist«, erwiderte sie, und ihre Augen wurden etwas größer, »dann kannst du finanzielle Entscheidungen ohne meine Einmischung treffen und brauchst auch meine Meinung nicht mehr einzuholen. Du kannst von mir aus dein gesamtes Erbe auf Jean verschwenden. Bis dahin bin ich hier die einzige, die Entscheidungen darüber trifft, wofür das Vermögen der Dumas' ausgegeben wird. Ich habe einen Experten in diesen Angelegenheiten an der Hand«, sagte sie und wies mit einer Kopfbewegung auf Bruce, »und daher brauche ich mir nicht anzuhören, was du dazu zu sagen hast. Hast du verstanden? Ob du mich verstanden hast?« hämmerte sie auf mich ein, als ich nicht gleich etwas erwiderte.

»Nein«, sagte ich und grub trotzig die Hacken in den Boden. »Ich verstehe absolut nicht, wie du das dem armen Onkel Jean antun konntest.«

»Gut. Du verstehst es also nicht.« Sie lehnte sich wieder zurück. »Aber das ist mir gleich«, sagte sie und wedelte mit der Hand durch die Luft. »Für den Moment wirst du jedenfalls nach oben gehen und die Tür hinter dir schließen, oder ich rufe Beaus Eltern an und bestelle sie augenblicklich hierher, damit sie sich anhören, was ihr beide angerichtet habt, du und er«, drohte sie mir, »und dann fällt auch deine Strafe doppelt so hart aus.«

In meinen Augen brannten die heißen Tränen der Wut.

»Aber ich muß zur Totenwache erscheinen ... ich sollte ...«

»Du hättest auf das hören sollen, was ich dir gesagt habe«, sagte sie mit fester Stimme. Sie streckte den Arm aus, wies auf die Tür, die zur Treppe führte, und sagte: »Und jetzt verschwinde!«

Ich ließ den Kopf hängen.

»Kannst du dir nicht eine andere Strafe für mich ausdenken?« bettelte ich, und Tränen rannen über meine Wangen.

»Nein. Ich habe weder die Zeit noch die Energie, mich hinzusetzen und mir Belohnungen für deine Aufsässigkeit auszudenken; schon gar nicht, wenn du unter den gegebenen Umständen ungehorsam bist. Ich muß meinen Ehemann beerdigen. Ich habe keine Zeit, die Kinderschwester für verzogene, trotzige junge Mädchen zu spielen. Tu, was ich gesagt habe. Hast du gehört?« schrie sie mit schriller Stimme.

Ich holte hörbar Atem und verließ langsam das Zimmer. Dabei hatte ich ein Gefühl im Bauch, als hätte ich literweise Schlamm aus dem Sumpf getrunken. In meinem Zimmer warf ich mich aufs Bett und schluchzte. Ich begriff, daß ich Onkel Jean nicht würde helfen können, da ich nicht einmal mir selbst helfen konnte.

»Also, wo bist du überhaupt gewesen?« fragte Gisselle, die sich in meine Tür gerollt hatte. Ich drehte mich langsam zu ihr um und wischte mir die Tränen von den Wangen. »Drüben am Lake Pontchartrain?« fragte sie, und ein anzügliches, lüsternes Grinsen spielte auf ihren Lippen. »Zum Schmusen?«

»Nein. Beau hat mich zu Onkel Jean gefahren«, sagte ich und schilderte ihr, was ich vorgefunden hatte. »Und deshalb hat sie ihn auf eine Station verlegen lassen, auf der er nichts weiter als sein Bett und einen zerbeulten Metallspind hat«, schloß ich.

Sie zuckte die Achseln und zeigte kaum eine Spur von

Interesse. »Das überrascht mich nicht. Ich habe dir doch gleich gesagt, wozu Daphne fähig ist, aber du hörst mir ja nicht zu. Du glaubst, die Welt besteht nur aus zwitschernden Vögeln und duftenden Rosen. Sie wird auch das, was wir bekommen, gewaltig kürzen. Du wirst ja sehen«, sagte sie. Sie kam näher und senkte die Stimme zu einem Flüstern. »Es ist wirklich besser, wenn wir hierbleiben und nicht nach Greenwood zurückgehen. Verwende deinen brillanten Verstand und deine Zeit darauf, dir etwas einfallen zu lassen. Wir müssen sie dazu bringen, daß sie uns hierbleiben läßt«, sagte sie.

»Uns hierbleiben läßt?« Ich lachte so irrsinnig, daß ich selbst darüber erschrak. »Schon allein unser Anblick ist ihr unerträglich. Du bist hier diejenige, die in einer Welt voller Illusionen lebt, wenn du glaubst, Daphne würde die Möglichkeit, uns um sich zu haben, auch nur in Betracht ziehen.«

»Das ist ja toll«, stöhnte Gisselle. »Du willst dich schlichtweg geschlagen geben?«

»So ist es nun einmal«, sagte ich mit einem Fatalismus, der sie offensichtlich schockierte. Sie blieb sitzen, wo sie saß, und starrte mich an, als rechnete sie damit, daß meine Stimmung umschlug und ich ihr genau die Dinge sagen würde, die sie hören wollte.

»Willst du dich denn nicht waschen und für die Totenwache umziehen?« fragte sie schließlich.

»Da ich Daphne gegenüber ungehorsam war und in das Heim gefahren bin, um Onkel Jean zu besuchen, ist es mir nicht gestattet, zur Totenwache zu erscheinen. Das ist meine Strafe.«

»Du darfst nicht zur Totenwache erscheinen? Das ist deine Strafe? Warum kann ich nicht auch bestraft werden?« schrie sie.

Ich fuhr sie derart an, daß sie vor Schreck ein Stück zurückrollte. »Was ist bloß los mit dir, Gisselle? Mit dir stimmt etwas nicht. Daddy hat dich geliebt!«

»Ja, bis du hergekommen bist. Dann hat er mich so gut wie ganz vergessen«, stöhnte sie.

»Das ist nicht wahr.«

»Oh, doch, aber das spielt jetzt keine Rolle mehr. Also, gut«, sagte sie mit einem tiefen Seufzen und gab ihrem Haar mit ein paar Handgriffen mehr Fülle. »Jemand muß Beau schließlich unterhalten, wenn er kommt. Ich schätze, ich werde für dich einspringen.« Sie lächelte und rollte in ihr Zimmer zurück.

Ich stand auf, schaute aus dem Fenster und fragte mich, ob ich nicht besser dran wäre, wenn ich einfach ausriß. Ich hätte diesen Gedanken ernstlich erwogen, wenn ich mich nicht an einige der Versprechen erinnert hätte, die ich Daddy gegeben hatte. Ich mußte hierbleiben, um für Gisselle zu sorgen, so gut es ging, um Fortschritte mit meiner Kunst zu machen und seinem Andenken zur Ehre zu gereichen. Irgendwie würde ich die Hindernisse überwinden, die Daphne mir mit Sicherheit in den Weg legen würde, und eines Tages würde ich genau das tun, was sie mir empfohlen hatte: Ich würde Onkel Jean helfen. Das gelobte ich mir.

Ich legte mich wieder auf mein Bett, dachte nach und döste ein, bis ich hörte, wie Gisselle sich zur Treppe rollte und sich von Edgar nach unten helfen ließ, um sich den Trauergästen anzuschließen. Dann kniete ich mich hin und sprach die Gebete, die ich an Daddys Sarg gesprochen hätte.

Martha brachte mir ein Tablett mit Essen, und obwohl sie klare Anweisungen von Nina erhalten hatte, sie sollte mir befehlen, alles aufzuessen, stocherte ich nur lustlos darin herum, denn ich hatte keinen Appetit; mein Magen war zu verspannt und nervös, um etwas aufzunehmen.

Stunden später hörte ich ein leises Klopfen an meiner Tür. Ich lag im Dunkeln, nur der Mondschein, der durch das Fenster drang, erhellte mein Zimmer schwach. Ich beugte mich vor, schaltete eine Lampe an und sagte: »Herein!« Es war Beau, und ihm folgte Gisselle.

»Daphne weiß nicht, daß er hier oben ist«, sagte sie, und ein kapriziöses Lächeln spielte um ihre Lippen. Wie sehr sie es doch genoß, Verbotenes zu tun, selbst dann, wenn sie es für mich tat. »Alle glauben, daß er mich um das Haus herumfährt. Hier sind so viele Leute, daß man uns nicht vermissen wird. Mach dir keine Sorgen.«

»O Beau, du solltest besser nicht hier sein. Daphne hat damit gedroht, dich und deine Eltern hier ins Haus zu zitieren und dich anzuschwärzen, weil du mich zu dem Heim gefahren hast«, warnte ich ihn.

»Das Risiko gehe ich ein«, sagte er. »Warum war sie überhaupt so wütend?«

»Weil ich herausgefunden habe, was sie meinem Onkel angetan hat. Das ist der Hauptgrund.«

»Es ist so ungerecht, dich zu diesem Zeitpunkt auch noch zu bestrafen«, sagte er, und einen Moment lang sahen wir einander in die Augen.

»Ich könnte euch eine Zeitlang allein lassen«, schlug Gisselle vor. »Ich bin sogar bereit, den Wachposten für euch zu spielen.«

Ich wollte gerade Einwände erheben, als Beau sich bei ihr bedankte. Er schloß leise die Tür, setzte sich zu mir und legte einen Arm um meine Schultern.

»Meine arme Ruby. Das hast du nicht verdient.« Er küßte mich auf die Wange. Dann sah er sich in meinem Zimmer um und lächelte. »Ich erinnere mich, daß ich früher schon einmal hier gewesen bin ... als du Gisselles Marihuana probiert hast, weißt du noch?«

»Erinnere mich bloß nicht daran«, sagte ich und lächelte zum erstenmal seit langer Zeit. »Das einzige, woran ich in diesem Zusammenhang gern denke, ist, daß du ein Gentleman warst und dich um mich gekümmert hast.«

»Ich werde mich immer um dich kümmern«, sagte er. Er küßte mich auf den Hals, auf das Kinn, auf den Mund.

»O Beau, tu das nicht. Ich bin im Moment schrecklich verwirrt und beunruhigt. Ich will, daß du mich küßt und mich streichelst, aber ich denke immer wieder daran, weshalb ich hier bin, an die Tragödie, die mich nach Hause geholt hat.«

Er nickte. »Das verstehe ich. Es ist nur so, daß ich meine Lippen einfach nicht von dir lassen kann, wenn ich dir so nahe bin.«

»Wir werden wieder zusammensein, und zwar schon bald. Falls du es nicht schaffst, innerhalb der beiden nächsten Wochen nach Greenwood zu kommen, werden wir uns in den Ferien sehen.«

»Ja, das ist wahr«, sagte er und hielt mich immer noch fest. »Wenn du wüßtest, was ich dir zu Weihnachten schenke! Wir werden viel Spaß miteinander haben und werden Silvester zusammen feiern und ...«

Plötzlich wurde die Tür aufgerissen, und Daphne stand da und funkelte uns an.

»Das dachte ich mir«, sagte sie. »Raus«, fauchte sie Beau an. Sie streckte den Arm aus und wies auf die Tür.

»Daphne, ich ...«

»Setz mir bloß keine Geschichten oder Ausflüchte vor. Du hast hier oben nichts zu suchen, und das weißt du ganz genau.«

»Und was dich angeht«, sagte sie und richtete den Blick auf mich. »So also trauerst du um deinen Vater? Indem du deinen Freund in deinem Zimmer empfängst? Besitzt du denn gar kein Anstandsgefühl und keine Spur von Selbstbeherrschung? Rauscht dieses wilde Cajun-Blut so heiß und schwer in deinen Adern, daß du keiner Versuchung widerstehen kannst, selbst dann nicht, wenn direkt unter dir dein Vater in seinem Sarg liegt?«

»Wir haben nichts getan!« rief ich aus. »Wir ...«

»Ich bitte dich, verschone mich«, sagte sie. Sie hob eine Hand und schloß die Augen. »Beau, verschwinde jetzt. Ich hatte mal eine hohe Meinung von dir, aber offensichtlich bist du genauso wie alle anderen jungen Männer auch ... Du kannst dich nicht zurückhalten, wenn es so aussieht, als könntest du deinen Spaß haben, ganz gleich, unter welchen Umständen.«

»Das ist nicht wahr. Wir haben nur miteinander geredet und Pläne geschmiedet.«

Sie lächelte eisig. »Ich würde an deiner Stelle keine Pläne schmieden, in denen meine Tochter vorkommt«, sagte sie. »Du weißt, wie deine Eltern dazu stehen, daß du dich mit ihr triffst, und wenn sie das erst hören ...«

»Aber wir haben doch gar nichts Böses getan«, beharrte er.

»Ihr könnt froh sein, daß ich nicht noch ein paar Minuten länger gewartet habe. Am Ende hätte sie dich dazu gebracht, dich auszuziehen, und dann wieder so getan, als habe sie dich zeichnen wollen«, sagte sie zu Beau.

Beau lief so dunkelrot an, daß ich fürchtete, er würde Nasenbluten bekommen.

»Geh jetzt, Beau. Bitte«, flehte ich ihn an. Er sah mich an und ging dann auf die Tür zu. Daphne trat einen Schritt beiseite. Er drehte sich noch einmal zu mir um, schüttelte den Kopf und lief dann eilig zur Treppe. Und Daphne wandte sich mir zu.

»Und du hast mir vorhin dort unten fast das Herz gebrochen, als du mich angefleht hast, an der Totenwache teilnehmen zu dürfen ... als läge dir das wirklich am Herzen«, sagte sie eisig und schloß die Tür hinter sich.

Das Geräusch klang wie ein Schuß, und mir blieb das Herz stehen. Dann begann es zu pochen, und es pochte immer noch wie wild, als wenige Augenblicke später Giselle die Tür öffnete.

»Tut mir leid«, sagte sie. »Ich war nur für einen Moment fort, um etwas zu holen, und ehe ich wußte, was geschah, kam sie die Treppe heruntergeschossen und stürmte an mir vorbei.«

Ich starrte sie an. Es lag mir auf der Zunge, sie zu fragen, ob sie nicht in Wahrheit diese Situation absichtlich herbeigeführt hatte, aber das spielte jetzt keine Rolle mehr. Das

Unheil war angerichtet, und ob Gisselle daran schuld war oder nicht, änderte nichts am Ergebnis. Die Entfernung zwischen Beau und mir war durch meine Stiefmutter noch weiter ausgedehnt worden; diese Frau schien nur zu einem Zweck zu existieren, nämlich dem, mir das Leben zur Qual zu machen.

Daddys Begräbnis war das größte, das ich je erlebt hatte, und der Tag schien vom Schicksal dafür bestimmt zu sein: Dichte graue Wolken hingen über uns, der Wind war warm, aber kräftig genug, um die Äste der Platanen und Eichen, der Weiden und Magnolien am Wegesrand schwanken und sich verbeugen zu lassen. Es war, als wollte die ganze Welt einem gefallenen Prinzen die letzte Ehre erweisen. Teure Wagen säumten viele Kreuzungen weit die Straßen zur Kirche, und Trauben von Menschen waren erschienen; viele mußten sogar in der Tür und in dem Säulengang vor der Kirche stehen bleiben. Trotz meiner Wut auf Daphne beeindruckte sie mich mit der Eleganz ihrer Erscheinung, mit ihrer Haltung, ihrem Benehmen gegenüber den Gästen und damit, wie sie Gisselle und mich während der Predigt, auf dem Weg vom Haus zur Kirche und von der Kirche zum Friedhof nicht aus den Augen ließ, um notfalls jederzeit einzugreifen.

Ich hätte mir so sehr gewünscht, bei der Beerdigung etwas Intimes zu verspüren, Daddys Nähe, seine Gegenwart wahrzunehmen, aber da Daphnes Blick ständig auf mich gerichtet war und die Trauergäste uns anstarrten, als seien wir eine königliche Familie, die verpflichtet war, die angemessene Würde aufrechtzuerhalten und den Erwartungen der Beobachter zu entsprechen, fiel es mir schwer, an Daddy zu denken. Zeitweilig kam sogar ich mir vor, als sei ich bei irgendeinem prunkvollen Staatsbesuch zugegen, bei einem öffentlichen Ereignis, das von jeglichem Gefühl entkleidet war.

Als ich schließlich weinte, weinte ich vermutlich ebensosehr um mich selbst und beklagte, wie mein Leben ohne den Vater aussehen würde, den Grandmère Catherine mir mit ihren letzten Enthüllungen wiedergegeben hatte. Die kostbare Gabe des Glücks war mir von dem neidischen Tod entrissen worden, der ständig um uns herumschlich, uns beobachtete und auf eine Gelegenheit wartete, uns alles zu entreißen, was ihn erkennen ließ, wie jämmerlich sein eigenes Schicksal in alle Ewigkeit sein würde. Das hatte mich Grandmère Catherine über den Tod gelehrt, und das war es auch, woran ich jetzt felsenfest glaubte.

Daphne vergoß in der Öffentlichkeit keine Tränen. Nur zweimal schien sie tief getroffen zu sein: einmal in der Kirche, als Vater McDermott daran erinnerte, wie er sie und Daddy getraut hatte, und dann noch einmal auf dem Friedhof, als Daddys Leichnam bestattet wurde. Wegen des hohen Grundwasserspiegels hob man in New Orleans keine Gräber aus wie in anderen Städten. Die Leute wurden oberirdisch, in Zementgruften, beigesetzt, und häufig zierte das Familienwappen die Tür der Gruft.

Statt zu schluchzen, hob Daphne ihr seidenes Taschentuch und preßte es sich auf den Mund. Ihre Augen blieben leer, ihr Blick gesenkt. Als es an der Zeit war, die Kirche zu verlassen, nahm sie Gisselle und mich an der Hand, und dasselbe tat sie, als wir den Friedhof verließen. Sie hielt uns nur einen Moment lang an den Händen, eine Geste, von der ich deutlich spürte, daß sie nicht wirklich uns beiden galt, sondern für die versammelten Trauergäste gedacht war.

Während des gesamten Zeremoniells hielt sich Beau mit seinen Eltern im Hintergrund. Wir tauschten kaum einen Blick. Daphnes Verwandtschaft drängte sich dicht zusammen; keiner ihrer Angehörigen erhob die Stimme zu mehr als einem Flüstern, und sie ließen uns keine Sekunde aus den Augen. Jeden, der auf Daphne zukam, um ihr ein letztesmal sein Beileid auszusprechen, nahm sie bei den Händen und sagte leise: »*Merci beaucoup.*« Danach wandten sich die Leute an uns. Gisselle ahmte Daphne absolut perfekt nach; sie imitierte sogar ihren französischen Akzent und hielt die Hände der Trauergäste nicht einen Sekundenbruchteil länger oder kürzer fest, als Daphne es ihr vorgemacht hatte. Ich sagte schlicht auf englisch danke.

Als rechnete sie fest damit, daß entweder Gisselle oder ich etwas sagen oder tun würde, womit wir sie in Verlegenheit bringen könnten, beobachtete uns Daphne unablässig aus dem Augenwinkel und belauschte uns, insbesondere, als Beau und seine Eltern auf uns zukamen. Ich hielt Beaus Hände länger fest als die aller anderen Gäste, obwohl ich das Gefühl hatte, daß Daphnes Augen Löcher in meinen Nacken und in meinen Schädel brannten. Ich war sicher, daß Gisselles Benehmen ihr mehr Freude bereitete als meines, aber ich war nicht hier erschienen, um Daphne eine Freude zu bereiten; ich war hier, um mich ein letztesmal von Daddy zu verabschieden und den Menschen, denen es wirklich ernst war, in der Form zu danken, in der Daddy es sich gewünscht hätte: aufrichtig, herzlich und ohne Scheinheiligkeit.

Bruce Bristow war ständig in unserer Nähe; gelegentlich flüsterte er Daphne etwas zu oder nahm Anweisungen von ihr entgegen. Als wir in der Kirche eingetroffen waren, hatte er sich erboten, meinen Platz einzunehmen und Gisselle durch den Mittelgang des Kirchenschiffs zu schieben. Er war auch prompt zur Stelle, um sie zum Kirchenportal zurückzuschieben, ihr in die Limousine zu helfen und ihr vor dem Friedhof beim Aussteigen behilflich zu sein. Natürlich kostete Gisselle diese Sonderbehandlung und die liebevolle Sorgfalt genüßlich aus.

Der Höhepunkt des Begräbnisses ereignete sich im letzten Moment; wir waren bereits auf dem Weg zur Limousine, um die Heimfahrt anzutreten. Ich wandte den Kopf nach rechts und sah meinen Halbbruder Paul über den Friedhof eilen. Im Dauerlauf schaffte er es gerade noch, uns zu erreichen, ehe wir in den Wagen stiegen.

»Paul!« rief ich aus. Ich konnte mein Erstaunen und meine Freude über sein Erscheinen nicht verbergen. Daphne drehte sich um und funkelte mich wütend an. Auch andere Personen, die in der Nähe standen, drehten sich nach uns um.

Bruce Bristow, der Gisselle gerade von dem Stuhl in den Wagen heben wollte, hielt in der Bewegung inne und blickte auf, als Gisselle den Mund aufmachte.

»Jetzt seht nur, wer im letzten Moment gekommen ist«, sagte sie.

Obwohl nur wenige Monate vergangen waren, schien es Ewigkeiten her zu sein, daß Paul und ich einander gesehen hatten. Er wirkte viel reifer, und sein Gesicht war markanter geworden. In seinem dunkelblauen Anzug mit Krawatte wirkte er größer und breitschultriger als früher. Seine Nase und seine himmelblauen Augen verrieten deutlich die Ähnlichkeit zwischen ihm, Gisselle und mir, doch sein Haar, das weder blond noch braun war – was die Cajuns *chatin* nannten –, war dünner als unseres und sehr lang. Er strich die Strähnen zurück, die ihm in die Stirn gefallen waren. Ohne ein Wort zu sagen, packte er mich und umarmte mich.

»Wer ist das?« erkundigte Daphne sich barsch. Die letzten Trauergäste, die eben den Friedhof verließen, drehten sich um und belauschten uns, damit ihnen bloß nichts entging.

»Das ist Paul«, sagte ich eilig. »Paul Tate.«

Daphne wußte von unserem Halbbruder, doch sie weigerte sich, seine Existenz anzuerkennen oder ihn auch nur zu erwähnen. Sie hatte keinerlei Interesse daran gezeigt, etwas über ihn zu erfahren, auch nicht, als er uns einmal in New Orleans besucht hatte. Jetzt verzog sie ihren Mund zu einer häßlichen Grimasse.

»Ich trauere mit Ihnen, Madame«, sagte er. »Ich bin gekommen, so schnell ich konnte«, fügte er hinzu und wandte sich wieder zu mir um, als sie kein Wort zu ihm sagte.

»Ich habe es erst erfahren, als ich in der Schule angerufen habe, weil ich dich sprechen wollte. Eines der Mädchen aus deinem Wohnheim hat es mir erzählt. Ich habe mich augenblicklich in den Wagen gesetzt und bin direkt zum Haus gefahren. Der Butler hat mir beschrieben, wie ich zum Friedhof finde.«

»Ich bin froh, daß du gekommen bist, Paul«, sagte ich.

»Können wir jetzt endlich einsteigen und nach Hause fahren«, drängte Daphne, »oder habt ihr vor, den ganzen Tag auf dem Friedhof zu stehen und zu reden?«

»Fahr hinter uns her«, forderte ich Paul auf und setzte mich neben Gisselle.

»Er sieht wirklich gut aus«, flüsterte sie, nachdem wir beide im Wagen saßen. Daphne bedachte uns mit finsteren Blicken.

»Ich will heute keine Besucher mehr im Haus haben«, erklärte sie, als wir in den Garden District fuhren. »Triff dich außerhalb des Hauses mit deinem Bruder, und mach es kurz. Ich will, daß ihr anfangt, eure Sachen zu packen, damit ihr morgen in die Schule zurückkehren könnt.«

»Morgen?« rief Gisselle aus.

»Ja, selbstverständlich. Was dachtest du denn?«

»Aber das ist zu früh. Wir sollten aus Respekt vor Daddy wenigstens noch eine Woche zu Hause bleiben.«

Daphne lächelte höhnisch. »Und was würdest du mit dieser Woche anfangen? Würdest du dich etwa hinsetzen und meditieren, beten und lesen? Oder würdest du vielleicht am Telefon hängen, mit deinen Freunden plaudern und sie Tag für Tag ins Haus bestellen?«

»Bloß, weil Daddy gestorben ist, brauchen wir doch nicht gleich das Leben von Nonnen führen«, gab Gisselle zurück.

»Genau. Ihr werdet morgen nach Greenwood zurückkehren und eure Studien wieder aufnehmen. Ich habe bereits alles arrangiert«, sagte Daphne.

Gisselle verschränkte die Arme und lehnte sich schmollend zurück. »Wir sollten ausreißen«, murmelte sie. »Genau das sollten wir tun.«

Daphne hörte sie und lächelte. »Und wohin würdest du ausreißen, Prinzessin Gisselle? Zu deinem schwachsinnigen Onkel Jean in die Anstalt?« fragte sie und warf einen Blick auf mich. »Oder würdest du dich deiner Schwester anschließen und mit ihr in das Paradies in den Sümpfen zurückkehren, um mit Menschen zusammenzuleben, die Langustenpanzer mit den Zähnen knacken?«

Gisselle wandte sich ab und sah aus dem Fenster. Zum erstenmal an diesem Tag flossen Tränen aus ihren Augen. Ich wünschte, ich hätte glauben können, daß sie weinte, weil sie Daddy vermißte, aber ich wußte, daß es nur die Aussicht war, nach Greenwood zurückkehren zu müssen und nicht mehr Zeit mit ihren alten Freunden verbringen zu können.

Als wir vor dem Haus hielten, war sie so deprimiert, daß sie nicht einmal mehr Paul sehen wollte. Sie ließ sich von Bruce in den Stuhl heben und ins Haus schieben, ohne auch nur ein Wort an mich oder Daphne zu richten. Daphne stand in der Tür und sah mich an, als Paul hinter uns anhielt. »Mach es kurz«, befahl sie. »Ich sehe es nicht gern, daß alle möglichen Cajuns ins Haus kommen.« Sie kehrte mir den Rücken zu und ging ins Haus, noch ehe ich etwas erwidern konnte.

Ich ging auf Paul zu und warf mich in seine tröstlichen Arme. Plötzlich brach all das Leid, das ich in meinem lädierten Herzen mit mir herumtrug, aus mir heraus. Ich schluchzte hemmungslos. Meine Schultern bebten, und ich barg mein Gesicht an seiner Schulter. Er streichelte mein Haar, küßte meine Stirn und flüsterte Worte des Trostes. Schließlich holte ich tief Atem und löste mich von ihm. Er hielt ein Taschentuch bereit, damit ich mir die Wangen abwischen und mich schneuzen konnte.

»Es tut mir leid«, sagte ich. »Ich kann nichts dafür, aber seit ich aus der Schule zurück bin, konnte ich noch nicht wirklich um Daddy weinen. Daphne hat uns das Leben so schwer gemacht. Armer Paul«, sagte ich und lächelte durch meine Tränen. »Jetzt warst ausgerechnet du derjenige, der meine Tränenströme über sich ergehen lassen mußte.«

»Ich bin froh, daß ich hier bin und dich vielleicht ein wenig trösten kann. Es muß furchtbar gewesen sein. Ich erinnere mich gut an deinen Vater. Er war so jung und vital, als ich ihn das letztemal sah; und er war sehr freundlich zu mir, ein echter kreolischer Gentleman. Dieser Mann hatte Stil. Ich konnte verstehen, weshalb unsere Mutter sich so sehr in ihn verliebt hat.«

»Ja. Ich auch.« Ich nahm seine Hand und lächelte. »O Paul, es tut so gut, dich zu sehen.« Ich warf einen Blick auf die Haustür und wandte mich dann wieder an ihn. »Meine Stiefmutter erlaubt mir nicht, Besucher zu empfangen«, sagte ich und führte ihn zu einer Bank, über der sich ein Spalier mit Rosen wölbte. »Sie schickt uns morgen wieder nach Greenwood«, berichtete ich ihm, nachdem wir uns gesetzt hatten.

»So schnell?«

»Ihr kann es gar nicht schnell genug gehen«, sagte ich bitter. »Aber laß uns nicht nur über mich reden. Erzähl mir, was sich zu Hause tut. Was gibt es über deine Schwestern zu berichten, und wie geht es allen anderen?«

Ich lehnte mich zurück und hörte zu, während er erzählte, und ich gestattete es mir, in eine andere Zeit zurückzufallen. Mein Leben im Bayou war hart gewesen und von großer Armut gezeichnet, doch Grandmère Catherine war es zu verdanken, daß ich dort ein weitaus glücklicheres Leben geführt hatte. Außerdem vermißte ich den Sumpf, die Blumen, die Vögel und sogar die Schlangen und Alligatoren. Es gab dort Gerüche und Geräusche, Orte und Ereignisse, an die ich mich genüßlich erinnerte, und nicht an letzter Stelle stand die Erinnerung daran, auf einer Piragua ins Zwielicht getrieben zu sein und nichts anderes gespürt zu haben als tiefe Zufriedenheit. Wie sehr ich doch wünschte, ich wäre jetzt dort.

»Mrs. Livaudis und Mrs. Thibodeaux sind immer noch gut in Form«, sagte er. »Ich weiß, daß sie Grandmère vermissen.« Er lachte. »Sie wissen, daß ich noch Kontakt zu dir habe, obwohl sie nie direkt mit der Sprache rausrücken. Gewöhnlich spekulieren sie in meiner Anwesenheit darüber, was wohl aus Catherine Landrys Ruby geworden ist.«

»Die beiden fehlen mir. Ich vermisse alle, die ich damals gekannt habe.«

»Grandpère Jack lebt immer noch und gräbt, wenn er betrunken ist, was häufig vorkommt, immer noch rund um das Haus Löcher und sucht nach dem Schatz, von dem er glaubt, deine Großmutter habe ihn vergraben, damit er ihn nicht findet. Ich schwöre dir, ich weiß nicht, was ihn noch am Leben hält. Mein Vater sagt, er hat etwas von einer Schlange an sich. Seine Haut sieht aus wie gegerbt, und immer dann, wenn man ihn am allerwenigsten erwartet, kommt er aus einem Gebüsch oder aus der Dunkelheit geglitten.«

»Ich wäre beinahe ausgerissen und ins Bayou zurückgekommen«, gestand ich.

»Falls du das jemals tun solltest … ich bin immer für dich da und helfe dir«, sagte Paul. »Ich arbeite jetzt als Manager in unserer Konservenfabrik«, fügte er stolz hinzu. »Ich bekomme ein gutes Gehalt, und ich spiele mit dem Gedanken, mir mein eigenes Haus zu bauen.«

»Oh, ist das wahr, Paul?« Er nickte. »Dann hast du also jemanden gefunden?«

Sein Lächeln verblaßte. »Nein.«

»Hast du dich bemüht?« insistierte ich. Er wandte sich ab. »Paul?«

»Es ist nicht leicht, jemanden zu finden, der sich mit dir messen kann, Ruby. Ich rechne nicht damit, daß das über Nacht passiert.

»Aber es muß geschehen, Paul. Du hast es verdient, jemanden zu finden, der dich aus ganzem Herzen lieben kann; du hast es verdient, eines Tages eine eigene Familie zu haben.«

Er blieb stumm. Dann wandte er sich um und lächelte. »Ich hatte wirklich meinen Spaß an den Briefen, die du mir aus der Schule geschrieben hast. Vor allem an den Dingen, die du mir über Gisselle berichtet hast.«

»Sie kann einem gewaltig zu schaffen machen, und ich weiß genau, daß jetzt, da Daddy tot ist, alles noch viel schlimmer wird. Aber er hat mir das Versprechen abgenommen, daß ich mich um sie kümmern werde. Es wäre mir lieber, Natterngezücht zu hüten«, sagte ich. Paul lachte wieder, und ich spürte, wie sich die Last des Kummers von meiner Brust hob. Es war, als könnte ich plötzlich wieder atmen.

Aber ehe wir weiterreden konnten, sah ich Edgar auf uns zukommen. Er wirkte bedrückt.

»Es tut mir leid, Mademoiselle, aber Madame Dumas wünscht, daß Sie ins Haus kommen und sich augenblicklich im Salon einfinden«, sagte er und zog die Augenbrauen hoch, um anzudeuten, wie streng sie den Befehl erteilt hatte.

»Danke, Edgar. Ich komme gleich«, sagte ich. Er nickte und ließ uns wieder allein.

»O Paul, es tut mir so leid, daß du den weiten Weg zurückgelegt hast und ich nur so wenig Zeit für dich hatte.«

»Das ist schon in Ordnung«, sagte er. »Das war es mir wert. Eine Minute mir dir ist wie eine Stunde zu Hause ohne dich«, fügte er hinzu.

»Paul, bitte«, sagte ich und nahm seine Hände in meine. »Versprich mir, daß du dich nach einem Mädchen umsehen wirst, das du lieben kannst. Versprich mir, daß du dich von einem Mädchen lieben lassen wirst. Versprich es mir.«

»Also, gut«, meinte er. »Ich verspreche es dir. Es gibt nichts, was ich nicht für dich täte, Ruby; ich würde mich sogar in ein anderes Mädchen verlieben – wenn ich es könnte.«

»Du kannst es. Du mußt.«

»Ich weiß«, flüsterte er. Er sah aus, als hätte ich ihn gezwungen, Rizinusöl zu trinken. Nur gar zu gern wäre ich geblieben, um mit ihm zu reden und mich an die schönen Zeiten zu erinnern, aber Edgar stand in der Tür und bedeutete mir, daß Daphne auf meinem sofortigen Erscheinen beharrte.

»Ich muß jetzt ins Haus gehen, ehe sie eine Szene macht, die uns beide nur in Verlegenheit bringt, Paul. Ich wünsche dir eine gute Heimfahrt. Ruf mich in der Schule an, und schreib mir!«

»Wird gemacht«, sagte er. Er küßte mich kurz auf die Wange und eilte zu seinem Wagen, wobei er sich zwang, sich nicht noch einmal nach mir umzusehen. Ich wußte, daß er Tränen in den Augen hatte und nicht wollte, daß ich sie sah.

Es tat weh, ihn wegfahren zu sehen, und einen Moment lang hatte ich wieder den Ausdruck vor Augen, der auf seinem Gesicht gestanden hatte, als er die Wahrheit über uns erfuhr, jene Wahrheit, von der wir beide wünschten, sie sei gemeinsam mit den Sünden unserer Väter im Sumpf begraben worden.

Ich atmete tief durch und eilte zur Haustür, weil ich wissen wollte, welche neuen Vorschriften und Befehle Daphne meiner Schwester und mir aufbürden würde, nun, da wir niemanden mehr hatten, der sich zwischen sie und uns stellte und uns vor ihr beschützte.

Sie saß zurückgelehnt auf einem Stuhl im Wohnzimmer und erwartete mich. Gisselle war ebenfalls geholt worden, und sie ruckelte nervös herum und machte einen sehr unglücklichen Eindruck. Zu meinem Erstaunen sah ich Bruce an dem Sekretär aus dunklem Kiefernholz sitzen. Würde er von jetzt an bei all unseren familiären Gesprächen anwesend sein?

»Setz dich«, befahl mir Daphne und wies mit einer Kopfbewegung auf den Stuhl neben Gisselle. Ich nahm eilig darauf Platz.

»Ist Paul abgefahren?« fragte Gisselle.

»Ja.«

»Ruhe, ihr beiden. Ich habe euch nicht zu mir bestellt, um über irgendeinen Cajun-Jungen zu reden.«

»Er ist kein Junge, sondern ein junger Mann«, sagte ich. »Und außerdem ist er Manager in der Fabrik seines Vaters.«

»Schön. Ich hoffe, er wird eines Tages der König der Sümpfe. Also«, sagte sie und legte die Hände auf die Armlehnen ihres Stuhls. »Ihr beide werdet morgen sehr früh aufbrechen, deshalb will ich einige Dinge klären und ein paar geschäftliche Angelegenheiten regeln, ehe ich mich in meine Suite zurückziehe. Ich bin ziemlich erschöpft.«

»Warum müssen wir dann morgen abreisen?« jammerte Gisselle. »Wir sind auch erschöpft.«

»Es ist alles geregelt. Ihr werdet morgen aufbrechen«, sagte Daphne kalt.

»Als erstes kürze ich den Geldbetrag, den euer Vater euch geschickt hat, um die Hälfte. Ihr habt ohnehin kaum Verwendung für Taschengeld, solange ihr in Greenwood seid.«

»Das ist nicht wahr!« entgegnete Gisselle. »Wenn du uns die Erlaubnis erteilst, das Schulgelände zu verlassen ...«

»Das habe ich ganz bestimmt nicht vor. Hältst du mich für so dumm?« Sie funkelte Gisselle an, als erwartete sie eine Antwort auf ihre Frage. »Was ist, für wie dumm hältst du mich?« höhnte sie.

»Das hat nichts mit Dummheit zu tun«, sagte Gisselle, »aber es ist langweilig, sich auf dem Schulgelände aufhalten zu müssen, vor allem an den Wochenenden. Warum können wir nicht ein Taxi in die Stadt nehmen, ins Kino gehen oder Einkäufe erledigen?«

»Ihr seid dort, um zu arbeiten und zu lernen, und nicht, um Urlaub zu machen. Falls ihr in Ausnahmefällen mehr

Geld braucht, könnt ihr Bruce im Büro anrufen und ihm erklären, worum es geht; er wird dann veranlassen, daß das Geld an euch geschickt wird – es wird euch natürlich von eurem Erbteil abgezogen. Keine von euch beiden braucht etwas zum Anziehen. Euer Vater hat euch viel zuviel durchgehen lassen, was Kleidung angeht. Er hat darauf bestanden, daß ich mit dir einkaufen gehe, als du nach New Orleans gekommen bist, Ruby. Erinnerst du dich?«

»Ich dachte, du hättest es gern getan«, sagte ich leise.

»Ich habe getan, was nötig war, um gewisse gesellschaftliche Formen zu wahren. Ich konnte schließlich nicht zulassen, daß du hier lebst und wie ein Cajun-Mädchen aussiehst, das von zu Hause ausgerissen ist. Aber dein Vater fand, ich hätte dir nicht genug gekauft. Für seine beiden Lieblinge war ihm nie etwas zu gut. Mit der Garderobe von euch beiden könnte ich ein Kaufhaus aufmachen. Bruce ist über unsere Rechnungen bestens informiert. Es ist doch so, wie ich sage, Bruce?«

»Das möchte ich wohl meinen«, sagte er und nickte lächelnd.

»Erklär ihnen kurz und mit einfachen Worten, was es mit dem Treuhandvermögen auf sich hat, Bruce, sei so nett«, forderte Daphne ihn auf.

Er nahm eine aufrechtere Haltung ein und schaute in Dokumente, die auf dem Schreibtisch lagen. »Kurz und gut, für das Notwendigste wird gesorgt: eure Schulgelder, Fahrtkosten, eine kleine Pauschale für persönliche Dinge, Geschenke und dergleichen, all das wird euch zur Verfügung gestellt. Daphnes Unterschrift ist erforderlich, um eurem Vermögen diese Beträge zu entnehmen. Falls ihr zusätzliche Gelder brauchen solltet, habt ihr eine schriftliche Begründung abzufassen und sie an mein Büro zu schicken, und dann wird darüber entschieden.«

»Schriftlich abfassen? Was sind wir eigentlich, Büroangestellte?« wandte Gisselle ein.

»Wohl kaum«, sagte Daphne mit harter Stimme und einem sarkastischen Lächeln. »Angestellte müssen für das Geld, das sie bekommen, arbeiten.«

Sie und Bruce sahen einander selbstgefällig an, dann wandte sie sich wieder an uns.

»Ich will noch einmal wiederholen, was ich euch zu eurem Benehmen in Greenwood gesagt habe. Sollte mich die Rektorin anrufen, weil eine von euch beiden sich schlecht benommen hat, dann werden die Folgen schrecklich sein, das versichere ich euch.«

»Was könnte gräßlicher sein, als in Greenwood bleiben zu müssen?« murrte Gisselle.

»Es gibt andere Schulen, die weiter von hier entfernt sind und wesentlich strengere Vorschriften haben als Greenwood.«

»Du meinst wohl Besserungsanstalten.«

»Gisselle«, sagte ich, »gib es auf, mit ihr darüber zu streiten. Es ist zwecklos.«

Sie schaute mich mit tränenfeuchten Augen an.

Ich schüttelte den Kopf. »Sie hat es damals fast geschafft, mich in die Anstalt einweisen zu lassen. Sie ist zu allem in der Lage.«

»Jetzt reicht es aber«, fauchte Daphne. »Geht nach oben, packt eure Sachen, und prägt euch meine Warnungen gut ein. Ich möchte keine Klagen über euch hören. Es ist schon schlimm genug, daß Pierre einfach gestorben ist und ich jetzt als Vormund der Nachkommen dastehe, die seiner Zügellosigkeit entsprungen sind. Dazu fehlt es mir an Zeit und emotionaler Kraft.«

»Oh, diese Kraft besitzt du, Daphne«, sagte ich. »Und wie du sie besitzt.«

Sie sah mich einen Moment lang an und legte sich dann die Hand auf die Brust. »Mein Herz schlägt viel zu schnell, Bruce. Ich muß nach oben gehen. Würdest du dich darum kümmern, daß sie meine Anweisungen befolgen und die Limousine morgen früh bereitsteht, um sie in die Schule zu bringen?«

»Ja, selbstverständlich«, sagte er.

Ich erhob mich eilig und schob meine Schwester aus dem Wohnzimmer. Vielleicht begriff sie es jetzt; vielleicht verstand sie jetzt, daß wir durch Daddys Tod verwaist waren. Wir waren zwar Waisenkinder, die einer reichen Familie entstammten, doch wir waren ärmer als die Ärmsten unter den Armen, wenn es darum ging, jemanden zu haben, den wir lieben konnten und von dem wir geliebt wurden.

12.
Dunkle Wolken

Trotz allem, was sie im Wohnzimmer gehört und gesehen hatte, schob Gisselle gewissermaßen mir die Schuld zu und warf mir vor, ich hätte nicht genug unternommen, um Daphne dazu zu bringen, daß sie uns zu Hause bleiben und eine Schule in New Orleans besuchen ließ.

»Du hast dort wenigstens Dinge, die dir Spaß machen«, stöhnte sie. »Du hast deine hochgeschätzte Miss Stevens und deine Kunst, mit der du dich beschäftigen kannst, und du kannst dich in die Clairborne-Villa fahren lassen, um Mrs. Clairbornes blinden Enkel zu verspotten, aber alles, was ich dort zu meiner Unterhaltung habe, ist diese Schar von dummen und unreifen Mädchen.«

»Ich verspotte Louis nicht«, sagte ich. »Er tut mir leid. Er ist ein Mensch, der große emotionale Qualen erlitten hat.«

»Und was ist mit mir? Habe ich etwa keine emotionalen Qualen erlitten? Ich wäre fast gestorben; ich bin verkrüppelt. Wir sind Schwestern. Warum tue ich dir nicht leid?« schrie sie mich an.

»Du tust mir leid«, sagte ich, aber das war mehr oder weniger eine Lüge. Obwohl Gisselle an den Rollstuhl gefesselt war, fiel es mir zunehmend schwerer, Mitgefühl für sie aufzubringen. Gisselle erreichte fast immer, was sie wollte, ganz gleich, was es sein mochte; und gewöhnlich bekam sie es auf Kosten anderer.

»Nein, eben nicht! Und jetzt muß ich auch noch in dieses … in dieses miese Loch zurück«, jammerte sie.

Sie bekam einen Wutanfall, rollte im Zimmer herum,

fegte Dinge von der Kommode und verteilte ihre Kleider über den ganzen Raum. Die arme Martha mußte kommen und alles wieder in Ordnung bringen, ehe Daphne etwas davon mitbekam.

Am Morgen saß sie stocksteif in ihrem Rollstuhl; sie rührte ihre Gliedmaßen nicht und erschwerte damit ihren Transport von einem Rollstuhl in den anderen und in den Wagen erheblich. Sie weigerte sich, zum Frühstück auch nur einen Bissen zu sich zu nehmen, sie kniff die Lippen zusammen, als wären sie zugenäht. Obgleich Gisselle all das nur tat, um unserer Stiefmutter ihre Haltung zu demonstrieren, bekam Daphne nichts davon zu sehen. Sie ließ lediglich Edgar, Nina und dem Chauffeur ihre Anweisungen übermitteln und uns noch einmal Warnungen zukommen. Bruce Bristow kam, als es für uns an der Zeit war aufzubrechen, um sich zu vergewissern, daß unsere Abreise reibungslos und pünktlich vonstatten ging. Das war der einzige Zeitpunkt, zu dem Gisselle den Mund aufmachte.

»Wer sind Sie überhaupt?« verhöhnte sie ihn. »Daphnes Laufbursche? Bruce, hol mir dies, Bruce, bring mir jenes!« Sie lachte über ihre hämische Bemerkung. Bruces Gesicht rötete sich, doch er lächelte nur und ging, um sich um unser Gepäck zu kümmern. Frustriert und wutentbrannt gab Gisselle auf und lehnte sich mit geschlossenen Augen zurück. Sie hatte Ähnlichkeit mit einem der Patienten in Onkel Jeans Anstalt, den man in eine Zwangsjacke gesteckt hatte.

Die Rückfahrt nach Greenwood war fast so deprimierend wie unsere Reise zu Daddys Begräbnis. Die ganze Fahrt über war der Himmel grau, und zwischendurch ging immer wieder leichter Sprühregen herunter, der die Windschutzscheibe sprenkelte und das monotone Hin und Her der Scheibenwischer notwendig machte. Gisselle kapselte sich in ihrer Ecke ein wie eine Muschel und schaute nicht ein einziges Mal aus dem Fenster, als wir New Orleans verließen. Gelegentlich bedachte sie mich mit einem vorwurfsvollen Blick.

Ich meinerseits stellte fest, daß ich mich darauf freute, genau das zu tun, was Gisselle gesagt hatte: mit Miss Stevens zu arbeiten und all meine Energie darauf zu verwenden, mein künstlerisches Talent weiter zu entfalten. Nachdem ich einige Tage unter Daphnes Fuchtel, ihrem Joch und ihren bösen Blicken verbracht hatte, war mir der Anblick von Greenwood tatsächlich willkommen, als wir die Auffahrt hinauffuhren und die Mädchen sahen, die nach dem Unterricht auf dem Gelände unterwegs waren. Sie lachten, kicherten und unterhielten sich so angeregt, daß ich sie darum beneidete. Sogar Gisselle gestattete es sich, nicht mehr ganz so finster zu schauen. Ich wußte, daß sie ihrer Anhängerschar ihre Niederlage und ihre Enttäuschung nicht zeigen würde.

Und wirklich kehrte sie augenblicklich zu ihrem früheren Verhalten zurück, sowie wir wieder in unserem Wohnheim waren. Sie weigerte sich sogar, von irgend jemandem Bekundungen von Mitgefühl entgegenzunehmen. Statt dessen stellte sie es so hin, als seien Daddys Tod und sein Begräbnis nichts weiter als eine lästige Unannehmlichkeit gewesen. Sie war noch keine zwei Minuten in ihrem Zimmer, als sie das Feuer gegen ihren neuen Prügelknaben eröffnete, ihre Zimmergenossin Samantha, die sie anschrie, weil sie die Dreistigkeit besessen hatte, in ihrer Abwesenheit ein paar ihrer Dinge umzuräumen. Wir alle hörten den Aufruhr und kamen aus unseren Zimmern, um nachzusehen, was passiert war. Samantha stand tränenüberströmt in der Tür, wohin sie sich von Gisselles Tirade hatte verscheuchen lassen.

»Wie kannst du es wagen, meine Kosmetikartikel anzurühren? Du hast dich reichlich von meinem Parfüm bedient, stimmt's? Oder etwa nicht?« schrie sie sie an. »Ich weiß genau, daß mehr in der Flasche war.«

»Nein, das habe ich nicht getan.«

»Oh doch, und wie du das getan hast. Und du hast auch Kleider von mir anprobiert.« Sie drehte ihren Stuhl um und blitzte mich an. »Sieh dir nur an, was ich mir gefallen lassen muß, seit du mich gezwungen hast, aus deinem Zimmer auszuziehen und mir ein Zimmer mit ihr zu teilen!«

Diese Lüge war so unverfroren, daß ich mir das Lachen verkneifen mußte. »Ich? *Ich* habe dir gesagt, daß du ausziehen sollst? *Du* warst diejenige, die es so haben wollte, Gisselle. Du warst diejenige, die darauf bestanden hat.«

Vicki, Kate und Jacki sahen mich mitfühlend an, weil sie wußten, daß das, was ich gesagt hatte, der Wahrheit entsprach. Aber keine von ihnen war bereit, zu meiner Verteidigung einzuspringen und Gisselles Zorn auf sich zu ziehen.

»Das ist nicht wahr!« schrie Gisselle, und ihr Gesicht lief auf beängstigende Weise rot an. Sie schlug mit den Fäusten auf die Armlehnen ihres Rollstuhls ein und warf ihren Körper so heftig von einer Seite auf die andere, daß ich fürchtete, sie würde gleich mitsamt dem Stuhl umkippen. »Du wolltest unbedingt mit dieser Terzeronin in einem Zimmer wohnen, deshalb hast du mich rausgeworfen!« Sie schloß die Augen, und Schaum trat aus ihren Mundwinkeln, während sie keuchte und würgte. Alle glaubten, sie würde in Krämpfe verfallen, aber ich hatte sie schon zu oft so erlebt.

»Also gut, Gisselle«, sagte ich in einem resignierten Tonfall. »Beruhige dich. Was willst du?«

»Ich will hier raus!« forderte sie und wies mit dem rechten Zeigefinger auf Samantha, die so verwirrt und ängstlich wirkte wie ein kleines Vögelchen, das aus dem Nest gestoßen wird.

»Soll das heißen, daß du wieder bei mir einziehen willst? Ist es das, was du willst?« fragte ich und schloß langsam die Augen.

»Nein. Ich werde allein hier wohnen und selbst für mich sorgen«, beharrte sie. Sie schlang sich die Arme um den

Oberkörper und lehnte sich steif in ihrem Stuhl zurück. »Hauptsache, sie verschwindet von hier.«

»Du kannst Menschen nicht einfach in dein Zimmer holen und sie dann wieder raussetzen wie ein Stofftier, Gisselle«, schalt ich sie aus. Sie wandte langsam den Kopf, heftete ihren Blick auf die kleine Samantha und durchbohrte das winzige rotblonde Mädchen, das weiter zurückwich, wie mit einem Dolch.

»Ich werfe sie nicht raus. Es ist ihr eigener Wunsch auszuziehen, stimmt's, Samantha?«

Samantha wandte sich hilflos zu mir um.

»Du kannst bei mir einziehen, Samantha«, sagte ich, »wenn meine Schwester derart sicher ist, daß sie allein zurechtkommt.«

Nachdem Daphne uns gezwungen hatte, nach Greenwood zurückzukehren, wußte ich, daß es Gisselle nur noch darum ging, allen anderen das Leben zur Hölle zu machen.

»Klar«, jammerte sie. »Stell dich ruhig gegen mich, wie du es immer tust. Wir sind Zwillingsschwestern, aber benimmst du dich jemals so, als seien wir Schwestern? Hast du dich mir gegenüber jemals wie eine Schwester verhalten?«

Ich schloß die Augen und zählte bis zehn.

»Also gut, was willst du, Gisselle? Willst du jetzt, daß Samantha auszieht, oder willst du es nicht?«

»Natürlich will ich das! Sie ist eine jämmerliche kleine ... Jungfrau!« brüllte sie. Dann verzog sie die Lippen zu einem hämischen Lächeln, ehe sie hinzufügte: »Die davon träumt, mit Jonathan Peck zu schlafen.« Sie rollte auf sie zu. »Das hast du mir doch selbst erzählt, stimmt's, Samantha? Fragst du dich nicht, wie es wohl wäre, wenn Jonathan deine reizenden kleine Brüste berührt und dich unter dem Nabel küßt? Und mit seiner Zungenspitze ...«

»Hör auf, Gisselle«, schrie ich. Sie lächelte Samantha an, der inzwischen dicke Tränen über die Wangen rannen. Sie wußte nicht, wie sie reagieren, wie sie mit diesem brutalen Verrat umgehen sollte.

»Pack deine Sachen zusammen, Samantha«, sagte ich zu ihr, »und bring sie in mein Zimmer.«

»Und ich will, daß alles, was von mir noch dort untergebracht ist, in *mein* Zimmer gebracht wird«, kommandierte Gisselle. »Kate wird dabei helfen, nicht wahr, Kate?« fragte sie und lächelte Kate an.

»Was? Ja, klar.«

Gisselle strahlte mich an, bedachte Samantha mit einem finsteren Blick und machte dann kehrt, um in ihr Zimmer zu rollen. Auf dem Weg dorthin murmelte sie vor sich hin, jetzt müsse sie alle ihre Sachen durchwühlen, um zu sehen, was Samantha ihr sonst noch gestohlen oder sich bei ihr ausgeliehen habe.

»Ich habe ihr nichts weggenommen, ehrlich«, rief Samantha noch einmal aus.

»Zieh einfach aus, Samantha, versuch gar nicht erst, etwas zu erklären oder dich zu verteidigen«, riet ich ihr.

Ich hatte nichts dagegen, eine neue Zimmergenossin zu bekommen, und ich fand, es geschah Gisselle nur recht, daß sie sich jetzt eine Zeitlang allein durchschlagen mußte. Vielleicht würde sie dann die Hilfe zu schätzen wissen, die sie von allen Seiten bekam. Aber ob sie es nun aus reiner Bosheit oder aus Trotz tat – sie überraschte mich damit, daß sie ihre Sachen selbst auspackte, sich allein zum Abendessen umzog, ihre Schuhe wechselte und sich selbst frisierte. Kate wurde das Privileg zugestanden, sie herumzufahren, da Samantha ja in Ungnade gefallen war. Es sah so aus, als würde sich die Lage zumindest vorübergehend beruhigen.

An jenem Abend nach dem Essen, als Vicki mir half aufzuholen, was ich in den Kursen verpaßt hatte, die wir gemeinsam belegt hatten, erschien Jacki in der Tür, um mir zu sagen, daß ich am Telefon verlangt wurde. Ich eilte aus dem Zimmer, weil ich annahm, daß es sich um Beau oder um Paul handelte, doch es stellte sich heraus, daß es Louis war.

»Ich habe von Mrs. Penny erfahren, was mit deinem Vater passiert ist«, begann er. »Ich wollte dich in New Orleans anrufen, aber meine Cousine wollte mir die Telefonnummer nicht geben. Sie hat gesagt, daß sich das nicht gehört. Jedenfalls tut es mir leid für dich.«

»Danke, Louis.«

»Ich weiß, was es heißt, ein Elternteil zu verlieren«, fuhr er fort. Er schwieg einen Moment lang und schlug dann einen anderen Ton an. »Ich habe langsame, aber eindeutige Fortschritte gemacht, was mein Sehvermögen angeht«, sagte er. »Ich kann inzwischen Umrisse immer besser und klarer erkennen. Es liegt noch ein grauer Schleier über allem, aber meine Ärzte sind sehr optimistisch.«

»Das freut mich für dich, Louis.«

»Kommst du mich bald besuchen? Ich möchte dich schrecklich gern treffen. Geht das?«

»Ja, natürlich.«

»Komm morgen. Zum Abendessen«, sagte er aufgeregt. »Ich beauftrage die Köchin, ein Krabbengumbo zuzubereiten.«

»Nein, ich kann nicht zum Abendessen kommen. Ich bin für das Auftragen des Essens eingeteilt, und es wäre nicht anständig, jemand anderen zu bitten, für mich einzuspringen.«

»Dann komm eben nach dem Abendessen.«

»Ich werde wahrscheinlich eine Menge Hausaufgaben nachholen müssen«, sagte ich.

»Oh.« Enttäuschung triefte durch das Telefon.

»Laß mir ein Weilchen Zeit, um alles nachzuholen«, bat ich ihn.

»Ja, sicher. Ich kann es nur kaum erwarten, dir zu zeigen, welche Fortschritte ich gemacht habe. Fortschritte«, fügte er leise hinzu, »zu denen es erst gekommen ist, nachdem ich dir begegnet bin.«

»Es ist sehr nett von dir, daß du das sagst, Louis. Aber ich weiß nicht, was ich damit zu tun haben könnte.«

»Aber ich«, sagte er vieldeutig. »Ich warne dich. Ich werde dir keine Ruhe lassen, bis du mich besuchst«, scherzte er.

»Also, gut. Ich komme am Sonntag nach dem Abendessen.«

»Gut. Vielleicht mache ich bis dahin noch mehr Fortschritte und überrasche dich damit, daß ich dir deine Haarfarbe und die Farbe deiner Augen sagen kann.«

»Das hoffe ich doch sehr«, sagte ich, aber nachdem ich den Hörer aufgelegt hatte, spürte ich, wie eine düstere Unruhe sich spiralförmig ihren Weg von meiner Magengrube bis in mein Herz bahnte und sich dort wie ein dumpfer Schmerz einnistete. Es war schön, daß Louis das Gefühl hatte, ich sei ihm eine Hilfe, und es war schmeichelhaft, sich sagen zu können, daß man einen derart dramatischen Einfluß auf ein so ernstes Problem wie Blindheit haben könnte, aber ich wußte, daß er mir zuviel Bedeutung beimaß, sich zu sehr von meiner Gesellschaft abhängig machte. Ich fürchtete, er könnte glauben, er hätte sich in mich verliebt, und er könnte sich sogar einbilden, daß auch ich dabei war, mich in ihn zu verlieben. Bald, gelobte ich mir, würde ich ihm von Beau erzählen. Allerdings fürchtete ich im Moment noch, das könnte seine Besserung gefährden und zu einem Rückschlag führen. Dann hätten seine Großmutter und seine Cousine noch mehr gegen mich in der Hand.

Ich kehrte in mein Zimmer zurück und vertiefte mich in die Lektüre, in die Notizen und Studien, weil mich das davon abhielt, über all die traurigen Dinge nachzudenken, die sich ereignet hatten, und über die schwere Last, die mir aufgebürdet worden war.

Meine Lehrer zeigten sich verständnisvoll und hilfsbereit, aber am warmherzigsten war natürlich Miss Stevens. Ihren Unterricht wieder zu besuchen war, als genieße man nach einem finsteren Sommergewitter wieder den strahlenden Sonnenschein. Ich wandte mich meinen angefangenen Bildern zu, und wir verabredeten uns, mit Vorbehalt, für Samstagmorgen am See auf dem Schulgelände, um dort mit einer neuen Arbeit zu beginnen.

Im Lauf der nächsten Tage überraschte Gisselle mich und die anderen mit ihrer neugewonnenen Unabhängigkeit. Abgesehen davon, daß Kate sie zwischendurch herumfuhr, kümmerte sie sich allein um ihre Belange. Wenn sie sich in ihrem Zimmer aufhielt, war die Tür immer geschlossen. Samantha dagegen wirkte traurig und verloren. Wenn Gisselle mit Kate und Jacki zusammen war, schenkten die drei ihr keinerlei Beachtung. Sie lief hinter ihnen her wie ein Welpe, den man getreten und aus dem Haus gejagt hat, der aber nicht weiß, wohin er sonst gehen soll. Offensichtlich befolgten Jacki und Kate Gisselles Anweisungen, wenn sie sich weigerten, Samantha wahrzunehmen oder mit ihr zu reden. Sie behandelten sie, als sei sie unsichtbar.

»Warum versuchst du nicht, neue Freundschaften zu schließen, Samantha«, sagte ich zu ihr. »Vielleicht solltest du dich sogar an Mrs. Perry wenden und sie bitten, dich in einen anderen Quadranten zu verlegen.«

Sie schüttelte heftig den Kopf. Die Vorstellung, es zu einem derart drastischen Bruch kommen zu lassen, war dem schüchternen, unsicheren Mädchen selbst unter den gegebenen Umständen ein Greuel.

»Nein, es geht schon. Es wird schon alles wieder gut werden«, sagte sie.

Als ich jedoch am Donnerstagabend mit Vicki aus der Bibliothek zurückkam, fand ich Samantha zusammengerollt und leise schluchzend in ihrem Bett vor. Ich schloß die Tür und eilte an ihre Seite.

»Was ist passiert, Samantha? Was hat meine Schwester jetzt schon wieder angerichtet?« fragte ich matt.

»Nichts«, stöhnte sie. »Es ist alles in Ordnung. Wir sind wieder … Freundinnen. Sie hat mir verziehen.«

»Was? Wovon redest du? Sie hat dir verziehen?«

Sie nickte, kehrte mir aber weiterhin den Rücken zu und hielt die Decken eng um sich geschlungen. Etwas an ihrem Verhalten rief einen finsteren Argwohn in mir wach. Mein Herz schlug vor Besorgnis schneller, als ich eine Hand auf ihre Schulter legte und sie zusammenzuckte, als hätten meine Finger sie verbrannt. »Samantha, was ist hier vorgefallen, während ich fort war?« fragte ich schroff. Daraufhin weinte sie nur noch mehr. »Samantha?«

»Ich mußte es tun«, stöhnte sie. »Sie haben mich dazu gezwungen. Sie haben alle gesagt, ich müßte es tun.«

»Was tun, Samantha? Samantha?« Ich rüttelte sie an der Schulter. »Was mußtest du tun?«

Plötzlich drehte sie sich zu mir um, barg ihr Gesicht an meinem Bauch und schlang mir die Arme um die Taille. Ihr Schluchzen erschütterte ihren ganzen Körper.

»Ich schäme mich ja so!« rief sie aus.

»Wessen schämst du dich? Samantha, du mußt mir erzählen, wozu Gisselle dich gezwungen hat. Sag es mir«, forderte ich und packte sie an den Schultern. Sie lehnte sich langsam zurück, schloß die Augen und ließ den Kopf wieder auf ihr Kissen fallen. Erst jetzt sah ich, daß sie unter der Decke nackt war.

»Sie hat Kate zu mir geschickt, um mir ausrichten zu lassen, daß ich in ihr Zimmer kommen soll. Als ich zu ihr kam, hat sie mich gefragt, ob ich wieder in die Gruppe aufgenommen werden wolle. Ich habe ja gesagt, aber sie hat gesagt … sie hat gesagt, ich müßte Buße tun.«

»Buße tun? Was für eine Form von Buße?«

»Sie hat gesagt, während sie fort war, hätte ich mir erträumt, so zu sein wie sie. Ich hätte sie sein wollen, und deshalb hätte ich ihren Lippenstift, ihr Make-up und ihr Parfüm benutzt. Sie hat gesagt, ich sei sexuell derart frustriert, daß ich sogar ihre Höschen angezogen hätte, aber das habe ich nicht getan«, beharrte Samantha. »Wirklich nicht.«

»Ich glaube dir, Samantha. Was ist dann passiert?«

Samantha schloß die Augen und schluckte.

»Samantha?«

»Ich mußte meine Kleider ausziehen und mich ins Bett legen«, platzte sie heraus.

Ich hielt den Atem an, weil ich wußte, wozu Gisselle imstande war und daß sie Samantha sehr wohl zu schmutzigen Dingen gezwungen haben könnte.

»Sprich weiter«, sagte ich; es war ein rauhes Flüstern.

»Ich schäme mich so sehr.«

»Wozu hat sie dich gezwungen, Samantha?«

»Sie waren alle daran schuld« schrie sie. »Sie haben mich verspottet und verhöhnt, bis ich nachgegeben und es getan habe.«

»Bis du was getan hast?«

»Ich mußte ein Kissen in den Arm nehmen und so tun, als sei es … Jonathan Peck. Sie haben mich dazu gebracht, es zu streicheln und zu küssen und …«

»Oh, nein, Samantha.« Ihr Schluchzen ließ sie von Kopf bis Fuß erbeben. Ich strich ihr über das Haar. »Meine Schwester ist psychisch krank. Es tut mir leid für dich. Du hättest nicht auf sie hören dürfen.«

»Sie haben mich alle gehaßt«, rief sie zu ihrer Verteidigung aus. »Sogar die Mädchen aus den anderen Wohnheimen und die Mädchen in all unseren Kursen. Niemand wollte mehr mit mir reden, nicht auf den Toiletten und nicht in der Garderobe; heute hat jemand ein Tintenfaß über meinen Aufzeichnungen für Gesellschaftskunde ausgeschüttet, man kann kein einziges Wort mehr lesen.« Sie weinte immer heftiger.

»Schon gut, Samantha. Schon gut«, sagte ich. Ich wiegte sie sacht, bis ihr Schluchzen nachließ. Dann stand ich auf. »Meine Schwester und ich werden uns jetzt einmal ganz ruhig miteinander unterhalten.«

»Nein!« flehte Samantha und packte mich an der Hand. »Tu das nicht.« Ihre Augen waren vor Entsetzen geweitet. »Wenn du sie in Wut versetzt, wird sie die Mädchen nur

wieder gegen mich aufhetzen. Bitte«, sagte sie, »versprich mir, daß du kein Wort sagen wirst. Sie hat mir das Versprechen abgenommen, dir nicht zu erzählen, was sie von mir verlangt haben; sie würde mir doch nur vorwerfen, daß ich sie wieder verraten habe.«

»Dieses Versprechen hat sie dir abgenommen, weil sie weiß, daß ich sonst sofort in ihr Zimmer stürzte und sie aus dem Fenster werfe«, sagte ich. Samantha biß sich auf die Unterlippe, und in ihrem Gesicht stand Panik. »Schon gut, mach dir keine Sorgen. Ich werde nichts unternehmen, aber fehlt dir wirklich nichts, Samantha?«

»Es ist schon in Ordnung«, sagte sie und wischte sich eilig das Gesicht ab. »So schlimm war es nun auch wieder nicht, und jetzt ist es ausgestanden. Jetzt sind wir alle wieder Freundinnen.«

»Wenn man solche Freundinnen hat, braucht man keine Feinde mehr«, sagte ich. »Meine Grandmère Catherine hat immer gesagt, selbst wenn wir in einer Welt ohne Krankheiten und körperliche Leiden lebten, ohne Gewitter und Orkane, ohne Dürren und Seuchen, würden wir noch Mittel und Wege finden, es dem Teufel in unseren Herzen behaglich zu machen.«

»Was?« fragte Samantha.

»Nichts weiter. Ziehst du wieder bei ihr ein?«

»Nein. Sie will trotzdem ein Zimmer für sich allein haben«, sagte Samantha. »Ist es dir recht, wenn ich bei dir wohnen bleibe?«

»Natürlich. Es überrascht mich nur. Da ist noch etwas im Busch«, murmelte ich und fragte mich, was Gisselle wohl ausheckte, um allen Beteiligten, vor allem aber mir, das Leben in Greenwood noch unerträglicher zu machen.

Der Rest der Woche verging schnell und ohne Zwischenfälle. Ich wußte nicht, ob es Gisselle übermäßig anstrengte, allein zu wohnen, mir fiel nur auf, daß sie morgens, wenn Kate sie ins Frühstückszimmer schob, völlig benommen wirkte. Die Lider fielen ihr herunter, während sie auf etwas herumknabberte, und den Gesprächen am Tisch schenkte sie so gut wie keine Beachtung. Sonst war sie die erste gewesen, die jemandem ins Wort fiel oder ins Lächerliche zog, was andere gesagt hatten.

Am Freitag, nach dem Naturkundekurs, sprach mich Vicki im Korridor an; sie hatte gehört, Gisselle sei im Förderkurs, in dem lautes Lesen geübt wurde, eingeschlafen. Ich nahm an, Gisselle sei einfach nur zu stur zuzugeben, daß es sie alle Energien kostete, die sie besaß, für sich selbst zu sorgen. Gegen Ende des Tages sprach ich sie darauf an.

»Was ist?« fauchte sie. Ihre Erschöpfung ließ sie noch gereizter reagieren als gewöhnlich.

»So kann es nicht weitergehen, Gisselle. Du döst im Unterricht, du döst beim Mittagessen, du bist ständig kurz vorm Einschlafen. Du brauchst Hilfe. Entweder du nimmst Samantha wieder bei dir auf, oder du ziehst mit mir zusammen«, sagte ich.

Dieser Vorschlag brachte Farbe in ihr Gesicht, und sie richtete sich abrupt auf.

»Das würde dir wohl gefallen, was?« erwiderte sie laut genug, um die Aufmerksamkeit aller zu erregen, die in unserer Nähe waren. »Du willst mich von dir abhängig machen; es würde dir nur zu gut passen, wenn ich jedesmal um Hilfe schreie, wenn ich mir die Haare bürsten oder die Zähne putzen will. Tja, ich brauche aber weder dich noch die reizende Samantha, um in dieser Schule zurechtzukommen. Ich brauch' überhaupt niemanden«, erklärte sie und rollte hastig weiter. Sogar Kate ließ sie mit aufgesperrtem Mund stehen.

»Nun«, sagte ich achselzuckend zu Kate, »ich bin froh, daß sie versucht, unabhängig zu sein. Aber gib mir Bescheid, wenn es so scheint, als würde sie krank.«

Kate nickte und rannte Gisselle hinterher. Ich ging zum Kunstunterricht.

An jenem Abend rief Beau an. Ich hatte schon die ganze Woche über auf seinen Anruf gehofft.

»Ich dachte, ich könnte mich morgen aus dem Haus schleichen und nach Baton Rouge kommen, aber mein Vater stellt mir den Wagen nur noch begrenzt zur Verfügung, seit Daphne ein Gespräch mit ihm und meiner Mutter geführt hat. Sie hat ihnen erzählt, daß ich dich zu der Heilanstalt gefahren habe.«

»Und darüber waren deine Eltern so wütend?«

»Sie hat gesagt, wir hätten Jean derart verstört, daß er jetzt mit Schocktherapie behandelt werden müsse.«

»Oh, nein. Ich hoffe, das ist eine Lüge«, rief ich aus.

»Mein Vater war reichlich aufgebracht, und als sie ihm dann auch noch erzählt hat, daß ich während der Totenwache oben bei dir war ... Ich nehme an, sie hat auch bei der Schilderung dessen, was wir in deinem Zimmer getan haben, gehörig übertrieben.«

»Wie kann sie bloß so schrecklich sein?«

»Vielleicht nimmt sie Unterricht darin«, scherzte Beau. »Jedenfalls rechne ich damit, daß ich den Wagen in den Ferien wieder uneingeschränkt benutzen darf. Und schließlich sind es bis dahin ja nur noch zehn Tage, stimmt's?«

»Ja, aber werden deine Eltern dir jetzt noch erlauben, auch nur den geringsten Kontakt mit mir zu haben?«

»Wir kriegen das schon hin. Niemand kann mich davon abhalten, dich zu sehen, wenn du hier bist«, versprach er mir.

Er fragte mich nach der Schule, und ich berichtete ihm von Gisselle, ihren Bemühungen, allen das Leben schwer zu machen.

»Du hast wirklich deine Last mit ihr. Das ist ungerecht.«

»Ich habe es meinem Vater versprochen«, sagte ich. »Ich muß versuchen, damit fertig zu werden.«

»Ich habe gestern mit angehört, wie mein Vater und meine Mutter über Daphne geredet haben«, erzählte Beau. »Sie und Bruce Bristow haben drastische Schritte unternommen und einige Geschäftsinhaber und Mieter einer Zwangsvollstreckung unterzogen, um ihr Eigentum an sich zu bringen. Mein Vater sagte, Pierre wäre niemals so grausam gewesen, auch wenn diese Schritte geschäftlich gesehen natürlich sinnvoll seien.«

»Ich bin sicher, daß sie ihren Spaß daran hat. In ihren Adern fließt Eiswasser«, sagte ich. Beau lachte und beteuerte noch einmal, wie sehr er mich vermißte, wie sehr er mich liebte und wie sehr er sich darauf freute, wieder mit mir zusammenzusein. Ich konnte seine Lippen förmlich auf meinen spüren, als er mir durch das Telefon einen Kuß zuwarf.

Ich rechnete damit, daß Gisselle mich im Wohnzimmer erwarten würde, um mich auszuhorchen, aber die Tür zu ihrem Zimmer war verschlossen. Kate teilte mir mit, Gisselle habe sich entschlossen, früh schlafen zu gehen. Ich spielte mit dem Gedanken nachzusehen, doch als ich den Türknopf umdrehte, mußte ich feststellen, daß sie ihre Tür von innen abgeschlossen hatte. Voller Erstaunen klopfte ich leise an.«

»Gisselle?«

Sie antwortete nicht. Entweder war sie bereits eingeschlafen, oder sie stellte sich schlafend.

»Ist alles in Ordnung?«

Ich wartete, doch es kam keine Antwort. Wenn sie es so haben will, dachte ich, bitte, das kann sie kriegen. Ich ging in mein Zimmer, um zu lesen und einen Brief an Paul zu schreiben. Miss Stevens und ich hatten uns für den nächsten Tag zum Malen am See verabredet, und als ich schließlich die Augen schloß, freute ich mich zum erstenmal seit langer Zeit wieder auf etwas.

Es war ein wunderschöner Samstagmorgen. Der Dezemberhimmel war kristallklar in seiner Bläue, und sogar die Wolken wirkten wie schimmernder Alabaster. Miss Stevens war bereits am See und baute die Staffeleien auf. Ich sah, daß sie auch eine Decke ausgebreitet und einen Picknickkorb mitgebracht hatte. Der See hatte einen silbrigblauen Schimmer. Die Sonne schien zwar, doch die Luft war kühl und belebend. Miss Stevens sah mich näher kommen und winkte mir zu.

»Was für eine Herausforderung es sein wird, Farben zu mischen, die diese Nuancen wiedergeben«, sagte sie und schaute auf das Wasser hinaus. »Wie geht es dir?«

»Gut, und ich bin schon ganz versessen auf das Malen«, sagte ich, und wir legten gleich los. Als wir erst einmal angefangen hatten, gingen wir eine Zeitlang ganz in unserer Arbeit auf. Oft stellte ich mir vor, eines der Tiere zu sein, die ich malte, und ich versuchte, die Welt mit den Augen einer Seeschwalbe, eines Pelikans oder sogar eines Alligators zu sehen.

Wir wurden von einem Hämmern aus unserer Versunkenheit gerissen, und als wir uns zum Bootshaus umschauten, sahen wir Buck Dardar, der auf die Messer eines Rasenmähers einschlug. Er hielt inne, als spüre er unseren Blick, sah kurz in unsere Richtung und machte sich wieder an die Arbeit.

Miss Stevens lachte. »Ich hatte eine Zeitlang ganz vergessen, wo ich bin.«

«Ich auch.«

»Möchtest du etwas Kaltes trinken? Ich habe Eistee und Apfelsaft mitgebracht.«

»Eistee wäre gut«, erwiderte ich. »Danke.«

Sie fragte mich, wie Gisselle seit Daddys Tod und unserer Rückkehr zurechtkomme, und ich schilderte ihr Gisselles auffälliges Verhalten. Sie hörte aufmerksam zu und nickte versonnen.

»Laß sie eine Zeitlang in Ruhe«, riet sie mir. »Sie muß es schaffen, sich unabhängig zu machen. Das wird ihr Kraft geben und sie glücklicher sein lassen. Ich bin sicher, sie weiß, daß du da bist, wenn sie dich braucht«, fügte sie hinzu.

Ihre Äußerungen beruhigten und erleichterten mich. Wir malten noch eine Weile, und dann genossen wir das Picknick, das sie für uns zubereitet hatte. Als wir so auf der

Decke saßen, aßen und miteinander redeten, kamen andere Schülerinnen vorbei; manche winkten, andere schauten neugierig zu uns herüber. Ich sah etliche Lehrer vorbeigehen und entdeckte sogar Mrs. Ironwood, die uns einen Moment lang beobachtete, ehe sie ihren Weg über das Schulgelände fortsetzte.

»Louis hat recht gehabt, was diesen See angeht«, sagte ich, als wir unsere Arbeit wieder aufnahmen. »Er strahlt wirklich einen Zauber aus. Er scheint seinen Charakter, seine Farbe und sogar seine Form ständig zu verändern.«

»Ich liebe es, Landschaften mit Wasser zu malen. Demnächst werde ich einen Ausflug ins Bayou unternehmen. Vielleicht kommst du mit und führst mich herum«, schlug sie vor.

»Oh, es gibt nichts, was ich lieber täte«, sagte ich.

Sie lächelte mich freundlich an, und ich fühlte mich, als hätte ich tatsächlich eine große Schwester. Dieser Tag erwies sich als einer der schönsten, die ich bisher in Greenwood verbracht hatte.

An jenem Abend fand in unserem Wohnheim eine Pyjamaparty statt. Mädchen aus den anderen Wohnheimen kamen herüber, um Musik zu hören, Popcorn zu essen und im Wohnzimmer zu tanzen. Sie schliefen sogar bei uns, manche zu zweit in einem Bett und andere auf Decken auf dem Fußboden. Während der Nacht wurde Schabernack getrieben. Einige Mädchen vom Quadranten B im unteren Stockwerk kamen nach oben und klopften an die Tür. Die Mädchen, die die Tür öffneten, bekamen eimerweise kaltes Wasser ab. Darauf mußten sie natürlich reagieren. Sie warfen Ochsenfrösche, die sie extra gefangen hatten, in das Wohnzimmer des Quadranten B, woraufhin die Mädchen dort schreiend durch den Korridor rasten. Mrs. Penny war außer sich und rannte in ihrer Verzweiflung quer durch das ganze Wohnheim, um für Ruhe zu sorgen.

Zu meinem Erstaunen fand Gisselle all das unreif und albern; statt mitzuspielen und sich tückische Streiche für ihre Clique auszudenken, zog sie sich wieder einmal in die Abgeschiedenheit ihres Zimmers zurück und schloß die Tür hinter sich. Ich begann mich zu fragen, ob sie womöglich in eine tiefe Depression versank und ob darin vielleicht der Grund für ihre allmorgendliche Erschöpfung zu suchen war.

Am Sonntag hatte ich all meine Hausaufgaben nachgeholt. Gemeinsam mit Vicki lernte ich noch für meine Prüfungen in Englisch und Mathe, und nachdem ich beim Abendessen meine Pflichten erfüllt hatte, zog ich mich für meinen Besuch bei Louis um. Ich sagte ihm, er solle Buck nicht unnötig bemühen, ich käme lieber zu Fuß zur Villa. Es war eine wunderbare Nacht mit sternenklarem Himmel, selten hatte ich den Großen und den Kleinen Bären so deutlich erkennen können. Ich spürte, daß mich ein Augenpaar verfolgte, als ich durch die Nacht lief, und als ich aufblickte, sah ich rechts neben mir einen Uhu. Ich stellte mir vor, daß es befremdlich für ihn sein mußte, ein menschliches Wesen in der Nacht durch sein Reich spazieren zu sehen, wogegen sein Anblick für mich weniger erstaunlich war. Das erinnerte mich an mein Leben im Bayou, daran, daß ich dort das Gefühl gehabt hatte, die Tiere hätten sich an mich gewöhnt.

Das Rotwild hatte keine Angst, näher zu kommen. Ochsenfrösche sprangen regelrecht über meine Füße. Enten und Gänse flogen so tief, daß ich spürte, wie ihre Flügelschläge mein Haar zerzausten. Ich gehörte zu der Welt, in der sie lebten. Vielleicht ahnte dieser Uhu, daß ich ihm geistesverwandt war. Er schrie nicht, flog nicht fort, hob nur sacht seine Flügel wie zur Begrüßung, ansonsten blieb er unbeweglich wie eine Statue auf seinem Ast sitzen und beobachtete mich.

Das große Plantagengebäude ragte vor mir auf. Die Galerien waren hell erleuchtet, doch hinter vielen Fenstern war es dunkel. Als ich näher kam, hörte ich die melodischen Klänge von Louis' Flügel. Ich schlug mit dem großen Messingtürklopfer und wartete. Kurz darauf erschien Otis. In seinem Gesicht malte sich Besorgnis, als er mich erkannte, doch er verbeugte sich und trat zurück.

»Guten Abend, Otis«, sagte ich fröhlich. Er schaute nach rechts, um sich zu vergewissern, daß Mrs. Clairborne ihn nicht durch einen Türspalt beobachtete; erst dann erwiderte er meine Begrüßung.

»Guten Abend, Mademoiselle. Monsieur Louis erwartet Sie im Musikzimmer. Hier entlang«, sagte er und lief eilig vor mir her durch den langen Korridor. Ich schaute gerade noch rechtzeitig nach links, um zu sehen, wie sich eine Tür schloß, und ich glaubte, einen flüchtigen Blick auf Mrs. Clairborne erhascht zu haben. Otis führte mich zur Tür des Musikzimmers, dann verbeugte er sich und zog sich schleunigst zurück. Ich trat ein und sah Louis einen Moment lang beim Spielen zu. Er trug ein sportliches dunkelblaues Samtjackett, dazu ein weißes Seidenhemd und eine blaue Hose. Mit seinem ordentlich gebürsteten Haar sah er sehr gut aus. Als er sich zur Tür umwandte, hörte er sofort auf zu spielen und sprang auf. Er schien auf eine andere Art in meine Richtung zu sehen und bewegte sich mit größerem Selbstvertrauen als früher.

»Ruby!« Er kam eilig auf mich zu und griff nach meiner Hand. »Ich nehme dich deutlich als Silhouette wahr«, erklärte er. »Selbst in Grautönen ist die Welt unglaublich spannend. Es ist ein wunderbares Gefühl, nicht mehr befürchten zu müssen, daß man gleich gegen etwas stößt. Und manchmal sehe ich tatsächlich für einen Sekundenbruchteil Farben aufblitzen.« Er hob seine Hand, um mein Haar zu berühren. »Vielleicht werde ich noch vor Ablauf dieses Abends dein schönes Haar zu sehen bekommen. Ich gebe mir Mühe und denke ständig daran, es zu versuchen. Wenn ich genügend Konzentration aufbringe … Oh«, sagte er und wich einen Schritt zurück, »ich rede ununterbrochen über mich und frage dich noch nicht einmal, wie es dir geht.«

»Mir geht es gut, Louis.«

»Es kann dir nicht gutgehen«, widersprach er. »Du hast schwere Zeiten hinter dir, und du mußt Entsetzliches durchgemacht haben. Komm, setz dich, und erzähl mir alles ganz genau«, sagte er und führte mich zum Sofa. Ich nahm darauf Platz, und er setzte sich neben mich.

Von seinem Gesicht ging ein ungewohnter Glanz aus. Es war, als erwache er mit jedem Lichtpartikel, der den dunklen Vorhang vor seinen Augen durchdrang, mehr zum Leben; als rücke er einer Welt voller Hoffnung und Freude näher und näher; als kehre er an einen Ort zurück, an dem er lachen, singen und reden konnte, einen Ort, an dem es möglich war, wieder zu lieben.

»Es stört mich überhaupt nicht, wenn du egozentrisch bist und über die Fortschritte redest, die du machst, Louis. Mir ist es ohnehin lieber, nicht über all das reden zu müssen, was ich durchgemacht habe. Es ist alles noch zu frisch und schmerzhaft.«

»Natürlich«, sagte er. »Ich wollte mich dir nur als mitfühlenden Zuhörer anbieten.« Er lächelte. »Jemand, an dessen Schulter du dich ausweinen kannst. Schließlich habe ich mich auch schon an deiner Schulter ausgeweint, oder etwa nicht?«

»Danke. Es ist wirklich nett von dir, daß du mir das anbietest, vor allem, wenn man bedenkt, welche Probleme du selbst hast.«

»Wir sind besser beraten, wenn wir uns nicht um uns selbst sorgen; und um das zu erreichen, müssen wir uns um andere sorgen«, sagte er. »Also, wenn das nicht klingt, als sei ich ein weiser alter Mann, dann weiß ich auch nicht. Es tut mir leid, aber ich habe in den letzten Jahren jede Menge Zeit gehabt, um einfach nur dazusitzen und zu meditieren. Jedenfalls«, sagte er und nahm eine aufrechte Haltung ein, »habe ich beschlossen, nachzugeben und im nächsten Monat in diese Klinik in der Schweiz zu gehen. Die Ärzte haben mir versichert, daß ich nur für kurze Zeit dort bleiben muß, und zum Ausgleich kann ich dort das Konservatorium besuchen und mit meiner Musik weitermachen.«

»Oh Louis, das ist ja wunderbar.«

»Ich habe meinen Arzt gefragt«, sagte er und nahm meine Hand in seine, ehe er mit weicher Stimme weitersprach, »warum mein Sehvermögen plötzlich wieder einzusetzen beginnt, und er versichert mir, es liege daran, daß ich jemanden gefunden habe, dem ich vertrauen kann.« Er lächelte. »Mein Arzt ist in Wirklichkeit eher das, was man einen Psychiater nennen würde«, fügte er eilig hinzu. »Seine Beschreibung meines Zustands läuft darauf hinaus, daß mein Verstand einen schwarzen Vorhang vor meine Augen hat fallen lassen, der sich in all den Jahren nicht gehoben hat. Er sagt, ich stünde meiner eigenen Genesung im Wege, weil ich Angst davor hätte, wieder sehen zu können. Ich würde mich sicherer fühlen, solange ich mich in meiner Welt der Dunkelheit abkapsele und meinen Gefühlen nur gestatte, sich auf dem Weg über meine Finger den Klaviertasten mitzuteilen. Als ich ihm dich und meine Gefühle für dich geschildert habe, hat er mir darin zugestimmt, daß du der Hauptgrund dafür bist, daß ich mein Sehvermögen jetzt wiedererlange. Solange du in meiner Nähe bist ... solange ich mich darauf verlassen kann, daß du einen Teil deiner Zeit mit mir verbringst ...«

»Oh Louis, eine so große Verantwortung kann ich nicht tragen.«

Er lachte. »Ich habe gewußt, daß du etwas in der Art sagen würdest. Du bist einfach zu nett und zu selbstlos. Keine Angst, die Verantwortung liegt ganz allein bei mir. Natürlich«, fügte er gedämpft hinzu, »ist meine Großmutter über all das ganz und gar nicht erfreut. Sie war so wütend, daß sie einen anderen Arzt holen wollte. Sie hat meine Cousine hierher ins Haus bestellt und gebeten, mit mir zu reden und mich davon zu überzeugen, daß ich nur so fühle, wie ich fühle, weil ich unsicher bin. Aber ich habe ihnen gesagt ... ich habe ihnen gesagt, es sei einfach ausgeschlossen, daß du so bist, wie sie dich mir gegenüber hinstellen wollen: ein intrigantes Geschöpf, das andere nur ausnutzt. Und ich habe ihnen gesagt ...« Er unterbrach sich, und sein Gesicht nahm einen entschlossenen Ausdruck an. »Nein, ich habe es ihnen nicht gesagt, ich habe von ihnen verlangt, dir zu erlauben, daß du mich, ehe ich in diese Klinik gehe, so oft besuchst, wie es dir nur irgend möglich ist. Ich habe deutlich klargestellt, daß ich gar nicht erst in die Klinik gehen werde, wenn ich dich vorher nicht so oft treffen kann, wie ich will ... wenn auch natürlich nur so oft, wie du mich treffen willst. Aber du willst mich doch treffen, oder nicht?« fragte er. Sein Tonfall hatte fast etwas Flehendes.

»Louis, ich will gern herkommen, sooft ich kann, aber ...«

»Na, prima. Dann wäre das also geklärt«, fiel er mir ins Wort.

»Und jetzt sage ich dir, was ich tun werde: Ich komponiere eine komplette Symphonie. Ich werde den ganzen Monat daran arbeiten, und ich werde sie dir widmen.«

»Louis«, sagte ich mit Tränen in den Augen, ich muß dir etwas sagen ...«

»Nein«, sagte er. »Mein Entschluß steht fest. Ich habe schon mit dem Schreiben begonnen. Ich habe ein Stück daraus gespielt, als du gekommen bist. Möchtest du es dir noch einmal anhören?«

»Natürlich, Louis, aber ...«

Er setzte sich an den Flügel, und ehe ich auch nur ein Wort sagen konnte, hatte er bereits begonnen zu spielen.

Ich war bedrückt. Ohne es beabsichtigt zu haben, war ich so tief in Louis' Welt hineingeschlittert, daß es unmöglich schien, da wieder herauszukommen, ohne ihn furchtbar zu verletzen. Wenn er erst einmal in der Klinik war und dort sein Sehvermögen vollständig wiederhergestellt wurde, konnte ich ihm vielleicht begreiflich machen, daß ich eine andere Liebesbeziehung hatte. Dann wird er die Enttäuschung verkraften und allein weitere Fortschritte machen können, dachte ich. Bis dahin blieb mir nichts anders übrig, als mir seine wunderschöne Musik anzuhören und ihn in seinen Bemühungen, das Augenlicht wiederzuerlangen, zu bestärken.

Seine Symphonie war traumhaft schön. Die Melodien waren so schwungvoll, ihr Rhythmus von einer solchen Anmut, daß ich davon mitgerissen wurde. Mit geschlossenen Augen entspannte ich mich und ließ mich von seiner Musik in frühere Zeiten zurücktragen, bis ich mich selbst wieder als ein kleines Mädchen sah. Ich lief durch hohes Gras, und ich hörte Grandmère Catherine lachen, während ich entzückt die Vögel beobachtete, die über dem Wasser schwebten, und die Brassen, die aus dem Tümpel hochsprangen.

»Tja«, sagte Louis, als er geendet hatte, »das ist alles, was ich bisher geschrieben habe. Wie hört es sich an?«

»Es ist wunderschön, Louis. Und es ist etwas ganz Besonderes. Ich bin sicher, daß du eines Tages ein berühmter Komponist sein wirst.«

Er lachte. »Komm«, sagte er. »Ich habe Otis gebeten, Cajun-Kaffee zuzubereiten und vom Cafè du Monde in New Orleans etwas Gebäck liefern zu lassen. Der Tisch im Wintergarten ist für uns gedeckt. Dort kannst du mir von deiner Zwillingsschwester erzählen, von den scheußlichen Dingen, die sie angestellt hat«, fügte er hinzu. Er reichte mir den Arm, und wir verließen das Musikzimmer. Im Korridor schaute ich mich noch einmal um. Ich war ganz sicher, Mrs. Clairborne gesehen zu haben; sie stand in der Dunkelheit und starrte uns an. Auch wenn sie sich nicht zeigte, ich spürte ihr Mißfallen deutlich.

Aber erst am nächsten Morgen in der Schule sollte ich feststellen, wie wild entschlossen sie und Mrs. Ironwood, ihre Nichte, waren, mich aus Louis' Leben zu verbannen.

13.
Haltlose Vorwürfe

Wir erhielten gerade von unserer Klassenlehrerin die Anweisungen für den bevorstehenden Schultag, als ein Bote in unser Klassenzimmer trat und mir ausrichtete, ich solle augenblicklich in Mrs. Ironwoods Büro kommen. Ich warf einen Blick auf Gisselle und stellte fest, daß sie ebenso verwirrt und neugierig zu sein schien wie die anderen auch. Ohne ein Wort zu verlieren, machte ich mich auf den Weg. Mrs. Randle stand mit einem Tablett in der Hand in der Tür, die vom Vorzimmer ins Büro führte.

»Komm gleich rein«, sagte sie und trat zurück, um mich vorbeizulassen.

Mein Herz pochte so heftig, daß ich glaubte, es würde meinen Brustkorb sprengen. Mrs. Ironwood saß mit steifem Rücken und geschürzten Lippen hinter ihrem Schreibtisch, und in ihren Augen stand eine unglaubliche Wut. Sie hatte die Hände flach auf die Dokumente gelegt, die über ihren Schreibtisch verteilt waren.

»Setz dich«, herrschte sie mich an und nickte Mrs. Randle zu, die nach mir eintrat und dann die Tür schloß. Mrs. Randle nahm auf einem Stuhl neben dem Schreibtisch Platz und legte ihren Notizblock zurecht. Ihren Stift hielt sie schreibbereit zwischen den Fingern.

»Was ist passiert?« fragte ich, weil ich das unheilverkündende Schweigen nicht länger ertragen konnte.

»Ich kann mich nicht erinnern, jemals eine Schülerin innerhalb so kurzer Zeit so oft in mein Büro bestellt zu haben wie dich«, begann Mrs. Ironwood und zog die dunklen Augenbrauen zusammen. Sie sah Mrs. Randle an, und diese nickte kaum merklich, wobei sie für einen Moment die Augen schloß.

»Das ist nicht meine Schuld«, sagte ich.

»Hm«, murmelte Mrs. Ironwood und sah erneut Mrs. Randle an, als hörten sie beide Stimmen, die ich nicht hören konnte. »Die Schülerinnen glauben immer, es sei nicht ihre Schuld«, sagte sie hämisch, und Mrs. Randle nickte genauso, wie sie es eben getan hatte. Sie kam mir vor wie eine Marionette, deren Fäden Mrs. Ironwood in den Händen hielt.

»Warum haben Sie mich zu sich bestellt?«

Ehe sie etwas darauf erwiderte, nahm Mrs. Ironwood eine noch steifere und strengere Haltung ein. »Ich habe Mrs. Randle zu mir gebeten, damit sie Notizen macht, denn ich habe vor, ein öffentliches Ausschlußverfahren anzustrengen.«

»Was? Was habe ich denn jetzt schon wieder getan?« rief ich aus. Ich sah Mrs. Randle an, die jedoch nicht aufblickte. Dann wandte ich mich wieder Mrs. Ironwood zu, die mich durchdringend ansah.

»Es wäre einfacher, wenn du fragen würdest, was du *noch nicht* angerichtet hast.« Sie schüttelte den Kopf und schaute vom Gipfel ihrer Verachtung auf mich herab. »Ich habe von Anfang an gewußt – angesichts der Hintergrundinformationen, die deine Stiefmutter mir so freimütig anvertraut hat, und des Hochmuts, den du während unseres ersten Gesprächs zur Schau gestellt hast, angesichts der Tatsache, daß du augenblicklich gegen die Vorschriften verstoßen und das Schulgelände verlassen hast, und der Art, wie du dich gegen meine Wünsche aufgelehnt hast –, daß dein Aufenthalt in dieser Schule ein Fehler von gigantischen Ausmaßen ist, von vornherein zum Scheitern verurteilt. Bestrafungen, Verwarnungen, ja sogar freundliche Ratschläge haben so gut wie keine Wirkung gezeigt, wenn überhaupt eine. Mädchen von deiner Sorte verändern sich selten zum Besseren hin. Ihr habt das Scheitern im Blut.«

»Was genau wird mir eigentlich vorgeworfen?« warf ich ein.

Statt direkt darauf zu antworten, räusperte sie sich und setzte ihre Lesebrille mit dem Perlmuttgestell auf. Dann griff sie nach den Papieren, die auf ihrem Schreibtisch lagen, und las daraus vor.

»Hiermit wird offiziell Schritt eins des Ausschlußverfahrens eingeleitet, gemäß den geltenden Satzungen der Greenwood-Schule, wie sie von ihrem Aufsichtsrat aufgestellt worden sind. Die betreffende Schülerin«, sie schaute mich über ihre Brille hinweg an, »eine gewisse Ruby Dumas, ist zu dem hier angegebenen Zeitpunkt zu mir bestellt worden, um über ihre bevorstehende Vernehmung informiert zu werden und die Anklagen zu hören, die von der Verwaltung der Greenwood-Schule gegen sie erhoben worden sind. Erstens«, begann sie, und ihre Stimme wurde noch autoritärer, »hat sie sich bereitwillig und wissentlich an einem Ort auf dem Gelände von Greenwood aufgehalten, dessen Betreten den Schülerinnen untersagt ist, und sie ist noch nach Ablauf der Ausgehfrist für Schülerinnen dort gesehen worden.«

»Was?« schrie ich und sah Mrs. Randle an, die den Kopf gesenkt hielt und emsig etwas auf ihren Notizblock schrieb. »Was für ein Ort soll das sein?«

»Zweitens hat sie sich bereitwillig und wissentlich an unmoralischem Verhalten auf dem Schulgelände beteiligt, während sie der Aufsicht der Schule unterstellt war.«

»Unmoralisches Verhalten?«

»Die oben angeführten Anklagen werden heute nachmittag um vier im Rahmen eines offiziellen Ausschlußverfahrens in diesem Büro erhoben, und es wird ein Urteil darüber gefällt werden.«

Sie legte die Papiere beiseite und setzte ihre Brille ab.

»Es ist meine Pflicht, dich über unser Verfahren zu unterrichten. Einem Gremium, das sich aus zwei Fakultätsmitgliedern und der Vorsitzenden des Schülerrats, Deborah Peck, zusammensetzt, werden die Anklagen vorgetragen und die Beweise vorgelegt, und dann wird dieses Gremium ein Urteil fällen. Natürlich werde ich dem Verfahren beiwohnen.«

»Was für Anklagen? Was für Beweise?«

»Ich habe dir die Anklagen vorgelesen, die gegen dich erhoben worden sind«, sagte sie.

»Ich habe kein klares Wort herausgehört. Wohin soll ich mich begeben haben, an welchen Ort auf dem Schulgelände, dessen Betreten mir untersagt ist? Etwa die Villa? Dreht es sich etwa darum?« fragte ich. Ihre Wangen röteten sich, und sie warf erst einen schnellen Blick auf Mrs. Randle und sah dann mich an.

»Wohl kaum«, erwiderte sie. »Du bist vor dem Bootshaus gesehen worden, als du dich längst in deinem Wohnheim hättest aufhalten müssen.«

»Vor dem Bootshaus?«

»Du hast dich zu einem unzulässigen Rendezvous mit einem Angestellten dorthin begeben, mit Buck Dardar.«

»Was? Wer hat mich gesehen?«

»Ein Mitglied des Lehrkörpers, ein hochangesehenes Mitglied dieses Lehrkörpers – das schon viele Jahre bei uns ist, könnte ich noch hinzufügen.«

»Wer? Kann ich denn nicht den Namen desjenigen erfahren, der mich bezichtigt?« fragte ich.

»Mrs. Gray, deine Lateinlehrerin. Somit steht außer Frage, daß sie dich erkennen konnte«, schloß sie.

Ich schüttelte den Kopf. »Wann soll das gewesen sein?«

Sie schaute widerwillig in die Papiere, und dann sagte sie: »Du bist gestern abend um sieben Uhr dreißig beobachtet worden, wie du das Bootshaus betreten hast.«

»Gestern abend?«

»Und du bist bis in den späten Abend hinein dort geblieben«, fügte sie hinzu. »Die übrigen Einzelheiten der Zeugenaussage von Mrs. Gray werden bei der offiziellen Vernehmung angeführt.«

»Da muß eine Verwechslung vorliegen. Ich kann gestern abend um sieben Uhr dreißig nicht im Bootshaus gewesen sein. Rufen Sie doch einfach Buck, und fragen Sie ihn selbst«, riet ich ihr.

Sie verzog hämisch das Gesicht. »Du glaubst doch wohl nicht etwa, auf die Idee wäre ich nicht von selbst gekommen? Er war heute morgen schon vor dir zu mir bestellt, und er hat ein schriftliches Geständnis abgelegt«, sagte sie und hielt ein weiteres Dokument hoch, »in dem er bestätigt, was unsere Augenzeugin gesehen hat.«

»Nein«, sagte ich kopfschüttelnd. »Entweder er irrt sich, oder er lügt. Sie werden sich davon überzeugen können, wenn er zu dem Verhör erscheint, mich sieht und klar erkennt ...«

»Buck Dardar hält sich nicht mehr auf dem Schulgelände auf. Er ist von seinen Pflichten entbunden worden und hat die Schule bereits verlassen«, sagte sie.

»Was? Aufgrund dieser unwahren Anschuldigungen, die gegen mich erhoben werden, ist er gefeuert worden? Das ist ungerecht.«

»Ich versichere dir«, sagte sie mit einem kalten Lächeln, »daß er das Angebot, das ich ihm gemacht habe, äußerst fair gefunden hat. Ihr Mädchen seid alle minderjährig. Wenn wir nicht einen Skandal hätten fürchten müssen, hätte ich ihn der Polizei übergeben.«

»Aber es ist nicht wahr. Sie brauchen nur Ihre Tante zu fragen, wo ich gestern abend war.«

»Meine Tante?« Sie sackte in sich zusammen. »Du willst, daß ich Mrs. Clairborne in diese abscheuliche und vulgäre Geschichte hineinziehe? Wie kannst du es wagen, mir so etwas vorzuschlagen. Sind die Abgründe deiner Unmoral derart bodenlos?«

»Aber ich war gestern abend in der Villa, und ich war lange vor Ablauf der Ausgehfrist wieder im Wohnheim.«

»Ich versichere dir«, sagte Mrs. Ironwood bedächtig, »daß Mrs. Clairborne niemals bereit sein wird, das zu bestätigen.« Bei diesen Worten wirkte sie absolut siegesgewiß und selbstgefällig.

»Dann rufen Sie Louis an …«

»Einen Blinden? Du willst ihn auch noch in diese Geschichte hineinziehen? Hast du es darauf abgesehen, Schande über diese vornehme Familie zu bringen? Ist das dein Motiv? Eine Form von krankhaftem Cajun-Neid?«

»Natürlich nicht, aber das Ganze ist ein Irrtum«, rief ich aus.

»Darüber wird unser Gremium um vier Uhr entscheiden. Sei pünktlich hier.« Sie schloß für einen Moment die Augen. »Du darfst jemanden zu deiner Verteidigung mitbringen.« Sie unterbrach sich, und ein bissiges Lächeln spielte auf ihren Lippen, als sie sich vorbeugte. »Wenn du all diese Unannehmlichkeiten vermeiden willst, kannst du natürlich gestehen, dich schuldig bekennen und deinen Ausschluß aus der Schule akzeptieren.«

»Nein«, sagte ich wutentbrannt. »Ich will denen gegenübertreten, die mich anklagen. Ich will, daß jeder einzelne, der an diesem Lügengebäude mitgebaut hat, mir in die Augen sehen muß, damit allen klar wird, was sie tun.«

»Wie du willst.« Sie lehnte sich wieder zurück. »Ich wußte gleich, daß du bis zum Schluß rebellisch sein wirst, und ich habe wenig Hoffnung gehabt, es deiner Familie leichter machen zu können – obwohl deine Stiefmutter gerade erst diese Tragödie durchmachen mußte. Du tust mir leid, aber wahrscheinlich ist es besser für dich, wenn du dich wieder unter deinesgleichen begibst.«

»Oh, es steht absolut außer Frage, daß ich unter meinesgleichen besser dran bin, Mrs. Ironwood«, sagte ich. »Menschen von meiner Sorte schauen nicht auf andere herab, bloß weil sie nicht reich sind oder von einer adeligen Familie abstammen. Menschen von meiner Sorte schmieden keine hinterhältigen Ränke und Intrigen«, fauchte ich. Die Tränen brannten heiß unter meinen Lidern, doch ich hielt sie zurück, weil ich ihr die Befriedigung nicht gönnen wollte. »Aber ich werde nicht in einem Kanu aus frei erdichteten Märchen und haßerfüllten Lügen von hier fortgepaddelt werden.«

Sie warf einen Blick auf Mrs. Randle, die eilig auf ihren Notizblock sah.

»Für die Akten«, diktierte Mrs. Ironwood, »wird festgehalten, daß die Schülerin Ruby Dumas sämtliche Punkte der Anklage abstreitet und eine offizielle Vernehmung wünscht. Sie ist über ihre Rechte informiert worden ...«

»Rechte? Welche Rechte habe ich denn hier?« sagte ich mit einem sarkastischen Lachen.

»Sie ist über ihre Rechte informiert worden«, wiederholte Mrs. Ironwood nachdrücklich. »Haben Sie das alles festgehalten, Mrs. Randle?«

»Ja«, erwiderte diese eilfertig.

»Lassen Sie sich Ihre Notizen von ihr unterschreiben, wie es die Statuten vorsehen«, forderte Mrs. Ironwood. Mrs. Randle drehte ihren Block zu mir um und stieß ihn über den Tisch, während sie mir gleichzeitig eine Stift reichte.

»Du unterschreibst hier«, wies sie mich an und zeigte auf eine gestrichelte Linie ganz unten auf dem Blatt. Ich nahm ihr den Stift aus den Fingern und setzte zu meiner Unterschrift an.

»Willst du nicht vorher lesen, was du unterschreibst?« fragte Mrs. Ironwood.

»Wozu?« sagte ich. »Das Ganze ist ein gründlich einstudiertes Stück, dessen Ausgang vorhersagbar ist.«

»Warum willst du es dann weiterspielen?« fragte sie prompt.

Ja, fragte ich mich, warum will ich eigentlich weitermachen? Dann dachte ich an Grandmère Catherine und an all die Male, die sie sich der härtesten aller Herausforderungen stellte, dem Unbekannten, das im dunkeln lag; und daran, wie sie immer bereitwillig für das gekämpft hatte, was richtig und gut war, ganz gleich, wie gering ihre Aussicht auf Erfolg gewesen war.

»Ich werde weitermachen, damit alle, die an dieser Verschwörung beteiligt sind, mir ins Gesicht sehen müssen, damit ich möglichst schwer auf ihrem Gewissen lasten werde«, erwiderte ich.

Mrs. Randles Augen wurden vor Erstaunen groß, drückten aber auch eine gewisse Bewunderung aus.

»Du kannst jetzt in deinen Unterricht zurückkehren«, sagte Mrs. Ironwood. »Du hast gehört, daß du um vier Uhr wieder hier zu sein hast. Solltest du aus irgendwelchen Gründen nicht erscheinen, wird in deiner Abwesenheit über dich entschieden.«

»Daran habe ich keinerlei Zweifel«, sagte ich und stand auf. Meine Knie wollten weich werden, doch ich schloß die Augen und schickte einen Strom harter, kalter Kraft aus meinem stolzen Herzen durch meine Adern bis in meine Fußsohlen. Mit gestrafften Schultern und hoch erhobenem Kopf wandte ich mich ab und verließ Mrs. Ironwoods Büro, und erst als ich mich an mein Pult setzte, zauderte ich und machte mir klar, was nun auf mich zukommen würde. Lähmende Taubheit erfaßte mich.

Ich erzählte niemandem etwas von meinem Treffen mit Mrs. Ironwood, von den Anklagen, die gegen mich erhoben wurden, und was das hieß; aber es war gar nicht nötig, daß ich auch nur einer lebenden Seele ein Wort zuflüsterte. Sowie Deborah Peck darüber informiert wurde, daß sie als Geschworene in ein Ausschlußverfahren berufen worden war, machten die Neuigkeiten schneller die Runde durch sämtliche Korridore und Klassenzimmer, als ein hungriger Aal sich durch den Sumpf schlängelt. Am frühen Nachmittag wußten alle Bescheid, und ich war das einzige Gesprächsthema. Vor meiner letzten Unterrichtsstunde fing Gisselle mich im Korridor ab und schalt mich zunächst einmal dafür aus, daß ich mit meinen Problemen nicht auf direktem Weg zu ihr gekommen war, und dann verlieh sie ihrer Freude Ausdruck, denn wenn ich gezwungen wurde, Greenwood zu verlassen, dann bedeutete das auch für sie den ersehnten Abschied von hier.

»Genau deshalb habe ich dir nichts davon gesagt, Gisselle«, erwiderte ich. »Sieh doch selbst, wie du dich jetzt verhältst. Ich habe gewußt, daß du dich diebisch darüber freuen wirst.«

»Weshalb machst du dir überhaupt noch die Mühe, zu dem Verfahren zu erscheinen? Laß uns doch einfach Daphne anrufen und ihr sagen, daß sie die Limousine schicken soll.«

»Weil es nichts weiter als ein Haufen Lügen ist, deshalb, und ich habe nicht die Absicht, die Eiserne Jungfrau damit davonkommen zu lassen – wenn ich es irgend verhindern kann«, erklärte ich. »Ich lasse mich nicht geteert und gefedert aus dieser Schule vertreiben.«

»Du kannst aber nichts dagegen tun. Du bist einfach stur und dumm wie alle Cajuns. Du wirst nicht zu diesem Verfahren erscheinen, Ruby«, ordnete sie an. »Hast du gehört, was ich gesagt habe? Du wirst nicht hingehen.«

»Laß mich jetzt in den Unterricht gehen, Gisselle. Ich will mich nicht zu allem Überfluß auch noch verspäten und ihr einen Grund mehr dafür geben, auf mir herumzuhacken«, sagte ich und lief um ihren Rollstuhl herum.

Sie hielt mich am Ärmel fest. »Geh nicht hin, Ruby.«

Ich riß mich los. »Ich werde hingehen«, sagte ich, und meine Wangen glühten vor Zorn.

»Du vergeudest nur deine Zeit«, rief sie mir nach. »Und diese Schule ist es noch nicht einmal wert!« schrie sie.

Ich betrat das Atelier in dem Moment, als es läutete. Ein Blick in Miss Stevens Gesicht besagte alles: Sie wußte Bescheid, und sie war besorgt. Sie war derart besorgt, daß sie den anderen genügend Beschäftigung gab und mich am hinteren Ende des Raumes zur Seite nahm. Dort forderte sie mich auf, ihr alles zu erzählen.

»Ich bin unschuldig, Miss Stevens. Diese Anklagen sind

erdichtet. Ich kann gestern abend unmöglich im Bootshaus gewesen sein. Mrs. Gray irrt sich.«

»Warum kannst du nicht dort gewesen sein?« fragte sie.

Ich berichtete ihr von meinem Besuch bei Louis.

»Aber man hat mir deutlich zu verstehen gegeben, daß Mrs. Clairborne nicht für mich aussagen wird, und Louis wollen sie auch nicht aussagen lassen«, erklärte ich.

Sie schüttelte den Kopf, und ihre Augen verdunkelten sich. »Ich kann mir einfach nicht vorstellen, daß Mrs. Gray sich an einer hinterhältigen Verschwörung beteiligen würde, die darauf zielt, daß du von der Schule fliegst. Sie ist eine feine Frau, eine sehr angenehme Person. Kommst du im Unterricht nicht gut mit ihr aus?« fragte sie mich.

»Oh, doch. Ich glaube, ich habe bei ihr eine Eins plus.«

»Sie ist wie eine Mutter zu mir gewesen«, sagte Miss Stevens. »Von Anfang an hat sie mir Ratschläge erteilt und mir geholfen. Und außerdem ist sie eine fromme Kirchgängerin.«

»Aber ich bin nicht dort gewesen, Miss Stevens! Wirklich nicht. Sie muß sich irren.«

Miss Stevens nickte versonnen. »Vielleicht wird sie es selbst erkennen und ihre Zeugenaussage offiziell zurückziehen.«

»Das bezweifle ich. Mrs. Ironwood hat einen allzu zufriedenen und selbstsicheren Eindruck gemacht, und da Buck bereits gefeuert und von hier verschwunden ist, steht mein Wort gegen das von Mrs. Gray – und gegen dieses Lügenmärchen, das sie Buck haben unterschreiben lassen«, stöhnte ich.

»Warum ist Mrs. Ironwood bloß so unerbittlich gegen dich eingenommen?« fragte sich Miss Stevens laut.

»In erster Linie wegen Louis, aber sie hat mich von Anfang an nicht leiden können, das hat sie bei unserem ersten Gespräch in ihrem Büro deutlich klargestellt. Meine Stiefmutter hat dafür gesorgt, daß ich hier von Anfang an schlecht dastand. Ich weiß nicht, weshalb sie das getan hat, aber ich vermute, sie wollte sichergehen, daß der Aufenthalt hier furchtbar für mich wird. Sie wünscht sich, daß ich scheitere, und all das nur, damit sie einen Grund hat, sich meiner zu entledigen … und Gisselles«, sagte ich.

»Du Arme. Möchtest du, daß ich mit dir zu dem Verfahren komme und dein Talent und deine Erfolge bestätige?«

»Nein. Das ändert ja doch nichts, und es würde Sie nur in diese schmutzige Geschichte hineinziehen. Ich will einfach hingehen und allen ins Gesicht spucken.«

Tränen traten in Miss Stevens' Augen. Sie umarmte mich und wünschte mir alles Gute; dann stellte sie sich wieder vor die Klasse und erteilte Anweisungen, aber ich hörte und sah nichts. Nach der Schule ging ich ins Wohnheim zurück. Ich war so benommen, daß ich mich nicht erinnern konnte, den Weg zurückgelegt zu haben. Sowie ich in meinem Zimmer angekommen war, begann ich, ein paar Sachen zu packen. Als Gisselle das sah, war sie außer sich vor Begeisterung.

»Dann hast du dich also entschieden, meinen Ratschlag anzunehmen und aufzugeben? Sehr gut. Wann kommt die Limousine?«

»Ich bereite mich nur auf das vor, wovon ich weiß, daß es unvermeidlich ist, Gisselle. Ich werde trotzdem zu dem Verfahren erscheinen. Es beginnt in einer Stunde. Möchtest du mitkommen?«

»Natürlich nicht. Weshalb sollte ich?«

»Um bei mir zu sein.«

»Du meinst, damit du mich schön in Verlegenheit bringen kannst? Nein, danke. Ich warte hier auf dich und fange schon mal an, meine Sachen zu packen. Gott sei Dank, daß wir diese Schule und alle, die damit zu tun haben, los sind«, sagte sie, ohne sich im entferntesten daran zu stören, daß einige Mädchen uns hören konnten.

»Ich bin weniger froh darüber, Gisselle. Daphne wird sich etwas noch Schlimmeres für uns einfallen lassen. Du wirst es ja sehen. Man wird uns in eine andere Schule verfrachten, in der es zehnmal härter zugeht. Genau das hat sie uns schließlich angedroht.«

»Das mache ich nicht mit. Ich werde mich weigern, mein Bett zu verlassen.«

»Dann wird sie die Möbelpacker das Bett transportieren lassen. Sie ist zu allem entschlossen.«

»Das ist mir egal. Alles andere ist besser als das hier«, beharrte sie und verschwand eilig, um ihre Sachen zu pakken.

Ich wandte mich gleichfalls wieder dem Packen zu und nahm mir dann die Zeit, mein Haar ordentlich zu frisieren, damit ich so repräsentabel und selbstsicher wie nur irgend möglich wirkte.

Um Viertel vor vier machte ich mich auf den Weg zur Schule. Mehrere Mädchen saßen in der Eingangshalle des Wohnheims und redeten über mich. Sie verstummten, als ich auftauchte, beobachteten mich, als ich aus dem Haus ging, und einige liefen sogar an die Fenster, um mir nachzustarren, als ich mit hocherhobenen Kopf meinen Weg antrat. Ich hatte nichts mitgenommen, aber mich noch einmal vergewissert, daß Ninas schützendes Gris-Gris, das Zehncentstück an einer Schnur, auch wirklich um meinen Knöchel gebunden war.

Der Himmel war inzwischen bedenklich grau geworden, die dichte Wolkendecke schloß sich schnell, vor den letzten Resten Blau, bis die Welt dunkel und trostlos wirkte und widerspiegelte, wie mir zumute war. Es war überraschend kühl geworden, und ich beschleunigte meine Schritte.

Um diese Tageszeit liefen nur wenige Schülerinnen durch die Gänge. Diejenigen, denen ich im Hauptgebäude begegnete, starrten mich unverholen an und tuschelten dann miteinander, während ich durch den Korridor auf Mrs. Ironwoods Büro zusteuerte. Die Tür, die vom Vorzimmer in ihr Büro führte, war geschlossen, und Mrs. Randle saß nicht hinter ihrem Schreibtisch. Ich setzte mich und beobachtete, wie die Uhr tickte und tickte und ihre Zeiger der Vier immer näher rückten. Um Punkt vier wurde die Tür geöffnet. Auf Mrs. Ironwoods Gesicht standen sowohl Enttäuschung als auch Widerwillen, als sie mich warten sah.

»Komm rein, und setz dich auf deinen Platz«, befahl sie mir und kehrte an ihren Schreibtisch zurück.

Die Möbel waren umgestellt worden, um ihrem Büro mehr den Charakter eines Gerichtssaals zu verleihen. Ein Stuhl für Zeugen stand nun links neben Mrs. Ironwoods Schreibtisch. Mrs. Randle, die da war, um die Verhandlung schriftlich festzuhalten, saß an einem kleinen Tischchen rechts neben dem Schreibtisch. Links von dem Zeugenstand saß das Gremium meiner Richter: Mr. Norman, mein Lehrer in den Naturwissenschaften, Miss Weller, die Bibliothekarin, und Deborah Peck, auf deren Gesicht ein hämisches, selbstzufriedenes Grinsen stand. Mir drehte sich vor Wut der Magen um. Ich war sicher, daß sie sich sofort nach dem Ende dieser Sitzung ans Telefon hängen und ihren Bruder anrufen würde. Mrs. Gray hatte links von dem Gremium auf dem Sofa Platz genommen und machte einen sehr unglücklichen und besorgten Eindruck.

Für mich, die Angeklagte, war gegenüber vom Schreibtisch ein Stuhl aufgestellt worden, und Mrs. Ironwood bedeutete mir mit einer Kopfbewegung, mich dorthin zu setzen. Ich tat es eilig und heftete meinen Blick fest auf das Gremium. Ich war wild entschlossen, nicht verängstigt oder schuldbewußt zu wirken, aber ich hatte ein Gefühl in der Brust, als hätte ich einen Schwarm Sumpfmoskitos geschluckt, die nun um mein pochendes Herz schwirrten, surrten und mich stachen.

»Hiermit eröffne ich die offizielle Vernehmung, in der darüber entschieden werden soll, ob die Schülerin Ruby Dumas von der Schule verwiesen wird oder nicht«, begann

Mrs. Ironwood. Sie setzte ihre Brille auf, um die Anklagen gegen mich noch einmal vorzulesen. Während sie die Klageschrift verlas, spürte ich, daß die Blicke aller starr auf mich gerichtet waren, doch ich blieb mit unverändertem Gesichtsausdruck sitzen. Ich saß mit geradem Rücken da und hatte die Hände lässig auf dem Schoß gefaltet. »Bekennst du dich schuldig oder nicht?« schloß sie.

»Ich bin unschuldig«, sagte ich. Meine Stimme drohte sich zu überschlagen, doch ich riß mich zusammen.

Mrs. Ironwood nahm eine aufrechtere Haltung ein.

»Also, gut. Dann werden wir jetzt fortfahren. Mrs. Gray«, sagte sie und wandte sich an die zierliche Dame mit dem dunkelbraunen Haar und den sanften blauen Augen. Ich wußte, daß sie mich bisher sehr gern gehabt hatte, sie hatte mich häufig für meine Mitarbeit im Unterricht gelobt. Sie erweckte den Eindruck, als bräche ihr das Herz und als täte sie etwas, das schrecklich schmerzhaft für sie war, doch sie stand auf, holte tief Atem und begab sich in den Zeugenstand.

»Schildern Sie dem Gremium bitte, was Sie wissen und was Sie gesehen haben, Mrs. Gray«, wies Mrs. Ironwood sie an.

Mrs. Gray warf schnell einen Blick auf mich und wandte sich dann an die drei Personen, die ein Urteil über mich fällen sollten. »Gestern abend, etwa um neunzehn Uhr zwanzig, vielleicht auch erst um neunzehn Uhr fünfundzwanzig, kam ich von einem Abendessen mit Mrs. Johnson, der Heimleiterin von Waverly. Ich hatte meinen Wagen auf dem Parkplatz für Fakultätsmitglieder abgestellt und bin von dort aus zu Fuß gegangen. Als ich um die Ecke bog, sah ich, wie sich jemand verstohlen zum See und zum Bootshaus schlich. Es war bereits dunkel. Ich wurde neugierig, da ich wußte, daß es sich um eine unserer Schülerinnen handeln mußte, und daher habe ich den Weg zum See eingeschlagen.« Sie unterbrach sich, um tief Atem zu holen und zu schlucken. »Ich habe gehört, wie die Tür des

Bootshauses geöffnet wurde. Ich habe ein eindeutig weibliches Lachen gehört, dann wurde die Tür geschlossen. Ich bin zum Anlegesteg gegangen. Als ich am Bootshaus vorbeikam, blieb ich stehen, weil das Fenster offen war und ich deutlich sehen konnte, was sich im Innern abgespielt hat.«

»Und was hat sich im Bootshaus abgespielt?« fragte Mrs. Ironwood, als Mrs. Gray zögerte.

Sie schloß die Augen, biß sich auf die Unterlippe, holte noch einmal Atem und nahm ihren Bericht wieder auf. »Ich habe Buck Dardar gesehen, der nur seine Shorts anhatte und ein Mädchen umarmte. Als er sich von ihr löste, konnte ich das Mädchen deutlich sehen.«

»Und wer war dieses Mädchen?« fragte Mrs. Ironwood ungeduldig.

»Ich habe Ruby Dumas gesehen. Selbstverständlich war ich schockiert und enttäuscht. Ehe ich auch nur einen Laut von mir geben konnte, hat sie ihre weiße Bluse aufgeknöpft. Dann hat Buck Dardar sie wieder umarmt.«

»Was hatte sie zu diesem Zeitpunkt an?« fragte Mrs. Ironwood.

»Sie war … halb nackt«, sagte Mrs. Gray. »Sie hatte nur ihren Rock an.«

Ich sah, wie Deborah Pecks Mund aufsprang. Miss Weller schüttelte voller Abscheu den Kopf. Mr. Norman schloß nur einen Moment lang die Augen, doch sein Gesicht blieb regungslos, seine Lippen verzogen sich nicht, und seine Augen waren auf Mrs. Gray gerichtet.

»Fahren Sie fort«, ordnete Mrs. Ironwood an.

»Ich war derart erstaunt und enttäuscht, daß ich mich ganz schwach fühlte und spürte, wie mir übel wurde«, sagte Mrs. Gray. »Ich wandte mich ab und zog mich schleunigst zurück.«

»Und anschließend haben Sie mich angerufen, um mir Ihren Bericht zu erstatten. So war es doch?«

Mrs. Gray sah mich an und nickte. »Ja.«

»Ich danke Ihnen.«

»Ich war es nicht, Mrs. Gray«, sagte ich leise.

»Sei still. Du kommst später zu Wort«, fauchte Mrs. Ironwood. »Sie können jetzt gehen, Mrs. Gray«, sprach sie mit einem Nicken.

»Es tut mir leid. Ich mußte berichten, was ich gesehen habe«, sagte sie zu mir, als sie aufstand. »Ich bin tief enttäuscht von dir.«

Ich schüttelte den Kopf, und hinter meinen Lidern stiegen Tränen auf.

»Nachdem mir dieser Bericht erstattet worden ist«, begann Mrs. Ironwood, sowie Mrs. Gray gegangen war, »habe ich Buck Dardar heute am frühen Morgen in dieses Büro bestellt. Ich habe ihn mit Mrs. Grays Zeugenaussage konfrontiert und Ruby Dumas' Akte herausgeholt, um ihm ihr Bild zu zeigen, damit er mir bestätigen kann, daß es sich bei dem Mädchen, das nach Mrs. Grays Angaben bei ihm im Bootshaus war, tatsächlich um Ruby Dumas gehandelt hat. Ich werde Ihnen jetzt seine unterschriebene eidesstattliche Aussage vorlesen.« Sie nahm ein Dokument zur Hand. »Ich, Buck Dardar, gestehe hiermit, daß ich zu dem hier genannten Zeitpunkt sowie bei etlichen vorhergehenden Gelegenheiten«, las sie und zog die Augenbrauen hoch, als sie das Gremium ansah, »intime Beziehungen zu Ruby Dumas hatte. Miss Dumas ist schon vorher mindestens ein halbes Dutzend Mal in das Bootshaus gekommen, um mit mir zu flirten und mir eindeutige Angebote zu machen. Ich bekenne, auf ihre Annäherungsversuche eingegangen zu sein. An besagtem Tag ist Ruby Dumas um sieben Uhr dreißig ins Bootshaus gekommen und erst nach neun Uhr dreißig von dort fortgegangen. Ich bedaure es, mich mit dieser Schülerin eingelassen zu haben, und ich akzeptiere die Strafe, die Mrs. Ironwood mir mit sofortiger Wirkung auferlegt hat. – Wie Sie sehen können«, fuhr sie fort und reichte Miss Weller das Dokument, »hat er seine Aussage unterschrieben.«

Miss Weller warf einen Blick auf das Blatt, nickte und

reichte es dann Mr. Norman weiter. Er warf einen Blick darauf und reichte es Deborah, die es länger betrachtete als die anderen, ehe sie es Mrs. Ironwood zurückgab. Mit dem zufriedenen Gesichtsausdruck eines Waschbären, der sich den Bauch vollgeschlagen hat, lehnte sie sich auf ihren Stuhl zurück.

»Du kannst dich jetzt verteidigen«, sagte Mrs. Ironwood.

Ich wandte mich an das Gremium. »Ich bezweifle nicht, daß Mrs. Gray gestern abend um sieben Uhr dreißig jemanden zum Bootshaus hat laufen sehen, und ich weiß, daß sie glaubt, die Wahrheit zu sagen, aber sie irrt sich. Ich bin nicht dort gewesen. Ich war ...«

»Ich werde ihnen sagen, wo du warst«, unterbrach mich eine Stimme. Ich fuhr herum und sah, wie Miss Stevens Louis zur Tür hereinführte.

»Was hat das zu bedeuten?« fragte Mrs. Ironwood.

Ich glaube, ich war mindestens so schockiert wie sie. Louis, der ein Jackett und eine Krawatte trug und sich das Haar ordentlich gebürstet hatte, nickte.

»Ich bin hier, um für die Beklagte auszusagen.« Er lächelte in meine Richtung. »Ruby Dumas«, sagte er. »Darf ich sprechen?«

»Natürlich nicht. Dies ist eine rein schulische Angelegenheit, und ich ...«

»Aber ich habe Informationen, die den Fall betreffen«, beharrte er. »Ist das der Zeugenstand?« Er wies mit einer Kopfbewegung in die richtige Richtung.

Mrs. Ironwood warf Miss Stevens einen unverholen wütenden Blick zu. Die Mitglieder des Gremiums schauten sie erwartungsvoll an.

»Das ist absolut nicht ordnungsgemäß«, sagte sie.

»Was soll daran nicht ordnungsgemäß sein? Das hier ist eine Vernehmung, und eine Vernehmung dient dazu, Fakten ans Licht zu bringen, oder nicht?« fragte Louis. »Ich bin sicher, daß du die Wahrheit herausfinden willst«, fügte er mit einem Lächeln hinzu.

Alle schauten von Louis zu Mrs. Ironwood. Als sie schwieg, ging Louis auf den Stuhl zu, setzte sich und machte es sich bequem.

»Mein Name ist Louis Turnbull. Ich bin Mrs. Clairbornes Enkel, und ich wohne in dem Haus, das Ihnen als die Clairborn-Villa bekannt ist.« Er wandte sich in Mrs. Ironwoods Richtung. »Muß ich mein Alter und meinen Beruf nennen?«

»Sei nicht albern, Louis. Du hast hier nichts zu suchen.«

»Und ob ich hier etwas zu suchen habe«, erwiderte er mit fester Stimme. »Soweit ich weiß, geht es hier darum, ob Ruby Dumas gestern abend um neunzehn Uhr dreißig und später im Bootshaus gewesen ist oder nicht, ist das richtig? Nun, ich kann dem Gremium versichern, daß sie sich nicht dort aufgehalten hat. Sie war bei mir. Sie ist um neunzehn Uhr fünfzehn eingetroffen und bis einundzwanzig Uhr geblieben.«

Bleierne Stille senkte sich über den Raum und ließ das Ticken der Standuhr viel lauter erscheinen, als es in Wirklichkeit war.

»Darum geht es doch, oder nicht?« insistierte Louis.

»Also gut. Wenn du unbedingt so weitermachen willst: Wie kannst du dir über den genauen Zeitpunkt sicher sein?« fragte Mrs. Ironwood herausfordernd. »Du bist blind.« Sie bedachte das Gremium mit einem überheblichen Blick.

Louis wandte sich ebenfalls an das Gremium. »Es ist wahr, daß ich Probleme mit einem Augenleiden hatte. Aber in der letzten Zeit habe ich bedeutende Fortschritte gemacht und eine beträchtliche Besserung erzielt«, sagte er und wandte sich lächelnd mir zu. Dann drehte er sich zu der Standuhr in der Ecke des Büros um. »Das wollen wir doch gleich mal sehen. Auf der Uhr im Büro meiner Cousine haben wir jetzt sechzehn Uhr zweiund…vierzig«, sagte er.

Das stimmte genau. Ich schaute das Gremium an. Alle waren beeindruckt.

»Natürlich können Sie sich all das bestätigen lassen, indem Sie Otis hinzuziehen, unseren Butler, der Mademoiselle Dumas die Tür geöffnet und sie beim Gehen hinausbegleitet hat. Außerdem hat er uns Kaffee serviert, während sie bei mir zu Besuch war. Sie sehen also, daß sie unmöglich gestern abend um halb acht, um acht, um halb neun und um neun im Bootshaus gewesen sein kann«, leierte er herunter.

»Ein hochangesehenes Mitglied unseres Kollegiums behauptet das Gegenteil, und ich habe ein unterschriebenes Geständnis ...«

»Gehen Sie bitte zum Wagen, und richten Sie Otis aus, er möge hereinkommen«, sagte Louis zu Miss Stevens.

»Das wird nicht nötig sein«, entgegnete Mrs. Ironwood eilig.

»Aber wenn meine Zeugenaussage in irgendeiner Form angezweifelt wird ...« Er wandte sich zu Mrs. Ironwood um. »Falls es sich als notwendig erweisen sollte, bin ich sicher, daß ich auch meine Großmutter dazu bringen kann, meine Aussage zu bestätigen.«

Sie starrte ihn an. Die Röte, die die Wut ihr in die Wangen getrieben hatte, breitete sich inzwischen auch über ihren Hals aus. »Damit erweist du niemandem einen Dienst, Louis«, murmelte sie.

»Außer Mademoiselle Dumas«, wandte er ein.

Sie biß sich auf die Unterlippe, und dann lehnte sie sich zurück und schluckte ihren Zorn.

»Also, gut. Unter den gegebenen Umständen und angesichts der widersprüchlichen Fakten wüßte ich nicht, wie wir unser Gremium auffordern könnten, ein klares Urteil zu fällen. Ich bin sicher, daß Sie mir darin alle zustimmen«, sagte sie.

Mr. Norman, Miss Weller und Deborah, deren Augen weit aufgerissen waren, nickten einhellig.

»Dementsprechend erkläre ich dieses Verfahren für geschlossen, obwohl wir zu keiner Entscheidung gekommen sind. Ich möchte ausdrücklich betonen, daß die fragliche Schülerin damit nicht entlastet ist. Hiermit wird lediglich besagt, daß zu diesem Zeitpunkt kein klares Urteil möglich ist.«

Sie schaute mich an.

»Du kannst jetzt gehen«, sagte sie. Dann wandte sie sich ab, und ihre Frustration ließ sie derart sieden, daß ich glaubte, Rauch aus ihren Ohren aufsteigen zu sehen. Mein Herz pochte so heftig, daß ich das Echo in meinen Ohren dröhnen hörte. Ich war sicher, daß alle anderen im Raum meinen Herzschlag ebenso laut hören konnten wie ich. »Ich habe gesagt, die Sitzung ist geschlossen«, fauchte Mrs. Ironwood, als ich nicht sofort aufstand.

Ich erhob mich. Louis stand ebenfalls auf und verließ mit mir und Miss Stevens das Büro.

»Warum haben Sie ihn hergebracht, Miss Stevens?« fragte ich, sowie wir das Vorzimmer verlassen hatten. »Mrs. Ironwood ist so aufgebracht, daß sie imstande ist, ihre Wut an Ihnen auszulassen!«

»Ich habe darüber nachgedacht und bin zu dem Schluß gekommen, daß ich es mir nicht leisten kann, meine beste Schülerin zu verlieren«, sagte sie lächelnd. »Und außerdem hätte ich Louis gar nicht von hier fernhalten können, nachdem er gehört hatte, was hier mit dir geschieht, stimmt's, Louis?«

»Allerdings«, sagte er lächelnd.

»Und wie sehr sich dein Sehvermögen gesteigert hat, Louis!« rief ich aus. »Du hast die Zeit auf die Minute genau von der Uhr ablesen können.«

Er lächelte wieder, und Miss Stevens lachte.

»Was ist daran so komisch?«

»Louis hat erwartet, daß sein Sehvermögen angezweifelt wird, und deshalb hat er mich in dem Moment, ehe wir das Büro betreten haben, nach der genauen Zeit gefragt«, erklärte Miss Stevens.

»Ich wußte, daß ich selbst dann alle Anwesenden beeindrucke, wenn ich um eine Minute oder so danebenliege«, sagte er.

»Aber du hast nicht danebengelegen. Es hat auf die Minute gestimmt«, rief ich aus. Ich umarmte ihn. »Ich danke dir, Louis.«

»Es hat Spaß gemacht. Endlich konnte ich einmal etwas für einen anderen Menschen tun.«

»Und dafür bekommst du wahrscheinlich Ärger mit deiner Großmutter«, sagte ich.

»Das macht nichts. Ich habe es satt, wie ein Kind behandelt zu werden. Ich kann meine eigenen Entscheidungen treffen und die Verantwortung für mein Handeln tragen«, erklärte er stolz.

Wir liefen durch den Korridor zum Ausgang und hielten einander alle drei an den Händen. Plötzlich brach ich in schallendes Gelächter aus. »Warum lachst du?« fragte Louis und lächelte erwartungsvoll.

»Wegen meiner Schwester Gisselle. Ich kann es kaum erwarten, ihr das zu berichten und ihren Gesichtsausdruck zu sehen.«

»Was!« kreischte Gisselle. »Du bist nicht von Greenwood verwiesen worden?«

»Die Sitzung ist ohne einen Beschluß beendet worden, und das habe ich Louis und Miss Stevens zu verdanken. Du hättest dabeisein sollen, Gisselle«, sagte ich und war so zufrieden, daß meine Wangen vor Freude glühten. »Mrs. Ironwoods Gesichtsausdruck hätte dir große Freude bereitet, als sie all ihre harten Worte und Drohungen herunterschlucken mußte.«

»Mir hätte das überhaupt keinen Spaß gemacht. Ich dachte, wir würden nach Hause fahren! Ich habe schon so gut wie alles gepackt!«

»Bald fahren wir nach Hause … weil wir Ferien haben«, flötete ich und ließ sie fast so frustriert zurück wie Mrs. Ironwood.

Ebenso schnell, wie sich das Gerücht über das Verfahren gegen mich herumgesprochen hatte, breitete sich die Nachricht aus, daß ich nicht von der Schule verwiesen worden war – mit Orkangeschwindigkeit. Ich war sicher, daß der gesamte Zwischenfall genau das Gegenteil von dem bewirkt hatte, was sich Mrs. Ironwood davon versprochen hatte. Statt in den Augen der anderen Schülerinnen wie eine Aussätzige dazustehen, wurde ich plötzlich als Heldin gefeiert. Ich hatte Feuer und Schwefel standgehalten, der Wut und der Macht unserer gefürchteten Rektorin. Ich war der David, der gegen unseren Goliath gekämpft hatte und lebend aus dem Kampf hervorgegangen war. Wohin ich auch kam, überall scharten sich Mädchen um mich, die alle Einzelheiten hören wollten, aber ich weidete mich nicht schadenfroh an dem Geschehen, und mir war klar, daß meine Antworten alle enttäuschten.

»Es war nicht besonders angenehm«, sagte ich. »Ich möchte nicht mehr darüber reden. All das hat etlichen Menschen weh getan.«

Ich dachte an den armen Buck Dardar, der seine Stellung verloren hatte, und ich hegte keinen Groll gegen ihn, obwohl er das unwahre Geständnis unterschrieben hatte. Ich war sicher, daß man ihn eingeschüchtert hatte und daß er es nur getan hatte, weil man ihm mit einer Verhaftung und größter Schmach gedroht hatte. Aber Mrs. Gray blieb mir ein Rätsel, und dieses Rätsel sollte ich erst lösen, nachdem ich am nächsten Tag Unterricht bei ihr gehabt hatte.

»Ruby«, rief sie, sowie es zum Ende der Schulstunde läutete.

Ich wartete, bis die anderen gegangen waren, und dann begab ich mich zu ihr. »Ja, Mrs. Gray?«

»Ich möchte, daß du weißt, daß ich mir diese Geschichte nicht aus den Fingern gesogen habe«, sagte sie mit fester Stimme und großer Aufrichtigkeit. »Ich bin mir über die Aussage im klaren, die Mrs. Clairbornes Enkel bei der Vernehmung gemacht hat, aber das ändert nichts an dem, was ich gesehen und gesagt habe. Ich lüge nicht, und ich würde mich niemals einer Verschwörung gegen jemanden anschließen.«

»Das weiß ich, Mrs. Gray«, sagte ich. »Aber ich war nicht dort. Wirklich nicht. Ich bin nicht dort gewesen.«

»Es tut mir leid«, sagte sie. »Aber ich glaube dir nicht.« Sie wandte sich ab und ließ mich bedrückt zurück.

Der überzeugte Ausdruck auf Mrs. Grays Gesicht verfolgte mich für den Rest des Tages. Es war fast so, als hätte Mrs. Ironwood sie verhext und sie dazu gebracht, das zu sehen und zu sagen, was sie von ihr hören wollte. Sehnlichst wünschte ich mir, nur für ein paar Minuten Nina bei mir zu haben, damit sie einen Voodoo-Zauber vollführen oder mir einen Talisman hätte geben können, der alles änderte.

Mir fiel wieder ein, daß Grandmère Catherine mir einmal von einem Mann erzählt hatte, der seine fünfjährige Tochter bei einem Bootsunglück im Sumpf verloren hatte. Obwohl ihre Leiche geborgen wurde, glaubte er weiterhin fest daran, daß sie sich im Bayou verirrt hatte, und er schwor, daß er sie nachts rufen höre und von Zeit zu Zeit sogar sähe.

»Er hat sich so sehr gewünscht, daß es wahr ist«, sagte sie zu mir, »daß es für ihn die Wahrheit war, und niemand konnte ihn vom Gegenteil überzeugen.«

Vielleicht hatte Mrs. Gray das Mädchen nicht ganz so deutlich erkennen können, wie sie es geschildert hatte; vielleicht war sie sich nicht ganz sicher gewesen, als sie Mrs. Ironwood ihren Bericht erstattet hatte, und vielleicht hatte Mrs. Ironwood ihr eingeredet, ich sei diejenige, die sie gesehen hatte – so lange, bis sie selbst daran glaubte.

Das bereitete mir weiterhin Sorgen. Auf dem Weg zum Wohnheim blieb ich stehen und schaute zum Bootshaus hinunter. Wenn ich Buck doch bloß finden könnte, dachte ich, ich würde ihn dazu bringen, mir die Wahrheit zu sagen. Vielleicht könnte ich ihn dazu bringen, es Mrs. Gray zu sagen. Mir war der Umstand verhaßt, daß sie weiterhin eine so schlechte Meinung von mir hatte.

Zu meinem Erstaunen stellte ich fest, daß Gisselle noch nicht wieder im Wohnheim war, als ich zurückkam, doch bald darauf tauchte Samantha auf und berichtete mir, Gisselle sei von Mrs. Weisenberg aufgefordert worden, nach dem Unterricht noch zu bleiben, da sie in Mathe fürchterlich schlecht abgeschnitten hatte und sie die Ergebnisse noch einmal mit ihr durchsprechen wollte. Ich wußte, daß sie, wenn sie zurückkam, schrecklich wütend sein würde.

Ich packte alles wieder aus, was ich vor dem Disziplinarverfahren eingepackt hatte, und als ich fertig war, schaute ich in Gisselles Zimmer, weil ich sehen wollte, wie es mit ihren Sachen stand. In ihrem Zimmer herrschte ein verheerendes Durcheinander. In ihrer Wut hatte sie alles aus dem Koffer gerissen und durch die Gegend geworfen. Kleider, Röcke und Blusen lagen auf Stühlen und auf dem Bett, etliche Kleidungsstücke lagen sogar auf dem Fußboden herum. Ich machte mich daran, ihre Kleidung zu ordnen und auf Bügel zu hängen. Als ich eine weiße Seidenbluse mit Perlmuttknöpfen über einen Kleiderbügel zog, stockte ich, weil mir ein Detail aus Mrs. Grays Aussage wieder einfiel.

Hatte sie nicht gesagt, das Mädchen hätte sich eine weiße Bluse aufgeknöpft? Ich trug keine weißen Blusen; ich trug immer nur meine Greenwood-Schuluniform. Mein Blick glitt auf Gisselles Schuhe, die auf dem Boden des Kleiderschranks aufgereiht waren. Etwas fiel mir ins Auge. Mein Herz begann heftig zu pochen, als ich mich langsam hinkniete und ein paar flache Schuhe in die Hand nahm, die seitlich und auf den Sohlen mit Lehm verkrustet waren. Aber wie ...

Die Stimme meiner Schwester, die sich in Klagen darüber erging, daß sie nach dem Unterricht noch länger hatte bleiben müssen, kündigte ihre Ankunft in unserem Quadranten an. Ich stand auf und hielt den Atem an. Mir schwirrte der Kopf, doch die Gedanken, die mich bestürmten, schienen mir absurd. Kurz bevor sie in ihr Zimmer geschoben wurde, wich ich in den Kleiderschrank zurück und schloß die Schiebetür bis auf einen Spalt.

»Wo ist meine Schwester?« erkundigte sich Gisselle.

»Sie ist gerade noch in deinem Zimmer gewesen«, berichtete ihr Samantha. »Sie hat deine Kleider aufgeräumt.«

Gisselle warf einen Blick in das Zimmer und schnitt eine hämische Grimasse. »Wer hat sie dazu aufgefordert? Jedenfalls ist sie jetzt nicht mehr hier.«

Samantha tauchte neben ihr auf. »Oh. Sie muß fortgegangen sein, als ich gerade im Bad war.«

»Na, toll. Ich will, daß sie genau erfährt, was diese gräßliche Mrs. Weisenberg alles von mir verlangt hat, bis ich die richtigen Antworten hatte.«

»Soll ich sie suchen gehen?« fragte Samantha.

»Nein. Ich werde es ihr später erzählen. Jetzt muß ich mich ausruhen«, sagte sie. Sie schob ihren Stuhl in das Zimmer und schlug die Tür hinter sich zu. Einen Moment lang saß sie da und starrte ihr Bett an. Dann streckte sie eine Hand hinter sich und schloß die Tür ab. Ich hielt den Atem an. Sowie sie die Tür abgeschlossen hatte, stand sie auf. Sie schwankte nicht, und es schien sie nicht die geringste Mühe zu kosten.

Ich begriff, daß meine Schwester laufen konnte!

Langsam und fast lautlos schob ich die Tür des Kleiderschranks zurück, doch sie nahm meine Anwesenheit wahr und drehte sich um. Ihre Augen wurden vor Erstaunen groß, aber ich war sicher, daß sie nicht halb so groß wie meine waren.

»Was tust du da?« schnaubte sie. »Spionierst du mir nach?«

»Du kannst stehen, und du kannst laufen. *Mon Dieu*, Gisselle!«

Sie ließ sich wieder in ihren Rollstuhl sinken.

»Na und?« sagte sie nach einem Moment. »Ich will, daß vorläufig niemand etwas davon erfährt.«

»Aber warum? Wie lange kannst du schon stehen und laufen?«

»Seit einer Weile«, gab sie zu.

»Aber warum hast du das geheimgehalten?«

»Ich werde so besser behandelt«, gestand sie.

»Gisselle ... wie konntest du das bloß tun? All diese Menschen, die dir jeden Handgriff abnehmen ... Konntest du etwa schon vor Daddys Tod laufen? Was ist, konntest du?« bohrte ich weiter, als sie nichts sagte, doch sie brauchte mir keine Antwort darauf zu geben. Ich wußte, daß sie es schon damals konnte. »Wie furchtbar! Es hätte ihm so gut getan, das zu wissen.«

»Ich wollte es ihm sagen, sowie wir die Erlaubnis bekommen hätten, diese gräßliche Schule zu verlassen und wieder nach Hause zu gehen; solange ich hierbleiben mußte, wollte ich es niemanden sagen«, erklärte sie.

»Wie ist es dazu gekommen? Ich meine, wann hast du festgestellt, daß du stehen kannst?«

»Ich habe es immer wieder probiert, und eines Tages hat es eben geklappt.«

Ich setzte mich auf ihr Bett, denn in meinem Innern herrschte ein gewaltiger Aufruhr.

»Jetzt hör schon auf, daraus eine große Geschichte zu machen.« Sie stand auf und trat an ihren Kleiderschrank. Sie so mühelos laufen zu sehen war höchst irritierend für mich. Es kam mir vor wie ein Traum. Wie sie so in ihrer vollen Größe dastand und ihre Gliedmaßen benutzen konnte, erschien Gisselle vollkommen verändert. Es war, als sei sie gewachsen und kräftiger geworden, während sie an ihren Rollstuhl gefesselt war. Ich beobachtete sie, wie sie sich das Haar bürstete, und dann brach der Verdacht, den ich vorhin verworfen hatte, mit Macht über mich herein.

»Du warst es, stimmt's?« schrie ich und deutete mit dem Finger auf sie.

»Ich? Wovon redest du denn jetzt schon wieder, Ruby?« Sie stellte sich unwissend.

»Du warst an dem Abend bei Buck Dardar, stimmt's? Deshalb sind deine Schuhe schlammverkrustet. Du hast dich heimlich zu ihm geschlichen und …«

»Na und? Außer ihm gab es hier ja niemanden, auf den ich hätte Jagd machen können, obwohl ich zugeben muß, daß er ein recht guter Liebhaber war. Es hat mir gar nicht gefallen, daß er von hier fortgeht, aber als dir unterstellt worden ist, du seist bei ihm gewesen, schien mir das perfekt zu sein. Endlich hatten wir die Chance, von hier wegzukommen. Und dann mußte blödsinnigerweise dein Spielgefährte kommen und dir aus der Patsche helfen. Das war natürlich Mist.«

»Hat Buck dich für mich gehalten? Hast du ihm erzählt, du seist Ruby?«

»Ja, das habe ich, aber ich weiß nicht, ob er es mir geglaubt hat. Sagen wir, ihm war es völlig egal, für wen ich mich ausgebe, solange ich bloß zu ihm komme.«

»Wie oft … all die Male, die du diese Tür verschlossen hattest«, sagte ich und drehte mich nach der Tür um. Dann sah ich zum Fenster.

»Ganz richtig. Ich bin zum Fenster rausgekrochen und habe mich mit ihm getroffen. Ganz schön aufregend, was? Ich wette, du wünschtest, selbst auf den Gedanken gekommen zu sein.«

»Nein, ganz bestimmt nicht.« Ich richtete mich auf. »Du wirst jetzt augenblicklich hier rausmarschieren und allen die Wahrheit sagen«, sagte ich. »Allen voran Mrs. Gray.«

»So, das glaubst du also? Dazu kann ich dir nur sagen, daß ich noch nicht bereit bin, andere wissen zu lassen, daß ich stehen und laufen kann«, sagte sie und kehrte zu ihrem Stuhl zurück.

»Mir ist egal, ob du dazu bereit bist oder nicht. Du wirst es ihnen sagen«, versicherte ich ihr, aber sie schien sich davon nicht einschüchtern zu lassen. Sie schob ihren Rollstuhl auf mich zu und blickte mit harten, kalten Augen zu mir auf.

»Das werde ich nicht tun«, wiederholte sie, »und wenn du irgend jemandem gegenüber auch nur ein einziges Wort verlauten läßt, dann erzähle ich Mrs. Ironwood von dir und deiner hochgeschätzten Miss Stevens. Das wird ihr mit Sicherheit den Rest geben.«

»Was? Was wirst du ihr sagen?«

Sie lächelte. »Es weiß doch jeder über die hübsche kleine Miss Stevens Bescheid; sie fürchtet sich vor Männern, umgibt sich aber gern mit Mädchen«, sagte sie lächelnd. »Und am allerliebsten ist sie mit dir zusammen.«

Es war, als sei in meinem Bauch ein Streichholz angezündet worden. Die Flamme der Wut versengte mein Herz und ließ Rauch in mein Gehirn aufsteigen. Ich schnappte nach Luft.

»Das ist eine ekelhafte, abscheuliche Lüge, und wenn du das jemandem erzählst ...«

»Mach dir keine Sorgen. Ich werde dein Geheimnis wahren, solange du meines für dich behältst«, sagte sie. »Abgemacht?«

Ich starrte mit offenem Mund auf sie herunter, aber die Worte blieben mir im Halse stecken.

»Ich fasse dein Schweigen als Zustimmung auf. Also, gut.« Sie machte mit ihrem Rollstuhl kehrt und fuhr zur Tür, um sie aufzuschließen. »Und jetzt muß ich mich vor dem Abendessen wirklich eine Weile ausruhen. Ach ja, und vielen Dank dafür, daß du mein Zimmer aufgeräumt hast. Bei meinem Versuch, mich selbständig zu machen, habe ich mich etwas zu hart rangenommen. Es könnte sein, daß ich dich von Zeit zu Zeit bitten werde, mir Kleinigkeiten abzunehmen. Solange wir noch hier sind«, fügte sie hinzu. »Wenn wir natürlich erst einmal von hier fort sind ...«

»Du erpreßt mich«, klagte ich sie endlich an. »Genau das tust du.«

»Ich versuche nur, es mir so leicht und bequem wie

möglich zu machen. Wenn du eine gute Schwester wärst und dir wirklich etwas aus mir machen würdest, tätest du zur Abwechslung endlich einmal das, was ich will.«

»Dann hast du also vor, in diesem Rollstuhl sitzen zu bleiben und alle in dem Glauben zu lassen, du seist noch behindert?«

»Solange es mir in den Kram paßt«, erklärte sie.

»Ich hoffe, es paßt dir für alle Zeiten in den Kram«, fauchte ich und stolzierte zur Tür. »Du tust mir leid, Giselle. Du haßt dich selbst so sehr, daß du es gar nicht mehr merkst.«

»Merk dir nur gut, was ich gesagt habe«, gab sie zurück, und ihre Augen waren klein und gehässig. »Es ist mein Ernst.«

Ich öffnete die Tür nicht nur, um meiner Zwillingsschwester zu entkommen, deren gemeine und eigennützige Züge wieder einmal zeigten, wie fremd wir einander waren, sondern auch, weil ich dringend frische Luft brauchte.

14.

Unerwartete Geschenke

Vom Zeitpunkt meines Ausschlußverfahrens bis zum Beginn unserer Ferien tat ich mein Bestes, um Gisselle zu meiden oder zu ignorieren. Offensichtlich bereitete es ihr große Freude, die dunkle Wolke ihrer Drohung über mir schweben zu lassen, und ich brauchte sie nur voller Abscheu anzusehen, wenn sie so tat, als mühte sie sich mit ihrem Rollstuhl ab, oder wenn sie jemandem aus ihrem Gefolge befahl, etwas für sie zu tun, und schon bedachte sie mich mit ihrem eisigen Lächeln und fragte: »Wie geht es Miss Stevens?« Daraufhin schüttelte ich nur angewidert den Kopf und ging entweder weg oder wandte mich dem wieder zu, was ich gerade gelesen oder getan hatte.

Aufgrund dieser ständigen Spannung konnte ich die Ferien kaum erwarten. Ich wußte, daß sich Gisselle in New Orleans mit ihren Freunden amüsieren würde und daß ich sie dort noch viel leichter meiden konnte. Natürlich war ich darauf versessen, Beau zu sehen, der mich fast jeden Abend anrief, doch mir war auch klar, daß ich vor meiner Abreise Louis noch einmal besuchen mußte. Er rief mich an und berichtete, er habe beschlossen, seinen Aufenthalt in der Schweizer Klinik lieber gleich anzutreten und dort das Konservatorium zu besuchen, als in der Clairborne-Villa ein weiteres, wie er es nannte, trostloses Weihnachtsfest zu verbringen. Er sah sogar noch freudlosere Zeiten auf sich zukommen als sonst, weil ich fort sein würde und seine Großmutter und seine Cousine nachhaltig mißbilligten, was er während des Ausschlußverfahrens für mich getan hatte.

Daher begab ich mich an dem letzten Abend vor Ferienbeginn in die Villa, um mit ihm zu Abend zu essen. Seine Großmutter ließ sich nicht blicken, sie schaute mich noch nicht einmal durch einen Türspalt an. Louis und ich saßen bei Kerzenschein allein in dem großen Eßzimmer und verspeisten eine köstlich zubereitete Ente und hinterher eine cremige französische Schokoladentorte.

»Ich habe zwei Geschenke für dich«, kündigte Louis an, als wir unsere Mahlzeit beendet hatten.

»Gleich zwei!«

»Ja. Ich bin zum erstenmal seit ... ich kann gar nicht sagen, wie lange es her ist ... in der Stadt gewesen und habe dir das hier gekauft«, sagte er und zog ein kleines Schächtelchen aus der Tasche seines Smokings.

»Oh Louis, jetzt habe ich ein schlechtes Gewissen. Ich habe dir überhaupt nichts mitgebracht.«

»Das stimmt doch gar nicht. Du hast mir sehr viel gegeben – deine Gesellschaft, deine Sorge um mich und das Verlangen, wieder sehen zu können und produktiv zu sein. Der Wert eines solchen Geschenks ist unermeßlich, aber ich versichere dir«, sagte er und nahm einen Moment lang meine Hand, »daß es einen weitaus höheren Wert hat als alles, was ich dir je dafür geben könnte.« Er tastete nach meiner Hand, führte sie an seine Lippen und küßte meine Finger. »Danke«, sagte er. Es war ein heiseres Flüstern. Dann lehnte er sich zurück und lächelte. »Und jetzt pack dein erstes Geschenk aus, und versuch nicht, deine Reaktion vor mir zu verheimlichen. Ich sehe zwar noch nicht sehr klar, aber mein Gehör ist außerordentlich gut.«

Ich lachte und knotete die winzige Schleife auf, damit ich das hübsche Geschenkpapier auseinanderfalten konnte, ohne es zu zerreißen. Dann öffnete ich das kleine Schächtelchen, und mein Blick fiel auf einen hochkarätigen Rubin, der in einen goldenen Ring gefaßt war. Ich schnappte nach Luft.

»Ist er so schön, wie ich mir habe sagen lassen?« fragte er.

»Oh Louis, das ist der schönste Ring, den ich je gesehen habe! Er muß ein Vermögen gekostet haben.«

»Wenn er nicht paßt, lasse ich ihn ändern. Steck ihn an«, sagte er, und ich tat es.

»Er sitzt perfekt, Louis. Wie hast du das nur hingekriegt?«

»Ich habe mir alles an dir, was ich berührt habe, gründlich eingeprägt«, sagte er. »Das war ganz einfach. Ich habe den Finger der Verkäuferin in dem Geschäft abgetastet und ihr gesagt, ich bräuchte einen Ring, der ihr etwas zu klein wäre.« Er lächelte stolz.

»Danke, Louis.« Ich beugte mich vor und küßte ihn kurz auf die Wange. Sein Gesichtsausdruck wurde augenblicklich ernst. Dann hob er seine Finger auf seine Wange, als könnte er die Wärme meiner Lippen noch dort spüren.

»Und jetzt«, sagte er mit fester Stimme und wappnete sich gegen meine Worte, »mußt du mir sagen, ob das, was ich mit meinem Herzen sehe, wahr ist.«

Ich hielt den Atem an. Wenn er mich fragen würde, ob ich ihn liebte …

»Du liebst einen anderen«, sagte er. »Das stimmt doch?«

Ich wandte mich ab und schlug die Augen nieder, doch er streckte die Hand aus und hob mein Kinn hoch.

»Schau nicht weg. Bitte, sag mir die Wahrheit.«

»Ja, Louis, es ist wahr. Aber woher weißt du das?«

»Ich habe es an deiner Stimme gemerkt und daran, wie du dich jedesmal, wenn du etwas Liebes zu mir sagst, zurückhältst. Ich habe es gerade eben wieder an deinem Kuß gespürt; es war ein freundschaftlicher Kuß und kein liebender.«

»Es tut mir leid, Louis, aber ich hatte nie vor, dich …«

»Ich weiß«, sagte er, und seine Finger fanden meine Lippen. »Du brauchst nicht zu glauben, du müßtest jetzt Ausflüchte machen. Ich werfe dir überhaupt nichts vor, und ich erwarte auch nicht mehr von dir. Aber ich stehe für alle Ewigkeit in deiner Schuld. Ich hoffe nur, daß derjenige, den du liebst, deiner Liebe würdig ist und dich ebensosehr liebt, wie ich dich lieben würde.«

»Das hoffe ich auch«, sagte ich.

Er lächelte. »Und jetzt laß uns nicht melancholisch werden. Wie wir französischen Kreolen sagen: *Je ne regrette rien*, nicht wahr? Ich bereue nichts. Und außerdem können wir doch gute Freunde bleiben, oder nicht?«

»Natürlich, Louis. Immer.«

»Das ist gut.« Er strahlte. »Ein schöneres Weihnachtsgeschenk könnte ich mir gar nicht wünschen. Und jetzt«, sagte er und stand auf, »zu deinem zweiten Geschenk. Mademoiselle Dumas«, forderte er mich auf und reichte mir den Arm, »gestatten Sie mir, Sie zu begleiten, *s'il vous plaît.«*

Ich nahm seinen Arm, und wir begaben uns ins Musikzimmer. Er führte mich erst zu dem Sofa, ehe er sich an den Flügel setzte. »Deine Symphonie ist fertiggestellt«, kündigte er an.

Ich saß da und hörte ihm zu, wie er die wunderbarsten Melodien spielte. Die Musik trug mich fort; sie war ein fliegender Teppich, der mich in meiner Phantasie und in der Erinnerung an die allerschönsten Orte brachte. Manchmal erinnerte sie mich an das Geräusch des Wassers, das durch die Kanäle des Bayou floß, und manchmal hörte ich den Gesang der Vögel am Morgen. Ich sah Sonnenuntergänge und Zwielicht und träumte von lodernden Nachthimmeln, in denen die Sterne leuchteten. Als die Musik endete, war ich enttäuscht darüber, daß es vorbei war. Louis hatte alles überboten, was ich bisher von ihm gehört hatte. Ich eilte an seine Seite und schlang ihm die Arme um den Hals.

»Das war einfach wunderbar! Zu wunderbar, um es in Worte zu fassen!«

»He«, sagte er und war von meiner Reaktion überwältigt.

»Es ist unglaublich schön, Louis. Wirklich. Ich habe nie etwas Vergleichbares gehört.«

»Ich bin sehr froh, daß es dir gefällt. Ich habe hier etwas ganz Besonderes für dich«, sagte er und griff unter den Klavierhocker, um ein weiteres Päckchen hervorzuziehen. Es war bei weitem größer als das andere. Ich löste eilig die Schleife und schlug das Papier auseinander, und als ich den Deckel von der Schachtel hob, sah ich eine Schallplatte vor mir.

»Was ist das, Louis?«

»Das ist meine Symphonie«, sagte er. »Ich habe sie aufgenommen.«

»Du hast sie aufgenommen? Aber wie ...« Ich sah auf das Cover. Darauf stand: »Rubys Symphonie, komponiert und gespielt von Louis Turnbull«.

»Louis, ich kann es einfach nicht glauben.«

»Es ist aber wahr«, sagte er lachend. »Sie waren mit den Aufnahmegeräten hier im Haus, und ich habe die Platte hier in diesem Studio aufgenommen.«

»Das muß eine Menge Geld gekostet haben.«

Er zuckte die Achseln. »Mir ist egal, was es gekostet hat«, sagte er.

»Das ist eine große Ehre für mich. Ich werde diese Platte jedem vorspielen, der bereit ist, sie sich anzuhören. Wie sehr wünschte ich, Daddy wäre noch am Leben und könnte sie hören«, sagte ich. Ich hatte nicht vor, eine traurige Stimmung aufkommen zu lassen, aber ich kam nicht dagegen an. Mein Herz war derart erfüllt, und ich hatte niemanden an meiner Seite, mit dem ich diesen Überschwang hätte teilen können, weder Grandmère Catherine noch Daddy, noch Paul oder Beau.

»Ja«, sagte Louis, und sein Gesicht verfinsterte sich. »Es ist schmerzhaft, keinen geliebten Menschen um sich zu haben, wenn etwas Schönes geschieht. Aber«, fügte er heiter hinzu, »all das wird für uns beide jetzt ein Ende haben. Ich bin voller Hoffnung, du nicht auch?«

»Doch, Louis.«

»Schön. Fröhliche Weihnachten, Ruby, und ich wünsche

dir das gesündeste und glücklichste neue Jahr deines ganzen Lebens.«

»Ich dir auch, Louis.« Ich küßte ihn noch einmal auf die Wange.

An jenem Abend fühlte ich mich beschwingt, als ich zum Wohnheim zurücklief. Ich kam mir vor, als hätte ich zwei Flaschen von Grandmère Catherines Brombeerwein getrunken. Auf dem gesamten Heimweg folgte mir ein Nachtreiher mit einem schwarzen Federschopf, der auf mich einschnatterte.

»Ja, ich wünsche dir auch fröhliche Weihnachten«, rief ich ihm zu, als er an mir vorbeiflatterte, um sich auf dem Ast einer Eiche niederzulassen. Dann lachte ich und eilte in das Wohnheim. Durch die offenstehende Tür ihres Zimmers sah mich Gisselle im Korridor und kam heraus, um mir mit ihrem Rollstuhl den Weg zu versperren.

»Hast du wieder einmal ein köstliches Abendessen in der Villa vorgesetzt bekommen?« zog sie mich auf.

»Ja, es war wirklich köstlich.«

»Pah«, sagte sie, und dann fiel ihr das Päckchen auf, das ich unter dem Arm trug. Ihre Augen funkelten vor Neugier. »Was hast du da unter dem Arm?« herrschte sie mich an?

»Ein Geschenk von Louis. Eine Schallplatte«, sagte ich. »Es ist eine Symphonie, die er selbst komponiert und aufgenommen hat.«

»Oh. Wenn das alles ist«, sagte sie höhnisch und rollte in ihr Zimmer zurück.

»Das ist nicht alles. Er hat sie für mich komponiert, und sie ›Rubys Symphonie‹ genannt.«

Sie starrte mich einen Moment lang an, und in ihr Gesicht trat Neid.

»Möchtest du sie hören?« fragte ich. »Wir können sie auf deinem Plattenspieler spielen.«

»Natürlich nicht«, sagte sie eilig. »Ich hasse diese Form von Musik. Ich finde, sie ist zum Einschlafen.« Sie wollte sich gerade abwenden, als ihr Blick auf meinen Ring fiel. Diesmal traten ihr fast die Augen aus dem Kopf. »Hat er dir den auch geschenkt?«

»Ja«, sagte ich.

»Das wird Beau gar nicht gefallen«, drohte sie, nachdem sie die Augen zusammengekniffen hatte. Sie schüttelte den Kopf. »Es wird ihn ärgern, daß ein anderer Mann dir kostspielige Geschenke macht.«

»Louis und ich sind nichts weiter als gute Freunde. Er versteht und akzeptiert das«, sagte ich.

»Klar. Er gibt sein ganzes Geld für dich aus und verschwendet seine Zeit auf dich, und du tust nichts weiter dafür, als dich mit ihm zu unterhalten«, erwiderte sie und verzog die Lippen zu einem häßlichen Lächeln. »Was glaubst du wohl, mit wem du redest? Mit irgendeinem dummen Cajun-Mädchen, dem du einen Bären aufbinden kannst?«

»Es ist wahr. Wage es bloß nicht, jemandem etwas anderes zu erzählen«, warnte ich sie.

»Was wirst du dann tun?« fragte sie herausfordernd.

»Ich werde dir ... das Genick brechen.« Ich ging auf sie zu, und sie schaute voller Erstaunen zu mir auf. Dann wich sie vor mir zurück.

»Das nenne ich eine schöne Schwester«, stöhnte sie so laut, daß alle im Quadranten sie hören konnten. »Ihrer verkrüppelten Zwillingsschwester Gewalt anzudrohen. Fröhliche Weihnachten«, schrie sie und rollte ihren Stuhl in ihr Zimmer zurück.

Diesmal mußte ich wirklich laut über sie lachen, und das versetzte sie noch mehr in Wut. Sie knallte ihre Tür zu, und ich ging in mein Zimmer, um meine Sachen zu packen.

Am nächsten Tag fielen die letzten Unterrichtsstunden aus; statt dessen wurden wir alle in die Aula gescheucht, um uns Mrs. Ironwoods Rede anzuhören, die eigentlich nur als eine kurze Verabschiedung gedacht war. Sie hätte uns schöne Ferien und ein gutes neues Jahr wünschen sollen, doch statt dessen stieß sie eine Reihe von heftigen Drohungen aus, warnte uns, nur ja nicht unsere Hausarbeiten zu vergessen, und erinnerte uns noch einmal daran, daß wir kurz nach unserer Rückkehr mit Prüfungen zu rechnen hatten.

Doch nichts, was sie tat, konnte die freudige Spannung abschwächen, die in der Luft lag. Eltern trafen ein, um ihre Töchter abzuholen, überall standen Limousinen bereit, und wohin ich auch schaute, sah ich Mädchen, die einander umarmten und schöne Feiertage wünschten. Unsere Lehrer standen auch herum, um Eltern zu begrüßen und Schülerinnen schöne Ferien zu wünschen.

Unsere Limousine war unter den letzten Wagen, die eintrafen, was Gisselle aufbrachte. Mrs. Penny fühlte sich verpflichtet, bei ihr zu bleiben und sie zu beruhigen, aber das gab Gisselle nur die Gelegenheit, ein offenes Ohr für ihre Klagen zu finden. Kurz bevor unser Wagen kam, tauchte Miss Stevens auf, um sich von mir zu verabschieden und mir ein frohes neues Jahr zu wünschen.

»Ich werde die Feiertage mit einer der Schwestern aus dem Waisenhaus verbringen«, erzählte sie mir. »Das ist zu einer Art Tradition geworden. Wir haben schon viele Weihnachtsfeste zusammen verbracht. Ich könnte sie eher als jeden anderen Menschen als meine Mutter bezeichnen.«

Gisselle sah vom Eingang des Wohnheims aus zu, wie Miss Stevens und ich einander umarmten und zum Abschied küßten.

»Ich habe mich nie wirklich bei Ihnen für das bedankt, was Sie bei dem Ausschlußverfahren für mich getan haben, Miss Stevens. Das hat wirklich Mut erfordert.«

»Manchmal muß man Mut aufbringen, um das Richtige zu tun, aber das verschafft einen auch tief im Innern ein Gefühl, für das allein es sich schon gelohnt hat. Das ist eine Sache, die nur wir Künstler verstehen«, sagte sie und zwinkerte mir zu. »Fang zu Hause etwas mit deiner Freizeit an. Bring mir ein Bild mit einer Szene aus dem Garden District mit«, sagte sie und stieg in ihren Jeep.

»Ja, das werde ich tun.«

»Ein frohes neues Jahr, Ruby.«

Ich sah ihr nach, und plötzlich verspürte ich eine Woge von Traurigkeit, die über mich hinwegschwemmte. Ich wünschte, ich hätte Miss Stevens nach Hause mitnehmen können. Ich wünschte, ich hätte ein richtiges Zuhause mit Eltern gehabt, die sie herzlich willkommen geheißen hätten. Dann hätten wir uns gemeinsam an der Musik, dem guten Essen und einem Weihnachtsfest voller Wärme und Strahlenglanz erfreuen können.

Ihr Jeep verschwand in dem Moment um die Biegung, als unsere Limousine auftauchte. Gisselle schrie vor Freude auf, doch als der Fahrer vorfuhr, um unsere Sachen in den Kofferraum zu laden, schalt sie ihn unbarmherzig dafür aus, daß er so spät gekommen war.

»Ich bin sofort losgefahren, als Madame Dumas mich hergeschickt hat«, protestierte er. »Ich bin nicht zu spät dran.«

Gisselles Meckern legte sich, wie das Donnergrollen eines weiterziehenden Sturms im Bayou sich abschwächt, als wir die Schule hinter uns ließen und in Richtung New Orleans fuhren. Als wir in vertraute Gegenden kamen, hellte sich ihr Gesicht vor Aufregung und Vorfreude auf. Ich wußte, daß sie einige ihrer alten Freundinnen angerufen und bereits vorläufige Pläne für Partys geschmiedet hatte. Ich fragte mich nur, was für einen Empfang wir von Daphne zu erwarten hatten.

Zu meinem äußersten Erstaunen fanden wir das Haus finster und menschenleer vor. Daphne hatte den weihnachtlichen Schmuck aufhängen lassen, und im Wohnzimmer stand ein gewaltiger Baum, unter dem sich Geschenke türmten. Kurz nachdem wir eingetroffen waren und einen Blick auf die festtägliche Pracht geworfen hatten, wurde die Haustür aufgerissen, und Daphne kam mit perlendem Gelächter ins Haus gestürmt. Sie trug eine weiße Fuchsjacke, eine Reithose und elegante Lederstiefel. Ihr Haar war unter einer passenden Pelzmütze versteckt. An ihren Ohrläppchen funkelten ihre hochkarätigen Diamantohrringe und verliehen ihrem unbestreitbar lebhaften und schönen Gesicht noch mehr Glanz. Ihre Wangen waren gerötet, und ich hatte den Eindruck, daß sie etwas getrunken hatte. Es stand absolut außer Frage, daß die Zeit, in der sie um Daddy getrauert hatte, vorüber war. Bruce, der ebenso laut lachte wie sie, war an ihrer Seite. Die beiden blieben im Eingang stehen und sahen Gisselle und mich an.

»Da sind ja unsere lieben Kleinen«, sagte Daphne. »Sie sind für die Feiertage nach Hause gekommen.« Sie zog ihre seidenen Handschuhe aus, und Bruce half ihr aus der Jacke und reichte sie dann Martha, die gehorsam wartete. »Und wie geht es den reizenden Dumas-Zwillingen?«

»Uns geht es gut«, sagte ich finster. Ich ärgerte mich über ihre Ausgelassenheit und ihren Überschwang. Wir würden dieses Weihnachtsfest ohne Daddy verbringen. Sein Tod schmerzte mich immer noch wie eine offene Wunde, und doch benahm sich Daphne, als sei alles beim alten; und falls sich doch etwas verändert hatte, dann für sie höchstens zum Besseren.

»Schön. Ich habe beschlossen, ein paar Festessen zu veranstalten, was heißt, daß während eures Aufenthaltes hier Gäste ein und aus gehen. Über Silvester bin ich von einer Freundin in ihr Haus am Meer eingeladen worden, und daher werde ich mich darauf verlassen müssen, daß ihr Mädchen euch von eurer besten Seite zeigt. Ihr könnt Freunde ins Haus einladen und Partys besuchen«, verkündete sie. Ihre Milde und ihre Großzügigkeit überraschten uns beide. »Wir werden noch einige Jahre zusammensein, und daher ist es das Beste, wenn wir unsere Koexistenz so erfreulich wie möglich gestalten«, fügte sie hinzu und warf einen Blick auf Bruce, der wie jemand strahlte, der sein Glück kaum fassen kann. »Das ist die schönste Zeit im ganzen Jahr. Ich habe sie schon immer genossen, und ich habe nicht die Absicht, auch nur einen Moment lang traurig zu sein. Benehmt euch, und wir werden alle gut miteinander auskommen. All diese Geschenke unter dem Baum sind für euch und für die Hausangestellten«, schloß sie.

Weder Gisselle noch ich wußten, wie wir darauf reagieren sollten. Wir schauten einander voller Erstaunen an.

»Und jetzt macht euch frisch und zieht euch etwas Hübsches an. Wir haben die Cardins zum Abendessen da. Vielleicht erinnert ihr euch noch daran, daß Charles Cardin einer unserer größten Investoren ist. Bruce«, sagte sie und drehte sich zu ihm um. Er reagierte augenblicklich und folgte ihr ins Arbeitszimmer.

»Habe ich mich verhört?« fragte Gisselle. »Ich traue meinen Ohren nicht. Aber ich finde es wunderbar. Und all diese Geschenke sind für uns!« Ich schüttelte den Kopf. »Was ist los, Ruby?«

»Irgendwie kommt mir das alles absolut falsch vor«, sagte ich. »So kurz nach Daddys Tod.«

»Warum? Wir sind doch nicht mit ihm in dieser Gruft begraben worden. Wir sind noch am Leben, und Daphne hat recht: Das ist die schönste Zeit im ganzen Jahr. Wir wollen unseren Spaß haben. Martha!« rief sie. Sie blickte zu mir auf und zwinkerte mir zu.

»Ja, Mademoiselle?«

»Helfen Sie mir die Treppe hinauf«, befahl Gisselle. Wie lange wird sie diese Farce noch weiterspielen? fragte ich mich, aber ich hatte nicht vor, sie zu verraten, damit sie dann abscheuliche Lügengeschichten über Miss Stevens in Umlauf setzte. Ich ließ sie stöhnen und ächzen und sich abmühen.

Da sie jedoch fürchtete, Daphne könnte ihre herrische Art wieder annehmen und unsere Bewegungsfreiheit einschränken, benahm sich Gisselle an jenem Abend beim Essen wie eine perfekte junge Dame. Nie hatte ich sie so höflich und reizend erlebt. Sie sprach über Greenwood, als liebte sie die Schule, und sie prahlte mit meiner Kunst wie eine stolze Schwester. Daphne war sehr erfreut und belohnte uns, indem sie uns gestattete, uns gleich nach dem Essen zurückzuziehen, damit wir unsere Freunde anrufen und sie zu uns einladen konnten. Daphne, Bruce und die Cardins zogen nach dem Essen in den Salon um, da sie noch etwas trinken wollten, doch als wir uns alle anschickten, das Eßzimmer zu verlassen, rief Daphne mich zu sich.

»Ich möchte nur einen Moment mit Ruby reden«, sagte sie zu ihren Gästen. »Ich komme gleich nach.« Sie nickte Bruce zu, und er führte die Cardins in den Salon. Gisselle rollte sich in den Korridor und war eingeschnappt, weil sie von diesem Gespräch ausgeschlossen worden war.

»Ich bin sehr zufrieden mit euch beiden«, begann Daphne. »Ihr geht vernünftig mit der neuen Situation um.«

Anscheinend hatte Mrs. Ironwood sie nicht über das Ausschlußverfahren und dessen Begleitumstände informiert; oder falls sie es doch getan hatte, ignorierte Daphne das Gespräch, da sich alles zum Guten gewendet hatte.

»Falls du damit meinst, daß wir Daddys Tod akzeptieren, dann liegt das daran, daß uns nichts anders übrigbleibt.«

»Ja, selbstverständlich«, sagte sie lächelnd. »Du bist klüger als Gisselle. Das weiß ich, Ruby, und ich weiß auch, daß deine Intelligenz es dir gestattet, die weiseren Entscheidungen zu treffen. Deshalb war ich immer einer Meinung mit Pierre, wenn es darum ging, daß du diejenige sein solltest, die sich um Gisselle kümmert. Ich werde euch beiden während der Feiertage größere Freiheiten einräumen, als ich es gewöhnlich tue, aber ich muß mich darauf verlassen können, daß alle sich benehmen, und dafür wirst du sorgen.«

»Ich dachte, ich sei das heißblütige Cajun-Mädchen«, erwiderte ich.

Ihr Lächeln erlosch, und ihre Augen wurden einen Moment lang schmaler, doch dann lächelte sie wieder. »Wir alle sagen in der Wut Dinge, die wir nicht so meinen. Ich bin sicher, daß du das verstehst. Wir sollten an Neujahr wirklich ein neues Jahr beginnen; es könnte ein echter Neubeginn für uns alle sein«, sagte sie. »Wir werden die Schiefertafel abwischen und alle üblen Episoden vergangener Jahre vergessen. Wir wollen sehen, ob wir miteinander auskommen, und wer weiß, vielleicht können wir sogar wieder eine Familie werden. Okay?«

Ihre veränderte Haltung bereitete mir Sorgen. Ich ahnte, daß sie Ränke schmiedete und uns auf etwas vorbereitete, und mir war einfach nicht wohl dabei zumute.

»Ja«, sagte ich behutsam.

»Gut, denn alles andere würde uns allen das Leben nur beschwerlich machen«, schloß sie, und die verschleierte Drohung stand klar und deutlich im Raum.

Ich schaute ihr nach, als sie ging, und dann folgte ich ihr aus dem Zimmer. Gisselle erwartete mich im Korridor.

»Was wollte sie?« fragte sie.

»Sie sagte, sie hofft, daß wir alle einen neuen Anfang machen, unsere früheren Fehler vergessen und einander wieder wie eine Familie lieben.«

»Und weshalb schaust du dann so unglücklich drein?«

»Ich traue ihr nicht«, sagte ich und warf einen Blick in Richtung Salon.

»So etwas mußte ja kommen. Immer malst du dir nur das Schlimmste aus. Du siehst an allem immer nur die finstere Seite; man könnte meinen, du hoffst geradezu, daß alles schrecklich wird, und das nur, damit du dich elend fühlen kannst. Du leidest einfach zu gern. Du hältst es für edel.«

»Das ist ja lachhaft. Niemand leidet gern, kein Mensch ist gern unglücklich.«

»Doch, du. Ich habe jemanden sagen hören, in deinen Bildern drücke sich deine Melancholie aus. Sogar die Vögel sehen aus, als würden sie gleich in Tränen ausbrechen. Also, ich habe jedenfalls nicht vor, mir von dir eine Wolke vor meinen sonnigen Himmel hängen zu lassen.« Dann rollte sie los, um ihre Freundinnen anzurufen und erste Pläne für die Ferien zu schmieden.

Hatte sie recht? Neigte ich zu Traurigkeit und Melancholie? Wie hätte jemand das mögen können? Es war nicht etwa so, daß ich es wollte; nein, es war so, daß ich an starke Regenfälle gewohnt war und daher zwangsläufig jedesmal mit einem Wolkenbruch rechnete, wenn etwas Schönes geschah und mich in strahlenden Sonnenschein tauchte. Aber vielleicht sollte ich versuchen, Gisselle ein klein wenig ähnlicher zu werden, dachte ich, ein bißchen sorgloser und unbeschwerter. Ich ging in mein Zimmer und wartete auf Beaus Anruf. Als der schließlich kam, war es wunderbar, seine Stimme zu hören und zu wissen, wie nahe er war.

»Meine Eltern haben sich mit der Tatsache abgefunden, daß ich mich mit dir treffen werde«, sagte er. »Anscheinend haben sie mit Daphne gesprochen, und sie war einsichtiger. Was geht da vor?«

»Ich weiß es nicht. Sie verhält sich anders, aber ...«

»Aber du traust ihr nicht?«

»Stimmt. Gisselle glaubt, meine Skepsis sei überflüssig, aber ich kann nicht dagegen an.«

»Mir sind Daphnes Motive vollkommen gleichgültig, solange ich dich sehen kann«, sagte er. »Laß uns keinen Gedanken an sie verschwenden.«

»Du hast recht, Beau. Ich habe es ohnehin satt, unglücklich zu sein. Laß uns unseren Spaß haben.«

»Ich komme nach dem Frühstück rüber. Ich werde jeden Moment nutzen und so oft wie möglich mit dir zusammen sein, wenn du magst.«

»Nichts lieber als das«, sagte ich.

Die Tage vor Weihnachten waren aufregend und schön. Ich erzählte Beau so bald wie möglich von Louis und spielte ihm die Symphonie vor. Ich wollte nicht, daß Gisselle ihn auf schlimme Gedanken brachte. Natürlich war er eifersüchtig, aber ich versicherte ihm, daß ich mit Louis lediglich befreundet war und daß er unsere Beziehung gleichfalls als freundschaftlich ansah. Ich berichtete ihm von Mrs. Ironwoods Ausschlußverfahren und wie Louis für mich ausgesagt hatte, obwohl das für ihn hieß, bei seiner Großmutter und seiner Cousine in Ungnade zu fallen.

»Ich könnte es ihm nicht vorwerfen, wenn er sich in dich verliebt«, sagte Beau.

»Er hat mich gefragt, ob ich einen anderen liebe, und ich habe es bejaht.«

Beaus Miene hellte sich auf.

»Und er versteht das«, fügte ich hinzu.

Da ich jetzt zuversichtlich sein konnte und nicht mehr damit rechnen mußte, daß Gisselle Samen des Zweifels in Beaus Gemüt säen konnte, entspannte ich mich und genoß die Zeit, die wir gemeinsam verbrachten. Beau und ich unternahmen Ausfahrten, machten Spaziergänge, kuschelten uns stundenlang auf das Sofa und redeten miteinander. Die Zeit, die räumliche Entfernung und die Ereignisse hatten eine solche Distanz zwischen uns hergestellt, daß es war, als müßten wir einander erst wieder kennenlernen; aber falls es möglich ist, sich zweimal in denselben Menschen zu verlieben, dann tat ich genau das.

Anfangs glaubte ich, Gisselle würde neidisch reagieren, aber die meisten ihrer alten Freunde wandten sich ihr wieder zu und gingen Tag und Nacht im Haus ein und aus. Immer, wenn Daphne nicht da war, feierte sie private Partys in ihrem Zimmer. Ich wußte, daß sie Marihuana rauchten und tranken, doch solange sie die Tür geschlossen hielten und dem Personal nicht zur Last fielen, störte es mich nicht.

Daphne ging jeden abend mit Bruce aus, zu Partys oder zum Essen; am Heiligen Abend nahmen wir drei ganz unter uns ein frühes Festessen ein, weil Daphne eine Weihnachtsfeier im französischen Viertel besuchen wollte.

»Ich dachte mir, wir begehen diesen Feiertag mit einem stillen Essen im Kreis der Familie«, erklärte sie bei Tisch. In ihrem schwarzen Samtkleid mit der Diamantbrosche und den passenden Ohrringen war sie strahlend schön. Nie hatte ihr Haar seidiger geschimmert. Das Menü hatte sie selbst zusammengestellt und Nina gebeten, Forelle armandine für uns zuzubereiten. Zum Nachtisch gab es eine reichhaltige Auswahl von Köstlichkeiten, darunter Pfirsichtörtchen, Bananenbrot mit Nüssen, Zitronencrème und Schokoladensoufflé mit Rum. Gisselle probierte von allem etwas, aber Daphne knabberte nur auf ein paar hauchdünnen Keksen herum. Sie hatte Gisselle und mir oft gesagt, eine Dame stünde nach einer Mahlzeit immer mit einem leichten Hungergefühl auf. So hielte man seine Figur.

»Also, was habt ihr beide euch für Silvester vorgenommen?« fragte sie.

Gisselle sah mich an und platzte dann heraus: »Wir würden gern hier eine Party geben. Nur für ein paar Freunde.« Sie hielt den Atem an und rechnete damit, daß Daphne den Vorschlag zurückweisen würde.

»Gut. Ich habe ein besseres Gefühl, wenn ich weiß, daß ihr zu Hause in Sicherheit seid und nicht in der Stadt herumfahrt.«

Gisselle strahlte. Daphne hatte es uns auch an diesem Abend erlaubt, Freunde ins Haus einzuladen.

Warum verwöhnt sie uns bloß derartig? fragte ich mich, aber ebensowenig wie Gisselle hatte ich die Absicht, einem geschenkten Gaul ins Maul zu schauen.

Nach unserem Weihnachtsessen kam Bruce, um Daphne zu der Party abzuholen. Er brachte Geschenke für uns beide mit und legte sie unter den Baum.

»Ihr werdet morgen früh zwei Stunden dafür brauchen, all eure Geschenke auszupacken«, bemerkte er mit einem Blick auf den Berg unter dem Weihnachtsbaum. Ich mußte zugeben, daß die Menge überwältigend war.

»Ich wünsche dir einen schönen Abend, Mutter«, sagte Gisselle, als die beiden zum Aufbruch bereit waren.

»Ich danke dir, meine Liebe. Ich wünsche euch beiden auch einen schönen Abend. Und denkt daran: Um zwölf Uhr haben alle zu gehen.«

»Wir werden daran denken«, erwiderte Gisselle und warf mir dann einen verschwörerischen Blick zu. In Wahrheit hatten wir für den Heiligen Abend nur zwei Leute zu uns ins Haus eingeladen. Beau und John Darby, Gisselles neuesten Freund, einen gutaussehenden dunkelhaarigen Jungen, dessen Familie erst dieses Jahr nach New Orleans gezogen war. Er war mit Beau im Footballteam.

Ehe die beiden eintrafen, teilte Edgar mir mit, daß er einen Anruf für mich entgegengenommen habe. Ich ging ins Arbeitszimmer, um ungestört zu sein. Es war Paul.

»Ich hatte gehofft, daß du zu Hause bist, damit ich dir fröhliche Weihnachten wünschen kann«, sagte er.

»Ich wünsche dir auch fröhliche Weihnachten, Paul.«

»Wie stehen die Dinge bei dir?«

»Es ist eine Art Waffenstillstand erklärt worden, aber ich rechne immer noch damit, daß meine Stiefmutter plötzlich mit einer Peitsche in der Hand aus einem Schrank gesprungen kommt.«

Er lachte. »Wir haben das Haus voller Leute.«

»Ich wette, ihr habt wunderschönen Weihnachtsschmuck und einen schönen Baum.«

»Ja, das stimmt«, sagte er wehmütig. »Wie immer. Aber ... ich wünschte, du wärst hier. Erinnerst du dich noch an unser erstes gemeinsames Weihnachten?«

»Ja, natürlich«, sagte ich betrübt. »Hast du auch Freunde eingeladen, jemanden, der dir besonders am Herzen liegt?«

»Ja«, antwortete er, doch ich hörte die Lüge heraus. »Also«, sagte er eilig, »ich wollte dir ohnehin nur kurz schöne Feiertage wünschen. Ich muß jetzt wieder zu unseren Gästen gehen. Grüß Gisselle, und sag ihr, daß ich ihr fröhliche Weihnachten und ein frohes neues Jahr wünsche.«

»Wird gemacht.«

»Du hörst bald wieder von mir«, versprach er und legte auf. Ich fragte mich, ob die Telefonleitungen all dem Gelächter und den Tränen standhalten würden, all dem Glück und der Traurigkeit, die sie an diesem Abend zu übermitteln hatten.

»Wer war das?« fragte Gisselle von der Tür her.

»Paul. Er wünscht dir fröhliche Weihnachten und ein frohes neues Jahr.«

»Das ist nett von ihm, aber warum hast du diesen schwermütigen Gesichtsausdruck?« Sie hielt eine Flasche Rum in den Händen, die sie jetzt lächelnd hochhob. »Heute abend werden wir unseren Spaß haben.«

Ich starrte sie an, meine Zwillingsschwester, zügellos, verwöhnt, launisch und selbstsüchtig, wie sie da in ihrem überflüssigen Rollstuhl saß, ihrer gesamten Umgebung Mitgefühl abrang und ihre vorgetäuschte Verfassung ausnutzte, um Leute dazu zu bringen, daß sie alles für sie taten. In diesem Augenblick sah ich sie als die Verkörperung aller üblen Regungen und Neigungen in meinem eigenen Herzen, und ich stellte mir vor, in ihr die finstere Seite meiner selbst zu sehen, fast so wie Dr. Jekyll, der in einen Spiegel schaut und Mr. Hyde sieht. Und wie Dr. Jekyll konnte auch ich diese Seite meiner selbst nicht so sehr hassen, wie ich es mir gewünscht hätte, denn sie war trotz allem ein Teil von mir. Ich hatte das Gefühl, in der Falle zu sitzen, von meinen Sehnsüchten und Träumen gemartert. Vielleicht hatte ich es einfach satt, diejenige zu sein, als die Gisselle mich hinstellte: die Tugendhafte.

»Du hast recht, Gisselle. Wir werden unseren Spaß haben.«

Sie lachte fröhlich, und wir begaben uns in den Salon, um dort auf Beau und John zu warten.

Weniger als eine halbe Stunde, nachdem Beau und John gekommen waren, ließ sich Gisselle von John nach oben in ihr Zimmer tragen, und Beau und ich blieben allein zurück. Es war jetzt sehr still im Haus. Nina hatte sich in ihr Zimmer zurückgezogen, und Edgar und Martha hielten sich in ihren privaten Räumen auf. Nur das gelegentliche

Dröhnen der Standuhr in der Eingangshalle drang durch die Stille.

»Ich habe mir monatelang Gedanken über dein Weihnachtsgeschenk gemacht«, sagte Beau, nachdem wir uns ausgiebig und leidenschaftlich geküßt hatten. »Was kann man einem Mädchen schenken, das bereits alles hat?«

»Ich bin wohl kaum ein Mädchen, das bereits alles hat, Beau. Es ist wahr, ich wohne in diesem luxuriösen Haus, und ich habe so viele Kleider, daß ich nicht weiß, was ich damit anfangen soll, aber ...«

»Was soll das heißen? Du hast mich, oder etwa nicht?« fragte er lachend. »Du hast mir versprochen, heute nicht ernst zu sein. Du hast gesagt, wir wollten einfach nur unseren Spaß haben, und jetzt nimmst du alles, was ich sage, wörtlich.«

»Du hast recht. Es tut mir leid. Was hast du für das Mädchen gekauft, das bereits alles hat.«

»Nichts«, sagte er.

»Was?«

»Ja, schon gut, ich habe diese goldene Kette gekauft, an der du ihn dir um den Hals hängen kannst«, sagte er und zog die Kette und seinen Schulring aus der Tasche. Mir stockte der Atem. Wenn ein junger Kreole in New Orleans seinen Schulring oder seine Anstecknadel von der Studentenverbindung verschenkte, dann hatte das nahezu den Stellenwert einer Verlobung. Es hieß, daß all die Worte und Gelübde, die wir einander zugeflüstert und am Telefon immer wieder bestätigt hatten, Gültigkeit besaßen. Ich würde somit sein Mädchen sein und nur ihm allein gehören, und er würde der junge Mann in meinem Leben sein, und das nicht nur in unseren eigenen Augen, sondern auch in den Augen unserer Familien und Freunde.

»O Beau!«

»Wirst du ihn tragen?« fragte er.

Ich sah in seine liebevollen Augen, in denen Versprechungen und Liebe standen. »Ja, Beau, ich werde ihn tragen«, sagte ich, und er hängte mir die Kette um den Hals. Dann glitten seine Finger über die Kette und hinunter in den Spalt zwischen meinen Brüsten, in den sich sein Ring schmiegte. Ich hatte das Gefühl, die Wärme des Rings durch meine Bluse spüren zu können, eine Wärme, die mit Lichtgeschwindigkeit in mein Herz vordrang und es rasen ließ. Sein Mund fand meine Lippen, und ich stöhnte und fühlte, wie mein Körper biegsam wurde und in seiner Umarmung schmolz. Das Wohnzimmer war nur in den matten Lichtschein einer kleinen Tischlampe und das Flackern der Flammen im Kamin getaucht. Beau beugte sich vor und schaltete die Lampe aus. Dann legte er seine Hände auf meine Schultern und drehte mich zu sich um. Mein Körper glitt auf dem Sofa unter ihn. Seine Lippen lagen auf meinem Hals, und seine Finger öffneten meine Bluse und legten sich auf meine vollen Brüste.

Ich war von Leidenschaft erfüllt und hatte die Qualen und Martern satt, die mich in diesen letzten Monaten gepeinigt hatten; meine Küsse waren mehr als fordernd. Wohin seine Finger auch glitten, ich hieß sie überall willkommen, und als er meinen BH öffnete und meine Brustwarzen erst mit der Zunge und dann mit den Lippen berührte, versank ich tiefer und immer tiefer in den warmen Strudel der Ekstase.

Ich hielt die Augen geschlossen, lauschte dem Rascheln seiner Kleidung und spürte, wie seine Finger unter meinen Rock glitten und meinen Slip herunterzogen. Ich hob die Beine an, um ihm dabei zu helfen. Das Bewußtsein meiner Nacktheit steigerte meine Erregung nur noch mehr. Ich schmeckte seine Zunge, seine Lippen und küßte seine geschlossenen Lider. Wir flüsterten einander ein »Ja« ins Ohr. Für einen Moment schlug ich die Augen auf und sah, wie die Schatten und das Licht des Feuers auf den Wänden und sogar auf unseren Körpern tanzten. Es entstand eine Glut zwischen uns, daß es mir vorkam, als lägen wir in diesem Feuer. Aber ich wollte es so haben, und nichts anderes zählte mehr.

Ich öffnete mich ihm, und er preßte sich an mich, in mich, und rief meinen Namen, als fürchtete er, selbst in diesem Augenblick könnte er mich verlieren. Ich umklammerte seine Schultern, zog ihn zu mir herunter und fiel in den Rhythmus seiner Bewegungen ein. Wir verschmolzen zu einer Einheit. Eine Woge der Leidenschaft nach der anderen schwemmte über uns hinweg. Ich konnte keine einzelnen Küsse mehr unterscheiden, sie gingen ineinander über, von einer einzigen langen Umarmung begleitet.

»Ich liebe dich, Ruby. Ich liebe dich«, rief er auf seinem Höhepunkt aus. Meine eigenen Schreie wurden durch seine Schultern gedämpft, und ich klammerte mich an ihn, als könnte das den Moment der Ekstase in die Länge ziehen. Dann bewegten wir uns nicht mehr, hielten einander nur noch in den Armen, atmeten schwer und warteten darauf, daß unser beschleunigter Herzschlag sich wieder verlangsamte.

Es war alles unglaublich schnell passiert. Es hätte kaum eine Chance gegeben, es sich noch einmal anders zu überlegen, doch ich glaubte ohnehin nicht, daß ich das getan hätte. Ich hatte ihn mit offenen Armen willkommen geheißen, die Leidenschaft und die Erlösung begrüßt, die Liebe und die Zärtlichkeit, dieses wunderschöne Gefühl; und innerhalb von wenigen Momenten hatte ich die Dunkelheit und die Traurigkeit erstickt, die ich so lange mit mir herumgetragen hatte. Solange ich Beau habe, dachte ich, wird für mich die Sonne scheinen.

»Ist alles in Ordnung?« fragte er. Ich nickte. »Ich wollte nicht so ...«

»Es ist schon gut, Beau. Laß uns einander keine Schuldgefühle einreden. Es war nicht Schmutziges an dem, was wir getan haben. Ich liebe dich, und du liebst mich. Das ist das einzige, was zählt, und schon allein dadurch ist alles, was wir tun, gut und rein – weil es in unseren Augen gut und rein ist.«

»O Ruby, ich liebe dich so sehr. Ich kann mir nicht vorstellen, jemals einen anderen Menschen so zu lieben wie dich.«

»Ich hoffe, daß das wahr ist, Beau.«

»Ja, ganz bestimmt«, versprach er.

Der Klang von Gisselles Lachen erscholl auf der Treppe und stürzte uns beide in eine enorme Hektik. Eilig zogen wir uns wieder an, und Beau schaltete das Licht ein. Dann strich ich mir das Haar glatt. Er stand vom Sofa auf und trat vor den Kamin, um die glimmenden Scheite zu schüren. Im nächsten Moment betrat John, der Gisselle auf seinen Armen trug, den Salon.

»Wir haben beschlossen, mal nachzusehen, was ihr beide so treibt«, sagte sie. »Und John ist so kräftig, daß es einfacher ist und schneller geht, wenn er mich die Treppe rauf und runter trägt, statt diesen dämlichen Stuhl zu benutzen.« Sie klammerte sich an ihn wie ein Schimpansenbaby an seine Mutter, die Arme um seinen Hals geschlungen, die Wange auf seiner Brust.

Beau, der vor dem Feuer kniete, sah erst mich an und blickte dann zu ihr auf.

»Diesen Gesichtsausdruck kenne ich an dir, Beau Andreas.« Sie lächelte mich an. »Versuch bloß nicht, vor deiner Zwillingsschwester etwas zu verbergen, Ruby.« Sie blickte zu John auf, der sie hielt, als spürte er ihr Gewicht überhaupt nicht. »Zwillinge nehmen manches rein intuitiv aneinander wahr. Hast du das gewußt, John?«

»Ach?«

»Ja. Immer wenn ich unglücklich bin, merkt Ruby das sofort, und wenn sie sich erregt …«

»Hör auf, Gisselle«, sagte ich und spürte, wie die Glut in meine Wangen stieg.

»Moment mal«, sagte sie. »John, bring mich zum Sofa.« Er tat es, und sie schaute auf mich herunter. »Was hast du da um den Hals hängen? Ist das dein Ring, Beau?«

»Ja«, sagte er und stand auf.

»Du hast ihr deinen Ring geschenkt! Was werden deine Eltern dazu sagen?«

»Mir ist gleich, was sie dazu sagen«, erwiderte Beau und kam an meine Seite. Er nahm meine Hand. Ich sah, wie sich Gisselles Staunen schnell in blanken Neid verwandelte.

»Tja, das wird wohl jemandem in Greenwood das Herz brechen«, höhnte sie.

»Ich habe Beau bereits von Louis erzählt, Gisselle.«

»Ach ja?« fragte sie, und ihre Stimme triefte vor Enttäuschung.

»Ja, das hat sie«, sagte Beau. »Ich hoffe auf eine Gelegenheit, mich bei ihm zu bedanken. Er hat ihr wirklich sehr geholfen, als er zu dem Ausschlußverfahren erschienen ist«, fügte er hinzu. Gisselle verzog hämisch das Gesicht und strahlte dann vor Aufregung. Ihre Mimik wechselte wie auf Knopfdruck.

»Laßt uns feiern, daß du Ruby deinen Ring geschenkt hast. Laßt uns zusammen ausgehen. Wie wäre es mit dem Green Door? Dort verlangen sie keine Personalausweise, zumindest wollten sie sie früher nie sehen.«

»Wir haben Daphne gesagt, daß wir heute abend zu Hause bleiben, und es ist schon spät, Gisselle. Sie wird bald zurück sein.«

»Nein, so schnell kommt sie bestimmt nicht zurück, und was macht es schon aus, was wir ihr gesagt haben? Sie benimmt sich doch jetzt ganz anders, oder etwa nicht?«

»Und genau deshalb will ich sie nicht verärgern«, erwiderte ich. »Was haltet ihr davon, daß wir Popcorn machen? Wir könnten es im Kamin zubereiten und Backgammon spielen.«

»Ja, das macht bestimmt riesigen Spaß. Komm, John. Laß uns wieder nach oben in mein Zimmer gehen. Sollen diese beiden alten Leute doch allein im Wohnzimmer sitzen und stricken.« Sie fuhr mit der Hand über Johns Oberarm. »Ist er nicht stark? In seinen Armen komme ich mir wie ein Baby vor.« Sie küßte ihn auf den Hals, und John errötete und lächelte Beau an. »Ich bin so hilflos«, jammerte sie. »Aber John ist liebevoll und zärtlich, nicht wahr, John?«

»Was? Ach so, ja, klar.«

»Dann laß uns jetzt nach oben gehen. Jemand muß mir schließlich die Windeln wechseln«, sagte sie und lachte. Ich glaubte schon, John würde sie fallen lassen, doch er wandte sich nur mit knallrotem Gesicht ab und eilte, eine kichernde Gisselle auf den Armen, aus dem Salon.

»Ich frage mich immer wieder«, sagte Beau, »wie ich mich jemals mit ihr einlassen konnte.«

»Das war Schicksal. Vorbestimmung. Wenn du es nicht getan hättest, wären wir beide einander vielleicht nie begegnet.«

»Ich liebe dich, Ruby. Ich liebe dich dafür, daß du allem etwas Gutes abgewinnen kannst und sogar in Gisselle noch etwas Gutes findest.«

»Das ist allerdings eine gewaltige Herausforderung«, gestand ich, und wir lachten. Dann bat er mich, Louis' Symphonie aufzulegen. Er legte den Arm um mich, als wir sie uns anhörten.

»Es ist einfach wunderbar, daß du jemanden dazu inspiriert hast, etwas so Schönes zu komponieren«, bekannte er.

Um zwölf gingen wir nach oben, um John aus Gisselles Zimmer zu rufen. Sie beklagte sich natürlich darüber und versuchte alles, um ihn zum Bleiben zu bewegen, und sei es nur, um sich Daphnes Vorschriften zu widersetzen. Beau wollte es jedoch unter keinen Umständen riskieren, Daphne wieder gegen sich aufzubringen. Er forderte John streng auf, aus Gisselles Zimmer zu kommen, was dieser schließlich auch tat.

Ich gab Beau an der Tür einen Kuß zum Abschied und ging dann nach oben. Gisselle erwartete mich in ihrer Tür. Obwohl ich wußte, daß sie problemlos stehen und laufen konnte, überraschte mich dieser Anblick doch immer wieder.

»Wenn du nicht glücklich dran bist«, sagte sie. »Jetzt hast du Beau Andreas für immer und ewig.«

»Wünscht du dir auch jemanden für immer und ewig?«

»Natürlich nicht. Dazu bin ich noch viel zu jung. Ich will mich umsehen, alles ausprobieren, meinen Spaß haben und erstmal ein Dutzend Freunde haben, ehe ich jemanden heirate, der stinkreich ist«, erklärte sie.

»Warum bist du dann neidisch?«

»Ich bin nicht neidisch.« Sie lachte. »Ich habe wohl kaum Grund zu Neid.«

»Oh, doch, den hast du, Gisselle. Du willst es nicht eingestehen, noch nicht einmal dir selbst, aber du willst jemanden haben, der dich liebt, aber ... niemand wird je einen so selbstsüchtigen Menschen wie dich lieben.«

»Jetzt komm mir bloß nicht mit einer deiner Strafpredigten«, jammerte sie. »Ich bin müde. John ist nämlich ein sehr guter Liebhaber«, fügte sie lächelnd hinzu. »Er ist ein bißchen doof, aber er ist ein guter Liebhaber. Es macht ihn an, daß ich mich hilflos stelle. Das macht sie alle an, verstehst du? Männer haben gern ein Gefühl von Überlegenheit, besonders dann, wenn sie nicht überlegen sind. Ich könnte mit ihm machen, was ich will ... ihn wie eine Flöte spielen«, sagte sie lachend.

»Dann wirst du also weiterhin so tun, als seist du verkrüppelt?«

»Bis es mir keinen Spaß mehr macht. Und falls du auf den Gedanken kommen solltest, mich zu verpetzen ...«

»Mir ist vollkommen egal, was du tust, Gisselle, solange du nicht anderen weh tust, die ich mag«, sagte ich. »Wenn du das nämlich tust ...«

»Ich weiß. Dann wirst du mir das Genick brechen. Das einzige Genick, das hier gebrochen werden wird, ist deines, nämlich dann, wenn Beaus Eltern herausfinden, was er dir geschenkt hat. Du wirst den Ring zurückgeben müssen.

Das ist dir doch wohl klar? Du solltest darauf vorbereitet sein. Gute Nacht, geliebte Schwester und ... ach ja, fröhliche Weihnachten.«

Sie schloß ihre Tür und ließ mich zitternd im Gang stehen. Sie irrt sich; sie muß sich irren, dachte ich. Und außerdem würde ich morgen früh Nina Beaus Ring zeigen und sie bitten, einen Gesang anzustimmen und ein Ritual zu vollziehen, das eine schützende Decke über unsere Liebe warf.

Ich legte mich schlafen und rollte mich in meinen wunderbaren Erinnerungen daran zusammen, wie Beau mich geliebt hatte, in Erinnerungen und Gefühlen, die noch so lebendig waren, daß ich mich fühlte, als läge er noch neben mir. Ich streckte sogar den Arm aus und tat so, als sei er da. »Gute Nacht, Beau«, flüsterte ich. »Gute Nacht, mein geliebter Beau.«

Ich fühlte seinen Kuß noch auf meinen Lippen, als ich in dem warmen Dunkel meines von Liebe erfüllten Herzens versank.

15.
Gekauft und bezahlt

Am nächsten Morgen schlief sogar ich lange. Als kleines Mädchen hatte ich die Stunden Schlaf zwischen Heiligabend und dem Weihnachtsmorgen gehaßt. Ich hatte es als eine Folter empfunden, den Sonnenaufgang abwarten zu müssen, ehe ich meine Geschenke auspacken konnte. Ganz gleich, was für ein schlechtes Jahr wir auch gehabt hatten, Grandmère Catherine war es trotz aller Armut immer wieder gelungen, mir wunderbare Geschenke zu machen, und auch all ihre Freundinnen waren gekommen und hatten mir etwas mitgebracht. Stets war ein mysteriöses Geschenk darunter gewesen, ohne eine Karte mit einem Namen, ohne einen Anhaltspunkt, der mir gesagt hätte, woher dieses Geschenk kam. Ich hatte mir gern eingeredet, es stamme von meinem geheimnisvollen Vater, und vielleicht war es Grandmère Catherine sogar lieb gewesen, daß ich mir das ausmalte, denn auf diese Weise glaubte ich weiterhin daran, daß irgendwo dort draußen ein Vater auf mich wartete. Prophetisch, wie sie veranlagt war, hatte sie den Tag vorausgesehen, an dem ich das Bayou verlassen würde, um mich auf die Suche nach ihm zu machen.

Aber da Grandmère Catherine tot war und nun auch Daddy nicht mehr lebte, waren die Spannung und die Freude des Weihnachtsmorgens so weit abgeflaut, daß dieser Tag für mich praktisch wie jeder andere war. Obwohl sie jedem gegenüber mit dem Stapel von Geschenken unter dem Weihnachtsbaum angab, glaubte ich, daß das auch auf Gisselle zutraf, wenn auch aus anderen Gründen. Wenn man bedachte, was sie schon alles hatte – die Tonnen von

Kleidern in ihren Schränken und Kommoden, die Berge von Kosmetika und die Ströme von Parfüms, den Schmuck, mit dem man die Truhen einer Königin hätte füllen können –, dann schien es unmöglich, ihr etwas zu schenken, das sie noch hätte faszinieren können. Ich bin ganz sicher, daß sie es genauso sah, denn weder die Morgensonne noch das Läuten der Uhr riß sie aus ihrer Benommenheit. Nach allem, was sie gestern getrunken hatte, mußte sie einen schrecklichen Kater haben.

Ich selbst lag mit offenen Augen da und dachte nur an Beau und die Versprechen, die er und ich einander gegeben hatten. Ich wünschte, ich hätte mit einem einzigen Satz Jahre überspringen und am Tag unserer Hochzeit erwachen können, einer Hochzeit, die mich aus dieser Familie mit all ihren Zerwürfnissen herausholen und auf die Schwelle eines neuen Lebens stellen würde, eines Lebens voller Hoffnung und Liebe. Ich stellte mir Gisselle vor, wie sie gemeinsam mit den anderen Hochzeitsgästen dastand, uns mit ihren grünen Augen giftig anfunkelte und die Lippen vor Neid zu einem harten und unehrlichen Lächeln verzog, während ich Beau meine Liebe und Treue gelobte und er dieselben Gelübde ablegte. Daphne würde wohl schlichtweg nur froh darüber sein, mich vom Hals zu haben.

Ein lautes »ho, ho, ho« und das Läuten von Schlittenglocken rissen mich aus meinem Tagtraum.

»Steht auf, ihr Schlafmützen«, rief Bruce vom oberen Treppenabsatz her. Ich stand auf, und als ich zur Tür hinauslugte, sah ich ihn im Kostüm eines Weihnachtsmannes und mit einem angeklebten weißen Bart dastehen. »Daphne und ich können es kaum erwarten, euch dabei zuzusehen, wie ihr eure Geschenke auspackt. Kommt schon. Wacht auf.« Er ging auf Gisselles Tür zu und schüttelte seine Glocken. Ich lachte in mich hinein, als ich sie schreien und fluchen hörte, denn dieses Geräusch mußte ihrem verkaterten Kopf nicht gerade wohltun.

»Ich komme schon«, rief ich, nachdem er auch vor meiner Tür noch einmal geläutet hatte.

Ich wusch mich und zog eine Seidenbluse mit einem Spitzenkragen und einen weiten, bunten Rock an. Dann band ich mir das Haar mit einer passenden Seidenschleife zurück, obwohl ich wirklich nicht besonders aufgeregt war und das Gefühl hatte, all das nur mechanisch hinter mich zu bringen. Martha Woods war nach oben geschickt worden, damit sie Gisselle auf Trab brachte, doch sie stand immer noch vor Gisselles Tür und murmelte händeringend: »Meine Güte, meine Güte«, als ich aus meinem Zimmer kam, um nach unten zu gehen.

Ich schaute durch die offene Tür in Gisselles Zimmer und sah sie zu einer Kugel zusammengerollt unter ihren Decken liegen. Nur ein paar Haarsträhnen schauten heraus.

»Sagen Sie einfach unten Bescheid, daß Gisselle sich nicht für ihre Geschenke interessiert«, sagte ich laut genug, damit Gisselle es hören konnte. Augenblicklich warf sie ihre Decke zurück.

»Sie werden nichts dergleichen sagen«, schrie sie und stöhnte dann. »Oh, warum mußte ich bloß so laut schreien? Ruby, hilf mir. Mein Kopf fühlt sich an, als rollten Bowlingkugeln darin herum.«

Ich wußte, daß Nina ein Rezept für ein Elixier hatte, das gegen einen schlimmen Kater half.

»Fang an, dich anzuziehen«, sagte ich, »und ich bringe dir etwas nach oben, was dir helfen wird.«

Sie setzte sich hoffnungsvoll auf. »Tust du das? Versprichst du es mir?«

»Ich habe dir doch gesagt, daß ich es tue. Jetzt zieh dich schon an.«

»Martha, kommen Sie rein«, befahl sie. »Warum haben Sie meine Sachen noch nicht herausgelegt?«

»Oh, was soll ich bloß tun? Erst sagt sie, ich soll verschwinden, und dann schreit sie mich an, daß ich endlich reinkommen soll«, klagte Martha und kam ins Zimmer.

Ich ging nach unten und begab mich direkt in die Küche, wo Nina damit beschäftigt war, das Weihnachtsfrühstück für uns zuzubereiten.

»Fröhliche Weihnachten, Nina«, erwiderte ich.

»Das wünsche ich dir auch«, erwiderte sie mit einem Lächeln.

»Ich brauche zwei Dinge von dir, Nina, wenn du so freundlich wärst, das für mich zu tun.«

»Was möchtest du denn, mein Kind?«

»Zuerst einmal«, sagte ich und schnitt eine Grimasse, »hat Gisselle einen dicken Schädel, weil sie zuviel Rum getrunken hat.«

»Das ist nicht das erstemal«, sagte Nina höhnisch. »Ich denke gar nicht daran, ihr zu helfen und es ihr leichter zu machen.«

»Ich weiß, aber wenn sie sich elend fühlt, wird sie alles tun, damit alle anderen sich auch elend fühlen, und irgendwie wird Daphne einen Weg finden, mir die Schuld daran zuzuschieben.«

Nina nickte. »Also gut«, sagte sie. Sie trat vor einen Küchenschrank und begann die Zutaten herauszuholen. »Das beste ist, wir nehmen ein rohes Ei mit einem roten Punkt darin«, murmelte sie vor sich hin, während sie begann, ihre Mischung zusammenzuschütten. »Gestern habe ich eins gefunden und es aufgehoben.« Ich lächelte, weil ich wußte, daß Gisselle den Trank nicht zu sich nehmen würde, wenn sie wußte, was es war. »Hier«, sagte Nina, nachdem sie ihre Mixtur hergestellt hatte. »Bring sie dazu, es auf einen Zug zu trinken. Das ist das Wichtigste.«

»Geht in Ordnung.«

»Was noch? Du hast gesagt, daß du zwei Dinge von Nina willst.«

»Beau hat mir letzte Nacht seinen Schulring geschenkt, Nina«, sagte ich und zeigte ihn ihr. »Er hat mir seine Liebe geschworen und ich ihm meine. Kannst du eine Kerze für uns anzünden?«

»Dafür braucht man Schwefel und keine Kerzen, insbesondere, wenn die Liebe in diesem Haus geschworen worden ist«, fügte sie mit großen Augen hinzu. »Du bringst Monsieur Beau später in Ninas Zimmer, und Nina wird es für euch beide tun. Ihr müßt einander an den Händen halten.«

»Ich werde es ihm sagen, Nina«, meinte ich und schmunzelte in mich hinein; zugleich fragte ich mich, was Beau wohl sagen würde, wenn ich ihm diesen Vorschlag unterbreitete. »Ich danke dir.«

Ich kam gerade noch rechtzeitig, um mitzuerleben, wie Gisselle gnadenlos über Martha Woods herfiel, weil sie die falschen Kleidungsstücke und die falschen Schuhe herausgelegt hat.

»Diese Frau hat keinerlei Geschmacksempfinden. Sieh dir das nur an! Sie wollte, daß ich diese Bluse zu diesem Rock und diesen Schuhen trage.«

»Ich habe mir nur gedacht, daß sie doch heute sicher Weihnachtsfarben tragen möchte und …«

»Es ist schon in Ordnung, Martha. Ich werde ihr helfen.«

»Oh, danke«, sagte sie erleichtert. »Ich habe heute morgen genug anderes zu tun.« Sie eilte hinaus.

»Was ist das?«

»Ninas Heilmittel. Du mußt es in einem Zug trinken. Sonst wirkt es nicht«, erklärte ich.

Sie musterte das Glas argwöhnisch. »Hast du das je getrunken?«

»Ich habe etwas Ähnliches gegen eine Magenverstimmung getrunken«, erwiderte ich.

Sie schnitt eine Grimasse. »Ich tue alles, was du sagst. Eigentlich könnte ich mir auch gleich den Kopf abhacken«, jammerte sie, nahm mir das Glas aus der Hand, holte tief Luft und führte es an die Lippen. Ihre Augen traten hervor, als das Elixier über ihre Zunge und ihre Geschmacksknospen rann.

»Setz das Glas bloß nicht zwischendurch ab«, wiederholte ich warnend. Ich mußte mir eingestehen, daß ich ihr Unbehagen auskostete. Sie trank alles in einem Zug, schnaufte dann und preßte sich die Hand aufs Herz.

»Igitt. Das hat ja gräßlich geschmeckt. Wahrscheinlich war das Zeug giftig. Was war da drin?«

»Ein rohes Ei, soviel weiß ich. Ein paar Kräuter. Ein Pulver, das aus den Knochen einer Klapperschlange gemahlen sein könnte ...«

»Oh, nein, das genügt. Mehr will ich gar nicht wissen«, rief sie mit erhobenen Händen. Sie schluckte schwer. »Ich glaube, ich muß kotzen.« Sie sprang von ihrem Stuhl auf und rannte ins Bad, aber sie übergab sich nicht. Als sie ein paar Minuten später wieder auftauchte, hatte sie wieder Farbe im Gesicht.

»Ich glaube, das Zeug wirkt tatsächlich«, verkündete sie fröhlich.

»Such dir etwas zum Anziehen aus. Sie erwarten uns im Wohnzimmer. Bruce ist als Weihnachtsmann verkleidet und hat sich einen Bart angeklebt.«

»Na, toll«, sagte sie.

Wir fanden Daphne in ihrem roten chinesischen Morgenmantel und Hausschuhen vor; sie hatte sich das Haar ordentlich gebürstet und es aufgesteckt und war so sorgfältig geschminkt, als sei sie schon vor Stunden aufgestanden, um sich zurechtzumachen. Sie saß auf einem hochlehnigen Stuhl aus der Provence und trank aus einer silbernen Tasse Kaffee. Bruce stand als strahlender Weihnachtsmann neben dem Baum.

»Nun, es war aber auch höchste Zeit, daß ihr Primadonnen nach unten kommt. Als ich ein kleines Mädchen war, konnte ich es kaum erwarten, meine Geschenke auszupacken.«

»Wir sind keine kleinen Mädchen mehr, Mutter«, sagte Gisselle.

»Wenn es um Geschenke geht, bleiben Frauen immer

kleine Mädchen«, erwiderte Daphne und zwinkerte Bruce zu, der lachte und sich den falschen Bauch hielt. »Es ist an der Zeit, Weihnachtsmann«, sagte sie.

»Ho, ho, ho«, rief er und schnappte sich die ersten Geschenke, um sie uns zu bringen. Ich setzte mich auf das schmale Sofa, um meine Geschenke auszupacken, und Gisselle öffnete ihre in ihrem Rollstuhl, während Bruce immer wieder zum Baum und zurück lief. Wir bekamen noch mehr Kleider, teure Markenpullover, Blusen und Röcke. Wir bekamen beide kurze Ledermäntel mit passenden Stiefeln und Fellmützen, die wir wahrscheinlich niemals würden tragen können. Bruce schenkte uns goldene Armbänder mit zahlreichen Anhängern, und wir bekamen Badeöl, Talkpuder und Parfüms in kostbaren Flakons. Sowie Gisselle eine Verpackung aufgerissen und einen Blick auf das jeweilige Geschenk geworfen hatte, griff sie schon nach dem nächsten Päckchen.

»Das sind doch viel zu viele Geschenke«, sagte ich. Daphnes unerwartete Großzügigkeit gab mir immer noch Rätsel auf.

»Hier ist ein Geschenk, von dem ich dachte, daß du es deinem Onkel Jean sicher gern bringen würdest«, sagte sie und hielt ein Päckchen hoch. »Es ist ein halbes Dutzend von den Seidenhemden, die er immer so gern getragen hat.«

»Du erlaubst mir, ihn im Heim zu besuchen?« fragte ich überrascht.

»Ich lasse dich morgen von unserem Chauffeur hinfahren, wenn du magst«, erwiderte sie.

Ich wandte mich an Gisselle. »Hast du vielleicht Lust mitzukommen?«

»Ins Irrenhaus? Bist du verrückt geworden?«

»Früher bist du auch manchmal hingegangen«, rief ich ihr ins Gedächtnis zurück.

»Alle Jubeljahre mal, und das auch nur, um Daddy einen Gefallen zu tun«, sagte sie. »Ich fand es ganz furchtbar dort.«

»Aber … wir haben schließlich Weihnachten.«

»Ich bitte dich«, stöhnte sie.

»Nimm Beau mit, wenn du magst«, sagte Daphne. Ich starrte sie ungläubig an. Ich war sprachlos. »Da sind auch Geschenke von eurem Halbbruder, diesem Cajun, glaube ich«, sagte sie. »Bruce.«

Er brachte sie uns. Es waren wunderschöne Tagebücher mit Einbänden aus handgeschnitztem Sumpfzypressenholz, und darauf war eine Szene aus dem Bayou dargestellt, mit Louisianamoos, einem Alligator, der seinen Kopf herausstreckte, und Seeschwalben, die zum Wasser herabstießen.

»Ein Tagebuch!« platzte Gisselle heraus. »Als ob ich meine Geheimnisse jemals niederschreiben würde.« Sie lachte.

»Nun«, sagte Daphne und sah Bruce an. »Wir beide haben ein Geheimnis, das wir euch jetzt anvertrauen wollen. Auch das ist ein Weihnachtsgeschenk«, sagte sie. Gisselle bekam große Augen und lehnte sich in ihrem Stuhl zurück, als Bruce sich neben Daphne stellte. Sie nahm seine Hand, ehe sie sich an uns wandte und sagte: »Bruce und ich werden heiraten.«

»Heiraten? Wann?« fragte Gisselle.

»Nachdem eine angemessene Frist vergangen ist, also erst nach der Trauerzeit um euren Vater.« Sie starrte uns an, und ihre Augen forschten in unseren Gesichtern nach Anhaltspunkten, die ihr unsere wahre Reaktion verrieten. »Ich hoffe, daß ihr beide euch für uns freut und Bruce als euren neuen Vater in der Familie willkommen heißt. Ich weiß, daß das für euch erst einmal eine gewisse Überforderung ist, aber es wäre das beste, wenn wir als ein geschlossener Familienverband angesehen würden. Kann ich mich auf euch beide verlassen?« fragte sie, und plötzlich wurde mir klar, warum sie so reizend zu uns gewesen war.

Diese Hochzeit würde für die Oberschicht von New Orleans ein herausragendes gesellschaftliches Ereignis darstellen, und Daphne legte größten Wert darauf, daß alles so perfekt ablief wie in einem Königshaus. Sämtliche Zeitungskolumnisten würden darüber berichten, und unsere Familie würde vom Tag der Bekanntmachung bis zum Zeitpunkt der Hochzeit im Mittelpunkt der allgemeinen Aufmerksamkeit stehen. In der Zwischenzeit würden wichtige Persönlichkeiten zum Abendessen eingeladen werden, und Daphne würde darauf bestehen, daß man uns alle gemeinsam im Theater und in der Oper sah.

»Ich weiß, daß ich in euren Augen euren Vater nicht ersetzen kann«, setzte Bruce an, »aber es wäre schön, wenn ihr mir eine Gelegenheit geben würdet, es zu versuchen. Ich werde tun, was ich kann, um euch ein echter Vater zu sein.«

»Können Sie unsere Mutter dazu überreden, daß sie uns wieder nach Hause kommen und hier zur Schule gehen läßt?« warf Gisselle eilig ein.

Daphnes Lächeln verblaßte. »Schließ erst einmal dieses eine Jahr in Greenwood ab, Gisselle. Bruce und ich haben genug zu tun. Ich werde euch die Genehmigung erteilen, das Schulgelände zu verlassen, und ich werde auch dafür sorgen, daß euer Taschengeld erhöht wird«, fügte sie hinzu.

Gisselle dachte über diese Zusicherungen nach.

»Von dir haben wir bisher noch kein Wort dazu gehört, Ruby«, sagte Daphne und richtete den Blick fest auf mich.

»Ich hoffe, daß ihr beide miteinander glücklich werdet«, sagte ich. Wir sahen einander einen Moment lang in die Augen – wie zwei Gladiatoren, die abwägen, ob sie eine neue Schlacht beginnen oder sich auf einen Waffenstillstand einigen sollen. Sie beschloß, meinen kühlen Segen hinzunehmen.

»Ich danke dir. So, da wir das alles jetzt hinter uns haben, können wir ja unser festtägliches Frühstück einnehmen.« Sie stellte ihre Kaffeetasse hin und wollte aufstehen.

»Warte«, rief Gisselle. Sie warf einen Blick auf mich und lächelte dann Daphne und Bruce an. »Ich habe eine Überraschung, etwas, was ich mir als Weihnachtsgeschenk für dich aufgehoben habe, Mutter. Und jetzt«, fügte sie hinzu, »könnt ihr es auch gleich als euer erstes Hochzeitsgeschenk betrachten.«

Daphne lehnte sich zurück und war auf der Hut. »Und was könnte das wohl sein, Gisselle?«

»Das hier!« sagte Gisselle und begann, sich von ihrem Stuhl zu erheben. Allerdings tat sie so, als koste es sie gigantische Anstrengung. Daphnes Gesichtsausdruck ging von Bestürzung zu Fröhlichkeit über. Bruce lachte laut und legte Daphne eine Hand auf die Schulter. Ich beobachtete, wie Gisselle wankte, um das Gleichgewicht rang, tief Atem holte und Grimassen schnitt, als hätte sie starke Schmerzen, und dann ließ sie die Armlehnen ihres Stuhls los und blieb freihändig stehen. Mit geschlossenen Augen schwankte sie, und scheinbar unter Aufbietung all ihrer Konzentration und Kraft machte sie einen kleinen Schritt nach vorn. Sie erweckte den Eindruck, als würde sie stürzen, und sogleich sprang Bruce herbei, um sie festzuhalten. Sie sank in seine Arme.

»O Gisselle, wie wunderbar!« rief Daphne aus. Gisselle schluckte, preßte sich eine Hand auf die Brust und holte aus dem Moment heraus, was sich nur irgend herausholen ließ.

»Ich habe hart daran gearbeitet«, keuchte sie. »Ich wußte, daß ich aufstehen kann, und ich habe auch schon ein oder zwei Schritte gemacht, aber ich wollte es schaffen, so weit zu laufen, daß ich vor euch stehe. Ich bin ja so enttäuscht«, stöhnte sie. »Ich werde es noch einmal versuchen.«

»Nein, nein, das genügt. Schon das, was du eben getan hast, ist ein wunderbares Weihnachtsgeschenk, nicht wahr, Bruce?«

»Das kann man wohl sagen«, sagte er und hielt sie immer noch fest in seinen Armen. »Du solltest es lieber behutsam angehen.« Er führte sie zu ihrem Rollstuhl zurück.

Als er ihr dabei half, sich wieder zu setzen, warf sie mir einen triumphierenden Blick zu.

»Hast du etwas davon gewußt, Ruby?« fragte Daphne.

Ich sah erst Gisselle an und dann Daphne. »Nein«, sagte ich. Dieses ganze Haus und diese ganze Familie existierten auf der Basis von Lügen. Wenn ich dem noch eine weitere hinzufügte, würde das überhaupt nicht auffallen, und ich war der Überzeugung, daß Daphne und Gisselle es verdient hatten, den Täuschungen und der Verschlagenheit auf den Leim zu gehen, die sie selbst so großzügig austeilten.

»Was für eine Überraschung. Und daß du das vor jedem geheimgehalten hast, sogar vor deiner Zwillingsschwester, nur damit wir die ersten sind, die du damit überraschen kannst! Das ist sehr nett von dir, Gisselle.«

»Ich verspreche dir, Mutter«, gelobte Gisselle, »daß ich hart daran arbeiten werde, das Laufen wieder zu erlernen, damit ich direkt hinter dir gehen kann, wenn du durch den Gang zum Altar schreitest, um Bruce zu heiraten.«

»Das wäre … einfach phantastisch.« Sie sah Bruce an. »Überleg dir nur, wie die Hochzeitsgäste darauf reagieren werden. Das ist ja, als ob … als würde meine neuerliche Eheschließung die Gesundheit dieser Familie wiederherstellen.«

»Jetzt verstehst du sicher, Mutter«, sagte Gisselle, »daß ich im Moment nicht nach Greenwood zurückgehen kann. Ich muß täglich an meiner Rehabilitation arbeiten und brauche Ninas gutes Essen anstelle von dem miesen Schulfraß. Besorg mir doch einfach einen Hauslehrer, und laß mich hierbleiben.«

Daphne grübelte einen Moment lang daran herum. »Ich werde mir Gedanken darüber machen«, sagte sie.

Gisselle strahlte. »Danke, Mutter.«

»Also, ich bin wirklich hungrig. Dieser Weihnachtsmorgen ist weit besser verlaufen, als ich es erwartet hatte«, sagte Daphne und erhob sich. »Nikolaus?« Sie streckte den Arm nach ihm aus, und Bruce eilte an ihre Seite. Ich sah den beiden nach, als sie aus dem Zimmer gingen, und dann wandte ich mich zu Gisselle um. Sie strahlte von einem Ohr zum anderen.

»Jetzt wird sie uns erlauben, daß wir zu Hause bleiben. Du wirst sehen.«

»Vielleicht erlaubt sie es dir, aber mir bestimmt nicht«, erwiderte ich. »Ich habe keine Behinderung, die ich durch ein Wunder überwinden muß.«

Gisselle zuckte die Achseln. »Jedenfalls vielen Dank dafür, daß du den Mund gehalten und mitgespielt hast.«

»Ich habe nicht mitgespielt. Ich habe nur dabeigestanden und beobachtet, wie ihr beide einander Lügen auftischt«, sagte ich.

»Wie dem auch sei. Hier«, sagte sie und warf mir Pauls Geschenk zu. »Du hast bestimmt so viele geheime Gedanken, daß du zwei Tagebücher an einem Tag vollschreiben kannst.«

Ich nahm das Tagebuch und folgte ihr, als sie sich aus dem Zimmer rollte, doch in der Tür blieb ich noch einmal stehen und warf einen Blick auf den Baum und den enormen Berg von Geschenken. Und ich sehnte mich danach, wieder einmal einen echten Weihnachtsmorgen zu verbringen, an dem das eigentliche Geschenk das Geschenk der Liebe war.

Beau kam, nachdem seine Eltern und er einander beschenkt hatten, und ich überreichte ihm mein Weihnachtsgeschenk, ein goldenes Freundschaftsarmband, das ich ihm an dem Tag gekauft hatte, an dem Gisselle und ich zu Hause angekommen waren. Auf der Innenseite hatte ich eingravieren lassen: »In ewiger Liebe. Ruby.«

»Ich habe drei von diesen Armbändern zu Hause in einer Schublade liegen«, sagte er und zog es an, »aber keines von ihnen hat mir auch nur das geringste bedeutet.« Er drückte mir schnell einen Kuß auf die Lippen, solange wir noch allein im Wohnzimmer waren.

»Und jetzt muß ich dich um einen Gefallen bitten; du darfst aber nicht darüber lachen«, sagte ich.

»Was könnte das wohl sein?« Er lächelte voller Vorfreude.

»Nina wird Schwefel für uns anzünden, um unsere Liebe zu segnen und sie davor zu bewahren, daß sie von bösen Geistern zerstört wird.«

»Was?«

»Komm schon«, sagte ich und nahm ihn an der Hand. »Es kann nichts schaden, sich abzusichern.«

Er lachte, als wir durch den Korridor zu Ninas Zimmer eilten. Ich klopfte an die Tür und trat sofort ein. Beau zuckte spürbar zusammen, als er das kleine Zimmer sah, das mit Voodoo-Utensilien angefüllt war: Puppen und Knochen, Ballen von etwas, das nach dem Fell einer schwarzen Katze aussah, Haarsträhnen, die mit Lederriemen zusammengebunden waren, bizarr gekrümmte Wurzeln und Streifen von Schlangenhaut. Auf den Regalen stapelten sich kleine Fläschchen mit Pulvern in allen Farben, Packen von gelben, blauen, grünen und braunen Kerzen und Einmachgläser mit Schlangenköpfen, und dazwischen stand das Bild der Frau, die ich als Marie Laveau kannte, wie sie auf einer Art Thron saß. Oft zündete Nina nachts um das Bild herum Kerzen an, wenn sie ihre Gebete summte.

»Wer ist das?« fragte Beau.

»Sie wollen aus New Orleans sein und wissen nicht, daß das Marie Laveau ist, die Voodoo-Königin?«

»Oh, doch. Ich habe schon von ihr gehört.« Er schaute mich an und biß sich auf die Unterlippe.

Nina trat vor eins ihrer Regale, um ein kleines Keramikdöschen zu holen. Sie und ich hatten ein ähnliches Zeremoniell durchgeführt, als ich damals aus dem Bayou gekommen war.

»Ihr müßt es beide halten«, ordnete sie an. Sie zündete eine weiße Kerze an und murmelte ein Gebet. Dann hielt sie die Kerze an die Keramikdose und senkte die Flamme über den Inhalt, damit der Schwefel sich entzündete, doch er fing kein Feuer. Sie warf einen Blick auf mich und wirkte besorgt; dann probierte sie es noch einmal und hielt die Kerze länger an den Schwefel, bis sich eine kleine Rauchfahne bildete. Beau schnitt eine Grimasse, weil der Gestank unangenehm war, doch ich hatte damit gerechnet und den Atem angehalten.

»Schließt beide die Augen, und beugt euch vor, damit der Rauch eure Gesichter berührt«, schrieb sie uns vor. Wir taten es und hörten sie etwas murmeln.

»He, das wird reichlich heiß«, klagte Beau. Seine Finger zitterten, und ich tat mein Bestes, um das Gefäß nicht fallen zu lassen. Nina nahm es mir aus der Hand und hielt es fest.

»Diese Hitze ist gar nichts«, schalt sie uns aus, »im Vergleich zu der Hitze böser Geister.« Dann schüttelte sie den Kopf. »Nina hofft, das es genug Schwefeldämpfe waren.«

»Ganz bestimmt«, versicherte Beau.

»Danke, Nina«, sagte ich, als ich sah, wie unwohl ihm zumute war. Sie nickte, und Beau drängte mich zur Tür.

»Ja. Danke, Nina«, sagte er gleichfalls und zog mich aus dem Zimmer.

»Wage es nicht zu lachen, Beau Andreas.«

»Ich lache doch gar nicht«, behauptete er, aber ich sah ihm an, wie froh er war, daß wir es hinter uns hatten.

»Meine Großmutter hat mir beigebracht, niemals über den Glauben anderer zu lachen, Beau. Niemand hat einen Alleinanspruch auf die Wahrheit, wenn es um spirituelle Dinge geht.«

»Du hast recht«, sagte er. »Und überhaupt macht mich alles glücklich und zufrieden, was dich glücklich und zufrieden macht. Das ist mein Ernst«, gelobte er und küßte mich.

Im nächsten Moment rollte sich Gisselle zu uns ins Wohnzimmer; sie wirkte äußerst selbstzufrieden. Beim

Frühstück hatten sich alle Gespräche nur um ihre wundersame Genesung gedreht. Edgar und Nina waren darüber informiert worden, doch beide schienen so wenig beeindruckt, daß Gisselle den Verdacht geschöpft hatte, ich hätte es ihnen bereits erzählt.

»Störe ich euch?« fragte sie Beau affektiert.

»Ja, allerdings«, erwiderte er lächelnd.

»Was für ein Jammer. Hast du es ihm schon erzählt?« fragte sie mich.

»Was soll sie mir schon erzählt haben?«

»Ich vermute, du hast es nicht getan, weil es für dich nicht die Wichtigkeit hat, die es für alle anderen hat.« Sie wandte sich an Beau, holte mit einer theatralischen Geste Atem und kündigte an: »Das Gesunden meiner Beine rückt in Sicht.«

»Was?« Beau sah mich an, aber ich schwieg.

»Ganz genau. Meine Lähmung vergeht. Bald werde ich Ruby wieder Konkurrenz machen, und das ist ihr gar nicht recht, stimmt's, meine geliebte Schwester?«

»Wir haben einander nie Konkurrenz gemacht, Gisselle«, gab ich zurück.

»Ach, nein? Und als was bezeichnest du deine heiße Romanze mit meinem früheren Freund?« fauchte sie.

»He, ich denke, dabei habe ich auch ein Wort mitzureden«, sagte Beau. »Ruby und ich, wir haben uns schon vor dem Unfall angefreundet.«

Sie verzog hämisch das Gesicht und lachte ihr dünnes zynisches Lächeln. »Männer glauben, sie hätten eine Entscheidung getroffen, aber in Wirklichkeit haben wir sie um den kleinen Finger gewickelt. Du warst schon immer etwas zu konservativ für meinen Geschmack, Beau. Es war meine Entscheidung, dich abzuhängen und weiterzuziehen. Ich war diejenige, die es euch beiden ermöglicht hat, einander zu treffen und ...«, sie verzog die Lippen zu einem herablassenden Lächeln, »einander näher kennenzulernen.«

»Ja, richtig«, sagte Beau eingeschnappt.

»Wie dem auch sei, an Silvester werde ich wieder tanzen,

und ich habe die Absicht, mit dir zu tanzen. Du hast doch nichts dagegen, oder doch, geliebte Schwester?«

»Nicht das geringste. Das heißt, solange Beau nichts dagegen einzuwenden hat.«

Mein Tonfall gefiel ihr nicht, und ihr Lächeln löste sich schnell auf.

»Ich muß John anrufen und ihm die freudige Nachricht mitteilen. Es könnte ihm das Herz brechen. Er hat meine Hilflosigkeit gestern abend so sehr ausgekostet.«

»Dann solltest du vielleicht nicht gar so schnell genesen«, schlug ich vor, doch sie wurde nicht etwa wütend, sondern lachte.

»Ja, das ist vielleicht eine gute Idee. Zumindest ist es einen Versuch wert«, fügte sie mit zusammengekniffenen Lidern hinzu. Dann lachte sie wieder und rollte sich aus dem Wohnzimmer.

»Sagt sie die Wahrheit, was ihre Genesung angeht?«

»Nein.«

»Sie kann ihre Beine nicht benutzen?«

»Doch, aber sie konnte es schon vor Wochen, wenn nicht gar Monaten.« Ich berichtete ihm von dem Vorfall in der Schule.

»Da soll mich doch der Teufel holen. Du hast ja wirklich eine Menge Überraschungen erlebt«, sagte Beau.

»Das ist noch nicht alles.«

»Ach?«

»Daphne hat mir erlaubt, Onkel Jean ein Weihnachtsgeschenk zu bringen. Sie hat gesagt, du könntest mit mir kommen, wenn du magst.«

»Wirklich?« Er schüttelte erstaunt den Kopf und lehnte sich zurück. Dann berichtete ich ihm, warum sie so nett zu Gisselle und mir war.

»Sie will wieder heiraten? So schnell?« fragte er.

»Sie hat von einer angemessenen Trauerzeit gesprochen, aber wer weiß, was ihr angemessen erscheint.«

»Meine Eltern hatten schon länger so einen Verdacht«,

teilte er mir flüsternd mit. »Die beiden sieht man überall zusammen.« Er schlug die Augen nieder und fügte hinzu: »Dieser Verdacht hat schon vor dem Tod deines Vaters bestanden.«

»Das bezweifle ich nicht. Was sie jetzt mit sich selbst anfängt, ist mir egal, und ich will nicht mehr darüber reden«, sagte ich erbost.

»Wenn das so ist, warum besuchen wir dann nicht einfach heute Onkel Jean und essen auf der Rückfahrt irgendwo zu Mittag«, schlug er vor.

Ich ging, um Onkel Jeans Geschenk zu holen und Daphne zu sagen, daß wir losfahren wollten, um ihn zu besuchen.

»Sorg dafür, daß er begreift, von wem dieses Geschenk kommt«, sagte sie. »Von mir.«

Aber als wir im Heim eintrafen und zu ihm geführt wurden, wußte ich augenblicklich, daß er nicht nur nicht begreifen würde, von wem er dieses Geschenk bekam, sondern daß er noch nicht einmal merken würde, daß er Besuch hatte. Onkel Jean war kaum mehr als ein Schatten seiner selbst. Wie einer von Ninas Geistern saß er da, starrte ausdruckslos vor sich hin und hatte den Blick nach innen gekehrt, weil er dort all die Orte und Zeiten aufsuchen konnte, die er von früher her kannte. Als ich ihn ansprach und seine Hand nahm, blinzelte er kurz, und ein winziges Licht leuchtete in seinen Augen auf.

»Er kommt mir vor wie eine Muschel, die in ihrer Schale eingekapselt ist!« sagte ich stöhnend zu Beau. »Er hört mich kaum.«

Wir saßen im Foyer. Auf der Hinfahrt hatte es sacht zu regnen begonnen, und inzwischen trommelte der Regen prasselnd gegen das Fenster. Dieses Pochen entsprach dem Rhythmus meines Herzens. Onkel Jean war extrem dünn geworden, das Nasenbein und die Wangenknochen traten beängstigend hervor. Er sah aus wie jemand, der einfach immer weniger wird und schließlich stirbt.

Ich versuchte es noch einmal, erzählte ihm von Weihnachten und ein paar Dinge aus der Schule. Doch sein Ausdruck veränderte sich nicht, und er wollte mir auch seinen Blick nicht zuwenden. Nach einer Weile gab ich auf. Ich beugte mich vor und drückte ihm zum Abschied einen Kuß auf die Wange. Seine Lider flatterten, und seine Lippen zitterten, aber er sagte nichts und sah mich auch nicht wirklich an.

Auf dem Weg nach draußen blieb ich stehen, um mit seiner Pflegerin zu reden.

»Spricht er überhaupt noch?«

»Nein, seit einer ganzen Weile schon nicht mehr«, gab sie zu. »Aber manchmal«, sagte sie lächelnd, »kommen die Patienten wieder zu sich. Täglich kommen neue Medikamente auf den Markt.«

»Würden Sie bitte dafür sorgen, daß er seine neuen Hemden trägt? Er war früher so stolz auf seine Kleidung«, sagte ich betrübt.

Sie versprach mir, dafür zu sorgen, und Beau und ich machten uns auf den Weg. Der Besuch bei Onkel Jean hatte diesen Weihnachtsfeiertag noch trostloser werden lassen als die dunklen Wolken und der Regen. Ich sagte kaum ein Wort und hatte wenig Appetit, als wir zum Mittagessen anhielten. Das Reden überließ ich weitgehend Beau, der mir Pläne für unsere nähere Zukunft unterbreitete.

»Ich habe es bereits beschlossen: Wir bewerben uns beide in Tulane. Auf die Art bleiben wir in New Orleans und zusammen. Meine Lehrer finden, ich sollte auf dem Gebiet der Medizin Karriere machen, weil ich so gut in Biologie bin. Doktor Andreas ... wie klingt das?«

»Es klingt einfach wunderbar, Beau.«

»Tja, deine Großmutter war schließlich Heilerin. Wir müssen an dieser Tradition festhalten. Ich werde als Arzt praktizieren, und du wirst malen und zu den führenden Künstlern von New Orleans zählen. Die Leute werden von überallher kommen, um deine Bilder zu kaufen. Am

Sonntag nach der Kirche gehen wir im Garden District spazieren, und ich werde unserem Baby erzählen, in welchem Haus ein Bild von seiner Mutter hängt oder sogar zwei …«

Ich lächelte. Grandmère Catherine hätte Beau sicher gemocht.

»Schön. Du lächelst wieder. Du bist umwerfend schön, wenn du glücklich bist, Ruby. Ich möchte dich mein Leben lang glücklich machen«, sagte er. Seine Worte ließen wieder Blut in mein Gesicht und Wärme in mein Herz aufsteigen.

Zu Hause fand ich Daphne in Daddys Büro am Telefon vor. Anscheinend war sie sogar an den Weihnachtsfeiertagen ganz und gar geschäftsmäßig. Sie trug ein elegantes hellblaues Tweedkostüm mit Weste und dazu eine weiße Spitzenbluse aus Seide, und das Haar hatte sie sich zu einem Knoten aufgesteckt.

»Und wie geht es Jean?« fragte sie ohne größeres Interesse, während sie Papiere auf dem Schreibtisch herumschob.

»Er vegetiert nur noch vor sich hin«, sagte ich. »Willst du dir nicht doch noch einmal überlegen, ob du ihm nicht sein altes Zimmer wiedergibst?«

Sie lehnte sich zurück und starrte mich einen Moment lang an. »Ich schlage dir ein Geschäft vor«, sagte sie.

»Ein Geschäft?« Was kann sie schon von mir wollen? fragte ich mich.

»Ich verlege Jean wieder in ein Privatzimmer, wenn du Gisselle dazu bringst, nach Greenwood zurückzugehen. Ich will sie in dieser extrem schwierigen Phase nicht am Hals haben.«

»Sie wird nicht auf mich hören«, stöhnte ich. »Sie haßt die Vorschriften und die Einschränkungen, die uns dort auferlegt werden.«

Daphne schaute wieder auf ihre Papiere. »Ich habe dir mein Angebot gemacht«, sagte sie kühl. »Finde du jetzt einen Weg.«

Ich blieb noch einen Moment lang stehen. Weshalb sollte Onkel Jeans Wohlergehen von Gisselles selbstsüchtigen Wünschen abhängig sein? Das war der Gipfel der Ungerechtigkeit. Pessimistisch senkte ich den Kopf und ging. Nie hatte ich Daddy mehr vermißt als in diesem Augenblick.

Den Rest des Weihnachtsfeiertages verbrachte ich in meinem Atelier, ich arbeitete an einem Bild für Miss Stevens. In diesem Haus der Falschheit waren das Atelier und die künstlerische Arbeit meine einzige Zuflucht. Ich hatte mich entschlossen, den Blick aus meinem Atelierfenster festzuhalten, die Eiche mit ihren wuchernden Ästen und die Gärten dahinter. Und ich hatte vor, auf der Mauer im Hintergrund eine Amsel umherstolzieren zu lassen. Es war schön, mich in meiner Arbeit zu verlieren. Beim Malen lauschte ich Louis' Symphonie, deshalb hörte ich nicht, wie Bruce hereinkam und hinter mir stehenblieb.

»Ah, hier versteckt sich La Ruby also«, sagte er. Ich fuhr herum. Er stand da, hatte die Arme in die Hüften gestemmt, sah sich in meinem Atelier um und nickte. Er trug jetzt eine dunkelgraue Hose aus Wollstoff und ein Hemd aus zartester weißer ägyptischer Baumwolle. »Sehr schön. Und das hier sieht aus, als würde es ein hübsches Bild«, sagte er und schaute auf meine Staffelei.

»Das kann man jetzt noch nicht sagen«, erwiderte ich bescheiden.

»Nun, ich bin kein Kritiker, aber natürlich mit dem Marktwert von guten Kunstwerken vertraut.« Er starrte mich einen Moment lang an, und dann lächelte er und trat näher. »Ich hatte gehofft, mich heute kurz mit dir und Giselle unterhalten zu können. Mit deiner Schwester habe ich bereits gesprochen, und sie hat mich gebeten, meinen Einfluß auf Daphne geltend zu machen, damit sie ihr erlaubt, hierzubleiben und in New Orleans eine staatliche Schule zu besuchen. Ich habe den Eindruck, sie wird mich mit offenen Armen in die Familie aufnehmen, wenn ich ihr diesen Gefallen erweisen kann. Und jetzt«, sagte er und kam immer näher auf mich zu, »wüßte ich gern, was ich tun kann, um auch von dir akzeptiert zu werden.«

»Ich erbitte nicht das geringste für mich selbst, aber wenn Sie mir einen Gefallen tun und mir eine Freude machen wollen, dann bringen Sie Daphne dazu, daß sie Onkel Jean wieder in sein privates Zimmer verlegen läßt.«

»Aha, eine selbstlose Bitte. Du bist wirklich das, was du zu sein scheinst, stimmt's, La Ruby? Ein makelloser Edelstein, ein Juwel echter Tugendhaftigkeit. Bist du so unschuldig, wie du erscheinst, so unschuldig wie die Blumen und Tiere auf deinen Bildern?«

»Ich bin kein Engel, Bruce, aber ich sehe ungern, daß andere unnötigerweise leiden, und das ist bei Onkel Jean im Moment der Fall. Wenn Sie etwas Gutes tun wollen, dann helfen Sie ihm.«

Er lächelte und streckte eine Hand aus, um mein Haar zu berühren. Ich zuckte zusammen und wich zurück, doch er faßte mich schnell am Arm.

»Ich seid Zwillinge, Gisselle und du«, sagte er mit einer Stimme, die kaum mehr als ein Flüstern war, »aber ein Mann müßte blind sein, um die Unterschiede zwischen euch beiden nicht zu erkennen. Ich wäre gern jemand, den du lieben und dem du vertrauen kannst. Weißt du, ich habe dich schon immer bewundert, La Ruby. Du bist von einer Welt in eine andere geworfen worden, und gerade als du mehr denn je einen wahren Hüter gebraucht hättest, hast du ihn verloren. Erlaubst du mir, über dich zu wachen, dein Beschützer und dein Fürsprecher zu sein? Ich habe einen sehr guten Geschmack. Ich kann aus dir die Prinzessin machen, die zu sein du verdient hast. Vertrau mir«, sagte er und legte seine andere Hand auf meine Schulter. Er stand jetzt so dicht vor mir, daß ich die winzigen Schweißperlen über seiner Oberlippe sehen und die letzte Zigarre riechen konnte, die er geraucht hatte. Er hielt meinen Arm weiterhin fest umklammert und senkte seine Lippen auf meine

Stirn. Ich hörte, wie er tief einatmete, als der Duft meines Haars in seine Nase strömte. Ich ließ mich von ihm umarmen, erwiderte seine Bezeugungen von Zuneigung jedoch nicht.

»Das ist schon in Ordnung«, sagte er, als er meine steife Haltung spürte und einen Schritt zurücktrat. »Ich kann dir nicht vorwerfen, daß du auf der Hut bist. Ich bin der neue Mann in deinem Leben, und du weißt wirklich nicht gerade viel über mich. Aber ich habe die Absicht, so viel Zeit mit dir zu verbringen, wie du mir nur irgend gestattest, damit wir beide einander so gut wie möglich kennenlernen können. Ist dir das recht?«

»Sie sind der zukünftige Ehemann meiner Stiefmutter«, sagte ich, als sei das eine ausreichende Antwort.

Er nickte. »Ich werde mit Daphne reden. Vielleicht kann ich eine vernünftige finanzielle Lösung finden und sie dazu bringen, das zu tun, was du willst. Ich kann dir nichts versprechen, aber ich werde versuchen, mich dafür einzusetzen.«

»Danke.«

»La Ruby«, sagte er, noch immer dieses anzügliche Lächeln auf seinen Lippen, »du hast hier ein hübsches kleines Versteck. Vielleicht wirst du mir erlauben, es von Zeit zu Zeit mit dir zu teilen, wenn ich erst einmal mit Daphne verheiratet bin, *n'est-ce pas?»*

Ich nickte, obwohl ich diese Vorstellung verabscheute.

»Gut«, sagte er. »Wir werden eine wunderbare Familie sein und in noch höherem Ansehen stehen als jetzt; du und deine Schwester, ihr beide werdet die Crème de la crème von New Orleans sein. Das ist ein Versprechen«, sagte er. »Und jetzt lasse ich dich wieder mit deiner wunderbaren Arbeit allein. Wir reden später noch miteinander.«

Ich sah ihm nach, und dann setzte ich mich, weil mein Herz so heftig hämmerte, daß ich fürchtete, ohnmächtig zu werden.

Trotz des Versprechens, das Bruce mir gegeben hatte, fiel in den Tagen zwischen Weihnachten und Silvester kein Wort mehr über Onkel Jean. Da ich mich von Daphnes Angebot in die Enge getrieben fühlte, versuchte ich mehrfach, Gisselle dazu zu bringen, daß sie ihre Forderung, in New Orleans zu bleiben, noch einmal überdachte.

»Du hast dort neue Freundschaften geschlossen, und jetzt blicken sie alle zu dir auf und verlassen sich auf dich«, sagte ich kurz vor dem Schlafengehen zu ihr. Es war der Abend vor Silvester. »Alle sehen dich als ihre Anführerin an.«

»Diese Ehre trete ich gern an dich ab«, erwiderte sie.

»Aber überleg doch mal, was du alles unternehmen kannst, jetzt, da du wieder laufen kannst! Der Ball zum Valentinstag steht ins Haus.«

»Toll. Der Ball zum Valentinstag. Kommt einander bloß nicht zu nahe, und haltet bloß nicht zu lange Händchen. Und wenn man gerade jemanden kennengelernt hat, muß man sich schon wieder von ihm verabschieden. Und dann diese blödsinnigen Zeiten, zu denen wir wieder im Wohnheim sein müssen, sogar an den Wochenenden!«

»Daphne wird uns erlauben, daß wir das Schulgelände verlassen. Wir können uns in der Stadt mit Jungen treffen.«

»Du tätest das doch ohnehin nicht«, sagte sie. »Du bist viel zu sehr in Beau verliebt. Augenblick mal.« Sie musterte mich argwöhnisch. »Warum versuchst du eigentlich, mich zu überreden, daß ich nach Greenwood zurückgehe? Was geht hier vor?«

»Ich werde, wann immer du willst, Ausflüge nach Baton Rouge mit dir machen«, versprach ich und ging nicht auf ihre Frage ein.

»Da steckt doch mehr dahinter, Ruby. Aber was? Du solltest es mir lieber sagen. Eines steht fest. Ich werde niemals nach Greenwood zurückgehen, wenn du mir nicht die Wahrheit sagst.«

Ich seufzte und lehnte mich an den Türrahmen.

»Ich habe Daphne gebeten, Onkel Jean wieder in sein privates Zimmer verlegen zu lassen. Er vegetiert nur noch vor sich hin, hat jeden Lebenswillen verloren, jeden Wunsch nach Kommunikation. Er hat sich in seine eigene Welt zurückgezogen.«

»Na und? Er war doch ohnehin bekloppt.«

»Nein, das war er eben nicht. Er hat Fortschritte gemacht. Wenn er wieder eine liebende Familie um sich hätte ...«

»Jetzt hör endlich auf mit deiner Tugendhaftigkeit. Was hat das damit zu tun, daß ich nach Greenwood zurückgehen soll?«

»Daphne hat gesagt, wenn ich dich dazu bringe, nach Greenwood zurückzugehen, gibt sie Onkel Jean sein altes Zimmer wieder.«

»Ich dachte mir doch gleich, daß hinter deinen Schmeicheleien etwas anderes stecken muß. Also, das kannst du gleich vergessen«, sagte sie und wandte sich ab, um sich in dem Spiegel über ihrer Frisierkommode zu betrachten. »Ich gehe nicht nach Greenwood zurück. Im Moment habe ich meine Freude an John, und ich habe nicht die Absicht, ihn aufzugeben, nur damit mein verrückter Onkel in einem Irrenhaus sein eigenes Zimmer bekommt.« Sie lächelte. »Dann steht es also fest, daß Daphne mir erlauben wird hierzubleiben. Sie will vermeiden, daß ich ihre Pläne über den Haufen werfe. Nett, daß du mir das gesagt hast.«

»Gisselle ...«

»Ich habe dir doch gesagt, daß ich nicht zurückgehe. Das war mein letztes Wort«, hämmerte sie auf mich ein. »Und jetzt hör auf, an traurige Dinge zu denken, und hilf mir, unsere Silvesterparty zu planen. Ich habe an die zwanzig Freunde eingeladen. Claudine und Antoinette kommen morgen rüber, um uns beim Ausschmücken des Wohnzimmers zu helfen. Ich dachte, zum Essen gibt es diese endlos langen Baguettes mit Krabben; dazu werden wir eine Fruchtbowle fabrizieren, wir warten, bis Daphne und

Bruce aus dem Haus gegangen sind, und schütten dann Rum hinein. Was hältst du davon?«

»Das ist mir vollkommen egal«, sagte ich verdrossen.

»Ich kann dir nur raten, morgen abend nicht als ein Klumpen Sumpfschlamm hier rumzuhängen. Ich warne dich, wage es nicht, uns den Spaß zu verderben!«

»Das ist das letzte auf Erden, was ich mir wünschen würde, Gisselle – dir den Spaß zu verderben. Gott bewahre!« zischte ich und verließ dann wutschnaubend ihr Zimmer. Ich hätte ihr jedes Haar einzeln aus der Kopfhaut reißen können …

16.
Eine tapfere Fassade

Trotz meiner Niedergeschlagenheit bemühte ich mich, nicht mit hängendem Kopf herumzulaufen und jedem zu zeigen, wie unglücklich ich war. Gisselles Freunde waren schon ganz aufgeregt wegen der Silvesterparty, und ich hatte Daphne noch nie so freundlich und offen ihnen gegenüber erlebt. Sie kam am Nachmittag ins Wohnzimmer und machte Vorschläge für die Dekoration. Natürlich begegneten ihr sämtliche Mädchen mit ehrfürchtiger Bewunderung. Man sah ihren Blicken an, daß sie sie fast für so etwas wie einen Filmstar hielten: schön, reich, elegant und vornehm.

Gisselle sorgte jedoch dafür, daß sie im Mittelpunkt der Aufmerksamkeit stand, indem sie die wundersame Genesung kundtat und versprach, zum erstenmal seit dem Unfall wieder zu tanzen. Sie beauftragte Edgar, eine Leiter zu holen, und dirigierte die Mädchen, die von einer Seite der Decke zur anderen Papiergirlanden und Luftschlangen aufhängen mußten. Sie bliesen Luftballons auf und warfen sie in ein Netz, aus dem sie um Mitternacht herausgeschnitten werden sollten. Während der Arbeit tauschten sie sich über die Jungen aus, die die Party besuchen würden, und Gisselle schilderte die Mädchen in Greenwood und brüstete sich damit, ihnen im Hinblick auf Sex und Jungen die Augen geöffnet zu haben. Von Zeit zu Zeit warf sie einen Blick auf mich, um zu sehen, ob ich ihr widersprechen würde, doch nach einer Weile hörte ich ihr kaum noch zu.

Ich freute mich darauf, den Abend mit Beau zu verbringen. Ich ließ mir Zeit bei der Wahl des geeigneten Kleides und entschied mich schließlich für ein trägerloses schwarzes Samtkleid mit einem tiefen Ausschnitt. Es lag in der Taille eng an und ging in einen weiten Rock über, der mir bis kurz über die Knöchel reichte. Zuerst hatte ich vor, eine Perlenkette anzulegen, entschloß mich aber im letzten Moment, nur Beaus Kette und seinen Ring zu tragen; ich fand es aufregend, wie das schimmernde Gold meinen Busen und den Spalt zwischen meinen Brüsten hervorhob. Wenn ich die Augen schloß, meinte ich zu spüren, wie seine Finger sanft über mein Schlüsselbein zu meinen Brüsten glitten.

Ich legte ein Paar goldene Ohrringe mit Perlen an und beschloß, den Ring zu tragen, den Louis mir geschenkt hatte. Gisselle und ich hatten jeweils ein halbes Dutzend verschiedene Parfüms geschenkt bekommen. Ich wählte eines aus, das den frischen Duft blühender Rosen hatte, und beschloß, mein Haar offen zu tragen, es aber an den Seiten zurückzustecken. Mein Pony mußte nachgeschnitten werden, und ich lächelte bei der Erinnerung daran, wie Grandmère Catherine das früher für mich getan hatte. Es schien mir, als hätte sie endlose Stunden dagesessen und mit mir geredet, während sie mein langes rotes Haar bürstete und mir immer wieder erzählte, daß sie auch meine Mutter früher oft frisiert hatte.

Gisselle überraschte mich damit, daß sie ein dunkelblaues Kleid anzog, das meinem sehr ähnlich war. Sie legte viel mehr Schmuck an als ich, zwei Perlenketten, lange, baumelnde Perlenohrringe, ein goldenes Armband an einem Handgelenk und das mit den Anhängern, das Bruce ihr zu Weihnachten geschenkt hatte, am anderen; dazu ein halbes Dutzend Ringe und ein goldenes Fußkettchen. Auch sie trug das Haar offen, ohne es jedoch zurückzustecken, und sie trug Make-up, Eyeliner und Lippenstift so dick auf, daß man sie stundenlang hätte küssen können, ohne je zu ihrer Haut vorzudringen.

»Wie sehe ich aus?« fragte sie, als sie in meiner Tür stand.

»Sehr hübsch.« Sie wäre nur böse geworden, hätte getobt und gewütet und mir Neid vorgeworfen, wenn ich Kritik an ihrem Äußeren geübt hätte.

»Hübsch? Was soll das heißen, etwa so was wie adrett?« sagte sie und schnitt eine Grimasse. »Warum schminkst du dich nicht stärker? Ich erkenne immer noch die Sommersprossen auf deinen Wangen.«

»Die stören mich nicht«, sagte ich. »Und Beau auch nicht«, setzte ich nach.

»Früher haben sie ihn gestört«, bemerkte sie, und ihre Augen glitzerten boshaft. Als ich nicht anbiß, verflog ihr Lächeln allerdings. »Ich gehe jetzt nach unten.«

»Ich komme gleich nach.« Kurze Zeit darauf fand ich sie in ihrem Rollstuhl mitten im Wohnzimmer vor. Sie sah sich zufrieden um.

»Das wird die größte Party aller Zeiten«, kündigte sie an. »Diesen Silvesterabend wirst du nie vergessen.« Sie starrte mich einen Moment lang an. »Hast du in den Sümpfen je einen schönen Silvesterabend erlebt?«

»Ja.«

»Und was habt ihr getan? Seid ihr fischen gegangen?«

»Nein. In der Stadt wurde ein Fest gefeiert. Die ganze Hauptstraße war für den Verkehr gesperrt, und die Geschäfte, aber auch Privatleute haben an kleinen Ständen etwas zu essen verkauft. Es gab ein Feuerwerk und Musik nonstop. Es war ein großartiges Fais Dodo.«

»Ein Fais Dodo, das hatte ich vergessen. Ihr habt auf der Straße getanzt?«

Ich nickte und schwelgte in der Erinnerung. »Es war, als seien wir alle eine große Familie, die nach Herzenslust feiert«, sagte ich sehnsüchtig.

»Das klingt ... reichlich doof«, sagte sie, aber ich sah ihr an, daß sie sich selbst davon überzeugen mußte.

»Man braucht nicht viel Geld auszugeben und keine

teure Kleidung zu haben, um es sich gutgehen zu lassen, Gisselle. Ob es einem gutgeht, das hängt davon ab«, sagte ich und deutete auf mein Herz.

»Ich hätte auf eine andere Stelle gedeutet«, gab sie zurück und lachte.

»Was ist hier so komisch?« fragte Daphne. Bruce und sie waren ins Wohnzimmer gekommen. Sie hatten sich umgezogen und wollten aufbrechen. Bruce sah gut aus in seinem Smoking, und ich mußte zugeben, daß Daphne nie blendender ausgesehen hatte. Sie trug ein langes, enges Kleid in einem tiefen Burgunderrot mit starker Leuchtkraft und Bergkristallen auf dem Mieder, dazu ein Bolerojäckchen mit einem Kragen, den ebenfalls Bergkristalle zierten. Das Mieder des Kleides hatte einen anmutig geschwungenen Ausschnitt, der gerade so viel von ihren Brüsten zeigte, daß es verlockend war. Sie trug keine Kette, die von ihrem mit Steinen besetzten Kleid abgelenkt hätte, dafür jedoch Ohrringe mit Bergkristallen. Das Haar hatte sie sich zu einem Knoten aufgesteckt, und Ponyfransen fielen ihr in die Stirn.

»Ein schönes Cajun-Silvester«, spottete Gisselle.

»Oh«, sagte Daphne und nickte, als sei ihr völlig klar, warum das etwas war, worüber man sich lustig machen konnte. »Also, wir wollten nur noch kurz bei euch hereinschauen, um euch beiden ein frohes neues Jahr zu wünschen. Denkt daran, ich möchte nicht, daß zuviel getrunken wird und daß es zu wild zugeht. Respektiert das Haus. Habt euren Spaß, aber benehmt euch wie Damen«, fügte sie hinzu.

»Natürlich werden wir uns wie Damen benehmen, Mutter. Ich wünsche euch auch viel Spaß«, sagte Gisselle.

Daphne sah mich an. »Ihr seht beide sehr hübsch aus«, sagte sie.

»Danke«, erwiderte ich.

»Darf ich meinen künftigen Stieftöchtern jetzt einen Kuß zu Silvester geben?« fragte Bruce.

»Klar«, sagte Gisselle. Er beugte sich vor und küßte sie kurz auf die Wange. Sie hatte die Augen geschlossen und erwartete einen Kuß auf die Lippen. Dann kam er auf mich zu, lächelte und legte mir die Hände auf die Schultern.

»Du bist so schön wie immer«, sagte er leise und beugte sich vor, um mich zu küssen. Ich wandte gerade noch rechtzeitig den Kopf ab, um seinen Kuß von meinen Lippen auf meine Wange umzudirigieren. Er starrte mich einen Moment lang an und lachte dann.

»Ich wünsche euch ein frohes neues Jahr«, rief er aus und gesellte sich wieder zu Daphne. Sie machten sich auf den Weg zu der Galaveranstaltung.

»Gut, daß wir die beiden endlich los sind«, murmelte Gisselle. »Laß uns schon mal was trinken, ehe die anderen kommen«, sagte sie und rollte sich zur Bar. »Was möchtest du, Cola mit Rum?« Sie machte sich daran, uns etwas zu mixen.

»Ich mixe mir selbst etwas«, sagte ich, weil mir plötzlich eingefallen war, wie Gisselle früher manchmal versucht hatte, mich betrunken zu machen.

»Gut. Dann mix mir auch etwas«, sagte sie und lehnte sich zurück. Ich tat es und reichte ihr ein Glas. »Nun, meine geliebte Schwester, trinken wir auf ein besseres Jahr als das vergangene. Möge es uns viel Spaß und Freude bringen.«

»Und allen, die wir lieben«, fügte ich hinzu.

Sie zuckte die Achseln. »Klar, und allen, die wir lieben.« Wir tranken einen Schluck, und schon klingelte es an der Tür.

»Jetzt geht es los«, rief Gisselle aus und rollte sich zur Tür. Sie blieb in ihrem Rollstuhl sitzen, um eine noch dramatischere Wirkung zu erzielen, wenn sie später aufstand und herumlief.

Gisselles Gäste trafen ausnahmslos etwas zu früh ein. Als Beau kam, waren bereits alle anderen da, und die meisten hatten schon mehr als einen Drink zu sich genommen.

Die Musik schmetterte ohrenbetäubend, und einige Gäste hatten auch schon etwas gegessen.

»Du bist noch schöner, als ich erwartet habe«, sagte Beau, als ich ihm die Tür öffnete. Wir küßten uns und schlossen uns den anderen an. Alle redeten laut durcheinander; einige hatten bereits mehr getrunken, als sie vertrugen, und benahmen sich reichlich albern.

»Das sieht ganz nach einer von Gisselles Partys aus«, rief Beau. Wir tanzten, aßen etwas und mixten uns wie alle anderen einen Drink.

Um zehn ließ Gisselle, wie sie es geplant hatte, die Musik leise stellen und tat ihre Absicht kund, zum erstenmal seit dem Unfall zu tanzen. John stand neben ihr, als sie sich, scheinbar unter größter Mühe, erhob. Sie fiel in seine Arme, fand das Gleichgewicht wieder und vollführte das, wovon alle glauben sollten, es seien ihre ersten Tanzschritte. Die Partygäste klatschten und pfiffen, als Gisselle und John sich über die Tanzfläche bewegten. Nicht lange danach forderte Gisselle eines der Mädchen auf, die Lichter auszuschalten, und dann ging die Party wirklich los. Alle taten sich paarweise zusammen.

»Mir ist egal, wohin ihr geht«, erklärte Gisselle. »Das ganze Haus steht euch zur Verfügung, solange es hinterher überall so aussieht, als wärt ihr nie dort gewesen. Im oberen Stockwerk ist der Zutritt natürlich verboten.«

»Laß uns von hier fortgehen«, sagte Beau. Als wir uns unbeobachtet fühlten, schlichen wir uns aus dem Wohnzimmer. Beau blieb stehen und wußte nicht, wohin. Ich zog ihn mit mir, und wir huschten die Treppe hinauf und in mein Zimmer.

»Ich will Silvester ohnehin nicht mit diesen Leuten verbringen«, sagte ich zu Beau. »Sie kommen mir inzwischen wie Fremde vor.«

»Mir auch«, sagte er. Wir küßten uns und schauten dann beide auf mein Bett. Ich setzte mich, und Beau setzte sich neben mich.

»Ich kann mein Radio einschalten«, sagte ich, stand auf und suchte einen guten Sender. Ich weiß nicht, warum ich plötzlich so nervös war. Meine Finger zitterten, als ich den Knopf zur Senderwahl bediente, und ich spürte ein Prikkeln im Bauch. Es war fast so, als hätten Beau und ich unser erstes Rendezvous. Schließlich entschied ich mich für einen Sender, der eine Übertragung aus dem großen Ballsaal eines der Hotels in der Innenstadt brachte. Wir konnten nicht nur die Musik, sondern auch die Stimmen der Menschen hören, die dort tanzten. Der Ansager meldete sich zu Wort, um darauf hinzuweisen, wie nahe Mitternacht gerückt war.

»Warum ist Silvester ein ganz besonderer Tag?« fragte ich.

Beau dachte einen Augenblick nach. »Ich nehme an, es gibt den Leuten eine Chance, sich Besseres zu erhoffen.« Er lachte. »Ich hatte früher ein Spielzeug, eine Zaubertafel. Man hat etwas darauf geschrieben oder gemalt, und wenn man die Plastikhülle hochzog, verschwand alles, und man konnte wieder von vorn anfangen. Vielleicht ist das das Gefühl, das an Silvester alle haben: Sie können ihre Zaubertafeln löschen und ihr Leben neu schreiben.«

»Ich wünschte, ich könnte es. Allerdings wünschte ich, ich könnte viel weiter zurückgehen, nicht nur dieses eine Jahr.«

Er nickte, und seine Augen waren sanft und mitfühlend. »Wohlhabende junge Menschen wie Gisselle und ich und wie alle, die jetzt da unten sind und zuviel trinken, können sich nicht einmal ansatzweise ausmalen, wie hart dein Leben gewesen ist, Ruby.« Er nahm meine Hand und sah mir noch fest in die Augen. »Du bist wie eine wildwachsende Blume. Wir anderen sind umsorgt, verhätschelt und hochgepäppelt worden, wir haben von allem nur das Beste bekommen, während du kämpfen mußtest. Aber weißt du was, Ruby? Der Kampf hat dir mehr Kraft und größere Schönheit verliehen. Wie eine wildwachsende Blume bist du hoch aufgeschossen und hast dich über das Gewöhnliche erhoben, über das Unkraut. Du bist etwas Besonderes. Das habe ich schon immer gewußt, vom dem Moment an, als ich dich das erstemal sah.«

»O Beau, es ist so süß von dir, das zu sagen!«

Er zog mich an sich, und ich ließ mich gegen ihn sinken; unsere Lippen trafen sich, und seine Hände legten sich auf meine Schultern. Dann drehte er mich behutsam um, bis wir nebeneinander auf meinem Bett lagen. Er küßte mein Haar, meine Stirn, meine Augen und meine Nasenspitze, ehe er seine Lippen wieder auf meinen Mund preßte. Als unsere Zungen einander berührten, spürte ich, wie ich schmolz.

»Du riechst so gut«, flüsterte er. »Ich komme mir vor, als stünde ich mitten in einem Garten.«

Er ließ die Hände von meinen Schultern abwärts gleiten und fand den Reißverschluß meines Kleides. Als er ihn herunterzog und der Stoff sich von meinem Busen löste, stöhnte ich und ließ meinen Kopf auf das Kissen fallen. Sci ne Lippen glitten über meine Kehle zu dem Spalt zwischen meinen Brüsten.

»Beau, wir sind zu unvorsichtig«, flüsterte ich, aber ich hielt ihn eng umschlungen, als wollte ich mir selbst widersprechen und gegen alles verstoßen, wovon ich wußte, daß es richtig war.

»Ich weiß«, sagte er. »Wir werden vorsichtiger sein«, versprach er, doch er fing an, mir das Kleid auszuziehen. Dann setzte er sich auf, zog sein Jackett aus, löste die Krawatte und zog sein Hemd aus. Sein Gesicht war in den Mondschein getaucht, der durch das Fenster fiel. Er sah aus wie ein Geist, wie aus einem Traum, die Verkörperung meiner wildesten Phantasien. Ich schloß die Augen und öffnete sie erst wieder, als ich ihn mit nacktem Oberkörper über mir spürte. Er fummelte an meinem BH herum, bis er die Schnalle geöffnet hatte, und dann legten sich seine Lippen auf meine nackten Brüste und küßten sie zart, bis ich ihn fortzog und meine Lippen auf seinen Mund preßte.

Seine Hände waren jetzt an meinem Slip. Ich hätte ihn zurückhalten müssen, aber ich ließ zu, daß er mir den Slip auszog, und dann hörte ich ihn stöhnen und meinen Namen flüstern, als er seine steife Männlichkeit an mich preßte.

»Beau«, rief ich matt.

»Es ist alles gut, Ruby. Es ist wunderschön. Es ist uns so bestimmt. Sonst würden wir einander nicht so lieben.«

Ich leistete keinen Widerstand. Ich ließ ihn in mich eindringen, ließ mich tiefer von ihm berühren als je zuvor. Mein Körper hob und senkte sich, und ich stellte mir vor, ich sei in einer Piragua, nicht fern vom Meer, wo Wellen das Wasser kräuselten. Jedesmal, wenn ich von einer Welle hochgehoben wurde, hatte ich das Gefühl, leichter zu werden.

Ich weiß nicht, wie viele Male Beau meinen Namen rief. Ich kann mich nicht erinnern, was ich sagte, aber diesmal liebten wir einander so intensiv, daß mir die Tränen in die Augen traten. Ich spürte die Glut. Ich umarmte ihn, als hätte ich Angst, aus meinem Bett geworfen zu werden.

Wir erreichten gleichzeitig den Höhepunkt und bedeckten einander mit Küssen. Unsere Lippen glitten über das Gesicht des anderen, als wären wir ausgehungert nach Zuneigung, nach den Berührungen eines anderen Menschen, begierig auf Liebe. Wir erstickten unsere Schreie am Hals und an den Schultern des anderen, unsere Herzen pochten aneinander, und unsere Leidenschaft verblüffte uns selbst derart, daß wir lachen mußten.

»Fühl mal«, sagte Beau und preßte meine Handfläche auf sein Herz.

»Fühl du mal.«

Wir lagen nebeneinander, spürten unsere Herzen an unsere Handflächen schlagen, und der Rhythmus reiste durch unsere Arme und unseren Rücken zu unserem eigenen Herzen.

Lange lagen wir schweigend nebeneinander. Dann setzte Beau sich auf, beugte sich über mich und schaute mich an.

»Du bist einfach wunderbar«, sagte er. »Ich liebe dich. Ich kann dir gar nicht oft genug sagen, wie sehr ich dich liebe.«

»Wirklich, Beau? Und wirst du mich immer und ewig lieben?«

»Ich wüßte nicht, wie ich aufhören könnte, dich zu lieben«, sagte er und küßte mich zärtlich.

Im Radio begann der Ansager aufgeregt den Countdown: »Zehn, neun, acht ...«

Beau nahm meine Hand, und die übrigen Zahlen sagten wir gemeinsam auf.

»Fünf, vier, drei, zwei, eins – EIN FROHES NEUES JAHR!«

Im Radio erklang »Auld Lang Syne«.

»Ein frohes neues Jahr, Ruby.«

»Ein frohes neues Jahr, Beau.«

Wir küßten und umarmten uns, und in diesem Augenblick schien es tatsächlich so, als sei nichts auf dieser Welt stark genug, um uns auseinanderzureißen. So glücklich und zufrieden hatte ich mich seit langer Zeit nicht mehr gefühlt. Ich hatte mich mehr nach diesem Glücksgefühl gesehnt, als mir klar gewesen war.

Wir zogen uns an, richteten unser Haar und strichen die Kleider glatt, bis wir annähernd wieder so aussahen wie zu Beginn des Abends. Dann gingen wir nach unten, um nachzusehen, was Gisselle und ihre Freunde trieben.

Ich wünschte, wir hätten es nicht getan. Zwei Jungen hatten es offensichtlich nicht rechtzeitig zum Bad geschafft. Sie standen nebeneinander im Korridor und übergaben sich, wobei ihr Stöhnen sich mit blödem Gelächter abwechselte. Der ekelerregende Gestank von Wein und Whiskey hing im Haus.

Sämtliche Dekorationen waren um Mitternacht in einer wilden Raserei heruntergerissen worden. Luftballons waren geplatzt und lagen überall herum. Im Wohnzimmer herrschte das reinste Chaos. Zudem sah es ganz so aus – und später fanden wir heraus, daß das tatsächlich der Fall gewesen war –, als hätte eine Schlacht mit Lebensmitteln stattgefunden. Getränke waren auf dem Boden verschüttet worden; auf den Möbeln lagen Brocken von Kuchen und Sandwiches, Senf und Mayonnaise waren an die Wände und auf die Tische geschmiert; sogar die Fenster waren damit besudelt.

Einige Partygäste lagen auf dem Fußboden, schlangen die Arme umeinander, lachten und kicherten blöde. Andere, die schon zu spüren bekamen, daß sie über die Stränge geschlagen hatten, saßen mit geschlossenen Augen da und preßten sich die Hände auf den Bauch. Zwei Jungen standen noch an der Bar und spornten einander zum Trinken an. Und die Musik war so laut aufgedreht, daß man nahezu taub wurde.

»Wo ist Gisselle?« schrie ich. Einige Gäste schauten mich teilnahmslos an. Antoinette löste sich aus den Armen des Jungen, der den Kopf an ihre Schulter gelehnt hatte und schlief. Sie kam auf uns zu.

»Deine Schwester hat die Party vor etwa einer Stunde gemeinsam mit John verlassen.«

»Die Party verlassen? Wohin sind die beiden gegangen?«

Antoinette zuckte die Achseln.

»Hat sie das Haus verlassen?«

»Das glaube ich nicht«, sagte Antoinette und lachte.

»Sie hatte keine Schmerzen. Ach, ja. Ein frohes neues Jahr, Beau«, sagte sie und beugte sich vor, um ihn zu küssen.

»Ein frohes neues Jahr«, erwiderte er und küßte sie kurz auf die Wange. Sie zog sich enttäuscht zu ihrem betrunkenen Galan zurück.

»Sie ist nicht nach oben in ihr Zimmer gegangen«, sagte ich zu Beau. »Wir hätten sie bestimmt gehört. Daphne wird verrückt vor Wut, wenn sie nach Hause kommt und das sieht. Wir sollten Gisselle suchen; sie muß diese Leute dazu bewegen, aufzuräumen und dann zu verschwinden.«

»Viel Hoffnung habe ich ja nicht«, sagte Beau und sah sich um, »aber versuchen wir einfach mal, sie zu finden.«

Wir liefen durch das ganze Erdgeschoß, fanden ein Paar eng umschlungen in Daphnes Büro vor, verscheuchten es von dort, entdeckten aber nirgends eine Spur von Gisselle. Ich rannte nach oben, um in den anderen Schlafzimmern nachzusehen, doch auch dort fand ich niemanden. Wir liefen in die Küche und schauten sogar in Edgars und Ninas Zimmer.

»Vielleicht sind sie zu den Umkleidekabinen gegangen«, meinte Beau.

Wir sahen dort nach, fanden aber niemanden in der Badehütte oder am Pool.

»Wo kann sie bloß stecken? Sie muß das Haus verlassen haben«, sagte Beau.

»Es gibt nur noch einen Ort, an dem wir nicht nachgesehen haben, Beau.«

»Und der wäre?«

Ich nahm ihn an der Hand und führte ihn wieder ins Haus. Wir stiegen über einen Jungen, der im Korridor auf dem Fußboden lag und schlief, und dann machten wir uns auf den Weg zu meinem Atelier. Als wir uns der Tür näherten, hörte ich Gisselles Kichern. Ich sah Beau an und stieß die Tür auf. Einen Moment lang traute keiner von uns beiden seinen Augen.

John saß nackt auf dem Sofa, und Gisselle, die nur einen BH und einen Slip trug, malte ihn an. Sie hatte rote und grüne Farbe auf seine Schultern und seine Brust geschmiert und lange gelbe Streifen auf seine Beine gemalt, und im Moment tupfte sie schwarze Farbe auf seine Geschlechtsteile. John war offensichtlich zu betrunken, um sich daran zu stören. Er lachte nur.

»Gisselle!« schrie ich. »Was tust du da?«

Sie drehte sich um und schwankte ein wenig, während sie versuchte, ihren Blick scharfzustellen.

»Oh … wen haben wir denn da … die Liebenden«, murmelte sie und lachte wieder.

»Was tust du da?«

»Was ich hier tue?« Sie schaute auf John herunter, der die Augen geschlossen hatte und auf dessen Gesicht ein dämliches Grinsen stand. »Oh, ich male John an. Ich habe ihm erzählt, ich sei künstlerisch genauso talentiert wie du, und wenn du Beau malen könntest, könnte ich ihn bemalen. John war damit einverstanden.« Sie lachte und versetzte ihm einen Stoß. »Stimmt's, John?«

»Ja«, sagte er.

»Krieg deinen Arsch von diesem Sofa hoch«, befahl ihm Beau, »und zieh dich an, du Idiot.«

John hob den Kopf. »Oh, hallo, Beau. Haben wir schon Neujahr?«

»Für dich ist das Jahr schon gelaufen, wenn du nicht schleunigst aufstehst und dich anziehst.«

»Was?«

»Gisselle, hast du gesehen, was deine Freunde im Haus angerichtet haben? Wie lange bist du fort gewesen?«

»Wie lange bist du denn fort gewesen, geliebte Schwester?« entgegnete sie mit einem anzüglichen Lächeln und schwankte.

»Sie haben das Haus verwüstet! Da übergeben sich welche im Korridor. Die Wände sind beschmiert ...«

»Hoppla. Das klingt ja ganz nach einer Krise.«

»Beau«, rief ich.

Er stürzte vor, packte John an den Armen und zog ihn hoch. Dann stieß er ihn in eine Ecke des Raumes und zwang ihn, sich anzuziehen.

»Zieh dich an, Gisselle, und begib dich sofort zu deinen Gästen. Du mußt dafür sorgen, daß sie alles aufräumen und saubermachen, ehe Daphne zurückkommt.«

»Ach, hör doch auf, dir wegen Daphne Sorgen zu machen. Daphne – sie wird sehr nett zu uns sein, weil sie Bruce heiraten und uns als eine der glücklichen und angesehenen Familien von New Orleans hinstellen will. Du hast immer viel zuviel Angst vor Daphne gehabt. Du fürchtest dich vor deinem eigenen Cajun-Schatten«, spottete sie.

Ich ging auf sie zu und preßte ihr Kleid in ihr Gesicht. »Ich fürchte mich jedenfalls nicht davor, dir das Genick zu brechen. Zieh dieses Kleid an. Und zwar sofort!«

»Hör auf zu schreien. Wir haben Silvester. Da will man schließlich seinen Spaß haben. Du hast doch auch deinen Spaß gehabt, oder etwa nicht?«

»Ich habe nichts verwüstet. Sieh dich doch mal hier um!« schrie ich. Gisselle hatte Farbdosen ausgeschüttet, Leinwände zerrissen und Ton über Tische und Arbeitsgeräte verschmiert.

»Das Personal wird den Dreck schon beseitigen. So war es doch immer«, sagte sie und begann ihr Kleid anzuziehen.

»Nicht diesen Dreck hier und auch nicht die Schweinerei im Wohnzimmer. Dagegen würde sich selbst ein Sklave auflehnen.« Aber es spielte keine Rolle, was ich sagte. Gisselle war zu betrunken, um mir zuzuhören oder sich auch nur das geringste aus dem zu machen, was ich sagte. Sie wankte, lachte und richtete sich halbwegs her. Beau gelang es, John anzuziehen, und dann zerrten wir die beiden aus dem Atelier und zu den übrigen Partygästen zurück. Sogar Gisselle war erstaunt, als sie das Ausmaß der Verheerungen erfaßte. Leute, die erkannt hatten, was hier passiert war, waren bereits gegangen. Die, die noch geblieben waren, waren nicht gerade in der geeigneten Verfassung, uns beim Beheben der schlimmsten Schäden im Wohnzimmer zu helfen.

»Ein frohes neues Jahr!« rief Gisselle. »Ich schätze, wir sollten jetzt mal versuchen aufzuräumen.« Sie kicherte und begann, Gläser aufzusammeln, doch sie nahm zu viele Gläser auf einmal und ließ sie fallen; drei zersplitterten.

»Sie ist keine Hilfe«, sagte ich zu Beau.

»Ich werde dafür sorgen, daß sie sich hinsetzt und Ruhe gibt«, sagte er.

Während er sich um Gisselle kümmerte, versuchte ich, ein paar der Jugendlichen dazu zu bringen, daß sie mir halfen, Teller und Gläser vom Boden aufzusammeln. Wir fanden Geschirr unter den Sofas und hinter den Sesseln, Gläser auf Bücherregalen und unter den Tischen.

Ich ging in die Küche und holte einen Eimer Seifenlauge und ein paar Schwämme. Als ich ins Wohnzimmer zurückkehrte, mußte ich feststellen, daß weitere Gäste uns im Stich gelassen hatten. Diejenigen, die noch übrig waren, versuchten, uns zu helfen. Antoinette und ich liefen im Zimmer umher und schrubbten soviel wie möglich von den Wänden, aber manche Lebensmittel hatten deutliche Flecken hinterlassen. Es war einfach nichts zu machen.

»Um das wieder hinzukriegen, braucht man eine Armee, Beau«, rief ich aus.

Er stimmte mir zu. »Laß uns lieber dafür sorgen, daß sie jetzt alle verschwinden«, sagte er.

Wir erklärten die Party für beendet. Beau brachte Leute hinaus und vergewisserte sich, daß diejenigen, die fuhren, die nüchterneren waren. Als alle gegangen waren, sahen wir uns an, was noch zu tun blieb. Gisselle lag im Wohnzimmer vor dem Sofa auf dem Fußboden und schnarchte.

»Du solltest jetzt besser auch gehen, Beau«, sagte ich. »Du wirst wohl kaum hier sein wollen, wenn Daphne zurückkommt.«

»Bist du sicher? Ich könnte deine Aussagen bestätigen und ...«

»Und was sagen, Beau? Daß wir oben in meinem Zimmer waren und uns geliebt haben, während Gisselles Freunde das Haus verwüstet haben?«

Er nickte. »O Mann«, sagte er. »Was wirst du ihr sagen?«

»Nichts. Das ist besser als Lügen«, erwiderte ich.

Er schüttelte den Kopf. »Soll ich dir helfen, sie nach oben zu bringen?« fragte er und wies mit einer Kopfbewegung auf Gisselle.

»Nein, laß sie hier liegen.«

Ich begleitete ihn zur Tür, und dort gaben wir uns einen Gutenachtkuß.

»Ich rufe morgen an ... im Lauf des Tages«, sagte er und zog die Augenbrauen hoch. Ich schaute ihm noch einen Augenblick nach, dann schloß ich die Tür und ging wieder ins Wohnzimmer, um den unvermeidlichen Sturm zu erwarten, der bald über mich hereinbrechen würde.

Ich setzte mich auf den Sessel gegenüber von Gisselle, die immer noch auf dem Fußboden lag und wie eine Tote schlief. Sie hatte sich übergeben, doch sie war zu sehr hinüber, als daß sie es bemerkt oder sich gar daran gestört hätte. Die Uhr schlug zwei. Ich schloß die Augen und öffnete sie erst wieder, als ich unsanft wachgerüttelt wurde. Ich blickte in Daphnes wutentbranntes Gesicht und wußte nicht gleich, wo ich war und was passiert war. Sie sorgte dafür, daß dieser Moment nicht allzulange dauerte.

»Was hast du getan! Was hast du angerichtet!« schrie sie mich mit verzerrtem Mund und weit aufgerissenen Augen an. Bruce stand kopfschüttelnd in der Tür und hatte die Arme in die Hüften gestemmt.

»Ich habe gar nichts getan, Daphne«, sagte ich und setzte mich auf. »Was du hier vorfindest, ist das, was Gisselle und ihre Freunde meinen, wenn sie sagen, sie wollten ihren Spaß haben. Ich bin nur ein rückständiges Cajun-Mädchen. Ich habe doch nicht die geringste Ahnung davon, wie man Spaß hat.«

»Was soll das heißen? So revanchierst du dich also dafür, daß ich verständnisvoll und nett zu dir war?« schrie sie.

Als Gisselle stöhnte, drehte Daphne sich abrupt um.

»Steh auf!« schrie sie sie an. »Hast du gehört, Gisselle? Steh augenblicklich auf!«

Gisselles Lider flatterten, öffneten sich aber nicht. Sie ächzte und verstummte dann wieder.

»Bruce!« schrie Daphne und drehte sich zu ihm um.

Er seufzte und kam näher. Dann kniete er sich hin,

schob seine Arme unter Gisselle und hob sie unter einiger Mühe vom Boden auf.

»Bring sie sofort nach oben«, befahl Daphne.

»Nach oben?«

»Jetzt sofort, hast du verstanden? Ihr Anblick ist mir unerträglich.«

»Ich nehme den Rollstuhl«, sagte er und ließ Gisselle hineinplumpsen, ohne das Stück Kuchen zu beachten, das an der Rückenlehne klebte.

Sie saß schlaff da, ließ den Kopf auf die Schulter sinken und stöhnte erneut. Dann rollte Bruce sie aus dem Zimmer, wie Grandpère Jack einen Karren mit Kuhfladen geschoben hätte, mit zurückgeworfenem Kopf und weit ausgestreckten Armen, um den Gestank so weit wie möglich von sich fernzuhalten. Kaum hatten Bruce und Gisselle das Zimmer verlassen, fiel Daphne wieder über mich her.

»Was ist hier vorgegangen?«

»Sie haben eine Essensschlacht veranstaltet«, sagte ich. »Sie haben zuviel getrunken. Einige konnten den Alkohol nicht bei sich behalten und haben sich übergeben. Andere waren zu betrunken, um sich vorzusehen. Sie haben Gläser zerbrochen, Essen fallen gelassen und sind auf dem Fußboden eingeschlafen. Gisselle hat ihnen gesagt, sie könnten sich überall im Haus aufhalten, nur nicht im oberen Stockwerk. Ein Pärchen habe ich in deinem Büro vorgefunden.«

»In meinem Büro! Haben sie dort etwas angerührt?«

»Nur einander, vermute ich«, sagte ich trocken. Ich gähnte.

»Du freust dich darüber, daß das passiert ist, stimmt's? Du glaubst, damit wäre etwas bewiesen.«

Ich zuckte die Achseln. »Ich habe im Bayou Leute gesehen, die sich betrunken haben und nicht mehr zurechnungsfähig waren«, sagte ich und dachte dabei an Grandpère Jack. »Glaub mir, ich habe es oft genug gesehen, und es besteht kein Unterschied zwischen diesen Menschen und betrunkenen jungen reichen Kreolen.«

»Ich habe mich darauf verlassen, daß du für Ordnung sorgst«, sagte sie kopfschüttelnd.

»Ich? Warum immer ich? Warum nicht Gisselle? Sie ist besser aufgezogen worden, oder nicht? Ihr hat man schließlich die feinere Lebensart beigebracht, und sie hat all das immer gehabt!« schrie ich und breitete die Arme zu einer umfassenden Geste aus.

»Sie ist verkrüppelt.«

»Nein, das ist sie nicht. Du hast es selbst gesehen.«

»Ich rede nicht von ihren Beinen, sondern von ihrem ... ihrem ...«

»Sie ist nichts weiter als die verzogene, selbstsüchtige junge Dame, die du aus ihr gemacht hast«, sagte ich.

Daphne kochte vor Wut.

»Ich lege keinen Wert mehr darauf, den Schein zu wahren«, sagte sie. »Wenn sie wach wird, kannst du ihr sagen, daß ihr beide nach Greenwood zurückgehen werdet, ganz gleich, was geschieht. Das ist mein letztes Wort.« Sie sah sich um. »Ich werde eine Putzfirma beauftragen müssen, hier sauberzumachen und dieses Haus wiederherzustellen; die Kosten werden euch von eurem Taschengeld abgezogen. Das kannst du ihr auch gleich sagen.«

»Vielleicht solltest du es ihr selbst sagen.«

»Sei nicht unverschämt.« Sie nickte. »Ich weiß, warum du das alles zugelassen hast. Wahrscheinlich warst du überhaupt nicht hier, als all das passiert ist, stimmt's? Wahrscheinlich wart ihr währenddessen woanders, du und dein Süßer!« klagte sie mich an. Ich spürte, wie ich knallrot anlief. »Nun, das wundert mich nicht«, sagte sie. »Soviel dazu, jemandem noch einmal eine Chance zu geben.«

»Es tut mir leid, daß das passiert ist, Daphne.« Ich wollte nicht, daß sie eine Möglichkeit fand, Beau die Schuld zuzuschieben. »Es tut mir wirklich leid. Ich konnte es nicht verhindern. Gisselle war dafür zuständig. Es waren alles ihre Freunde. Ich versuche nicht, die Schuld auf andere zu schieben. So war es eben. Sie hätten nicht auf mich gehört, ganz gleich, was ich gesagt hätte. Jedesmal, wenn ich mich über ihre Freunde beklage, lacht Gisselle mich aus und beschimpft mich. Sie bringt ihre Freunde gegen mich auf; ich habe keinen Einfluß und keine Kontrolle über sie.«

»Schließlich ist das auch dein Zuhause«, sagte Daphne nachdrücklich.

»Das Gefühl hast du mir nie gegeben. Aber es tut mir trotzdem leid, daß das passiert ist«, wiederholte ich.

»Geh jetzt schlafen. Wir werden morgen weitersehen. Bis eben war dieses Silvester eines der schönsten Feste, die ich seit langer Zeit erlebt habe.« Sie machte sich auf den Weg zur Tür.

»Ich wünsche dir ein frohes neues Jahr«, murmelte ich und ging zu Bett.

Gisselle rührte sich am nächsten Tag nicht vor zwölf, aber auch von Daphne war vorher keine Spur zu sehen. Ich frühstückte mit Bruce.

»Sie ist ziemlich wütend«, sagte er. »Aber ich werde sie beruhigen. Allerdings glaube ich nicht, daß ich sie davon abbringen kann, euch beide wieder nach Greenwood zu schicken.«

»Das ist mir egal.« Ich wollte nur noch fort von hier.

Nach dem Frühstück ging ich auf die Terrasse am Pool und schlief in der Sonne ein. Kurz nach eins spürte ich, wie ein Schatten über mich glitt, und als ich die Augen aufschlug, sah ich Gisselle. Sie wirkte am Boden zerstört. Ihr Haar war zerzaust, und ihr Gesicht war bleich wie das eines toten Fischs. Sie trug eine Sonnenbrille und einen Morgenmantel und darunter immer noch die Wäsche der letzten Nacht.

»Daphne hat gesagt, du hättest mir an allem die Schuld gegeben«, sagte sie.

»Ich habe ihr lediglich die Wahrheit gesagt.«

»Hast du ihr erzählt, daß du die ganze Nacht mit Beau oben warst?«

»Wir waren nicht die ganze Nacht oben, aber abgesehen

davon brauchte ich es ihr nicht zu sagen. Sie ist von selbst darauf gekommen.«

»Hättest du dir nicht etwas einfallen lassen können, einem unserer Gäste die Schuld zuschieben können oder so was?«

»Wer würde eine solche Geschichte glauben, Gisselle? Und was würde das ändern? Als ich gestern nacht versucht habe, dich und deine Freunde zum Aufräumen zu bewegen, war dir das reichlich egal. Vielleicht wäre es nicht ganz so schlimm gewesen, wenn wir wenigstens das Gröbste beseitigt hätten.«

»Danke«, sagte sie. »Du weißt, was sie jetzt sagt, stimmt's? Wir müssen nach Greenwood zurückgehen. Sie hört mir nicht mal zu. Ich habe sie noch nie derart wütend erlebt.«

»Vielleicht ist es so das beste.«

»Das sieht dir mal wieder ähnlich. Dir ist das egal. Schließlich hast du in Greenwood deinen Spaß, du machst dich in der Schule gut, und du hast deine Freude an deiner Miss Stevens und deinem Louis.«

»Louis ist fort, und ich würde kaum behaupten, ich hätte meinen Spaß in einer Schule, deren Rektorin versucht hat, mich wegen etwas, das in Wahrheit du angestellt hast, von der Schule zu verweisen«, sagte ich müde.

»Warum willst du dann dorthin zurückgehen?«

»Ich bin es leid, mit Daphne zu streiten. Ich weiß es auch nicht. Ich habe es einfach satt.«

»Ich würde eher sagen, daß du dumm bist. Dumm und selbstsüchtig.«

»Ich? Du bezeichnest mich als selbstsüchtig?«

»Genau das bist du.« Sie preßte sich die Hände auf die Schläfen. »Oh, mein Kopf. Er fühlt sich an, als spielte jemand darin Tennis. Hast du denn keinen Kater?« fragte sie.

»Ich habe nicht allzuviel getrunken.«

»Nicht allzuviel getrunken«, äffte sie mich nach. »Deine ewige Tugendhaftigkeit geht mir auf die Nerven. Ich hoffe, jetzt bist du zufrieden«, stöhnte sie. Sie wandte sich ab, aber mußte sich langsam bewegen, damit es in ihrem Kopf nicht gar so sehr hämmerte.

Ich lächelte. Das geschah ihr nur recht; sie hatte eine Lektion erteilt bekommen. Allerdings wußte ich, daß sie jedes Versprechen, das sie abgegeben hatte, und jede Buße, die zu tun sie geschworen hatte, augenblicklich vergessen würde, sowie ihre Kopfschmerzen nachließen.

Zwei Tage später hatten wir unsere Sachen für die Rückreise nach Greenwood gepackt, doch diesmal blieb der Rollstuhl zu Hause. Gisselle wollte ihn mitnehmen; sie behauptete, sie traute es sich noch nicht zu, ständig herumzulaufen, doch Daphne kaufte ihr die Geschichte nicht ab. Sie wollte nicht zulassen, daß Gisselle so weitermachte wie bisher, an das Mitgefühl aller appellierte und ihre körperliche Verfassung als Vorwand für ihr schlechtes Benehmen nutzte.

»Wenn du hier herumlaufen, tanzen und Verwüstungen anrichten kannst, dann kannst du auch zum Unterricht und vom Unterricht zum Wohnheim laufen«, erklärte sie. »Ich habe die Heimleiterin bereits angerufen und ihr die gute Nachricht übermittelt«, fügte sie hinzu. »Das heißt, daß inzwischen alle von deiner wundersamen Heilung erfahren haben. Und jetzt hoffe ich, daß deine schulischen Leistungen eine ähnliche wundersame Heilung durchmachen werden.«

»Aber, Mutter«, flehte Gisselle, »die Lehrer in Greenwood hassen mich.«

»Ich bin sicher, daß die Lehrer hier dich auch hassen«, entgegnete Daphne. »Denk an das, was ich dir gesagt habe: Wenn du dich dort schlecht benimmst, geht es sofort ab in eine strengere Schule, eine mit Stacheldraht um das Gelände«, höhnte sie und ließ Gisselle mit offenem Mund stehen. Das war Daphnes Version eines mütterlichen Abschieds.

Auf der Rückfahrt herrschte Stille wie bei einem Begräbnis; Gisselle schniefte von Zeit zu Zeit und seufzte tief.

Ich versuchte die meiste Zeit zu schlafen. Als wir im Wohnheim eintrafen, war es, als kehrten wir als Heldinnen zurück – oder zumindest Gisselle. Das bewirkte, daß sich ihre Wangen im ersten Moment vor Freude röteten. Mrs. Penny stand mit den Mädchen aus unserem Quadranten vor dem Haus, um Gisselle zu begrüßen und das Wunder ihrer Heilung mit eigenen Augen zu erleben. Als Gisselle sie alle dastehen sah, wandelte sich ihre Stimmung.

»Trara!« sagte sie laut, als sie aus dem Wagen stieg.

Mrs. Penny schlug die Hände zusammen und eilte ihr entgegen, um sie zu umarmen. Sämtliche Mädchen scharten sich um sie und bedrängten sie mit Fragen. Wie es dazu gekommen sei? Wann sie es zum erstenmal bemerkt habe? Ob es schmerzhaft gewesen sei? Was die Ärzte dazu sagten? Was unsere Mutter dazu sagte? Wie weit sie schon gelaufen sei?

»Ich bin noch ein bißchen schwach«, verkündete Gisselle und stützte sich auf Samantha. »Kann jemand meine Jacke holen?« fragte sie matt. »Ich habe sie auf dem Sitz liegenlassen.«

»Das mache ich schon«, sagte Vicki und ging zum Wagen.

Ich hob den Blick gen Himmel. Wie kam es, daß niemand außer mir hinter Gisselles Fassade schauen konnte? Warum waren sie bloß alle derart versessen darauf, von ihr angeschwindelt, von ihr zum Narren gehalten und für dumm verkauft zu werden? Sie hatten es nicht besser verdient. Sie haben es verdient, ausgenutzt und manipuliert zu werden, dachte ich und gelobte mir feierlich, daß ich von nun an nur noch Augen für meine Kunst haben würde.

So eilte ich am Tag nach unserer Rückkehr mit echter Spannung zum Unterricht. Ich freute mich auf meine erste Stunde bei Miss Stevens und war sicher, daß sie mich bitten würde, nach dem Unterricht noch zu bleiben. Dann würden wir einander erzählen, wie wir die Ferien verbracht hatten. In meiner Vorstellung und ganz tief in meinem

Herzen war Miss Stevens für mich zur älteren Schwester geworden. Eines Tages in naher Zukunft, dachte ich, werde ich es ihr sagen.

Doch ich hatte kaum das Gebäude betreten, da spürte ich auch schon, daß hier etwas nicht stimmte. Ich fühlte es, als ich die Grüppchen von Mädchen zusammenstehen sah, die miteinander flüsterten; sie alle schienen in meine Richtung zu schauen, als ich an ihnen vorbeikam. Mein Herz pochte heftig, ohne zu wissen, warum, und in meiner Magengrube nistete sich ein deutliches Unbehagen ein. Ich war sehr früh ins Schulgebäude gegangen, und daher hatte ich noch Zeit. Es war ohnehin meine Absicht gewesen, vor Unterrichtsbeginn bei Miss Stevens vorbeizuschauen und sie zu begrüßen. Ich eilte durch den Flügel, der zum Atelier führte, stieß die Tür auf und erwartete, sie in ihrem Malerkittel mit aufgestecktem Haar und einem strahlenden Lächeln auf dem Gesicht anzutreffen.

Statt dessen stand ich einem älteren Mann in einem Malerkittel gegenüber. Er saß an seinem Pult und sah sich Zeichnungen von Schülerinnen an. Er blickte überrascht auf, und ich sah mich im Raum um.

»Guten Morgen«, sagte er.

»Guten Morgen. Ist Miss Stevens noch nicht da?« fragte ich.

Sein Lächeln verflog. »Oh. Ich fürchte, Miss Stevens wird nicht mehr kommen. Ich bin Mr. Longo. Ich bin der Ersatz für sie.«

»Was?« Einen Moment lang schienen mir diese Worte absolut lachhaft zu sein. Ich stand mit einem ungläubigen Lächeln auf dem Gesicht da, und mein Herz raste immer noch.

»Sie wird nicht zurückkommen«, sagte er mit einer festeren Stimme. »Ich vermute, du bist eine Schülerin von ihr?«

Ich schüttelte den Kopf. »Das kann nicht wahr sein. Warum wird sie nicht zurückkommen? Warum?« fragte ich.

Er setzte sich auf. »Ich bin nicht über die Einzelheiten informiert, Mademoiselle …«

»Dumas. Welche Einzelheiten?«

»Wie ich schon sagte, ich weiß es nicht, aber …«

Ich wartete nicht, bis er ausgeredet hatte, sondern machte kehrt und lief weg.

Ich war verwirrt, und Tränen rannen über meine Wangen. Keine Miss Stevens? Sie war fort? Wie hatte sie das tun können, ohne mir etwas zu sagen? Warum hatte sie mir kein Wort davon gesagt? Meine Hysterie steigerte sich. Ich wußte noch nicht einmal, wohin ich lief; ich rannte ganz einfach von einem Ende des Gebäudes zum anderen. Ich bog um eine Ecke und raste wieder zum Eingang zurück. Als ich ihn fast erreicht hatte, hörte ich Gisselles schrilles Lachen. Weitere Mädchen hatten sich um sie geschart, um die Geschichte ihrer wundersamen Heilung zu vernehmen. Ich verlangsamte meinen Schritt und ging auf die Mädchen zu. Das Grüppchen teilte sich, und Gisselle und ich standen einander gegenüber.

»Ich habe es gerade gehört«, sagte sie.

Ich schüttelte den Kopf. »Was hast du gehört?«

»Es reden doch alle darüber. Deine Miss Stevens ist gefeuert worden.«

»Das kann nicht sein. Sie ist eine wunderbare Lehrerin. Das kann einfach nicht sein.«

»Ich schätze, ihr Unterricht war nicht der Grund dafür, daß sie gefeuert worden ist«, sagte Gisselle und sah die anderen, die selbstgefällig lächelten, vielsagend an.

»Was denn dann? Was? Ist sie gefeuert worden, weil sie mir bei dem Ausschlußverfahren geholfen hat«, erkundigte ich mich. Ich wandte mich an alle. »Jemand soll mir sagen, was passiert ist. Wer weiß Bescheid?«

Einen Moment lang herrschte Stille. Dann trat Deborah Peck vor. »Ich kenne die exakten Einzelheiten nicht«, sagte sie, »aber der Vorwurf, der gegen sie erhoben worden ist, hatte mit ihrem unmoralischen Verhalten zu tun.«

»Was? Was für ein unmoralisches Verhalten?« Daraufhin lächelten alle nur breit. Ich wandte mich an Gisselle.

»Schieb bloß nicht mir die Schuld zu«, schrie sie. »Die Eiserne Jungfrau ist von selbst dahintergekommen.«

»Was heißt das, sie ist dahintergekommen? Es gab nichts, was sie hätte herausfinden können.«

»Sie hat herausgefunden, warum Miss Stevens nie mit Männern ausgeht«, meinte Deborah. »Und warum sie an einer reinen Mädchenschule unterrichten wollte«, fügte sie hinzu. Schallendes Gelächter brach aus.

»Das sind Lügen. Nichts als Lügen!« schrie ich.

»Sie ist gegangen, oder nicht?« sagte Deborah. Die Glocke läutete. »Wir müssen in unsere Klassenzimmer gehen. Niemand will gleich am ersten Tag nach den Ferien einen Tadel bekommen.«

Die Gruppe zerstreute sich.

»Lügen!« schrie ich noch einmal.

»Hör auf, dich lächerlich zu machen«, sagte Gisselle. »Geh einfach in deinen Unterricht. Und, bist du froh, endlich wieder in deinem hochgeschätzten Greenwood zu sein?«

»Das hast du angerichtet!« klagte ich sie an. »Irgendwie hast du das hingekriegt, stimmt's?«

»Wie hätte ich das tun sollen?« Sie hob die Arme und wandte sich an Vicki, Samantha, Jacki und Kate. »Ich war nicht mal hier, als das alles passiert ist. Seht ihr es? Seht ihr jetzt, wie sie mir immer die Schuld an allem zuschieben will?«

Sie sahen mich an. Ich schüttelte den Kopf und trat einen Schritt zurück, und dann machte ich kehrt und rannte zu Mrs. Ironwoods Büro. Mrs. Randle blickte überrascht auf, als ich zur Tür hereingestürmt kam.

»Ich will Mrs. Ironwood sprechen.«

»Dann mußt du dir einen Termin geben lassen, meine Liebe«, erwiderte Mrs. Randle.

»Ich will sie jetzt sprechen!« herrschte ich sie an.

Sie lehnte sich zurück, offensichtlich schockiert angesichts meiner Entschlossenheit. »Mrs. Ironwood hat im Moment alle Hände voll zu tun …«

»Jetzt!« schrie ich.

Mrs. Ironwoods Tür ging auf; sie stand da und sah mich finster an.

»Was hat das zu bedeuten?«

»Warum ist Miss Stevens gefeuert worden?« fragte ich. »Weil sie mir bei dem Ausschlußverfahren beigestanden hat? Ist das der Grund?«

Mrs. Ironwood sah Mrs. Randle an und straffte sich.

»Zuerst einmal«, begann sie, »ist das nicht die rechte Zeit und auch nicht der rechte Ort, um über solche Dinge zu diskutieren; abgesehen davon, daß ich es ohnehin nicht für angebracht halte, mit einer Schülerin darüber zu reden. Und zweitens, was glaubst du eigentlich, wer du bist, einfach hier hereingestürmt zu kommen und Forderungen an mich zu stellen?«

»Das ist nicht fair«, sagte ich. »Warum es an ihr auslassen? Das ist nicht fair. Sie war eine wunderbare Lehrerin. Wollen Sie denn keine guten Lehrer haben? Ist Ihnen das vollkommen egal?«

»Natürlich ist es mir nicht egal, und auch deine Unverschämtheit ist mir keineswegs egal.« Ich wischte mir die Tränen von den Wangen und blieb stehen. Sie schien sich erweichen zu lassen. »Die Belange des Lehrkörpers gehen dich nichts an, aber ich werde dir trotzdem sagen, daß Miss Stevens nicht gefeuert worden ist. Sie hat ihre Kündigung eingereicht.«

»Sie hat gekündigt?« Ich schüttelte den Kopf. »Sie hätte niemals …«

»Ich versichere dir, daß sie gekündigt hat.« Die Glocke läutete. »Das war das letzte Läuten. Wenn du zu spät zum Unterricht erscheinst, trägt dir das zwei Minuspunkte ein«, keifte sie, dann machte sie auf dem Absatz kehrt, ging wieder in ihr Büro, schloß die Tür hinter sich und ließ mich verwirrt und bestürzt zurück.

»Du solltest jetzt besser zum Unterricht gehen, ehe du deine Lage noch mehr verschlechterst«, warnte mich Mrs. Randle.

»Sie hätte niemals gekündigt«, beharrte ich, doch ich wandte mich ab und machte mich auf den Weg zu meinem Klassenzimmer.

Im Laufe des Tages entnahm ich jedoch den Gerüchten, die im Umlauf waren, daß Miss Stevens tatsächlich ihre Kündigung eingereicht hatte.

Ihr war unmoralisches Verhalten vorgeworfen worden, und man hatte ihr die Chance gegeben zu kündigen, statt angeklagt zu werden und ein scheußliches Verfahren über sich ergehen lassen zu müssen. Es hieß, eine der Schülerinnen sei mit dem Geständnis herausgerückt, von Miss Stevens verführt worden zu sein. Natürlich wußte niemand, wer diese Schülerin war, aber ich hatte meinen Verdacht.

Gisselle hätte keinen zufriedeneren Gesichtsausdruck haben können, und Mrs. Ironwood hatte bekommen, was sie wollte.

17.
Ein Alptraum im Wachen

In den darauffolgenden Tagen fühlte ich mich wie eine Schlafwandlerin. Ich lief mit langsamen Schritten und leerem Blick durch die Gänge und über das Gelände von Greenwood. Ich nahm es kaum wahr, wenn andere miteinander redeten oder wenn jemand mich ansprach. Eines Nachmittags traf ich im Wohnheim ein und stellte zu meinem Erstaunen fest, daß ich naß war; es hatte geregnet, und ich hatte es noch nicht einmal gemerkt.

Täglich hoffte ich auf eine Nachricht von Miss Stevens, doch sie kam nicht. Ich nahm an, daß sie mir keine Schwierigkeiten machen wollte, indem sie Kontakt zu mir aufnahm; sie war ein rücksichtsvoller Mensch. Es tat mir unendlich leid, daß sie durch diese scheußlichen und niederträchtigen Lügen vertrieben worden war. Zwar hatte ihr Mrs. Ironwood die Chance gegeben, selbst zu kündigen, doch würde sie ohne Zweifel Mittel und Wege finden, Miss Stevens den Stempel unmoralischen Benehmens aufzudrücken und damit ihre Chancen auf eine neue Stelle zu verschlechtern.

Schließlich fand ich eines Nachmittags einen Brief vor, doch er kam von Louis.

Liebe Ruby,
es tut mir leid, daß es so lange gedauert hat, bis ich Dir endlich schreibe, aber ich wollte es nicht versuchen, solange ich es nicht ganz allein konnte. Was Du jetzt liest, ist ein Brief, den ich selbst geschrieben habe, und ich sehe jeden einzelnen Buchstaben, jedes einzelne Wort.

Endlich muß ich mich nicht mehr von anderen abhängig machen und mir die einfachsten Dinge abnehmen lassen. Ich brauche niemandem meine geheimsten Gedanken anzuvertrauen und nicht mehr meine Verlegenheiten zu überwinden und um die kleinsten Gefälligkeiten zu bitten. Ich bin wieder ein ganzer Mensch, und ich möchte mich noch einmal bei Dir dafür bedanken.
Die Ärzte sagen, daß mein Sehvermögen sich nahezu hundertprozentig wieder eingestellt hat. Ich betreibe Übungen für die Augenmuskulatur und trage im Moment ausgleichende Kontaktlinsen. Aber ich verhätschele mich nicht. Nein, den größten Teil des Tages verbringe ich im Konservatorium, und dort arbeite ich mit den besten Musiklehrern der Welt, soviel steht für mich fest. Und sie sind alle beeindruckt von mir.
Heute abend gebe ich in der Aula der Schule ein Solokonzert; außer sämtlichen Lehrern und ihren Ehefrauen kommen auch die Würdenträger der Stadt. Ich bemühe mich, nicht nervös zu sein, und weißt Du, was mir hilft, meine Nervosität zu überwinden? Daß ich an Dich und an die wunderbaren Gespräche denken, die wir geführt haben.
Und was meinst Du wohl? Ich werde einen Teil aus Deiner Symphonie spielen. Dabei werde ich an Dein Lachen und Deine liebliche Stimme denken, die mir Mut zuspricht. Du fehlst mir wirklich sehr, und ich freue mich schon darauf, Dich wiederzusehen. Oder sollte ich sagen, ich freue mich darauf, Dich zum erstenmal wirklich zu sehen?
Ich habe einen Brief von Großmutter bekommen, und wie üblich hat sie mir Neuigkeiten über die Schule berichtet. Warum hat Miss Stevens gekündigt? War sie Dir nicht die liebste Lehrerin von Greenwood? Großmutter berichtet lediglich, daß schnell ein Ersatz für sie gefunden worden ist.

Schreib mir, falls Du Gelegenheit dazu hast, und viel Glück bei Deinen Prüfungen!
Wie immer
herzlichst,
Dein Freund Louis

Ich legte seinen Brief zur Seite und bemühte mich, eine Antwort zu verfassen, die nicht verriet, wie deprimiert ich war, doch jedesmal, wenn ich zu erklären begann, warum Miss Stevens gegangen war, brach ich in Tränen aus, und die Tränen fielen auf das Briefpapier. Schließlich wurde es nur eine kurze Nachricht, in der ich behauptete, mitten in den Prüfungen zu stecken, und versprach, ihm bald ausführlicher zu schreiben.

Und erst Mitte der zweiten Woche hörte ich etwas von Beau. Er entschuldigte sich dafür, daß er mich nicht schon eher angerufen hatte.

»Ich mußte zu einem Familientreffen und war das ganze Wochenende über fort«, rechtfertigte er sich. Dann fügte er hinzu: »Du kannst dir gar nicht vorstellen, wie Daphne sich über Silvester ausgelassen hat. Meine Eltern haben sie gestern abend in einem Restaurant getroffen. Sie hat es so hingestellt, als hätten wir eine enorme Orgie gefeiert.«

»Das kann ich mir vorstellen.«

»Warum wirkst du so niedergeschlagen? Vermißt du mich so sehr, oder ...«

»Nein, Beau«, sagte ich und erzählte ihm von Miss Stevens.

»Du glaubst, daß Gisselle dahintersteckt?«

»Ich bin absolut sicher, daß es Gisselle war«, sagte ich. »Sie hat mir einmal damit gedroht, genau das zu tun, falls ich ihr Geheimnis verrate, falls ich verrate, daß sie schon lange wieder laufen kann.«

»Hast du sie darauf angesprochen?«

»Sie streitet es selbstverständlich ab. Aber das spielt ohnehin keine Rolle mehr. Der Schaden ist angerichtet, und sie hat erreicht, was sie wollte: Jetzt ist es mir verhaßt, hier zu sein.«

»Beklag dich bei Daphne«, schlug er vor. »Vielleicht erlaubt sie dir, nach Hause zu kommen.«

»Das bezweifle ich«, sagte ich. »Aber es ist mir auch egal. Ich werde mich in die Arbeit stürzen. In der Kunst tue ich nicht viel. Der neue Lehrer ist nett, aber er ist eben nicht Miss Stevens.«

»Ich komme dich jedenfalls am Wochenende besuchen«, versprach Beau. »Samstag, am späten Vormittag.«

»Okay.«

»Ruby, ich finde es schrecklich, von deiner Traurigkeit zu hören. Das macht mich auch traurig«, sagte er.

Ich weinte inzwischen, aber ich ließ es ihn nicht hören. Ich nickte, holte tief Luft und sagte, ich müsse jetzt meine Hausaufgaben erledigen.

Er kam wirklich am Samstag, und sein Anblick ließ ein paar Sonnenstrahlen in mein Herz fallen. Ich war in der Küche des Wohnheims, wo ich ein Picknick für uns vorbereitete, Krabbenbrötchen und Apfelsaft. Als die anderen Mädchen Beau zu sehen bekamen, kicherten sie beifällig. Eine zusammengefaltete Decke unter dem Arm, eilte ich aus dem Haus und ihm entgegen.

»Daphne hatte eigentlich vor, Gisselle und mir eine Erlaubnis zu schicken, daß wir das Schulgelände am Wochenende verlassen dürfen, aber sie hat es nicht getan«, erklärte ich. »Daher müssen wir uns auf dem Gelände aufhalten.«

»Das ist schon in Ordnung. Es ist doch schön hier«, sagte er und sah sich um.

Wir suchten uns einen schönen Platz und breiteten die Decke auf dem Rasen aus. Wir lagen nebeneinander auf dem Rücken, die Hände unter dem Kopf, schauten in den blauen Himmel mit den sahnig weißen Wattewolken und unterhielten uns leise. Anfangs plätscherte das Gespräch eher seicht dahin. Er erzählte mir Belanglosigkeiten über einige seiner Freunde in New Orleans, über die Aussichten in der bevorstehenden Footballsaison und über seine College-Pläne.

»Du mußt dich deiner Kunst wieder zuwenden«, sagte er. »Ich bin sicher, Miss Stevens wäre bestürzt, wenn sie wüßte, daß du nichts mehr tust.«

»Ich weiß. Aber im Moment tue ich alles nur mechanisch. Ich fühle mich wie ein Roboter, wenn ich aufstehe, mich anziehe, zur Schule gehe, meine Hausaufgaben mache, lerne und mich schlafen lege. Aber du hast recht«, sagte ich schließlich. »Ich muß mich dem wieder zuwenden, was mir das Wichtigste ist.«

Ich setzte mich auf. Er spielte mit einem Grashalm und versuchte dann, mich damit zu kitzeln. Ich war jedoch in allem, was wir taten, sehr gehemmt. Jeder konnte uns klar und deutlich sehen. In Greenwood waren wir nirgends ungestört, ich konnte mir vorstellen, daß sogar Mrs. Ironwood an einem Fenster stand, uns beobachtete und nur darauf wartete, daß wir etwas taten, das sie für unsittlich erachtete.

Wir aßen unsere Brote, redeten noch eine Weile miteinander und machten einen Spaziergang. Ich zeigte ihm die Schule – die Bibliothek, die Aula und die Cafeteria. Währenddessen hatte ich ständig das Gefühl, beobachtet und auf Schritt und Tritt verfolgt zu werden. Ich wollte ihn nicht ins Wohnheim mitnehmen. Ich war froh, daß es uns gelungen war, Gisselle aus dem Weg zu gehen. Schließlich liefen wir zur Clairborne-Villa hinauf. Beau fand das alte Haus imposant, vor allem aufgrund seiner Lage; zwischen dem Haus und der Schule lag ein ausgedehntes Waldstück.

Es war schon spät, und wir machten uns auf den Rückweg, doch dann entdeckten wir einen Pfad, der tiefer in den Wald hineinführte, und Beau fand, wir sollten ihn erkunden und herausfinden, wohin er uns führen würde. Anfangs war ich unwillig, da ich mich immer noch beobachtet fühlte. Ich schaute mich nach allen Seiten um und erforschte die langen Schatten, die die spätnachmittägliche Sonne warf, aber ich sah und hörte niemanden. Also ließ ich mich von ihm vorwärtsziehen. Wir liefen weiter und immer weiter in das kleine bewaldete Gebiet hinein, bis wir ganz deutlich das Geräusch von über Steine fließendem Wasser vernahmen. Wir kamen um eine Biegung und standen plötzlich vor einem kleinen, aber lebhaft dahinsprudelnden Bach, der einen Wasserfall gebildet hatte.

»Hier ist es sehr schön«, sagte Beau. »Du bist noch nie hier gewesen?«

»Nein, und niemand hat diese Stelle je erwähnt.«

»Laß uns ein Weilchen hier sitzen. Ich habe es ohnehin nicht eilig, wieder nach New Orleans zu kommen«, sagte er, aber mir gefiel nicht, wie er es sagte.

»Deine Eltern wissen doch, daß du hier bist, um mich zu besuchen, oder nicht, Beau?«

»Gewissermaßen«, sagte er lächelnd.

»Was soll das heißen, gewissermaßen?«

»Ich habe ihnen gesagt, daß ich eine kleine Spazierfahrt unternehme«, erwiderte er achselzuckend.

»Eine kleine Spazierfahrt? Aber du bist den ganzen Weg nach Baton Rouge gefahren!«

»Das ist doch eine Spazierfahrt, oder etwa nicht?« lachte er.

»O Beau, du wirst bestimmt wieder Ärger mit ihnen kriegen, meinst du nicht?«

»Dich zu sehen ist mir jeden Ärger wert, Ruby.« Er stellte sich vor mich, legte seine Hände auf meine Schultern und senkte seine Lippen auf meinen Mund. Hier, in der Einsamkeit des Waldes, hatte er das Gefühl, zärtlicher sein zu dürfen. Ich dagegen kam nicht gegen meine Nervosität an. Wir befanden uns immer noch auf dem Gelände von Greenwood, und in meiner finstersten Phantasie malte ich mir aus, daß die Eiserne Jungfrau mit einem Fernglas hinter einem Baum stand. Beau nahm meine Unruhe wahr und fühlte die Anspannung in meinem Körper.

»Was ist los mit dir? Ich dachte, du würdest dich freuen, mich zu sehen«, sagte er sichtlich enttäuscht.

»Es liegt nicht an dir, Beau. Es liegt an mir. Ich fühle mich hier nicht wohl, auch dann nicht, wenn du bei mir bist. Ich komme mir trotzdem noch so vor, wie mein Grandpère Jack immer gesagt hat, als sei ich einem schlafenden Alligator auf den Rücken getreten.«

Beau lachte. »Außer uns und den Vögeln ist hier niemand«, beschwichtigte er mich und küßte mich noch einmal. »Keine Alligatoren.« Er küßte meinen Hals. »Ich werde die Decke ausbreiten, damit wir uns ein Weilchen ausruhen können«, sagte er einschmeichelnd.

Ich ließ mir von ihm die Decke abnehmen, die ich unter dem Arm trug, und dann sah ich zu, wie er sie auf dem Gras ausbreitete. Er legte sich hin und forderte mich auf, zu ihm zu kommen. Ich sah mich noch einmal um, und als ich zögerte, streckte er die Arme aus, nahm meine Hand und zog mich zu sich auf die Decke.

In seinen Armen vergaß ich für einen Moment, wo ich war. Unsere Küsse waren lang und leidenschaftlich. Seine Hände glitten geschmeidig über meine Arme und meine Brüste, und wenig später rivalisierte das Rauschen meines Bluts mit dem Strömen des Wassers. Ich fühlte mich von Beaus Liebkosungen mitgerissen, jeder Kuß und jede Berührung zog die Decke düsterer Traurigkeit weiter von meiner Stirn und verscheuchte die Finsternis aus meinem Herzen, bis ich seine Küsse mit derselben Leidenschaft erwiderte, die er mir entgegenbrachte. Ich spürte seine Hände unter meiner Bluse. Meine Kleidungsstücke wurden zur Seite geschoben, damit wir einander näher waren, damit Haut Haut berühren konnte und ein Herz am anderen schlug. Ich öffnete mich ihm begierig, und er ging darauf ein, berührte mich, hielt mich und murmelte mir seine Liebe und seine Versprechungen ins Ohr. Irgendwo im Wald hörte ich einen Specht. Sein Klopfen wurde immer schneller und lauter, bis es klang, als wollte er den gesamten Wald abholzen. Das Wasser strömte unbeirrt an uns vorbei. Mein Stöhnen wurde lauter, und schließlich fielen wir übereinander her und stillten unsere Gier mit einer Hingabe, die unserem Innersten entsprang.

Als es vorbei war, spürte ich, daß Tränen über meine Wangen rannen. Mein Herz pochte so heftig, daß ich fürchtete, ohnmächtig zu werden. Beau lag auf dem Rükken und keuchte.

»Und ich dachte, Football sei anstrengend«, scherzte er. Dann wurde er ernst und schaute mir in die Augen. »Geht es dir gut?«

»Ja«, sagte ich und schnappte nach Luft, »aber vielleicht lieben wir einander so sehr, daß unsere Körper dieser Liebe nicht gewachsen sind.«

Er lachte. »Ich kann mir niemanden vorstellen, in dessen Armen ich lieber sterben würde«, erwiderte er, und ich mußte lächeln.

Wir richteten unsere Kleidung, entfernten Grashalme und traten den Rückweg an. Ich mußte mir eingestehen, daß ich mich unbeschwerter und fröhlicher fühlte, als ich es in den beiden letzten Wochen für möglich gehalten hätte.

»Ich bin so froh, daß du gekommen bist, Beau. Hoffentlich kriegst du deshalb keinen allzu großen Ärger.«

»Das ist es mir wert«, sagte er.

Wir verabschiedeten uns an seinem Wagen, und einige Mädchen aus den Wohnheim beobachteten uns vom Fenster der Eingangshalle aus.

»Ich kann nicht glauben, daß Gisselle sich heute nicht ein einziges Mal vor mir aufgebaut hat«, sagte Beau.

»Das ist allerdings erstaunlich. Aber was auch immer sie ausheckt, ich bin sicher, daß es eine Gemeinheit ist, die irgend jemanden hart treffen wird.«

Beau lachte. Wir gaben uns zum Abschied einen Kuß, und dann stand ich da und sah ihm nach. Ich drehte mich erst um und ging ins Wohnheim, als sein Wagen vollständig aus meiner Sicht verschwunden war.

»Du solltest einen Schritt zulegen«, warnte mich Sarah Peters, kaum daß ich das Gelände betreten hatte.

»Warum?«

»Wir haben es gerade erst gehört: Unserem Wohnheim steht eine außerplanmäßige Inspektion bevor. Die Eiserne Jungfrau kann jeden Moment kommen«, erklärte sie.

»Inspektion? Was wird inspiziert?«

»Alles. Unsere Zimmer, unsere Bäder, einfach alles. Sie braucht keinen Durchsuchungsbefehl, verstehst du.«

Als ich den Quadranten betrat, fand ich alle Mädchen dort in rasender Hektik vor. Sogar Gisselle. Sie putzten und räumten auf. Die Zimmer wirkten aufgeräumt und ordentlich wie selten. Samantha hatte unser Zimmer bereits hergerichtet.

»Uns trifft es zuallererst«, teilte Vicki mir mit. »Sie geht in alphabetischer Reihenfolge vor.«

»Wie war es mit Beau?« fragte Gisselle, die in ihrer Tür stand.

Ich sah sie finster an, denn ich war immer noch wütend auf sie. »Weshalb fragst du? Hast du uns etwa nicht nachspioniert?« fragte ich.

Sie lachte – doch ihr Lachen klang nervös. »Ich hatte bei weitem Besseres zu tun«, erwiderte sie und zog sich eilig in ihr Zimmer zurück.

Etwa eine halbe Stunden später erschien tatsächlich Mrs. Ironwood, in Begleitung von Mrs. Penny und Deborah Peck, die alles mitschrieb und sämtliche Tadel festhielt, die Mrs. Ironwood verhängte. Die Inspektion begann in Jackis und Kates Zimmer und wurde bei Gisselle fortgesetzt. Ich rechnete fest damit, Klagen zu hören, aber Mrs. Ironwood trat mit einem Ausdruck von Zufriedenheit auf dem Gesicht aus Gisselles Zimmer. Sie blieb in unserer Tür stehen und sah sich im Zimmer um.

»Guten Tag, ihr beiden«, sagte sie. Samantha schien vor Angst außer sich zu sein, sie gab eine kaum hörbare Antwort von sich. Mrs. Ironwood trat vor eine der Kommoden und fuhr mit den Fingern darüber. Dann schaute sie ihre Finger an.

»Sehr schön«, sagte sie. »Es freut mich, daß ihr eure Zimmer so sauber haltet und sie als euer Zuhause anseht.« Sie öffnete die Schranktür, warf einen Blick auf unsere Kleidung, nickte und schaute dann meine Kommode an. Sie stellte sich davor, zog die oberste Schublade auf, schaute hinein und nickte. »Sehr ordentlich«, sagte sie. Samantha lächelte mich an. Dann bückte sich Mrs. Ironwood und zog die dritte Schublade von oben auf. Sie starrte einen Moment lang hinein und wandte sich dann an mich.

»Ist das deine Kommode?«

»Ja«, sagte ich. Sie nickte, wandte sich der Kommode wieder zu und zog eine Halbliterflasche Rum heraus. »Hättest du die nicht ein bißchen besser verstecken können?« fragte sie sarkastisch.

Mein Mund sprang auf. Mrs. Penny sah mich voller Erstaunen und Enttäuschung an. Auf Deborah Pecks Lippen stand ein schwaches Lächeln.

»Die gehört mir nicht.«

»Du hast doch eben gesagt, daß das deine Kommode ist. Bewahren andere Leute ihre Sache in deiner Kommode auf?«

»Nein, aber ...«

»Dann gehört sie wohl dir«, sagte sie. Sie reichte Mrs. Penny die Flasche. »Entfernen Sie das«, ordnete sie an. Und zu Deborah sagte sie: »Zehn Strafpunkte.« Sie funkelte mich wütend an. »Über deine Strafe wird noch entschieden, du wirst noch vor Ablauf des heutigen Tages darüber informiert. Bis dahin wirst du dieses Zimmer nicht verlassen.«

Sie wandte sich ab und ging. Mrs. Penny hielt die Flasche so vorsichtig in der Hand, als hätte sie es mit reinem Gift zu tun. Sie sah mich kopfschüttelnd an.

»Ich schäme mich deiner sehr, Ruby.«

»Die Flasche gehört nicht mir, Mrs. Penny.«

»Ich schäme mich«, wiederholte sie und folgte Mrs. Ironwood und Deborah aus dem Zimmer. Sowie sie gegangen waren, kamen sämtliche Mädchen aus dem Quadranten an unsere Tür geeilt.

»Was hat sie gefunden?« fragte Jacki.

»Ich bin sicher, daß ihr es alle wißt«, sagte ich trocken.

»Daß wir was wissen?« fragte Gisselle, die als letzte kam.

»Von der Rumflasche, die du in meine Kommode gelegt hast.«

»Seht ihr? Da haben wir es. Meine Schuld. Ich bin nicht die einzige hier, Ruby. Andere hätten ebenfalls in dein Zimmer kommen können. Du bist nicht gerade die Beliebteste in dieser Schule. Vielleicht ist jemand neidisch auf dich?«

»Jemand?« sagte ich lächelnd.

»Aber vielleicht«, sagte sie und stemmte die Arme in die Hüften, »war es ja auch wirklich deine Flasche.«

Ich lachte und schüttelte den Kopf.

»Ich bin gespannt, was sie von dir verlangen wird«, sagte Samantha.

»Das interessiert mich nicht. Es ist mir vollkommen gleichgültig«, antwortete ich, und es war mein Ernst. Es interessierte mich nicht im mindesten.

Kurz vor dem Abendessen kam Mrs. Penny, um mir mitzuteilen, daß ich den Abend damit zubringen würde, sämtliche Bäder der Schule zu schrubben. Der Hausmeister würde mich mit Putzmitteln, Wassereimern und einem Schrubber erwarten. Das sollte ich von nun an einen Monat lang jeden Samstagabend nach dem Essen tun.

Ich nahm meine Strafe mit stummer Resignation hin, was Gisselle ärgerte und die anderen Mädchen sowohl überraschte als auch beeindruckte. Sie hörten kein Wort der Klage von mir, selbst dann nicht, als es hieß, daß ich mir keine Filme ansehen und nicht zum Tanzen gehen durfte. Ich wußte, daß ich Mr. Hull, dem Hausmeister, leid tat; er begann sogar mir einen Teil meiner Arbeit abzunehmen, und nicht selten war, ehe ich eintraf, manches schon erledigt.

»Diese Badezimmer haben montags morgens noch nie so gut ausgesehen«, sagte er.

Er hatte recht. Sowie ich begriffen hatte, daß ich dieser Strafe nicht entgehen konnte, ohne noch größere Probleme heraufzubeschwören, hatte ich beschlossen, mich mit Enthusiasmus auf meine Aufgabe zu stürzen. Das machte mir die Strafe erträglich. Ich entfernte Flecken, die nicht den Eindruck machten, als würden sie sich jemals entfernen lassen, und ich brachte die Spiegel auf Hochglanz, ohne den kleinsten Schmierer oder auch nur ein Stäubchen auf dem Glas zurückzulassen. Am dritten Samstag mußte ich jedoch feststellen, daß jemand in einem der Badezimmer die Toiletten verstopft und zu oft gespült hatte. Es war eine Schweinerei, und Mr. Hull stand mir bei, als es darum ging, erst einmal das Gröbste vom Boden aufzuwischen. Trotzdem setzte mir der Gestank derart zu, daß ich zwischendurch an die frische Luft gehen mußte, um mein Abendessen nicht zu erbrechen.

Zwei Tage später war mir beim Aufwachen schrecklich übel, und ich mußte ins Bad rennen, um mich zu übergeben. Ich glaubte, mir eine Magen- und Darmgrippe geholt oder mich an den Putzmitteln vergiftet zu haben. Als mich die Übelkeit im Lauf des Vormittags erneut überkam, bat ich darum, vom Unterricht befreit zu werden, und begab mich in die Krankenstation der Schule.

Mrs. Miller, unsere Schulkrankenschwester, forderte mich auf, ihr alle Symptome zu schildern. Sie machte einen sehr besorgten Eindruck.

»Ich bin in der letzten Zeit oft sehr müde«, gestand ich ein, als sie nach meinem Gesamtzustand fragte.

»Mußt du häufiger auf die Toilette gehen, um Wasser zu lassen?«

Ich dachte einen Moment lang darüber nach. »Ja«, sagte ich dann. »Das stimmt.«

Sie nickte. »Was sonst noch?«

»Ab und zu wird mir schwindlig. Ich laufe ganz normal

durch die Gegend, und plötzlich dreht sich alles vor meinen Augen.«

»Ich verstehe. Ich nehme an, du achtest auf deine Periode«, sagte sie, »und hast zumindest eine vage Vorstellung davon, wann sie wieder einsetzen sollte.«

Mir blieb das Herz stehen.

»Ist deine Periode ausgeblieben?« fragte sie, als sie meinen Gesichtsausdruck sah.

»Ja, aber ... das ist öfter mal vorgekommen.«

»Hast du in der letzten Zeit in den Spiegel geschaut und irgendwelche Veränderungen an deinem Körper wahrgenommen, insbesondere an deinen Brüsten?« fragte sie.

Mir waren winzige Äderchen aufgefallen, die ich vorher nie gesehen hatte, aber ich äußerte die Vermutung, das läge daran, daß ich noch in der Entwicklung sei. Sie schüttelte den Kopf.

»Deine körperliche Entwicklung ist abgeschlossen«, sagte sie. »Ich fürchte, du bist schwanger, Ruby«, verkündete sie mir. »Nur du allein weißt, ob diese Möglichkeit besteht. Kann das sein?«

Ich fühlte mich, als hätte sie mir einen Eimer Eiswasser ins Gesicht geschüttet. Einen Moment lang wurde mein ganzer Körper taub, meine Gesichtsmuskulatur war wie gelähmt. Ich konnte keine Antwort geben und hatte den Eindruck, als schlüge selbst mein Herz nicht mehr. Es war, als sei ich vor ihren Augen versteinert. »Ruby?« fragte sie noch einmal.

Und dann fing ich ganz einfach an zu weinen.

»Ach du meine Güte«, sagte sie. »Mein armes Kleines.«

Sie legte einen Arm um mich und führte mich zu einer der Pritschen. Sie sagte mir, ich solle mich hinlegen und mich ausruhen. Ich lag still, begrub mich unter einem Berg von Selbstmitleid, haßte das Schicksal und verfluchte mein Los und fragte mich, warum die Liebe so wunderbar war und mich zugleich in eine so üble Lage bringen konnte. Ich fühlte mich, als sei mir ein grausamer Streich gespielt worden, aber natürlich konnte ich niemand anderem als mir selbst die Schuld geben. Ich machte noch nicht einmal Beau Vorwürfe, denn ich wußte, daß es in meiner Macht gestanden hätte, nein zu sagen und ihn abzuwehren, doch ich hatte mich entschieden, es nicht zu tun.

Ein wenig später, als meine Tränen versiegt waren, zog Mrs. Miller einen Stuhl an meine Seite und setzte sich.

»Wir werden deine Familie unterrichten müssen«, redete sie mir zu. »Das ist ein sehr persönliches Problem, und du wirst gemeinsam mit deiner Familie einige wichtige Entscheidungen treffen müssen.«

»Bitte«, sagte ich und umklammerte ihre Hand, »sagen Sie es niemandem.«

»Ich werde lediglich deine Familie informieren – und natürlich Mrs. Ironwood.«

»Bitte, tun Sie das nicht. Ich will nicht, daß irgend jemand etwas davon erfährt.«

»Das geht nicht. Das ist eine zu große Verantwortung, meine Liebe. Nach dem ersten Schock wird deine Familie dir bestimmt beistehen, und dann werdet ihr gemeinsam die richtigen Entscheidungen treffen.«

»Entscheidungen?« Da gab es nicht viel zu entscheiden – mir blieb nur Selbstmord oder Flucht.

»Ob du das Baby bekommen oder eine Abtreibung vornehmen lassen willst. Der Vater muß unterrichtet werden ... alle möglichen Entscheidungen müssen getroffen werden. Wir können es nicht geheimhalten, die Verantwortung ist wirklich zu groß. Die Beteiligten müssen es erfahren. Es ihnen nicht mitzuteilen wäre ein unentschuldbares Versäumnis. Es wäre verantwortungslos von mir, und ich würde bestimmt dafür zur Rechenschaft gezogen. Das mindeste, was ich dann zu erwarten hätte, wäre, daß ich gefeuert werde.«

»Oh, nein, das will ich nicht, Mrs. Miller. Meinetwegen hat schon einmal jemand seine Stellung hier verloren. Ich will nicht für das Schicksal eines zweiten Menschen verantwortlich gemacht werden. Sie sollten natürlich tun, was Sie tun müssen, und sich keine Sorgen machen«, sagte ich.

»Aber, aber, meine Liebe. Natürlich werden wir uns weiterhin um dich kümmern. Verstehst du, du bist nicht die erste, die sich in dieser üblen Lage befindet. Das ist nicht das Ende der Welt, auch wenn es dir im Moment so vorkommt.« Sie lächelte. »Es wird alles wieder gut werden«, versprach sie und tätschelte meine Hand. »Ruh dich einfach aus. Ich werde tun, was getan werden muß, und ich werde dabei so diskret wie möglich vorgehen.«

Sie ging, und ich blieb dort liegen und wünschte sehnlichst, die Decke würde auf mich niederstürzen. Ich verfluchte den Tag, an dem ich beschlossen hatte, das Bayou zu verlassen.

Knapp eine Stunde später erschien Mrs. Ironwood in Begleitung von Mrs. Miller, um mir mitzuteilen, daß Daphne die Limousine schickte, um mich abholen zu lassen. Ich sah die Selbstzufriedenheit in ihren Augen blitzen, während sie mit mir sprach.

»Reiß dich zusammen, und geh ins Wohnheim. Pack deine Sachen, alles«, befahl sie mir. »Du wirst nicht nach Greenwood zurückkehren.«

»Dann kommt ja doch noch etwas Gutes dabei heraus«, sagte ich.

Sie lief dunkelrot an und straffte sich. »Mich wundert das gar nicht. Es war nur eine Frage der Zeit, wann du dich zugrunde richten würdest. Wie alle von deiner Sorte«, rauschte sie hinaus, ehe ich etwas erwidern konnte.

Mir war ohnehin alles egal. Ironischerweise hatte Gisselle recht behalten: Greenwood war ein abscheulicher Ort, solange die Schule von dieser Frau verwaltet und geleitet wurde. Ich verließ das Gebäude und kehrte ins Wohnheim zurück, um meine Sachen zu packen. Um die Mittagszeit, ich hatte das meiste erledigt, tauchte Gisselle auf. Sie kam in den Quadranten gestürzt und rief meinen Namen. Als sie meine gepackten Koffer, meinen ausgeräumten Kleiderschrank und meine leeren Kommodenschubladen sah, klappte ihr der Kiefer herunter.

»Was geht hier vor?« erkundigte sie sich barsch, und ich erklärte es ihr. Ausnahmsweise sprachlos, setzte sie sich auf mein Bett. »Was wirst du jetzt tun?«

»Was kann ich schon tun? Ich fahre nach Hause. Die Limousine wird gleich kommen.«

»Aber das ist ungerecht. Dann bin ich hier ganz allein.«

»Ganz allein? Du hast die anderen Mädchen, und du wolltest ohnehin nie etwas mit mir zu tun haben, Gisselle. Wir sind Schwestern, aber in dieser Schule sind wir die meiste Zeit über Fremde gewesen.«

»Ich bleibe nicht hier. Ich denke gar nicht daran«, beharrte sie.

»Das ist eine Sache zwischen dir und Daphne«, sagte ich.

Wutschnaubend verließ sie mein Zimmer, um zu telefonieren, doch sie begann anschließend nicht, ihre Sachen zu packen, woraus ich schloß, daß Daphne ihr die Bitte abgeschlagen hatte. Zumindest für den Moment.

Eine halbe Stunde später kam Mrs. Penny mit fahlem Gesicht herein, um mir mitzuteilen, daß die Limousine eingetroffen sei. Aufrichtig betrübt, half sie mir, meine Sachen zum Wagen zu tragen.

»Du hast mich tief enttäuscht«, sagte sie. »Und Mrs. Ironwood auch.«

»Mrs. Ironwood ist nicht enttäuscht, Mrs. Penny. Sie arbeiten für ein menschenfressendes Ungeheuer. Eines Tages werden Sie sich das selbst eingestehen, und dann werden auch Sie von hier fortgehen.«

»Fortgehen?« Sie lächelte mich unsicher an. »Aber wohin sollte ich denn gehen?«

»Irgendwohin, wo die Menschen nicht scheinheilig und gemein zueinander sind, wo man nicht nach seinem Bankkonto beurteilt wird, wo nette und begabte Menschen wie Miss Stevens nicht verfolgt werden, nur weil sie aufrichtig und freundlich sind.«

Sie starrte mich einen Moment lang an, und dann sagte sie mit der ernstesten Miene, die ich je an ihr gesehen hatte: »Einen solchen Ort gibt es nicht, aber falls du ihn finden solltest, dann schick mir ein Postkarte, und schreib mir, wie man dort hinkommt.«

Sie ließ mich stehen und ging ins Wohnheim zurück, um ihre Pflichten als Ersatzmutter für all diese Mädchen wieder aufzunehmen. Ich stieg in die Limousine, und wir fuhren los.

Ich sah mich kein einziges Mal um.

Edgar kam aus dem Haus und half dem Fahrer, meine Sachen nach oben zu tragen. Er teilte mir mit, daß Daphne nicht zu Hause sei.

»Aber Madame hat Sie gebeten, bis zu ihrer Rückkehr hierzubleiben und mit niemandem zu sprechen«, sagte er. Ich fragte mich, ob er wußte, warum ich zurückgekommen war. Ihm war wohl klar, daß etwas Furchtbares passiert sein mußte, aber er ließ sich nicht anmerken, ob er über Einzelheiten informiert war oder nicht. Mit Nina dagegen verhielt es sich ganz anders. Sie warf nur einen kurzen Blick auf mich, als ich die Küche betrat, um sie zu begrüßen, und dann sagte sie: »Mädchen, du bekommst ein Kind.«

»Daphne hat es dir gesagt.«

»Sie hat derart gewütet und getobt, daß selbst die Toten drüben auf dem St.-Louis-Friedhof sie gehört haben müssen. Dann ist sie hergekommen und hat es mir erzählt.«

»Es ist meine Schuld, Nina.«

»Für Babyzauber braucht man zwei«, sagte sie. »Es kann nicht allein deine Schuld sein.«

»O Nina, was soll ich bloß tun? Ich mache nicht nur Fehler, die mein ganzes Leben ruinieren, sondern ich zerstöre auch noch anderen Menschen das Leben.«

»Eine starke Macht hat dich im Griff. Keins von Ninas guten Gris-Gris konnte sie aufhalten«, sagte sie nachdenklich. »Du solltest in die Kirche gehen und den heiligen Michael um Hilfe bitten. Er ist derjenige, der dir hilft, deine Feinde zu besiegen«, riet sie mir.

Wir hörten, wie die Haustür geöffnet und wieder geschlossen wurde, und dann war das Klappern von Daphnes Stöckelschuhen deutlich im Korridor zu hören. Gleich darauf kam Edgar in die Küche.

»Madame Dumas ist hier, Mademoiselle. Sie wünscht Sie im Büro zu sprechen«, sagte er.

»Lieber würde ich dem Teufel gegenübertreten«, murmelte ich.

Ninas Augen wurden groß vor Furcht. »Sag das nicht noch einmal, hast du gehört? Papa La Bas, der hat große Ohren.«

Ich ging ins Büro. Daphne saß hinter ihrem Schreibtisch und telefonierte. Sie zog die Augenbrauen hoch, als ich eintrat, und dann bedeutete sie mir mit einer Kopfbewegung, mich auf den Stuhl zu setzen, der ihr gegenüber stand, während sie weiterredete.

»Sie ist jetzt zu Hause, John. Ich kann sie augenblicklich zu dir schicken. Ich verlasse mich auf deine Diskretion. Selbstverständlich. Das weiß ich sehr zu schätzen. Ich danke dir.«

Sie legte den Hörer auf und lehnte sich zurück. Zu meinem Erstaunen schüttelte sie bedächtig den Kopf und lächelte.

»Ich muß ehrlich sein«, begann sie. »Ich habe immer damit gerechnet, daß ich hier sitzen und genau diese Situation mit Gisselle erleben würde, aber nicht mit dir. Trotz deiner Herkunft hast du sowohl auf mich als auch auf deinen Vater den Eindruck gemacht, als seist du die Vernünftigere und ganz bestimmt die Intelligentere von euch beiden. Aber«, fuhr sie fort, »wie du jetzt weißt, macht einen das Wissen, das man aus Büchern gelernt hat, noch lange nicht zu einem besseren Menschen, stimmt's?«

Ich versuchte zu schlucken, konnte es aber nicht.

»Welche Ironie des Schicksals. Ich, die jedes Recht auf Erden darauf hatte, ein Kind zu bekommen, ich, die ich ihm oder ihr das Beste hätte bieten können, konnte nicht schwanger werden, und du machst mit deinem Freund so selbstverständlich und lässig ein Kind, wie du eine Mahlzeit zu dir nehmen oder einen Spaziergang machen würdest. Du redest ständig darüber, wie unfair dies und jenes ist. Nun, wie gefällt dir eigentlich das Blatt, das an mich ausgeteilt worden ist? Und dann muß es mir auch noch passieren – als wollte jemand Salz in meine Wunden streuen –, daß du dieses Haus betrittst, in diese Familie aufgenommen wirst und mir jetzt mit einem Kind im Bauch gegenübersitzt, obwohl du nicht das leiseste Recht darauf hast, schwanger zu sein.«

»Ich wollte nicht, daß es passiert.«

Sie warf den Kopf zurück und lachte.

»Wie viele Male haben Frauen, seit Eva Kain und Abel empfangen hat, diesen dummen Satz von sich gegeben?« Ihre Augen wurden zu düsteren Schlitzen. »Was hast du denn geglaubt, was passieren wird? Hast du etwa geglaubt, du könntest heiß wie eine Ziege sein und deinen Freund genauso heiß machen, ohne je die Konsequenzen tragen zu müssen? Hast du geglaubt, du seist ich?«

»Nein, aber ...«

»Vergiß deine Abers«, sagte sie. »Das Unheil ist geschehen, wie man so schön sagt. Und jetzt liegt es wie immer bei mir, das Übel aus der Welt zu schaffen. Als dein Vater noch am Leben war, war es genauso, das kannst du mir glauben. Die Limousine steht draußen«, fuhr sie fort. »Der Fahrer hat seine Anweisungen. Du brauchst nichts mitzunehmen. Geh einfach raus, und steig ein«, befahl sie mir.

»Und wohin wird mich der Fahrer bringen?«

Sie starrte mich an. »Zu einem Freund von mir, der außerhalb der Stadt in einer Klinik arbeitet. Er erwartet dich. Er wird eine Abtreibung vornehmen und dich anschließend sofort wieder nach Hause schicken, vorausgesetzt, daß es nicht zu unvorhergesehenen Komplikationen kommt. Du wirst dich ein paar Tage in deinem Zimmer von dem Eingriff erholen, und dann wirst du hier wieder in eine staatliche Schule gehen. Ich habe bereits begonnen, mir eine Geschichte zurechtzulegen, um alles zu vertuschen: Der Tod deines Vaters hat dich derart deprimiert, daß du deine häusliche Umgebung brauchst und nicht weiterhin eine Schule in einer fremden Stadt besuchen kannst. In der letzten Zeit bist du hier ständig mit einem langen Gesicht herumgelaufen. Die Leute werden diese Erklärungen akzeptieren.«

»Aber ...«

»Ich habe es dir doch gesagt – es gibt kein Aber. Und jetzt laß den Arzt nicht warten. Er tut mir einen sehr heiklen Gefallen.«

Ich stand auf.

»Und noch etwas«, fügte sie hinzu. »Mach dir nicht die Mühe, Beau Andreas anzurufen. Ich war gerade dort. Seine Eltern sind genauso wütend auf ihn wie ich auf dich; sie haben beschlossen, ihn für den Rest des Schuljahrs fortzuschicken.«

»Fort? Wohin?«

»Weit weg«, sagte sie. »Er wird bei Verwandten in Frankreich leben und dort zur Schule gehen.«

»In Frankreich!«

»Ganz richtig. Ich glaube, er ist dankbar dafür, daß das seine einzige Strafe ist. Falls er jemals wieder mit dir reden oder dir schreiben sollte und seine Eltern dahinterkommen, dann wird er enterbt. Falls du ihn ruinieren willst, brauchst du also nur den Kontakt zu ihm aufzunehmen. Und jetzt geh«, fügte sie mit matter Stimme hinzu. »Das ist das erste und letzte Mal, daß ich einen Fehltritt, den du begehst, für dich vertusche. Von jetzt an wirst du allein die Folgen deiner Unbedachtheiten tragen. Geh!« befahl sie mir und wies auf die Tür. Ihr langer Zeigefinger bohrte sich in die Luft. Ich hatte das Gefühl, sie bohre ihn mir ins Herz.

Ich drehte mich um und ging. Ohne noch einmal stehenzubleiben, verließ ich das Haus und stieg in die Limousine. Nie hatte ich mich wirrer und hilfloser gefühlt. Die Ereignisse rissen mich mit sich fort. Ich kam mir vor wie jemand, dem jede Entscheidung aus der Hand genommen worden ist. Es war, als sei eine starke Strömung durch einen Flußlauf im Bayou getost und hätte mich mit meiner Piragua fortgetrieben, und wie sehr ich mich auch bemühte, in eine andere Richtung zu staken, es gelang mir nicht. Ich konnte mich nur noch zurücklehnen und mich an mein vorbestimmtes Ziel tragen lassen, meinem Ende entgegen.

Ich schloß die Augen und öffnete sie erst wieder, als der Fahrer sagte: »Wir sind da, Mademoiselle.«

Wir mußten mindestens eine Stunde gefahren sein und befanden uns in einer Kleinstadt, in der sämtliche Geschäfte geschlossen waren. So, wie ich Daphne kannte, hatte ich erwartet, in ein modernes Krankenhaus gebracht zu werden, das schon von außen teuer wirkte, doch die Limousine hielt hinter einem dunklen, baufälligen Haus. Es wirkte nicht wie eine Klinik, noch nicht einmal wie eine Arztpraxis.

»Sind wir hier richtig?« fragte ich.

»Man hat mir gesagt, daß ich Sie hierher bringen soll«, sagte der Fahrer. Er stieg aus und öffnete mir die Wagentür. Langsam stieg ich aus dem Wagen. Die Hintertür des Gebäudes öffnete sich, und eine stämmige Frau, deren Haar die Farbe und die Konsistenz eines Topfreinigers hatte, schaute heraus.

»Hier entlang«, befahl sie mir. »Und zwar schnell.«

Als ich näherkam, sah ich, daß sie eine Schwesterntracht trug. Sie hatte Unterarme wie Nudelhölzer und sehr breite Hüften; es sah aus, als sei ihr Oberkörper erst nachträglich hinzugefügt worden. Auf dem Kinn hatte sie einen Leberfleck, aus dem lange Haare wuchsen. Ihre dicken Lippen strafften sich vor Ungeduld.

»Beeil dich«, herrschte sie mich an.

»Wo bin ich?« fragte ich.

»Was glaubst du wohl, wo du bist?« erwiderte sie und trat zur Seite, um mich vorbeizulassen. Der Hintereingang führte auf einen langen, schlecht beleuchteten Korridor mit ausgeblichenen gelben Wänden. Der Fußboden sah abgenutzt und schmutzig aus.

»Das soll eine ... Klinik sein?« fragte ich.

»Das ist die Arztpraxis«, sagte sie. »Geh durch die erste Tür rechts. Der Arzt wird gleich zu dir kommen.«

Sie lief vor mir her und verschwand in einem Raum auf der linken Seite des Korridors. Ich öffnete die erste Tür rechts und sah einen gynäkologischen Untersuchungstisch, der mit Papier abgedeckt war. Rechts daneben stand ein Metalltisch, darauf ein Tablett mit Instrumenten. An der hinteren Wand war ein Waschbecken, in dem anscheinend benutzte Instrumente in einer Wasserschüssel lagen. Die Wände des Raumes hatten dasselbe stumpfe Gelb wie die des Korridors. Es gab keine Bilder, keinerlei Dekoration, noch nicht einmal ein Fenster. Aber es gab eine weitere Tür, die sich jetzt öffnete; ein großer, dünner Mann mit buschigen Augenbrauen und dünnem pechschwarzem Haar, das flach auf dem Schädel anlag und an den Seiten kurz geschnitten war, trat ein. Er trug einen hellblauen Chirurgenkittel.

Er schaute mich an und nickte, sagte aber kein Wort zur Begrüßung. Statt dessen trat er an das Waschbecken und begann, sich die Hände zu schrubben.

»Setz dich einfach auf den Tisch«, befahl er mir, ohne mich auch nur anzusehen.

Die stämmige Frau kam herein und begann die chirurgischen Instrumente zu sortieren. Der Arzt drehte sich um, musterte mich und zog fragend die Augenbrauen hoch.

»Auf den Tisch«, sagte er noch einmal und wies mit einer Kopfbewegung darauf.

»Ich dachte ... ich würde in ein Krankenhaus gebracht«, sagte ich.

»Ein Krankenhaus?« Er sah die Krankenschwester an, die wortlos den Kopf schüttelte. »Ist wohl das erstemal, was?« fragte er mich.

»Ja«, sagte ich, und meine Stimme überschlug sich. Mein Herz pochte heftig, und ich spürte, wie sich auf meinem Hals und auf meiner Stirn Schweißperlen bildeten.

»Nun, es wird nicht lange dauern«, sagte er. Die Krankenschwester nahm ein Instrument zur Hand, das wie Grandpère Jacks Handbohrer aussah. Ich spürte, wie mein Magen sich um hundertachtzig Grad drehte.

»Das ist ein Irrtum«, sagte ich. »Ich sollte in eine Klinik gebracht werden.« Ich wich zurück und schüttelte den Kopf. Weder der Arzt noch die Krankenschwester hatte sich mir auch nur vorgestellt. »Hier kann ich nicht richtig sein«, sagte ich.

»Jetzt hör mir mal zu, junge Frau. Ich tue deiner Mutter einen Gefallen. Ich habe mein Abendessen heruntergeschlungen, bin losgerannt und deinetwegen hierhergekommen. Ich habe keine Zeit für diese Dummheiten.«

»Deine eigenen Dummheiten haben dich hierher gebracht«, sagte die stämmige Frau mit finsterer Miene. »Für das Vergnügen mußt du jetzt bezahlen«, fügte sie hinzu. »Leg dich auf den Tisch.«

Ich schüttelte den Kopf. »Nein. Das ist nicht richtig. Nein«, sagte ich noch einmal. Ich wich zur Tür zurück und fand den Türknopf. »Nein.«

»Für diesen Blödsinn habe ich keine Zeit«, warnte mich der Arzt.

»Das ist mir egal. Das ist nicht richtig.« Ich drehte mich um und öffnete die Tür. Im nächsten Moment lief ich durch den schäbigen Korridor und zum Hintereingang hinaus. Der Chauffeur saß noch hinter dem Steuer des Wagens, hatte sich die Mütze über die Augen gezogen und den Kopf zurückgelegt und schlief. Er zuckte zusammen, als ich an die Scheibe pochte.

»Bringen Sie mich nach Hause!« schrie ich.

Er stieg eilig aus und öffnete die hintere Tür für mich. »Madame hat mir gesagt, es würde eine Weile dauern«, sagte er bestürzt.

»Fahren Sie endlich los«, schrie ich ihn an. Er zuckte die Achseln, stieg aber wieder in den Wagen und fuhr ab. Wenige Momente später waren wir wieder auf der Schnellstraße. Ich warf einen Blick zurück auf die düstere Stadt. Es war, als sei ich in einen Alptraum geraten und gerade wieder daraus aufgetaucht.

Doch als ich nach vorn schaute, traf mich die Realität dessen, was mich erwartete, wie eine Orkanböe. Daphne würde außer sich geraten. Sie würde mir das Leben noch mehr zur Qual machen. Wir fuhren auf eine Abzweigung zu. Der Pfeil nach links auf dem Straßenschild wies in Richtung New Orleans, doch es gab auch einen Pfeil nach rechts, neben dem »Houma« stand.

»Halten Sie an!« befahl ich.

»Was?« Der Fahrer trat die Bremse durch und drehte sich zu mir um. »Was ist denn jetzt schon wieder, Mademoiselle?« fragte er.

Ich zögerte. Mein ganzes Leben schien blitzschnell vor meinen Augen vorüberzuziehen; Grandmère Catherine, die mich erwartete, wenn ich von der Schule zurückkam, mit wehenden Zöpfen auf sie zurannte, in ihre Arme flog und ihr so schnell ich konnte alles erzählte, was ich in der Schule gelernt und erlebt hatte. Paul in einer Piragua, die um eine Biegung kam, er winkte mir zu, und ich eilte mit einem Picknick in den Armen ans Ufer, um mich ihm anzuschließen. Grandmère Catherines letzte Worte, meine Versprechungen und wie ich dann fortgegangen war, um den Bus nach New Orleans zu nehmen. Mein Eintreffen in der Villa im Garden District. Daddys liebevolle und gütige Augen, die Aufregung auf seinem Gesicht, als ihm klar wurde, wer ich war ... All das zog innerhalb von Sekunden vor mir vorüber.

Ich öffnete die Wagentür.

»Mademoiselle?«

»Fahren Sie einfach zurück nach New Orleans, Charles«, sagte ich zu ihm.

»Was?« sagte er ungläubig.

»Sagen Sie Madame Dumas ... sagen Sie ihr, daß sie mich endlich los ist«, sagte ich und machte mich zu Fuß auf den Weg nach Houma.

Charles wartete bestürzt. Aber als ich keine Anstalten machte umzukehren, fuhr er schließlich los. Die Rücklichter der schnittigen Limousine wurden kleiner und immer kleiner, bis sie vollständig verschwunden waren und ich allein auf der Schnellstraße stand.

Vor einem Jahr hatte ich Houma in dem Glauben verlassen, ich begäbe mich nach Hause. In Wahrheit kehrte ich jetzt zu dem einzigen Zuhause zurück, das ich je gekannt hatte.

18.
Warum ich?

Die Tränen strömten über mein Gesicht, als ich meinen Weg durch die Dunkelheit fortsetzte. Personenwagen und Laster rasten an mir vorbei und hupten, aber ich lief weiter und immer weiter, bis ich eine Tankstelle erreichte. Sie war geschlossen, aber daneben stand eine Telefonzelle. Ich wählte Beaus Nummer und betete von ganzem Herzen, es möge Beau gelungen sein, seine Familie dazu zu überreden, daß man ihm erlaubte, in New Orleans zu bleiben. Ich wischte mir die Tränen von den Wangen und holte tief Atem. Garton, der Butler der Familie Andreas, nahm den Hörer ab.

»Könnte ich bitte Beau sprechen, Garton?« sagte ich schnell.

»Es tut mir leid, Mademoiselle, aber Monsieur Beau ist nicht hier«, sagte er.

»Wissen Sie, wo er ist oder wann er zurückkommt?« fragte ich mit Verzweiflung in der Stimme.

»Er ist auf dem Weg zum Flughafen, Mademoiselle.«

»Heute abend? Er fliegt heute abend?«

»*Oui*, Mademoiselle. Es tut mir leid. Wollen Sie ihm etwas ausrichten lassen, Mademoiselle?«

»Nein«, sagte ich matt. »Richten Sie nichts aus. *Merci beaucoup*, Garton.«

Ich hängte den Hörer ein und ließ meinen Kopf gegen das Telefon fallen. Beau flog ab, ehe wir auch nur die Chance gehabt hatten, uns voneinander zu verabschieden. Warum lief er nicht einfach fort und kam zu mir? Doch dann begriff ich, wie unvernünftig und dumm ein solches

Vorgehen gewesen wäre. Was hätte es genützt, wenn er seine Familie und seine Zukunft aufgegeben hätte?

Ich seufzte tief und lehnte mich zurück. Die dunklen Wolken, die den Mond verborgen hatten, zogen weiter, und das bleiche weiße Licht fiel auf die Straße und ließ sie wie einen Knochenpfad erscheinen, der in noch tieferes Dunkel hineinführte. Ich hatte eine klare Entscheidung getroffen; jetzt blieb mir nichts anderes mehr übrig, als konsequent zu sein. Also setzte ich mich wieder in Bewegung.

Als ich hörte, wie hinter mir ein Lastwagen hupte, drehte ich mich um. Der Fahrer des Sattelschleppers bremste und hielt an. Er beugte sich aus dem Fenster auf der Beifahrerseite und schaute auf mich herunter.

»Was zum Teufel hast du hier zu suchen? Mitten in der Nacht auf der Schnellstraße?« fragte er. »Weißt du denn nicht, wie gefährlich das ist?«

»Ich gehe nach Hause«, sagte ich.

»Und wo ist das?«

»In Houma.«

Er lachte schallend. »Du hast vor, zu Fuß nach Houma zu gehen?«

»Ja, Sir«, sagte ich mit kläglicher Stimme. Eine Ahnung davon, wie viele Meilen noch vor mir lagen, dämmerte mir, als er mich laut auslachte.

»Tja, dann hast du wohl Glück gehabt. Ich fahre durch Houma«, sagte er und öffnete die Tür. »Schwing dich schon rauf, und setz dich. Na, komm schon«, fügte er hinzu, als ich zögerte, »ehe ich es mir anders überlege.«

Ich stieg in die Kabine und schloß die Tür.

»Und wie kommt es, daß ein Mädchen in deinem Alter ganz allein hier herumläuft?« fragte er, ohne den Blick von der Straße zu lösen. Er schien in den Fünfzigern zu sein, sein dunkelbraunes Haar war mit Grau durchsetzt.

»Ich habe mich gerade entschieden, wieder nach Hause zu gehen«, sagte ich.

Er sah mich kurz an, und dann nickte er verständnisvoll. »Ich habe eine Tochter, die etwa in deinem Alter ist. Einmal ist sie ausgerissen. Sie ist etwa fünf Meilen weit gekommen, ehe sie begriffen hat, daß die Leute Geld für Essen und eine Unterkunft haben wollen und daß Fremde sich gewöhnlich einen Dreck um einen scheren. Sie hat schleunigst kehrtgemacht, als ein Stinktier von einem Mann ihr einen unzüchtigen Antrag gemacht hat. Kapierst du?«

»Ja, Sir.«

»Dasselbe hätte dir heute nacht zustoßen können. Wahrscheinlich sind deine Eltern außer sich vor Sorge um dich. Kommst du dir jetzt nicht blöd vor?«

»Doch, Sir.«

»Gut. Also, zum Glück ist dir ja nichts Böses zugestoßen, aber ehe du das nächstemal fortläufst, weil du glaubst, daß die Weiden anderswo grüner sind, solltest du dich besser erst einmal hinsetzen und dir klarmachen, wie gut es dir geht«, riet er mir.

Ich lächelte. »Das werde ich ganz gewiß tun.«

»Nun, es ist ja nichts passiert«, sagte er. »In Wahrheit bin ich, als ich etwa in deinem Alter war … nein«, fügte er hinzu und sah mich noch einmal an, »ich vermute, ich war noch jünger als du … da bin ich selbst einmal ausgerissen.« Er lachte bei der Erinnerung und begann mir seine Geschichte zu erzählen. Mir wurde klar, daß es ein einsames Leben war, in einem Lastwagen große Entfernungen zurückzulegen, und daß dieser Mann nicht nur ein gutes Werk getan hatte, sondern mich auch mitgenommen hatte, weil er Gesellschaft haben wollte.

Als wir Houma erreichten, hatte ich erfahren, wie er und seine Familie Texas verlassen hatten, wo er zur Schule gegangen war, warum er seine Kindheitsfreundin geheiratet hatte, wie er sich sein eigenes Haus gebaut hatte und Fernfahrer geworden war. Er merkte erst, wieviel er geredet hatte, als er anhielt.

»Verdammt! Wir sind schon da, und ich habe dich noch nicht einmal nach deinem Namen gefragt, stimmt's?«

»Ich heiße Ruby«, sagte ich, und dann fügte ich, als wollte ich meine Rückkehr symbolisch unterstreichen, hinzu: »Ruby Landry«, denn für die Leute aus Houma war ich wieder eine Landry. »Und vielen Dank noch mal«, sagte ich.

»Schon gut. Du wirst es dir doch zweimal überlegen, ehe du wieder ausreißt, um ein Großstadtmädchen zu werden, hast du gehört?«

»Ja, ganz bestimmt.« Ich stieg aus dem Lastwagen.

Nachdem ich zugesehen hatte, wie er losfuhr und um eine Kurve verschwand, machte ich mich auf den Heimweg. Als ich so durch die vertrauten Straßen ging, erinnerte ich mich wieder an die vielen Male, wenn Grandmère Catherine und ich gemeinsam in die Stadt gekommen waren oder Freundinnen von ihr besucht hatten. Ich erinnerte mich auch daran, wie sie mich mitgenommen hatte, wenn sie als Heilerin geholt worden war, und ich dachte daran, wie sehr die Menschen sie geliebt und respektiert hatten. Plötzlich erschien mir der Gedanke entsetzlich, daß sie nicht da sein würde, wenn ich in unsere Hütte zurückkehrte; und dann bestand auch noch die Aussicht, Grandpère Jack dort vorzufinden. Paul hatte mir so viele traurige Geschichte über ihn erzählt.

Ich blieb wieder vor einer Telefonzelle stehen und wühlte in meinem Portemonnaie nach mehr Kleingeld, diesmal um Paul anzurufen. Seine Schwester Jeanne ging ans Telefon.

»Ruby?« sagte sie. »Meine Güte! Es ist ja so lange her, daß ich mit dir gesprochen habe. Rufst du aus New Orleans an?«

»Nein«, sagte ich.

»Wo bist du?«

»Ich bin ... hier.«

»Hier? Oh, das ist ja wunderbar. Paul!« schrie sie. »Komm ans Telefon. Es ist Ruby, und sie ist hier!«

Im nächsten Moment hörte ich seine herzliche und liebevolle Stimme, eine Stimme, die ich dringend brauchte, damit sie mir Trost spendete und mir neue Hoffnung gab.

»Ruby? Du bist hier?«

»Ja, Paul. Ich bin nach Hause zurückgekommen. Die Geschichte ist zu lang, um sie dir am Telefon zu erzählen, aber ich wollte, daß du es weißt.«

»Du kehrst in die Hütte zurück?« fragte er ungläubig.

»Ja.« Ich erklärte ihm, wo ich war, und er sagte mir, ich sollte mich keinen Schritt weit von dort entfernen.

»Ich bin da, ehe du mit der Wimper zucken kannst«, versprach er mir.

Und tatsächlich dauerte es nur wenige Minuten, bis er in seinem Wagen vorfuhr und aufgeregt heraussprang. Wir umarmten einander, und ich schmiegte mich an ihn.

»Etwas Schreckliches ist passiert, stimmt's? Was hat Daphne denn jetzt schon wieder getan? Oder war es Gisselle? Was könnte eine von den beiden tun, um dich dazu zu bewegen, wieder hierher zurückzukommen?« fragte er, und dann fiel ihm auf, daß ich kein Gepäck hatte. »Was hast du getan? Bist du fortgelaufen?«

»Ja, Paul«, sagte ich und brach in Tränen aus. Er packte mich in seinen Wagen und hielt mich in den Armen, bis ich wieder sprechen konnte. Es mußte ihm vorkommen, als redete ich irr, denn ich platzte mit der ganzen Geschichte heraus, ließ zwischendurch alles einfließen, was mir angetan worden war, auch, daß Gisselle mir in meinem Zimmer im Wohnheim eine Flasche Rum untergeschoben hatte. Aber als ich auf meine Schwangerschaft und den Metzger in der schmuddeligen Praxis zu sprechen kam, wurde Pauls Gesicht erst weiß und lief dann vor Wut rot an.

»Das hätte sie dir angetan? Es war richtig, daß du fortgelaufen bist. Ich bin froh, daß du zurückgekommen bist.«

»Ich weiß aber noch nicht, was ich tun soll«, sagte ich

und wischte mir die Tränen aus dem Gesicht, ehe ich tief Atem holte. »Für den Moment möchte ich einfach nur wieder in die Hütte gehen.«

»Dein Grandpère …«

»Was ist mit ihm?«

»In der letzten Zeit haut er gewaltig auf den Putz. Als ich gestern vorbeigefahren bin, hat er vor dem Haus den Boden umgegraben, herumgebrüllt und wie wild mit den Armen gefuchtelt. Mein Vater sagt, ihm ist das Geld für seinen schwarzgebrannten Whiskey ausgegangen und er ist im Delirium tremens. Er glaubt, daß es bald aus ist mit ihm. Die meisten Leute wundern sich, daß er es überhaupt so lange geschafft hat, Ruby. Ich weiß wirklich nicht recht, ob ich dich dorthin bringen soll.«

»Ich muß dorthin zurück, Paul. Das ist jetzt mein einziges Zuhause«, sagte ich entschlossen.

»Ich weiß, aber … du wirst dort eine entsetzliche Schweinerei vorfinden, da bin ich mir ganz sicher. Es wird dir das Herz brechen. Mein Vater sagt, deine Grandmère würde sich im Grabe umdrehen.«

»Bring mich nach Hause, Paul. Bitte«, flehte ich ihn an.

Er nickte. »Okay, für den Moment«, sagte er. »Aber ich werde nach dir sehen, Ruby. Ich schwöre dir, daß ich mich um dich kümmern werde.«

»Ich weiß, daß du das tun wirst, Paul, aber ich will weder dir noch sonst jemandem zur Last fallen. Ich werde die Arbeiten wieder aufnehmen, die Grandmère Catherine und ich früher gemacht haben, davon kann ich vielleicht leben.«

»Unsinn«, sagte er. Er ließ den Motor an. »Ich bekomme weit mehr, als ich jemals brauchen werde. Ich habe dir doch schon erzählt, daß ich jetzt Manager bin. Ich habe die Pläne für mein Haus bereits zeichnen lassen. Ruby …«

»Sprich nicht über die Zukunft, Paul. Bitte. Ich glaube nicht mehr an die Zukunft.«

»In Ordnung«, sagte er. »Aber es wird dir gutgehen, solange ich da bin. Das ist ein Versprechen, auf das du dich verlassen kannst«, brüstete er sich.

Ich lächelte. Er sah wesentlich älter aus. Er war schon immer reifer und verantwortungsbewußter gewesen als andere Jungen in seinem Alter, und sein Vater hatte nicht davor zurückgeschreckt, ihm wichtige Arbeit zuzuweisen.

»Danke, Paul.«

Ich glaube, ich hätte mich beim besten Willen nicht auf das vorbereiten können, was mich in der Hütte und auf dem Gelände ringsherum erwartete. Es war ein Glück, daß ich nachts zurückkam, denn in der Dunkelheit war vieles nicht zu sehen. Immerhin sah ich die tiefen Löcher, die vor dem Haus gegraben worden waren, und als mein Blick auf die Veranda fiel, sank mir das Herz. Sie hing schief herunter, das Geländer war zersplittert, und stellenweise waren sogar Bodenbretter herausgerissen worden. Eines der vorderen Fenster war kaputt. Grandmère Catherine hätte sich in Tränen aufgelöst.

»Bist du sicher, daß du da reingehen willst?« fragte Paul, als wir vor der Hütte anhielten.

»Ja, Paul. Ich bin sicher. Ganz gleich, wie es heute hier aussieht. Es war für mich und Grandmère einmal unser Zuhause.«

»Okay. Ich bringe dich rein und sehe mir an, wie es um ihn steht. In der Verfassung, in der er ist, könnte es sogar sein, das er sich nicht einmal mehr an dich erinnert«, sagte Paul. »Sei vorsichtig«, warnte er mich, als wir auf die Veranda traten. Die Bodendielen klagten lautstark; die Haustür quietschte in ihren rostigen Angeln und drohte, ins Haus zu fallen, als wir sie öffneten, und im Haus selbst roch es, als hätten sämtliche Geschöpfe des Sumpfes sich hier eingenistet.

Nur eine einzige Lampe brannte auf dem alten Küchentisch. Die winzige Flamme flackerte bedrohlich im Wind, der durch die offenen Fenster auf der Rückseite des Hauses ungehindert ins Haus wehte.

»Ich könnte schwören, daß sämtliches Ungeziefer aus dem ganzen Bayou sich hier eingenistet haben«, sagte Paul.

Die Küche war unordentlich und verdreckt. Leere Whiskeyflaschen standen auf dem Boden, unter den Tischen, unter den Stühlen und auf der Anrichte. Im Spülbecken türmte sich Geschirr, das mit alten Essensresten verkrustet war, und auf dem Fußboden faulten Speisereste, die aussahen, als seien sie vor Wochen, wenn nicht gar vor Monaten runtergefallen. Ich nahm die Lampe in die Hand und lief durch die unteren Räume.

Das Wohnzimmer schien in keinem besseren Zustand. Der Tisch und der Stuhl, auf dem Grandmère früher jeden Abend eingeschlafen war, lagen umgekippt auf dem Boden. Auch hier standen leere Flaschen herum. Der Fußboden war mit Lehm und Schmutz und Sumpfgras verkrustet. Wir hörten, wie etwas an der Wand entlanghuschte.

»Wahrscheinlich Ratten«, sagte Paul. »Oder zumindest Feldmäuse. Vielleicht sogar ein Waschbär.«

»Grandpère!« rief ich.

Wir machten uns auf die Suche und stiegen die Treppe hinauf, nachdem wir ihn unten nicht gefunden hatten. Ich glaube, die Mühe, die es Grandpère kostete, diese Stufen hinaufzusteigen, hatte das obere Geschoß des Hauses davor bewahrt, ebenso heruntergewohnt zu werden wie die unteren Räume. Die Webstube war kaum verändert, ebenso mein früheres Schlafzimmer und das von Grandmère Catherine, abgesehen davon, daß alle Schränke und Fächer geöffnet und durchsucht worden waren. Grandpère hatte sogar einen Teil der Wandbretter herausgerissen.

»Wo kann er bloß stecken?« fragte ich.

Paul zuckte die Achseln. »Vielleicht ist er unten in einer der schäbigen Bars und bettelt jemanden um einen Drink an«, sagte er, doch als wir wieder nach unten kamen, hörten wir Grandpère Jacks schrille Schreie hinter dem

Haus. Wir eilten nach draußen, und dort stand er. Er war nackt, aber mit Schlamm verkrustet, schwang einen Jutesack über dem Kopf und kläffte wie ein Hund auf der Jagd.

»Bleib im Hintergrund«, riet mir Paul. »Jack«, rief er. »Jack Landry!«

Grandpère hörte auf, den Sack zu schwingen. Er starrte in das Dunkel. »Wer ist da? Räuber, Diebe, verschwindet von hier!«

»Keine Diebe. Ich bin es, Paul Tate.«

»Tate? Bleib du mir bloß vom Leib, hast du gehört? Ich gebe dir nichts zurück. Verschwinde von hier. Das ist mein Vermögen. Ich habe es mir verdient. Ich habe es gefunden. Ich habe gegraben und gegraben, bis ich es gefunden habe. Hast du gehört? Zurück mit dir, zurück, oder ich werfe einen schweren Stein nach dir. Zurück!« schrie er noch einmal, doch dabei wich er selbst zurück.

»Grandpère!« rief ich. »Ich bin es. Ruby. Ich bin nach Hause gekommen.«

»Wer? Wer ist da?«

»Ich, Ruby«, sagte ich und trat vor.

»Ruby? Nein. Ich lasse mir das nicht zum Vorwurf machen. Nein. Wir brauchten das Geld. Schieb mir bloß nicht die Schuld daran zu. Wage es nicht, mir daraus einen Vorwurf zu machen. Catherine, du wirst mir nicht die Schuld daran zuschieben!« schrie er. Dann preßte er sich seinen Jutesack an die Brust und rannte zum Wasserlauf.

»Grandpère!«

»Laß ihn laufen, Ruby. Der Whiskey hat ihn um den Verstand gebracht.«

Wir hörten ihn wieder schreien, und dann hörten wir Wasser spritzen.

»Paul, er wird ertrinken.«

Paul dachte einen Augenblick nach. »Gib mir die Lampe«, sagte er und dann lief er Grandpère nach. Ich hörte wieder laute Platscher und neuerliches Geschrei.

»Jack!« rief Paul.

»Nein, es gehört mir! Mir!« erwiderte Grandpère.

Noch einmal das Geräusch von spritzendem Wasser, und dann wurde es still.

»Paul?« Ich raste durch die Dunkelheit, und dabei sanken meine Füße in das Sumpfgras. Ich rannte dem Licht entgegen und fand Paul, der auf das Wasser hinausschaute.

»Wo ist er?« fragte ich heiser.

»Ich weiß es nicht, ich ...« Er kniff die Augen zusammen und deutete auf das Wasser.

»Grandpère!« schrie ich.

Grandpère Jacks Körper trieb wie ein dicker Holzstamm vorbei. Er prallte gegen ein paar Steine und wurde dann von der Strömung mitgerissen, immer weiter, bis er in einem Strauch hängen blieb.

»Wir sollten Hilfe holen«, sagte Paul. »Komm, schnell.«

Weniger als eine Stunde später hievten die Feuerwehrleute Grandpère Jacks Leiche aus dem Wasser. Er hielt seinen Jutesack immer noch umklammert, doch statt des vergrabenen Schatzes fanden sich darin nur rostige alte Blechdosen.

Hätte meine Heimkehr gräßlicher sein können? Trotz der schrecklichen Dinge, die Grandpère Jack angerichtet hatte, und obwohl er nur noch ein erbärmlicher Anblick gewesen war, hatte ich ihn doch auch noch als den Mann in Erinnerung, der er einmal gewesen war. Er hatte seine sanften Momente gehabt. Dann war ich zu seiner Hütte im Sumpf gegangen, und er hatte über das Bayou geredet, als sei es sein liebster Freund. Früher war er einmal eine Legende gewesen. Es gab keinen besseren Fährtenleser. Er wußte, wie man sich im Sumpf zurechtfand, wußte, wann das Wasser steigen und fallen würde, wußte, wann man am besten Brassen fischen konnte, und auch, wo die Alligatoren schliefen und die Schlangen sich zusammenrollten.

Damals hatte er auch gern über seine Vorfahren geredet, über die Gauner, die auf dem Mississippi ihr Unwesen getrieben hatten, die berühmten Spieler und Flachbootstaker. Grandmère Catherine sagte, das meiste hätte er sich zusammengesponnen, aber für mich spielte es keine Rolle, ob es durch und durch die Wahrheit war oder nicht. Mir gefiel es einfach, wie er seine Geschichten erzählte, auf das Louisianamoos hinausschaute und seine Maiskolbenpfeife paffte, während er unablässig redete und sich nur gelegentlich unterbrach, um einen Schluck zu trinken. Dafür hatte er immer einen Vorwand gehabt. Entweder mußte er seine Gurgel von dem Ruß reinigen, der im Sumpf durch die Luft trieb, oder er mußte eine Erkältung vertreiben. Manchmal mußte er sich auch einfach nur die Gedärme wärmen.

Trotz des Bruchs zwischen ihm und Grandmère Catherine, nachdem er ausgehandelt hatte, Gisselle an die Familie Dumas zu verkaufen, ahnte ich, daß die beiden früher einmal, vor langer, langer Zeit, ein wirkliches Liebespaar gewesen waren. Sogar Grandmère hatte in ihren ruhigeren Momenten zugegeben, daß er ein unglaublich gut aussehender junger Mann gewesen war, der sie mit seinen smaragdgrünen Augen und seiner braungebrannten Haut betört hatte. Außerdem war er ein bemerkenswerter Tänzer gewesen, der bei einem Fais Dodo auf der Tanzfläche besser abschnitt als jeder andere.

Aber es liegt in der Natur der Zeit, das, was uns innerlich vergiftet, an die Oberfläche zu bringen. Das Böse, das sich unter Grandpère Jacks Herz eingenistet hatte, sickerte heraus und veränderte ihn – oder, wie Grandmère so gern sagte: »Es macht ihn zu dem, was er ist: zu einem verantwortungslosen Gauner, zu einem der Wesen, die sich schlängeln und kriechen.«

Vielleicht hatte er sich seinem schwarzgebrannten Whiskey zugewandt, um zu leugnen, was er war oder was er als Spiegelbild sah, wenn er sich über den Rand seiner Piragua beugte und in das Wasser schaute. Was es auch gewesen sein mochte, die Dämonen in seinem Innern hatten ihren Willen bekommen und ihn schließlich zu den Gewässern gezerrt, die er einst so geliebt und bewundert, wenn nicht gar verehrt hatte. Das Bayou, dem er seinen Lebensunterhalt abgerungen hatte, hatte sein Leben für sich gefordert.

Ich weinte um den Mann, in den Grandmère Catherine sich einst verliebt hatte, weinte so, wie ich mir vorstellte, daß sie um ihn geweint hatte, als er aufgehört hatte, dieser Mann zu sein.

Trotz Pauls Flehen beharrte ich darauf, in der Hütte zu bleiben. Wenn ich mich nicht zwang, es gleich in der ersten Nacht zu tun, würde ich einen Grund dafür finden, es in der kommenden auch nicht zu tun und ebensowenig in der Nacht darauf. Ich machte mir mein altes Bett so gemütlich wie möglich zurecht, und nachdem alle gegangen waren und ich Paul gute Nacht gesagt und ihm versprochen hatte, ihn am Morgen zu erwarten, legte ich mich schlafen. Ich war so restlos erschöpft, daß ich sofort einschlummerte.

Nach dem Sonnenaufgang dauerte es keine Stunde, bis alle alten Freundinnen von Grandmère Catherine von meiner Rückkehr erfahren hatten. Sie glaubten, ich sei mit der Absicht zurückgekommen, mich um Grandpère Jack zu kümmern. Ich stand früh auf und begann, das Haus zu putzen. Als erstes nahm ich mir die Küche vor. Es war kaum etwas zu essen im Haus, doch bald kamen die ersten von Grandmères alten Freundinnen, und jede brachte mir etwas mit. Natürlich waren alle schockiert, als sie den Zustand des Hauses sahen. Niemand war seit Grandmères Tod und meinem Verschwinden hier gewesen. Cajun-Frauen stürzen sich bereitwillig auf die Hausarbeit anderer, wenn derjenige, dem sie helfen, sie wirklich braucht. Ehe ich mich versah, schrubbten sie die Böden und die Wände, schüttelten die Teppiche aus, staubten die Möbel ab und putzten die Fenster. Freudentränen traten in meine Augen.

Niemand hatte mich ins Kreuzverhör genommen. Ich war zurückgekommen, ich brauchte ihre Hilfe, und das war alles, was zählte. Endlich hatte ich das Gefühl, wirklich nach Hause gekommen zu sein.

Paul brachte mir Geschenke, die seine Eltern mir schicken ließen, und Dinge, von denen er wußte, daß ich sie brauchen würde. Er lief mit einem Hammer und Nägeln durch das Haus und nagelte alle losen Bretter fest, die er nur irgend finden konnte. Dann nahm er eine Schaufel und begann, die unzähligen Löcher zuzuschütten, die Grandpère gegraben hatte – auf der Suche nach dem Schatz, von dem er sich einbildete, Grandmère Catherine hätte ihn vergraben. Ich sah, wie die Frauen ihn bei der Arbeit beobachteten, miteinander flüsterten, lächelten und in meine Richtung blickten. Wenn sie doch nur die Wahrheit kennen würden, dachte ich, wenn sie doch nur wüßten, was wirklich los ist! Aber es gab immer noch Geheimnisse, die wir in unseren Herzen verschließen mußten; es gab immer noch Menschen, die wir liebten und beschützen mußten.

Grandpère Jacks Beerdigung ging schnell und ohne Aufwand vonstatten. Vater Rush riet mir, ihn so schnell wie möglich zu begraben.

»Du willst doch bestimmt nicht Jack Landrys Kumpane in dein Haus locken, Ruby. Du weißt ja, daß Leute von der Sorte nur nach einem Vorwand suchen, um sich zu betrinken und Tumult zu veranstalten. Laß ihn in Frieden ruhen, und bete allein für ihn.«

»Werden Sie eine Messe für ihn lesen, Vater?« fragte ich.

»Das werden wir tun. Unser gütiger Herr hat genug Mitgefühl, um selbst einem Mann zu vergeben, der so tief gesunken ist wie Jack Landry. Ohnehin ist es nicht unsere Aufgabe, über ihn zu richten«, sagte er.

Nach dem Begräbnis kamen Grandmère Catherines Freundinnen wieder zu mir; zaghaft begannen sie, ein paar Fragen dazu zu stellen, wo ich mich seit Grandmère Catherines Hinscheiden aufgehalten hatte. Ich berichtete ihnen, ich sei bei Verwandten in New Orleans gewesen, aber ich hätte das Bayou vermißt. Es war nicht ganz unwahr, und es genügte, um ihre Neugier zu befriedigen.

Paul machte sich überall im Haus zu schaffen, während die Frauen dasaßen und bis in die Abendstunden miteinander redeten. Er blieb, bis sie alle gegangen waren.

»Du weißt, was sie sich denken«, sagte er, als wir endlich allein waren. »Daß du zurückgekommen bist, um mit mir zusammenzusein.«

»Ja, das weiß ich.«

»Was wirst du tun, wenn man es dir allmählich ansieht?«

»Das weiß ich noch nicht«, sagte ich.

»Das einfachste wäre, mich zu heiraten« sagte er mit fester Stimme, und seine blauen Augen waren voller Hoffnung.

»O Paul, du weißt, warum das niemals sein darf.«

»Warum denn nicht? Das einzige, was wir nicht dürfen, ist, miteinander Kinder zu haben, aber das brauchen wir ja nicht mehr. Du trägst unser Kind ja schon in dir«, sagte er.

»Paul, es wäre unrecht, auch nur an so etwas zu denken. Und dein Vater …«

»Mein Vater würde kein Wort sagen«, maulte Paul, und ich konnte mich nicht erinnern, ihn je so finster und wütend gesehen zu haben. »Wenn er es täte, müßte er vor aller Welt gestehen, welche Sünden er begangen hat. Ich biete dir ein gutes Leben, Ruby. Ganz im Ernst. Ich werde reich sein, und ich habe ein erstklassiges Stück Land, auf dem ich mein Haus bauen werde. Vielleicht wird es nicht ganz so elegant wie das, in dem du in New Orleans gelebt hast, aber …«

»Oh, was ich will, sind keine eleganten Häuser oder Reichtümer, Paul. Ich habe dir doch schon einmal gesagt, daß du dich nach einer Ehefrau umsehen solltest, mit der du eine eigene Familie gründen kannst. Du hast eine Familie verdient.«

»Du bist meine Familie, Ruby. Du bist schon immer meine Familie gewesen.«

Ich wandte den Blick ab, damit er die Tränen in meinen Augen nicht sah. Ich wollte ihm nicht weh tun.

»Kannst du mich denn nicht lieben, ohne Kinder von mir zu haben?« fragte er. Es klang eher nach einem Flehen.

»Paul, es ist nicht nur das ...«

»Du liebst mich doch, oder nicht?«

»Ich liebe dich, Paul, aber ich habe nicht mehr so an dich gedacht, wie du es dir wünschst, seit ... seit wir die Wahrheit über uns erfahren haben.«

»Aber du könntest wieder anfangen, in uns etwas anderes zu sehen«, sagte er voller Hoffnung. »Du bist wieder hier und ...«

Ich schüttelte den Kopf.

»Es ist mehr als das, stimmt's?«

Ich nickte.

»Du liebst diesen Beau Andreas immer noch, obwohl er dich geschwängert und dann verlassen hat, stimmt's? Stimmt's?« fragte er eindringlich.

»Ja, Paul, ich nehme an, das ist es.«

Er starrte mich einen Moment lang an und seufzte. »Nun, das ändert nichts. Ich werde trotzdem immer für dich da sein«, sagte er entschieden.

»Paul, laß mich nicht bereuen, daß ich zurückgekommen bin.«

»Natürlich nicht. Tja, dann gehe ich jetzt wohl besser nach Hause«, sagte er und ging zur Tür. Dort blieb er noch einmal stehen und sah mich an. »Du weißt doch, was ohnehin alle denken werden, oder nicht, Ruby?«

»Was denn?«

»Daß das Baby von mir ist.«

»Wenn es sein muß, werde ich allen die Wahrheit sagen.«

»Sie werden dir nicht glauben«, beharrte er. »Und wie

Rhett Butler in *Vom Winde verweht* sagt: ›Offen gestanden, meine Liebe, interessiert mich das kein bißchen.‹«

Er lachte und ging, und ich blieb verwirrter denn je zurück. Mehr denn je hatte ich Angst vor dem, was die Zukunft für mich bereithielt.

Schneller, als ich es für möglich gehalten hatte, richtete ich mich häuslich ein. Schon nach einer Woche saß ich wieder oben in der Webstube und fertigte aus ungebleichter Baumwolle Decken, die ich an meinem Straßenstand verkaufte. Ich flocht Hüte aus Palmwedeln und Weidenkörbe. Mein Gumbo war nicht so gut wie das von Grandmère Catherine, doch ich bemühte mich und brachte ein recht passables Gericht zustande, das ich gleichfalls verkaufen konnte. Ich arbeitete an den Abenden und baute morgens meinen Stand auf. Ab und zu spielte ich mit dem Gedanken, wieder einmal zu malen, aber zur Zeit hatte ich keine freie Minute. Paul war der erste, der mich darauf ansprach.

»Du arbeitest so hart für dein Essen und das, was du brauchst, um über die Runden zu kommen. Dabei bleibt dir gar keine Zeit mehr, dein Talent weiterzuentwickeln, Ruby. Das ist eine Sünde«, sagte er.

Ich antwortete nicht, weil ich wußte, was er meinte.

»Wir können uns gemeinsam ein schönes Leben machen, Ruby. Du wärest dann wieder eine wohlhabende Frau und könntest die Dinge tun, die dir wichtig sind. Das Baby bekommt meinen Namen, und ...«

»Paul, bitte, tu das nicht«, flehte ich. Meine Lippen bebten, und er wechselte schnell das Thema, denn wenn es etwas gab, was Paul nie getan hätte, dann das, mich zum Weinen zu bringen.

Aus den Wochen wurden Monate, und schon bald kam es mir vor, als sei ich nie fort gewesen. An den Abenden saß ich auf der Veranda und sah den Wagen nach, die gelegentlich vorbeifuhren, oder ich schaute zum Mond und zu den

Sternen auf, bis Paul kam. Manchmal brachte er seine Mundharmonika mit und spielte ein paar Lieder. Wenn eine Melodie zu traurig ausfiel, sprang er auf, spielte etwas Lebhafteres, tanzte dazu und brachte mich zum Lachen, indem er lustige Töne fabrizierte.

Oft unternahm ich Spaziergänge am Wasser, genauso, wie ich es früher getan hatte. In mondhellen Nächten glitzerten die Netze der Sumpfspinnen, die Eulen schrien, und die Alligatoren glitten geschmeidig durch die seidigen Gewässer. Gelegentlich stieß ich auf einen Alligatoren, der am Ufer schlief, und dann lief ich vorsichtig um ihn herum. Ich wußte, daß er meine Anwesenheit wahrnahm, doch er öffnete kaum die Augen.

Erst zu Beginn des fünften Monats sah man mir allmählich etwas an. Niemand sagte etwas, aber die Augen aller hefteten sich auf meinen Bauch, und ich wußte, daß ich von nun an das Gesprächsthema bei sämtlichen nachmittäglichen Treffen war. Schließlich bekam ich Besuch von einer Delegation von Frauen, angeführt von Mrs. Thibodeaux und Mrs. Livaudis, Grandmère Catherines alten Freundinnen. Mrs. Livaudis war anscheinend zur Wortführerin ernannt worden.

»Hör mal, Ruby, wir sind hergekommen, weil du niemanden mehr hast, der für dich das Wort ergreifen kann«, begann sie.

»Ich kann den Mund selbst aufmachen, wenn es nötig ist, Mrs. Livaudis.«

»Ja, das kann gut sein. Da du Catherine Landrys Enkelin bist, bin ich sogar ganz sicher, daß du nicht auf den Mund gefallen bist, aber es kann nichts schaden, wenn ein paar von uns alten Klatschweibern sich für dich stark machen und in dein Protestgeschrei einfallen«, fuhr sie fort, und die anderen nickten mit entschlossener Miene.

»Und mit wem wollen wir reden, Mrs. Livaudis?«

»Wir werden mit dem Mann reden, der dafür verantwortlich ist«, sagte sie und sah auf meinen Bauch.

»Mit dem und keinem anderen. Außerdem glauben wir alle zu wissen, wer dieser junge Mann ist; er stammt aus einer Familie mit beträchtlichen Mitteln hier in dieser Gegend.«

»Es tut mir leid für Sie alle«, sagte ich, »aber der junge Mann, an den Sie denken, ist nicht der Vater meines Kindes.«

Münder sprangen auf, und Augen wurden groß.

»Und wer ist es dann?« fragte Mrs. Livaudis. »Oder kannst du es uns nicht sagen?«

»Es ist niemand von hier, Mrs. Livaudis. Es ist jemand aus New Orleans.«

Die Frauen sahen einander skeptisch an.

»Du tust weder dir noch dem Baby etwas Gutes damit, daß du den Vater in Schutz nimmst und von seiner Verantwortung entbindest, Ruby«, sagte Mrs. Thibodeaux. »Deine Grandmère hätte so etwas nicht zugelassen, das versichere ich dir.«

»Das weiß ich selbst«, lächelte ich, als ich mir Grandmère Catherine vorstellte, wie sie mir einen ganz ähnlichen Vortrag hielt.

»Dann laß uns mitgehen und dir helfen, den jungen Mann zu überreden, daß er seine Pflicht tut«, schlug Mrs. Livaudis vor. »Wenn er auch nur einen Funken Anstand besitzt, wird er tun, was sich gehört.«

»Ich sage Ihnen die Wahrheit. Er lebt nicht hier«, sagte ich in aller Aufrichtigkeit, doch sie schüttelten die Köpfe und schauten mich mitleidig an.

»Wir wollen nur, daß du weißt, daß wir hinter dir stehen, Ruby, wenn es an der Zeit ist, das einzig Richtige zu tun«, erklärte Mrs. Thibodeaux. »Möchtest du einen Arzt oder eine Heilerin haben? Es gibt eine, die in der Nähe von Morgan City lebt und bestimmt zu dir käme.«

Die Vorstellung, zu einer anderen Heilerin als Grandmère Catherine zu gehen, bedrückte mich.

»Ich werde zum Arzt gehen.«

»Du weißt ja, von wem die Rechnungen bezahlt werden sollten«, bemerkte Mrs. Livaudis.

»Ich werde schon zurechtkommen«, versprach ich.

Sie gingen in der Überzeugung, daß das, woran sie unerschütterlich glaubten, die Wahrheit war. Paul hatte natürlich recht gehabt. Er kannte die Leute hier besser als ich. Aber diese Last mußte ich tragen, damit würde ich leben und auf meine eigene Art umgehen müssen. Natürlich dachte ich an Beau und fragte mich, was er wohl über mich gehört hatte – falls man ihm überhaupt etwas gesagt hatte.

Als hätte sie meine Gedanken erahnt, schickte Gisselle mir über Paul einen Brief.

»Der ist heute nachmittag gekommen«, sagte er, als er mir den Brief brachte. Ich stand in der Küche und bereitete ein Krabbengumbo zu.

Ich wischte mir die Hände ab und setzte mich. »Meine Schwester hat an mich geschrieben?« Ich lächelte und öffnete den Umschlag. Paul blieb in der Tür stehen und beobachtete mich, während ich las.

Liebe Ruby,
ich wette, Du hättest im Traum nicht geglaubt, daß Du einmal einen Brief von mir bekommen wirst. Das längste, was ich je geschrieben habe, war diese Hausarbeit über die alten englischen Dichter, und selbst die hat Vicki zur Hälfte für mich verfaßt.

Jedenfalls habe ich Pauls alte Briefe in deinem Kleiderschrank gefunden; Daphne hat gesagt, ich solle in dein Zimmer gehen und mir alles nehmen, was ich haben will, ehe sie den Rest an Bedürftige verschenkt. Sie hat Dein Zimmer von Martha Wood ausräumen und absperren lassen und verkündet, was sie angehe, habe es Dich nie auch nur gegeben. Natürlich hat sie immer noch das Problem mit dem Testament. Ich habe eines Abends belauscht, wie sie mit Bruce darüber geredet hat; er hat ihr geraten, Dich aus dem Testament streichen zu lassen. Das würde allerdings ein beträchtliches juristisches Manövrieren erfordern und könnte ihnen ihre eigenen Pläne vereiteln, und daher bleibst Du wohl vorerst eine Dumas.

Ich weiß, daß Du Dich fragst, warum ich dir aus New Orleans schreibe. Rate mal, was passiert ist? Daphne hat nachgegeben, und ich durfte nach Hause kommen und wieder hier zur Schule gehen. Weißt Du, warum? Deine Schwangerschaft hat sich in der Schule herumgesprochen. Ich frage mich, wie das passiert sein mag. Jedenfalls hat es immer mehr Schande über uns gebracht, und Daphne hat es nicht mehr ausgehalten, vor allem als ich angefangen habe, sie Tag und Nacht anzurufen und ihr zu erzählen, was die Mädchen zu mir sagen, wie die Lehrer mich ansehen und was Mrs. Ironwood sich denkt. Schließlich hat sie nachgegeben und mich nach Hause geholt, denn hier ist Dein Geheimnis sorgsam unter Verschluß.

Daphne hat allen erzählt, daß Du fortgelaufen und ins Bayou zurückgegangen bist, um bei Deinen Cajuns zu leben, weil Du sie so sehr vermißt hast. Natürlich machen sich die Leute Gedanken über Beau.

»Ich wette, Du machst dir auch Gedanken über ihn, was?« schrieb sie ganz unten auf der Seite, um den Eindruck zu erwecken, sie wolle mir nichts über ihn berichten.

Das sieht Gisselle ähnlich, dachte ich, mich sogar in brieflicher Form zu verhöhnen. Doch ich drehte die Seite um und entdeckte die Fortsetzung.

Beau ist noch in Frankreich und macht sich sehr gut. Monsieur und Madame Andreas erzählen jedem von seinen glänzenden Leistungen und daß er dort auch ins College gehen wird. Und es scheint, als habe er sich mit einer sehr reichen jungen Französin angefreundet, einem

Mädchen, dessen Stammbaum auf Louis Napoleon zurückgeht.
Ich habe letzten Monat einen Brief von ihm bekommen, in dem er mich gebeten hat, ihm jede Einzelheit über Dich zu berichten. Heute habe ich ihm endlich geschrieben, daß ich keine Ahnung habe, wo du bist. Ich habe ihm geschrieben, ich hätte versucht, dich ausfindig zu machen, indem ich an einen unserer Cajun-Verwandten geschrieben habe, doch ich hätte nur gehört, du könntest eventuell verheiratet worden sein, mit einem Zeremoniell auf einem Floß im Sumpf mit Schlangen und Spinnen.
Ach, fast hätte ich es vergessen. Ehe ich aus Greenwood fortgegangen bin, hatte ich einen Besucher im Wohnheim. Ich wette, Du weißt, wer es war: Louis. Er war sehr nett, und er sieht wirklich sehr gut aus. Es hat ihm das Herz gebrochen zu hören, daß Du ein Baby bekommst und fortgelaufen bist, um mit deinen Cajuns im Sumpf zu leben. Er hatte Noten bei sich, die er Dir schicken wollte, und daher habe ich ihm versprochen, ihm Bescheid zu geben, falls ich je Deine Adresse herausfinden sollte.
Aber Versprechen gibt man schließlich, um sie zu brechen, nicht wahr?
Das sollte nur ein Scherz sein. Ich weiß nicht, ob ich jemals wieder etwas von Dir hören werde und ob Du diesen Brief überhaupt erhalten wirst. Ich hoffe, Du bekommst ihn und wirst mir auch einmal schreiben. Es macht irgendwie Spaß, eine berüchtigte Schwester zu haben. Ich habe gewaltige Freude daran, die unterschiedlichsten Geschichten über Dich zu erfinden.
Warum hast Du nicht einfach getan, was Daphne von Dir wollte? Dann wärst Du das Baby jetzt los. Überleg doch mal, was du alles aufgegeben hast.
Deine liebreizende Zwillingsschwester
Gisselle

»Schlechte Nachrichten?« fragte Paul, als ich den Brief hinlegte und mich zurücklehnte. In meinen Augen standen Tränen, doch ich lächelte.

»Du weißt doch, daß meine Schwester immer versucht, mir weh zu tun«, sagte ich.

»Ruby …«

»Sie erfindet Dinge. Sie sitzt einfach nur da und denkt sich etwas aus. Sie überlegt sich: Womit könnte ich Ruby am meisten verletzen? Und dann schreibt sie einen Brief, in dem sie all das unterbringt. Das ist alles. Genau das tut sie. Weiter nichts.«

Die Tränen rannen jetzt in Strömen über meine Wangen. Paul kam zu mir und zog mich in seine Arme.

»O Ruby, meine Ruby, weine nicht. Bitte.«

»Es ist schon gut«, sagte ich und holte Atem. »Gleich ist es wieder gut.«

»Sie hat dir etwas über ihn geschrieben, stimmt's?« fragte Paul, dem nichts entging. Ich nickte. »Vielleicht ist es keine Lüge, Ruby.«

»Ich weiß.«

»Ich bin immer noch für dich da.«

Ich blickte zu ihm auf und sah, daß sein Gesicht voller Liebe und Mitgefühl war. Wahrscheinlich würde ich nie wieder einen so hingebungsvollen Menschen finden, aber ich konnte nicht in die Lösung einwilligen, die er vorschlug. Das wäre ihm gegenüber nicht fair gewesen.

»Es wird schon werden. Danke, Paul.« Ich wischte mir die Tränen aus dem Gesicht.

»Eine junge Frau wie du, die allein hier lebt und schwanger ist«, murrte er. »Das bereitet mir Sorgen.«

»Du weißt doch, daß bisher alles gutgegangen ist«, sagte ich.

Er hatte mich zweimal zum Arzt gebracht, was die Gerüchte, daß er der Vater meines Kindes war, nur noch bestätigte. In unserer kleinen Gemeinde dauerte es nicht lange, bis sich Neuigkeiten herumsprachen, aber er störte sich nicht daran, selbst dann nicht, als ich ihm gesagt hatte, was Grandmère Catherines Freundinnen glaubten.

In der zweiten Hälfte des siebten Monats und der ersten Hälfte des achten Monats kam Paul täglich in mein Haus, und manchmal tauchte er mehr als einmal am Tag auf. Erst im achten Monat wurde mein Bauch wirklich dick, und das Kind senkte sich. Ich jammerte ihm nie etwas vor, doch ein paarmal traf er mich morgens stöhnend und ächzend an, wie ich mir die Hände aufs Kreuz preßte. Inzwischen kam ich mir vor wie eine Ente, weil ich watschelte, statt zu laufen.

Als der Arzt mir sagte, er könnte nicht mit Sicherheit sagen, wann das Baby kommen würde, aber es sei wohl etwa in der nächsten Woche damit zu rechnen, beschloß Paul, nachts bei mir zu bleiben. Tagsüber konnte ich immer jemanden erreichen, doch er wollte mich auch nachts in Sicherheit wissen.

An einem frühen Nachmittag zu Beginn des neunten Monats kam Paul, und sein Gesicht war vor Aufregung gerötet.

»Alle sagen, daß ein Orkan über uns hereinbrechen wird«, kündigte er an. »Ich will, daß du zu mir ins Haus kommst.«

»Oh, nein, Paul. Das kann ich nicht machen.«

»Du bist hier nicht sicher«, erklärte er mir. »Sieh dir doch nur den Himmel an.« Er wies auf den verschwommenen roten Sonnenuntergang; ein dünner Wolkenschleier war am Himmel aufgezogen. »Man kann es regelrecht riechen«, fügte er hinzu. Die Luft war heiß und stickig, und die leichte Brise, die den ganzen Tag geweht hatte, war vollständig abgeflaut.

Aber ich konnte nicht mit ihm nach Hause gehen und seiner Familie gegenübertreten. Ich schämte mich zu sehr und fürchtete mich vor den Blicken seines Vaters und seiner Mutter. Gewiß haßten sie mich dafür, daß ich zurückgekommen war und damit all diese Gerüchte in Umlauf gebracht hatte.

»Ich werde schon zurechtkommen«, sagte ich. »Wir haben hier schon öfter Stürme erlebt.«

»Du bist genauso stur wie dein Grandpère.« Er war wütend, doch ich wollte nicht nachgeben. Statt dessen ging ich ins Haus und bereitete uns etwas zum Abendessen zu. Paul setzte sich in seinen Wagen, um im Radio die Meldungen zu hören. Der Wetterbericht machte die schaurigsten Vorhersagen. Paul kam ins Haus und begann alles zu verriegeln, was sich nur irgend verriegeln ließ. Ich schöpfte zwei Schalen Gumbo aus, doch in dem Moment, da wir uns zum Essen an den Tisch setzten, begann der Wind gewaltig zu heulen. Paul schaute sich hinter dem Haus um, sah zum Wasser und stöhnte. Eine dunkle Sturmwolke war herangezogen, und es war deutlich zu sehen, wie die sturzbachartigen Regenfälle näherrückten.

»Jetzt ist es soweit«, kündigte er an.

Es schienen nur Sekunden vergangen zu sein, als der Regen und der Sturm losbrachen. Wasser strömte über das Dach und fand jede kleinste Ritze. Der Sturm peitschte gegen die lockeren Bretter. Wir hörten, wie Dinge hochgehoben und durch die Gegend geschleudert wurden; einige Gegenstände schlugen an das Haus, so heftig, daß wir fürchteten, sie würden mühelos die Wände durchdringen. Ich schrie und wich ins Wohnzimmer zurück, dort kauerte ich mich auf das Sofa. Paul eilte durch das Haus, verschloß jede Öffnung, die er fand, und band alles fest, was sich festbinden ließ, doch der Wind drang überall ein, blies Sachen von den Regalen, warf sogar einen Stuhl um. Ich bekam Angst, er würde das Wellblechdach abheben und wir könnten jeden Moment den Klauen dieses wütenden Sturms ausgeliefert sein.

»Wir hätten von hier fortgehen sollen!« rief Paul. Ich schluchzte und hielt mir den Bauch. Paul gab den Versuch auf, das Haus gegen den Sturm zu verriegeln. Statt dessen kam er zu mir und umarmte mich. Wir saßen nebeneinander, hielten einander in den Armen und lauschten dem heulenden, tosenden Wind, der ganze Bäume entwurzelte.

Plötzlich, ebenso schnell, wie er begonnen hatte, legte sich der Sturm. Totenstille senkte sich über das Bayou herab. Die Dunkelheit riß auf. Ich atmete auf, und Paul erhob sich, um den Schaden zu begutachten. Wir schauten zum Fenster hinaus, und der Anblick der Bäume, die gespalten worden waren, ließ uns schockiert den Kopf schütteln. Die Welt wirkte auf den Kopf gestellt.

Und dann riß Paul die Augen auf, als das kleine Stück blauen Himmels über uns zu verschwinden begann.

»Das war das Auge des Sturms«, erklärte er. »Zurück, schnell ...«

Erneut brach der Wirbelsturm über uns herein, heulend zerrte er an allem wie eine gigantische wütende Bestie. Diesmal wackelte das Haus, Wände barsten, Fenster sprangen zersplitternd aus den Rahmen, und Glasscherben flogen in alle Richtungen.

»Ruby, wir müssen unter dem Haus Schutz suchen!« schrie Paul. Mir graute bei der Vorstellung, das Haus zu verlassen. Ich riß mich aus seinen Armen los und wich in die Küche zurück. Dabei trat ich jedoch in eine Pfütze, die sich unter einer undichten Stelle im Dach gebildet hatte, und glitt aus. Ich fiel vornüber und konnte mich gerade noch soweit mit den Armen abfangen, daß meine Nase nicht auf den Boden schlug. Mein Bauch schlug jedoch hart auf die Dielen. Der Schmerz war nicht auszuhalten. Ich drehte mich auf den Rücken und schrie und hörte nicht mehr auf zu schreien. Paul kam schnell an meine Seite und versuchte, mich auf die Füße zu ziehen.

»Ich kann nicht, Paul. Ich kann nicht ...«, protestierte ich. Meine Beine waren bleischwer, viel zu schwer, um sie zu bewegen. Er versuchte, mich auf seine Arme zu heben, aber ich war eine tote Last. Es war einfach nicht zu schaffen für ihn, und auch er begann, auf dem nassen Boden auszugleiten und zu wanken. Und dann spürte ich den stechendsten Schmerz meines ganzes Lebens. Es war, als hätte jemand ein Messer genommen und begonnen, einen Schnitt von meinem Nabel nach unten zu machen. Ich klammerte mich an Pauls Schulter.

»Paul! Das Baby!«

In seinem Gesicht stand äußerstes Entsetzen. Er ging auf die Tür zu, als spielte er mit dem Gedanken, Hilfe zu holen, doch dann erkannte er die Unmöglichkeit seines Vorhabens und wandte sich wieder zu mir um. In diesem Moment platzte die Fruchtblase.

»Das Baby kommt!«

Der Wind rüttelte am Haus. Das Wellblechdach ächzte, und ein Teil davon löste sich und schlug gegen die Stützbalken.

»Du mußt mir helfen, Paul! Es ist zu spät!«

Ich war absolut sicher, daß ich auf dem Boden der Hütte ohnmächtig werden und vielleicht sogar sterben würde. Wie konnte jemand solche Schmerzen ertragen und sie überleben? Sie kamen in Wogen, die immer dichter aufeinanderfolgten, bis ich tatsächlich spürte, wie das Baby sich bewegte. Paul kniete vor mir, und seine Augen waren so groß, daß ich glaubte, sie würden ihm aus dem Schädel springen. Er schüttelte ungläubig den Kopf.

Es wurde so schlimm, daß ich selbst den Sturm nicht mehr hörte oder auch nur wahrnahm, daß er immer noch wütete. Ich wurde mehrmals bewußtlos und kam erst wieder richtig zu mir, als ich endlich preßte und Paul einen Freudenschrei ausstieß. Er hielt das Baby in seinen Händen.

»Es ist ein Mädchen!« rief er aus. »Ein Mädchen!«

Der Arzt hatte mir erklärt, was es mit der Nabelschnur auf sich hatte. Ich gab Paul Anweisungen, und er schnitt sie durch und band sie ab. Dann fing mein Baby an zu weinen. Paul legte es mir in die Arme. Der Sturm hatte zwar nachgelassen, tobte aber immer noch um uns, und Regen trommelte auf das Haus.

Paul brachte mir ein paar Kissen, und ich setzte mich auf, um in das kleine Gesicht hinunterzuschauen, das mir zugewandt war und Trost, Geborgenheit und Liebe suchte.

»Sie ist wunderschön«, sagte Paul.

Der sturzbachartige Regen hatte aufgehört, jetzt war es nur noch ein Sprühregen, und dann drangen die schwachen Strahlen der sinkenden Sonne durch die Wolken und fielen durch ein Fenster herein, auf mein Baby und mich. Ich bedeckte das kleine Gesicht mit Küssen.

Wir hatten es überlebt. Wir würden es gemeinsam schaffen.

EPILOG

Bemerkenswerterweise hatte Grandmère Catherines Pfahlbau das überlebt, was alle im Bayou als den schlimmsten Sturm seit Jahrzehnten bezeichneten. Viele andere hatten weniger Glück gehabt, ihre Häuser waren von den sintflutartigen Regenfällen und dem Sturm fortgetragen worden. Die Straßen waren mit abgebrochenen Ästen und Zweigen von Bäumen übersät. Es sah aus, als würde es Tage, wenn nicht gar Wochen erfordern, wieder einen Anschein von Normalität herzustellen.

Doch sowie sich die Nachricht von der Geburt meines Babys herumsprach, besuchten mich die Freundinnen von Grandmère Catherine, und alle brachten mir etwas mit.

»Wie heißt sie?« fragte Mrs. Livaudis.

»Pearl«, sagte ich. Und dann erzählte ich ihnen, daß ich einmal von meinem Baby geträumt hatte, und in dem Traum habe der Teint des kleinen Mädchens den Farbton einer Perle gehabt. Sie nickten und sahen das Baby an, und in ihren Gesichtern war Verständnis. Schließlich war ich Catherine Landrys Enkelin. Mir mußten zwangsläufig geheimnisvolle Dinge zustoßen.

Paul kam täglich vorbei und brachte alles mögliche für das Baby, aber auch für mich mit. Am Tag nach dem Sturm brachte er ein paar seiner Angestellten aus der Fabrik mit, und sie machten sich daran, alles so gut wie möglich wieder in Ordnung zu bringen. Er war auch da und behob allerlei Schäden am Haus, als die Frauen kamen.

»Es ist sehr nett von ihm, daß er all das für dich tut«, sagte Mrs. Thibodeaux, »aber er sollte auch seiner weiterreichenden Verantwortung gerecht werden«, flüsterte sie. Es war zwecklos, weiterhin zu protestieren und Erklärungen abzugeben, auch wenn mir das für Paul und seine Familie leid tat. Ganz gleich, wie er vor den anderen dastand, er weigerte sich, mir fernzubleiben.

An den Abenden nach dem Essen setzte ich mich mit Pearl in den Armen auf Grandmère Catherines alten Schaukelstuhl und wiegte sie in den Schlaf. Paul lag, die Hände unter dem Kopf und einen Grashalm im Mund, auf dem Fußboden und lobte mich dafür, wie gut ich für das Baby sorgte und wie wunderbar die Mahlzeiten schmeckten, die ich zubereitete. Ich wußte, was er damit bezweckte, doch ich stellte mich unwissend.

Eines Nachmittags, ein paar Wochen nach Pearls Geburt, brachte Paul mir wieder einen Brief von Gisselle. Dieser Brief war wesentlich kürzer als der erste, aber auch wesentlich schmerzhafter.

Liebe Ruby,

Du hast meinen Brief nicht beantwortet, aber Paul hat es getan. Ich habe Daphne erzählt, daß Du ein Baby hast. Sie wollte kein Wort darüber hören. Eigentlich wollte ich es Beau erzählen, sowie ich ihn sehe, aber ich habe gerade erfahren, daß er nicht aus Europa zurückkommen wird. Er bleibt dort und wird in Frankreich Medizin studieren. Und wie ich Dir bereits geschrieben habe, ist er in die Tochter irgendeines Herzogs oder Grafen verliebt, der in einem echten Schloß lebt.

Daphne und Bruce haben das Datum für ihre Hochzeit bekanntgegeben. Wäre es nicht irre, wenn Du mit Deinem Baby im Arm dort auftauchen würdest? Ich werde Dich über alle Einzelheiten auf dem laufenden halten. Ich weiß, daß Du Dich danach sehnst, alles zu erfahren, was sich hier abspielt, obwohl Du so tust, als sei es Dir vollkommen egal.

Warum schreibst Du mir nicht? Ich werde Deinen Brief

auch ganz bestimmt Daphne vorlesen. Mir ist gerade noch etwas Komisches eingefallen: Nicht nur, daß ich jetzt Tante bin – sie ist jetzt theoretisch Großmutter. Daran werde ich sie jedesmal erinnern, wenn sie unangenehm wird. Danke. Endlich hast Du mal etwas getan, was ich zu schätzen weiß.

Das war nur ein Scherz.

Ich frage mich, ob wir einander je wiedersehen werden.

Deine liebreizende Zwillingsschwester

Gisselle

»Warum hast du ihr geschrieben, Paul?« fragte ich ihn.

»Ich fand, deine Familie sollte Bescheid wissen über dich und …«

»Und du wolltest, daß Beau es erfährt, stimmt's?« bohrte ich weiter. Er zuckte die Achseln. »Das spielt jetzt ohnehin keine Rolle mehr«, sagte ich niedergeschlagen.

»Dann bist du wirklich für immer nach Hause zurückgekommen? Du wirst hierbleiben?«

»Wohin sollte ich denn gehen? Wohin könnten Pearl und ich schon gehen?«

»Dann laß mich dir hier ein Zuhause geben«, flehte er.

»Ich weiß es nicht, Paul«, sagte ich. »Laß mich in Ruhe darüber nachdenken.«

»Gut«, willigte er ein, davon ermutigt, daß ich nicht augenblicklich nein gesagt hatte.

Als er gegangen war, setzte ich mich auf die Veranda und lauschte der Eule. Pearl lag im Haus und schlief, zufrieden und behütet, für den Moment jedenfalls. Aber ich hatte einen weiten Weg zurückgelegt, um einen Kreis zu schließen, und ich wußte, daß die Welt kein behaglicher Ort ist, an dem man sich für immer einnisten kann. Sie ist hart und kalt, grausam und voller potentieller Tragödien. Es war schön, jemanden zu haben, der sich um einen kümmerte, einen beschützte und einem Wärme und Geborgenheit gab. Wie konnte es eine Sünde sein, sich das zu wünschen?

Warum sollte ich es mir nicht nehmen, wenn schon nicht um meiner selbst willen, dann doch zumindest für mein Baby? dachte ich.

Grandmère, flüsterte ich. Gib mir ein Zeichen. Hilf mir, die richtige Entscheidung zu treffen und den richtigen Weg einzuschlagen.

Die Eule hörte auf zu schreien, als ein Sumpffalke herabstieß und vor dem Haus landete. Einen Moment lang stolzierte er umher, und dann wandte er sich mir zu. Im Mondschein konnte ich sehen, daß seine gelb umrandeten Augen mich anstarrten. Er hob die Flügel, als wolle er mich begrüßen, und dann flog er so schnell, wie er gekommen war, wieder in die Dunkelheit; ich wußte, daß er sich dort auf Deinem Ast niederließ und das Haus im Auge behielt, mich und mein Baby bewachte.

Und in meinem Herzen wußte ich, daß Grandmère Catherine bei mir war, mir in der Brise etwas zuflüsterte und mich mit Hoffnung erfüllte. Ich würde die richtige Entscheidung treffen.

GOLDMANN

Bestseller

Tom Clancy und Sidney Sheldon, Utta Danella und Danielle Steel, Heinz G. Konsalik und Marie Louise Fischer, Colleen McCullough und Gillian Bradshaw, Charlotte Link und Irina Korschunow – internationale Weltbestseller garantieren Spannung und Unterhaltung auf höchstem Niveau.

Joy Fielding,
Lauf, Jane, lauf! 41333

Anne Perry,
Das Gesicht des Fremden 41392

Mary McGarry Morris,
Eine gefährliche Frau 41237

Ruth Rendell,
Stirb glücklich 41294

Goldmann · Der Bestseller-Verlag

GOLDMANN

Alice Hoffman

Mit Alice Hoffman hat die junge amerikanische Literatur eine unverwechselbare Stimme gewonnen: eine hochgradig sensible Erzählerin, die Realitäten magisch verwandeln und Gefühle unbestechlich und doch poetisch wiedergeben kann.

Wo bleiben Vögel im Regen 9379

Die Nacht der tausend Lichter 9378

Das erste Kind 9784

Das halbe und das ganze Leben 41349

Goldmann · Der Taschenbuch-Verlag

GOLDMANN TASCHENBÜCHER

Das Goldmann Gesamtverzeichnis erhalten Sie im Buchhandel oder direkt beim Verlag.

Literatur · Unterhaltung · Thriller · Frauen heute
Lesetip · FrauenLeben · Filmbücher · Horror
Pop-Biographien · Lesebücher · Krimi · True Life
Piccolo Young Collection · Schicksale · Fantasy
Science-Fiction · Abenteuer · Spielebücher
Bestseller in Großschrift · Cartoon · Werkausgaben
Klassiker mit Erläuterungen

* * * * * * * * * * *

Sachbücher und Ratgeber:
Gesellschaft / Politik / Zeitgeschichte
Natur, Wissenschaft und Umwelt
Kirche und Gesellschaft · Psychologie und Lebenshilfe
Recht / Beruf / Geld · Hobby / Freizeit
Gesundheit / Schönheit / Ernährung
Brigitte bei Goldmann · Sexualität und Partnerschaft
Ganzheitlich Heilen · Spiritualität · Esoterik

* * * * * * * * * * *

Ein SIEDLER-BUCH bei Goldmann
Magisch Reisen
ErlebnisReisen
Handbücher und Nachschlagewerke

Goldmann Verlag · Neumarkter Str. 18 · 81664 München

Bitte senden Sie mir das neue kostenlose Gesamtverzeichnis

Name: ______________________________

Straße: ______________________________

PLZ / Ort: ______________________________